El Equilibrista

(La serie completa)

Erasmus Cromwell-Smith

ERASMUS CROMWELL-SMITH

ISBN: 979-8-9989106-1-6
Editorial: Erasmus Press.
Editor: Elisa Arraiz Lucca
Diseño de portada y diseño interior: Elisa Arraiz Lucca.
Corrección de estilo: María Elena Peña, D. Suster.
Primera edición.
Impreso en EE. UU.

erasmuscromwellsmith.com

Para mis hijos,

*"...Nuestros Unicornios Azules en la vida existen,
solo si podemos verlos..."*

Erasmus Cromwell-Smith Books

In English

(Inspirational/Philosophical)
The Equilibrist series:
• The Equilibrist (Vol. 1)
• Geniality (Vol. 2)
• The Magic in Life (Vol. 3)
• Poetry in Equilibrium (Vol. 4)

(Young Adults)
The Orloj Series:
• The Orloj of Prague (Vol. 1)
• The Orloj of Venice (Vol. 2)
• The Orloj of Paris (Vol. 3)
• The Orloj of Munich (Vol. 4)
• Poetry in Balance (Vol. 5)

(Educational)
The South Beach Conversational Method:
• Spanish
• English .
• German
• French
• Italian
• Portuguese

(Sci-fi)
The Nicolas Tosh Series:
• Algorithm-323 (Vol. 1)
• Tosh (Vol. 2)

As Nelson Hamel*
(Action-Thrillers)
The Paradise Island Series:
• Miami Beach, Dangerous Lifestyles (Vol. 1)

(Sci-fi)
The Rebel Hacker Series:
The Rebel Hackers of Point of Point Breeze (Vol. 1)

* In collaboration with Charles Sibley.

En Español

(Inspiracional/Filosófica)
La serie el equilibrista:
• El Equilibrista (Vol. 1)
• Genialidad (Vol. 2)
• La magia de la vida (Vol. 3)
• Poesía en equilibrio (Vol. 4)

(Jóvenes Adultos)
La serie El orloj:
• El Orloj de Praga (Vol. 1)
• El Orloj de Venecia (Vol. 2)
• El Orloj de Paris (Vol. 3)
• El Orloj de Munich (Vol. 4)
• Poesía en Balance (Vol. 5)

(Educacional)
El método conversacional South Beach:
• Español
• Inglés
• Alemán
• Francés
• Italiano
• Portugués

Nota del autor

"La Historia detrás de la creación del primer volumen de la serie El Equilibrista".

A veces, los regalos oportunos vienen en paquetes diminutos. Sinceramente espero que esto sea cierto para la serie *El Equilibrista*. En particular, siento la necesidad de compartir la historia de cómo el primer volumen cobró vida, ya que retrata las múltiples facetas de la condición humana.

El arte detrás de la creación de este libro trasciende las tribulaciones anecdóticas, las circunstancias o el entorno. Aunque estos elementos son fascinantes y valen la pena ser explorados, siguen siendo una historia aún por contar. En lugar de eso, esta historia se formó no por el dónde, qué o quién, sino por algo mucho más profundo y personal.

Este escrito mágico se convirtió en arte por la forma en que se desarrolló—como si fuera guiado por algo más allá del pensamiento racional, impulsado únicamente por mi esencia cruda y sin filtrar. *El Equilibrista* es profundamente personal para mí porque, sin quererlo, me permitió expresarme a través de las palabras escritas de una manera que siempre había soñado. Es el libro que siempre quise escribir, la marca en mi lista de deseos: "Escribir un libro significativo." Independientemente de cómo resuene con los demás, el viaje de crearlo fue una experiencia única en la vida. Su finalización trajo una inmensa satisfacción personal al darme cuenta de que los sentimientos, los sueños y la sabiduría se habían fusionado perfectamente con las palabras, transformándose en arte puro y simple.

Todo comenzó con pequeños poemas y ensayos breves que visualizaba en mi mente—algunas veces solo una palabra o una frase, y otras veces una idea completa. No había un patrón o esfuerzo deliberado; no siempre podía discernir los estímulos detrás de estas inspiraciones. Simplemente era mi reacción a la vida tal como se desplegaba ante mí, filtrada a través de la lente aumentada de mis creencias y experiencias. A lo largo de tres años, estos escritos se acumularon en una pila. Al revisarlos, me di cuenta de que no eran divagaciones aleatorias, sino más bien un tapiz que formaba un ciclo completo de vida, tratando temas profundos y asuntos que reflejaban mi percepción del viaje de la vida.

Cuanto más examinaba la pila, más claro se volvía que era diferente a cualquier cosa que hubiera escrito antes. Durante el mismo período, también estaba escribiendo novelas— historias con tramas y personajes creados puramente para entretenimiento. Esos trabajos eran deliberados y controlados. Los modificaba, revisaba y pulía sin cesar, moldeando la ficción para que encajara perfectamente en la realidad a través de lo que yo llamaba "perfección por desgaste." Estas novelas se convirtieron en productos bien empaquetados, listos para el consumo.

Pero los poemas y ensayos eran completamente diferentes. Crecían de manera orgánica, fuera de mi control, surgiendo en momentos de inspiración. Noche tras noche, la pila me miraba, desafiándome a comprender hacia dónde se dirigía este proceso creativo único.

Entonces, un día, simplemente supe que estaba completo. No me pregunten cómo—simplemente lo supe. La pregunta natural siguió: ¿Qué es esto? ¿Es solo una colección de poemas y ensayos? Pensé en el síndrome de las "imágenes en exhibición," donde los espectadores solo ven el arte en las paredes, dejados a especular sobre la intención del artista. ¿Cuánto más rica sería la experiencia si los pensamientos y emociones del artista fueran parte de la narrativa? Ya sea que estuviéramos de acuerdo con el artista o no, su perspectiva sería una luz guía, mejorando la experiencia.

Con esto en mente, me pregunté: ¿Qué debo hacer con estos escritos? La respuesta no llegó de inmediato. Pasaron meses. Luego, un día inolvidable, como si guiado por la mano de Dios, comencé a recordar a las personas y lugares mágicos que me habían formado desde mi niñez. Fue entonces cuando la represa se rompió y comencé a escribir mi narrativa con seriedad.

Desde el principio, no hubo un orden predeterminado, sin embargo, la historia se tejió sin esfuerzo a través de la pila de poemas y ensayos. Cada pieza encajó como si fuera predestinada, cayendo en su lugar con precisión surrealista. Fue un viaje emocional. La narrativa se convirtió en una recopilación de mí mismo—tejida con los símbolos, momentos y compañeros que habían dado forma a mi vida. No era abiertamente autobiográfica ni literal, sino una reflexión artística de mi viaje, capturando momentos significativos con un profundo significado.

Lo que comenzó como un "librito," *El Equilibrista* creció hasta convertirse en algo profundamente significativo. Espero que disfruten de la serie tanto como yo lo hice al crearla y como continúo disfrutando cada vez que la revisito.

Finalmente, cada palabra de la serie *El Equilibrista* fue escrita con mi familia como mi luz guía. Ellos fueron mi estrella polar, ofreciendo inspiración y claridad. Sé que ellos verán a través del arte, caminarán a mi lado a través de sus páginas y compartirán el viaje como guías y compañeros.

Erasmus Cromwell-Smith.

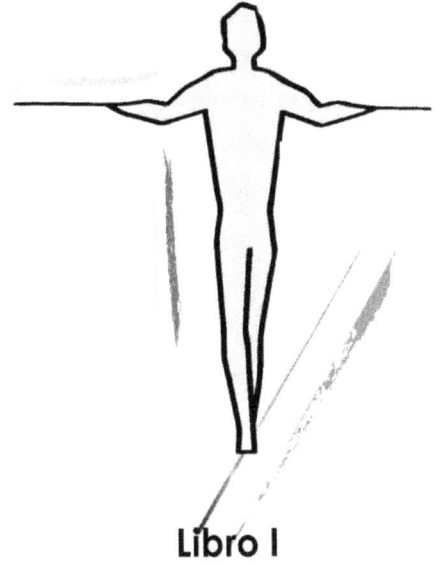

Libro I

El Triángulo de la Felicidad

Introducción

Me llamo Erasmus Cromwell-Smith II. Soy académico y escritor. Este libro narra la historia de mi padre. Es el relato de su clase de poesía en 2017, impartida en un colegio de Nueva Inglaterra.

A lo largo de mis años como docente, recibí numerosas solicitudes de antiguos estudiantes de mi padre pidiéndome que contara la historia de esa clase en particular. Debo confesar que fue necesario que me insistieran varias veces antes de que mi curiosidad despertara lo suficiente como para dedicar tiempo a leer sobre las experiencias anecdóticas que sus alumnos vivieron ese año.

Tenían razón; cuanto más leía, más intrigado me sentía, hasta que finalmente decidí hacerlo para honrar su legado. Sin embargo, desde el principio, fue una tarea complicada, ya que, poco después de su fallecimiento, sus valiosos archivos se perdieron tristemente en un incendio. Y aunque mi padre escribió prolíficamente durante su vida, por una razón que todavía no comprendo del todo, nunca hizo pública su poesía. Por lo tanto, su legado literario se limita a varias obras de ficción publicadas a lo largo de los años, las cuales no me ayudaron en la tarea que tenía entre manos.

Al final, las mejores fuentes de información fueron los propios estudiantes, ya que la mayoría conservaba recuerdos vívidos e incluso algunas notas de clase. Ambas cosas me permitieron reconstruir todos los temas tratados ese año y una buena parte de las propias palabras de mi padre.

Pero la tarea más difícil de todas fue encontrar los libros, apuntes, guiones, manuscritos y escritos que utilizó para esa clase. Finalmente, fueron necesarios varios viajes a su ciudad natal para desenterrar cada uno de ellos. Afortunadamente, logré recuperarlos todos, incluyendo narraciones precisas de las sesiones de mentoría de mi padre, encontradas en los copiosos y detallados diarios que dejaron sus tres mentores. Como verán, fue un esfuerzo valioso que, una vez completado, me permitió dar a conocer su mundo poético para que todos lo disfruten para siempre.

Es con gran orgullo que les presento a mi padre, Erasmus Cromwell-Smith.

El Equilibrista

El antiguo complejo de edificios de piedra marrón ha albergado al Instituto Real de Estudios Académicos de Cambridge durante más de dos siglos. Esta institución educativa de primer nivel en Nueva Inglaterra irradia un carácter distintivamente británico, lo cual se ajusta perfectamente a sus ricas tradiciones, estricta disciplina y exigente currículo. Nadie encarna mejor el espíritu de la escuela que el Profesor Erasmus Cromwell-Smith. Su voz atronadora, cuidadosamente modulada en cadencia, casi perfecta en dicción y cargada con el peso y la precisión de un acento del sur de Inglaterra, es su característica más distintiva.

Todo en el profesor de sesenta y dos años, soltero y sin hijos, parece desgastado y arrugado: su chaqueta de tweed con coderas de cuero, su cárdigan de cachemira, su maletín de cuero, sus zapatos, sus gafas e incluso su rostro surcado de líneas y su cabello despeinado. Sin embargo, a pesar de su apariencia descuidada y mundana, sus estudiantes lo describen como un "profesor increíble" o, en palabras de un gran estadounidense, un poeta "desmesuradamente genial". Al entrar en su clase de poesía, el habitualmente taciturno y reservado Profesor Cromwell-Smith se transforma, como si despertara de un estado catatónico. Se convierte en un torbellino de carisma, conocimiento, talento y paciencia inagotable, cautivando a cada estudiante en el aula.

Lo que nadie sabe, salvo él y su médico, es que, a principios de la semana, al Profesor Cromwell-Smith le diagnosticaron una forma agresiva e incurable de cáncer cerebral. Sin un milagro, la enfermedad pronto lo incapacitará, impidiéndole hacer lo que más ama: enseñar. Pero, lejos de rendirse a la inacción o la autocompasión, el profesor toma rápidamente dos importantes decisiones. Primero, tratará cada día como si fuera el último. Segundo, compartirá con su clase una serie de secretos que ha atesorado durante más de cincuenta años.

De esta manera, la clase de 2017 es única y afortunada. Serán los receptores de un regalo invaluable de su gran maestro, aunque conlleva el riesgo de que su tiempo juntos pueda interrumpirse abruptamente debido al avance de su enfermedad.

Una joven con largos rizos dorados es la primera en llegar. Ha esperado ansiosamente esta clase desde que escuchó al Profesor Cromwell-Smith recitar un poema del laureado Nobel chileno, Pablo Neruda. Hoy, mientras los estudiantes van entrando, perciben algo diferente. El profesor entra al aula a un ritmo más rápido de lo habitual. Su mandíbula está tensa, y sus rápidos y decididos pasos de un lado a otro —un comportamiento poco característico de él— indican que está ansioso por comenzar, esté o no todo el mundo listo. El molesto murmullo del aula se interrumpe cuando él habla, sus palabras de apertura para el nuevo año rompen el ruido con una intensidad deliberada.

Capítulo 1

Libertad y Equilibrio

—En mi clase, la regla más importante es la puntualidad: simplemente lleguen a tiempo para todo. Si la clase comienza a las ocho, lleguen unos minutos antes para estar listos y totalmente preparados a las ocho —declaró el profesor con firmeza, su voz resonando en toda el aula.

—Este año, nuestra clase será un viaje al mundo de la poesía, pero con un giro —continuó, suavizando el tono mientras sacaba de su gastado maletín de cuero un montón de papeles arrugados—. A través de la narración y la lectura, los llevaré al lugar donde nací y crecí.

Echó un vistazo breve a la clase y luego miró los papeles en su mano.

—Aquí vamos —dijo, señalando el inicio del viaje.

— ✦ —

Nací en 1954 en el pequeño pueblo de Hay-on-Wye, Gales. En aquel entonces, mi lugar de nacimiento aún era medieval, literalmente. Esto era evidente no solo en su arquitectura y tradiciones, sino también en la mentalidad de gran parte de su población.

Muchas tradiciones se mantenían rígidamente, con el propósito de proteger el carácter y el folclore del pueblo frente a los vientos de cambio que barrían el reino.

Mi nacimiento inesperado tuvo lugar mientras mis padres aún vivían en la Gran Bretaña de la posguerra, que, casi una década después de la Segunda Guerra Mundial, todavía tenía heridas abiertas, cicatrices dolorosas y sufría económicamente, especialmente en las zonas rurales. La reconstrucción y reparación de la infraestructura de Gran Bretaña aún continuaba en algunas de las áreas más devastadas. Familias enteras habían sido diezmadas. Era común que al menos un miembro de cada familia no hubiera regresado de la guerra.

Muchos de los que volvieron estaban gravemente heridos, física y, más a menudo, emocionalmente. En ese momento, Gran Bretaña parecía un país dividido en dos mundos: una parte avanzando y la otra lidiando aún con las secuelas de un conflicto devastador.

Sin embargo, mi pueblo natal poseía un encanto único. Sus aldeas y cabañas, pubs y estrechas calles, y letreros de tiendas pintados a mano —todos en tonos pintorescos pero apagados— lo hacían inolvidable. El pueblo es famoso por sus innumerables comerciantes de libros antiguos. Cada pequeña tienda es un tesoro de libros envejecidos, algunos de inmenso valor e importancia, con unos pocos siendo las únicas copias sobrevivientes. Otros están exquisitamente escritos e ilustrados a mano. Cada tienda tiene su cuota de misterios y secretos, laberintos de conocimiento esperando ser explorados.

Algunas de las tiendas son sorprendentemente espaciosas, con interiores cavernosos. Libros antiguos te rodean: apilados en montones, anidados en armarios de madera, aparentemente en cada rincón al que miras. Ciertos libros están fuera del alcance, preservados en contenedores ventilados y cerrados, mientras que otros están al alcance de manos curiosas. Dentro de estas librerías, el olor del papel viejo y el cuero se mezcla con capas de polvo, creando una atmósfera encantadora y atemporal. Añadiendo al misterio están los libreros: eruditos, a menudo excéntricos y ocasionalmente enigmáticos, muchos de los cuales son los propios propietarios.

Crecí entre estas estanterías, impulsado por mi insaciable curiosidad y mi disposición a aprender de los libreros conocedores.

A lo largo de mi infancia, me incliné hacia los más brillantes y tolerantes de estos anticuarios, aquellos lo suficientemente pacientes como para soportar las frecuentes visitas de un joven curioso y persistente, ansioso por descubrir sus tesoros.

Gracias a una beca para Oxford, dejé el pueblo para siempre en mi adolescencia. Para entonces, había explorado innumerables misterios y acumulado una riqueza de conocimiento que aún no había compartido con nadie. Pero todo eso llega mucho después...

Todo comienza justo después de mi octavo cumpleaños.

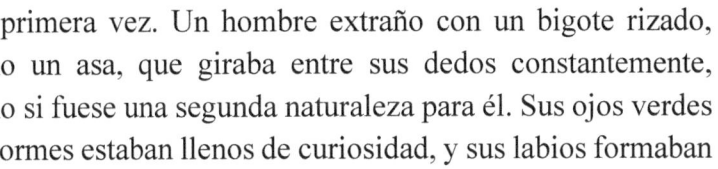

Fue en una de esas tiendas, la de la señora Coe, donde lo vi por primera vez. Un hombre extraño con un bigote rizado, como un asa, que giraba entre sus dedos constantemente, como si fuese una segunda naturaleza para él. Sus ojos verdes y enormes estaban llenos de curiosidad, y sus labios formaban lo que parecía un diminuto beso congelado. Me quedé mirándolo desde lejos, observando sus movimientos. Después de pagar, saludó con la mano, hizo un pequeño gesto con su tam-o'-shanter hacia la señora Coe y salió de la tienda.

Cuando cruzó la puerta, me lanzó una mirada fugaz y entrecerró los ojos, como evaluándome. Por razones que no comprendí del todo en ese momento, sentí la necesidad de seguirlo. Manteniendo siempre unos veinte pasos de distancia, lo seguí mientras cruzaba ocho calles serpenteantes hasta que entró en una librería.

Unos minutos después, reuní el valor suficiente para entrar yo también.

—Adelante, muchacho. No seas tímido... ¿Te gustan los libros, ¿verdad? —dijo el hombre al verme entrar, con una enorme sonrisa mientras giraba su excéntrico bigote.

—Sí, señor —respondí con nerviosismo.

—Pues has venido al lugar adecuado —afirmó, abriendo los brazos para señalar los estantes abarrotados.

Ese día, sin saberlo, inicié un viaje hacia un mundo que cambiaría mi vida para siempre, llevándome a una búsqueda interminable de conocimiento y descubrimiento.

— ✢ —

A partir de entonces, cada semana después de la escuela, pasaba horas explorando lo que se convirtió en mi lugar favorito del mundo: la librería de libros antiguos *Morris-Rose and Sons* (fundada en 1832). Con el tiempo, Justin Morris IV, el dueño de la tienda, no solo me ofreció un lugar tranquilo para leer, sino que también comenzó a involucrarme en largas conversaciones.

Un día, seleccionó para mí un manuscrito encuadernado en cuero que inmediatamente capturó mi imaginación. Ese manuscrito se convirtió en una puerta de entrada a un mundo de sabiduría y maravillas, iniciando un viaje que nunca habría anticipado.

— ✢ —

Ayer, mientras intentaba entrar en silencio mientras él atendía a unos clientes, mi torpeza me traicionó. La vieja campanilla de bicicleta de la tienda sonó y resonó con una lentitud agonizante, anunciando mi llegada. Para empeorar las cosas, tropecé, no una, sino dos veces, con el mismo viejo libro que yacía en el suelo. Así terminó mi intento de entrar discretamente.

Hoy, caminando con suma cautela, navego cuidadosamente por la tienda hacia mi pequeño rincón de lectura. Mi corazón se acelera al divisar las páginas doradas de mi querido y gigantesco "buen viejo libro", esperándome en su lugar habitual.

Tiempo después, cuando todos los clientes se han marchado, él se acerca y se sienta a mi lado.

Han pasado otras dos horas atemporales con mi excéntrico mentor autodidacta, un papel perfecto y afortunado para un hijo único con una imaginación hiperactiva, una inclinación natural hacia el mundo de los sueños y un amor cada vez mayor por los libros.

—¿Por qué las páginas y las letras son tan grandes? —pregunto, lleno de curiosidad.

—Algunos dicen que esos eran los únicos tamaños de papel disponibles en ese entonces —responde con un brillo en los ojos—. Otros sugieren que, sin iluminación adecuada ni gafas de lectura, los escritores tenían que agrandar su trabajo para poder verlo.

Asiento pensativo, volviendo mi atención al texto.

—"La libertad está dentro de ti" —leo en voz alta, traduciendo trabajosamente el inglés antiguo con un diccionario en la mano. Mi tono pide validación, pero es inútil: no logro entenderlo. Después de incontables días intentándolo, sigo atascado, incapaz de descifrar el significado del enorme y antiguo libro.

Él nota mi frustración y se inclina con una paciencia infinita, la marca de un verdadero maestro.

—En la vida, siempre hay fuerzas opuestas que nos empujan y tiran hacia extremos —comienza—. Un flujo, como el péndulo de un reloj, nos balancea de un lado a otro. El equilibrio es encontrar la libertad dentro del péndulo de la vida, como moverse con el ritmo de un metrónomo.

Me quedo completamente inmóvil, mirando la imagen pintada a mano en la página amarillenta y sobredimensionada. Sus ojos calmados y atentos me animan a perseverar.

—Erasmus —dice suavemente—, levanta el libro y mira el lomo desde arriba.

Desconcertado, sigo sus instrucciones. Allí, entre la cubierta de cuero y el lomo, hay un papel doblado. Lo tomo cuidadosamente entre los dedos y lo saco.

—Adelante, léelo —me anima con una sonrisa que lo dice todo.

El quisquilloso pendenciero y el malabarista ambulante

De pie en la esquina
bajo la farola rota,
en una noche oscura, neblinosa y brumosa,
el quisquilloso pendenciero hace lo que siempre hace:
murmura y refunfuña, divaga y tropieza,
derramando pensamientos y palabras sobre cualquiera y
cualquier cosa.

Sus grandes ojos azules se mueven en la penumbra,
a derecha e izquierda, izquierda y derecha.
Y parecen, llenos de intensidad magnética,
como si estuvieran a punto de saltar
de sus órbitas.

Mientras observa,
tratando de seguir las piruetas de la sombra solitaria,
se pregunta en voz alta:
—¿Qué le pasa a este tipo?
Calle abajo, ajeno a ser observado,
hace malabares mientras se sienta alto sobre los adoquines,
pedaleando la rueda única en ráfagas rápidas.

Pegado al sillín,
su cuerpo se retuerce y contorsiona
en ángulos imposibles, círculos acrobáticos,
desafiando la gravedad con cada movimiento:
hacia atrás, hacia abajo, hacia arriba y hacia los lados.
—Hace malabares mientras mantiene el equilibrio,
sus manos incansables mantienen múltiples objetos
flotando en el aire,
pero nunca maneja más de dos a la vez.

A pesar de los vaivenes, giros y vueltas,
nunca pierde el enfoque ni la concentración
y lo hace todo con absoluta confianza
y determinación resuelta.

—Sí, sí, sí, pero ¿por qué hacer malabares? —
el quisquilloso pendenciero divaga sin parar—.
¿Y qué?
¿A quién le importa vivir una vida al borde,
llena de contorsiones y casi accidentes
a cada paso?
—Porque eso es lo que hacemos en la vida —
susurra la razón—.

Hacemos malabares y nos esforzamos
por mantener el equilibrio,
y a través de la práctica y la experiencia,
aspiramos a dominar ambos,
como él lo hace,
hasta que se sientan naturales.

Finalmente,
la razón prevalece, y el quisquilloso pendenciero concede:
—Como el malabarista,
una y otra vez,
nos esforzamos y luchamos por las calles de la vida,
a veces desafiando lo imposible
y lo improbable.

Eso es lo que hacemos,
Eso es lo que somos:
buscamos, encontramos, conquistamos
y luego nos aferramos con fuerza a la vida.
—Para mantener el equilibrio
y dominar el arte de hacer malabares,
se requiere un esfuerzo disciplinado e implacable,
pues ambos son claves esenciales
para una vida plena y equilibrada.

*

Mientras termino de leer, imagino vívidamente los movimientos del acróbata. Puedo sentir su libertad, casi tocarla.

—Entonces, en la vida, debes hacer malabares para mantener el equilibrio —comienza mi mentor, con una voz firme y deliberada—. Pero para lograrlo, tendrás que aprender y practicar sin cesar. Ambas cosas te otorgarán el conocimiento, la experiencia y la confianza en ti mismo para realizar lo aparentemente imposible sin miedo. Eso sí, como el quisquilloso pendenciero, siempre estarás rodeado de ignorancia y pesimismo. Los detractores siempre estarán ahí... hasta que tus resultados los silencien. Y, por encima de todo, nunca olvides que mantener el equilibrio requiere un trabajo arduo y constante.

Agarro cada palabra que dice, deseando que continúe, pero ese es su estilo: preciso, en movimiento, breve y siempre directo al grano.

—Muy bien entonces —dice el señor Morris enfáticamente, ya inmerso en la búsqueda de nuestra próxima lectura.

Pasa las enormes páginas del libro hasta que encuentra lo que busca. Cuidadosamente, coloca el libro abierto frente a mí. En la página derecha veo una imagen pintada a mano de un equilibrista suspendido muy por encima de una multitud de espectadores. Entonces, mis ojos captan el poema que hay debajo.

Repaso las líneas brevemente antes de empezar a leerlas en voz alta.

El Equilibrista

Nuestras vidas se asemejan a las de los
equilibristas de circo.

Caminamos por un alambre fino y estrecho,
pero sólido:
nuestra vida emocional.

El alambre sirve como nuestro sistema de soporte,
tejido con miles de filamentos
firmemente entrelazados.

Dentro de él se encuentran, entre otros,
nuestros sentimientos, fe, amigos y familia.
El equilibrio es exigente y desafiante,
requiere concentración constante, práctica y atención,
igual que el alambre.
La vida oscila,
de arriba abajo, de derecha a izquierda.

A medida que el equilibrista
desliza con cuidado cada zapatilla hacia adelante,
acariciando suavemente el alambre,
su hazaña, como nuestras vidas,
se convierte en un delicado acto de equilibrio.

Cuanto más perfecciona su sentido del equilibrio,
al igual que nosotros,
más sabiduría y experiencia adquiere,
y más confianza en sí mismo desarrolla.

Porque para un hombre en el alambre,
la perfección casi absoluta
es esencial en cada uno de sus movimientos
cuidadosamente coreografiados.

Sin una sólida vida emocional que nos apoye,
como el alambre de un equilibrista,
no puede haber equilibrio en la vida.

Cuando caemos en excesos de esfuerzo (como el trabajo),
o excesos de ocio (como la diversión),

perdemos nuestro equilibrio
y caemos del alambre.

Las redes de seguridad debajo,
si tenemos la fortuna de tenerlas,
se convierten en nuestros salvavidas.
Cuando estamos sostenidos por el alambre,
y si logramos una sólida confianza en nosotros mismos,
podemos caminar sin ayuda
a través de los vaivenes de la vida.

Pero el equilibrio supremo
solo se alcanza siendo el Equilibrista,
con la vara:
La vara es el Amor.

*

—¿Todos somos equilibristas, señor Morris? —pregunto.

—No, pero todos deberíamos aspirar a serlo —responde.

—Además de evitar caer del alambre hacia los excesos, ¿por qué deberíamos intentarlo?

—El equilibrio es uno de los fundamentos de la felicidad —explica—. Pero tan importante como el equilibrio es, el verdadero mensaje detrás de este escrito es sobre la libertad interior. La libertad es peligrosa, muchacho. Comienza dentro de ti, y su práctica exige una clase de autoconfianza que solo la experiencia y el conocimiento pueden proporcionar.

Hace una pausa, dejando que el peso de sus palabras se asiente antes de continuar.

—No hay una expresión más verdadera del poder que la libertad interior otorga que la actuación de un acróbata. Un acróbata se nutre de ella y actúa porque extrae fuerza de esa libertad interior.

Mientras habla, una realización profunda surge en mí: soy yo quien debe ser libre por dentro.

—La libertad está dentro de mí —digo de repente, asintiendo mientras una tranquila y sabia sonrisa se forma en mis labios.

Las palabras flotan en el aire de la vieja librería, mezclándose con el tenue olor del papel envejecido y el cuero. Permanecen sobre las filas de libros antiguos que han cumplido brillantemente su misión para mí hoy.

Y así es como todo comienza: con cuatro palabras. Un niño cautivado por libros antiguos y un hombre sabio que se convierte en una guía luminosa. Desde ese día en adelante y para siempre, lo he llamado *El Equilibrista*.

—— ✦ ——

Cuando el profesor termina su narración, un silencio contemplativo se apodera del aula. Entonces, una mano se levanta en la segunda fila.

—Sí, Meera —dice el profesor.

Meera, una estudiante de filosofía conocida por su habilidad para conectar la poesía con temas existenciales baja la mano y habla con reflexión.

—Profesor, en *El quisquilloso pendenciero y el malabarista ambulante*, el quisquilloso pendenciero representa el pesimismo y la ignorancia, mientras que el malabarista encarna el dominio y el equilibrio. ¿Cree que el quisquilloso pendenciero también podría simbolizar una parte de nosotros: ¿esa voz interna de la duda, más allá de la negatividad externa? Y, de ser así, ¿cómo podemos silenciarla mientras luchamos por mantener el equilibrio?

—Una observación excelente, Meera. El quisquilloso pendenciero ciertamente refleja no solo a los detractores externos, sino también a nuestro crítico interno. Silenciarlo no es tan simple como ignorarlo; en cambio, debemos aprender a canalizar su energía. El constante cuestionamiento del quisquilloso pendenciero, si lo reformulamos, puede agudizar nuestro enfoque y alimentar nuestra determinación. El dominio y el equilibrio se logran cuando permitimos que la razón y la perseverancia nos guíen, transformando la duda en fortaleza.

Meera asiente, visiblemente satisfecha con la respuesta, y comienza a tomar notas con rapidez.

Una mano se levanta al fondo. Liam, un estudiante de física con talento para conectar la ciencia y el arte, habla con un entusiasmo medido.

—Profesor, en *El Equilibrista*, la metáfora del equilibrista sobre el alambre enfatiza la importancia del equilibrio en la vida. Pero también mencionó el "palo del amor" como la herramienta suprema para el equilibrio. ¿Podría profundizar en cómo funciona el amor dentro de esta metáfora? ¿Es un estabilizador o crea sus propios desafíos para el equilibrista?

—Ah, Liam, has tocado una de las capas más profundas del poema. El palo del amor es, en efecto, un estabilizador, pero también es una fuerza que requiere un manejo delicado. El amor nos da estabilidad al otorgar propósito y significado a nuestro acto de equilibrio. Sin embargo, al igual que el palo del equilibrista, exige esfuerzo, habilidad y cuidado para mantenerlo. Si se maneja mal, puede desequilibrarte por completo. Sin embargo, el amor verdadero —ya sea romántico, familiar o platónico— guía al equilibrista, haciendo que el caminar por los desafíos de la vida sea más significativo.

Liam asiente con aprecio, su mente analítica visiblemente comprometida con el concepto poético.

Finalmente, Elena, una aspirante a escritora y estudiante de literatura, levanta la mano. Sus preguntas a menudo se centran en temas de libertad y creatividad.

—Profesor, en *El Equilibrista* menciona que la libertad comienza dentro de uno mismo y está vinculada al equilibrio y la autoconfianza. Pero en *El quisquilloso pendenciero y el malabarista ambulante*, la libertad parece más relacionada con superar la ignorancia y las fuerzas externas. ¿Cómo se reconcilian estas definiciones de libertad en los dos poemas? ¿Son dos caras de la misma moneda, o hay una distinción más profunda entre la libertad interior y la exterior?

—Perspicaz como siempre, Elena. Los dos poemas, en efecto, abordan la libertad desde perspectivas diferentes. *El quisquilloso pendenciero y el malabarista ambulante* enfatiza la libertad como un triunfo sobre las fuerzas externas: la ignorancia, la duda y las expectativas sociales. Mientras tanto, *El Equilibrista* se centra en la libertad interior, que se alcanza a través de la autodisciplina, el equilibrio y la confianza en uno mismo. Sin embargo, estas no son ideas opuestas; son interdependientes. La libertad exterior es incompleta sin la liberación interior, y la libertad interior pierde su significado sin involucrarse con el mundo. Juntas, forman una imagen completa de lo que significa ser verdaderamente libre.

Elena sonríe, visiblemente inspirada por la respuesta.

El tiempo se evapora en un abrir y cerrar de ojos. La campana que marca el final de la clase interrumpe el trance compartido del profesor y los estudiantes, devolviéndolos al presente.

—Y con eso, concluimos el viaje de hoy. Reflexionen sobre estas ideas a lo largo de la semana. Recuerden, la poesía no son solo palabras en una página; es una lente a través de la cual vemos y moldeamos nuestras vidas. Clase, continuaremos mi viaje de vida la próxima semana —anuncia el profesor, su voz teñida de final y promesa—. Nos vemos la próxima vez.

Los estudiantes comienzan a salir del aula, llenos de conversaciones reflexivas mientras el peso de las palabras del profesor permanece en el aire.

Capítulo 2

El mundo de los sueños

Hoy, la joven de cabello largo, rizado y dorado se sienta en la primera fila, esperando ansiosa su llegada.

El profesor Cromwell-Smith nunca ha presenciado un comportamiento similar. Son las 7:50 de la mañana —diez minutos antes de la hora programada— y sus estudiantes ya están sentados, en silencio y listos para comenzar. Percibe que ha capturado no solo su atención, sino también su imaginación.

Con una amplia y curiosa sonrisa, se pone de pie y pronuncia la palabra que se ha convertido en una de sus frases emblemáticas:

—¡Genial! Buenos días a todos.

—Buenos días, profesor Cromwell-Smith —responde la clase al unísono.

—Sigamos, entonces. Esta vez, les presentaré a alguien que ha sido muy importante para mí desde mi infancia.

Educada en París, esta amable y alegre mujer de mediana edad había recibido la mejor educación en La Sorbona. Poco antes del estallido de la Segunda Guerra Mundial, se enamoró profundamente de un acróbata de circo francés. Para gran decepción de sus padres, fue amor a primera vista. Al graduarse, se casaron, y ella lo siguió allá donde viajaba el circo. Su vida idílica, como una luna de miel prolongada, se truncó trágicamente cuando él fue llamado a servir a su país. Poco después de su partida, murió en combate, dejándola viuda de guerra y sola en su diminuta residencia "de temporada baja de circo" en un pequeño pueblo cerca de Cannes, en el sur de Francia.

Con el tiempo, regresó a Gales y asumió uno de los negocios familiares: la librería de libros infantiles antiguos, una tradición que había pasado de generación en generación. Este nuevo capítulo le sentó bien, ya que siempre había albergado un profundo amor por la lectura. A pesar de haber tenido muchos pretendientes a lo largo de los años, nunca volvió a abrir su corazón. Su único amor se convirtió en sus libros… hasta que yo llegué.

Todo en Victoria Sutton-Raleigh es pequeño: su voz, sus manos, sus pies, su tienda, y especialmente sus libros, que son, literalmente, pequeños. La visito todos los martes, y ella me invita a tomar té con leche y galletas de mantequilla escocesas. Su diminuta *Sutton-Raleigh Book Store for the Young* (fundada en 1893) es reconocida en toda Gran Bretaña y más allá como la mejor fuente de libros infantiles antiguos.

Para mí, la señora V., como la llamo, se siente como una abuela. Le encanta leerme, y cuando estoy en su tienda, siento mi verdadera edad: nada es demasiado complicado para entender o seguir.

—Joven Erasmus, ¿qué opinas de los sueños hoy? —me pregunta.

—Soñador, eso es lo que la señora Coe me llama todos los días —respondo.

—Bueno, eso es un cumplido, jovencito.

—No es como suena, señora V. Creo que lo dice para burlarse de mí —protesto.

—No importa lo que piensen los demás, soñar es ver la vida a través de lentes mágicos de aumento. Los soñadores son como magos, Erasmus. ¿Te gustaría convertirte en uno?

—Oh, sí, me encantaría.

—Entonces, súbete. Vamos a dar un paseo.

La señora V. se acomoda en su sillón Chesterfield burdeos, y yo me acomodo a su lado, listo para dejar que me guíe hacia el mundo ilimitado de los sueños.

El vendedor de globos

El joven con el tam-o'-shanter
deambula por el parque,
una nube de globos lo sigue dondequiera que va,
y uno por uno, los pequeños niños
vienen y se van,
con sus globos suavemente atados a sus pequeños dedos.

—¡Globos, globos, vendo globos!
¡Los vendo a buen precio!
Tengo rojos, azules y amarillos—
redondos, en forma de lágrima o de corazón.

Elige uno, ¡y este podría ser TU DÍA DE SUERTE!
Un susurro de una voz llega desde la nada.
El vendedor de globos se gira bruscamente,
su movimiento atolondrado enreda las cuerdas
y los globos que flotan sobre él.

El niño lo observa fijamente—
brazos cruzados, cabeza ligeramente inclinada—
con la pose de un cliente
bastante divertido, pero potencialmente serio.

—¿En qué puedo ayudarte, jovencito?
—¿Por qué vendes globos?
Mientras lucha por desenredarse,
mira amablemente a su inquisidor.
—Esa es una excelente pregunta, joven.

Lo que vendo son sueños.
—¿Sueños?
—Bueno, a medida que las personas crecen,
a menudo pierden la capacidad
o el deseo de soñar.

Así que, para ellos, es fácil comprar uno de mí.
—Pero no veo adultos comprando globos.
—Es cierto, solo los niños como tú
parecen tener interés,
y menos aún, pagar
por irse con sus sueños,
atados con un nudo alrededor de sus dedos,
flotando sobre sus cabezas dondequiera que van.

—¿Por qué soñamos?
—Para perseguir nuestros deseos y anhelos más verdaderos.
Finalmente liberando las cuerdas,
reúne sus globos
en un conjunto ordenado sobre él
y se enfrenta a su diminuto interrogador,
cuyo amplio porte no ha cambiado ni un centímetro.

—Pero muy pocos niños hacen
tantas preguntas como tú.
Así que, ¿sabes qué, niño?
¡Hoy es TU DÍA DE SUERTE!

Tu curiosidad está a punto de abrirte nuevas puertas.
Te llevaré de paseo
al mundo de los sueños y la imaginación.

Entonces, un globo gigante con los colores de un arcoíris
los eleva suavemente hacia el cielo abierto,
derivando lentamente hacia el horizonte infinito.
—Cuando soñamos, flotamos por encima de la realidad.
—Desde un globo, los campos se ven más verdes,
los árboles más frondosos,
los edificios y las calles
parecen ordenados con pulcritud,
y los lagos y ríos se asemejan
a los vasos sanguíneos de la naturaleza.
Porque mientras flotamos,
todo se mueve lentamente debajo de nosotros,
permitiéndonos ver y apreciar mejor
los detalles más finos de la vida.
—Como en un sueño,
en un vuelo en globo no hay dirección.
Viajamos sin destino,
lo que nos otorga absoluta libertad—
porque no tenemos restricciones
y nos sentimos sin filtros.
—Cuando soñamos,
vemos la verdad sobre nosotros mismos,
y visualizamos, deseamos y pensamos en la vida y las personas,
de la manera en que realmente sentimos por ellas.
—Cuando flotamos desde arriba,
también podemos ver
La Magnificencia de la Vida,

La perfección de la naturaleza, y
La Armonía y la Inmensidad del universo.

Lentamente, el globo gigante desciende de nuevo a la realidad.
Entonces, el vendedor de globos ata uno grande,
con colores brillantes y relucientes,
al dedo medio del niño,
y este se aleja sonriendo,
con sus sueños flotando sobre él.

—¡Globos, globos, vendo globos!
¡Los vendo baratos!
Tengo rojos, azules y amarillos.
Elige uno, ¡y este podría ser TU DÍA DE SUERTE!

*

Sigo meciendo mi cabeza, sonriendo con los labios apretados en una expresión algo payasesca, mientras imagino mis sueños flotando sobre mí, atados con finas cuerdas alrededor de mis dedos, impidiendo que se pierdan en el aire.

—Señora V., yo siempre vivo en un globo —confieso, algo desconcertado por mis propias palabras.

—Querido mío, qué maravilloso don tienes —se ríe con calidez.

—¿Pero por qué el mundo de los sueños pertenece solo a los niños?

—Esa es la lucha de cada adulto, ¿no crees? —responde con una sonrisa cargada de sabiduría.

—¿La gente simplemente deja de soñar cuando crece? —pregunto.

—Sí, lo hacen —dice suavemente—. Permiten que la realidad tome el control, apagando su capacidad de sentir y desear sin filtros.

—Supongo que una vida sin sueños es una vida sin color —digo, algo dubitativo.

—Es una vida apagada, agria —asiente la señora V.—. Una vida vivida siempre a ras del suelo.

—¿Soñar te hace feliz?

—Por supuesto que sí, ya que la inspiración y la dicha son necesarias para soñar, y ambas son de los ingredientes más esenciales de la felicidad.

—Entonces, señora V., ¿cuándo sueño, mi mente no está al mando?

—Exactamente, mi aprendiz. Cuando sueñas, tu cerebro es simplemente un testigo silencioso, un archivo de los registros de tu vida del que tu fábrica de sueños selecciona todo lo que necesita para sus creaciones.

La señora V. se pone de pie, camina por el estrecho pasillo y selecciona un libro de una estantería detrás de su escritorio. Al regresar, su sonrisa ilumina la habitación, con las gafas de lectura peligrosamente apoyadas en la punta de su nariz, como si fueran a caerse en cualquier momento mientras baja la mirada para encontrar la página correcta.

A medida que se acerca, el aroma del cuero envejecido y el papel antiguo la envuelve, mezclándose con el constante tic-tac del reloj de pared antiguo. En ese momento, la señora V., mi mentora hechicera, y este escenario mágico se sienten absolutamente encantadores.

—Esto —dice, levantando el libro— es una pieza maravillosa sobre un niño como tú.

El niño fisgón y el granjero ermitaño

El niño se inclina hacia adelante,

sus manos presionadas contra la tierra,
sus piernas dobladas, sus pies apenas rozando el suelo
con la punta de los dedos.
Está listo para lanzarse como un velocista.

Pero su cabeza cuenta una historia diferente.
Mira hacia la distancia,
su cuello extendido hacia adelante,
inclinado ligeramente hacia un lado.

¿Es una mirada intensa?
¿Solo está observando con atención?
No. Su cuerpo irradia tensión,
mientras su cabeza emana calma,
un cuerpo, dos relatos.

Está espiando, eso es lo que hace.
No quiere ser visto,
porque está observando algo que no debería,
algo que le han dicho incontables veces que no mire.
Y, aun así, lo hace de todos modos.

Entonces, ¿qué está haciendo...?
Sueña.
Sueña a pesar de las deslumbrantes luces
que salen del granero en la distancia.

Su vecino, un ermitaño peculiar con un andar
y una voz extraños,
construye cohetes caseros y los lanza alto hacia el cielo.

El niño sueña con el granjero mago
que convierte lo imposible en realidad.

Se maravilla ante la terquedad del hombre,
su implacable determinación,
incluso cuando sus cohetes fallan una y otra vez.

El niño está asombrado por su creatividad
y su energía ilimitada.
'Eso es lo que quiero ser,' razona.
'Quiero alcanzar las estrellas, los planetas.
Quiero volar por el espacio y el universo.'
'A través de él, he aprendido
que todo es posible,
aunque en casa me digan que no,
aunque me prohíban mirar,
incluso si quienes me rodean
no entienden lo que significa soñar.'

El niño se inclina aún más hacia adelante,
visualizando la vida que tiene por delante.
Ya está viviendo en el futuro.
Sabe lo que quiere.
Sabe hacia dónde va.

Y su viaje comienza justo ahí,
arrodillado en un campo de tierra,
espiando una fábrica de cohetes prohibida en un granero,
construida por un improbable granjero-astronauta.

Comienza con un sueño improbable
y aparentemente imposible—
el sueño de un niño fisgón y el granjero ermitaño.

*

—Ese eres tú, ¿verdad? —pregunta ella, con una voz suave
pero segura.

—Sí, señora V., ese soy yo, sin duda —respondo, esbozando una tímida sonrisa.

—Erasmus —dice, inclinándose más cerca, con un tono ahora serio pero lleno de calidez—. Recuerda siempre esto: nada puede impedirte soñar. Cuando sueñas, visualizas cómo quieres moldear tu futuro. Cuando sueñas, no hay límites para lo que puedes lograr.

— ✦ —

A medida que la voz del profesor se desvanece y los estudiantes permanecen en un silencio contemplativo, una mano se levanta lentamente en la segunda fila.

Hannah, una estudiante de filosofía de voz suave y apasionada por explorar las emociones humanas, se inclina ligeramente hacia adelante. Su cabello castaño rojizo enmarca su rostro, a menudo iluminado por la curiosidad.

—¿Sí, Hannah?

—Profesor, en *El vendedor de globos*, el acto de comprar globos parece simbólico de recuperar la capacidad de soñar. Pero el poema sugiere que los adultos a menudo pierden esa capacidad a medida que envejecen. ¿Por qué cree que sucede esto? ¿Y es realmente posible que los adultos se reconecten con la imaginación sin filtros que poseen los niños?

—Una observación perspicaz, Hannah. Los adultos pierden su conexión con los sueños por muchas razones: las expectativas sociales, el peso de las responsabilidades o un creciente cinismo sobre lo que es posible. Los niños, en cambio, viven en un estado de asombro, libres de esas limitaciones. Para reconectar con esa imaginación sin filtros, los adultos deben fomentar conscientemente la curiosidad, aceptar la vulnerabilidad y permitirse inspirarse en las maravillas simples de la vida, como los globos flotantes en el poema. No es fácil, pero está lejos de ser imposible.

Hannah asiente, visiblemente intrigada, mientras escribe en su diario.

Una mano se alza desde la última fila.

Ethan, un estudiante de ingeniería con talento para construir intrincados modelos mecánicos, se sienta erguido. Sus gafas de montura oscura brillan bajo la luz del aula mientras las ajusta, su rostro mezcla de intriga y entusiasmo.

—Profesor, en *El niño en la imagen*, el niño se inspira en los improbables experimentos de cohetes del ermitaño, a pesar de que quienes lo rodean le dicen que no debe soñar. ¿Cree que esto refleja cómo la sociedad a menudo sofoca la creatividad? ¿Y qué tan importante es rebelarse contra esas limitaciones para lograr la innovación?

—Ah, una excelente pregunta, Ethan. La sociedad a menudo impone límites a la imaginación, equiparando los sueños con la impracticabilidad. Sin embargo, como demuestra el niño, la rebelión contra esas limitaciones es vital para la innovación. La verdadera creatividad surge de la voluntad de desafiar normas y romper barreras. La admiración del niño por la persistencia del ermitaño refleja cómo los avances suelen surgir de la determinación inquebrantable de los soñadores que se niegan a aceptar lo 'imposible' como respuesta. Su rebeldía no es destructiva, sino constructiva: es la base de sus aspiraciones futuras.

Ethan sonríe, claramente conectado con la relación entre los sueños y las maravillas de la ingeniería.

Otra mano se levanta desde la primera fila.

Sophia, una estudiante de escritura creativa conocida por su vívida narrativa y su agudo ingenio se inclina ligeramente hacia adelante. Su cuaderno floral está abierto, lleno de anotaciones coloridas y poemas a medio terminar.

—Profesor, tanto *El vendedor de globos* como *El niño en la imagen* exploran los sueños, pero desde perspectivas diferentes: uno enfatiza la imaginación y la libertad, mientras que el otro destaca la determinación y la resiliencia. ¿Cree que estos dos aspectos de soñar—la creatividad y la persistencia— son igualmente importantes para dar forma a nuestras vidas, o uno es más crítico que el otro?

—Qué hermosa pregunta, Sophia. Tanto la creatividad como la persistencia son esenciales para moldear nuestras vidas, aunque cumplen propósitos diferentes. La creatividad, como se ve en *El vendedor de globos*, nos permite imaginar posibilidades y ver el mundo con ojos nuevos. La persistencia, como se muestra en *El niño en la imagen*, nos permite convertir esas posibilidades imaginadas en realidad, incluso cuando enfrentamos obstáculos. Una inspira, y la otra impulsa la acción. Juntas forman una sinergia perfecta: un juego dinámico que alimenta tanto los sueños como su realización.

Sophia sonríe, su mente creativa visiblemente inspirada por los comentarios del profesor.

El profesor echa un vistazo al reloj y señala el final de la discusión.

—Y con esto, mis queridos estudiantes, concluimos la sesión de hoy. Que estos poemas les sirvan de recordatorio de que soñar no es un acto pasivo; es una forma de dar forma a su futuro. Nos vemos la próxima semana. Clase, pueden retirarse —dice el eminente profesor, poniéndose de pie distraídamente mientras los recuerdos de su vida pasada revolotean en su mente.

Los estudiantes comienzan a salir del aula, sus rostros iluminados por pensamientos y conversaciones.

—¿Demasiada coincidencia? —se pregunta la joven de cabello rizado y rubio mientras deja el aula, perpleja.

44

Capítulo 3

Perseverancia y determinación

Mientras el sabio profesor pedalea su vieja bicicleta a través de las hojas de otoño, se pregunta, dada su condición, cuánto tiempo más—o incluso cuán seguro—es seguir con este acto de equilibrio todos los días.

«Supongo que solo pararás después de que te lastimes», reflexiona, concluyendo, como de costumbre, en la única forma que conoce.

«De ninguna manera, eso solo me dejará en tierra mientras me recupero. ¡Resiliencia! Ese será el tema de hoy», razona el distraído profesor mientras entra en su aula.

Luego, frente a sus estudiantes, Cromwell-Smith se detiene, momentáneamente desconcertado mientras un vívido recuerdo del momento en que aprendió sobre la resiliencia lo invade.

—Clase, hoy les hablaré sobre un período de mi vida en el que aprendí sobre la disposición, la determinación y cómo nunca, nunca rendirse. Déjenme llevarlos atrás en el tiempo, solo un par de años más adelante en la historia.

Poco después de mi décimo cumpleaños, aunque de mala gana, empiezo a jugar rugby todos los días en la escuela. Sin embargo, tengo un problema serio: me tuerzo el tobillo cada vez que piso una superficie irregular. No solo es doloroso— cada vez mi tobillo se hincha como si me hubiera picado una abeja—sino que también es profundamente desalentador, ya que me retrasa en los entrenamientos con el equipo.

Finalmente, me colocan una plantilla ortopédica para mi pie derecho, y como por arte de magia, el problema desaparece. Sin embargo, mi tobillo me da la excusa perfecta para convencer a mis padres de poner fin a mi breve incursión en el mundo de los deportes. ¡Larga vida al mundo de los libros!

Justin Morris IV, el Equilibrista, nació en una familia con una inmensa fortuna, transmitida a través de tres generaciones. Lamentablemente, gran parte de esa riqueza fue derrochada por el pobre juicio y los hábitos de bebida de su padre, Justin Morris III. Lo poco que quedó le otorgó tres grandes bendiciones: primero, la experiencia única de vida al haber viajado por el mundo con su familia. El joven Morris IV pasó varios años viviendo como un príncipe en la India, seguido de estancias igualmente lujosas en Melbourne, Ciudad del Cabo y Shanghái. Segundo, recibió una educación excepcional en Eton. Tercero, antes de que las fortunas de la familia se desmoronaran, le confiaron la tienda de libros antiguos que la familia poseía en Gales.

Justin rápidamente se enamoró de la tienda, ya que su pasión por los libros se convirtió no solo en su refugio, sino también en su vocación. Su bigote estilo "manillar" se convirtió en su marca personal, identificándolo como un excéntrico anticuario encantador. Divorciado desde hace años, con hijos adultos que viven sus propias vidas, mi presencia en su vida parece llenar parte de los instintos paternales que anhelan los años pasados de la infancia de sus hijos.

«Me siento como un suplente. ¿Y qué? No tiene nada de malo ser un reemplazo», me digo, aceptando mi papel en su vida.

Hoy, Morris-Rose and Sons ha estado inusualmente ocupada con visitantes de Londres. El señor M., como a veces lo llamo, ha mostrado una paciencia infinita con los clientes, culminando en mi ayuda para cargar veinte libros en su vehículo.

—Ahí lo tienes: un mes de ventas en solo dos horas —dice, sonriendo.

Está feliz, me doy cuenta, incluso mientras reprimo la parte más oscura de mí que quiere quejarse por la espera.

—Señor Morris, han pasado diez días y el tobillo no se ha doblado de nuevo. No sé cómo logré seguir practicando y jugando, pero lo hice —digo, convenientemente omitiendo mi eventual abandono del mundo del esfuerzo físico.

La tienda está tranquila ahora, en ausencia de clientes, pero mis sentidos están agudizados. Puedo escuchar los pequeños sonidos del mundo de los libros: páginas que se abren y se cierran, un libro que se saca o se guarda en un estante, cajones que se mueven, puertas que chirrían, todo mezclado en un interminable y suave murmullo en el fondo de mis pensamientos y lecturas.

El Equilibrista está ocupado explorando un estante completo. En lo alto de la escalera de madera, finalmente saca un libro delgado y azul. Desde mi punto de vista, la silueta del anciano de pie en la cima de la escalera parece brillar, como si rayos de luz se filtraran a través de su figura. Agita el libro hacia mí con entusiasmo, un momento inolvidable: un delicado acto de equilibrio y una vívida muestra de su pura pasión por lo que más ama.

—Querido muchacho —dice, bajando cuidadosamente—, la resiliencia es una virtud que te llevará a superar cualquier dificultad u obstáculo. Si la haces parte de tu esencia, tejiéndola en tu naturaleza, nunca te abandonará. Aquí tienes algo al respecto. ¿Por qué no lo lees para ambos?

El regalo de la vida

Cuando escuches los susurros del dolor,
contrarréstalos con los sueños del mañana.

Cuando sientas las trampas del fracaso,
lucha contra ellas con la emoción
y el entusiasmo de estar vivo.

Cuando sientas vacío y soledad,
afróntalos con tu fe
y la fuerza de tu corazón.

Cuando te encuentres en las fauces de la derrota,
resiste con convicción y tenacidad.
Cuando te sientas agotado y exhausto,
derríbalo recuperándote y recargando energías con entusiasmo.

Cuando te consumas por la ira venenosa,
disípala con gracia y el poder del perdón.

Cuando te sientas atrapado y sin opciones
en los interminables laberintos de la vida,
conquístalos dando vueltas, buscando y buscando,
pero nunca, nunca rindiéndote,
hasta encontrar el camino.

Y cuando hayas desafiado a la vida de estas maneras,
recuerda siempre—
estas hazañas son siempre
lo que se espera de ti,
lo que se requiere de ti,

ya que Dios te otorgó el 'regalo de la vida.'

*

—Así que, cada desafío, pena o dolor—cada obstáculo o montaña por escalar—tiene una contramedida para superarlo. Nunca debes quedarte quieto, esperando que las cosas sucedan. Siempre reacciona, incluso si esa reacción es pequeña o implica elegir no actuar en absoluto. Recuerda, en el gran esquema de las cosas, eres responsable, y debes estar agradecido por tu vida —aconseja el Equilibrista—. Pero lo que impulsa la resiliencia es nuestro propio fuego interior. Cuando aprendemos a reconocerlo y aprovecharlo, nos da una fuerza indomable.

El señor Morris hojea rápidamente el libro hasta que llega a una página repleta de vibrantes tonos rojos, amarillos y azules. Se detiene y comienza a narrar, con su voz cargada de emoción y un ritmo rico en pasión.

La pequeña llama que nunca oscila, fluctúa ni titubea

En lo más profundo de mi corazón,
en un lugar donde las emociones son puras,
donde los sentimientos no están editados,
en el Nido del Amor y su plataforma de despegue,
donde las pasiones reinan libres,
con una fuerza indomable,
se encuentra esta pequeña llama,
inquebrantable, inextinguible,
que simplemente
no se apaga,
no se rinde, no muere.

Continúa ardiendo y girando,
de manera constante y obstinada,
con un calor abrumador y
una intensidad imparable,
sin importar qué, sin importar cuándo.

Sus tonos serenos de azul y amarillo
son asombrosamente hermosos,
sus cegadores rojos y naranjas
deslumbrantes y poderosos.

Así que me pregunto,
'¿Qué es la vida sin nuestra pequeña llama?
¿Qué somos sin ella?'
Bueno, o vivimos una vida
en blanco y negro o una en tecnicolor,
con nuestro fuego interior ardiendo sin fin dentro de nosotros.

En lo más profundo de mi corazón,
lleno de sentimientos, emociones, pasiones y Amor,
se encuentra esta pequeña llama,
inquebrantable, inextinguible,
que simplemente
no se apaga.

Sin importar qué, sin importar cuándo,
simplemente no se rinde,
simplemente no muere,
nunca vacila,
nunca titila,
nunca termina.
*

Cuando el señor M. cierra el libro azul delgado con cuidado
deliberado, sus manos se quedan sobre su desgastada cubierta,

como si se resistiera a separarse de sus palabras. Me mira con una expresión mezcla de nostalgia y determinación.

—Eso es lo que tiene la resiliencia, querido muchacho —dice suavemente—. Es un regalo que te das a ti mismo cada vez que eliges seguir adelante.

Por un momento, la habitación se queda en silencio, salvo por el leve crujido de la vieja escalera de madera al balancearse bajo su toque. El suave susurro de las páginas y el distante tic-tac del reloj antiguo me anclan a la realidad de este espacio, aunque mis pensamientos parecen estar lejos. Miro el libro azul, que aún brilla débilmente bajo la cálida luz, sus palabras resonando en mi mente.

Cuando el señor Morris se gira para devolver el libro a su lugar en el estante, me doy cuenta de que esto no fue solo otra lección. Fue un vistazo a su esencia: un hombre cuya llama inquebrantable lo ha guiado a través de los desafíos de la vida. Y en este momento, empiezo a ver la mía.

Es la primera vez que veo al señor Morris emocionado. Al observarlo, comienzo a valorarme un poco más. Me doy cuenta de que hay fortalezas dentro de mí—reservas ocultas de resiliencia—que necesito reconocer, aprovechar y cultivar para tener éxito en la vida.

—— ❖ ——

El suave zumbido del aire acondicionado del auditorio acompaña el silencio mientras la voz del profesor Cromwell-Smith se desvanece. Levanta la vista, momentáneamente desorientado, como si estuviera soltando el vívido recuerdo que acaba de compartir. A su alrededor, los estudiantes permanecen atentos, sus expresiones reflejan una mezcla de reflexión y anticipación. La luz dorada que se filtra a través de las altas ventanas llena la sala con una calidez tranquila, proyectando largas sombras sobre las filas de asientos.

El profesor Cromwell-Smith endereza su postura y junta las manos ligeramente, cambiando el tono mientras se dirige a la clase.

—Y eso —dice, con una voz cargada con el peso de las décadas vividas—, es una de las lecciones más profundas que el señor Morris me enseñó. La resiliencia, como esa pequeña llama, arde dentro de todos nosotros. Pero depende de nosotros cuidarla, protegerla y dejar que nos guíe a través de las tormentas de la vida.

Hace una pausa, permitiendo que la gravedad de sus palabras impregne el ambiente de la sala.

Los estudiantes se inclinan ligeramente hacia adelante, cautivados por el poder silencioso de su presencia, con los bolígrafos listos para capturar cualquier fragmento de sabiduría que pueda seguir.

—Y ahora —continúa, mientras su mirada recorre la clase—, me gustaría escuchar sus pensamientos.

El momento flota en el aire, completando la transición del pasado al presente, mientras los estudiantes se preparan para un diálogo inspirado por la historia. Cuando las palabras finales del profesor se disipan, una mano se levanta en la segunda fila, y el profesor hace un gesto hacia el estudiante.

La mano pertenece a Amelia, una estudiante de psicología apasionada por comprender las respuestas humanas ante la adversidad. Sus ojos reflexivos se iluminan mientras comienza a hablar.

—Profesor, en *El regalo de la vida*, el uso repetido de contramedidas—sueños contra el dolor, fe contra la soledad, perdón contra la ira—sugiere un enfoque estructurado de la resiliencia. ¿Cree que la resiliencia es puramente una habilidad adquirida o podría ser algo inherente en nosotros que solo necesita ser descubierto?

—Una excelente pregunta, Amelia. La resiliencia, como ilustra el poema, depende de contramedidas: decisiones deliberadas que tomamos en respuesta a los desafíos. Si bien algunas personas parecen tener una predisposición natural hacia la resiliencia debido a su temperamento o crianza, es fundamentalmente una habilidad que puede desarrollarse. Los actos repetidos de contrarrestar la negatividad con positividad, de negarse a sucumbir, construyen gradualmente un marco interno de resiliencia. Con el tiempo, este marco se convierte en parte de quienes somos, una fuerza reflexiva de la que nos valemos en los momentos de necesidad.

Amelia asiente, escribiendo sus notas pensativamente, mientras otra mano se alza en el fondo de la sala.

—Sí, al fondo.

La mano pertenece a Liam, un estudiante de ingeniería que frecuentemente relaciona conceptos abstractos con aplicaciones del mundo real. Su voz transmite una mezcla de curiosidad y convicción al hablar.

—Profesor, en *La pequeña llama que nunca oscila, fluctúa ni titubea*, la imagen de la llama como algo delicado pero indomable parece paradójica. ¿Cómo puede algo tan pequeño y vulnerable encarnar una fuerza tan inmensa? ¿Y qué nos enseña eso sobre nuestro propio fuego interior?

—Ah, una observación perspicaz, Liam. La llama en el poema es, en efecto, paradójica: pequeña, pero inquebrantable; delicada, pero duradera. Esto refleja la naturaleza de nuestra fuerza interior. La resiliencia no se trata de ser impermeable al daño, sino de continuar ardiendo, pase lo que pase. La belleza de la llama radica en su constancia, no en su tamaño. Nos enseña que nuestro fuego interior no necesita ser grandioso o dramático para ser poderoso; simplemente necesita persistir. Esa persistencia, silenciosa pero imparable, es lo que nos permite superar los mayores desafíos de la vida.

Liam se recuesta, claramente contemplando la profundidad de la metáfora, mientras otra mano se alza desde la primera fila.

—Adelante —dice el profesor.

La mano pertenece a Sophia, una estudiante de literatura conocida por conectar los temas poéticos con preguntas filosóficas más amplias. Su voz es calmada pero inquisitiva.

—Profesor, ambos poemas enfatizan la importancia de la fuerza interior para superar obstáculos. *El regalo de la vida* ofrece pasos prácticos, mientras que *La pequeña llama que nunca oscila, fluctúa ni titubea* se centra en la esencia emocional y espiritual de la resiliencia. ¿Cree que uno es más efectivo que el otro para fomentar la resiliencia, o son ambos enfoques igualmente necesarios?

—Qué hermosa pregunta, Sophia. Ambos enfoques son esenciales para moldear nuestras vidas, aunque sirven propósitos diferentes. *El regalo de la vida* proporciona un mapa, ofreciendo pasos prácticos para enfrentar los desafíos de la vida. Apela a nuestro lado racional, guiándonos con claridad en momentos difíciles. Por otro lado, *La pequeña llama que nunca oscila, fluctúa ni titubea* apela a nuestras emociones y espíritu, recordándonos el fuego interior que alimenta esas acciones. Juntos, crean un enfoque equilibrado hacia la resiliencia: estrategias prácticas arraigadas en una fortaleza emocional. Uno sin el otro podría tambalearse, pero juntos son formidables.

Sophia sonríe, visiblemente inspirada por la respuesta.

El profesor echa un vistazo al reloj y señala el final de la discusión.

—Y con esto, mis queridos estudiantes, concluimos la sesión de hoy. Recuerden, la resiliencia es tanto un arte como una disciplina, una armonía entre la acción y el espíritu. Que estos poemas los guíen a descubrir y nutrir su propia llama inquebrantable. Nos vemos la próxima semana. Eso será todo por hoy. La próxima sesión será... llamémosla mágica, y dejémoslo ahí —dice el profesor Cromwell-Smith, concluyendo su clase con una sonrisa misteriosa.

Los estudiantes comienzan a salir del aula, sus expresiones reflejan la profunda resonancia de la discusión mientras llevan las palabras del profesor a sus vidas. Esta vez, la clase no se vacía tras la salida del profesor.

Más tarde, se entera de que los estudiantes se quedaron atrás, formando rápidamente un equipo en redes sociales para crear un foro y un grupo de discusión sobre su clase de poesía.

«Los millennials siempre encuentran cómo interrumpir lo clásico o tradicional», reflexiona con silenciosa diversión, moviendo la cabeza mientras pedalea su bicicleta de regreso a casa.

56

Capítulo 4

La magia de la vida

Hoy es martes, y el profesor Cromwell-Smith llega tarde. Después de pasar horas buscando su libro infantil favorito, le quedan apenas diez minutos para llegar a su aula a tiempo. Ir en bicicleta está descartado: no lo conseguirá. A través de la ventana, ve pasar un coche patrulla del campus. Sin dudarlo, sale corriendo de la casa y comienza a perseguirlo.

—¡Pare! ¡Pare! —grita, agitando los brazos frenéticamente.

El oficial baja la ventanilla, con una expresión ligeramente divertida.

—¿En qué puedo ayudarle, profesor?

—Necesito un aventón. Sin su ayuda, joven, no llegaré a tiempo.

—Suba, profesor; no sería la primera vez que uno de ustedes, los genios despistados, necesita un rescate —responde el oficial con una sonrisa.

—Ehm —murmura Cromwell-Smith, ya perdido en sus pensamientos mientras se acomoda en el asiento del copiloto.

El oficial asiente con resignación, como diciendo que algunas cosas nunca cambian, y lo lleva a través del campus.

El profesor entra en el aula con unos minutos de sobra, sujetando su preciado libro.

—Clase —comienza, con los ojos brillando—, hoy he traído un libro que dejó una impresión imborrable en mí cuando era niño. Le pedí tantas veces a la señora V. que me lo leyera *una última vez más*. El libro se llama *La Magia de la*

Vida, como sugiere el título, está lleno de ella. Permítanme llevarlos allí.

— ✦ —

Con mis padres y diez amigos en la ciudad, acabo de celebrar mi undécimo cumpleaños en el parque temático de Blackpool. Debo confesar que mi fascinación por los magos, hechiceros y la magia en general fue encendida por un par de libros que leí en la tienda de la señora V. Desafortunadamente, mi entusiasmo se desmoronó cuando visité la nueva tienda de magia en la calle principal. Descubrir los trucos tontos detrás de las ilusiones destrozó todas mis fantasías. Como había sucedido con la Navidad, llegué a una conclusión decepcionante: ¡no hay magia, y tampoco hay Papá Noel!

Es martes por la tarde, y la señora V. nota inmediatamente mi mal humor en cuanto entro en su tienda.

—¡Calamidad, calamidad calamitosa! —exclama, su tono teatral rompe mi abatimiento—. En esta tienda no hay lugar para los espíritus gruñones.

—No hay magia, señora V.; todo es una farsa. No existe —suspiro, completamente derrotado.

—Espera un momento, joven hechicero decepcionado. ¿De qué estás hablando? Hay magia en todas partes—dentro de ti y a tu alrededor. Siéntate, y lanzaré un hechizo literario sobre ti. Leeré algo absolutamente mágico.

La señora V. saca un libro lleno de tonos azules y amarillos vivos, cuya portada está adornada con un pequeño candado de bronce formado por dos puertas móviles con un ojo de cerradura en el centro. De su monedero, saca la llave más pequeña que jamás he visto. Desbloquea el libro, lo abre con cuidado y se sienta junto a mí en su querido sillón Chesterfield.

Con una sonrisa cómplice, encuentra el pasaje que busca y comienza a leer, su voz rebosante de alegría y encanto. El aire parece cambiar, y una vez más, la magia de la señora V. comienza a surtir efecto.

La magia de la vida

¿Qué es?
¿Es solo la luz filtrándose y fluyendo
a través de todo,
o los colores y tonos que lo pintan todo?

¿O las fuerzas de la naturaleza—
a veces gigantes dormidos,
otras veces, truenos rugientes?

¿Y dónde está?
¿Está en el paisaje abrumador
de las altas montañas?
¿En el verde translúcido de los mares tropicales?
¿O en la serena belleza de las flores?

¿Está en el sol explotando en miles de rojos
mientras se pone en el horizonte?
¿O en el brillo de la luna, que lanza su hechizo
a través del cielo nocturno
en infinitos tonos de blanco?

¿Está en la inocente sonrisa de un niño,
o en el pequeño perro moviendo la cola,
o en los ojos amorosos de una madre?
¿O en las incontables historias
de la sabiduría de la abuela?

¿O está simplemente en la familia sentada a la mesa,
riendo, discutiendo y compartiendo después de una comida?

¿O está simplemente en el estar aquí...?

¿Y dónde reside?
¿Solo está en las cosas simples,
o reside en la bondad?

¿Está en la pasión, la felicidad o el equilibrio?
¿Está en la euforia de ganar,
o en la decepción de perder?

¿Está en el disfrute apasionado
de los deportes competitivos,
o en la soledad tranquila
de extraordinarios esfuerzos individuales?
¿Está en el majestuoso vuelo de un águila,
el marco indestructible de un elefante,
los sonidos espaciales de una ballena,
o las mortales mandíbulas de un cocodrilo?

¿Está en la interminable belleza de una obra de arte,
o en la deslumbrante fantasía de una gran película?
¿Está en el placer culpable de una magnífica comida
o en la fiesta para los sentidos de una melodía eterna?

¿Está en el silencio y la paz
de la contemplación y la meditación,
o en el enriquecimiento continuo
del espíritu y el alma a través de la fe?

¿O está en nuestra capacidad para distorsionar
la realidad mundana?

¿Está en el mundo de los sueños, fantasías e imaginación—
de aquellos que se atreven a arriesgarse,
o en el mundo de los creadores, inventores y artesanos
que los convierten en arte, productos y oficios?

¿Está en el ingenio contagioso de la esperanza,
la inocencia desarmante del entusiasmo imparable?

¿O en los momentos fugaces de felicidad genuina,
cuando las trompetas del cielo tocan
nuestros "Ecos de la Vida"?

¿O está en la redención de nuestras faltas y errores
a través del poder del perdón y la humildad?
¿O está simplemente en la sonrisa
de quien se despierta cada día,
feliz y agradecido de estar vivo?

¿Podría estar en el choque total
entre la pasión infinita y la carne?

¿O está simplemente cuando estamos verdaderamente
enamorados,
y tu corazón ya no nos pertenece?

¿Dónde está, entonces,
esta vida encantada que Dios nos ha dado?

¿Qué es,
este hechizo mágico que nos otorga
el privilegio de estar vivos?

La respuesta está en todo lo anterior—
y mucho, mucho más.

Porque hay una alegría infinita
en cada segundo que estamos vivos.

La respuesta reside en nosotros mismos, y es evidente:
La magia de la vida está en todas partes,
en todo a nuestro alrededor.

Y para capturarla,
solo tenemos que *amar la vida*
tal como nos ha sido otorgada
Por Dios.

*

—Joven Erasmus, después de todo, ¿sí que existe la magia, ¿no? —pregunta la anciana, sus ojos brillando con calidez. —Señora V., usted es una verdadera maga, y sus libros son su varita mágica —respondo, aún asombrado por su capacidad de transformar mi estado de ánimo.

—Si es así, ¿me aceptarías como tu aprendiz de hechicera? —¡Ya lo soy! —exclamo—. Entonces, ¿eso es todo, señora V.? ¿Solo tengo que amar la vida?

—Añadiría algo más, hijo mío: ámate a ti mismo, ama a los demás y ama la vida, y todo será mágico—o más bien, un milagro mágico—para ti.

Dudo por un momento, luego pregunto:

—Me pregunto, señora V., ¿qué significa para mí? ¿Qué representa usted en mi vida?

Ella sonríe, con una expresión suave y sabia.

—Todos necesitamos personas especiales que saquen lo mejor de nosotros —dice.

—Entonces, ¿qué es usted para mí? —pregunto, medio en broma—. ¿Mi mentora, mi guía, una abuela autoproclamada?

Ella ríe, pero luego se pone seria, inclinándose hacia adelante.

—Esto es lo que soy para ti…

Abre el libro justo en el medio, y una figura mítica y deslumbrante cobra vida desde las páginas—sus colores son tan vivos que parecen saltar hacia mí. No puedo apartar los ojos de ella. Luego, con su voz llena de significado, comienza a leer.

El Unicornio Azul

¡Mago, Mago!
Tráeme un unicornio azul,
uno que rocíe magia a la vida,
inocencia y candor al espíritu,
luz y color al alma,
pasión y amor al corazón,
y sentido y propósito a cada día
que estemos vivos.

Y ¡zas!, de repente, estoy mirando mi sueño.
Con asombro y maravilla, contemplo mi fantasía…
¡Que se lance un hechizo, Mago!
Déjame tener un unicornio,
que sea azul como el cielo más claro,
y que sea tan fuerte
como para convocar todas las fuerzas del universo.

En mi unicornio quiero cabalgar por la vida,
en un viaje interminable,
girando y girando,
y convirtiendo los altibajos

en un "carrusel"
de círculos bien vividos y sin esfuerzo.

¡Mago, Mago!
Tráeme un unicornio azul,
uno de esos que hacen de la vida
un paseo en alfombra mágica,
uno que haga que todo
valga la pena.
*

Si hay momentos en la vida de un niño en los que todo su ser se llena de felicidad total, este es sin duda uno de ellos. Abrazo con fuerza a la señora V., mi imaginación desbordándose con mil sueños de aventuras junto a mi unicornio azul. Durante el resto de mi vida, este momento ha permanecido vivo como una de esas fantasías perdurables, reproduciéndose en innumerables variaciones, una y otra vez. De alguna manera, desde ese día, mi unicornio azul nunca me ha abandonado.

—Todos necesitamos uno en la vida, Erasmus —dice suavemente la señora V.

—No lo necesito; ya tengo uno —respondo con confianza.

Ella sonríe cálidamente y acaricia mi frente, sus dedos deslizándose por mi cabello.

—Joven, entonces eres afortunado, ya que nuestros unicornios azules en la vida solo existen si podemos verlos.

— ❖ —

Hoy, la clase se ha alargado treinta minutos más, pero nadie ha notado la campana. El profesor Cromwell-Smith ha terminado hace casi un minuto, de pie en silencio mientras sus estudiantes emergen lentamente de un estado casi hipnótico, uno por uno.

Entonces, ocurre algo inesperado. Algunos estudiantes comienzan a aplaudir. Gradualmente, el sonido se extiende hasta que toda la clase se pone de pie al unísono, rompiendo en un estruendoso aplauso para su desconcertado profesor. Por un momento, Cromwell-Smith se queda atónito, pero luego, una rara y humilde sonrisa asoma en su rostro, viviendo su propio momento mágico.

El aplauso se desvanece gradualmente, y una estudiante desde la fila del medio levanta la mano.

—Sí, adelante.

La estudiante es Emily, una estudiante de biología fascinada por la interconexión de la vida. Ajusta sus gafas mientras comienza, su voz firme pero curiosa.

—Profesor, en *La magia de la vida*, el poema parece argumentar que la magia está en todas partes: en la naturaleza, en la conexión humana e incluso en nuestra percepción de la vida misma. ¿Cree que esta magia es algo que descubrimos o algo que creamos para nosotros mismos a través de la forma en que elegimos vivir?

—Una excelente pregunta, Emily. El poema sugiere que la magia es tanto descubierta como creada. Existe de manera inherente en el mundo que nos rodea—en la grandeza de la naturaleza, la alegría de la conexión humana y la belleza del arte y la fe. Sin embargo, requiere un esfuerzo consciente percibirla, cultivar la mentalidad de amar la vida y apreciar sus maravillas. En ese sentido, la magia se convierte en una co-creación, una colaboración entre los dones del mundo y nuestra capacidad para reconocerlos y abrazarlos.

Emily sonríe, visiblemente satisfecha, mientras toma notas. Otra mano se levanta en el fondo.

—Sí, tú.

La mano pertenece a Marcus, un estudiante de ingeniería intrigado por la relación entre la imaginación y la innovación. Su tono es reflexivo pero incisivo.

—Profesor, *El Unicornio Azul* parece representar una visión idealizada de la vida: una de imaginación y propósito ilimitados. Pero en realidad, la vida no siempre es tan mágica. ¿Cómo podemos mantener este sentido de asombro sin desilusionarnos cuando la realidad no cumple con nuestras expectativas?

—Ah, señor Marcus, una pregunta profundamente perspicaz. El unicornio azul, como lo presenta el poema, es un símbolo de nuestras aspiraciones, sueños y la magia que esperamos encontrar en la vida. Pero su lección no trata de evitar la realidad; se trata de moldear nuestra percepción. La vida siempre tendrá desafíos y decepciones, pero la capacidad de ver la magia reside en nosotros. El unicornio azul existe para quienes se atreven a verlo—no como una negación de la realidad, sino como una forma de encontrar significado y belleza en ella. Se trata de transformar lo mundano en extraordinario a través de la perspectiva y la imaginación.

Marcus asiente, con una expresión pensativa mientras asimila las palabras del profesor. Otra mano se alza en la primera fila.

—Adelante.

Esta vez es Meghan, una estudiante de literatura que a menudo explora la profundidad emocional de la poesía. Su voz es calmada pero reflexiva.

—Profesor, tanto *La magia de la vida* como *El Unicornio Azul* exploran temas sobre encontrar belleza y asombro en la vida. Pero el primer poema parece estar arraigado en lo tangible—la naturaleza, la familia y la fe—mientras que el segundo se inclina hacia lo fantástico y simbólico. ¿Cree que necesitamos ambas perspectivas para apreciar plenamente la magia de la vida?

—Una observación astuta, Meghan. Ambas perspectivas son esenciales, ya que se complementan. *La magia de la vida* nos ancla en la belleza del momento presente, en lo tangible y real. Nos recuerda valorar lo que tenemos y encontrar alegría en el mundo tal como es. *El Unicornio Azul*, por otro lado, representa el potencial ilimitado de la imaginación y la aspiración. Nos insta a soñar, a ver más allá de lo ordinario y a crear una vida llena de maravillas. Juntas, estas perspectivas crean un equilibrio, ayudándonos a apreciar la magia en lo que es mientras nos inspiran a imaginar lo que podría ser.

Meghan asiente, con una pequeña sonrisa mientras reflexiona sobre la perspicacia del profesor.

El profesor echa un vistazo al reloj, regresando su rara sonrisa.

—Y con eso, mis queridos estudiantes, concluimos la sesión de hoy. Recuerden, la magia de la vida no solo se encuentra; se crea. Que estos poemas les recuerden buscar, abrazar y nutrir la magia dentro y alrededor de ustedes. Nos vemos la próxima vez.

Los estudiantes recogen sus pertenencias, sus expresiones iluminadas con inspiración mientras el profesor permanece junto a su escritorio, observándolos con un orgullo silencioso.

68

Capítulo 5

Coraje y valor

El profesor Cromwell-Smith se encuentra junto a su vieja bicicleta, frunciendo el ceño ante una rueda pinchada mientras revisa ansiosamente su reloj. Parece nervioso y desorientado cuando un hombre mayor en bicicleta se le acerca. El hombre se detiene, observa la situación y saca un pequeño bote de su bolsillo, entregándoselo al profesor.

—Tome, use esto —dice el hombre, dándole breves instrucciones.

El profesor Cromwell-Smith vacila, manipulando torpemente la rueda mientras intenta seguir las indicaciones. El hombre mayor, visiblemente frustrado, deja caer su propia bicicleta, aparta al profesor y toma el control. Con unos cuantos movimientos hábiles, conecta la boquilla al neumático, libera el contenido del bote y lo infla rápidamente.

En pocos momentos, la rueda queda reparada, y ambos vuelven a subirse a sus bicicletas, pedaleando hacia el campus.

—Profesor Lichstein, hoy ha sido mi salvador —dice Cromwell-Smith, intentando mostrarse amigable, aunque su tono suena algo forzado.

—Cromwell, de verdad debería aprender algunas de las cosas más básicas de la vida —responde Lichstein con sequedad—. Ya sabe, esas cosas mundanas que necesita para sobrevivir.

Los dos profesores llegan al edificio de la facultad, desmontan de sus bicicletas y las aparcan una al lado de la otra. Caminan juntos hacia la entrada, aunque la mente de Cromwell-Smith parece ya estar en otro lugar.

Mientras recorre los pasillos, está incluso más distraído de lo habitual. Sin embargo, cuando entra al aula, está completamente concentrado y listo para la lección del día.

Está en racha. Más temprano esta mañana, su clase estaba tan abarrotada que tuvo que pedir a varios estudiantes que se retiraran, explicándoles que no podían quedarse de pie en los pasillos. Les aseguró que intentaría conseguir un auditorio para la siguiente semana.

Ahora, cuando el profesor deja caer su desgastado maletín de cuero sobre el escritorio, el bullicio animado de la clase se desvanece. Su profunda y resonante voz llena el aula.

—Entonces, avancemos —comienza, con los ojos brillando de entusiasmo—. Hoy voy a presentarles a mi héroe, un hombre excepcional que ha tenido una profunda influencia en mi vida.

— ✣ —

Nigel Newton-Paine es un héroe de guerra. Al final de la Segunda Guerra Mundial, fue uno de los pocos oficiales británicos que pilotaban aviones estadounidenses. En una misión inolvidable, salvó la vida de toda su tripulación. Logró llevar de regreso a casa su bombardero *Flying Fortres* con solo uno de los cuatro motores en funcionamiento, un trozo del ala derecha desaparecido y el fuselaje lleno de agujeros de bala. Su copiloto y artillero estaban gravemente heridos, el tren de aterrizaje estaba parcialmente destruido, y aun así logró aterrizar el avión de manera segura.

Newton-Paine perdió el conocimiento en el momento en que apagó el motor restante. Cuando finalmente lo sacaron de la cabina, descubrieron que había recibido disparos en el abdomen y la pelvis. Las heridas eran tan graves que le llevó meses recuperarse, y nunca volvió a volar. Con una pronunciada cojera debido al daño en la cadera causado por los disparos de alta velocidad, fue aclamado como un héroe.

Paine Arts Books and Collectables (fundada en 1949) es una de las librerías de antigüedades más recientes en Hay-on-Wye. Después de un breve período en el servicio de inteligencia de Su Majestad, Nigel decidió dedicar su vida a la lectura y al estudio del arte y la música. Convertirse en un empresario independiente le permitió transformar su pasión en una carrera.

Lo visito cada dos viernes, aunque nunca me he sentido completamente cómodo con su excéntrica y distante personalidad. Su presencia me intimida, y su bastón, que siempre cuelga en la pared, me inspira un miedo irracional. Por razones que no puedo explicar del todo, mi instinto me dice que mantenga la distancia.

Cuando estoy cerca de él, soy más un observador que un participante. Las conversaciones con él se sienten como ejercicios de contemplación—calles de un solo sentido en las que escucho y aprendo. Y, sin embargo, a pesar de la incomodidad, cada visita amplía mis horizontes y profundiza mi comprensión del mundo.

Hoy, sin embargo, es diferente. Estoy sentado solo en la tienda, sintiendo una profunda tristeza. Mi tía, Catherine Cromwell, falleció esta mañana después de una larga enfermedad.

El señor Newton-Paine se acerca, con una expresión inusualmente amable.

—Joven, he oído las noticias y tengo un par de cosas que podrían ayudarte. Pero primero, déjame preguntarte esto:

¿Podemos ver belleza en medio del dolor? ¿Podemos seguir escuchando la música a pesar de la tragedia? ¿Podemos contemplar la adversidad con respeto, pero sin miedo? ¿Podemos permanecer en medio de una tormenta y creer verdaderamente que pasará?

Sin esperar una respuesta, selecciona un enorme volumen encuadernado en cuero y lo coloca en su atril de conferencias. Lenta, deliberadamente, con voz firme y resonante, abre el libro y comienza a leerme.

Una melodía a través de la lluvia

Hoy desperté
ante una elección,
inspirado,
recuerdo lo arduo que ha sido
llegar a esta encrucijada.

¿Es la felicidad una elección?
Me he preguntado,
una y otra vez,
una y otra vez.

Al final, la respuesta yace
en el lugar más inesperado:
Una melodía a través de la lluvia.

Las notas musicales se sienten húmedas,
empapadas por la incesante tormenta.

Y sin embargo,
la música se abre paso suavemente,
atravesando con delicadeza.
La canción se desliza y entrelaza con la lluvia,
su melodía y armonía

ahogando el ritmo,
ensordeciendo el sonido
de las gotas de lluvia.

Puedo escuchar la música en todas partes,
mientras el cielo tamborilea como una cascada.
Y sin embargo,
nada puede extinguir
la belleza y el poder
de Una melodía a través de la lluvia.

*

—Pero ¿cómo puede haber música en la lluvia? —pregunto, con escepticismo en mi voz.

—Si puedes escuchar y sentir música esparciéndose a pesar de la lluvia —dice, inclinándose hacia adelante con intensidad silenciosa—, entonces no solo puedes superar cualquier cosa en la vida, sino que también puedes encontrar alegría, incluso en las circunstancias más adversas.

—Una melodía a través de la lluvia —repito lentamente, dejando que las palabras se asienten en mi mente—. Me gusta mucho, señor N. Gracias.

Cuando me levanto para irme, vuelve a hablar, su tono más suave pero aun captando toda mi atención.

—Quédate un poco más, si lo deseas dice—. Tengo algo aquí que hará que tu tía sea tanto atemporal como inolvidable. Aquí va…

Él pasa la página del gran libro sobre su atril, aclara la garganta y comienza a leer. Su voz, cargada de reverencia, llena la sala.

Allá, allá, arriba por todo lo alto

Allá, allá, arriba por todo lo alto,
donde casi se puede tocar el cielo,
más allá del horizonte,
un arco iris interminable se extiende,
lleno de colores extraordinarios,
tan brillantes, tan radiantes,
un festín para los ojos,
más allá del asombro.

Apunta al cielo,
hacia los cielos,
y a través de él,
tras ser recogida por un ángel,
envuelta en polvo de estrellas mágico
y magia celestial,
surcando a la velocidad de un relámpago,
tu querida tía,
dejando la Tierra,
emprende su último viaje.

Y allá, allá arriba,
donde casi se pueden tocar las estrellas,
Catherine ahora descansa,
para siempre reposando tras un viaje
que no pudo completar del todo.

Allá, allá arriba,
donde yace el infinito,
solo mira el cielo nocturno—
y contempla la estrella brillante.

Mira cómo resplandece,
observa cómo centellea.

Esa es tu tía, tu amiga.

Esa es tu nueva compañera de viaje,
ahora iluminando tu camino por delante,
guiándote,
mientras completas tu propio viaje
por el planeta Tierra.

Allá, allá arriba,
donde uno está en el Cielo,
donde terminan los relucientes arcoíris,
se sienta una nueva estrella,
velando por ti,
tu guardiana para siempre.

*

Sobrecogido por la emoción, deambulo por la tienda del señor Newton-Paine, dejando que la belleza de sus palabras y su efecto calmante se apoderen de mí. Mientras me muevo, mis ojos se dirigen a los premios y artículos exhibidos en las paredes. Cada uno parece una historia esperando ser descubierta.

"Piloto, as de combate, salva la vida de sus compañeros de tripulación", leo en un artículo enmarcado, cubierto con caoba pulida y vidrio. Junto a él cuelga una medalla, brillando suavemente bajo la luz.

Me giro, y ahí está él, el hombre con el marcado balanceo de sus caderas, moviéndose por la tienda como un reloj. Instintivamente arregla, alinea y coloca libro tras libro en su lugar correspondiente. No puedo apartar los ojos de él. Algo en sus movimientos me recuerda tanto a mi tía. Ella también era sociable, una incansable abeja obrera. Pero la similitud que me tiene fascinado es mucho más profunda. Ella sufría de una cadera degenerativa, y la forma en que su cuerpo se movía mientras trabajaba refleja exactamente el ritmo de mi mentor librero.

—¿Cómo se siente ser un héroe? —pregunto con timidez.

Él se detiene por un momento y luego comienza a caminar hacia mí con otro marco en las manos. Este contiene un papel arrugado y amarillento, con una escritura apenas discernible.

—Querido muchacho —comienza, su voz firme pero reflexiva—, los viejos combatientes no se abren fácilmente. Hemos enterrado nuestros recuerdos muy profundo y duele demasiado desenterrarlos. Y, sin embargo… —Hace una pausa, mirándome directamente a los ojos—. Ser tu mentor lo hace casi sin esfuerzo. No hay nada más desarmante que los ojos inocentes de un niño—o de un joven como tú.

Señala el papel manchado en el marco.

—¿Ves esas marcas? Es sangre. Perteneció a un aviador que estaba en su lecho de muerte. Ambos estábamos convalecientes en el hospital de la base aérea. Se enteró de lo que había hecho y pidió verme. Las enfermeras me llevaron en una camilla hasta su lado, y él me dio esto. Aún no sé si lo escribió él mismo. Solo dijo una cosa antes de morir: 'El coraje vence a cualquier ejército y aniquila cualquier miedo.'"

Por un momento, el silencio pesa en la habitación. Estudio el papel, pero sacudo la cabeza.

—No puedo leerlo, señor N.

Él sonríe levemente.

—Déjame ayudarte. Haré mi mejor esfuerzo para no emocionarme demasiado.

Un férreo puñado de pocos

Habíase una vez
un férreo puñado de pocos.

Venían de tierras lejanas,
tenían voluntades forjadas en acero,
su bandera estaba grabada en sus espíritus,
su país esculpido en sus almas
y sus seres queridos profundamente tallados en sus corazones.

Su coraje superaba cualquier ejército,
aniquilaba todo miedo,
y su furia indomable, abrumadora,
no podía ser contenida,
ni detenida.
Cuando llegó el momento de defender y conquistar,
sus valientes corazones rugieron,
y la Tierra tembló.

Lucharon unos por otros con honor,
para defender y proteger su bandera,
su país
y a sus seres queridos.

Y fue así,
como la fuerza devastadora de su valor
arrasó con todo,
dejando nada a su paso.

Habíase una vez
un puñado de hombres fuertes.

Venían de tierras lejanas,
tenían corazones valientes

y no podían ser vencidos,
pues su bandera estaba grabada en sus espíritus,
su país esculpido en sus almas,
y sus seres queridos tallados eternamente en sus corazones.

*

Al caminar de regreso a casa esa noche, casi puedo sentir la violenta vibración de los controles del avión y escuchar el rugido ensordecedor del único motor que mantuvo el avión del señor N. en el aire mientras lo llevaba de regreso a la base. La historia permanece en mi mente, pintando imágenes vívidas de coraje y determinación que parecen casi demasiado extraordinarias para ser reales.

Mis pasos son más lentos de lo habitual, pesados por la magnitud de lo que acabo de aprender. Las palabras del señor Nigel resuenan en mis pensamientos, sus historias y poemas llenan el aire nocturno tranquilo a mi alrededor. Los artículos enmarcados y las medallas, el papel amarillo manchado de sangre y su inquebrantable coraje—todo permanece como una sombra que se niega a desvanecerse.

Las calles están silenciosas, y las estrellas brillan tenuemente arriba, su luz guiándome a casa. Con cada paso, siento que las lecciones del día se asientan dentro de mí, sus verdades echando raíces y listas para crecer en algo más grande.

— ✦ —

El profesor Cromwell-Smith emerge del pasado esta vez, con los ojos distantes y desenfocados. Toda la clase permanece en silencio, cautivada, reacia a que el momento termine.

Gradualmente, su mirada se desplaza del mundo de la memoria al presente. El aula parece quieta, pero cargada con el peso de la historia recién contada. Sus estudiantes permanecen inmóviles, sus expresiones una mezcla de asombro y contemplación, como si ellos también hubieran viajado en el tiempo y el espacio para presenciar el coraje y la resiliencia que él describió.

Él toma una respiración, su voz más suave ahora, mientras rompe el silencio.

—El coraje, mis queridos estudiantes, no es solo la ausencia de miedo; es la capacidad de actuar a pesar de él. Es la determinación inquebrantable de seguir adelante, incluso cuando cada paso parece imposible.

La voz del profesor Cromwell-Smith resuena suavemente, pero su mensaje cala profundamente en cada uno de los estudiantes presentes. El aire del aula parece pesado, como si las historias de valentía y sacrificio hubieran dejado una huella tangible.

—El coraje —continúa el profesor, dejando que su mirada recorra el aula— es lo que nos permite enfrentar no solo los retos, sino también a nosotros mismos. Es lo que nos impulsa a levantarnos cuando hemos caído, a seguir adelante cuando la adversidad parece insuperable. Y, sobre todo, es lo que nos define como seres humanos.

Un instante de silencio se instala mientras sus palabras se asientan. Entonces, una mano se levanta en la primera fila.

—Sí, adelante —dice el profesor, haciendo un gesto para invitar a la pregunta.

La mano pertenece a Clara, una estudiante de psicología conocida por su sensibilidad y perspicacia. Su voz es pausada pero segura.

—Profesor, en *Un férreo grupo de pocos*, el poema habla de un grupo que encuentra fuerza en su unidad y en sus lazos emocionales. ¿Cree que el coraje individual es siempre suficiente, o necesitamos el apoyo de otros para enfrentarnos a los mayores desafíos de la vida?

El profesor asiente lentamente, reflexionando por un momento antes de responder.

—Una pregunta profunda, Clara. El coraje individual es una fuerza poderosa, pero también limitada. Somos humanos, y como tales, necesitamos conexión, apoyo y el consuelo de los demás. El poema destaca cómo esos lazos —ya sean con compañeros de batalla, amigos o familia— pueden amplificar nuestra valentía. Sin embargo, incluso cuando estamos solos, nuestra capacidad de recordar y honrar esas conexiones puede darnos fuerza. En última instancia, el coraje no siempre se trata de enfrentarse al mundo sin ayuda; a menudo se trata de saber cuándo buscarla.

Clara asiente, visiblemente satisfecha, mientras escribe con rapidez en su cuaderno.

Otra mano se eleva desde el centro del aula.

—Sí, tú, adelante —dice el profesor, apuntando hacia la estudiante.

La mano pertenece a Gabriel, un estudiante de filosofía con un interés particular en las emociones humanas. Su tono es pensativo mientras habla.

—Profesor, en *Una melodía a través de la lluvia*, la música representa un tipo de belleza que persiste incluso en medio de la adversidad. ¿Cree que esa perspectiva puede aplicarse universalmente? Es decir, ¿todas las personas pueden encontrar una "canción" en su propia "lluvia"?

El profesor sonríe levemente, con un destello de aprobación en los ojos.

—Una pregunta fascinante, Gabriel. La respuesta corta es sí, todos podemos encontrar esa canción, pero requiere práctica. Es una cuestión de perspectiva, de entrenar nuestra mente y nuestro espíritu para buscar lo bueno, incluso en momentos oscuros. Para algunos, esa canción puede ser un recuerdo feliz, un acto de gratitud o la fe en un mañana mejor. No es fácil, y algunos días parece imposible, pero aquellos que logran encontrarla suelen descubrir que la música, aunque tenue al principio, se hace más fuerte con el tiempo.

Gabriel asiente lentamente, claramente reflexionando sobre las palabras del profesor.

Una última mano se levanta desde la parte trasera del aula.

—Sí, adelante —dice el profesor, señalando al estudiante. Es Andrea, una estudiante de literatura apasionada por la narrativa y los símbolos. Su voz es clara y firme.

—Profesor, *Allá, allá, arriba por todo lo alto* describe a la tía de Erasmus como una estrella que guía desde el cielo. ¿Cree que esa metáfora puede ayudarnos a superar el duelo, o existe el riesgo de aferrarnos demasiado al pasado?

El profesor inclina ligeramente la cabeza, considerando la pregunta.

—Una excelente observación, Andrea. La metáfora de la estrella no pretende anclarnos al pasado, sino más bien conectarnos con él de una manera que nos permita seguir adelante. Es un recordatorio de que aquellos a quienes hemos perdido todavía pueden influir en nuestra vida, no como una carga, sino como una fuente de fortaleza y sabiduría. El duelo es un proceso complejo, y cada persona lo vive de manera diferente, pero la clave está en encontrar formas de honrar a nuestros seres queridos mientras avanzamos hacia el futuro.

Andrea sonríe, agradecida por la profundidad de la respuesta.

El profesor observa el reloj, y una suave sonrisa se dibuja en su rostro mientras vuelve a dirigirse a la clase.

—Y con eso, concluimos nuestra sesión de hoy. Recuerden, el coraje adopta muchas formas: puede ser un acto de resistencia interna, un gesto de unidad, o incluso un cambio de perspectiva. Les dejo con estas palabras: busquen siempre su propia canción en la lluvia y sigan adelante, con valentía y determinación. Hasta la próxima.

Los estudiantes comienzan a recoger sus pertenencias, sus rostros reflejando la inspiración y la introspección de la clase. Mientras salen del aula, el profesor Cromwell-Smith se queda quieto por un momento, observándolos. En su expresión se mezcla el orgullo con una melancólica serenidad, como si él mismo estuviera reflexionando sobre las lecciones compartidas ese día.

Finalmente, recoge sus papeles y camina hacia la salida, el eco de sus pasos resonando suavemente en el aula vacía.

Capítulo 6

Los círculos de la vida

A veces no puede evitarlo: el profesor Cromwell-Smith no es una persona madrugadora. Sintiendo los estragos de la edad y cierta ansiedad por el deterioro de su salud, está de mal humor en esta mañana particular. Mientras sorbe su té en casa, el sonido de las gotas de lluvia golpeando contra la ventana parece reflejar sus pensamientos inquietos. Sin embargo, recuerda lo que aprendió de la señora V. hace mucho tiempo y decide cambiar su perspectiva. Para cuando sale por la puerta, el mal humor de la mañana ha dado paso a una tranquila determinación.

Al llegar al colegio, entra al aula con una energía que desmiente su estado de ánimo anterior. Su presencia es magnética, como siempre, y el aula se queda en silencio en anticipación. El resuelto profesor se coloca frente a sus estudiantes, listo para compartir uno de sus secretos favoritos.

—Clase, a veces nuestros días no comienzan bien, y, sin embargo, depende enteramente de nosotros dirigirlos en la dirección correcta. Recuerdo vívidamente un día particular en el que recibí una valiosa lección de vida.

— ✦ —

—¡Señora V.! —el taxista le gritó a la pobre anciana que cruzaba la calle. El lechero regañó a un par de niños que, accidentalmente, rompieron algunas de sus valiosas botellas al chocar sus bicicletas. El cartero le gritó a una señora embarazada porque no salió lo suficientemente rápido a recoger sus cartas. El camarero maldijo mientras echaba al borracho fuera del bar. El hombre indio del quiosco de prensa maldijo al creador cuando un adolescente derramó un refresco sobre sus revistas. El fontanero invocó a la madre de su compañero de trabajo cuando accidentalmente rompió una tubería en la que estaban trabajando, y el policía se desahogó, persiguiendo a un joven por merodear en el lugar equivocado. Mi profesor de historia rogó ayuda divina para que me otorgara sabiduría y responsabilidad, y mi madre me echó de casa cuando le dije que tenía un nuevo cabello blanco justo encima de su oreja derecha.

—¿Se ha vuelto todo el mundo loco? ¿Qué está pasando?

La señora V. me mira divertida, rascándose la cabeza, como si se preguntara qué hacer conmigo.

—¡Modicum, Modicum, Modicus! —recita, como si estuviera lanzando un hechizo de precaución, moderación y templanza sobre mí.

—Alma joven y perdida, necesitas un remedio fuerte para el espíritu. Siéntate, y haré que leas un antídoto para el veneno que te está afectando en este momento.

Camina directamente hacia una pila de enormes y pesados libros con una sonrisa llena de paz. Escoge el de arriba, sacude el polvo y me lo trae. Lo coloca sobre mi regazo, se sienta a mi lado, abre el libro justo por el medio, retrocede dos páginas y luego me pide que lea…

La tierra de la gente feliz

Érase una vez,
en una tierra no muy lejos del Cielo,
vivían unas cuantas personas felices,
rodeadas por muchas más llenas de ira.

Y como eran mayoría,
la felicidad solía ser superada por la ira.
Y esto daba lugar a otro problema incómodo:
cuanto más felices se volvían los alegres,
más furiosos se tornaban los otros.

A veces, parecía que la felicidad
no era lo suficientemente contagiosa.
Para muchos, la ira parecía ser
la única emoción que podían sentir verdaderamente.

Todo esto formaba un mundo desconcertante, casi surrealista,
donde los iracundos resentían,
incluso despreciaban,
la permanente e inquebrantable
disposición alegre y feliz de los otros.

¿Era este un lugar feliz nublado por la ira?
¿O una tierra de ira salpicada de alegría?
¿Qué tenía realmente el poder?
¿La felicidad o la ira?

¿Podía una persona llena de ira encontrar la felicidad,
aunque fuera de forma fugaz?
¿Había un atisbo de furia o dolor dentro de la felicidad?
¿Podían la ira y la alegría caminar juntas?
¿Podía haber alegría
en medio de la adversidad y la tragedia?
¿Podía haber luz en la oscuridad?
¿Sabían los iracundos sonreír?
¿Entendían los alegres el dolor?
¿Comprendían los iracundos lo que era la felicidad?
¿Captaban los felices la profundidad de la rabia?
¿Había una fórmula secreta para la felicidad?

Érase una vez,
en una tierra no muy lejos del Cielo,
vivían unas cuantas personas felices.
Al final, prevalecieron
sobre los muchos otros llenos de ira
y acabaron con la ira y la tristeza para siempre.

*

—¿Debo presumir que usted, la señora V., y yo formamos parte de las personas felices, y mi madre, mi profesor y toda esa otra gente no? —pregunto, con un tono de curiosidad.

—Por el momento, sí —responde, con un tono firme pero amable—. Pero ten cuidado; esas personas llenas de ira están por todas partes, como ladrones de cuerpos que pueden atraparte en cualquier momento. Y ten en cuenta la ira misma, porque no necesita de nadie más: puede apoderarse de ti por sí sola, envenenando tu capacidad de ser feliz.

Hace una pausa, inclinándose ligeramente hacia adelante.

—Mi inquieto aprendiz, pregúntate: ¿por qué hoy, de todos los días? ¿Por qué notaste la ira en todas esas personas? ¿Por qué no ayer o anteayer? Después de todo, han tenido la misma personalidad todos los días de sus vidas. Y aquí hay otro pensamiento: ¿realmente detectaste su ira, o podría haber sido la tuya?

Las palabras de la señora V. calan profundamente, y cuando lo hacen, la miro con los ojos muy abiertos, en silencio, impresionado por el asombro y la maravilla.

—Ya ves lo fácil que es que la ira te atrape —continúa—. En este caso, parecía la ira de los demás. Pero en verdad, mi querido chico, todo depende de tu actitud y del tipo de lentes de vida que elijas usar al contemplar y juzgar a los demás.

Ahora, aquí hay algo más que quiero que leas: algo sobre los caminos que seguimos en la vida…

Se acerca a otro libro, sus dedos rozando la gastada cubierta de cuero mientras lo saca del estante, lista para compartir otra lección.

El carrusel de la vida

El carrusel de la vida
gira y gira,
por eso todo lo que vivimos,
viene y va en círculos completos,
volviendo al lugar donde comenzó
o donde terminó.

Sí, en muchos sentidos, la vida es un círculo—
o mejor dicho,
una serie de curvas y giros elípticos interminables
de un círculo más grande y amplio.

Lo que te parece nuevo y único,
ya ha sucedido—
¡millones de veces antes!

Porque, ves…
con cada giro de la rueda,
lo que fue, lo que es y lo que será
son una y la misma cosa—
ya que en cada uno de los giros de la vida,
hay un comienzo,
luego la vida nos da una vuelta,
y luego, inevitablemente,
todo tiene un final.

Pero alégrate—
ya que la rueda gira perpetuamente,
un final es también un nuevo comienzo,
y como nada realmente cesa,
la vida es, por lo tanto,
¡un flujo constante y circular!

Girando y girando,
dando vueltas y vueltas,
lo que es, es,
lo que fue, será,
lo que será, ya ha sido,
y volverá a ser…

Pero, sobre todo,
¡regocijémonos ahora!
Especialmente por aquellos que amamos,
y por lo que consideramos preciado—
sea lo que sea,
porque nunca sabemos
cuándo podría terminar.

Pero no te distraigas,
pues hay momentos en la vida
que comienzan al final,
y otros que terminan al principio,
por lo tanto, es prudente y sabio recordar—
que siempre nos espera una apertura en la vida,
el comienzo de un nuevo inicio.

Así que, hagamos girar el carrusel de la vida,
dando vueltas y vueltas,
iremos en círculos,
donde el principio,

el final,

y el medio de todo

son uno y lo mismo,

solo un giro diferente.

*

—¿Entonces mi vida es un círculo, Señora V.? —pregunto, intentando descifrar su sabiduría.

—No exactamente, —responde con un tono reflexivo. —Piensa en tus círculos en la vida como la trayectoria de la estela que dejas al vivir. Así que, mi ofuscado aprendiz, todo regresa al círculo completo en la vida. Al final, trazamos círculos bien vividos y completos—o no lo hacemos. Por eso debes esforzarte por ser feliz, por vivir una vida serena, plena e inspirada, siempre siguiendo los mejores instintos de tu corazón.

Hace una pausa, y me regala una sonrisa amable y sabia.

—Pero, joven, esos son temas que exploraremos más adelante en tu aprendizaje.

—✦—

De vuelta en el aula, el profesor Cromwell-Smith hace una pausa, dejando que la historia repose en las mentes de sus estudiantes. Recorre la sala con la mirada y nota algunas manos levantadas, tímidamente al principio. Con un leve asentimiento, invita a los alumnos a hablar.

Rebecca, estudiante de Filosofía conocida por sus preguntas profundas y sus coloridas bufandas, interviene primero. Su intelecto agudo y su habilidad para plantear cuestiones complejas la caracterizan.

—Profesor, ¿cree usted que la ira, tal como la describe, es una parte inevitable de la naturaleza humana? ¿O realmente puede superarse?

El profesor asiente pensativo.

—Rebecca, esa es una pregunta muy profunda. La ira, en muchos sentidos, está ligada a nuestros instintos: una respuesta a amenazas percibidas. Sin embargo, aunque es natural, no es insuperable. Superar la ira requiere conciencia y la elección consciente de buscar comprensión en lugar de reaccionar. Se trata de cambiar los lentes con los que observamos el mundo y a los demás.

Michael, un estudiante de Historia con una mente analítica y una pasión por el debate, es el siguiente. Su forma de hablar, precisa y casi de abogado, lo distingue.

—Mencionó que la ira puede envenenar la felicidad. ¿Podría explicar cómo uno puede identificar y neutralizar esa ira antes de que se apodere de nosotros?

—Michael, —responde el profesor, —la ira a menudo se oculta a plena vista, disfrazada de justicia propia o de dolor. Para identificarla, uno debe preguntarse: '¿Qué estoy protegiendo? ¿De qué tengo miedo?' Neutralizar la ira requiere reformularla: cambiar el enfoque de lo que se ha perdido o amenazado hacia lo que se puede ganar con paciencia y compasión."

Jane, una estudiante de Literatura tranquila pero observadora, levanta la mano. Su amor por la poesía se refleja en la forma en que a menudo cita versos durante las discusiones. Ella pregunta:

—Profesor, ¿hay una conexión entre la ira y la creatividad? ¿Puede la ira ser una fuente de inspiración para el arte?"

Los ojos del profesor se iluminan.

—Jane, absolutamente. La ira, como cualquier emoción intensa, puede alimentar la creatividad. Muchas obras poderosas de arte y literatura nacen de sentimientos intensos, incluida la ira. Sin embargo, la clave está en transformar esa emoción cruda en algo significativo: usarla como un catalizador en lugar de una fuerza destructiva."

Finalmente, Raj, un estudiante de Psicología con entusiasmo contagioso y agudo ingenio, interviene:

—Profesor, ¿cree que la sociedad en su conjunto es más iracunda que feliz? Y de ser así, ¿cómo podemos, como individuos, cambiar ese equilibrio?"

—Raj, parece que la ira domina en muchos aspectos de la sociedad, —reconoce el profesor. —Pero la felicidad tiene una fuerza silenciosa. Como individuos, cambiamos el equilibrio eligiendo la bondad, practicando la empatía y fomentando la gratitud. Estos actos se propagan como ondas, creando círculos de positividad que contrarrestan la negatividad.

A medida que la sesión llega a su fin, el profesor se prepara para concluir.

—Clase, recuerden que la felicidad y la ira no son solo emociones, sino elecciones. Los círculos que trazamos en nuestras vidas se moldean según las emociones que alimentamos y las actitudes que elegimos. Salgan ahí fuera y tracen sus círculos con cuidado.

El profesor Cromwell-Smith termina su clase dibujando un círculo en el aire con dos dedos juntos. El gesto es simple pero profundo, y resuena profundamente entre sus estudiantes. Uno por uno, ellos imitan con entusiasmo a su inspirador viajero en el tiempo, dibujando sus propios círculos en el aire. Es un momento tranquilo, casi mágico, una conexión compartida mientras el grupo de estudiantes expresa su unidad y admiración por el profesor y su clase.

Desde ese día, los círculos en el aire se transforman en un ritual, evolucionando hacia un gesto significativo entre muchos de ellos, usado tanto como despedida como saludo.

—Los veré la próxima semana para continuar nuestro viaje a través de momentos del pasado de mi vida, con la poesía como nuestro telescopio inspirador. Clase, están despedidos, —dice el profesor Cromwell-Smith con una voz impregnada de calidez y reflexión.

Deja que sus últimas palabras floten en el aire, un momento de calma antes de que la clase termine. Uno a uno, innumerables círculos parecen dibujarse en el aire mientras los estudiantes se despiden de su querido profesor y de las inolvidables historias que comparte.

Capítulo 7

La esperanza

Hoy, Nueva Inglaterra ha amanecido en estado de emergencia regional, ya que la cola de un huracán rozó la costa la noche anterior. Muchas comunidades están devastadas, y un sinfín de familias se encuentran ahora sin hogar.

El profesor Cromwell-Smith, completamente empapado, pedalea en su bicicleta bajo una lluvia ligera pero constante, sorteando las calles del campus que han quedado parcialmente inundadas tras la tormenta.

Al entrar en el edificio principal, parece que la humedad le sigue. Los suelos están resbaladizos, las esquinas están llenas de paraguas goteando y los impermeables cuelgan lánguidos de los ganchos, añadiendo a la omnipresente sensación de frialdad y humedad.

—Las cosas están bastante desordenadas allá afuera, —dice el profesor con seriedad al entrar en su aula, sacudiendo las gotas de agua de su sombrero.

Los estudiantes están en silencio, sus rostros reflejan introspección; muchos de ellos probablemente se han visto afectados por la tragedia de una forma u otra.

—Hoy, —comienza con un tono solemne pero firme, —a la luz de la tragedia que afecta a nuestro estado, yo, y estoy seguro que algunos de ustedes también, recordaré un momento en el que la esperanza fue lo último que abandoné.

— ✤ —

Durante los últimos seis meses, mis padres me han estado ayudando a enviar solicitudes a todas las universidades posibles en Inglaterra, Francia y Suiza. Pero, a pesar de mi excelente expediente académico, las cartas de rechazo no han dejado de llegar una tras otra. La confianza inicial de mis padres, que yo también había adoptado como propia, ha recibido un golpe tras otro, erosionándose progresivamente. Ahora, durante sus discusiones nocturnas llenas de reproches, comienza a surgir la idea de considerar una escuela técnica o un aprendizaje como alternativas.

Hoy es martes, y sé exactamente adónde quiero ir—o más bien, adónde necesito ir. Y nadie es mejor en momentos difíciles que el señor M., el Equilibrista.

En este día nublado y brumoso, la librería Morris-Rose and Sons está abarrotada de gente y vehículos. Desde la distancia, veo un par de camiones de televisión y operadores de cámaras cargando su equipo. Una docena de personas sale de la librería, algunas con micrófonos, otras con auriculares. Luego, en diez minutos, la esquina de la calle vuelve a la normalidad, tan vacía como de costumbre. Es entonces cuando hago mi gran entrada, que de grande no tiene nada—es solo una fachada, ya que, una vez más, nadie se da cuenta de mi presencia.

El señor M. está ocupado tomando notas por teléfono, y su lenguaje corporal delata su estrés. Me siento en mi rincón favorito y lo observo mientras se va enfureciendo poco a poco, hasta que cuelga el teléfono, devolviendo el auricular a su base casi con un golpe. Resopla y jadea, calmándose lentamente. Pasa un tiempo hasta que vuelve en sí y, finalmente, nota mi presencia.

—Hoy no es un buen día, Erasmus, —suspira.

Empiezo a levantarme, pero él me hace señas para que me quede sentado.

—Siéntate, siéntate; no quise ahuyentarte. Siempre tengo tiempo para ti. Ser mentor es una labor de amor que nunca cesa.

Dudo, sin saber qué hacer.

—Erasmus, hoy no estás aquí solo para leer. Algo te preocupa; tus ojos están perdidos y claman por orientación.

—Así es, —respondo.

—¿Qué te inquieta?

—Todas las universidades me están rechazando.

—Eso es sorprendente, dado tu expediente académico. No te preocupes, hijo mío; te lo has ganado, y eventualmente, varias de esas instituciones académicas estarán encantadas de darte la bienvenida. Ten en cuenta que tú y tus padres están apuntando alto. Quieren ir a lo mejor que existe en educación superior, lo cual es una gran hazaña. Parafraseando a Maquiavelo, 'Hay muy poco espacio en las habitaciones superiores del palacio', especialmente cuando se trata de una beca.

Camina de un lado a otro de la sala, finalmente toma una decisión y se dirige rápidamente al otro extremo del pasillo principal. Sobre una mesa hay un libro de tamaño medio, verde y dorado. Lo recoge y, para cuando llega hasta mí, el libro ya está abierto en la página elegida. Luego se sienta a mi lado, hablando mientras lo hace.

—Mi atormentado y talentoso aprendiz, permíteme leerte algo excepcional sobre la profundidad de la esperanza y por qué es una fuente de fuerza tan poderosa.

*

La Esperanza

En aquellos momentos
cuando el infortunio nos persigue y nos abruma,
cuando las cosas no nos pueden ir peor,
cuando todas nuestras fuerzas y fortalezas flaquean
o simplemente se han ido ya,
la esperanza es la que nos rescata e impulsa a continuar.

La esperanza es la que nos sacude y despierta
empujándonos hacia delante.
A través de la esperanza
es como sobrellevamos las adversidades
y superamos cualquier tipo de obstáculo.

La esperanza es nuestro pasaporte
hacia los confines del espíritu y el alma.
La esperanza es nuestro salvoconducto
hacia la libertad de los grilletes en nuestra mente
y las cadenas que nos causan penurias y privaciones.

Cuando tenemos esperanza no existe el temor a tener miedo,
ni miedo al miedo por sí mismo.

La esperanza es la semilla del valor, el coraje y la valentía.

La esperanza es una de las herramientas
más efectivas y potentes
para navegar y sobrevivir al 'juego de la vida'.

La esperanza es ese poder interno
pausado y constante,
que nos otorga temple de acero
y abundante confianza en nosotros mismos,
cuando más la necesitamos.

Cuando hay esperanza estamos siempre dispuestos
a continuar, insistir, recomenzar, reconstruir, recrear,
restaurar, reanudar, reavivar, depender de, emprender,
repetir y rehacerlo todo de nuevo, una y otra vez.

Cuando tenemos esperanza nunca estamos dispuestos
a abandonar o renunciar.

La esperanza en la vida,
por nosotros mismos y por los demás,
cura la incapacidad de ver y oír a nuestra alma y espíritu,
llenando nuestras vidas con luces brillantes
y susurros de melodías que nos indican
e iluminan caminos, senderos y puertas
que parecían no existir previamente.

La esperanza es el elixir
que nos provee de propósitos en la vida.
La esperanza es nuestro 'pozo de deseos'
del cual extraemos el significado de estar vivos.

Mientras tengamos esperanza
siempre nos mantendremos auténticos,

genuinos y sinceros con nosotros mismos.

La esperanza nos hace sentir invencibles
ante los peores ciclones.

La esperanza nos permite enfrentar
cualquier ojo de la tormenta sin pestañear.

La esperanza nos equipa
con armaduras invisibles
debajo de delicadas y suaves sedas.

La esperanza nos ayuda a levantarnos de nuevo
y nunca permitir que permanezcamos en el suelo.

Tenemos esperanza cuando empecinados
creemos que podemos crear un future mejor.
Y no solo sabemos lo que esperamos,
sino también el grado en que podemos lograrlo.
La Esperanza se muestra más fuerte
que cualquier circunstancia,
cualquier desafío que enfrentemos,
o cualquier lugar en el viaje de la vida en el que nos
encontremos.

La Esperanza resuena profundamente en nuestro núcleo,
difundiéndose sin esfuerzo hacia los demás.

Cuando tenemos Esperanza, elegimos deliberadamente
una mentalidad positiva y resolutiva.

Es por eso que la Esperanza perdura

cuando despejamos los obstáculos emocionales
de su camino.

La Esperanza es mucho más poderosa
cuando esperamos no solo por nuestro propio bienestar,
sino también por el de nuestros seres queridos.

Cuando esperamos, creemos obstinadamente
que siempre hay una solución,
un camino de entrada o salida en cualquier situación.
Cuando esperamos contra las mareas,
a pesar de las opresiones y heridas,
y cuando esperamos con la convicción
de que lo sagrado y espiritual
trasciende lo mundano,
la Esperanza se transforma en un escudo existencial
contra el fracaso, el abandono o la rendición.

La Esperanza se convierte en un arma existencial
contra el pesimismo o la derrota.
La Esperanza es un estado de ser virtuoso y elevado
que exalta nuestra condición humana
y fortalece nuestro carácter.

La mayor virtud de la Esperanza
es su capacidad de hacernos resilientes.

El combustible más potente de la Esperanza es el coraje.

La Esperanza nos construye y define
como 'guerreros de la vida,'
preparados para superar y resistir.
La Esperanza es el ejercicio supremo de la autodeterminación.

Y cuando no queda ninguna otra libertad,
la Esperanza es la última libertad en pie,
permitiéndonos elegir,
independientemente de cualquier cosa o persona,
un futuro más brillante por delante.

*

—Erasmus, la esperanza es tu mayor fuente de fuerza y libertad.

Señor M., ¿es así como nunca me rendiré en nada? —pregunto.

—Bueno, aprendiz impetuoso, hay momentos en la vida en los que tendrás que dejar ir. Pero esta vez es completamente diferente, ya que la esperanza debería ser tu actitud natural. Cuando persigas algo, hazlo con pasión, pero siempre impulsado por la fuerza y la determinación que la esperanza te concede. Entonces, no es que nunca te rindas; es que nunca pierdes la esperanza y, por lo tanto, nunca te rindes. Vaya, vaya, joven, me has arreglado el día. Cada vez que los medios descienden sobre nuestro pequeño pueblo para regurgitar la misma cansada historia sobre nuestras innumerables librerías de libros antiguos, tienen esa molesta costumbre de querer entrevistarme, entre todas las personas. Simplemente no puedo soportar la pura ignorancia de los periodistas que envían aquí.

Habla con una sonrisa relajada. Mientras me voy, ya no albergo ninguna duda de que tiene razón. Finalmente seré aceptado en una de esas pocas habitaciones superiores del palacio.

Al salir de Morris-Rose and Sons, el aire neblinoso se envuelve a mi alrededor, suavizando los bordes del mundo. El libro que el Sr. M. leyó permanece en mis pensamientos, sus palabras grabadas en mi mente.

La lluvia ha cesado, dejando un aroma fresco y terroso, y los adoquines brillan levemente bajo la tenue luz de las farolas. Camino a casa con un renovado sentido de determinación, la sabiduría del Sr. M. resonando en mis oídos. La esperanza, me recuerdo, es la guía inquebrantable a través del laberinto de la vida.

Con cada paso, me siento más ligero, como si el peso del rechazo hubiera sido reemplazado por una creencia inquebrantable de que mejores días están por venir. Cuando llego a la Puerta de mi casa, la niebla en mi mente se ha disipado, dejando atrás el resplandor constante de la esperanza.

— ✤ —

El profesor Cromwell-Smith devuelve la atención de la clase, recordándoles que siempre hay nuevos comienzos en la vida, momentos que ponen a prueba nuestro núcleo, mientras que la Esperanza siempre está en el centro de esas encrucijadas como nuestro salvoconducto hacia una vida mejor.

El aula permanece en silencio, sus palabras resuenan profundamente en los estudiantes. Lentamente, su mirada vuelve al presente mientras recorre el salón con los ojos. Su mirada se detiene en cada rostro, reflejo de expresiones de contemplación y serena determinación.

—Y eso —dice, con una voz firme, pero cargada de tranquila convicción— es cómo llego a entender que la Esperanza no es solo un sentimiento. Es una elección, una actitud y una fuente de fortaleza que puede llevarnos a través de los momentos más oscuros de la vida. Incluso cuando todo parece perdido, la Esperanza es la última libertad que nos queda.

Una mano se alza en la primera fila.

—Sí, adelante —invita.

La mano pertenece a Akiko, una estudiante de Psicología con un porte sereno e intensidad tranquila. Su voz, calmada pero llena de curiosidad, pregunta:

—Profesor, ¿por qué la Esperanza es la última libertad que queda?

—Una excelente pregunta, Akiko —responde—. Porque incluso frente a grandes tragedias y dificultades, a pesar de la pérdida de todos y de todo, nada ni nadie puede privarte de tu capacidad de Esperar.

Sigue un profundo silencio mientras el profesor parece mirar a cada estudiante directamente a los ojos, recorriendo la sala con una mirada serena y decidida, como si estuviera completamente poseído por La esperanza.

Otra mano se levanta en la fila central.

—Sí, adelante.

La mano pertenece a Jennifer, una estudiante de Literatura con un marcado interés por la resistencia del espíritu humano. Su tono es calmado, pero inquisitivo, cuando comienza:

—Profesor, en el poema La esperanza, la idea de que sea "la semilla del coraje" y "la última libertad que queda" es poderosa. ¿Cree usted que la Esperanza es algo innato en todos nosotros, o es algo que debemos aprender y cultivar con el tiempo?

—Una excelente pregunta, Jennifer. La esperanza es un poco de ambas cosas. Es innata en el sentido de que nacemos con una capacidad inherente para imaginar y desear futuros mejores, lo cual es la base de La esperanza. Sin embargo, las dificultades de la vida suelen desafiar esa capacidad, y es a través de esos retos que aprendemos a nutrir y cultivar La esperanza. Se convierte en una habilidad, una elección deliberada para perseverar, para creer en posibilidades incluso cuando parecen inalcanzables. Con el tiempo, cuanto más practicamos La esperanza, más fuerte se vuelve.

Jennifer asiente, tomando notas mientras otra mano se alza desde el fondo.

—Sí, en el fondo.

La mano pertenece a Lucas, un estudiante de Economía con una mente lógica que a menudo busca aplicaciones prácticas en ideas abstractas. Su voz, reflexiva pero perspicaz, pregunta:

—Profesor, en el poema se dice: "La esperanza nos equipa con una armadura invisible bajo una seda suave y delicada". ¿Cómo puede algo tan intangible como La esperanza proporcionar protección real frente a dificultades tangibles?

—Ah, Lucas, una observación muy aguda. La "armadura invisible" representa la fortaleza interior y la resiliencia que la Esperanza nos otorga. Aunque no nos protege de las dificultades físicas, sí protege nuestro espíritu y nuestra mente, permitiéndonos resistir, adaptarnos y superarlas. La Esperanza nos da la fortaleza mental y emocional para enfrentar los desafíos sin quebrarnos. Nos empodera para ver más allá del sufrimiento inmediato y para imaginar y trabajar hacia resultados mejores. En ese sentido, la Esperanza es una protección muy real y formidable.

Lucas se recuesta, asintiendo mientras reflexiona sobre las palabras del profesor.

Otra mano se alza desde el lado izquierdo.

—Sí, adelante.

Esta vez es Hillary, una estudiante de Literatura que a menudo conecta los temas poéticos con ideas filosóficas más amplias. Su voz, suave pero profundamente reflexiva, pregunta:

—Profesor, el poema habla de La esperanza como un "escudo existencial" y una "fuente de voluntad". ¿Cree usted que la Esperanza por sí sola es suficiente para impulsarnos hacia adelante, o necesita estar acompañada de algo más, como la acción o la fe?

—Una pregunta profundamente perceptiva, Hillary. La esperanza por sí sola es un punto de partida, pero no basta para impulsarnos por sí misma. Debe estar acompañada de acción, de pequeños pasos, incluso frente al miedo o la incertidumbre. La fe puede amplificar la Esperanza, proporcionando una base espiritual que la refuerza. Juntas, la Esperanza, la acción y la fe crean un trípode poderoso que nos equipa para perseverar y construir un futuro mejor. La esperanza sin acción es simplemente un deseo; pero La esperanza combinada con esfuerzo es transformadora.

Hillary sonríe, visiblemente conmovida por la respuesta.

El profesor Cromwell-Smith mira el reloj, su expresión se suaviza en una rara y humilde sonrisa.

—Tengan un buen día, todos —dice, con una voz tranquila y decidida.

A medida que los estudiantes salen, uno a uno, miran hacia atrás con expresiones de gratitud y una comprensión renovada, sus sonrisas discretas reflejan el peso de la lección.

Hay esperanza, después de todo, reflexiona mientras camina hacia su vieja bicicleta oxidada, sus pensamientos divagando en el poder de la Esperanza.

Capítulo 8

La inspiración

Hoy, la facultad ha sido magnánima con el profesor Cromwell-Smith, concediéndole el uso de un auditorio mediano para su clase. Tiene capacidad para más de doscientas personas.

—¿Cómo están todos hoy? —pregunta.

El aula, diseñada al estilo de una sala IMAX, da la impresión de que el profesor está hablando cara a cara con cada estudiante.

El espacio está repleto, y el murmullo de la multitud crece. Él asiente, reconociendo su energía. Su presencia también lo humilla—la poesía rara vez atrae a una audiencia tan numerosa.

—Permítanme llevarlos hoy a un momento de mi vida en el que el miedo me consumía —comienza.

A medida que se acerca mi decimoctavo cumpleaños, las dudas sobre mi futuro me abruman. Estoy a punto de dejar mi hogar y vivir lejos de mis padres por primera vez en mi vida. Ser aceptado en Oxford fue emocionante, pero la euforia solo duró unas pocas semanas. Mis padres me llevaron a la hermosa ciudad y universidad, y la experiencia fue estimulante—disfruté cada minuto. Pero, pocos días después, la ansiedad vuelve, más fuerte que antes.

Cuando entro en la tienda del señor Newton-Paine, busco consejo y apoyo. El miedo me atenaza mientras la fecha de mi partida se acerca rápidamente. Al cruzar la puerta, veo a mi intrépido mentor despidiendo alegremente a una anciana que ha venido de visita desde Liverpool.

—Buenos días, mi querido joven, —saluda.

—Necesito su consejo, señor Newton.

—Pareces necesitarlo, Erasmus. ¿Qué sucede? Soy todo oídos.

—Me falta determinación. Estoy ansioso y tengo miedo. ¿Qué debería hacer? Quiero hacerlo bien en Oxford, pero no estoy seguro de estar listo para ello.

Inclinando la cabeza hacia adelante, mi humilde héroe me observa a través de sus gafas, que descansan precariamente en la punta de su nariz. Siento su mente trabajando, deliberando sobre su respuesta. Se aleja cojeando hacia una estantería repleta de pergaminos y cuidadosamente extrae uno. Lo desenrolla con meticulosidad, alisando sus bordes y colocándolo sobre su atril, sujetando los extremos superior e inferior para mantenerlo abierto.

—Todo lo que necesitas encontrar, joven erudito, es inspiración, y el contenido de este pergamino te ayudará a descubrir la sabiduría para buscar y atesorar la inspiración en la vida.

Entonces, comienza a leer. Sus primeras palabras me atrapan, envolviéndome en su hechizo, y siento cómo mis miedos empiezan a disolverse…

En qué consiste una vida inspirada

Estar inspirado es
ser continua y felizmente dichoso,

inhalar profundamente y sentirse realmente bien,
exhalando con gozo el dulce sabor
de simplemente estar vivo.

Vivir una vida inspirada es un don,
un encantamiento mágico
que nos transforma en hechiceros de la vida—
de esos que no piden nada,
pero reparten magia en abundancia.

Detrás de una persona inspirada,
siempre hay algo o alguien
que enciende la chispa
y nos conecta profundamente.

Alrededor de una persona inspirada,
irradia un poderoso halo de energía positiva—
un campo magnético que despierta nuestros mejores talentos
y atrae interminables círculos virtuosos.

Cuando estamos inspirados,
nos vestimos con un manto de inmutabilidad,
con un brillo perpetuo en la sonrisa.

Los ojos resplandecen con la paz y la calma
de una vida plena.
Cuando estamos inspirados,
contemplamos la vida
a través de una lupa mágica—
un cuadro teñido de rosa,
incluso en las circunstancias más difíciles.

Por eso,

estar inspirado requiere
una gran dosis de ingenio.

Cuando estamos inspirados,
nuestros mejores atributos están en acción.
Los "si", los "pero" y los "no puedo" desaparecen
y los límites, las fronteras y los periscopios
se reemplazan por horizontes abiertos,
listos para los incontables viajes
que nos esperan.

Para una persona inspirada,
todo es posible—
una oportunidad por descubrir,
una piedra sin esculpir,
una melodía por componer,
un verso por escribir,
o una obra maestra por nacer.

Vivir una vida inspirada es
estar en un estado de disposición
para capturar lo mejor que la vida ofrece
y exprimir cada gota del viaje.

Es cuando la vida entera se convierte
en un campo fértil para nuestros sueños,
fantasías e imaginación,
y con nuestras antenas al máximo,
alcanzamos un estado noble y elevado—
hipersensibles a todo lo que vale la pena.

Cuando estamos inspirados,
no hay cargas ni lastres ni pesadez,

y todo se vuelve ligero, brillante y acogedor.
Todo parece fluir sin esfuerzo.

La voluntad mueve montañas,
pero la inspiración las recrea.

Por eso la inspiración vuelve ordinaria a la voluntad,
supera a la pasión y la convicción,
y reduce la autoconfianza a una mera herramienta.

A veces, la inspiración nos golpea como un rayo.
Para algunos, es simplemente un estado,
una condición de sublime deseo.
A veces, estar inspirado
es ser movido por el cielo y guiado por ángeles.
Para otros, es ser impulsado por el alma
y avivado por el espíritu,
pero la inspiración siempre se sintoniza
y se afina en nuestros corazones.

Cuando estamos inspirados,
inventamos,
creamos,
diseñamos,
construimos,
esculpimos,
resolvemos,
visualizamos,
prevemos,
exploramos,
estudiamos,
rezamos,
amamos,

intentamos una y otra vez,

damos,

hacemos,

y vivimos en plenitud.

La inspiración es la esencia de los hechiceros,
los magos de la vida que flotan en su corriente.

Estar inspirado,
vivir una vida inspirada
y ser una persona inspirada
es ser continua y felizmente dichoso.

Un tipo de felicidad
donde estamos siempre agradecidos con la vida.
Un tipo de felicidad
que nos impulsa a retribuir.

Un tipo de felicidad inspirada
que nunca desaparece.

*

—Erasmus, haz balance de tu vida y reconoce cuán afortunado eres. Has crecido rodeado de amor. Justo ante ti tienes un mundo alineado con tus pasiones, un mundo en el que has estado inmerso desde una edad temprana. Y ahora, para colmo, se ha abierto ante ti este extraordinario horizonte en Oxford, una de las mejores instituciones académicas del mundo. No te pongas en tu propio camino. Este es tu momento para extender las alas y volar. Aprovecha la oportunidad. Toma lo que la vida te ofrece con firmeza, enfrentando lo que te inquieta desde dentro. Persíguelo con todo tu corazón. Al mismo tiempo, permanece agradecido y saborea cada momento, especialmente aquellos que logras con tu esfuerzo —dice el señor N., sus palabras rebosantes de aliento.

Continúa:

—Estar inspirado es un estado, una condición impulsada por la gracia y la nobleza, nacida de un deseo sublime y arrollador de vivir, crear y encontrar alegría. La inspiración armoniza todos tus dones, convirtiéndolos en una fuerza altamente funcional que te permite dar lo mejor de ti. Erasmus, persigue la inspiración en tu vida, porque te brindará una felicidad continua.

Más tarde, esa noche, mientras camino de regreso a casa, siento la vida fluyendo a través de mí, cada respiración llenando mis pulmones con energía renovada. Lentamente, mi paso y mi postura cambian, y la tensión en mi rostro comienza a disiparse. Para cuando entro en mi casa, un millar de pensamientos han encajado en su lugar.

Mi madre lo nota de inmediato. Por primera vez en semanas, mi rostro muestra una sonrisa amplia, y mis ojos reflejan una determinación firme y resuelta.

El profesor Cromwell-Smith hace una pausa por un momento, su mirada distante, como si todavía estuviera de pie frente al señor Newton-Paine en aquella librería. Poco a poco, su atención regresa y observa el gran auditorio.

Recorre con la vista el mar de rostros, cuyas expresiones oscilan entre la curiosidad y la contemplación silenciosa. La sala se siente cargada de una energía colectiva, como si sus mentes viajaran junto a su historia, cada estudiante descubriendo su propio significado dentro de la lección.

—Y así —dice, con voz firme pero impregnada de emoción—, fue como entendí que la inspiración no es solo algo que buscamos, sino algo que debemos cultivar. Vivir una vida inspirada es vivir plenamente, abrazar la alegría de crear y el privilegio de simplemente estar vivo.

Mientras el profesor vuelve por completo al presente, su mirada recorre la sala, deteniéndose brevemente en cada estudiante. Sus rostros reflejan una mezcla de contemplación y asombro silencioso; las palabras del poema claramente resuenan en su interior.

Una mano se alza en el centro del auditorio.

—Sí, adelante.

La mano pertenece a David, un estudiante de filosofía conocido por su enfoque profundo y analítico de los conceptos abstractos. Su voz es reflexiva cuando pregunta:

—Profesor, en el poema se dice: "La inspiración vuelve ordinaria a la voluntad, supera a la pasión y la convicción y reduce la autoconfianza a una mera herramienta". ¿Cómo puede la inspiración superar fuerzas tan poderosas? ¿Acaso la autoconfianza no es fundamental para el éxito?

—Una observación fascinante, David —responde el profesor—. La autoconfianza es, sin duda, esencial, pero es finita: se nutre de nuestras experiencias personales y logros. La inspiración, en cambio, trasciende esos límites. Nos conecta con algo mucho más grande que nosotros mismos, alimentándonos con una creatividad y una energía inagotables. Mientras que la autoconfianza nos ayuda a escalar una montaña, la inspiración nos permite imaginar paisajes completamente nuevos y trazar caminos que nadie ha recorrido antes. Hace que lo imposible no solo parezca alcanzable, sino inevitable.

David asiente, visiblemente reflexionando sobre la distinción.

Otra mano se alza en la primera fila.

—Sí, adelante.

Esta vez, es Lila, una estudiante de arte con una inclinación por explorar la intersección entre creatividad y emoción. Su voz tiene una intensidad serena cuando pregunta:

—Profesor, el poema describe la inspiración como algo que "se afina y se perfecciona en nuestros corazones." ¿Significa esto que la inspiración es puramente emocional, o hay también un componente intelectual en ella?

—Una excelente pregunta, Lila —responde el profesor—. La inspiración es una armonía entre emoción e intelecto. La emoción proporciona la chispa: la pasión y el impulso de crear. Pero el intelecto da forma a esa chispa, convirtiéndola en algo tangible, algo que puede ser compartido y apreciado por los demás. Juntos, crean un ciclo de descubrimiento y expresión que alimenta una vida inspirada.

Lila sonríe, su lápiz moviéndose rápidamente mientras anota sus reflexiones.

Una última mano se alza en la parte trasera.

—Sí, al fondo.

La mano pertenece a Robert, un estudiante de ingeniería que suele relacionar los conceptos abstractos con aplicaciones prácticas. Su voz es directa pero curiosa cuando pregunta:

—Profesor, mencionó que la inspiración puede golpear como un rayo, pero también puede ser un estado del ser. ¿Cómo podemos mantener la inspiración en nuestra vida cotidiana?

—Una pregunta perspicaz, Robert —responde el profesor con una sonrisa—. Mantener la inspiración requiere cultivar un entorno que la nutra. Esto significa rodearse de personas, experiencias y actividades que estén alineadas con nuestras pasiones y valores. También implica mantener un sentido de gratitud y curiosidad—dos fuerzas poderosas que mantienen nuestros corazones y mentes abiertas a la inspiración. Mientras que los destellos de inspiración son emocionantes, la forma más silenciosa y constante de inspiración es la que nos permite vivir una vida inspirada día tras día.

Robert asiente, su expresión reflexiva mientras el profesor observa el auditorio, su mirada posándose en los rostros de sus estudiantes.

—Y con esto, terminamos por hoy —declara el profesor Cromwell-Smith con voz cálida y firme.

El gran auditorio está lleno de expresiones soñadoras. La mayoría de los asistentes parecen estar en otro lugar, viajando a sitios lejanos dentro de sí mismos. Mientras el profesor los observa salir, suspira con profunda satisfacción.

Nota los gestos involuntarios y reflejos de la multitud que se va—muchos, si no todos, continúan respirando hondo, saboreando cada inhalación como si estuvieran degustando lo que realmente significa estar inspirados.

Después de todo, la inspiración existe, reflexiona, mientras recoge sus pertenencias y se dirige a la puerta, su propio corazón más ligero con la certeza de que la lección de hoy ha calado hondo.

Capítulo 9

Dejando atrás al pasado

El profesor Cromwell-Smith despierta esta mañana con un dolor de cabeza cegador. Comenzó la noche anterior y persistió durante toda la madrugada. Sin embargo, no hay tiempo que perder.

—Vive cada día como si fuera el último —se recuerda a sí mismo.

Mientras pedalea con paso firme por las calles desiertas, el dolor comienza a disiparse poco a poco, y la claridad se asienta en su mente. Al llegar al campus, desmonta de su bicicleta con cuidado deliberado, tomándose un momento para ordenar sus pensamientos. Cuando entra al auditorio, el murmullo creciente de los estudiantes le llena de propósito.

Se adentra en la sala, deja su desgastado maletín de cuero sobre el escritorio y recorre el auditorio con la mirada.

—Clase —comienza, con un tono firme pero reflexivo—, hoy los llevaré a un momento en el tiempo en el que aprendí a usar el poder del presente como una herramienta fundamental para superar los rencores.

Su mirada se pierde por un instante, como si sus ojos se tendieran a través de las décadas.

—Déjenme llevarlos de regreso —continúa, su voz más suave ahora—, a un tiempo en el que volví a casa en busca de respuestas y terminé buscando la sabiduría de una querida mentora.

— ✦ —

En mi segunda visita a casa, siento un fuerte impulso de buscar las palabras de amor y sabiduría de la señora V. Con gran inquietud, camino directamente desde la estación de tren hasta su tienda. En cuanto entro, maleta en mano, ella me observa y sonríe con calidez. Sin dudarlo, da pasos rápidos y cortos hacia mí y me abraza con fuerza contra su pecho. Por primera vez en semanas, me siento seguro y protegido. Mientras comienzo a relajarme en sus brazos, sus ojos agudos e inquisitivos ya han percibido que algo no anda bien.

—Mi querido niño, ¿qué te ha traído aquí antes de ir a casa? ¿Qué te preocupa? —pregunta.

—Señora V., ¿cómo se supera el resentimiento?

—¿Estás guardando rencores, joven estudiante de Oxford?

—No yo, pero un par de compañeros sí, contra mí —respondo.

—¿Por qué?

—Las tradiciones de Oxford en un caso. Una chica en otro.

—Bueno, no puedes controlar lo que sienten los demás ni cómo se comportan. Cada persona escribe las páginas de su vida, día a día, con tinta indeleble en un libro que es enteramente suyo. Pero tengo aquí algo que ilustra de manera contundente la futilidad de aferrarse al pasado y la incapacidad de avanzar.

Se gira, escanea una estantería cercana y extrae un libro delgado en tonos grises y blancos con los bordes de las páginas recubiertos de oro. Lo abre en una sección específica y lo coloca en mis manos, dejándome leer.

El pasado y el futuro

La sabiduría convencional dice que,

cuando haces algo malo,

tarde o temprano, el pasado te alcanza

y te exige rendir cuentas.

Pero también existe

una verdad no dicha:

cuando no actuamos en el presente,

cuando descuidamos el poder del ahora,

no solo estamos postergando una acción,

sino que estamos aplazando la vida misma.

Y el futuro, inevitablemente,

también nos alcanzará.

Y cuando lo haga,

quizás no nos guste lo que veamos,

porque no nos pertenecerá.

No lo construimos.

No lo creamos.

No será nuestro,

y aun así, nos poseerá.

Por eso debemos preguntarnos:

¿estamos postergando la vida?

¿Seguimos empujándola hacia adelante?

El futuro se acerca—

está justo a la vuelta de la esquina—

y cuando finalmente llegue,

podríamos encontrarnos atrapados en él.

Pero si comenzamos a construir nuestro futuro

día a día—¡ahora! —

podremos tomar posesión de él.

Solo entonces,

el futuro será verdaderamente nuestro.

*

—Señora V., ¿cuál es la diferencia entre que el pasado y el futuro te alcancen? —pregunto.

—Uno te alcanza por lo que hiciste, el otro por lo que dejaste de hacer —responde.

—Erasmus, debes atesorar y aprender de tu pasado, pero nunca ser su esclavo. Demasiadas personas viven 'por siempre jamás' consumidas por cosas que ya no existen, atrapadas en los tortuosos, masoquistas y estrechos, muy estrechos pasillos y laberintos de sus mentes —aconseja la señora V.
Continúa, animada:

—¡Debes vivir ahora! No te saltes un solo día. No postergues para mañana lo que puedes hacer hoy, pero hazlo libre de las fantasías negativas que dejó el pasado.
Reflexiono por un momento y luego pregunto:

—¿Pero ¿qué pasa si seguir adelante no es suficiente para curar un rencor?

—Mi joven inquisidor —dice con una sonrisa llena de sabiduría—, tengo aquí el mejor antídoto para los pensamientos maliciosos, un espíritu envenenado y un corazón lleno de ira. Lee esto, mi querido niño…

Me hace un gesto hacia el libro abierto en mis manos, cuyas páginas doradas relucen a la luz, invitándome a descubrir su sabiduría.

Alcanza a la vida

Ofrece una mano.
Comparte un sueño.
Únete en la esperanza.
Reza por los demás.
Brinda un favor.
Da un beso.
Acoge y braza a los demás.
Enseña a quienes lo necesitan.
Aprende de los sabios.
No tomes nada.
Perdona siempre.
Apóyate en la fuerza de la verdad.
Ama con pasión.
Recuerda a tus amigos.
Practica el poder de la humildad.
Ilumina y da un buen ejemplo a los demás.
Espera con gracia y paciencia.
Regala con sinceridad.
Recibe con gratitud.
Vive junto a otros.
Confía tu corazón a alguien más.
Extiende la mano—Alcanza a la vida,

no dejes que siga sin ti.

*

—¿Entonces se trata solo de dar? —pregunto.

—Para curar un espíritu envenenado y un corazón airado atrapado en el pasado, ¡absolutamente sí! —responde con convicción la señora V.

—Mi precioso aprendiz, guardar rencores te mantiene atrapado en bucles interminables de dolor, encadenado al pasado. Cuando das, debes hacerlo a pesar del comportamiento de los demás. Eso hace que tus actos no solo sean genuinos, sino que también te liberan. Tus acciones se vuelven independientes, sin estar condicionadas por cómo los demás responden a ti.

— ✦ —

El profesor Cromwell-Smith concluye su relato, y el aula parece suspendida en el tiempo. El leve rasguño de los bolígrafos y lápices cesa, y un silencio atento llena el espacio.

Cierra los ojos por un momento, respirando hondo para regresar al presente. Al abrirlos, recorre la sala con la mirada, observando la intensidad silenciosa reflejada en los rostros de sus estudiantes.

—Dejar ir el pasado no es solo un acto de perdón —dice, con voz firme y deliberada—, sino una forma profunda de recuperar el presente y moldear el futuro.

El peso de sus palabras se asienta sobre la clase, creando un momento de entendimiento compartido entre maestro y alumnos.

El profesor Cromwell-Smith observa el aula, y su expresión se suaviza al notar la reflexión en los rostros de sus estudiantes.

—Recuerden esto: cuando extienden la mano—cuando dan incondicionalmente—no solo sanan a los demás, sino que también se liberan a sí mismos.

El aula permanece en un silencio contemplativo mientras el profesor estudia los rostros atentos que tiene delante. Se toma un instante para ajustarse las gafas y se inclina ligeramente hacia adelante, con un tono invitante pero reflexivo.

—Me encantaría escuchar sus pensamientos o preguntas sobre los poemas de hoy. ¿Qué les ha resonado? ¿Qué ha despertado su curiosidad? —pregunta, recorriendo el auditorio con la mirada.

Una mano se alza en la segunda fila.

—Sí, adelante.

La mano pertenece a Emma, una estudiante de ciencias políticas conocida por su enfoque pragmático ante temas complejos. Su voz es serena pero inquisitiva al preguntar:

—Profesor, en el poema *El pasado y el futuro*, se habla de 'posponer la vida'. ¿Cómo podemos saber si estamos postergando algo importante o simplemente esperando el momento adecuado?

—Excelente pregunta, Emma —responde el profesor—. La diferencia radica en la intención. Postergar algo importante suele nacer del miedo, la procrastinación o la indecisión, mientras que esperar el momento adecuado es un acto deliberado de paciencia. Para saber la diferencia, pregúntate: '¿Estoy dando pasos, aunque sean pequeños, hacia lo que quiero? ¿O estoy quieto, esperando que el problema se resuelva solo?' Si es lo segundo, puede que estés posponiendo la vida.

Emma asiente, visiblemente considerando la distinción.

Otra mano se levanta desde el fondo del auditorio.

—Sí, en el fondo.

La mano pertenece a Maya, una estudiante de psicología especializada en resiliencia emocional. Su tono es reflexivo, pero profundamente curioso al preguntar:

—Profesor, el poema *Alcanza a la vida* enfatiza el acto de dar como una cura para la ira y el resentimiento. ¿Pero qué pasa si el acto de dar se siente vacío? ¿Y si no nos hace sentir mejor?

—Un punto importante, Maya —responde el profesor—. Cuando dar se siente vacío, suele ser porque nos estamos enfocando en la reacción o el reconocimiento que esperamos recibir. El acto de dar debe ser incondicional, libre de expectativas. La liberación no proviene de la respuesta de los demás, sino del acto mismo. A veces, la sensación de libertad es sutil y crece con el tiempo, a medida que continuamos dando con sinceridad y humildad.

Maya asiente lentamente, con el ceño fruncido en reflexión mientras anota la respuesta en su cuaderno.

Una mano se alza en la primera fila.

—Sí, adelante.

La mano pertenece a Carlos, un estudiante de economía con gran interés en la intersección entre las relaciones humanas y el éxito. Su voz es firme pero introspectiva al preguntar:

—Profesor, en *El pasado y el futuro* se dice: 'Cuando no actuamos en el presente, no solo estamos postergando una acción—estamos posponiendo la vida misma'. ¿Cómo reconciliamos esto con la idea de que algunas acciones requieren tiempo para planificarse y ejecutarse?

—Una pregunta perspicaz, Carlos —responde el profesor—. La planificación es una parte esencial de toda acción significativa, pero planear sin ejecutar es donde radica el peligro. Incluso los pasos más pequeños hacia una meta aseguran que vivas en el presente mientras construyes el futuro. La vida no se trata de apresurarse a actuar, sino de asegurarte de que siempre estés avanzando, aunque sea lentamente.

Carlos se recuesta en su asiento, su expresión reflexiva mientras las palabras del profesor resuenan en su interior.

— ✣ —

La clase del profesor Cromwell-Smith sigue creciendo y, a partir de hoy, han sido trasladados a un auditorio aún más grande, ahora designado como su aula permanente.

Mientras los estudiantes comienzan a salir, muchos notan que su profesor luce inusualmente frágil y cansado. Desde detrás de su escritorio, los despide con un gesto de la mano, algo que no es propio de él, pues suele ponerse de pie y conversar con ellos mientras se marchan. Algunos miran hacia atrás, con expresiones que mezclan gratitud y preocupación sutil, dándose cuenta de que no parece estar bien.

A pesar de mantener la compostura hasta que el último estudiante se retira, es evidente que está luchando.

Cuando el silencio del auditorio vacío lo envuelve, ofreciéndole un respiro tras la lección del día, finalmente se deja caer, desplomándose sobre su escritorio.

El sonido sordo de su cabeza golpeando la superficie resuena por un breve instante, el último eco en llenar el vasto salón antes de que todo quede en absoluta quietud.

Capítulo 10

El triunfo y la autosuficiencia sana

Han pasado dos semanas desde que el profesor Cromwell-Smith fue llevado de urgencia al hospital, encontrado inconsciente por un diligente guardia de seguridad nocturno. Su cabeza ahora afeitada, su tez cenicienta y las sombras oscuras bajo sus ojos confirman los rumores que circulan entre los estudiantes y el profesorado.

Mientras se acerca a las puertas del campus, el aire fresco de la mañana llena sus pulmones, despejando el cansancio persistente de su cuerpo. Cada pedaleada es deliberada, un recordatorio de la resiliencia que ha construido a lo largo de los años. Cuando finalmente llega al edificio de la facultad, desmonta, ajusta su bufanda y entra, recibido por el cálido aplauso de sus estudiantes.

Sí, piensa mientras se enfrenta a una ovación de pie. El secreto ha salido a la luz.

Los rostros que ve entre la multitud reflejan una mezcla de apoyo, respeto, alivio y alegría por verlo de vuelta en acción. *Todo el mundo sabe que estás enfermo*, se reprende en silencio.

De pie ante el abarrotado auditorio, el profesor se toma un momento para absorber la energía del público.

—Gracias, gracias a todos… Por favor, tomen asiento —dice, con la voz firme a pesar de la ligera huella de agotamiento.

Espera mientras los estudiantes se acomodan, su atención renovando su determinación de ofrecer una lección que valga la pena recordar.

Entre la multitud, una joven de cabello rubio y rizado duda antes de sentarse en la parte trasera de la sala. Se siente ambivalente, atrapada en el hechizo de la historia del profesor, cayendo en una madriguera de la que no puede escapar, pero de la que tampoco quiere salir.

—Hoy —comienza el profesor, con un tono suave pero deliberado—, les hablaré de una etapa de mi vida en la que empecé a practicar deportes competitivos y enfrenté por primera vez la cultura de ganar y perder. Nunca imaginé que esas lecciones me ayudarían a afrontar los desafíos que ahora enfrento. Y todo comenzó así…

—✦—

—¿Seguirá abierto o no? —me pregunto repetidamente mientras viajo en el tren vespertino de regreso a casa.

Una hora después, al cruzar la frontera entre Inglaterra y Gales, murmuro en voz baja sobre el dilema que me ha consumido durante los últimos días.

—¿Remo o rugby, o ninguno de los dos?

Esas son mis opciones. Más tarde, mientras camino por las calles vacías de mi ciudad natal, razono que, habiéndome criado en el mundo de los libros, la adrenalina y el deseo de competir me resultan ajenos. Necesito desesperadamente la sabiduría de mi intrépido héroe de guerra.

Por eso, lo primero que hago al llegar en esta breve visita desde Oxford es dirigirme directamente a su tienda. Una oleada de inmenso alivio me invade cuando doblo la esquina y veo las luces encendidas dentro de su establecimiento, las únicas iluminadas en ambos lados de la calle. Conociendo sus hábitos desde hace años, he adivinado correctamente que aún estaría abierto.

—Señor Newton, qué alegría verlo —digo, sonriendo.

—Ven aquí, querido muchacho, déjame darte un abrazo.

Se levanta con cierta dificultad, y noto cómo se balancea al caminar hacia mí.

—Me caí hace unas semanas —dice rápidamente, anticipándose a mi pregunta, mientras levanta un elegante bastón de madera pulida para mostrármelo—. Ahora que ves cómo nuestras facultades físicas son efímeras, incluso para los antiguos atletas talentosos como yo, dime, ¿qué te trae aquí a estas horas? Seguro que hay una razón importante.

—Señor N., no sé si tengo lo que se necesita para competir. En Oxford, la competencia está en todas partes, es inevitable. Pero no tengo ese fuego interno por ella. No veo el sentido ni la emoción en absoluto, y me preocupa que eso me lleve al fracaso.

Newton-Paine sonríe ampliamente, reconociendo al instante que existe una prescripción literaria para su aprendiz.

—Ven, ayúdame —dice, haciéndome señas para que lo siga.

Caminamos juntos hasta situarnos frente a una caja de cristal de dos por dos, que contiene un libro enorme que, a través del vidrio de seguridad, parece antiguo.

El señor N. introduce un código y la puerta se abre.

—Erasmus, por favor, desliza con cuidado el libro tirando de la pequeña alfombra debajo de él —me instruye, guiándome paso a paso.

Sigo sus indicaciones y, una vez que el libro está fuera, él lo abre con delicadeza, usando la cuerda del marcador para pasar a la página exacta que tenía en mente.

—Mi renuente competidor —dice con una cálida sonrisa—, este viejo y valioso libro contiene la sabiduría que buscas. Déjame leértelo…

Triunfar no es para los pusilánimes de corazón

El camino hacia la victoria es un juego de supervivencia.
Es guerra.
Te visualizas a ti mismo como un gladiador en la arena,
un sigiloso guerrero ninja dispuesto a atacar en las sombras,
un torero enfrentando la furia de la bestia.

Te ves a ti mismo eligiendo entre triunfar y perder
como si fueran vida o muerte.

Triunfas cuando lo deseas tan intensamente
que quema por dentro.

Triunfas cuando lo deseas mucho más
que tu oponente.

Triunfas cuando tu mentalidad declara que nada,
excepto tus valores,
puede apartarte de alcanzar el éxito.

Triunfas cuando tu único propósito
es derrotar a tus oponentes.

Triunfas aprovechando tus fortalezas
y explotando las debilidades de tus adversarios
o simplemente trabajando más que ellos.
Triunfas cuando, deliberadamente y en silencio,
te esfuerzas por captar cada una
de las fortalezas y virtudes de tu oponente.

Triunfas cuando, en los ojos de tu oponente,
eres feroz y firme
en tu plan de juego y ejecución,
y, sin embargo, adaptas y ajustas discretamente
en un abrir y cerrar de ojos.

Triunfas cuando, en preparación para un concurso,
te acercas a cada tarea con visión de túnel
y una resolución tan firme
que nada ni nadie puede
impedirte completarla,
porque 'el arte de triunfar' solo se puede dominar
pagando todos los derechos y 'quemando todas las velas.'

Prepararse para estar listo para triunfar es un largo camino
que debe recorrerse en su totalidad.
Triunfas cuando estás un paso adelante
de tu oponente
y aun así te preguntas, ¿puedo hacerlo mejor?

Triunfas cuando, imperturbable,
sigues volviendo
una y otra vez a golpear la misma puerta
que antes te habían cerrado en la cara.

Triunfas cuando un 'no' no es nada
más que una invitación para intentarlo de nuevo,
Triunfas cuando eres totalmente e irreversiblemente
impermeable
a la palabra 'rechazo.'
Triunfas cuando sabes cómo buscar,
tomar consejos y aprender de aquellos
que saben cómo triunfar.

Triunfas cuando asumes el mejor lado
de tu ego y lo haces
tu amigo, tu aliado y tu arma,
porque, a diferencia de la superficialidad
y el narcisismo de la arrogancia,
la autoconfianza proviene
del conocimiento y la experiencia,
y es, por lo tanto, inquebrantable.

Triunfas cuando, a través de la disciplina y la perseverancia,
adquieres el conocimiento y la experiencia
que te proporcionan la autoconfianza necesaria
para dominar aquello en lo que quieras ser el mejor.

Triunfas cuando puedes usar tu ira
como fuente de fuerza,
cuando transformas tu rabia
en un ardiente e imparable deseo
y cuando sacas de tu 'pozo de voluntad,'
el fuego y la furia necesarios para triunfar.

Solo triunfas cuando has soportado
innumerables pérdidas, derrotas, tropiezos, errores y
contratiempos—
cuanto peores han sido,
mejor preparado estarás para triunfar en el futuro.
Pero para un camino hacia la victoria,
uno debe dominar y domar sus propios demonios.
Uno debe "restringir" a un elenco único de personajes libres
que habitan los reinos de nuestra mente y espíritu.

Por eso, para triunfar, debemos
conquistar nuestras propias montañas,
derribar nuestros propios muros,

vencer ejércitos enemigos,
aniquilar a los pesimistas,
ridiculizar a los escépticos,
hacer callar a los excusadores y detractores,
exiliar a los flojos.

Calmar a los miedosos, haciéndolos nuestros aliados.
Convertir a los dudosos en charlatanes.
Y debemos hacerlo todo
dentro de los confines de nosotros mismos,
como lo hacemos cuando estamos en batalla.

A veces, triunfar exige seguir tus instintos—
tu intuición, tus mejores fibras,
tu naturaleza primitiva, atávica, indomable,
todo agitado, no revuelto
En un cóctel de pasión pura.

A veces, triunfar requiere que sigas tu cerebro,
tu pensamiento racional,
tus planes de batalla, estrategia y lógica.
¡A menudo, necesitas ambos!

Aunque, en cualquier domingo dado,
en el juego de triunfar,
¡la pasión generalmente vence a la razón!

Triunfas cuando compartes y saboreas
el botín de la victoria.

Triunfas cuando vives, aprecias y valoras
el viaje hacia la victoria.

Triunfas cuando la victoria saca lo mejor de ti,

triunfas cuando te hace más fuerte y mejor,
cuando triunfas, celebras la vida.

Pero, sobre todo,
triunfas cuando no te dejas engañar por la victoria,
sino, por el contrario,
siempre la mantienes en su lugar adecuado,
porque triunfar,
aunque es un componente esencial de la vida,
es solo un 'juego de la vida.'
No es existencial ni sagrado
sino mundano y pasajero.
No es amor ni amistad, ni verdad ni fe,
ni virtud ni valores,
sino solo un detonador de 'fuerza de voluntad y temple,'
una prueba digna de la intensidad
con la que vives tu vida.

Pero triunfar no es para los de corazón débil,
pues requiere coraje y fuerza.
Triunfar es para aquellos que desafían la vida
con sus corazones,
para quienes vivir una vida plena inexorablemente abraza
triunfar como una parte intrínseca de la ecuación,
para exprimir de la vida la sublime pasión de la victoria.

*

—Entonces, señor N., ¿no siempre gano contra un oponente? —pregunto.

—Exactamente —responde—. Los seres humanos no siempre son el adversario. La vida está llena de obstáculos, dificultades e incluso tragedias, algunas aparentemente insuperables, que solo la actitud de un ganador puede vencer.

—En pocas palabras, me está diciendo que necesito saber ganar para poder sortear los peligros de la vida —digo.

—Correcto, mi muchacho. Necesitas un deseo indomable de triunfar. Pero, mi joven aprendiz, este libro del siglo XX tiene un regalo adicional: una sabiduría aún mayor para convertirte en un hacedor, un creador y un guerrero de la vida en toda su plenitud.

El señor N. separa con cuidado las páginas del libro, ajustando la segunda cinta de marcado hasta la página exacta que tiene en mente. Su expresión se vuelve aún más resuelta, y su voz adquiere una profundidad solemne, cargada de convicción.

Con un brillo especial en los ojos y un aire de determinación, respira hondo antes de continuar. Su tono es ahora más intenso, como si las palabras que está a punto de leer contuvieran una verdad fundamental que debía ser transmitida con la mayor claridad posible.

Y así, con un temple inquebrantable, comienza a leer, infundiendo cada palabra con la fuerza de su propia experiencia y la certeza de un hombre que ha enfrentado y superado innumerables batallas en la vida.

La autosuficiencia sana

La autosuficiencia sana es la práctica y la encarnación
de la autoafirmación.

Es asumir la responsabilidad, en primer lugar, ante uno mismo.
Es la toma de conciencia de que debo depender de mí mismo
antes que de cualquier otra persona o cosa.
Aunque por amor, generosidad, imperativo moral

—o una combinación de estos—,
pueda anteponer a otros en mis empeños en la vida.

Sin embargo, cuando se trata de dependencia,
dependo primero y ante todo de mí mismo.
Antes de depender de los demás,
jamás debo esperar,
contar o confiar en que otros actúen en mi lugar.

Porque lo que está destinado a mí,
lo que solo yo puedo hacer,
lo que únicamente yo debo hacer,
debe ser realizado por mí mismo.

Además, dependo de mí mismo y de lo que creo,
por encima y al margen de lo que crean los demás.

Porque confío primero en mí mismo,
permanezco inmune a las opiniones
y a la influencia de otros.

Dependo de mí mismo a pesar de las normas sociales.

Confío en mis instintos y presentimientos,
no para sustituir,
sino para preceder cualquier norma, regla o ley externa.

Al confiar en mí mismo,
rompo las cadenas del conformismo,
de la indoctrinación
o de la pérdida de mi individualidad.

La autosuficiencia establece mi identidad,
mi carácter, mi personalidad;
en otras palabras, mi verdadero yo.

La autosuficiencia es la esencia de mi independencia
y la semilla de mi autoestima,
mi respeto propio y mi dignidad.

Si soy capaz de gobernarme a mí mismo,
sin una ayuda indebida o una influencia desmesurada,
entonces habré ganado todo lo anterior.

Dependeré de mí mismo,
si pienso, siento y actúo con integridad,
sin impulsividad,
y en alineación con mis valores espirituales,
morales y familiares.

Confío en mí mismo porque creo en mis capacidades,
y esa creencia fomenta la confianza necesaria
para enfrentar la vida como mi auténtico yo,
fiel a mi identidad
y equipado con todas mis habilidades y talentos.

*

—Joven Erasmus, no esperes ni desees que nada te sea entregado fácilmente en la vida. Solo aférrate con firmeza a la creencia de que debes ganártelo —sentencia el señor N. con solemnidad.

—¿Quieres decir que preocuparme y tener empatía por los demás es algo en lo que puedo volcar mi corazón, pero cuyos cimientos solo podrán provenir de mi propia autoconfianza? —pregunto, buscando clarificación.

—Exactamente, mi muchacho, exactamente. La autosuficiencia y el individualismo suelen confundirse con el egoísmo. En realidad, las personas autosuficientes, aun cuando dependen primero de sí mismas, pueden estar plenamente dedicadas a ayudar a quienes lo necesitan. La autosuficiencia—depender de uno mismo—no es en absoluto incompatible con el acto de dar —concluye el señor N. con una sonrisa cargada de sabiduría.

Observo al piloto de la Segunda Guerra Mundial durante un largo rato, asimilando el poder y la sabiduría de lo que ha compartido conmigo hoy.

El tiempo en Oxford no solo es intenso, formativo e inolvidable—también transcurre a una velocidad vertiginosa. Demasiado pronto, me gradúo con honores y, poco después, me encuentro en camino hacia América con dos viejas maletas y la cabeza llena de sueños.

Me dirijo a la "tierra de las oportunidades" para completar mis estudios de posgrado, con la meta de obtener un máster en Harvard.

— ✦ —

El tono del profesor Cromwell-Smith se suaviza mientras su historia llega a su fin.

—Y así, las lecciones que aprendí durante aquellos días de competencia han permanecido conmigo, enseñándome a valorar la resiliencia, la autosuficiencia y la voluntad de ganar—no solo contra otros, sino sobre los obstáculos de la vida.

Hace una pausa, permitiendo que el peso de sus palabras se asiente en la sala antes de regresar al presente. Su voz es débil y ronca mientras concluye la clase.

Cierra los ojos brevemente, inspirando profundo y pausadamente antes de abrirlos de nuevo, encontrándose con la intensidad silenciosa en las miradas de sus estudiantes.

—Ahora —dice, su tono calmado pero resuelto—, quiero escuchar vuestras reflexiones.

Una mano se alza en la fila del medio.

—Sí, adelante.

La mano pertenece a Alice, una estudiante de negocios conocida por su naturaleza ambiciosa. Su voz es segura pero curiosa cuando pregunta:

—Profesor, en el poema *Triunfar no es para los pusilánimes de corazón*, se menciona "domar y aprovechar los propios demonios." ¿Cómo podemos identificarlos y empezar a controlarlos?

—Excelente pregunta, Alice —responde el profesor—. Nuestros demonios suelen ser nuestros miedos, inseguridades y conflictos sin resolver. Identificarlos requiere introspección y honestidad: preguntarse qué es lo que nos detiene o nos llena de dudas. Domarlos comienza al reconocer su existencia, comprender su origen y canalizar esa energía hacia la acción productiva. No se trata de eliminarlos, sino de utilizarlos como combustible para impulsarnos hacia adelante.

Alice asiente, visiblemente impresionada por la profundidad de la respuesta.

Otra mano se levanta en la primera fila.

—Sí, adelante.

La mano pertenece a Mark, un estudiante de ingeniería con gran interés en la resiliencia. Su tono es reflexivo pero directo cuando pregunta:

—Profesor, el poema *Autoconfianza* habla de independencia de las normas sociales. ¿Cómo equilibramos esto con la necesidad de trabajar dentro de sistemas y estructuras que a menudo exigen conformidad?

—Un punto importante, Mark —responde el profesor—. La autosuficiencia no significa rechazar los sistemas por completo; significa abordarlos con discernimiento. Alinea tus acciones con tus valores y usa el sistema como una herramienta en lugar de permitir que te defina. Si te mantienes fiel a tus principios, puedes navegar dentro de las estructuras sin perder tu individualidad.

Mark se recuesta en su asiento, su expresión contemplativa al considerar la respuesta del profesor.

Una mano se alza en la última fila.

—Sí, al fondo.

La mano pertenece a Brittany, una estudiante de psicología fascinada por la motivación. Su voz es firme pero introspectiva cuando pregunta:

—Profesor, en *Triunfar no es para los pusilánimes de corazón*, se dice: "La pasión generalmente supera al intelecto." ¿Cómo podemos cultivar la clase de pasión que impulsa el éxito?

—Una pregunta perspicaz, Brittany —responde el profesor—. La pasión surge de una conexión genuina con lo que hacemos. Requiere exploración y persistencia: encontrar lo que nos entusiasma y comprometernos con ello de todo corazón. La pasión es contagiosa y se refuerza a sí misma, creciendo con el tiempo a medida que invertimos esfuerzo y dedicación en nuestras aspiraciones.

Brittany asiente lentamente, su ceño fruncido en concentración.

Una mano se alza en el centro del auditorio.

—Sí, adelante.

La mano pertenece a Aaron, un estudiante de filosofía conocido por sus preguntas introspectivas. Su voz es calmada pero inquisitiva cuando dice:

—Pero profesor, yo dependo de los demás todo el tiempo.

—Por supuesto que sí, Aaron —responde el profesor, su voz suave pero firme—. Todos dependemos de otros; es parte de ser humanos y de vivir en un mundo interconectado. Pero el fundamento de esa dependencia debe ser tu propia autoconfianza. Cuando confías primero en ti mismo, tus relaciones y colaboraciones se fortalecen porque se construyen sobre el respeto mutuo y la independencia, en lugar de la necesidad. Asegúrate siempre de que tu fortaleza provenga de dentro, para que cuando te apoyes en otros, sea por elección, no por obligación.

Aaron asiente lentamente, dejando que las palabras del profesor resuenen dentro de él.

El profesor deja que sus palabras se asienten en el aire, dotándolas de peso, antes de despedir a sus alumnos hasta la semana siguiente.

—Recordad, el aprendizaje no termina cuando la clase finaliza. Seguid haciendo preguntas y manteneos curiosos. ¡Que tengáis un buen día! Nos vemos la próxima semana.

Los estudiantes comienzan a salir del aula, sus rostros reflexivos, cargando con ellos el peso de las palabras del profesor. Un par de alumnos se quedan atrás, su preocupación por él es silenciosa pero evidente en sus gestos discretos.

Lo observan mientras recoge sus pertenencias, sus movimientos lentos pero deliberados. Sin decir palabra, caminan a su lado, ofreciéndole su compañía en silencio mientras lo acompañan hasta su bicicleta.

Cuando se sube a la vieja bicicleta, tambaleándose ligeramente y luchando por mantener el equilibrio, intercambian miradas, cada uno con el mismo pensamiento no expresado:

¿Cuánto más podrá aguantar?

Capítulo 11

La importancia de los pequeños detalles en la vida

El profesor Cromwell-Smith se siente mucho mejor hoy. Su agresivo tumor está disminuyendo, un milagro posible gracias a un tratamiento de vanguardia que una vez salvó la vida de un expresidente de los Estados Unidos.

—Trata cada día como si fuera el último —se recuerda a sí mismo una vez más, mientras pedalea hacia el campus.

Los vibrantes colores de la primavera parecen reflejar su mejoría y su renovada inspiración. El aire fresco de la mañana aviva su ánimo mientras desmonta de su vieja y oxidada bicicleta, aparcándola junto a una docena de otras. Con una breve pausa, se ajusta la bufanda y dirige la mirada hacia el edificio del aula, sus pensamientos rebosantes de ese capítulo agridulce de su vida que planea compartir hoy.

Minutos después, entra en el auditorio, recibido por el murmullo suave de las voces. Los estudiantes se callan al verle tomar su lugar al frente; sus rostros expectantes alimentan su determinación para ofrecer una lección inolvidable.

—Uno de los grandes misterios de la vida —comienza, su voz firme pero reflexiva— son las curvas inesperadas en el camino, algunas para peor, pero otras para mejor. Por estas últimas siempre debemos estar agradecidos, pues son regalos imprevistos.

Hace una pausa y, con una mirada introspectiva, continúa:

—Hubo un momento en mi vida en el que un rayo me golpeó, provocando una epifanía. Desde entonces, mi vida nunca ha sido la misma.

———◆———

No habían pasado ni cuatro meses desde que comencé mi máster cuando volé de regreso a casa para celebrar el 25° aniversario de bodas de mis padres. Pero, una vez allí, no podía esperar para ver a la señora V. Tenía tanto que contarle. Apenas unas horas después de mi llegada, corrí a ver a mi querida mentora. Tras quince minutos de pura alegría y una efusiva muestra de afecto por parte de mi eterna animadora, ya no pude contenerlo más y comencé a contarle todo con gran emoción.

—Señora V., desde que la vi por primera vez, todo lo que hago es… —Me detuve, atrapado en un nudo de emoción. Un bulto en la garganta me ahogaba, sobrepasado por una avalancha de sentimientos.

—¿Cómo puedes amar a alguien a quien nunca has conocido? —pregunté, medio para mí mismo, medio para ella.

—Háblame de ella. Cuéntame, querido —respondió con tono alentador y curioso.

—Ocurrió en mi segundo fin de semana en Harvard, justo antes de un partido de fútbol. La batuta de la banda captó mi atención cuando la banda se acercaba. Tenía una destreza increíble, una energía intensa y alegre, y los ojos más hermosos que jamás había visto. Su enorme sonrisa, contagiosa, me hizo reír, y en ese instante desee que el momento nunca terminara. Me invadió un magnetismo inexplicable, y desde entonces no he tenido el control de mi corazón.

—¿Y qué hiciste al respecto? —preguntó la señora V. con aire soñador, inclinando ligeramente la cabeza.

—Nada. Me quedé paralizado. No podía apartar los ojos de ella, siguiendo cada uno de sus movimientos incluso desde la distancia. Se dispersaron y guardaron sus cosas, pero yo seguí allí, como petrificado.

—¿Y después?

—Eso fue hace tres meses. Ahora sé todo sobre ella, e incluso se presentó accidentalmente en un breve encuentro. Pero, fuera de eso, no he hecho nada. No sé qué hacer. Estoy paralizado por el miedo —confesé, con la frustración evidente en mi voz.

—Erasmus —dijo la señora V., su voz firme pero amable—, no existe una fórmula prescrita para el amor, y mucho menos para cómo, a quién o cuándo amar.

Paseó de un lado a otro, con la mano en el mentón, claramente sumida en sus pensamientos.

—En cuestiones de amor, la sabiduría puede ser nuestra luz guía. Salpica nuestros instintos, sentimientos y pasiones como una brújula del amor, respondiendo incontables acertijos del corazón —dijo, sus palabras resonando con una comprensión profunda.

Luego, tomó un pequeño libro de uno de los estantes de su escritorio, uno que parecía guardar cerca para momentos como este.

—Aquí tienes uno de ellos. Espero que te ayude a tomar acción en la búsqueda de tu enamoramiento. Lee aquí, por favor, querido —dijo, ofreciéndome el libro con una sonrisa cómplice.

Los mejores instintos de nuestro corazón

Hay cosas en la vida
que solo pueden hacerse desde el corazón,
y esas, jamás las lamentamos.

De hecho, las repetiremos
una y otra vez,
exactamente de la misma manera.

Son los actos de la vida
que surgen de los mejores instintos del corazón,
gobernados por la pasión, las convicciones y los principios.

El interés propio o las consecuencias
pasan a un segundo plano
ante nuestras creencias,
ante esa persona por la que
estaríamos dispuestos a dar la vida.

Lo cierto es que
pasos tan monumentales
no son impulsados por nuestra mente.

Si así fuera,
jamás reuniríamos el valor
ni la entrega para hacernos daño
o actuar en contra de nuestro propio interés—
a menos que fuera por amor.
Estos actos de valor
son donde nacen los héroes,
donde se cambia el curso de la historia,
donde se salvan y protegen vidas,
donde la humanidad brilla
en su máxima expresión.

Muchos nacen con
grandes instintos de la mente,
otros con grandes instintos del corazón.

Pero una de las paradojas de la vida
es que solemos seguir
los instintos donde somos más débiles,
lo que nos lleva inevitablemente
a vidas insatisfechas y desdichadas.

En asuntos del amor,
mente y corazón son como el agua y el aceite—
no se mezclan bien.

Porque la mente no puede crear,
gobernar, controlar
ni sostener el amor,
ni el amor puede hacer lo mismo con la mente.

Cuando seguimos
los mejores instintos de nuestra mente
en temas de amor,
no hay amor,
sino pensamientos en lugar de sentimientos.
Es cuando aceptamos
la comodidad y la falta de emoción
como si fueran lo suficiente.

Pero si hay algo que es cierto,
es que la dicha absoluta y la felicidad plena
solo llegan a nuestras vidas
cuando seguimos los mejores instintos
de nuestro corazón.

—En esta corta visita a Gales, querido Erasmus, el mensaje que te da esta anciana que te quiere con todo su corazón es que sigas siempre tu corazón —dijo la señora V. con una cálida sonrisa.

—Vale, vale, lo entiendo. Pero ¿cómo lo hago? ¿Qué debo hacer, señora V.? —pregunté con impaciencia, inclinándome hacia adelante.

—Bueno —comenzó, su tono deliberado—, quizás podrías empezar comprendiendo lo que significa realmente ser dichoso. Si lo logras, estoy segura de que serás capaz de actuar según tus sentimientos mientras posees uno de los tesoros más importantes y ocultos en asuntos del amor.

La señora V. hojeó cuidadosamente el mismo hermoso libro antes de entregármelo, ya abierto en el pasaje indicado.

—Lee aquí, mi enamorado pupilo… —dijo con una mirada alentadora, su sabiduría prácticamente irradiando.

La vida es plena
(La importancia de los pequeños detalles en la vida)

Si quieres vivir una vida dichosa,
presta atención a los pequeños detalles—
tanto en lo que das como en lo que recibes.

Pero no me refiero a esos detalles
donde "el diablo está en los…"
esos son simples, visibles a plena vista,
generalmente esperados:
reglas, normas o estipulaciones
que podemos seguir, ignorar, romper o eludir.

No, para vivir una vida llena de dicha,
debemos prestar atención a otro tipo de pequeños detalles,
aquellos que son gestos de amor,
aquellos que provienen directamente del corazón.

Suelen ser espontáneos e inesperados,
a menudo tienen poco o ningún valor material,
pero siempre brindan una alegría inmensa,
de esas que nos dejan sin aliento,
con un nudo en la garganta,
tanto al darlos como al recibirlos.

Estos pequeños detalles requieren
una creatividad genuina,
pero esta fluye fácilmente
cuando es impulsada por una empatía desbordante
y un amor sincero hacia los demás.

Cuando recibimos pequeños detalles,
su valor más grande
lo tienen cuando somos ricos,
cuando gozamos de salud
y todo está en su lugar,
y aun así, seguimos siendo lo suficientemente humildes
para apreciarlos, valorarlos,
y darnos cuenta de cuánto nos aman.

Cuando damos,
los pequeños detalles de la vida
tienen su mayor peso
cuando tenemos poco, estamos enfermos,
las cosas no van bien
o atravesamos tiempos difíciles.

Cuando, a pesar de ello,
tenemos el corazón y el deseo
de seguir dando a quienes amamos.
Es en esos extremos—
cuando valoramos lo que nos ofrecen
sin necesitarlo realmente,
o cuando damos incluso lo poco que nos queda—
cuando los pequeños detalles de la vida
cobran su verdadero significado.
Se vuelven inolvidables,
nos acompañan para siempre,
y nunca nos abandonan.

La vida es plena
cuando, atrapados por la sorpresa,
vencidos por la emoción,
ocultamos el rostro tras las palmas de nuestras manos.

Cuando encontramos aquella nota dejada en nuestro bolsillo,
cuando dejamos una flor en su almohada.
Cuando recordamos
esos pequeños y preciosos gestos
de mamá, papá,
de la abuela y el abuelo,
esos detalles que nunca fallan,
ese abrazo de apoyo,
ese beso protector,
esa sonrisa alentadora,
esas risas contagiosas,
esa mirada amorosa, tierna,
agradecida o reconfortante.

Todos esos pequeños gestos
que nos hacen reaccionar con felicidad,
que nos hacen pensar:
"Qué gesto más hermoso; me quiere."
O murmurar para nosotros mismos:
"Oh, Dios… cuánto le amo."

Así que, si deseas vivir una vida llena de dicha,
presta mucha atención a los pequeños detalles—
aquellos que provienen del corazón,
aquellos que son espontáneos gestos de amor,
aquellos que son solo pequeñas cosas,
quizás con poco o valor material alguno,
pero que nos llenan el alma.

Aquellos que nunca olvidamos,
porque nos acompañarán
el resto de nuestras vidas.

*

La señora V. me observa con ternura mientras cierro el libro, aun procesando la profundidad de lo que acabo de leer.

—Erasmus —dice suavemente—, el amor crece a partir de los pequeños detalles; el amor se captura a través de gestos diminutos.

Su mirada se ilumina con esa calidez que siempre la ha caracterizado.

—El amor se mantiene vivo y se construye con pequeñísimas cosas que damos y recibimos los unos de los otros.

En ese momento, por primera vez en mi vida, comprendo lo que realmente significa ser dichoso.

La señora V. sonríe y añade con dulzura:

—Enfócate en dar con todo tu corazón, pero ten en cuenta a quién le das. Porque lo que realmente da sentido a esos pequeños detalles es su catalizador: la empatía.

—— ❖ ——

El profesor cierra el libro de los recuerdos, su voz suavizándose mientras regresa al presente.

—Y así, mis queridos estudiantes —dice con calidez en el tono—, aprendí que el amor, muchas veces, reside en los pequeños gestos—en los detalles que damos y recibimos, aquellos que transforman momentos ordinarios en extraordinarios.

El profesor recorre el aula con la mirada, una chispa de curiosidad en sus ojos.

—Ahora, mis queridos alumnos, me gustaría escuchar sus reflexiones. ¿Qué ha resonado con ustedes en la clase de hoy?

Una mano se alza en la fila del medio.

—Sí, adelante.

La mano pertenece a Sarah, una estudiante de literatura conocida por sus perspectivas perspicaces. Su voz es reflexiva cuando pregunta:

—Profesor, en *Los mejores instintos de nuestro corazón*, se habla de pasos monumentales guiados por el corazón. ¿Cómo podemos equilibrar nuestros sentimientos con las exigencias prácticas de la vida?

El profesor asiente pensativamente.

—Una excelente pregunta, Sarah. Equilibrar el corazón con las exigencias prácticas requiere discernimiento. Cuando el corazón habla, a menudo revela nuestras verdades más profundas. La practicidad, sin embargo, garantiza que podamos actuar sobre esas verdades de manera sostenible. La clave es permitir que el corazón guíe nuestro propósito, mientras la practicidad moldea el camino. Juntos, crean una armonía que sostiene tanto la pasión como la estabilidad.

Otra mano se alza desde el fondo del aula.

—Sí, en la parte de atrás.

La mano pertenece a Louis, un estudiante de ingeniería con un gran interés en el comportamiento humano. Su tono es contemplativo cuando pregunta:

—Profesor, en *La vida es plena*, se menciona que los pequeños detalles tienen su mayor valor en los momentos más difíciles. ¿Por qué cree que ocurre esto?

—Una observación importante, Louis —responde el profesor—. Los pequeños detalles, especialmente aquellos nacidos de la empatía y el amor, brillan con más fuerza en la adversidad porque nos recuerdan nuestra humanidad compartida. Cuando la vida se vuelve abrumadora, incluso los gestos más sencillos—una sonrisa inesperada o una palabra amable—pueden anclarnos, reavivar la esperanza y restaurar nuestro sentido de conexión. Son prueba de que, incluso en nuestros momentos más oscuros, siempre hay luz.

Se levanta una tercera mano.

—Sí, adelante.

La mano pertenece a Lena, una estudiante de sociología con especial interés en las relaciones humanas. Su voz es firme, pero refleja curiosidad cuando pregunta:

—Profesor, mencionó la importancia de ser conscientes de a quién damos nuestros gestos. ¿Cómo podemos discernir quién los merece?

El profesor inclina la cabeza ligeramente, reflexionando sobre la pregunta.

—Lena, discernir a quién damos no se trata tanto de merecimiento como de alineación. Pregúntate: ¿Este gesto nace de la sinceridad? ¿Está alineado con la empatía que siento por esa persona? Si la respuesta es sí, entonces el acto de dar siempre será significativo, sin importar cómo sea recibido.

Finalmente, una mano se alza desde la primera fila.

—Sí, adelante.

La mano pertenece a Jacob, un estudiante de filosofía. Su tono es inquisitivo cuando pregunta:

—Profesor, mencionó que la empatía es el catalizador de los pequeños detalles que realmente importan. ¿Cómo podemos cultivar una mayor empatía en nuestras vidas?

El profesor sonríe.

—Una excelente pregunta, Jacob. La empatía comienza con la escucha—escuchar profundamente y sin juzgar. Crece cuando intentamos comprender las perspectivas de los demás y cuando practicamos la bondad, incluso cuando nos resulta incómodo o inconveniente. La empatía florece cuando estamos dispuestos a ver el mundo a través de los ojos del otro y a actuar con compasión. Es tanto una habilidad como una forma de vivir, y enriquece nuestras vidas de manera inimaginable.

El profesor Cromwell-Smith esboza una gran sonrisa mientras concluye su clase. Notando la curiosidad y la expectación en los rostros de sus alumnos, responde con entusiasmo:

—Sí, sí. La respuesta es sí. En nuestra próxima clase, profundizaremos aún más en este capítulo de mi vida — declara con determinación.

A medida que las preguntas van cesando, el profesor echa un vistazo al reloj, su expresión suavizándose en una sonrisa reflexiva.

—Gracias por sus preguntas, mis queridos alumnos. Recuerden, la belleza de la vida a menudo reside en los pequeños detalles. Presten atención a ellos, porque tienen el poder de transformar sus experiencias y relaciones. Que tengan un maravilloso día y espero verlos la próxima semana. Los estudiantes comienzan a salir, con expresiones pensativas e inspiradas. Entre ellos, la joven de cabello rizado permanece en su asiento, su mirada fija en el profesor mientras recoge sus pertenencias. Lo observa mientras se marcha del aula, su curiosidad creciendo con cada sesión. Lo que al principio era solo una sensación familiar ahora se vuelve innegablemente real para ella, resonando más y más con cada historia que comparte.

Capítulo 12

Enamorarse

Es temprano por la mañana y el calor ya es sofocante. Mientras el profesor Cromwell-Smith pedalea con deliberación por las calles silenciosas, su ritmo pausado refleja la introspección que llena su mente. Sin embargo, los vibrantes colores del verano contrastan con las emociones tumultuosas que arden en su interior. Cada giro de las ruedas acerca los recuerdos a la superficie—lugares del corazón largamente enterrados, pero jamás olvidados. La intensidad le desconcierta por completo, como una tormenta de sentimientos desenterrados que inunda cada rincón de su ser. Para cuando llega al campus, una fina capa de sudor le cubre la frente, aunque la calma en su expresión no delata el torbellino que lleva dentro.

Poco después, entra en el auditorio, donde un público expectante aguarda su llegada. El murmullo de voces se apaga cuando su presencia enciende una energía familiar en la sala. Da un paso adelante, ajusta su bufanda y comienza con una sonrisa:

—¿No es increíblemente maravilloso?

—Queridos amigos, hoy les pido que me acompañen en esta fase de mi vida —dice el profesor Cromwell-Smith, su tono una mezcla de entusiasmo y vulnerabilidad—. Les ruego me perdonen si me dejo llevar por la emoción. Son sentimientos que ni yo, ni ninguno de nosotros, podemos simplemente racionalizar.

155

Respira hondo, su mirada suavizándose al perderse en el pasado.

—Bien, allá vamos —dice, fortaleciéndose mientras la sala cae en un silencio expectante y los recuerdos comienzan a desplegarse.

— ❖ —

Han pasado tres semanas desde que escribí a la señora V., compartiéndole la dicha y la felicidad de haber encontrado al amor de mi vida. En aquella carta, la agradecí un millón de veces.

Queridísima señora V.,

Tengo una noticia que me llena de alegría y que ha sido posible gracias a su guía. Estoy locamente enamorado y los dos somos increíblemente felices. He conquistado su corazón con una serie de pequeños gestos sinceros y detalles diminutos que la han maravillado. Lo he logrado siguiendo los mejores instintos de mi corazón.

No va a creer esto: su nombre es... bueno, yo la llamo Vicky—¡Vicky, como en Victoria! ¿No es asombroso? Comparten el mismo nombre. Su nombre completo es Victoria Emerson-Lloyd, y llevamos once meses siendo inseparables.

Señora V., permítame advertirle que ni soy poeta ni escritor. Aun así, le envío unos versos que escribí para ella y que quiero compartir con usted. El primero de ellos captura exactamente lo que siento por ella:

El amor nos llega a través de un conejito en su laberinto

¿Cómo sabes cuándo el amor está llamando a tu puerta?
¿Cómo sabes cuándo ha llegado?
Su música, la música de los ángeles,
te espera ahí fuera.

¿Cómo sabes que quien ha llegado a tu vida
podría ser ese compañero de viaje
que siempre has anhelado?

¿Y cómo decides si es el momento adecuado,
justo ahí, en ese instante,
para salir de tu caparazón,
derribar tus escudos protectores?

Lo sabes,
cuando alguien irrumpe inesperadamente
en el viaje de tu vida,
y te deja sin aliento,
sin poder respirar.

Lo sabes,
porque cuando por fin recuperas el aliento,
todo lo que inhalas te dice, sin duda alguna,
que no hay nada más en el mundo
que prefieras estar haciendo,
ni nadie con quien preferirías estar,
más que con tu conejito del amor.

Lo sabes,
porque el mundo a tu alrededor desaparece
y te dejas caer sin reservas

por el laberinto sin final más deslumbrante
que jamás encontrarás en tu vida.

Lo sabes,
cuando, de repente,
la persona de tus sueños
no puede hacer nada mal,
y todo lo que dice o hace
se reviste de perfección
a través de un cristal benevolente
hecho de candor ilimitado,
ingenuidad y romance.

Lo sabes,
cuando desde el principio
te sientes ligero, libre,
seguro y en paz.
La vida se convierte en un viaje de dos,
impregnado de magia,
felicidad, pasión y alegría.

Lo sabes,
porque te invade
una certeza inexplicable—
te sientes seguro, protegido,
y nunca solo.

Y lo sabes.
Porque te ves a ti mismo
imaginando tu vida, tu futuro,
tu familia, tus hijos—
solo con tu otra mitad.

Lo sabes.
Porque el amor es un laberinto infinito
del que jamás querrás escapar.

*

Queridísima señora V.,

Vicky es vivaz y efervescente. Es divertida y un poco alocada, y le encanta vestirse de azul. Muy apropiado, de hecho, porque es mi nuevo unicornio… aunque uno con un temperamento muy corto. Es un torbellino, pero también puede ser dulce y profundamente compasiva. Su causa en este momento es ayudar a los sin techo, y sueña con servir a quienes más lo necesitan.

También adoro verla correr desenfrenada hacia cualquier cosa que haga, con sus rizos dorados volando en todas direcciones mientras quema esa energía aparentemente inagotable que tiene. La amo, señora V.… y, sin embargo, ¡no podríamos ser más diferentes! Ella sueña con convertirse en psicóloga criminal, mientras que yo ni siquiera tengo la más mínima idea de qué quiero hacer con mi vida.

Por eso escribí este pequeño guion para ella. Quería inmortalizar nuestra vida juntos en sus detalles más minúsculos y vívidos, contrastándolos con los polos opuestos que representamos, pero, al mismo tiempo, mostrando cuán profunda e íntimamente entrelazados estamos.

Señora V., ha sido un descubrimiento extraordinario para mí darme cuenta de que ser tan diametralmente opuestos genera una especie de tensión amorosa. Y he comprendido que es precisamente esa tensión la que enciende la pasión interminable entre nosotros.

De ahí el nombre de este escrito:

El Secreto reside en cómo los polos opuestos se atraen en el amor

Tú adoras bailar, y yo no.

Tú eres espontánea y directa, y yo no.

Tú eres ruidosa y bulliciosa,
yo soy el silencio personificado.

Tú eres sociable y extrovertida,
yo, por defecto, no soy ninguna de las dos.

Tú amas la certeza y la previsibilidad,
yo prospero en la improvisación,
sin saber nunca qué esperar.

Tú tienes un temperamento explosivo
que estalla y se disipa como un volcán,
mientras que mi fuego arde lentamente,
de forma constante y prolongada.

Tú prefieres dormir hasta tarde,
yo me levanto antes del alba.

Tú planeas meticulosamente cada paso,
yo dejo todo para el último momento.

Tú necesitas organización constante,
a mí me gusta el orden… la mayoría de las veces.

Tú logras que la limpieza y el orden
se cumplan sin falta,
yo los disfruto enormemente.

Tú recuerdas ciertas cosas con absoluta claridad,
yo recuerdo otras con la misma intensidad.
Tú lees a las personas con precisión absoluta,
yo descifro a algunas… pero no a todas.

Tú disfrutas un buen vino y queso,
yo aún estoy aprendiendo a apreciarlos.

Tú cocinas de maravilla y con velocidad de relámpago,
yo apenas sé hervir el agua.

Tú no le das importancia al desayuno,
yo creo que es la comida más importante del día.

Tú no disfrutas el helado ni el chocolate,
yo los amo sin medida.

Tú celebras con efusividad,
yo lo hago en silencio y con discreción.

Tú tocas instrumentos con facilidad,
yo no sabría ni por dónde empezar.

Tú amas ciertos géneros de música con pasión,
yo adoro todas las músicas del mundo.

Tú no eres de cariño físico ni de gestos afectuosos,
yo lo soy todo el tiempo.

Tú puedes ser ferozmente celosa,
yo lo veo como otro juego de la vida.

Tú llamas todo por su nombre,
yo endulzo mis palabras con apelativos cariñosos.

Tú amas la rutina y la previsibilidad,
yo prospero en el caos y la espontaneidad.

Tú detestas estar descalza o sin ropa,
yo lo disfruto sin problema.

Tú hablas de todo y sobre todo,
yo solo lo hago cuando algo me apasiona profundamente.

Tú disfrutas cuando te leo,
y yo lo hago con entusiasmo.

Tú nunca comprendes las películas
pero logras mantenerte despierta.
Yo me duermo, pero de alguna manera
logro explicártelas luego.

Tú siempre duermes mientras conduzco,
yo nos llevo a nuestro destino
hablando solo durante todo el trayecto.

Tú odias conducir,
yo podría hacerlo eternamente.

Tú te irritas cuando te aburres,
yo ni siquiera sé lo que es el aburrimiento.

Tú rara vez disfrutas lo que pides en un restaurante,
así que siempre te paso comida de mi plato,
o, de lo contrario, terminas cogiendo de lo mío.

Tú eres cautelosa y temerosa,
yo salto primero y pregunto después.

Tú eres risueña,
yo no me río con facilidad.

Tú luces espléndida con un buen vestido,
yo no me preocupo por mi vestuario.

Somos completamente distintos en
con quién, cómo, cuándo, dónde
y en qué trabajamos.

Pero no podríamos ser más iguales
en la pasión con la que nos entregamos.

Tú escribes a una velocidad vertiginosa,
yo voy a trompicones.

Yo leo a una velocidad vertiginosa,
tú no.

Tú odias cargar cosas,
yo adoro hacerlo por ti.

Tú te desorientas con facilidad,
yo soy tu brújula humana.

Tú te fías de los mapas,
yo de mi instinto.
Tú no sabes negociar ni regatear,
yo disfruto el arte de la negociación.

Tú crees que algunas cosas son imposibles,
yo creo que casi todo es posible,
y en eso confías en mí.

Tú disfrutas sentarte y ser atendida
mientras disfrutas una buena comida,
yo prefiero la simplicidad del autoservicio.

Tú disfrutas una buena discusión,
yo soy el pacificador silencioso,
antirruido y antipeleas.

Tú notas cada detalle que te desagrada,
yo conscientemente distorsiono y reinvento la realidad.

Tú tropiezas y te caes con frecuencia,
yo… tampoco soy mucho mejor en eso.

Tú puedes pasar horas curioseando sin comprar nada,
yo no puedo esperar para salir de las tiendas.

Tú eres difícil de complacer cuando deseas algo,
pero cuando lo elijo por ti,
siempre acierto con la talla, el tipo y el estilo.

Tus miedos desaparecen cuando juegas a juegos de mesa,
donde siempre haces trampas.
Yo soy ingenuo, torpe y crédulo,
y tu víctima infalible en cada partida.

Tus miedos desaparecen cuando se trata de colarte en una fila,
yo dudo, me da vergüenza,
pero aun así te sigo obedientemente.

Tú eres una ciclista terrible,
esa es mi mejor especialidad en los deportes.

Tú eres una gran nadadora,
decir que soy mediocre en ello sería un elogio.

Tú amas la playa sin arena en los pies,
yo fui criado al lado de la mar
y la amo en su estado más salvaje.

Tú prefieres el clima perfecto y sereno,
yo disfruto el más áspero y desafiante.

Yo soy abrumadoramente físico,
tú siempre logras frenarme.

Tú eres claustrofóbica,
yo sufro mareos por movimiento.

Tú temes a las alturas,
yo prefiero vistas panorámicas desde lo alto.

Tú puedes sentarte en medio sin problema,
yo necesito el pasillo, la ventana o estar al frente.

Tú amas el ballet y la ópera,
yo prefiero una buena filarmónica y una biblioteca.

Nos encantan los museos,
pero de partes completamente distintas.

Tú disfrutas sentarte y picar algo,
yo puedo pasar horas en una librería
o mirando fotos históricas.

Tú sueltas maldiciones y palabras fuertes,
yo nunca lo hago.

Tú te aferras a todo y te cuesta soltar,
yo lo dejo ir con solo chasquear los dedos.

Tú amas correr, pero ya no puedes,
para mí, correr es una parte esencial de mi vida.

Las cosas en las que coincidimos
son fáciles de notar y enumerar sin fin.

Pero es en las cosas en las que somos diferentes
donde surge esa tensión saludable.

Por eso el secreto reside en dos extremos opuestos
trabajando juntos para siempre.

*

Queridísima señora V.,

Le he escrito a ella como nunca le he escrito a nadie en mi vida. Quizá esto sea lo que realmente amo hacer. Escribir, o tal vez enseñar sobre ello.

Señora V., antes de despedirme, hay algo más. ¿Está lista? Quiero pedirle matrimonio. ¡Sí! Lo deseo con todo mi corazón. Quisiera que Victoria fuera mi esposa y compañera para siempre.

Pero me encuentro perdido en un mar de miedo y dudas. La verdad es que me siento como si no fuera nadie. No tengo nada material que ofrecerle, ni siquiera tengo claro lo que quiero hacer con mi futuro.

Por favor, ayúdeme. Necesito su sabiduría y guía.

Esperaré ansiosamente su respuesta.

Suyo siempre,

Erasmus

P.D. Su eternamente agradecido, ahora enamorado, pero aún "alma perdida" aprendiz. Por cierto, la llamo Vicky, así nunca la confundo con usted.

———— �֍ ————

Cuando el profesor Cromwell-Smith termina de leer su emotiva carta a la señora V., su voz aún porta el peso de las emociones de su yo más joven. En el auditorio reina un silencio absoluto; sus alumnos están completamente absortos en la historia, atrapados por la vulnerabilidad cruda y sincera de sus palabras. Cierra los ojos un instante, como si estuviera despidiéndose de los vívidos recuerdos que han vuelto a la superficie. Luego, poco a poco, regresa al presente. Cuando abre los ojos, en su expresión todavía brilla la calidez de la evocación, un destello de nostalgia que ilumina su rostro.

Con una mirada cargada de emoción, devuelve la atención a su clase, observando el profundo impacto reflejado en los rostros de sus alumnos.

Los estudiantes permanecen en un silencio reflexivo, dejando que el peso de sus palabras se asiente en ellos. Entre ellos, una joven de cabellos dorados sigue completamente inmóvil en su asiento. Una vorágine de emociones la invade, apretando el nudo en su garganta y acelerando los latidos de su corazón. Permanece paralizada, atrapada entre la angustia y la revelación. *Así que es él*, se da cuenta, mientras las palabras del profesor resuenan en lo más profundo de su ser.

—Cuando el amor verdadero llama a la puerta de tu vida, atrévete a abrirle —declara el profesor con convicción—. A partir de ese momento, tu corazón tomará el mando y pondrá en marcha la fábrica de tu felicidad.

Hace una pausa, recorriendo con la mirada el auditorio.

—Ahora, queridos alumnos, me encantaría escuchar sus pensamientos. ¿Qué preguntas o reflexiones tienen sobre la clase de hoy?

Su invitación queda flotando en el aire, animando incluso a los más tímidos a participar.

Una mano se alza con timidez en la tercera fila.

—Sí, adelante —anima el profesor.

La mano pertenece a Lindsey, una estudiante de literatura conocida por su mente analítica. Su voz es firme, pero en ella se percibe curiosidad.

—Profesor, en *El amor nos llega a través de un conejito en su laberinto*, describe el amor como un sentimiento que te deja sin aliento y una caída voluntaria en un agujero de conejo. Pero ¿qué sucede cuando la euforia inicial desaparece? ¿Cómo se mantiene ese amor?

—Ah, excelente pregunta, Lindsey —responde el profesor.

—El agujero del conejo es el inicio, el catalizador del amor. Pero mantenerlo requiere esfuerzo, empatía y, como verás en el siguiente poema, atención a los pequeños detalles que preservan y nutren el amor. El amor evoluciona, y son esos gestos—tanto los que damos como los que recibimos—los que mantienen viva la magia.

Lindsey asiente, tomando notas mientras su interés crece aún más.

Otra mano se levanta desde el fondo del auditorio.

—Sí, al fondo —reconoce el profesor.

La mano pertenece a Ryan, un estudiante de filosofía con inclinación por las preguntas profundas y existenciales.

—Profesor, en *El secreto reside en dos extremos opuestos trabajando juntos para siempre*, destaca las diferencias en una relación. ¿Cómo podemos navegar por esas diferencias sin que se conviertan en fuente de conflicto?

—Una observación perspicaz, Ryan —responde el profesor—.

Las diferencias pueden dividir o fortalecer una relación, dependiendo de cómo se aborden. La clave está en el respeto mutuo y la comprensión. Celebren esas diferencias como fuerzas complementarias que crean un equilibrio dinámico. Aprendan a ceder sin perder su esencia y, sobre todo, comuníquense con empatía.

Ryan se recuesta en su asiento, reflexionando sobre las palabras del profesor.

Otra mano se levanta cerca del frente.

—Sí, adelante —dice el profesor.

La mano pertenece a Phillip, una estudiante de psicología con gran interés en el comportamiento humano.

—Profesor, en *La vida es plena*, menciona que los pequeños detalles cobran mayor importancia en los momentos difíciles. ¿Podría explicar por qué sucede esto?

El rostro del profesor se suaviza.

—Phillip, es precisamente en los momentos más desafiantes de la vida cuando esos pequeños gestos de amor y cuidado se convierten en salvavidas. Nos recuerdan nuestra humanidad, nuestras conexiones y el apoyo que nos rodea. Una palabra amable, una caricia reconfortante o incluso una simple sonrisa pueden brindarnos una inmensa paz y fortaleza cuando más lo necesitamos.

Phillip asiente mientras su pluma se mueve rápidamente sobre su cuaderno.

Finalmente, el profesor Cromwell-Smith echa un vistazo al reloj, su expresión se transforma en una sonrisa reflexiva.

—Gracias por sus preguntas, mis queridos estudiantes. Recuerden, la belleza de la vida a menudo se encuentra en los detalles más pequeños. Presten atención a ellos, porque tienen el poder de transformar sus experiencias y sus relaciones. Que tengan un maravilloso día y espero verlos la próxima semana. Los estudiantes comienzan a salir del aula, sus rostros reflejan pensamientos profundos e inspiración. Entre ellos, la joven de cabellos rizados permanece en su asiento, su mirada fija en el profesor mientras él recoge sus cosas. Lo observa mientras sale de la sala, con el corazón latiendo cada vez más rápido a medida que las emociones dentro de ella se intensifican con cada clase.

Mientras la mayoría de los alumnos se demoran en el aula, inmersos en la estela del relato del profesor, parece como si incontables pequeños corazones rojos flotaran en el aire sobre sus cabezas, testigos del hechizo de amor que acaba de compartir.

170

Capítulo 13

El amor verdadero y el taburete con tres patas

Ha estado pedaleando durante más de una hora, recorriendo sin rumbo los caminos secundarios del campus. El profesor Cromwell-Smith salió de casa una hora antes de lo habitual, tomándose el tiempo para reflexionar y hacer balance de su vida. Sabe que ha seguido sus pasiones y ha cumplido sus sueños. Enseñar es, sin duda, lo que ama hacer. Sin embargo, hay algo que sus mentores nunca le enseñaron: cómo encontrar el amor. La sesión de hoy, sin embargo, se adentrará en ese breve pero transformador periodo de su vida en el que lo halló. Está ansioso por compartir con su clase lo que ocurrió.

Cuando finalmente se siente listo, dirige su bicicleta hacia el edificio principal de la universidad. Poco después, entra en el auditorio y se encuentra con una gran multitud que lo espera.

—¿Cómo están hoy? —pregunta, su voz rebosante de entusiasmo.

—¡Genial! —responden los estudiantes al unísono, su energía vibrante llenando la sala.

—Entonces, vamos directo al grano, ¿les parece? —dice, ampliando su sonrisa mientras el murmullo de la sala se disipa, dejando espacio para la historia que está a punto de desplegarse.

—◆—

Hoy, por fin ha llegado. Llegó temprano por la mañana, pero aún no lo he abierto. Ha estado guardado en el bolsillo izquierdo de mi chaqueta durante todo el día, sintiéndose como si en cualquier momento pudiera arder y atravesar la tela. Ansioso, lo palpo de vez en cuando, asegurándome de que no ha evaporado, desaparecido o perdido. Este tormento autoimpuesto dura toda la mañana y se prolonga en una tarde insoportablemente larga. Solo al final del día, finalmente me siento, respiro hondo y abro la esperada respuesta de la señora V.

—*Obsequium, obsequium, obsequious* —leo en voz alta.

Una vez más, su acostumbrada introducción me resulta encantadora, como un regalo precioso e invaluable.

—◆—

Querido Erasmus,

Escribo estas líneas con una sonrisa gigantesca en el rostro. ¡Oh, mi querido chico, cuánto me has alegrado el día!

Qué detalle tan hermoso el tuyo al compartir conmigo algunas de las cosas que has escrito para Victoria. Son un soplo de aire fresco, transportándome a un mundo en el que una vez viví... hasta que perdí a mi único amor en la Batalla de las Ardenas.

He copiado un par de maravillosos escritos para ti, aquellos que te ofrecerán la sabiduría necesaria en esta magnífica encrucijada de tu vida. El primero trata, simplemente, sobre el amor.

¿Sabes qué es el amor?

¿Sabes cómo amar?

¿Sabes cómo ser amado?

¿Qué es el Amor?

Qué hazaña tan desconcertante,

la de dos almas prendadas la una de la otra.

Los susurros y los silbidos

de un par de corazones enamorados,

en un mundo solo suyo.

La paz y la serenidad

de dos espíritus completamente cómodos

el uno con el otro,

en todo momento,

mientras disfrutan

de la más sublime de las conexiones,

en un lugar donde la belleza innata

abunda sin medida.

Una pareja

en un estado de cambio constante,

donde todo empieza

y nunca deja de fluir

en una sinfonía de reacciones

ante las expresiones de amor del otro.

Y,

Y enredados entre los dedos del uno y el otro,

se rinden por completo,

pareciendo hacer el uno con el otro

lo que les place.

Mimados para siempre,

ninguno podrá aceptar jamás nada menos

que lo mismo o aún más

de su otra mitad.

Es así como

el amor se convierte en un ejercicio perpetuo

de ponerse en los zapatos del otro.

Por ello,

el amor es la máxima empatía,

en la unión de dos corazones

poseídos el uno por el otro,

siempre y para siempre.

*

El segundo trata sobre el amor verdadero. Mi muchacho, eso sí que es lo real. ¿Es esto lo que sientes? ¿Y ella? ¿Sabes que la mayoría de las personas nunca experimentan el amor verdadero, y de los pocos que lo encuentran, muchos lo dejan escapar?

Déjame abrirte las puertas del mágico mundo del amor verdadero...

¿Qué es el Amor Verdadero?

El amor verdadero es,

cuando tu corazón ya no te pertenece.

El amor verdadero es,

cuando el vaso de tu vida solo se llena

con la presencia de tu ser amado.

El amor verdadero es,

cuando sientes que puedes mover montañas

o partir los océanos por el otro.

El amor verdadero no ve ni escucha el mal,

es incondicional,

sin importar la travesura o el error.

El amor verdadero es,

cuando tu piel duele en ausencia del otro,

y nada se siente más cálido

que estar en sus brazos.

El amor verdadero es,

cuando la pasión es tan avasalladora,

siempre a un suspiro de distancia.

El amor verdadero es,

cuando el éxito, la derrota o el fracaso se desvanecen,

y ni el dolor ni la alegría pueden imponerse.

Es ser todo el uno para el otro,

es también darlo todo y aún más.

El amor verdadero está en los saludos

que nos hacen saltar de alegría,

en los abrazos largos y en las despedidas

que nos dejan sin aliento,

con la garganta anudada por la emoción.

El amor verdadero espera y anhela,

sin esperar nada a cambio.

El amor verdadero está en la mirada benigna y comprensiva,

en las sonrisas desbordantes de felicidad,

en los ecos de la alegría en nuestras vidas.

El amor verdadero es,

cuando tu alma gemela

se convierte en parte de tu esencia,

cuando cada espíritu está dividido en ambos,

y ambas almas se rinden, fundiéndose en una sola,

volviéndose compañeros de viaje

en la azarosa travesía de la vida.

El amor verdadero es,

cuando los colores de la vida

brillan y florecen a plenitud,

las campanas del cielo repican,

y la orquesta de la vida toca

su mejor sinfonía,

mientras todo lo que sentimos

alcanza la cúspide del éxtasis.

El amor verdadero no se puede medir.

El amor verdadero no se puede controlar.

El amor verdadero es como una fortaleza.

El amor verdadero es uno de los mayores regalos de la vida,

preciado, pero a menudo desapercibido.

El amor verdadero es difícil de encontrar.

Quizás nunca te topes con el...

en su lugar, él te encontrará a ti.

El amor verdadero es un milagro,

una de las grandes maravillas

de estar vivos.

*

Querido pupilo, recuerda siempre:

El amor verdadero no depende del éxito, ni desaparece en la adversidad. Cuando llega, permanece contigo para siempre. Finalmente, en este precioso pequeño libro, La Magia en la Vida, hay otro escrito igualmente hermoso, del mismo autor. Está impregnado de una sabiduría atemporal en materia de amor. Se trata de un taburete de tres patas...
Déjame compartirlo contigo.

El taburete con tres patas
¿Qué hace a una gran pareja?

Primero, la **Amistad**.

Sus cimientos son la honestidad, la lealtad,

la fidelidad y el compromiso.

En ellos residen la comunicación
y la entrega incondicional.

Es confiar sin límites,
dar sin esperar nada a cambio.
Es saber lo que el otro piensa sin palabras,
y comprender sus deseos con solo una mirada.
Es terminar las frases del otro,
complementar sus debilidades y diferencias.

Es cuando el respeto y la admiración
se convierten en la fuerza motriz
y en los pilares de apoyo.

Es el lugar donde la verdadera intimidad florece,
y donde los muros y fronteras de una pareja
se levantan como una fortaleza—
proporcionando consuelo, privacidad, fuerza
y un refugio seguro para ambos.

Cuando hay verdadera intimidad,
el otro se convierte en la persona
con la que siempre estás a gusto,
aquella cuya presencia nunca te cansa,
con quien hablar y compartir
se siente tan natural como respirar.

Es la persona que, a veces,

actúa como un padre,

otras como un hermano,

muchas más como un cónyuge,

y, con frecuencia,

simplemente como un amigo.

Es la persona que más te motiva,

pero también la que te detiene,

te hace reflexionar, cambiar de rumbo

o enmendar tus errores.

La verdadera amistad prospera

en un nivel saludable de tensión.

Y es en la verdadera amistad

donde se encuentran las promesas de

en la salud y en la enfermedad,

en la riqueza y en la pobreza,

hasta que la muerte nos separe.

Segundo, la **Pasión**.

Es cuando la carne arde sin control,

cuando la sangre y el deseo

se convierten en una bola de fuego,

y dos cuerpos se vuelven insaciables—

incapaces de saciarse el uno del otro,

sin importar cómo, sin importar cuándo,
sin importar dónde.

Es cuando el deseo abruma
la mente y el cuerpo.

Es cuando una mirada, un roce,
una simple imagen
son suficientes para encender
la chispa del deseo mutuo.

Es cuando la fantasía y la imaginación
se transforman en realidad
en un instante de piel y fuego.

Es cuando todo en el otro
es sensual, carnal y seductor—
en todo momento, a cualquier hora.

Tercero, el **Amor**.
El verdadero amor es
cuando tu corazón ya no te pertenece.

El verdadero amor es
cuando las campanas del cielo repican,
y las trompetas de la vida

tocan notas en forma de corazón

a todo pulmón.

Es el delicado jardín de rosas

que requiere cuidado constante y tierno,

pero que, a cambio,

regala una belleza inmensa,

aunque frágil y efímera.

El verdadero amor es

cuando la piel duele

en ausencia del otro.

Es vivir en un perpetuo asombro,

en una eterna fascinación,

y estar completamente rendido

el uno al otro.

Es cuando nada se siente más cálido

que estar en los brazos del otro.

El verdadero amor es

caballerosidad y galantería,

es poesía y entrega absoluta.

Es cuando los colores de la vida

brillan y florecen en su máximo esplendor,

cuando la orquesta de la existencia

toca su mejor sinfonía,

y todo lo que sentimos

alcanza la cúspide del éxtasis.

Amistad, Pasión y Amor

son las tres patas de soporte del taburete—

el símbolo de una pareja completa,

una pareja que perdurará

y superará los desafíos de la vida,

una pareja que se mantendrá unida para siempre.

*

Querido Erasmus,

Como ves, una pareja tiene tres dimensiones muy distintas. Cada una requiere esfuerzo. Cada una es diferente, pero igual de importante, pues juntas forman los cimientos de una unión feliz, sólida y duradera. El amor verdadero, querido Erasmus, una vez que te encuentra, no lo dejes ir jamás, pues puede que nunca vuelva a suceder. Y si, de hecho, te encuentra, recuerda siempre estas tres patas del taburete— amistad, pasión y amor. Todas deben estar presentes para que la relación perdure y se mantenga feliz. Así que ahí *lo tienes. ¿Es amor? ¿Es amor verdadero? ¿Sientes y vives la amistad, la pasión y el amor que conforman una pareja eterna? Sé feliz, hijo mío. Te deseo todo lo mejor.*

Tu exultante y vieja mentora,

La Sra. V.

P.D. Erasmus,

¿Qué fueron esos pequeños gestos que conquistaron su corazón? Por favor, dime más sobre ti y sobre Vicky. ¿Quién es esa encantadora criatura que ha robado el corazón de mi querido pupilo?

— ❖ —

Sus palabras permanecen en mi mente, resonando con todo su significado. Esta es la manera de la señora V.— siempre dejando abiertas las puertas a las grandes preguntas, sabiendo que sus respuestas me moldearán para siempre.

— ❖ —

El profesor Cromwell-Smith se siente abrumado por la emoción, al igual que el alumnado que lo rodea. Para muchos, la pregunta que permanece flotando en el aire es cómo y por qué su propio taburete de tres patas se rompió. Un par de lágrimas se deslizan lentamente por su rostro marcado por el dolor, mientras sus labios temblorosos intentan contener la tormenta de sentimientos reprimidos.

Al terminar de leer la carta de la señora V. y los tres poemas, su voz carga con el peso de las emociones de su yo más joven. Deja los papeles sobre el atril, sus manos permaneciendo sobre ellos unos instantes más, como si le costara desprenderse de los recuerdos que representan. La sala permanece en absoluto silencio, los estudiantes están absortos en la vulnerabilidad cruda de su historia.

Con una expresión de profunda emoción, el profesor cierra los ojos por un breve momento, inhalando profundamente, como si estuviera despidiéndose de los recuerdos que han vuelto a resurgir. Al abrirlos de nuevo, el calor de la remembranza sigue brillando en su rostro. Su mirada recorre el aula, encontrándose con la quieta intensidad de los ojos de sus alumnos.

—El verdadero amor, mis queridos amigos —comienza, con una voz firme pero cargada de emoción—, es un regalo raro y precioso. Requiere paciencia, valentía y, sobre todo, la voluntad de alimentar esas tres patas del taburete: la amistad, la pasión y el amor.

Algunos estudiantes se mueven ligeramente en sus asientos, sus rostros reflejando un mar de pensamientos mientras el peso de sus palabras se instala en la sala.

Al concluir su lectura, el profesor hace una pausa, su mirada recorriendo la habitación. Sus ojos reflejan una mezcla de nostalgia y tranquila determinación mientras se inclina ligeramente sobre el atril.

—Me gustaría escuchar sus reflexiones o preguntas sobre la lección de hoy —invita, con una voz cálida y alentadora.

Una mano se alza en el centro del auditorio.

—Sí, adelante —dice, animando al estudiante.

La mano pertenece a Jimmy, un estudiante de sociología conocido por su naturaleza inquisitiva.

—Profesor, en *¿Qué es el amor verdadero?*, usted describe el amor como algo incondicional y fortalecedor. ¿Cómo se reconcilia esto con la idea de que el amor requiere esfuerzo, como se menciona en *El taburete con tres patas*?

—Excelente pregunta, Jimmy —responde el profesor, con tono pensativo—. El amor verdadero es, efectivamente, una fuente de fortaleza, pero su duración depende del esfuerzo y la intención. Mientras que el amor puede surgir naturalmente, sostenerlo requiere el trabajo constante de construir y equilibrar esas tres patas: la amistad, la pasión y el amor. Sin ese esfuerzo, incluso el amor más fuerte puede tambalearse.

Jimmy asiente, tomando notas mientras procesa la respuesta.

Otra mano se levanta desde la parte trasera del auditorio.

—Sí, en la parte de atrás —dice el profesor, reconociendo al estudiante.

La mano pertenece a Nina, una estudiante de psicología especializada en relaciones y comportamiento.

—Profesor, en *El taburete con tres patas*, usted enfatiza la importancia de la pasión. ¿Cómo se puede mantener la pasión en una relación a largo plazo?

—Gran pregunta, Nina —responde el profesor con una leve sonrisa—. La pasión evoluciona con el tiempo. En el inicio de una relación, suele estar alimentada por la novedad y la fascinación. Pero a medida que la relación se profundiza, la pasión debe ser cultivada intencionalmente a través de experiencias compartidas, intimidad física y formas creativas de expresar el deseo. La clave está en no dar nunca al otro por sentado y seguir explorando juntos lo que los conecta y emociona.

Nina asiente con aire pensativo, anotando sus palabras con cuidado.

Otra mano se alza cerca de la primera fila.

—Sí, adelante —dice el profesor, girando su atención hacia el estudiante.

La mano pertenece a Elizabeth, una estudiante de sociología con gran interés en la simbología.

—Profesor, en *¿Qué es el amor?* usted describe el amor como 'la máxima expresión de la empatía'. ¿Cómo influye esta empatía en la manera en que enfrentamos los conflictos en una relación?

La expresión del profesor se suaviza.

—Elizabeth, la empatía nos permite ver y sentir el mundo desde la perspectiva de nuestra pareja. Transforma los conflictos en oportunidades de comprensión y crecimiento.

Cuando abordamos las diferencias con empatía, es más probable que escuchemos, validemos y encontremos soluciones que fortalezcan la relación en lugar de debilitarla.

Elizabeth sonríe, su pluma suspendida en el aire mientras absorbe sus palabras.

A medida que las preguntas van llegando a su fin, el profesor Cromwell-Smith echa un vistazo al reloj, su expresión suavizándose en una sonrisa reflexiva.

—Gracias por sus preguntas, mis queridos estudiantes. Recuerden, el amor no es solo un sentimiento: es una elección, un compromiso y un viaje. Presten atención a esas tres patas del taburete. Cuídenlas, y construirán algo hermoso y duradero. Que tengan un maravilloso día. Nos vemos la próxima semana.

Los estudiantes comienzan a salir, sus rostros reflejando pensamientos profundos e inspiración.

Entre ellos, una joven de cabello largo y dorado vacila. Su mirada permanece fija en el profesor mientras él recoge sus pertenencias. Lo observa mientras sale del aula, su corazón latiendo con fuerza por las emociones que crecen en cada sesión.

«¡Los poemas, los tres mentores, Oxford y Harvard! ¿Cómo pude no haberlo visto antes?» piensa. Ahora no

quedan dudas. El nombre *Victoria Emerson-Lloyd* es la confirmación final.

Su corazón late con ansiosa determinación mientras lo ve dirigirse hacia la puerta. Da un paso adelante, lista para hablar, pero el profesor Cromwell-Smith se gira hacia ella y dice suavemente:

—No hoy, querida. Por favor, acércate la próxima vez. Que tengas un buen día —su tono es amable pero distante, mientras termina de guardar sus cosas.

Al principio, la joven se siente desilusionada por su respuesta. Pero cuando sus ojos captan la expresión cruda y dolorosa grabada en el rostro del profesor, vacila.

«Va a ser demasiado doloroso», reflexiona, abrazando sus libros contra su pecho mientras se apresura a salir del aula. *«No podré dejar de asistir a su próxima clase».*

Mientras tanto, el profesor Cromwell-Smith sale del aula, sus pasos lentos pero firmes. La sonrisa agridulce de alguien que ha llevado tanto el peso como la bendición del amor verdadero cruza su rostro. Un par de lágrimas se deslizan por sus mejillas mientras siente la liberación de emociones largamente enterradas, dejándolas salir por fin.

190

Capítulo 14

Enfrentando una perdida

El profesor Cromwell-Smith pedalea sin rumbo fijo por los tranquilos caminos secundarios del campus, el ritmo familiar de su bicicleta ofreciendo escaso consuelo a sus pensamientos turbulentos. El peso progresivo de la pérdida se cierne sobre él, obligándolo a enfrentarse a lo que tanto ha intentado evitar. No es el inicio de su historia de amor, ni el mágico cuento de hadas que se desplegó a lo largo del camino, sino su final abrupto y devastador. Cuarenta años después, debe revivir el dolor crudo de su pérdida una vez más. Sin embargo, la catarsis de la sesión anterior lo ha llevado al lugar correcto. Se siente sereno y en paz con los hermosos recuerdos del pasado que tanto atesora, incluso en medio de la tristeza.

Totalmente sumergido en sus pensamientos, apenas percibe el camino bajo sus ruedas ni se da cuenta de que ha llegado al edificio de la facultad. Para cuando aparca su vieja bicicleta, la carga sobre su corazón ha cambiado ligeramente, asentándose en una silenciosa resolución. Todavía absorto en su ensueño, camina lentamente por los pasillos de la universidad. Solo cuando entra en el aula, los murmullos de sus estudiantes y el leve crujir del papel lo traen de vuelta a la realidad. Sus miradas expectantes lo anclan, proporcionándole la chispa que necesita para comenzar.

«*Estoy listo*», se dice a sí mismo, con una calma resuelta. Tomando un momento para centrarse, aclara la garganta, su voz firme pero cargada de reverencia.

—Hola a todos. Hoy quiero compartir con ustedes algo profundamente personal —dice, su tono sereno pero cargado de emoción—. En la vida, todos debemos lidiar con pérdidas. Algunas son más difíciles que otras. Hoy compartiré la mía con ustedes a través del prisma de la poesía. Todo comienza con una carta que escribí a la señora V.

—◆—

Querida señora V.,

Le escribo con el corazón encogido y la triste noticia de que Victoria y yo ya no estamos juntos. Un día, simplemente desapareció del campus. Sin una nota, sin una despedida. Sus estudios abandonados, su número de teléfono desconectado.

Tomé un tren hacia el sur de Illinois en busca de respuestas, pero el viaje fue en vano. Todo lo que encontré fue una casa vacía, y sus vecinos estaban tan sorprendidos como yo. Se ha ido, señora V., así, sin más. ¡Puf! Desapareció.

Han pasado tres meses y pronto me graduaré. Estoy completamente perdido. Es como si una parte de mí hubiera sido arrancada, dejando un vacío profundo e imposible de llenar.

Señora V., duele—duele en lo más profundo. Pero aún no me he rendido. Le envío adjunto un pequeño escrito que he hecho especialmente para usted...

Nuestros lazarillos existenciales

De todos los "y si" y "peros" que enfrentamos,

ninguno es más poderoso

que aquellos que provienen de quienes

nos imparten lecciones de vida

y nos ofrecen su sabiduría.

Podemos fingir

que no les prestamos atención,

pero, en realidad,

lo escuchamos todo.

En algún punto del camino,

esperemos que más temprano que tarde,

esas palabras de sabiduría,

casi siempre,

finalmente encuentran su lugar.

Mientras ordenamos todo lo demás,

son esas verdades sabiamente dichas

las que, en el momento justo,

nos guían, quizás nos evitan errores,

o incluso, después de los hechos,

nos muestran qué hacer,

quizás incluso cómo sanar,

para la próxima vez.

*

Querida señora V.,

Aunque he aprendido a no quedarme atrapado en el pasado, sino a atesorarlo, he escrito lo siguiente para evocar la presencia de Victoria, transformando la añoranza y el vacío de su ausencia en un mundo de recuerdos verdaderamente maravillosos.

Aquí hay algo que acabo de escribir para ella...

Si te pudiera encontrar en algún lugar del universo

Si pudiera tocar las estrellas

con mi corazón,

la oscuridad de la noche se tornaría

en rojos de rosas y rojos de fuego.

Si pudiera alcanzar el cielo

con mis sueños,

los colores y tonos del día

se convertirían

en blancos inspiradores y azules apasionados.

Si pudiera moldear palabras

a partir de los momentos más conmovedores de la vida,

se transformarían

en infinitos matices de sabiduría.

Si pudiera ser simplemente arte,

del que alegra el espíritu,

florecería

en verdes de plenitud y amarillos de vida.

Si pudiera elevarme hasta la luna

y mirar hacia atrás

a nuestro planeta,

brillaría como un arcoíris,

convirtiéndose

en cada color que ha existido.

Pero si tan solo pudiera encontrarte,

en algún lugar...

ahí afuera en el universo,

mis sueños y mi pasión,

mi espíritu y mi alma,

mi vida y mi corazón,

y todo mi mundo,

se convertirían en ti.

Si tan solo pudiera encontrarte

en algún rincón del universo.

*

Querida señora V.,

También escribí sobre cómo imagino a Victoria en el futuro. Sueña con convertirse en doctora de la mente, ayudando a criminales, ¿y sabe qué? Realmente creo que será excepcional en ello.

Así que escribí para la futura ella, imaginando la mujer en la que se convertirá, y esto me ha ayudado enormemente a procesar mis sentimientos y aferrarme a la esperanza.

Esto es lo que escribí...

Una labor de amor

Qué ardua tarea es

navegar por los rincones más oscuros

de las mentes ajenas,

pero no de la propia—

esos senderos donde el suelo es inestable,

los cimientos están agrietados,

la tierra tiembla,

y algunos caminos de la vida son borrosos,
desprovistos de luz y carentes de bienestar o felicidad.

Pero quizás no hay labor más difícil
que enfrentar mentes
que no solo carecen de propósito y sentido en la vida,
sino que además son potencialmente
o inherentemente
malévolas, arteras, imprudentes o delirantes—
o que simplemente se aman a sí mismas
tanto que no dejan espacio ni cuidado por nadie más.

Qué labor tan dura es hacer el bien,
elevar y mejorar la mentalidad
de quienes más lo necesitan.

Qué tarea tan imposible parece ser
hacerlo por aquellos que buscan redimirse,
aquellos que anhelan una segunda oportunidad,
aquellos en quienes muy pocos confían o creen.
Qué trabajo tan duro.
Qué tarea tan imposible.
Qué hermoso trabajo de amor.
Eso es lo que harás,
y eso es lo que dejarás en tu estela.
Eso es lo que habrás logrado.

*

¿Qué más puedo hacer?

Por favor, comparta su sabiduría y guíeme, mostrándome una salida a este dolor.

Su aprendiz, aún aficionado y aspirante a poeta, Erasmus Cromwell-Smith.

—— ❖ ——

El profesor Cromwell-Smith baja lentamente las hojas de papel, su mirada perdida en los recuerdos que acaba de traer de vuelta a la vida. La sala permanece en silencio, cada estudiante atrapado en la intensidad del momento.

Respira profundamente, sintiendo el peso de las palabras que aún flotan en el aire.

—El duelo nos transforma, mis queridos estudiantes —dice finalmente, su voz serena pero cargada de sentimiento—. Lo importante no es solo aprender a dejar ir, sino saber cómo llevar lo que hemos perdido en nuestro interior sin que nos consuma.

Y con eso, la clase se sumerge en una profunda reflexión, cada uno de ellos explorando, a su manera, el significado del amor, la pérdida y la resiliencia.

El profesor Cromwell-Smith se ve abrumado por la emoción, al igual que el alumnado que lo rodea. Para muchos, la pregunta persistente es cómo logró transformar un dolor tan profundo en una poesía tan sentida. Un par de lágrimas recorren lentamente su rostro, marcado por la pena, mientras sus labios apretados tiemblan, atrapados en un torbellino de duelo contenido.

Cuando termina de leer la carta y los tres poemas, su voz aún porta el peso de las emociones de su juventud. Deja los papeles sobre el atril, sus manos permaneciendo sobre ellos como si se resistieran a soltar los recuerdos que representan. El auditorio sigue en completo silencio, los estudiantes inmóviles, cautivados por la vulnerabilidad pura de su historia.

Con una expresión de profunda emoción, cierra los ojos brevemente, inhalando hondo, como si se despidiera una vez más de los recuerdos que han resurgido. Al abrirlos, la calidez de la reminiscencia aún brilla en su rostro. Su mirada recorre la sala, encontrándose con la intensidad callada de sus alumnos.

—La pérdida, mis queridos amigos —comicnza, su voz firme pero impregnada de emoción—, nos enseña a atesorar lo que tenemos, a abrazar la belleza de los momentos y a encontrar significado incluso en el dolor. Permitidme que exploremos juntos estas lecciones.

Al concluir su lectura, el profesor se toma una pausa, su mirada recorriendo la sala. Sus ojos reflejan una mezcla de nostalgia y una tranquila determinación mientras se inclina ligeramente sobre el atril.

—Me gustaría escuchar sus pensamientos o preguntas sobre la lección de hoy —invita, su voz cálida y alentadora.

Una mano se levanta en el centro del auditorio.

George, un estudiante de sociología conocido por su naturaleza inquisitiva, alza la mano. Sus facciones afiladas y su curiosidad constante lo han convertido en una presencia habitual en los debates de la clase.

—Profesor, en *Ordenando el Resto*, describe la sabiduría como algo que llega en el momento adecuado. ¿Cómo podemos distinguir entre la verdadera sabiduría y un consejo que quizá no sea aplicable a nuestra situación?

El profesor asiente pensativo.

—George, la verdadera sabiduría suele resonar en lo más profundo de nosotros. No se trata solo de su aplicación inmediata, sino de cómo se alinea con tus valores y con las lecciones que ya has aprendido. Reflexionar sobre un consejo y compararlo con tus propias experiencias ayuda a separar la sabiduría genuina de aquello que quizás no encaje en tu camino.

George anota en su cuaderno, sus ojos brillando con interés.

Otra mano se alza desde el fondo del aula.

Rose, una estudiante de psicología con un enfoque en relaciones y comportamiento, alza la mano. Su voz serena transmite una confianza tranquila mientras pregunta:

—Profesor, en *Si Pudiera Encontrarte en Algún Lugar*, usa una imaginería vívida y cósmica. ¿Cree que añorar lo que hemos perdido puede ayudarnos a crecer emocionalmente, o más bien nos mantiene atrapados en el pasado?

El rostro del profesor se suaviza.

—Esa es una pregunta muy perspicaz, Rose. La añoranza es un arma de doble filo. Puede inspirar crecimiento al conectarnos con la belleza de lo que hemos experimentado, pero también puede anclarnos en el pasado si nos rehusamos a seguir adelante. La clave está en el equilibrio: honrar el pasado mientras abrazamos el presente y el futuro.

Rose asiente lentamente, reflexionando sobre su respuesta. Otra mano se alza en la primera fila.

Jacqueline, una estudiante de historia con gran interés en la simbología, toma la palabra. Su tono es reflexivo al preguntar:

—Profesor, en *Una Labor de Amor*, escribe sobre la dificultad de ayudar a otros a navegar por sus sombras. ¿Cómo cree que este tipo de trabajo transforma a la persona que ofrece ayuda?

El profesor esboza una leve sonrisa.

—Jacqueline, ayudar a otros de manera tan profunda requiere una gran fortaleza y compasión. Puede ampliar nuestra empatía y resiliencia, pero también pone a prueba nuestros propios límites. Este proceso no solo transforma la vida de quienes reciben ayuda, sino también la del que ayuda, dejando en él una comprensión más profunda de la naturaleza humana y de su propia capacidad de amar y perseverar.

Los ojos de Jacqueline brillan mientras anota sus palabras, visiblemente conmovida por la conexión que ha establecido.

A medida que las preguntas llegan a su fin, el profesor Cromwell-Smith echa un vistazo al reloj, su expresión suavizándose en una sonrisa reflexiva.

—Gracias por sus preguntas, mis queridos estudiantes. Recuerden, la pérdida y la añoranza no son solo fuentes de dolor, sino también oportunidades para el crecimiento y la comprensión más profunda. Que tengan un día maravilloso y nos vemos la próxima semana.

Los estudiantes comienzan a recoger sus pertenencias, sus rostros pensativos e inspirados. A medida que salen en fila, la mirada del profesor recorre la sala, deteniéndose brevemente en el asiento vacío donde normalmente se sienta la joven de cabellos dorados. Una punzada de inquietud lo atraviesa, aunque la ahoga rápidamente, centrándose en los pocos estudiantes que aún permanecen en el aula.

Después de la sesión, el profesor se queda una hora más, respondiendo preguntas de un grupo reducido de alumnos que prefieren esperar a que el resto se retire. Un joven alto, de complexión robusta, espera hasta que los demás se marchan. Notando la mirada sutil del profesor, le habla en voz baja.

—Hoy no vino —dice, refiriéndose a la joven de los rizos dorados.

—Ah, está bien —responde el profesor en voz baja, su tono apagado. Con una leve inclinación de cabeza, se aleja hacia su despacho, aunque una extraña sensación se instala en lo más profundo de su estómago, una que no logra sacudirse. Se detiene brevemente, respira hondo y continúa su camino, su mente cargada de pensamientos no expresados.

Capítulo 15

Superando una perdida

Esta mañana, el profesor Cromwell-Smith se siente dichoso. Después de tantos años, finalmente se ha permitido abrazar por completo los buenos recuerdos de su única experiencia con el verdadero Amor. Al salir de casa, silba con alegría y monta su bicicleta con renovada energía.

La verdad sea dicha, nunca encontré a nadie más, murmura, como si intentara justificarse a sí mismo. *Excusas, excusas y más excusas. ¡Mírate! Sin familia, atrapado en el tiempo, viviendo en una casa de cristal detrás de un jardín amurallado, protegiéndote del mundo.* Su frustración lo hace reprenderse a sí mismo, y su bicicleta tambalea ligeramente.

«No, no, no», piensa, recuperando rápidamente el equilibrio. *«Desenterrar el pasado ha traído de vuelta todos estos hermosos recuerdos. Es simple: ella fue y sigue siendo el Amor de mi vida».* Lágrimas de pura felicidad comienzan a acumularse en sus ojos mientras pedalea, perdido en sus pensamientos, debatiéndose internamente.

«Estás lejos de ser perfecto, Erasmus», le desafía una voz más sombría en su mente. Su propio reflejo interior se

refuerza, sacudiendo y tambaleando su disposición radiante con el peso de viejas heridas autoimpuestas.

Pero el profesor Cromwell-Smith lo aparta con determinación. *«Las heridas autodestructivas no funcionarán conmigo hoy»*, razona con calma. *«Me siento en paz, lleno de maravillosos recuerdos sobre el verdadero Amor de mi vida».* Poco después entra al gran auditorio y lo encuentra abarrotado. La gente incluso está sentada en los pasillos, ansiosa por escucharle hablar.

«Esta vez, esperaré hasta que termine la clase. Seguro que estará disponible», piensa la joven de los rizos dorados, con la firmeza de su decisión.

—Buenos días, clase. Continuemos con el viaje —dice el profesor, con voz cálida y firme—. Debo confesar que muy pocas personas que he conocido igualan la visión positiva de la vida y la actitud inspirada de la señora V. Ella simplemente cree que cada día que estamos vivos es un regalo precioso que no debe desperdiciarse, sin importar las circunstancias.

— ✦ —

Hoy estoy tomando uno de mis últimos exámenes antes de la graduación, así que su carta no podría haber llegado en un momento más oportuno. Es un impulso de moral de mi eterna y empedernida animadora. Con gran expectación, reservo una hora completa para leer la esperada misiva. Lo que no sé es que resultará ser una de las mejores lecciones de vida que jamás haya aprendido.

— ✦ —

Querido Erasmus,

Se me partió el corazón al leer tu carta. Qué difícil puede ser asegurar el verdadero Amor. Primero, el Amor debe encontrarte; luego, las circunstancias y el momento deben alinearse, pero después estamos nosotros—nuestros propios miedos e inseguridades—y otros que se interponen en el camino. Y finalmente, está la vida misma, con todos sus giros y vueltas, sus altibajos.

Mi muchacho de corazón roto, creo que muy pocos realmente comprenden lo escurridizo, frágil y efímero que puede ser el verdadero Amor. Pero la vida sigue. Aun cuando añores y atesores lo que tuviste, los remordimientos empiezan a acumularse, amenazando con devorar el precioso y escaso tiempo que te queda en el Planeta Tierra.

Debes mantenerte despierto, mi alma joven y adolorida. ¡Todavía hay maravillas en la vida esperando ser disfrutadas allá afuera! Aquí tienes algo al respecto que espero que te alcance antes de que el arrepentimiento se filtre en ti…

— ✦ —

Las palabras de la señora V. parecen saltar de la página, envolviéndome con su sabiduría y empujándome hacia adelante. En un trance, sigo leyendo...

— ❖ —

Existe una vida por vivir a tu lado

¿Hay algo—sí, algo—

que buscamos,

pero nunca alcanzamos?

¿Hay alguien—sí, esa persona—

a quien esperamos,

pero nunca encontramos?

¿Hay alguien—cualquiera—

a quien no necesitamos,

pero nunca nos deja?

¿Hay un lugar—ese lugar—

que extrañamos,

pero nunca visitamos?

¿Hay un momento

que queremos recuperar,

pero se ha ido para siempre?

¿Hay algo—sí, algo—

que necesitamos,

pero nunca buscamos?

¿Hay muchas, muchas cosas

que debemos aprender,

pero nunca lo hacemos?

¿Hay unas pocas palabras—esas palabras—

que podríamos o deberíamos haber dicho,

pero nunca pronunciamos?

¿Existe alguien

que nos brinde alegría y felicidad,

pero a quien no valoramos?

¿Hay un momento en el tiempo

que lamentamos,

pero que ya es demasiado tarde para cambiar?

¿Hay un amigo o ser querido

que nos da tanto,

sin pedir nada a cambio,

pero a quien no apreciamos lo suficiente?

¿Hay un instante, un lugar, una pausa

en el que deberíamos detenernos

y reflexionar,

pero seguimos adelante sin hacerlo?

¿Hay un secreto—ese secreto—

que debimos haber conocido o compartido,

pero nunca lo hicimos?

¿Hay un pasado—ese pasado—

que eventualmente nos alcanzará,

pero nunca nos preocupamos por corregir?

¿Hay una espera—una larga espera—

que soportamos en vano,

y que abandonamos sin volver a intentarlo jamás?

¿Hay familia y amigos—sí, familia y amigos—

a quienes debemos amar y valorar,

pero no lo hacemos lo suficiente?

¿Hay un pequeño gesto

que deberíamos haber dado,

pero no dimos?

¿Hay un amor verdadero—sí, ese amor—

esperándonos,

pero nunca nos atrevemos a ir por él?

¿Hay un Dios

a quien temer, en quien creer y con quien acercarnos,

pero fallamos en hacerlo?

¿Hay felicidad

por descubrir y disfrutar en todas partes,

pero no la encontramos?

¿Hay inspiración

en muchas cosas pequeñas, simples y esenciales,

pero no somos capaces de notarlas?

¿Hay compasión

para ofrecer generosamente a los demás,

pero que no sentimos en nosotros mismos?

¿Hay perdón

que debemos conceder,

pero no nos atrevemos a darlo?

¿Hay esperanza

para una vida mejor y nuevas oportunidades,

pero la abandonamos?

¿Hay tanto

que podríamos proporcionar,

pero no lo hacemos?

¿Hay tanto que los demás necesitan—

sí, necesitan de nosotros—

pero no nos damos cuenta?

¿Hay un futuro que no debe posponerse?

¿Hay un mundo—nuestro mundo—

para ser vivido, aprovechado y disfrutado

con espíritu y deseo?

¿Hay una vida

sin excusas ni remordimientos,

sin resentimientos ni cargas del pasado?

Un mundo para dar, recibir y disfrutar—

una vida, nuestra vida,

la única que tenemos,

la única que tendremos jamás.

¡Sí! La hay.

Hay una vida y un mundo

esperando ser vividos,

dispuestos para todos nosotros,

y están sucediendo en este mismo instante.

*

Sal ahí fuera y vive. No te des tregua alguna, porque
estar enamorado de alguien que ya no está no te impide vivir

plenamente. Joven Erasmus, la vida no se vive desde las gradas.

En el fondo, todos queremos ser felices, pero cada uno de nosotros debe descifrar el enigma de la felicidad. Y te aseguro que la clave para resolverlo no está en desconectarse, sino en estar absolutamente inmerso en la vida.

Mi querido, el siguiente escrito es algo que atesoro profundamente. Siempre lo tengo a mano y vuelvo a él con frecuencia. Espero que tú también lo hagas...

El verdadero éxito en la vida consiste en ser feliz

La vida no es un deporte para meros espectadores.

Si buscas entretenimiento, lo tendrás,

pues la vida ofrece innumerables opciones

en un carrusel interminable.

Pero cuando el espectáculo termina,

el entusiasmo y la diversión se desvanecen de inmediato,

porque ser un espectador

hace imposible capturar y retener

la pasión y el propósito de lo que otros hicieron.

La felicidad nunca dura mucho

para quien solo la contempla desde la distancia.

La sensación de vacío
de una vida sin significado
se siente cuando estás solo por la noche
con tu propia almohada.

Puedes celebrar y regocijarte
con las victorias y derrotas de otros todo lo que quieras,
pero solo será un instante fugaz.

Al final, sigues siendo tú,
y nada ha cambiado.
La vida, en cambio, es un deporte de participantes,
donde se juega con pasión y propósito,
trayendo felicidad y significado.

Estos perduran solo mientras
sigas entregándote y dejando el alma
en todo lo que haces.

Una vida con pasión y propósito
es aquella donde eres el protagonista.

Es una vida en la que te levantas y caes,
triunfas y pierdes,
amas y eres amado,

una vida en la que das mucho más
de lo que recibes o tomas.

Es una vida en la que te atreves, tropiezas, resistes
y nunca dejas de intentarlo ni te rindes.

Una vida curiosa e inagotablemente aprendiendo.

Es una vida en la que te sumerges por completo,
una vida con significado, una vida plena.

En una vida así, la felicidad no se persigue,
sino que sucede,
como un resultado natural de la participación activa
en la plenitud de la existencia.

Porque, al final, lo que realmente buscas
es éxito existencial.
Lo que en verdad anhelas
es una vida lograda.
Pero el éxito y los logros
nunca pertenecen a los espectadores.
Son de aquellos que se atreven a participar.

El mayor y más verdadero éxito de la vida
es la felicidad:
una dedicación constante,

una vida creando incesantes

círculos virtuosos

que nunca terminan.

*

Joven Erasmus, el reloj de la vida no se detiene. Tu batería se agota con cada día que pasa. No querrás despertarte un día y darte cuenta de que tu vida se ha esfumado.

Pero permíteme advertirte: después de una ruptura, uno debe ser especialmente cauteloso con volver a enamorarse de inmediato, sobre todo cuando el impulso está alimentado por la riqueza o el éxito. Hay cosas en la vida que pueden engañar fácilmente al corazón. Pasiones de ese tipo no son verdaderas; son meras infatuaciones impregnadas del vacío de lo material. Lejos de la seguridad que prometen, solo traerán tristeza y soledad, especialmente cuando te encuentres solo por la noche con tu propia almohada.

No sé si aún te queda suficiente tiempo en Harvard, pero si es así, hazme un favor—y esta vez, hazlo por mí:

Encuentra una novia dulce, devota y amorosa.

Ahora, querido muchacho, hay una última cuestión de importancia. Sabemos que pronto volverás a casa tras tu graduación, y quiero mencionarlo porque el Sr. Morris, el Sr. Newton y yo hemos preparado una reunión especial solo para

216

*ti. Por consentimiento unánime, la hemos llamado **"La Sesión Final"**. Será el cierre oficial de tu tutelaje bajo este ecléctico trío. Cuídate mucho, especialmente ahora, cuando estás tan vulnerable.*

Con todo mi amor,

Mrs. V.

— ✦ —

La joven de los rizos dorados llora en silencio, abrumada por la emoción, y luego se desliza discretamente fuera del aula, incapaz de terminar la clase.

Ahora entiendo mucho más, piensa, secándose las lágrimas mientras asimila la certeza de que volverá a perderle.

Mientras tanto, el profesor Cromwell-Smith recorre la sala con una humilde gratitud reflejada en su mirada, encontrando los ojos de sus alumnos a medida que regresan al presente.

Al concluir la lectura de la carta de la señora V. y los poemas que la acompañan, el profesor deja con suavidad la misiva sobre el atril. Permanece inmóvil por un instante, permitiendo que el peso de las palabras se asiente en la sala. Los estudiantes siguen enmudecidos, sus expresiones reflejan la resonancia emocional de la historia que acaban de escuchar. El profesor escanea el auditorio con una mirada que combina tristeza y gratitud, esbozando una leve sonrisa.

—Estoy abierto a sus preguntas —dice con un tono acogedor y reflexivo, dando inicio a la discusión.

Una mano se alza cerca del centro del auditorio.

—Sí, adelante —anima el profesor.

La mano pertenece a Mia, una estudiante de Filosofía con especial interés en temas existenciales.

—Profesor, en *Hay una vida por vivir ahí fuera*, el poema repite constantemente la pregunta "¿Hay...?" antes de responder afirmativamente al final. ¿Por qué el autor eligió esta estructura y qué nos enseña sobre cómo superar la pérdida?

El profesor asiente, con una expresión contemplativa.

—Mia, la estructura refleja el proceso del duelo y la introspección. Las preguntas retóricas crean un ritmo reflexivo, guiando al lector a confrontar oportunidades perdidas y arrepentimientos. Al terminar con un rotundo "¡Sí!", el poema nos recuerda que, incluso frente a la pérdida, la vida ofrece infinitas posibilidades de renovación y alegría. Es un llamado a la acción, una invitación a no permitir que la pérdida nos defina o paralice.

Mia sonríe, visiblemente conmovida, mientras anota con avidez en su cuaderno.

Otra mano se alza en la parte trasera de la sala.

—Sí, al fondo —responde el profesor.

La mano pertenece a Caleb, un estudiante de Escritura Creativa conocido por su análisis minucioso.

—Profesor, en *El verdadero éxito en la vida consiste en ser feliz*, el poema diferencia entre espectadores y participantes en la vida. ¿Cómo se relaciona esta idea con el concepto de felicidad como algo que "surge" en lugar de algo que se "persigue"?

El rostro del profesor se ilumina con una leve sonrisa.

—Excelente observación, Caleb. La diferencia es crucial. Los espectadores son pasivos: observan la vida, pero no participan plenamente en ella. En cambio, los participantes se sumergen en los altibajos de la existencia, creando significado a través de su involucramiento. La felicidad "surge" porque es el resultado natural de esta inmersión deliberada. No es algo que perseguimos, sino algo que brota espontáneamente cuando vivimos con propósito y pasión.

Caleb asiente, visiblemente inspirado por la explicación.

Una tercera mano se alza cerca del frente.

—Sí, adelante —dice el profesor, con la mirada atenta.

La mano pertenece a Cynthia, una estudiante de Literatura especializada en resiliencia y sanación.

—Profesor, en *Hay una vida por vivir ahí fuera*, el poema enfatiza la importancia de notar las alegrías y oportunidades simples de la vida. ¿Cómo podemos cultivar esa conciencia, especialmente en medio del duelo?

La expresión del profesor se suaviza.

—Cynthia, el duelo suele estrechar nuestro enfoque, dificultando la visión más allá del dolor. Para cultivar la conciencia, debemos buscar intencionalmente momentos de gratitud y conexión. Se trata de reentrenar nuestra mente para reconocer la belleza y la posibilidad, incluso en los detalles más pequeños: una sonrisa, una palabra amable, un instante de reflexión. La poesía es una herramienta poderosa en este sentido, pues capta la esencia de esas verdades simples pero profundas de la vida.

Cynthia asiente, su pluma volando sobre su cuaderno mientras anota sus palabras.

Una última mano se alza con timidez en un lateral.

—Sí, adelante —anima el profesor con una cálida sonrisa.

La mano pertenece a William, un estudiante de Filología Inglesa fascinado por la interacción entre forma y significado en la literatura.

—Profesor, en *El verdadero éxito en la vida consiste en ser feliz*, el poema sugiere que la felicidad está ligada al significado y a la participación. ¿Cómo mantenemos ese compromiso ante los desafíos inevitables de la vida?

El profesor hace una breve pausa, con la mirada pensativa.

—William, los desafíos de la vida ponen a prueba nuestra determinación, pero también profundizan nuestro sentido del propósito. Mantenerse comprometido requiere perseverancia: seguir esforzándose, dando y conectando, incluso cuando parece difícil. Se trata de encontrar significado en el esfuerzo mismo, abrazando tanto el proceso como el resultado. Los desafíos, cuando se enfrentan con resiliencia e intención, a menudo conducen a una mayor plenitud.

William se recuesta en su asiento, claramente conmovido por la reflexión del profesor.

—Nuestra próxima clase será nuestra sesión final —anuncia el profesor con una sonrisa agridulce—, como lo fue también para mí en aquel entonces.

Sus ojos recorren el auditorio, pero se percata de que la joven de los rizos dorados ya no está.

Estuvo aquí antes. Ojalá pueda hablar con ella en la próxima sesión, piensa.

Mientras la clase se dispersa, un grupo de estudiantes se reúne a su alrededor.

—Se le ve mucho mejor, profesor —observa uno de ellos.

—Así es —responde él con un leve asentimiento—. Ha sido un giro inesperado en el camino. No hace mucho, estaba al borde de la muerte. Me quedaban apenas unas semanas de vida.

Hace una pausa, dejando que sus palabras resuenen entre los estudiantes.

—Pero aquí estoy, sano otra vez. Así es la vida, ¿ven? De no ser así, ¿cómo habría podido compartir mi historia con ustedes?

El profesor se aleja con pasos firmes, dejando tras de sí una atmósfera de nostalgia colectiva. Aunque los estudiantes esperan con ansias la última sesión con el profesor Cromwell-Smith, no pueden evitar desear que su clase no terminara nunca.

Capítulo 16

La Fórmula de la Felicidad

Erasmus Cromwell-Smith pedalea por las calles del campus mientras el calor sofocante de la mañana de verano se adhiere a su piel como una segunda capa. Las gotas de sudor se acumulan en su frente, y su camisa se pega incómodamente a su espalda. Sin embargo, a pesar de la opresiva temperatura, se siente preparado. Pedalea con determinación, con la mente despejada y enfocada, listo para presentar el capítulo final de su viaje.

Al llegar al edificio de la facultad, desmonta de su bicicleta con propósito y avanza a paso firme hacia la entrada. Mientras se limpia la cara con un pañuelo arrugado, una leve sonrisa se dibuja en sus labios. En el aire flota esa familiar expectación que ha aprendido a valorar profundamente.

Al entrar en el aula, se encuentra con una multitud aún mayor que la de la sesión anterior. Los estudiantes están sentados hombro con hombro, algunos incluso ocupan los pasillos, sus rostros iluminados por la expectativa. Se detiene por un momento, tomando consciencia de la escena, antes de ofrecer un cálido saludo.

—Buenos días a todos —dice, su voz proyectándose con facilidad sobre el murmullo de la sala.

A medida que los últimos estudiantes toman asiento, da un paso adelante y suspira profundamente, con una expresión que mezcla gratitud y solemnidad.

—Durante estos últimos meses, me habéis acompañado en un viaje de descubrimiento y sabiduría. La poesía ha sido nuestro telescopio, permitiéndonos contemplar el vasto universo de la vida. Hoy, concluimos con lo que resultó ser uno de los momentos más memorables de mi existencia.

Después de graduarme en Harvard, regreso a casa para una última visita antes de trasladarme definitivamente a América. Al llegar, recibo una invitación bellamente ilustrada, pintada a mano, enviada por mis tres mentores. En ella, me convocan a una gran sesión final en la que compartirán conmigo más sabiduría y darán por concluido oficialmente mi tutelaje.

Dos días después, a la hora acordada, entro en la tienda del señor M. y los encuentro relajados y sonrientes, con los ojos rebosantes de calidez. Me reciben con un entusiasmo efusivo, con abrazos de oso incluidos, haciéndome sentir como si tuviera tres padres adicionales.

Entonces, el señor M. despliega una gran lámina de papel y la fija a la pizarra, revelando un triángulo.

—Querido aprendiz, te presentamos… La Fórmula de la Felicidad. Es el cierre perfecto para nuestra mentoría. Junto con las muchas lecciones que has recibido, estoy seguro de que te ayudará a vivir una vida inspirada y plena.

Mis mentores, que han retomado su habitual actitud estricta y articulada, me observan atentamente mientras examino la figura geométrica.

El profesor Cromwell-Smith interrumpe su relato brevemente para activar su tableta y conectar el proyector del auditorio. En cuestión de segundos, la imagen de un triángulo ilumina la pantalla para que todos puedan verla. Luego, reanuda su historia...

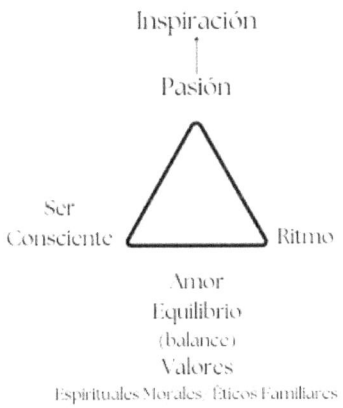

Mientras contemplo la figura con asombro, el señor M. se acerca y coloca suavemente sus manos sobre mis hombros.

—Mi eternamente curioso aprendiz, esta figura revela las tres actitudes que debemos adoptar simultáneamente en la vida para que la felicidad surja. Primero, encuentra tus pasiones y vívelas plenamente. Segundo, mantén un ritmo que esté en sintonía con tus pasiones. Y tercero, mantente siempre atento y comprometido con tu vida: captura cada momento y sé siempre agradecido por lo que tienes. A continuación, encontrarás los tres pilares esenciales que forman la base del Triángulo de la Felicidad.

—El primero es el Amor, la clave para desbloquear los tesoros, poderes y fortalezas de tu corazón. El segundo es el Equilibrio, que solo puede lograrse a través de una vida emocional estable que actúe como el cable de soporte. Y el tercero son los Valores: los principios familiares, morales y espirituales que constituyen la raíz de la base. Juntos, estos elementos sostienen el Triángulo de la Felicidad.

—Por último, estas tres actitudes y pilares fundamentales son igualmente importantes. Son fuentes auténticas de felicidad, estrechamente conectadas e interdependientes. Este ecosistema de felicidad es donde nace la inspiración y donde prospera. Nos impulsa a un estado noble de sublime deseo y a una condición altamente funcional que saca lo mejor de cada uno de nosotros.

—Recuerda siempre esto, Erasmus: una persona inspirada es un mago, ¡un mago de la vida! —concluye el señor M. con júbilo.

—Joven aprendiz, los tres hemos trabajado ardua y meticulosamente para crear este regalo final para ti, —añade el señor N., con un tono solemne pero cálido.

—En él se sintetiza todo lo que te hemos enseñado. El triángulo y este escrito delinean un camino de vida que deseamos que sigas.

Me entrega el manuscrito y me pide que lo lea en voz alta. Al comenzar, me doy cuenta de que contiene la Fórmula de la Felicidad en un nivel de detalle intrincado, entretejiendo las enseñanzas de mis mentores en una guía cohesiva y profunda para la vida.

La fórmula de la felicidad

A veces, esperamos que, por el mero hecho de estar vivos,
la felicidad sea algo con lo que tropezamos
con absoluta certeza.

Pero esperar que la felicidad ocurra
por azar o por suerte

es lo mismo que esperar una recompensa sin mérito,

un premio sin esfuerzo ni lucha.

En otras ocasiones, deseamos

que la felicidad sea producto de un hechizo mágico,

un encantamiento, un sueño o una ilusión.

Pero no hay muchos hechiceros entre nosotros,

porque los "magos de la vida" son muy difíciles de encontrar,

ya que la fórmula para convertir los sueños en felicidad

es una virtud excepcional que pocos poseen.

¿Por qué la felicidad es tan esquiva,

inesperada y efímera?

Si alguna vez la encontramos, ¿sabremos reconocerla?

Y si lo hacemos, ¿la disfrutaremos?

¿Seremos conscientes del privilegio

y la atesoraremos para siempre?

Algunos creen que,

para obtener la felicidad, hay que perseguirla,

que es necesario un esfuerzo consciente para hacerla realidad.

Otros creen que la felicidad surge,

como una consecuencia de algo,

como un resultado posterior,

y que, por lo tanto,

es el desenlace natural

de la forma en que elegimos vivir nuestras vidas.

También hay quienes afirman

que la felicidad solo se manifiesta

en contraste con la tragedia y el sufrimiento.

Pero el dolor y la aflicción

rara vez conducen al éxtasis.

Entonces, ¿cómo encontramos la felicidad?

¿La hallamos

a través de la intención y el deseo de ser felices?

¿O la descubrimos

en los caminos y senderos

que decidimos recorrer voluntariamente

hacia la tierra de la alegría?

La respuesta reside en la Fórmula de la Felicidad,

una sinergia de tres actitudes interconectadas

y tres pilares de apoyo.

— ✦ —

Primero:

Encuentra tu Pasión.

La pasión es el motor de tu vida.

Descubre lo que amas y hazlo.

Reconoce aquello que te apasiona
y aférrate a ello, pues aumentará en gran medida
las posibilidades de que tus talentos y habilidades
sean empleados de la mejor manera posible.

Cuando haces lo que amas,
el esfuerzo, la energía, la determinación,
la disciplina y la persistencia
se vuelven irrelevantes, sin obstáculos.

Cuando sigues tu pasión,
experimentas la mayor satisfacción, orgullo
y sentido de realización.

Cuando te entregas a lo que te apasiona,
no hay peros, excusas ni dudas que frenen el inicio.
No te convences de no actuar
ni eludes tus responsabilidades.

Pero para ser maestro en algo
se necesita tiempo, crecimiento, madurez,
determinación, fracasos, talento innato y, sobre todo, pasión.

— ✤ —

Segundo:

La productividad requiere Ritmo.

El ritmo es la velocidad de giro de tu motor de vida.

Es el compás con el que ejecutas y entregas.

Es tu nivel de eficiencia.

Sin ritmo ni tempo,

te sentirás rápidamente abrumado,

y el motor de tu vida se ralentizará.

En el mundo actual,

un motor sin las revoluciones adecuadas

se sobrecalienta y se satura en un instante.

Para manejar el ritmo frenético de la vida moderna,

para ser altamente funcional

y mantener un alto nivel de productividad,

debes actualizarte constantemente,

para así operar a un ritmo

acorde con tus objetivos.

— ✦ —

Tercero:

Estar vivo requiere Conciencia.

Captura tu vida con plena consciencia.

No podemos ser meros espectadores de nuestra propia vida,

debemos estar completamente involucrados,

ser participantes activos,

absorbiendo cada instante

tal y como se nos presenta.

No podemos posponer la vida,

ni permitir que nuestros días transcurran

uno sobre otro

mientras los observamos en un estado de apatía.

Debemos estar eternamente agradecidos

por lo que tenemos y recibimos cada día,

y por los compañeros de viaje en nuestra existencia.

La pasividad está fuera de toda posibilidad.

La acción es un imperativo existencial.

— ✦ —

Pero para que la felicidad prospere, se necesitan tres pilares

fundamentales:

Primero:

Se necesita Amor para ser feliz.

El amor es la base de la felicidad.

El amor verdadero ocurre

cuando tu corazón deja de pertenecerte solo a ti.

Entrega tu amor sin reservas

y hazlo con pasión.

Segundo:

Se necesita Equilibrio entre el trabajo y el disfrute.

Establece y mantén tus prioridades en armonía.

El equilibrio solo puede existir

si hay una vida emocional estable debajo.

Se alcanza a través de la práctica

y de un estilo de vida saludable.

Tercero:

La felicidad se alimenta de Valores sólidos.

El carácter y la virtud se construyen

a partir de valores espirituales, morales y familiares,

a través de la fe, la verdad, la honestidad

y los lazos inquebrantables del amor.

A partir de este ecosistema de felicidad,

basado en tres actitudes esenciales

(Pasión, Ritmo y Conciencia)

y los tres pilares que lo sostienen

(Amor, Equilibrio y Valores),

nace la Inspiración,

el único estado capaz de generar

una felicidad continua.

Porque la inspiración es la esencia de los magos…

los magos de la vida.

*

Al terminar mi lectura, el señor M. da un paso al frente.

—Erasmus, aquí tienes un resumen de la Fórmula de la Felicidad, —dice con tono profesional, como si intentara distanciarse de sus emociones. Luego, comienza a leer…

El Amor, el Equilibrio (Balance) y los Valores
son los fundamentos de la Conciencia, la Pasión y el Ritmo.
Cuando verdaderamente amamos,
cuando llevamos un estilo de vida equilibrado,
cuando vivimos de acuerdo con nuestros valores familiares,
morales/éticos y espirituales,
poseemos las claves para una felicidad continua.

Entonces,
Cuando hacemos lo que amamos y lo hacemos con pasión,
cuando vivimos con intensidad, ritmo y compás,
cuando capturamos, exprimimos
y *vivimos* cada instante de nuestra existencia,
y cuando nos enfocamos en dar
y lo hacemos también con pasión,
¡SOMOS SIMPLEMENTE FELICES!

Cada uno de estos elementos
es una fuente auténtica y legítima de felicidad.
Pero la fuente suprema de una felicidad constante
es un estado noble de sublime deseo,

un nivel elevado de hipersensibilidad,

capaz de sacar lo mejor de cada uno de nosotros,

y esto es:

¡LA INSPIRACIÓN!

La inspiración nos conduce a estar inspirados,

a ser **Personas Inspiradas**, magos de la vida,

y a vivir

¡UNA VIDA LLENA INSPIRACIÓN!

*

Y así, mi tutelaje ha llegado a su fin. Mis tres mentores se agrupan a mi alrededor y, en completo silencio, cada uno estrecha mi mano con firmeza, aunque brevemente. Aparte de un efusivo beso en la mejilla de la señora V., el momento es solemne y profundamente significativo.

Al despedirme de mis melancólicos mentores, me invade una inmensa sensación de orgullo y gratitud por cada uno de ellos.

—Estoy listo para la vida. ¡Mundo, aquí voy...! —declaro, mis palabras de despedida impregnadas de determinación y emoción, mientras el trío me saluda desde la puerta de la tienda del señor M. Camino sobre los adoquines, dirigiéndome a casa, listo para abrazar lo que el destino tenga preparado para mí.

— ✤ —

Cuando el profesor Cromwell-Smith concluye la lectura de *La Fórmula de la Felicidad* y sus poemas acompañantes, la sala queda sumida en un profundo silencio, la audiencia completamente cautivada por la sabiduría compartida.

Hace una pausa, su mirada recorriendo a los estudiantes, permitiendo que el peso de la lección se asiente en sus mentes. Finalmente, se aparta del atril, su expresión abierta pero reflexiva.

—Estoy abierto a preguntas, —dice con voz firme pero cálida.

Inmediatamente, una mano se alza desde el centro del auditorio.

—Sí, adelante, —anima.

La mano pertenece a Caroline, una estudiante de filosofía conocida por su naturaleza inquisitiva.

—Profesor, en *La Fórmula de la Felicidad*, la pasión se describe como el 'motor de la vida'. ¿Cómo podemos descubrir qué es lo que realmente enciende esa pasión dentro de nosotros?

—Es una excelente pregunta, Caroline, —responde el profesor con tono pensativo. —Descubrir tu pasión requiere una disposición a explorar y reflexionar. Se trata de notar qué te brinda alegría, energía y satisfacción. A menudo, las actividades que nos hacen perder la noción del tiempo o que nos desafían de manera significativa contienen la clave de nuestras pasiones. Presta atención a esos momentos y deja que te guíen.

Caroline asiente, tomando notas con una expresión contemplativa.

Otra mano se alza desde la parte trasera de la sala.

—Sí, en la parte de atrás, _reconoce el profesor.

La mano pertenece a Leonardo, un estudiante de escritura creativa con un talento especial para la metáfora.

—Profesor, en el poema se enfatiza que el ritmo es crucial para la productividad. ¿Cómo encontramos un equilibrio entre mantener un ritmo alto y evitar el agotamiento?

—Buena pregunta, Leo, —responde el profesor. —El ritmo no se trata de velocidad constante; se trata de encontrar un compás que se alinee con tus objetivos y capacidades. Implica establecer límites, priorizar tareas y reservar tiempo para el descanso y la reflexión. Cuando comprendes tus propios límites y trabajas dentro de ellos, puedes mantener un ritmo que te sostenga en lugar de agotarte.

Leonardo sonríe, visiblemente inspirado.

Una tercera mano se alza cerca del frente.

—Sí, adelante, —dice el profesor, dirigiéndose al estudiante.

La mano pertenece a Peter, un estudiante de psicología fascinado por los debates sobre la autoconciencia.

—Profesor, en *La Fórmula de la Felicidad*, la conciencia se describe como esencial para vivir plenamente. ¿Cómo podemos cultivar esa conciencia en nuestra vida diaria?"

La expresión del profesor se suaviza.

—Pete, cultivar la conciencia comienza con estar presente. Prácticas como la meditación, escribir un diario o incluso hacer una lista diaria de gratitud pueden ayudar. También se trata de notar los pequeños detalles: la forma en que la luz se filtra por una ventana o la calidez de una interacción amable. Cuando participas activamente en el mundo que te rodea, profundizas tu conciencia y enriqueces tu experiencia de vida.

Pete asiente, su bolígrafo deslizándose rápidamente por su cuaderno.

Una última mano se alza vacilante en el centro del auditorio.

—Sí, adelante, —anima el profesor con una leve sonrisa.

La mano pertenece a Daniel, un estudiante de literatura intrigado por el concepto de inspiración.

—Profesor, el poema describe la inspiración como la fuente suprema de la felicidad. ¿Cómo nos aseguramos de que la inspiración no sea efímera, sino que se convierta en una fuerza continua en nuestras vidas?

—Una pregunta perspicaz, Daniel, —dice el profesor.

—La inspiración florece cuando permaneces curioso y abierto a nuevas experiencias. Se trata de cultivar relaciones, buscar conocimiento y desafiarte a ti mismo para crecer. La gratitud también juega un papel importante: reconocer la belleza y el significado en tu vida crea un terreno fértil para una inspiración sostenida.

Daniel se reclina en su silla, visiblemente conmovido por la respuesta, sus pensamientos girando en torno a las palabras del profesor.

A medida que las preguntas llegan a su fin, el pedagogo echa un vistazo al reloj, su expresión suavizándose en una sonrisa agridulce.

—Gracias por sus preguntas tan reflexivas, mis queridos estudiantes. La fórmula que discutimos hoy no es solo una guía; es una forma de vida. Llévenla con ustedes mientras navegan por sus propios caminos. Recuerden, la felicidad no es algo que se encuentre, sino algo que se cultiva.

El profesor Cromwell-Smith está eufórico, pero emocionalmente exhausto, como si hubiera cruzado la meta de una larga y ardua carrera donde todos los competidores eran distintas versiones de sí mismo. Sabe que ha terminado— se ha quedado sin palabras.

—Gracias a todos. Esto fue...

Gesticula con ambas manos como un director de orquesta, invitando a la audiencia a unirse a él. Lo comprenden al instante, y juntos proclaman al unísono:

—¡ABSOLUTAMENTE GENIAL!

Con una gran y amplia sonrisa, inclina la cabeza en señal de respeto. No tiene nada más que añadir—pero la vida sí.

Mientras el eco de su canto compartido se desvanece, el auditorio estalla en aplausos y vítores.

Y entonces la ve en la multitud: la joven de rizos dorados, levantando la mano, saltando, intentando llamar su atención. Interrumpiendo los aplausos, el profesor alza la mano y dice:

—¡Un momento, por favor!

Girándose hacia ella, pregunta:

—¿En qué puedo ayudarte, jovencita?

De repente, ella comienza a hablar, las palabras brotando apresuradas como si no hubiera un mañana.

—Profesor Cromwell-Smith, asistí a una de sus clases el año pasado cuando leyó un hermoso poema de Pablo Neruda. En ese momento, me prometí que este año seguiría todo su curso. Ha sido una de las decisiones más trascendentales que he tomado en mi vida. No sabía entonces—ninguno de nosotros lo sabía—que se desviaría del plan de estudios y compartiría su vida con nosotros a través de la poesía. Desde la primera clase, una imagen comenzó a tomar forma. Mucho antes de que hablara de enamorarse, yo ya lo sabía, —dice, su voz temblando de emoción.

—Profesor, mi madre nunca ha dejado de amarlo. Por eso no tuve la fuerza para asistir a una de sus últimas clases, ya que supuse correctamente que trataría sobre la separación. Los padres de mi madre simplemente no querían que se casara con usted; querían que se casara con alguien que habían elegido para ella desde su infancia. Así es como terminó casándose con mi padre y tuvo tres hijos, de los cuales yo soy la menor. Cuando mi padre falleció el verano pasado, después de cinco años de una enfermedad agonizante, los tres decidimos encontrar al hombre al que mi madre siempre ha adorado, venerado y amado: usted.

—Dios obra de maneras misteriosas, profesor. No tardamos en encontrarlo y, en mi caso, en conocerlo y entender al hombre que mi madre considera su otra mitad. Su único y verdadero amor en la vida.

El nudo en la garganta del profesor Cromwell-Smith lo deja momentáneamente sin palabras, incapaz siquiera de respirar.

Mientras reúne fuerzas para responder, otro giro inesperado en el camino se revela.

Desde lo más alto de las gradas, una voz del pasado lo llama:

—¡Erasmus!

Su corazón se detiene por un instante mientras alza la mirada. Ahí está ella, por primera vez en más de cuarenta años. Su voz familiar tiembla, cargada de una sutil vacilación y una angustia latente. Es una emoción profunda—primal, incluso. Se siente como un lamento y una súplica a la vez, brotando directamente del corazón anhelante de su otra mitad, saturado de una alegría pura y un amor innegable que el tiempo jamás logró extinguir.

—Estoy aquí, —proclama ella. —Estoy aquí, mi amor, —afirma, mientras el tiempo se detiene y el verdadero amor, inquebrantable ante décadas de separación, los envuelve una vez más.

Palabras de despedida del autor

La historia de amor de mis padres continuó por otros veinticinco años. La vida aún les tenía reservado otro giro inesperado cuando la hija mayor de mi abuela, Elizabeth Victoria, y su esposo Jordan—mis padres biológicos— fallecieron en un accidente de tráfico. Como consecuencia, Erasmus y Victoria, quien en aquel momento era mi abuela, me adoptaron y me criaron como su hijo, y por eso los considero mis verdaderos padres. Y así fue, su historia fue un 'amor verdadero' y, efectivamente, vivieron felices para siempre.

Esta es la segunda razón existencial por la que decidí contar esta historia: al hacerlo, sus vidas serían honradas y preservadas.

Al final, sin embargo, queda una pregunta que sigue sin respuesta: ¿Por qué mi padre nunca contestó a la petición de Mrs. V. sobre cómo conquistó el corazón de mi madre? Quizás ese, y su vida juntos antes y después de la separación, sea un *rabbit hole* que valga la pena explorar.

Erasmus Cromwell-Smith II
Escrito en T.D.O.K.
6 de marzo de 2050

Cronología

1954	1958	1976	1977
Nace Erasmus	Nace Victoria	Se conocen	Victoria desaparece

1978	1984	1995	1997
Victoria se casa	Victoria se gradua como Psicóloga Criminalista	Nace su primer hijo	Nace su segundo hijo

1999	2011	2016	2017
Nace su tercer hijo	Esposo de Victoria tiene cáncer	Esposo de Victoria muere	Erasmus y Victoria se encuentran

2018	2019	2042	2050
Nace Erasmus II primer nieto de Victoria	Mueren padres de Erasmus II en un accidente de auto. Victoria y Erasmus lo adoptan	Mueren Victoria y Erasmus con un mes de diferencia	Erasmus II escribe **The Happiness Triangle**

Libro 2

Genialidad

Nota del autor

Mi padre, Erasmus Cromwell-Smith, nació en el pequeño pueblo galés de Hay-on-Wye, conocido cariñosamente como "Booktown". Creció rodeado de libros, librerías de antigüedades y un trío de mentores anticuarios eclécticos, desarrollando un amor duradero por la literatura y la narración de historias.

Sus estudios intelectuales lo llevaron a ganar becas, primero para Oxford y más tarde para Harvard, donde, en 1976, conoció y se enamoró de mi madre, Victoria Emerson-Lloyd. Vivieron juntos durante dos años mágicos, pero luego, sin explicación, ella desapareció. Descorazonado y solo, mi padre emprendió una carrera de toda la vida como autor ocasional y profesor de Literatura Inglesa y poesía en prestigiosas instituciones de Nueva Inglaterra.

En 2017, después de ser diagnosticado con cáncer cerebral terminal, tomó la extraordinaria decisión de apartarse de su habitual currículo docente. En su lugar, comenzó a narrar y revelar los secretos de su extraordinaria historia de vida a través del prisma de la poesía. A lo largo de ese año académico, mi padre transportó a sus estudiantes al pasado, compartiendo un rico tapiz de recuerdos a través de profundas e inolvidables sesiones de enseñanza. Como era previsible, su salud comenzó a declinar. Milagrosamente, sin embargo, un tratamiento innovador puso su cáncer en remisión.

Entonces, en el último día del año académico de 2017, sucedió algo inimaginable: mi madre regresó, cuarenta años después de su desaparición. Fue un momento que ambos atesoraron profundamente durante el resto de sus vidas.

Reunidos y revitalizados, mis padres comenzaron un nuevo capítulo juntos, viviendo en una casa en el campus llena de la vitalidad de su amor y su historia compartida. Energizado por su reunión, mi padre eligió continuar con el formato narrativo que había iniciado el año anterior, tejiendo una vez más el viaje de su vida en sus clases de poesía.

En su clase de 2018, el Profesor Cromwell-Smith regresó a mediados de los años 70, narrando la historia de cómo conoció a mi madre en Harvard, su cortejo y el vínculo que construyeron durante dos años notables. *Genialidad* captura el triunfo definitivo del optimismo y el poder transformador del amor incondicional. Relata no solo su historia de amor, sino también su viaje compartido de pasión y descubrimiento, que reflejaba la tradición de mi padre de hacer amigos entre antiquarios intrigantes y excéntricos. Esta vez, sin embargo, los mentores que encontraron fueron en Nueva Inglaterra, y les impartieron lecciones atemporales a través de viejos garabatos, ensayos y poesía.

Espero que *Genialidad* te inspire a abrazar la vida plenamente, a encontrar belleza en lo extraordinario y en lo cotidiano, y a descubrir la magia que reside en el amor incondicional. Que resuene contigo tan profundamente como lo hizo conmigo durante su creación.

Atentamente,

Erasmus Cromwell-Smith II.

Capítulo 1

El optimismo

Royal Cambridge Scholastic Institute, 2018
(Hogar de Erasmus y Victoria en el Campus)

—No tardes demasiado, mi amor. Te estaré esperando —bromea Victoria con un guiño, despidiéndose de él con un cálido beso y un abrazo.

El profesor Erasmus Cromwell-Smith es un hombre nuevo. Su antigua apariencia triste y descuidada ha desaparecido. Ahora, lleva la inconfundible expresión de alguien profundamente enamorado. La mano de una mujer que lo cuida es evidente en cada detalle, desde su impecable arreglo personal hasta su atuendo perfectamente planchado.

El sol de la mañana brilla sobre el pulido marco de su bicicleta mientras pedalea por las calles familiares, su porte reflejando la transformación interior que ha experimentado. Al llegar al edificio de la facultad, desmonta con paso firme y seguro, avanzando con determinación hacia el auditorio. Al entrar, se encuentra con una sala abarrotada, cada asiento ocupado, la expectación palpable en el ambiente.

Royal Cambridge Scholastic Institute, 2018
(Auditorio de la Universidad)

—¡Buenos días! ¿Cómo están todos?

—¡Increíblemente bien, profesor Cromwell-Smith! —responden los estudiantes con entusiasmo, reflejando la energía del profesor. Su corazón se llena de alegría al ver el mar de rostros atentos. Sus alumnos, claramente familiarizados con su palabra favorita, han establecido el tono para una sesión extraordinaria.

—Solo les pido que siempre sean puntuales, sin excusas —anuncia, recorriendo la sala con la mirada para enfatizar su punto.

—Bien, comencemos entonces.

—El amor de mi vida, Vicky, y yo nos hemos reencontrado después de cuarenta años, en parte gracias a una de mis estudiantes del año pasado.

El auditorio estalla en vítores y aplausos, interrumpiendo momentáneamente al profesor. Sonriendo, espera pacientemente a que la emoción se calme.

—La estudiante resultó ser la hija menor de Vicky. Su participación en mi clase fue fortuita, al igual que su descubrimiento de quién era yo. Permítanme explicarles.

—El año pasado, en este mismo momento, me diagnosticaron un cáncer cerebral terminal, que, gracias a un tratamiento revolucionario, ahora está en remisión.

Toda la clase se pone de pie, aplaudiendo y celebrando con alegría. Cromwell-Smith responde con una sonrisa humilde y una leve inclinación de cabeza. Al cabo de un rato, sintiéndose algo incómodo con la atención, interrumpe al público.

—El año pasado, asumiendo que no me quedaba mucho tiempo, decidí cambiar el formato de la clase por una evocadora reminiscencia de mi vida a través del prisma de la poesía. A medida que las sesiones avanzaban, la hija de Vicky se dio cuenta de quién era yo y decidió contarle a su madre que me había encontrado.

—¿Esa estudiante es su verdadera hija, profesor? —pregunta un alumno desde el público.

El profesor se detiene, llevándose la mano al mentón, visiblemente sorprendido por la pregunta.

—Déjenme explicarles, por favor —responde con voz suave. Sin responder directamente de inmediato, continúa—:

—Años después, tras el fallecimiento de su esposo, sus hijos se sintieron impulsados a buscarme.

—Clase, a lo largo de mis años de soledad, incluso en medio de las turbulencias de los acontecimientos imprevistos, los altibajos y las ansiedades de la vida, nunca perdí el optimismo. Y ese optimismo es lo que exploraremos juntos este año.

—La historia que están a punto de escuchar es la de un triunfo absoluto e inexorable del optimismo, a pesar de los giros inesperados en el camino de la vida. Hoy, comenzamos con una obertura de nuestro viaje académico. Permítanme leerles una oda al poder del optimismo.

El optimismo

El optimismo es una actitud deliberada
en la que elegimos contemplar la vida y a las personas
a través de sus mejores luces, colores y matices.

Es la predisposición a mirar, buscar y encontrar
el ángulo y la perspectiva más favorable
en todo y en todos.

Es la inclinación natural a visualizar
lo mejor que una persona o una circunstancia pueden ofrecer.

Es ese entusiasmo renovador
que aportamos a cada uno de los acontecimientos de la vida,
a cada uno de sus momentos.

Es la certeza inquebrantable
de que siempre hay
un lado más brillante y un rincón más luminoso por descubrir.
Es esa autoconfianza inquebrantable e indomable
de que siempre hay
un mejor desenlace posible,
esperándonos,
listo para ser alcanzado.

El optimismo es también
esa creencia suave, benévola e inmutable
de que hay bondad más allá de la maldad,
fuerza en la debilidad,
virtud detrás de cada defecto,
oportunidad donde aparentemente no hay ninguna,
incandescencia en la penumbra
y luminiscencia en la oscuridad.

Quienes son bendecidos con optimismo
viven en otro mundo, en una realidad alterna,
contemplándolo todo
con un destello permanente en los ojos.

Los optimistas son siempre
alegres, automotivados, ferozmente determinados,
y parecen poseer un elixir secreto
que erradica de sus vidas
el pesimismo, los prejuicios, el negativismo
y los rencores.

El optimismo siempre elimina
el síndrome del "perdedor antes de empezar".
Con optimismo, vemos más allá
de todo y de todos.

La civilización ha sido construida sobre el optimismo.
El progreso es impulsado por el optimismo.
Cada invento, creación o avance humano
ha nacido de la ingenuidad,
la inocencia y
la imaginación de los optimistas.

Ningún hito trascendental
en la historia de la humanidad
se ha logrado, ni se logrará,
sin el impulso imparable del optimismo.

El optimismo auténtico, legítimo y genuino
siempre avanza—
imperturbable, inquebrantable e indomable.

El optimismo es completamente ajeno
a la crítica, el rechazo, la duda o el escepticismo.
El optimismo genuino es también maleable—
cuanto mayor sean las metas, los obstáculos o los desafíos,
mayor será su capacidad de crecimiento.

Quienes han sido tocados por la chispa del optimismo
llevan consigo "buenos anteojos",
inmunes a los contrarios y a los detractores.

A su manera,
los optimistas distorsionan intencionalmente la realidad
hasta que su visión alterna
se convierte en la nueva realidad.

Luego, realzan todo lo disponible
con una visión perennemente benévola y sincera
de lo que puede, podría,
debería y,

bajo tal estado y condición,

inevitablemente,

será.

*

Cuando el profesor Cromwell-Smith termina de leer el escrito, el optimismo impregna el ambiente. Su mirada es profunda y su sonrisa serena mientras hace una pausa, permitiendo que el silencio se asiente en el aula. Durante unos segundos, una quietud absoluta envuelve el auditorio, y el profesor deja que el mensaje del optimismo eche raíces antes de continuar.

Cuando concluye, su sonrisa persiste y el peso de sus palabras queda suspendido en el aire. Un estudiante levanta la mano y pregunta:

—Profesor, ¿cómo podemos cultivar ese tipo de optimismo en nuestra vida cotidiana?

Otro estudiante interviene de inmediato:

—¿Qué hacemos cuando sentimos que el optimismo es difícil de mantener?

El profesor asiente pensativo antes de responder:

—¡Grandes preguntas! Para cultivar el optimismo, es fundamental entrenarnos para buscar activamente el lado positivo de las situaciones, tal como mencioné en el poema. Hay que aprender a ver lo mejor en las personas y en las circunstancias, y recordar que, incluso en la oscuridad, siempre hay un potencial para la luz.

Hace una breve pausa antes de continuar, su voz adquiriendo un tono más firme:

—Cuando el optimismo parece lejano, recuérdense a sí mismos que es una elección deliberada. Practiquen visualizar mejores desenlaces. El optimismo no es ceguera; es la certeza inquebrantable de que siempre hay algo bueno esperando a ser descubierto.

Su expresión se suaviza, pero su convicción sigue intacta:

—El optimismo es una actitud intencional. Si no nacemos con ella, o si no es nuestra inclinación natural, debemos aprenderla, enseñarnos a abrazarla y practicarla hasta que se convierta en un reflejo innato.

Inhalando profundamente, añade con un brillo en los ojos:

—El simple hecho de estar vivos es la fuerza impulsora del optimismo. No lo olviden nunca: el optimismo es la clave que abre muchas de las puertas de la vida, puertas que solo los optimistas pueden ver. Y en la gran partida de la vida, el optimismo es, muchas veces, la mejor mano ganadora.

Sus palabras resuenan con fuerza, capturando la total atención de sus alumnos. Sonriendo, y sintiéndose listo para concluir la sesión introductoria, cierra el círculo de la discusión.

—La sesión de hoy comenzó hace unos meses, justo cuando estábamos terminando la última clase del año académico 2017. Estábamos a punto de marcharnos cuando su hija, Sarah, me encontró. Luego, de la nada, el amor de mi vida, Vicky, apareció sin previo aviso y llamó mi nombre desde las gradas.

Haciendo una breve pausa, su mirada se ilumina con una mezcla de emoción y nostalgia.

—El viaje de este año comienza precisamente en ese momento inolvidable.

—✦—

Royal Cambridge Scholastic Institute, 2017
(Auditorio Universitario,
Última Clase del Año Académico Anterior)

El profesor Cromwell-Smith está eufórico pero emocionalmente agotado, como si acabara de cruzar la línea de meta de una larga y ardua carrera en la que todos los competidores fueran diferentes facetas de sí mismo. Sabe que ha terminado—se ha quedado sin palabras.

—Gracias a todos. Esto ha sido... —Hace un gesto con ambas manos, como un director de orquesta invitando a su audiencia a unirse a él. Lo entienden al instante y, al unísono, proclaman:

—¡INSANAMENTE GENIAL!

Con una gran y amplia sonrisa, inclina la cabeza en señal de respeto. No tiene nada más que añadir—pero la vida sí. Cuando el eco de su canto compartido se desvanece, el auditorio estalla en aplausos y vítores. Es entonces cuando la ve en la multitud—una joven de cabello rizado y rubio, levantando la mano y saltando en su asiento, intentando captar su atención.

Interrumpiendo la ovación, el profesor levanta la mano y llama:

—¡Un momento, por favor!

Dirigiéndose a ella, pregunta:

—¿En qué puedo ayudarte, joven?

De repente, ella comienza a hablar, con las palabras brotando de su boca como si no hubiera un mañana.

—Profesor Cromwell-Smith, el año pasado asistí a una de sus clases por primera vez cuando leía un maravilloso poema de Pablo Neruda. En ese momento, me prometí que este año seguiría su curso completo. Fue una de las decisiones más trascendentales que he tomado. No lo sabía entonces— ninguno de nosotros lo sabía—pero usted se desviaría del currículo para compartir su vida con nosotros a través de la poesía. Desde la primera clase, una imagen comenzó a formarse. Mucho antes de que hablara sobre enamorarse, yo ya lo sabía —dice, con la voz temblorosa por la emoción.

Toma aire antes de continuar:

—Profesor, mi madre nunca dejó de amarlo. Por eso no tuve fuerzas para asistir a una de sus últimas clases; supuse correctamente que hablaría sobre la separación. Los padres de mi madre simplemente no querían que se casara con usted; desde su infancia, habían elegido a otro hombre para ella. Así fue como terminó casándose con mi padre y tuvo tres hijos, de los cuales yo soy la menor.

Un murmullo recorre el auditorio mientras la joven respira hondo antes de continuar.

—Cuando mi padre falleció el verano pasado, tras cinco años de agonizante enfermedad, los tres decidimos buscar al hombre al que mi madre siempre ha adorado, venerado y amado con todo su ser: usted. Dios obra de maneras misteriosas, profesor. No tardamos en encontrarlo y, en mi caso, en conocerlo y comprender al hombre que mi madre considera su otra mitad. Su único y verdadero amor en la vida.

El nudo en la garganta del profesor Cromwell-Smith lo deja momentáneamente sin palabras, incapaz siquiera de respirar.

Mientras reúne fuerzas para responder, otro giro inesperado en el camino se despliega ante él.

Desde lo alto de las gradas, una voz del pasado resuena en el auditorio:

—¡Erasmus!

Su corazón da un vuelco al levantar la vista. Allí está, por primera vez en más de cuarenta años. La voz familiar tiembla, cargada de una leve vacilación y una profunda angustia. Es una emoción cruda—primal, incluso. Se siente como un lamento y una súplica a la vez, emanando directamente del corazón anhelante de su otra mitad, saturado de pura alegría y un amor innegable que el tiempo jamás logró extinguir.

—Estoy aquí —proclama ella.

—Estoy aquí, mi amor —afirma, mientras el tiempo se detiene y el amor verdadero, intacto a pesar de las décadas de separación, los envuelve una vez más.

—¡Victoria! —grita el profesor Cromwell-Smith, con el labio inferior temblando.

De repente, e impulsado por un arrebato incontrolable, sale corriendo escaleras arriba del auditorio.

—Victoria —murmura suavemente, esta vez con la voz rota por la emoción, subiendo de dos en dos los escalones.

Al principio, Vicky queda congelada en estado de shock al ver a Erasmus corriendo hacia ella, llamándola por su nombre por primera vez en cuatro décadas. Pero entonces, como si despertara de un trance, ella también empieza a correr escaleras abajo.

Segundos después, Vicky choca contra él.

Con ambos brazos rodeándola con fuerza, Erasmus se convierte, una vez más, en el refugio seguro y protector que ella ha anhelado toda su vida—un lugar donde nunca se siente desprotegida, triste o sola.

En un instante de pura espontaneidad, pierden el control ante toda la clase.

El auditorio queda completamente en silencio mientras cada alma presente se queda atónita ante la intensidad del amor que se manifiesta ante sus ojos. Es como si la historia de amor que han escuchado durante el último año académico cobrara vida, desplegándose ante ellos como una película en tiempo real.

Mirándose fijamente, Vicky y Erasmus están tan cerca que sus narices casi se tocan. Jadean, lloran y sonríen, abrumados por la emoción pura. Incapaces de apartar la mirada el uno del otro, son completamente ajenos a los más de doscientos estudiantes presentes.

Erasmus toma con ternura la mano de Victoria y, juntos, abandonan el auditorio, caminando con paso decidido.

Royal Cambridge Scholastic Institute, 2017
(Bosque del Campus)

Una vez afuera, bajo la cúpula húmeda del bosque del campus, su autocontrol se desvanece. Comienzan a besarse el rostro con ráfagas rápidas y fervientes de pasión indomable. El tiempo se vuelve irreal, cargado de una intensidad indescriptible para los amantes reunidos.

Erasmus y Victoria no tienen tiempo que perder—sucumben al poder del presente, saboreando cada segundo como si el mañana jamás llegara.

—❖—

Boston, 2017
(Centro de la ciudad, Paseo junto al río)

Horas después, mientras deambulan por las calles de la ciudad, Vicky y Erasmus existen en su propio mundo. El pasado suelta su control y una serenidad envolvente se instala en ellos. Juntos, encuentran consuelo en el presente y comienzan a dar sus primeros pasos hacia el futuro como uno solo.

—Vicky, tu hija cambió mi vida hoy —dice Erasmus con gratitud en la voz—. No solo porque, al traerte, me dio el mayor regalo que un hombre aún enamorado podría recibir, sino porque también rindió un hermoso y conmovedor homenaje a la devoción y generosidad que demostraste a tu esposo en sus últimos días. Es algo que nunca olvidaré y que siento que debo inmortalizar.

Vicky posa suavemente dos dedos sobre sus labios y susurra:

—Shhhhh, mi amor. Este momento es solo nuestro y de nadie más.

En trance, Erasmus abre de repente su desgastado maletín de cuero y, con furia creativa, comienza a escribir en un papel arrugado.

Vicky sabe bien que no debe interrumpir. En cambio, lo observa con asombro, tal como lo hacía hace tantos años.

Cuando termina, Erasmus levanta la vista y comienza a leerle su escrito, con la voz cargada de emoción y pasión, cada palabra reflejando cuán profundamente valora lo que ella hizo por su esposo moribundo.

Pequeños sacrificios

A veces, la vida nos presenta
tareas que parecen imposibles
y desafíos insuperables, tan exigentes
que ni siquiera sabemos por dónde empezar,
mucho menos si seremos capaces de responder,
de estar a la altura,
o de resistir hasta el final.

A veces, la vida nos enfrenta
a sacrificios que parecen enormes,
y que, más a menudo de lo que pensamos,
vienen disfrazados de tragedia y dolor.

Esos momentos ponen a prueba
todo nuestro ser.

Cada tarea que se nos exige
es dura, agotadora, ingrata,
y a veces incluso humillante de ejecutar y soportar.

Estos llamados al deber
se presentan ante nosotros
como sacrificios difíciles—
de esos que cada fibra e instinto
de nuestro ego y egoísmo
rechazan y buscan excusas
para evitar siquiera comenzar.

Incluyen a aquellos que están cerca de nosotros,
quienes no pueden valerse por sí mismos,
o que son discapacitados, incluso enfermos terminales,
y que dependen de nuestra ayuda día tras día—
por un tiempo, por largo tiempo,
o hasta el fin de sus vidas,
quedando completamente en nuestras manos.

Luego están aquellos
privados de su libertad,
que dependen y confían en nuestro amor,
nuestra fortaleza y apoyo,
tanto como nosotros en el suyo.

También están los hambrientos o los sin hogar,
o aquellos que necesitan guía, mentoría, tutoría,
coaching o lecciones de vida,
pero que no tienen nada material para ofrecernos a cambio.

Estos son algunos de esos momentos
en que la vida y Dios
nos llaman para ponernos a prueba,
para medir qué tan buenos somos por dentro.

¿Cuál es nuestro valor
como seres humanos?
¿De qué está realmente hecho nuestro corazón?
¿Qué tan dispuestos estamos a sacrificarnos y dar mucho
sin esperar honestamente nada a cambio?
En realidad, estos no son más que pequeños sacrificios—
y, en cierto modo, regalos—
que se nos piden y requieren
en justa correspondencia
por todos aquellos que hemos recibido en el pasado.

A veces, la vida nos enfrenta
a sacrificios que parecen inmensos,
pero que no son lo que aparentan ser.

Son oportunidades
para que retribuyamos,
para que paguemos hacia adelante
el mayor regalo de todos,
uno que ya nos ha sido concedido en su esencia:
El regalo de la vida.

*

La suave brisa del río se lleva las hermosas palabras de Erasmus, mientras Victoria lo mira con los ojos llenos de lágrimas y una inmensa gratitud. Con ternura, acaricia su rostro, como si quisiera asegurarse de que realmente está allí.

—¿Qué sigue para nosotros? —pregunta de repente Erasmus, su voz temblorosa mientras los dolorosos recuerdos del pasado comienzan a aflorar, amenazando con apoderarse de su racionalidad.

Victoria percibe su duda y actúa de inmediato.

—La vida, Erasmus. Eso es lo que nos espera—la vida juntos, por fin —dice suavemente. Tomando su mano entre las suyas, la aprieta con fuerza y lo mira directamente a los ojos. Con una certeza serena pero inquebrantable, le promete:

—Nunca más te dejaré, mi amor. Nunca.

La pareja, embriagada de amor, continúa su caminata por Main Street y luego junto al río Charles. La noche estrellada se extiende sobre ellos como un dosel celestial, convirtiéndose en el anfiteatro privado de su reencuentro. Vicky se encuentra en un trance de felicidad absoluta, mientras que Erasmus, aunque desea creer en cada una de sus palabras con todo su corazón, aún siente dentro de sí el peso de la duda y el miedo.

— ✦ —

Royal Cambridge Scholastic Institute, 2018
(Auditorio de la Universidad)

La campana ha estado sonando por un rato, devolviendo a la clase y al profesor al presente. Una conclusión apropiada los espera.

—Clase —comienza el profesor Cromwell-Smith, con voz firme y cálida—, aquel día mágico en el que Vicky y yo nos reencontramos después de tanto tiempo es un testimonio del poder imparable del amor incondicional y del triunfo inexorable del optimismo en la vida. Por eso, nunca permitáis que vuestro optimismo se desvanezca.

Hace una pausa antes de continuar:

—Recordad, sin embargo, que el optimismo es una actitud deliberada. Se elige ser optimista porque se desea serlo. Se trata de entrenarse para buscar el ángulo más brillante, la mejor perspectiva y el mejor resultado tanto en la vida como en las personas.

Inhala profundamente antes de añadir:

—En nuestra próxima clase, regresaremos a mis días en Harvard en la década de los setenta y recordaremos cómo Victoria y yo nos enamoramos. Le escribí la buena noticia a una de mis mentoras de la infancia, la señora V., una hermosa y diminuta anticuaria de mi pueblo en Gales. Ella me respondió con sabiduría invaluable y valiosos consejos sobre el amor, pero también se quejó de que no le había contado cómo conquisté el corazón de Vicky.

Los estudiantes sueltan algunas risas, y el profesor sonríe.

—Cuando volvamos, compartiré con vosotros mi respuesta a la señora V., en la que intenté satisfacer su curiosidad. Dicho esto, aprecio el entusiasmo en esta sala. Si hay algo que os cause curiosidad o necesitéis más explicaciones, por favor, preguntad.

Una mano se alza con confianza en el centro del auditorio.

—Sí, adelante —anima el profesor.

La mano pertenece a Dieter, un estudiante de filosofía conocido por sus preguntas reflexivas. Sus penetrantes ojos verdes brillan con curiosidad cuando pregunta:

—Profesor, en *Optimismo*, usted lo describe como una 'actitud deliberada'. ¿Cómo podemos convertir eso en un hábito constante en nuestra vida diaria, especialmente cuando estamos rodeados de negatividad?

—Esa es una excelente pregunta, Dieter —responde el profesor con tono reflexivo—. El optimismo es una mentalidad que requiere cultivarse. Comienza con pequeños pasos: enfócate en reconocer el lado positivo incluso en los momentos más mundanos. Mantén un diario de gratitud donde anotes eventos positivos, por pequeños que parezcan. Con el tiempo, esta práctica se vuelve un reflejo natural, y te predispondrá a buscar lo bueno en la vida. —Sonríe antes de agregar—: El optimismo no se trata de ignorar la negatividad, sino de comprometerse con la vida de una manera que resalte sus posibilidades.

Una segunda mano se alza hacia la parte trasera del aula.

—Sí, al fondo —dice el profesor, reconociéndola.

La mano pertenece a Bill, un estudiante de literatura de Boston con pasión por el análisis de personajes y la narración. Su desordenado cabello castaño oscuro rebota ligeramente cuando se inclina hacia adelante.

—Profesor, en el poema, usted dice: 'Hay bondad al otro lado del mal'. ¿Cómo podemos mantener ese optimismo cuando la vida nos abruma y parece imposible encontrar el lado positivo?

El profesor asiente con gravedad.

—Una pregunta conmovedora, Bill. El optimismo no significa negar las dificultades, sino desarrollar resiliencia. Cuando la vida se vuelve abrumadora, detente y recuérdate los desafíos pasados que has superado. Reflexionar sobre tu fortaleza interior y tu red de apoyo puede ayudarte a recuperar la fe en mejores desenlaces. El optimismo, como expresa el poema, es esa 'creencia firme' de que la luz existe incluso en la oscuridad—es una elección deliberada para buscarla.

Otra mano se alza en la primera fila.

—Sí, adelante —dice el profesor con una sonrisa acogedora.

La mano pertenece a Leticia, una estudiante de sociología. Su voz fuerte y decidida refleja su personalidad cuando pregunta:

—Profesor, en el poema, usted dice que 'la civilización se construyó sobre el optimismo'. ¿Podría explicar cómo ese optimismo colectivo se relaciona con nuestras acciones individuales?

—Una excelente pregunta, Leticia —responde con tono reflexivo—. Los mayores logros de la humanidad—el arte, la ciencia, la justicia social—fueron impulsados por individuos que se atrevieron a creer en un futuro mejor. A nivel personal, el optimismo nos impulsa a actuar con valentía, a asumir riesgos y a inspirar el cambio. Cuando enfrentamos desafíos con optimismo, contribuimos a un espíritu colectivo de progreso, demostrando que la esperanza individual puede tener un impacto profundo.

Leticia asiente, tomando notas con expresión satisfecha.

Otra mano se alza cerca del centro.

—Sí, por favor —anima el profesor, señalando al estudiante.

La mano pertenece a Jodie, una estudiante de psicología enfocada en la resiliencia emocional. Su complexión media y cabello rubio enmarcan unos profundos ojos azules llenos de reflexión.

—Profesor, en *Optimismo*, usted dice que 'los optimistas viven en otro mundo'. ¿Cómo podemos ayudar a otros a encontrar ese mundo, especialmente a quienes han sido profundamente heridos o están desilusionados?

—Esa es una pregunta noble, Jodie —dice el profesor con una sonrisa amable—. La mejor manera de ayudar a otros es encarnando el optimismo tú mismo. Sé un ejemplo—sé la luz que otros puedan seguir. Comparte historias de resiliencia y éxito, ofrece un oído atento y recuérdales sus fortalezas. A veces, simplemente estar allí para alguien puede reavivar la chispa que han perdido. El optimismo, después de todo, es contagioso.

Jodie sonríe, visiblemente conmovida por su respuesta.

Con la última pregunta respondida, una sensación de cierre se instala en el aula, señalando el fin de la animada discusión. El profesor Cromwell-Smith junta las manos y mira a sus estudiantes con orgullo.

—Gracias, queridos alumnos, por sus preguntas e ideas tan reflexivas. Recordad, el optimismo es tanto una elección como una práctica. Cultivadlo, y él os nutrirá en retorno.

Los estudiantes comienzan a recoger sus pertenencias, sus expresiones pensativas pero inspiradas. Varios se quedan un momento, observando al profesor mientras abandona el auditorio, su mente ya proyectándose hacia la próxima sesión.

—Recordad: 'Aquellos poseídos por el optimismo viven en otro mundo'. Invitad a otros a ese mundo con vosotros —concluye el profesor con calidez antes de cerrar la clase—. Gracias a todos por sus preguntas reflexivas. Recordad, el optimismo es un viaje que emprendemos juntos. Apoyémonos mutuamente para encontrar la luz, sin importar cuán tenue parezca. Eso es todo por hoy. Nos vemos la próxima semana.

Mientras el profesor abandona el auditorio, algunos estudiantes reaccionan ante lo que acaban de presenciar.

—No me habría perdido este curso por nada del mundo —exclama con entusiasmo un estudiante que lo toma por segunda vez.

—Parece un hombre nuevo—feliz y lleno de energía —comenta otro.

—Solo hay una manera de describirlo. El verdadero amor lo encontró —hipotetiza una joven emocionada.

—Otra vez —concluye otro, sonriendo con complicidad.

Y esa es la última palabra, mientras los estudiantes asienten con la cabeza, cada uno reflexionando sobre su propio camino hacia el verdadero amor.

Capitulo 2

Acerca del destino y los cuentos de hadas

Royal Cambridge Scholastic Institute, 2018
(Hogar de Erasmus y Victoria en el Campus)

—Querido, nunca salgas de mi vida —susurra Victoria, acariciando suavemente la frente de Erasmus.

La pareja, embriagada de amor, se acurruca en la cama al principio, pero cuando el deseo los desborda una vez más, sus cuerpos se funden en uno solo en una pasión insaciable que parece no tener fin. No pueden saciarse el uno del otro en su cruzada ardiente.

Erasmus besa su frente mientras Victoria duerme, contemplando su etérea y serena belleza. Se ríe suavemente, maravillado por su propia fortuna. Momentos después, poco antes de las seis de la mañana, sale de la casa en silencio.

El aire fresco de la mañana lleva consigo el tenue aroma del rocío que se aferra a la hierba. Hoy se siente diferente, impregnado de una energía que Erasmus no logra nombrar del todo. En lugar de su acostumbrado paseo en bicicleta hasta la universidad, opta por una vigorizante carrera por los senderos arbolados y ondulantes del campus. El ritmo de sus pasos se sincroniza con el amanecer, convirtiéndose en una melodía de pensamientos que lo transporta por momentos de anhelo, alegría y gratitud.

Mientras avanza por los caminos, su mente lo lleva de vuelta en el tiempo, reviviendo lugares dormidos en su corazón. Al divisar los edificios de la facultad en el horizonte, un sentimiento de expectativa y calma lo inunda. Aunque

Victoria está a solo unos metros de distancia, una oleada de añoranza lo embarga inesperadamente, testimonio de la profundidad de su vínculo. En pocas horas, compartirá con sus estudiantes la historia de su enamoramiento y su vida juntos, un pensamiento que lo llena de calidez.

Después de una larga carrera, una ducha revitalizante y unos momentos de reflexión en silencio, Erasmus se siente plenamente presente. Renovado y sereno, camina hacia el auditorio con paso firme y decidido.

— ✦ —

Royal Cambridge Scholastic Institute, 2018
(Auditorio de la Universidad)

—¿Cómo estáis hoy? —pregunta con entusiasmo.

—¡Insanamente genial! —responde el alumnado, su energía dibujando una sonrisa en el rostro del profesor.

Se produce una pausa, seguida por una inesperada reacción colectiva.

—¡Insanamente genial! —repiten los estudiantes al unísono.

—¡Genial! —responde él con igual entusiasmo.

—Antes de viajar en el tiempo, y dado que esta es una historia de amor, permitidme comenzar con una introducción adecuada y profunda —anuncia, con voz sincera, antes de comenzar a leer.

Acerca del destino y los cuentos de hadas

¿Dónde nace un cuento de hadas?

¿Cómo empieza?

¿Cómo se teje, cómo se forja?

¿Dónde podemos hallar uno?

Y una vez que lo hagamos, ¿cómo lo damos vida?

¿Cuándo es que las páginas de nuestra vida
brillan y resplandecen con todo su esplendor,
y nuestros corazones, de repente,
se llenan de sueños mágicos
y amor correspondido?

Se dice comúnmente que el destino es
predecible, inexorable, ineludible,
inescapable, inevitable;
convirtiéndonos en meros seres terrestres
que se precipitan a través del universo existencial,
hacia destinos u ocurrencias predefinidas.

Pero tal creencia no solo es falsa,
sino que es peligrosamente errónea,
pues debilita nuestro espíritu bajo la convicción
de que nuestras vidas transcurren
de una manera predestinada.

El destino no es más que una excusa banal,
disfrazada con un falso ropaje de legitimidad histórica.
Su único propósito es justificar
una vida no deliberada,
vacía de significado y propósito.

La realidad es que nosotros mismos creamos
nuestros propios cuentos de hadas.
La responsabilidad recae en nosotros,
en nadie más.

Podemos convertir cualquier cosa,
cualquier persona o cualquier lugar
en un cuento de hadas.

La vida es un cuento de hadas sin fin,
si decidimos hacerlo así.

La grandeza, la magnificencia,
el esplendor, la felicidad y la maravilla
se encuentran en cada esquina,
frente a nosotros,
y también dentro de cada uno de nosotros,
esperando ser descubiertas y liberadas,
siempre y cuando podamos ver la vida
y a las personas
con un toque de candor, ingenio y buena fe.

Y, sin embargo,
no hay nada accidental ni fortuito
en los cuentos de hadas.
Muchos creen que algún día
tropezarán con un hada madrina,
un mago, una hechicera,
o incluso un príncipe en un caballo blanco,
o una diosa de virtud, belleza y fortaleza,
que los arrebatará de la rutina diaria.

Pero lo que debemos comprender
es que cada uno de nosotros
es ya cada uno de esos personajes,
pues todos habitan dentro de nuestro espíritu.

Entonces, ¿cómo le damos luz a un cuento de hadas?
Ante todo, con un deseo insaciable
de vivir, amar y soñar.
También,
reconociendo y apreciando

la belleza interior que reside en cada ser humano,
sin importar quién sea.

Y entendiendo que,
por difíciles que parezcan,
cada circunstancia, cada momento,
cada desafío, obstáculo o dificultad,
por desagradables que puedan parecer;
cada fracaso, derrota o rechazo,
por desalentadores que parezcan,
todos ellos poseen no solo un valor existencial,
sino también un encanto oculto,
esperando ser descubierto, disfrutado y experimentado.

*

Al concluir la lectura, el profesor Cromwell-Smith cierra los ojos brevemente, permitiendo que las palabras se asienten en el aire, antes de abrirlos de nuevo con una expresión serena.

—La vida no es un destino impuesto, ni un conjunto de eventos prefabricados —continúa—. Es una historia que nosotros mismos escribimos, día tras día. Si queremos un cuento de hadas, debemos ser los autores de nuestra propia magia.

Los estudiantes permanecen en silencio, asimilando la profundidad del mensaje, mientras el profesor se prepara para adentrarse en la historia de su amor con Victoria.

El profesor Cromwell-Smith concluye su obertura, radiante y listo para guiar a su clase hacia un verdadero cuento de hadas.

—Como mencioné en nuestra clase anterior, una de mis mayores mentoras en Gales fue una extraordinaria anticuaría a quien cariñosamente llamaba la señora V. De espíritu vivaz y alegre, Victoria Sutton-Leigh fue mi mayor animadora y desempeñó un papel fundamental en la formación de mi vida mientras crecía.

—Cuando le escribí compartiéndole la noticia de que me había enamorado de Vicky, me respondió con una pregunta: ¿cuáles fueron esos 'pequeños gestos' que conquistaron el corazón de Victoria? Y precisamente ahí es donde comenzaremos hoy, respondiendo a la pregunta de la señora V. viajando en el tiempo hasta el lugar donde Vicky y yo nos enamoramos.

—Hoy retomaremos la historia en la librería de antigüedades de la señora V., en el corazón de Gales, justo después de que recibe mi respuesta a su inquietud. Comienza así…

Hay-on-Wye, Gales, 1976
(Librería de Antigüedades para Jóvenes de la Sra. V.)

En una tranquila tarde de viernes, la señora V. espera con impaciencia mi respuesta. Cuando el cartero llega, no pierde un segundo y sale a recoger su correspondencia con palpable anticipación.

Harvard, 1976
(Carta de Erasmus y Vicky a la Sra. V.)

Queridísima señora V.,

Tenía razón. Estaba tan emocionado por contarle que había conquistado su corazón que omití por completo la historia de cómo lo logré. Le ruego que me perdone. Pero esta vez, no he dejado nada fuera—ni siquiera a Vicky—pues ambos estamos narrándoselo juntos.

Su querido aprendiz,

Erasmus.

— ✦ —

Querida señora V.,

Saludos desde Nueva Inglaterra. He oído tanto sobre usted, y todo ha sido maravilloso. Quiero que sepa que amo a Erasmus con todo mi corazón. El verdadero amor nos ha encontrado, y lo adoro. Señora V., ha hecho un trabajo maravilloso guiando y formando a su entrañable y preciado niño. Espero sinceramente conocerla en un futuro cercano.

Atentamente,

Vicky—*la hechicera que robó el corazón de su querido aprendiz.*

— ❖ —

La señora V. se siente profundamente conmovida por las palabras introductorias de Erasmus y Vicky. Sin embargo, su corazón está impaciente por leer el resto de la carta. A pesar de su emoción, no abandona su apreciada rutina. Se dirige a su viejo sillón Chesterfield, donde pasó incontables horas leyendo al joven Erasmus. Una vez acomodada, abre la carta y comienza a leer:

— ❖ —

Queridísima señora V.,

Esta es la historia de cómo Vicky y yo encontramos el camino hacia el corazón del otro. Al principio, todo comienza con pequeñas notas que logro dejar aquí y allá, sorprendiéndola continuamente mientras a menudo me las ingenio para captar un atisbo de su reacción.

Sin embargo, no todo comienza sin obstáculos. Su respuesta inicial es defensiva, como si hubiera invadido su espacio privado. No obstante, nunca rompe las notas, lo que me dice que, de alguna manera, su corazón está escuchando.

El segundo tropiezo llega en forma de un rechazo rotundo. Sus reacciones se tornan frías e inexpresivas, como si hubiera

275

erigido un escudo entre su lado racional y su lado emocional. Lo que no sé en ese momento es que estoy a punto de aprender una importante lección de vida: que la defensividad o la agresión a menudo surgen del miedo y la inseguridad.

—— ✦ ——

Nota #1
(Cafetería de la Universidad)

—Tu risa me hace reír.

Vicky gira la cabeza y escanea la multitud, pero no puede identificar al culpable. Frustrada, dobla la nota escrita a mano dejada encima de su diario.

—Esto no tiene gracia, chicos. No soy el payaso de nadie—se queja a sus compañeros en la cafetería. Su comentario es recibido con miradas incrédulas. Avergonzada, se levanta y se va.

Al principio, ignora la nota, pero la curiosidad prevalece. Sigue robando miradas a la intrusiva y no deseada mensaje. Una ojeada casual se convierte en una mirada fija hasta que finalmente sus ojos se posan en las palabras garabateadas al otro lado:

La dicha de vivir

—Si quieres vivir una vida llena de dicha,

presta atención a los pequeños detalles,

aquellos que salen directamente del corazón,

aquellos que son gestos espontáneos de amor,

esas pequeñas cosas,

esas que ofrecemos y recibimos con alegría absoluta,

esas que nunca olvidamos,

por el resto de nuestras vidas.

*

Cuidadosamente, dobla la nota.

Es para guardarla, decide, un escalofrío corre por su interior.
Su corazón dormido se despierta, y por más que lo intente,
no puede evitarlo.

— ✤ —

Nota #2
(Biblioteca de la Universidad)

Vicky estalla en una risa incontrolable.

—Lo hizo. Finalmente lo hizo. ¿No es increíble? Todos
deberíamos sentirnos tan orgullosos de él—proclama a sus
compañeros en la biblioteca.

El anuncio provoca vítores, choques de manos y abrazos
mientras todos celebran la selección del mariscal de campo de
la universidad en el draft de la NFL.

—Victoria, deberías postularte para el consejo estudiantil
como Miss Simpatía. Te queda mejor— bromea una
compañera rival.

Sin embargo, Victoria no está escuchando. Su atención está
fija en una pequeña nota amarilla en sus manos.

—Tu corazón es noble y sorprendentemente hermoso. Tu
espíritu es feroz y leal. Tu alma es pura e inocente. Eres una
mujer increíble.

—¿Quién será el Romeo que escribe estas notas? ¡No me
parece nada gracioso! —exclama, agitando la nota doblada
frente a una multitud indiferente, cuidando de no revelar su
contenido.

Más tarde, sentada sola, lucha con su curiosidad, pero

finalmente se rinde. Desdobla la nota, sin saber qué esperar, pero obligada a leer.

La vida no es un deporte para espectadores

Sentirse bien por mucho tiempo

nunca le pasa al espectador.

No hay éxito ni logro

simplemente contemplando

al escenario la vida,

desde las gradas,

solo diversión e intensidad

que son superficiales y pasajeras,

ya que el vacío de una vida sin sentido

se instalará,

cuando estés sola por la noche

con tu propia almohada.

La vida, por el contrario, es un deporte de participantes,

en el que somos los principales protagonistas,

y en el que la felicidad

no se persigue, sino que surge,

debido a nuestra participación deliberada

en una experiencia de vida completa.

*

¿Quién se cree que es?, se pregunta, interrumpiéndose en medio de sus pensamientos.

Tiene razón, Victoria, te guste o no, tiene razón, concede en silencio.

El misterio de su identidad crece junto a su acelerado latido. Se fija en el arte en su caligrafía, maravillándose de la belleza de la letra mientras sus ojos permanecen en la impecablemente escrita nota.

— ✦ —

Nota #3
(*Heladería*)

—¿Cómo puede alguien disfrutar tanto de un helado? Me encanta ver el éxtasis en tu rostro, con chocolate por toda la cara. La felicidad tiene un nombre y un rostro, y eres tú, Victoria.

Victoria encuentra la nota mientras está sentada sola y suelta una risita al imaginarse a sí misma, como de costumbre, con helado esparcido desde la boca hasta las mejillas. La dobla con cuidado y se une a su mejor amiga, Gina. Mientras las dos se preparan para salir de la heladería, el corazón de Victoria da un vuelco. Lo ve sentado en un reservado en la esquina, de cara a la calle. Oculta de su vista, su pulso se acelera.

—Hola —dice Victoria en voz baja, con una calidez desarmante.

Erasmus gira para mirarla y ella percibe su sorpresa. Cuando sus ojos se encuentran, una conexión silenciosa e innegable los atrae con fuerza repentina. Él permanece en silencio, paralizado por su presencia.

—Quería presentarme hace días, pero no te he visto por aquí en un tiempo —continúa ella, intentando acortar la distancia.

Erasmus se tensa aún más. La mirada de Victoria sigue fija en la suya hasta que, sin poder contenerse, suelta:

—Te vi mirándome aquel día desde las gradas.

Se refiere a la primera vez que Erasmus la vio, girando su bastón como parte de la Banda de Harvard durante la ceremonia de apertura de un partido de fútbol.

Al escuchar su recuerdo, un escalofrío recorre a Erasmus.

Entonces, era mutuo, se da cuenta, pero su voz le traiciona y sigue sin decir nada.

—Soy Victoria —añade, regalándole una sonrisa radiante.

Erasmus duda, paralizado por la timidez. Sin embargo, para su gran alivio, de algún modo logra responder.

—Soy Erasmus. Es un placer conocerte —balbucea con una sonrisa tímida y nerviosa, aún inmóvil, como si estuviera clavado a su asiento.

Victoria se queda frente a él, con sus grandes ojos recorriendo cada centímetro del joven asombrado. Erasmus, a su vez, la observa con una mezcla de timidez y admiración. Ambos quedan atrapados en el tiempo, su mutua atracción es tan intensa y palpable que incluso Gina, testigo accidental, queda sin palabras, atónita. Aunque apenas han intercambiado palabras, se han conectado en el nivel más profundo.

—Nos vemos entonces —dice Victoria con naturalidad, girando en un solo y fluido movimiento.

Las dos amigas, estudiantes de primer año en Harvard, salen a la calle.

—¿Un británico? —se pregunta Victoria en voz alta, tratando de recuperar el aliento—. Me encanta cómo suena el inglés bien hablado cuando sale de la boca de un hombre.

—Victoria, ¿a quién intentas engañar? ¿El acento? ¿A quién crees que engañas? Nunca te he visto presentarte a alguien aquí. Todo lo contrario, ellos te persiguen como moscas —bromea Gina, desafiándola.

Pero Victoria no escucha. Su mente repasa cada instante del encuentro: sus ojos hipnotizantes, su mandíbula esculpida, su nariz helénica, sus manos fuertes, sus gestos masculinos, su voz profunda.

Es guapísimo, piensa, buscando en su memoria a quién le recuerda. De repente, se detiene en seco, un escalofrío recorriendo su espalda.

—¡Ya lo tengo! ¡Ya lo tengo! —exclama emocionada—. Es la versión joven del esposo de Elizabeth Taylor… ¡El británico con el que se casó dos veces! ¡Richard Burton! ¡Sí, es él!

Su corazón se acelera mientras saborea la revelación, sumida en un torbellino de emociones.

Incapaz de resistir su curiosidad, Victoria mira la parte trasera de la nota. Aunque pensaba leerla más tarde, la atracción es irresistible. La despliega y comienza a leer, cautivada por las palabras:

El laberinto infinito del amor

¿Cómo sabes que el amor
está llamando a tu puerta?
Lo sabes porque cuando esa persona
irrumpe inesperadamente en el viaje de tu vida,
simplemente te deja sin aliento.

*

El labio inferior de Victoria tiembla al darse cuenta de la intensidad de sus sentimientos. Una leve sonrisa asoma en sus labios y sus ojos incandescentes delatan una mezcla de asombro y miedo ante la posibilidad de un amor naciente.

Nota #4
(Jardines de la Universidad, después de un partido de frisbee)

Mientras Victoria recoge sus libros del banco del parque para dirigirse a clase, una pequeña nota capta su atención.

"Llevar zapatos de diferente color te hace ver vulnerable y despistada—algo que no eres. Pero ver a tu niña interior es encantador. ¡Me encanta!"

Con cautela, baja la mirada hacia sus pies. ¡Horror! ¿Cómo pudo suceder?

—Vic, pensé que era una declaración de moda. Te estás perdiendo… ¿o quizás es una brisa que llega desde el otro lado del Atlántico? ¿Deberíamos llamarlo 'amor británico'? —bromea Gina.

—¿Así que no tienes nada mejor que hacer que jugar a Cupido? —responde Victoria, escaneando los jardines en busca de Erasmus, pero no hay rastro de él.

—No está aquí, Vic. Ya miré alrededor —responde Gina—. Por cierto, no creo que el británico sea quien escribe las notas. Pensé en ello y no recuerdo haberlo visto cerca cuando encontraste las otras, excepto el otro día en la heladería.

Es cierto, piensa Victoria, decepcionada. *Esperanza inútil, solo deseos míos.* Su corazón despierto tira en dos direcciones completamente opuestas, dejándola dividida.

Para su gran alivio, recuerda que la escritura en el reverso de la nota la espera. Al leerla, Victoria es arrastrada a rincones de su corazón de los que nunca quiere salir.

*

El laberinto infinito del amor (cont.)

Lo sabes porque
cuando finalmente logras recuperar el aliento,
todo lo que inhalas te hace sentir
que, en ese momento,
no hay absolutamente nada más
que quisieras estar haciendo,
ni nadie más en el mundo
con quien preferirías estar,
que con tu conejito.

*

Suelta una risita suave y deja escapar un suspiro nostálgico.

¿Mi conejito? se pregunta, sintiéndose cada vez más cómoda con la sensación del amor desplegándose dentro de ella. Pero la realidad la golpea de nuevo. *¡Tengo que encontrarlo primero!* se recuerda a sí misma, frustrada por el continuo misterio de su identidad.

— ✤ —

Nota #5 y Gesto #1
(Dormitorios estudiantiles)

—Vic, mejor ven a la puerta —llama Gina mientras ambas se preparan para salir hacia clase.

En el umbral de su dormitorio, tres globos y una caja de regalo estrecha y rectangular descansan en el suelo. Pegada a una de las cuerdas de los globos, hay una gran tarjeta con el nombre de Victoria escrito en letras mayúsculas.

Victoria abre apresuradamente la tarjeta.

"Para que nunca más confundas tus zapatos en la oscuridad cuando salgas temprano en la mañana."

Mira hacia abajo y se da cuenta, para su horror, de que está usando un mocasín azul oscuro y otro negro—otra vez. ¡El horror!

Gina lo nota y estalla en una carcajada.

—¿Cómo pudo saberlo? —pregunta Victoria, atónita.

—Obviamente, lo has hecho antes —responde Gina con burla.

Victoria abre la caja de regalo y encuentra dentro una elegante luz de lectura.

—¿Quién es este tipo, Gina? ¡Tengo que averiguarlo! —dice Victoria, cada vez más curiosa y emocionada.

Ahora, con zapatos a juego, sale del dormitorio con una sonrisa, encariñándose de inmediato con el regalo. Le encanta la luz y ya la ha usado, pero lo que más ansía es la nota. No pasa mucho tiempo antes de que comience a leerla. Como era de esperar, no decepciona.

El laberinto infinito del amor (cont.)

Lo sabes,
cuando desde el principio,
te sientes cómoda, segura
y ligera de pies,
y la vida se convierte en un viaje de dos.
Poco después,
te posee esta certeza inexplicable
de que estás a salvo, protegida,
y nunca sola.

*

¿Quién es él y por qué no aparece? se pregunta Victoria, con una necesidad ardiente de descubrir la verdad.

—◆—

Nota #6 y Gesto #2
(Dormitorios estudiantiles)

—Vic, el fantasma del campus ataca de nuevo —anuncia Gina en tono juguetón.

En la puerta del dormitorio, hay otra sorpresa. Esta vez, una bandeja de cartón con dos cafés y un puñado de rosquillas recién horneadas. Es su desayuno favorito, y el aroma se siente como el cielo para las dos estudiantes de primer año.

Una vez más, la nota no decepciona.

"Los miércoles siempre vas tarde porque trabajas hasta tarde en el centro para personas sin hogar los martes. Al día siguiente, a menudo te saltas el desayuno."

—¿Cómo lo sabe? —pregunta Victoria, incrédula.

—Porque le importas, Vic —responde Gina con dulzura.

Esta vez, una Victoria completamente radiante lee en voz alta el reverso de la nota para Gina:

Nuestros mejores instintos del corazón

En asuntos de amor,
el cerebro y el corazón son como el agua y el aceite;
no se mezclan bien juntos,
porque el cerebro no puede
crear, gobernar, controlar o sostener el amor—
y viceversa.

*

Al terminar la lectura, las dos amigas se quedan en silencio en su habitación, asintiendo en acuerdo tácito, cada una perdida en sus pensamientos.

Victoria se ha enamorado.

El único problema es que aún no sabe de quién.

Nota #7 y Gesto #3
(*La Batuta Rota*)

El viernes, Erasmus viaja de noche en tren a Nueva York. Llega a la tienda justo cuando abre a las 8:00 a.m. A las 8:30 a.m., ya está de vuelta en *Penn Station* y, para la primera hora de la tarde, ha regresado a Boston.

Mientras tanto, Victoria está devastada. Su batuta de porrista se rompió el día anterior, dejándola desolada. Lo peor de todo es que, después del ensayo, el líder de la banda de marcha de Harvard se disculpa y le informa que no podrá desfilar ese día.

—Victoria, no tiene sentido que marches sin tu batuta —dice con simpatía.

Abatida, Victoria arrastra los pies hasta su casillero, arroja todo dentro y se dirige a las duchas.

Cuando regresa, envuelta en toallas y aún sintiéndose desesperanzada, algo capta su atención. Un paquete descansa sobre su casillero. Su corazón da un vuelco al reconocer la forma de la caja. Involuntariamente, cubre su rostro y contiene la respiración.

Con manos temblorosas, agarra la caja y la abre, sintiendo una premonición embriagadora. Su aliento se corta al ver el contenido y, sin poder evitarlo, las lágrimas comienzan a deslizarse por sus mejillas.

Dentro de la caja, una tarjeta dice:

"Intenté reparar la rota, pero no pude, así que te conseguí una nueva. Victoria, nuestra banda no es nada sin ti."

Victoria toma la batuta rota de la caja y se ríe entre lágrimas al ver la cinta adhesiva destrozada que intenta sostenerla. Luego, sosteniendo su nueva batuta con alegría, nota el reverso de la nota. Todos sus sentimientos se agolpan en su interior mientras comienza a leer:

¿Qué es el verdadero amor?

El verdadero amor es
cuando tu piel anhela
el roce de tu otra mitad,
cuando nada es más cálido
que estar en los brazos del otro.
El verdadero amor es
cuando tu corazón
ya no te pertenece.

*

En ese preciso instante, sus instintos son rociados con el polvo de estrellas de la magia del amor. Lo quiere. Lo necesita. Su corazón ya no es suyo.

Que sea él. Por favor, que sea él, desea fervientemente, dividida entre el británico y el misterioso escritor de notas, esperando desesperadamente que sean la misma persona.

— ✦ —

Nota #8 y Gesto #4
(El Viaje de Ida y Vuelta)

Erasmus lleva horas en la biblioteca, pasando la mitad del tiempo inmerso en el trabajo y la otra mitad soñando despierto con Victoria. No puede evitar imaginarla desde temprano ese día, liderando la banda de marcha con una sonrisa radiante y su nueva batuta.

—Señor Cromwell-Smith —una voz lo llama.

—¿Sí? —responde, sacudiéndose de su ensueño.

—Por favor, sígame. Tenemos una llamada de larga distancia urgente para usted.

Erasmus sigue rápidamente a la mujer de mediana edad mientras ella camina con paso decidido por los antiguos pasillos de Harvard. En la central telefónica de la universidad, lo guía hasta una cabina.

—Levante el auricular, joven; su madre está en la línea —le indica la operadora.

Su corazón late con fuerza mientras se lleva el teléfono al oído.

La voz temblorosa de su madre atraviesa la línea.

—Hijo, tu padre ha tenido un ataque al corazón. Todos estamos en el hospital con él. Está recibiendo la mejor atención posible, pero ha estado pidiendo por ti repetidamente. Hace aproximadamente una hora, me rogó que te contactara y te mantuviera informado. Te ama profundamente, Erasmus.

—Pero… pero ¿cómo está, mamá? ¿Se pondrá bien?

—Hijo, está muy enfermo y puede que no lo logre. Mañana en la mañana volveré a llamarte con noticias. Si pudiéramos permitírnoslo, te llevaríamos a casa de inmediato, pero… sabes que simplemente no podemos.

—Lo sé, mamá, lo sé. Gracias por llamar. Por favor, no gasten más dinero. Los amo. Dile a papá que lo amo muchísimo.

Erasmus cuelga, sintiendo que la angustia lo consume. Perdido en un torbellino de emociones, sale de la central telefónica y comienza a caminar. A lo largo del río Charles, los recuerdos de su padre inundan su mente. Pierde la noción del tiempo, sin darse cuenta de la distancia que recorre. Cuando regresa a su dormitorio, ya es casi medianoche. De alguna manera, se mete en la cama y cae en un sueño inquieto, soñando con su padre toda la noche.

Al principio, los golpes persistentes parecen lejanos. Medio dormido, Erasmus se remueve, recordando que su madre prometió volver a llamar. Se apresura a la puerta, esperando ver al mensajero de la central telefónica.

Pero cuando abre la puerta, no hay nadie allí. Confundido, baja la mirada y nota un sobre en el suelo, dirigido a él. Sintiendo una extraña premonición, lo recoge y lo abre. Dentro, hay una pequeña nota:

— ❖ —

Querido Erasmus,
Vuela a casa y quédate con tu padre todo el tiempo que necesites.

— ❖ —

Por un momento, no comprende. Las simples palabras lo desconciertan, pero la gratitud rápidamente reemplaza la confusión… hasta que la realidad lo golpea.

Ojalá pudiera, pero no podemos pagarlo, piensa con amargura.

Entonces, nota que el sobre tiene un peso inusual. Mete la mano dentro y saca su contenido.

Su respiración se detiene.

Dios mío…

Un boleto de avión de ida y vuelta a Londres. La hora de salida es en solo cuatro horas. También hay un billete de tren para su viaje a casa tras aterrizar.

Treinta minutos después, Erasmus cruza el campus corriendo para tomar el taxi que lo espera. En su prisa, casi choca con otro estudiante. Al darse cuenta de que es su mejor amigo, Matthew, se detiene y lo abraza con fuerza.

—Gracias, Matt. ¡Gracias! —grita, abrumado por la emoción.

Pero Matthew permanece inmóvil.

—Erasmus, no me des las gracias a mí. Agradéceselo a ella —dice con firmeza—. Movió cielo y tierra en este campus para reunir ese dinero.

—¿De qué estás hablando? ¿Quién es ella? —pregunta Erasmus desesperado.

—No importa. No puedo decírtelo. Solo vete a casa. Ve a ver a tu padre —responde Matthew, resuelto.

—Pero ¿cómo se enteraron siquiera? —sigue preguntando Erasmus, aún perplejo.

—Un profesor de la facultad nos lo dijo para que estuviéramos pendientes de ti. Ahora, amigo, solo vete. ¡Muévete ya! —insiste Matthew, empujándolo hacia el taxi.

Mientras Erasmus comienza a correr de nuevo, se gira una última vez, con las manos en alto en un último intento por obtener respuestas.

—Es increíble. Eres un maldito afortunado —le grita Matthew—. ¡Vamos, corre! ¡Vuelve a casa!

¿Es ella? Erasmus se pregunta mientras el taxi acelera. *¿Quién más podría ser?*

Su mente va a mil por hora, y su corazón se atreve a esperar. *Debe ser ella...*

— ❖ —

Hospital Regional de Gales, Reino Unido, 1976

—¡Mamá! —llama Erasmus al entrar apresurado en el vestíbulo del hospital.

Su madre se gira, y su rostro, marcado por noches en vela, se ilumina con una amplia sonrisa, disipando su tristeza, aunque solo sea por un instante. Corre hacia él, sobrecogida por la emoción.

—Mi hermoso niño —susurra mientras lo envuelve en un cálido abrazo. Por primera vez en días, Erasmus se siente seguro y protegido.

—¿Cómo has logrado llegar hasta aquí, hijo? —pregunta su madre, con lágrimas de alegría resbalando por su rostro.

—Alguien que se preocupa profundamente, mamá. Un gesto nacido de un corazón enorme —responde Erasmus enigmáticamente.

—¿Pero quién? —insiste ella.

—Eso aún debo averiguarlo cuando regrese.

Juntos, caminan de puntillas hasta la habitación de su padre.

—Padre —susurra Erasmus, inclinándose para despertarlo.

Su padre entorna los ojos apenas perceptiblemente y, poco a poco, los abre. Enseguida lo reconoce, su mirada se agranda y una leve sonrisa se dibuja en su rostro.

—Hijo —susurra.

Erasmus se acerca a la cama de su padre y lo abraza con fuerza, apoyando la cabeza sobre su pecho. Un torbellino de emociones lo inunda: miedo, alivio y amor.

Esa misma noche, Erasmus se entera de lo cerca que estuvo su padre de la muerte. Pero, con el paso de los días, su salud mejora más rápido de lo esperado. Pronto, deja de estar en peligro, y todo apunta a una recuperación completa. Como era de esperar, su padre comienza a insistir en que Erasmus regrese a América.

Padre e hijo pasan incontables horas juntos, rememorando cada anécdota familiar que pueden recordar. Cuando Erasmus finalmente se despide de sus padres, sale al exterior por primera vez en una semana y se encuentra de pie bajo la luz del día. En el tren de regreso a Londres, la culpa lo atormenta por no haber contactado a sus mentores anticuarios en su pueblo natal.

— ✦ —

Boston, Massachusetts, 1976
(Dormitorios de la Universidad de Harvard, sábado 6 p.m.)

Con su padre en vías de recuperación, Erasmus regresa a Boston un día antes de cumplir veintiún años, justo a tiempo para una pequeña escapada planeada para celebrar su cumpleaños.

El plan consiste en tomar el tren hacia la costa con un pequeño grupo de amigos, abordar el ferry para un viaje nocturno a Martha's Vineyard y pasar el domingo recorriendo la isla en bicicleta por sus playas.

Pero Erasmus no puede dejar de pensar en la mujer cuya generosidad le permitió visitar a su padre. ¿Quién es ella? La pregunta lo carcome. Está decidido a averiguarlo y espera sacar la verdad a sus amigos durante el fin de semana.

Se aferra a la esperanza de que sea la impresionante lanzadora de batuta que ha cautivado su corazón. ¿Podría ser ella?

Apenas me conoce. ¿Cómo podría importarle? se pregunta, tratando de equilibrar su esperanza con la razón. *Eso es lo que eres... un soñador empedernido.* Pero entonces, sus pensamientos vuelven a enredarse. *Sea quien sea, tengo que conocerla y agradecerle. Sea quien sea, su corazón es de oro puro.*

Su mente da otro giro. *Quizás descubrió que era yo quien le enviaba las notas, los poemas y la batuta.* Sonríe, avivado por la esperanza. Pero la sonrisa se desvanece con la misma rapidez cuando la duda se filtra de nuevo.

Sinceramente, Erasmus. Tu enamoramiento está al borde del delirio. Sacude la cabeza, pero los pensamientos no lo abandonan.

¿Cómo esperas avanzar con la hermosa lanzadora de batuta? Ni siquiera la invitaste a celebrar tu cumpleaños. Sabe que es una excusa endeble, pero trata de convencerse de que, de todos modos, ella no habría podido ir. El equipo de fútbol de Harvard había jugado ese mismo día—cuatrocientos millas fuera, en la carretera.

Suspira, mientras la imagen de Victoria sigue rondando en su mente.

— ✦ —

Autobús de la Banda de Marcha de Harvard, 1976
(A 100 millas de Boston, sábado, 8 p.m.)

—Vicky, ya no sabes lo que estás haciendo —dice Gina, con una mezcla de exasperación y preocupación en su tono.

—Sé que estoy siendo impulsiva, Gina, pero soy feliz. Solo sigo mi corazón —responde Victoria con determinación.

—Y vaya si lo has seguido. Comprar ese billete para el británico fue un gesto increíble, pero ¿qué ha hecho él por ti? —insiste Gina.

—No lo sé, y no me importa. Siento este extraño y descontrolado deseo de protegerlo —admite Victoria, con una expresión suavizada por la emoción.

—Sigues aferrada a la idea de que es el fantasma de los dormitorios, el escritor de las notas. ¡Te lo dije, no lo es! No puede serlo —Gina sacude la cabeza.

—¿Entonces quién es? —pregunta Victoria, entrecerrando los ojos.

—Deja que salga a la luz, que se muestre, y entonces sabrás si es tu príncipe azul —suspira Gina, rendida.

293

—El entrenador me dijo que quien me consiguió la batuta tuvo que viajar toda la noche a Nueva York para comprarla —afirma Victoria, con renovada determinación.

—Sí, eso fue un gesto impresionante, y yo también estaría completamente enamorada del tipo, igual que tú —admite Gina con una leve sonrisa. Pero su lengua afilada aún no ha terminado—. El problema, Victoria, es que intentas meter a la fuerza a un británico en el molde de un magnífico cuento de hadas. Y no encaja.

Los ojos de Victoria se llenan de lágrimas, y Gina se suaviza de inmediato.

—Lo siento. Solo quiero evitar que salgas lastimada.

Gina suspira y le pone una mano en el hombro para reconfortarla.

—Sobre tu última locura… Me voy contigo a ese viaje de fin de semana, aunque solo sea para protegerte de ti misma.

Victoria sonríe levemente, agradecida por el apoyo de su amiga.

— ✣ —

Martha's Vineyard, 1976
(*Domingo por la mañana*)

Para las 7:00 a.m., el pequeño grupo de estudiantes de Harvard reúne sus cosas y deja la acogedora posada donde han pasado la noche. Suben a sus bicicletas y pedalean hacia el pintoresco centro de la ciudad. Sin embargo, su visita es breve: la mayoría de las tiendas aún están cerradas a esa hora. Lo único que realmente desean es arena y mar.

Serpentean por las playas de la isla, chapoteando en las olas, corriendo por la orilla y dejándose bañar por el sol. Para el mediodía, están cubiertos de arena, salitre, brisa isleña y una generosa dosis de sol primaveral.

A las 12:15 p.m., llegan a un pequeño restaurante de mariscos en el centro, donde tienen reservada una mesa para almorzar. Durante la comida, planean cortar el pastel en honor del cumpleañero.

El restaurante, un local familiar, está abarrotado de clientes y rebosante del bullicioso murmullo de los visitantes del fin de semana. Cuando el grupo se sienta, las carcajadas estallan cuando Matthew y Greg relatan su última travesura.

En una playa desierta del suroeste de la isla, los dos se desnudaron completamente y corrieron desde las dunas de arena directo al agua.

—Los dos lucían horribles desnudos —bromea Erasmus, negando con la cabeza—. Después de un poco de sol, su piel pálida parecía más bien colas de langosta.

El grupo estalla en carcajadas, su camaradería llenando el ambiente mientras disfrutan del momento juntos.

— ✦ —

Gesto #5
(El Momento Mágico en Martha's Vineyard)

De repente, dos manos cubren sus ojos por detrás. El movimiento es lento, deliberado, acariciante y tierno.

—Hola —susurra ella en su oído, su voz suave y cálida, enviando un escalofrío por su espalda.

Erasmus siente un nudo apretarse en su garganta, y antes de darse cuenta, todo su cuerpo tiembla. Entonces, ocurre lo inesperado: se gira y toma su rostro entre sus manos con delicadeza. Durante un momento que se siente eterno, ambos sostienen los rostros del otro en sus palmas, con la mirada atrapada en una intensa conexión silenciosa.

El mundo que los rodea desaparece en el olvido.

Erasmus se inclina, acercando su rostro al de ella, y la besa apasionadamente. Victoria le responde con la misma intensidad, su cariño tan ferviente como el suyo, y se pierden en el abrazo.

—Oigan, ¿pueden los dos tortolitos interrumpir su hermoso sueño de amor… o debería decir su beso interminable… para que podamos cortar el pastel e irnos de aquí? —bromea Gina, cortando el hechizo con su habitual estilo.

El grupo estalla en risas y la breve ceremonia sigue su curso. Después, Gina, quien había acompañado a Victoria en el viaje, regresa a Boston con los amigos de Erasmus, dejando a la joven pareja sola en Martha's Vineyard.

— ❖ —

Martha's Vineyard, 1976

Erasmus y Victoria pasan el resto del día paseando de la mano por la isla, sus risas y sus historias compartidas llenando el aire. Se abrazan con frecuencia, besándose como si el mundo fuese a terminar mañana.

En una playa desierta iluminada por la luna, su conexión se profundiza. Juntos, hacen el amor por primera vez, su pasión torpe e inexperta, pero tierna y hermosa. Es libre e intensa, como si sus corazones siempre se hubieran conocido.

Pero la noche aún guarda su último toque de magia. Mientras yacen sobre la arena tibia, aún envueltos el uno en el otro, Erasmus comienza a susurrar.

Victoria inclina la cabeza, intentando comprender. Sus ojos soñadores se encuentran con los de ella mientras sus palabras comienzan a tomar forma. Poco a poco, fluyen en un ritmo de arte e inspiración: una ofrenda poética solo para ella.

Mi radiante Diosa de la Noche

Aquí estamos
bajo un cielo estrellado,
en el silencio de la noche,
sobre la arena húmeda,
aún tibia
de una playa desierta.

Aquí estamos en esta isla mágica,
donde nuestra historia,
la de solo nosotros dos,
ha comenzado.

Mi radiante Diosa de la Noche,
¿a dónde me llevas?
¿A dónde nos llevas
con este naciente amor mío?

Cuando te veo,
suspiro de alegría
con solo tu presencia.

Cuando me miras,
mi enamorado corazón
me hace temblar.

Solo un roce,
o el más leve contacto
con tu piel cálida y sedosa,
me hace gemir por entero
en un éxtasis de deseo.

Y cuando me abrazas,
siento esta inexplicable plenitud,

una dichosa certeza
de que estoy en un puerto seguro,
protegido y nunca más solo.

Mi Radiante Diosa de la Noche,
¿a dónde nos llevas?
¿A dónde me llevas
con este naciente amor mío?

*

Victoria se estremece de intensa felicidad, su cuerpo temblando mientras escucha.

Entonces, sin dudarlo, se inclina y presiona sus labios contra los de él en un beso interminable de gratitud y amor.

— ✣ —

Tarde en la Noche, en el Tren de Regreso a Boston, 1976

Apoyados el uno en el otro, Erasmus y Victoria se adormecen mientras el tren avanza velozmente hacia Boston. La joven pareja irradia una felicidad absoluta, sus rostros enamorados resplandeciendo con el brillo del amor naciente. Se ven completamente en paz, perdidos en su recién descubierta conexión.

De repente, la voz de Victoria, llena de una urgencia juguetona, saca a Erasmus de su delicioso sueño.

—Dime que eres tú. Tiene que ser tú. Dímelo, dímelo, por favor —exclama, su súplica brotando directamente de su corazón enamorado.

Erasmus sabe perfectamente que ella ya conoce la respuesta, pero se deja llevar por su improvisado juego con dulce entusiasmo.

Asiente levemente, esbozando una pequeña sonrisa traviesa.

—¡Lo sabía! ¡Lo sabía! —Victoria exclama, sus palabras entrecortadas por besos, mientras salta a sus brazos en un estado de pura euforia.

—Y supongo que tú fuiste el ángel guardián que hizo posible que llegara hasta Gales —bromea Erasmus, con los ojos brillando.

—Y también te traje de vuelta. ¡No lo olvides! —responde Victoria con una sonrisa juguetona.

Las risas de ambos llenan el tren, desbordándose en la tranquila noche como un incendio, sus ecos danzando entre dos corazones incandescentes.

— ✦ —

Estación Principal de Trenes de Boston, 1976

La llegada del tren interrumpe su interminable beso. De la mano, Erasmus y Victoria descienden, su vínculo inconfundible. A partir de ese momento, caminar de la mano se convierte en su costumbre.

Irremediablemente inseparables, la pareja se muda a vivir juntos en cuestión de semanas. Su nuevo capítulo comienza con una obertura poética, cuando Erasmus compone un verso para su amor, uno que Victoria más tarde llamará irresistible.

De pie, por primera vez, en su recién alquilado estudio, Erasmus le lee el poema en voz alta, su tono cargado de emoción.

Hay algo en ti

Desde aquel día en que nos conocimos,
hay algo en ti
que hace mágica la vida.

299

No me preguntes cómo,
pero es ese hechizo irresistible
y maravillosamente hermoso que lanzas,
el que nos hace felices, completos y seguros.

Hay algo en ti
que pinta el mundo de colores vibrantes,
haciendo de cada amanecer
un maravilloso comienzo,
y de cada atardecer
no solo una gloriosa conclusión,
sino también una promesa de nuevos inicios.

Hay algo extraordinario en ti
que siempre se siente nuevo.
Hay algo extraordinario en ti
que insufla vida al amor mismo,
haciéndolo despertar.

Y uno titila, se estremece y suspira profundamente
con una sonrisa.
Hay algo en ti
que cautiva mi corazón
y lo hace tuyo para siempre.

*

—Bienvenida al viaje —susurra Erasmus apenas, mientras Victoria lo ahoga en abrazos y besos. Su abrazo se vuelve ardiente, y con urgencia caminan juntos hacia su nuevo dormitorio. Un mundo de amor y pasión sin fin los espera.

— ✦ —

Librería anticuaria para jóvenes de la Sra. V. ,1976
(Hay-On-Wye, Gales)

De vuelta en Gales, la Sra. V. se sienta en su querida butaca Chesterfield, balanceándose suavemente, su rostro iluminado por el orgullo que siente por su amado discípulo.

La carta de Erasmus y Victoria reposa en su regazo, sus palabras un verdadero tesoro. Las yemas de los dedos de la Sra. V. recorren el papel como si fuera un artefacto raro, con un toque reverente y amoroso.

Sus dedos comienzan a golpear suavemente las palabras, como si enviaran un mensaje silencioso a la joven pareja, un deseo de ayudar a preservar y proteger su amor verdadero para siempre.

— ✣ —

Royal Cambridge Scholastic Institute, 2018
(Auditorio Universitario)

El profesor permanece inmóvil, mirando fijamente a su clase por lo que parece una eternidad, sus ojos perdidos en el pasado. Una sonrisa profundamente melancólica cruza su rostro mientras regresa lentamente al presente. Al escanear la sala, nota varias caras bañadas en lágrimas, cada una brillando con lágrimas de felicidad—como las suyas propias.

—Hay momentos en la vida —comienza, con una voz firme pero reflexiva— en los que somos bendecidos con una alegría inmensa y pura. La mayoría de estos momentos llegan de manera inesperada, como giros imprevistos en el camino. Pero cuando uno de ellos aparezca, estén listos. Aprovéchenlo. No dejen que se les escape ni por un instante. Estas oportunidades son escasas y nunca sabemos cuánto durarán… o si volverán a presentarse alguna vez.

Hace una pausa, permitiendo que el peso de sus palabras se asiente.

Una mano se alza tímidamente en la fila del medio. El profesor asiente en dirección a Jimmy, un estudiante de primer año de filosofía con gafas de grueso armazón y una complexión delgada, cuyas manos juegan nerviosas sobre el escritorio.

—¿Qué papel juega el destino en el amor, según sus experiencias? —pregunta Jimmy, su voz teñida de timidez.

—Excelente pregunta, Jimmy —responde el profesor, con un tono cálido—.

El destino puede preparar el escenario, pero nuestras elecciones y acciones son las que realmente escriben nuestras historias de amor. Debemos comprometernos activamente con nuestras emociones y sueños para moldear nuestro destino. Piensa en ello como un lienzo en blanco; el destino puede proporcionar el marco, pero somos nosotros los artistas que le damos vida.

Otra mano se alza cerca del frente. El profesor señala a Lynn, una estudiante de literatura de segundo año que viste un overol de mezclilla, con su largo cabello castaño claro enmarcando su rostro curioso.

—¿Cómo podemos reconocer la importancia de los pequeños gestos en una relación? —pregunta Lynn, con voz firme y reflexiva.

—Los pequeños gestos suelen tener el mayor significado —dice el profesor, con expresión pensativa—. Son los hilos que tejen nuestros cuentos de hadas, mostrándonos que el amor prospera en los detalles. Piensa en las notas que compartí con Victoria: eran simples, pero llevaban el peso de mi corazón. La vida guarda una magnificencia extraordinaria en cada esquina y dentro de nosotros, esperando ser descubierta. Recuerden, nosotros creamos nuestros propios cuentos de hadas. Y a menudo, todo comienza con pequeños detalles: notas, palabras o incluso una sonrisa llena de intención.

Un silencio reverente se apodera de la sala cuando el profesor concluye su respuesta.

—Clase, los veré la próxima semana. Los llevaré de regreso a un día memorable cuando Vicky y yo conocimos a una dama excepcional que se convertiría en una parte importante de nuestras vidas.

—Clase, ¡pueden retirarse! —anuncia Erasmus.

Mientras los estudiantes guardan sus pertenencias, el murmullo de sus conversaciones llena el aire.

—Quiero enamorarme así —declara una joven de ojos soñadores y cabello castaño, su energía palpable a pesar de que nunca antes le había importado la poesía hasta tomar la clase del Profesor Cromwell-Smith.

—¿Quién no querría que alguien le robara el corazón y lo llevara a la tierra de los corazones felices? —murmura una chica alta y pelirroja, capitana del equipo de voleibol. Su voz es nostálgica, sus ojos reflejando el anhelo de su propio cuento de hadas y amor verdadero.

304

Capítulo 3

La vida, el carácter y la virtud

Royal Cambridge Scholastic Institute, 2018
(Casa en el Campus de Erasmus y Victoria)

—Ven aquí, mi irresistible británico, —susurra Victoria, sus ojos fijos intensamente en Erasmus. Lentamente, levanta la esquina del edredón, invitándolo a deslizarse a su lado. Hipnotizado por su encanto, Erasmus obedece dócilmente, con una expresión de alegre sumisión, como si no tuviera otra opción.

—¿Qué voy a hacer contigo? —Bromea ella, su voz llena de cariño.

—Lo que desees, mi dama, —responde él, su voz ya cargada de anhelo.

Más tarde, cuando Vicky abre los ojos, lo primero que ve es la cálida sonrisa de Erasmus y su manjar favorito: un vaso de jugo de naranja recién exprimido.

—Siempre logras sacarme de mi mal humor matutino, —gruñe juguetonamente, aunque su sonrisa satisfecha la delata.

—Erasmus, ¿a dónde llevas a tus estudiantes hoy? —Pregunta mientras desayunan juntos.

—De vuelta al día en que tú y yo conocimos a la señora Peabody, —dice él, con un tono reflexivo.

Con una mirada soñadora, Victoria parece perderse en la distancia antes de murmurar distraídamente:

—Vaya día, querido. Vaya día. Para mí, siempre será la señora P.

—La buena y vieja señora P., sin duda, —responde Erasmus con una suave risa.

Al terminar su café, Erasmus echa un vistazo al reloj y suspira. Es hora de partir. Se levanta de la mesa, se inclina y deposita un suave beso en la frente de Victoria.

—Te veré más tarde, mi amor, —dice con ternura antes de salir por la puerta.

El aire fresco de la mañana lleva un leve aroma a hojas otoñales mientras Erasmus avanza con paso firme por el campus, sin prisa pero con determinación. La vista familiar de los edificios de la facultad en el horizonte lo saca de su ensueño, centrándolo en la tarea que tiene por delante. Se detiene brevemente bajo un árbol, respirando hondo como si intentara absorber la esencia del momento.

Royal Cambridge Scholastic Institute, 2018
(Auditorio Universitario)

El profesor Cromwell-Smith entra en un auditorio repleto, su mente aún atrapada en recuerdos del pasado. No tiene noción de cómo llegó allí. *Debe haber sido mi subconsciente el que me guió hasta aquí*, se dice a sí mismo, intentando justificarse sin demasiada convicción.

—¿Cómo están todos hoy? —Pregunta con entusiasmo.

—¡Insanamente genial! —Responden al unísono un grupo de estudiantes llenos de energía.

Con una leve inclinación de cabeza en señal de gratitud, el profesor sonríe, ansioso por comenzar.

—Desde una edad muy temprana, gravitaba hacia el mundo de los libros. Mis primeros verdaderos amigos fueron tres anticuarios de mi pueblo natal en Gales. Bueno, la serendipia volvió a hacer de las suyas. Mientras vivía en Boston con mi recién encontrado amor, Vicky, encontré una conexión similar, esta vez con los anticuarios de Nueva Inglaterra. La primera fue una dulce e inolvidable dama a quien conocimos por accidente, al tropezar literalmente con su tienda durante un largo paseo en bicicleta por la costa norte de Massachusetts. Hoy, vamos a revivir ese día memorable viajando en el tiempo. Todo comenzó así…"

— ✣ —

Harvard, 1976

Locamente enamorados, Vicky y Erasmus llevan meses viviendo juntos. Desde el principio, su comodidad mutua ha sido natural, y han establecido rutinas que se adaptan perfectamente a sus personalidades y preferencias. Durante la semana, además de sus responsabilidades académicas, ambos trabajan como tutores. Los fines de semana, aprovechan al máximo su tiempo libre, explorando Massachusetts en bicicleta.

Sus aventuras comienzan normalmente con un viaje temprano en tren a un destino aleatorio, con las bicicletas a cuestas. Desde allí, recorren en bicicleta los encantadores pueblos costeros o los paisajes rurales del estado, cubriendo entre cuarenta y cincuenta millas al día. Por la noche, descansan en una de las innumerables posadas que salpican la región.

Este fin de semana en particular comienza como muchos otros. En la mañana del sábado, suben a un tren con destino a *Manchester-by-the-Sea*, equipados con sus bicicletas y una cesta de picnic. Su plan es recorrer la costa, pasando por Glouceste*, Rockport y Newbury*, antes de finalizar su viaje en *Sand Point*, en *Plum Island*. Pasarán la noche en una acogedora posada y regresarán a Boston en un tren matutino el domingo.

A medida que avanza la escapada, Erasmus y Victoria pedalean por caminos tranquilos, sus sentidos inmersos en el canto de los pájaros, el ritmo constante de las olas rompiendo en la costa y los vibrantes tonos pastel del campo de Nueva Inglaterra. El aire salino del mar los revitaliza mientras avanzan.

Después de deleitarse con las impresionantes vistas en *Halibut Point* y *Cape Ann*, la pareja se adentra en el pintoresco enclave de *Lanesville*.

—◆—

Lanesville, Massachusetts, 1976

Mientras Erasmus y Victoria pedalean hacia el pintoresco pueblo, un escaparate de postal captura su atención. El letrero dice: *"Peabody & Co. Antique Books (est. 1890)."* Erasmus queda inmediatamente hipnotizado. Más tarde, Victoria describiría su reacción como si el mundo entero hubiera desaparecido—ella incluida—dejando solo la tienda ante él.

Al entrar en *Peabody & Co.*, lo primero que cualquiera notaría es la sonrisa más amplia y acogedora, seguida de una risa atronadora y contagiosa—ambas pertenecientes a Eleanor Peabody-Smith. Su figura, redonda en todos los sentidos, se mueve con sorprendente agilidad y determinación. *Mrs. P.*, como la llaman cariñosamente, proviene de una distinguida familia de Nueva Inglaterra con raíces que se remontan al siglo XVIII. Se casó joven con su primer amor, viviendo una vida idílica hasta que la tragedia golpeó diez años después, cuando su esposo se perdió en el mar durante una fuerte tormenta. Tras ejercer brevemente como abogada—una profesión que no le resultó satisfactoria—descubrió su verdadera vocación: dirigir su amada librería de antigüedades.

Erasmus se queda en trance, con la boca ligeramente entreabierta y los ojos muy abiertos de asombro mientras observa las estanterías repletas de libros a su alrededor. *Mrs. Peabody* se acerca con una sonrisa de bienvenida.

—¿Y a quién tengo el placer de recibir en esta hermosa mañana en mi humilde templo del conocimiento? —pregunta con calidez.

Vicky, sorprendida pero encantada, lucha por contener su entusiasmo al verse abrumada por la magnitud de libros antiguos a su alrededor. El olor distintivo—¿cuero viejo? ¿papel? ¿o una mezcla de ambos? —llena el aire. Observa el aparente caos de la tienda, pero percibe un orden subyacente. *Esta tienda es un reflejo de su dueña*, piensa. *Todo está a la vista—los libros y la mujer. Seguramente se podría encontrar cualquier cosa en segundos.*

Mientras tanto, *Mrs. P.* observa atentamente a la joven pareja. *Una pareja hermosa interesada en mis libros antiguos. ¿Qué me estoy perdiendo?*, se pregunta.

—Muy bien —dice *Mrs. Peabody*, devolviéndolos a la realidad—. Pónganse cómodos. ¿Puedo ofrecerles algo de beber? ¿Quizás un té helado recién preparado?

Erasmus, aún absorto en sus pensamientos, declina cortésmente. *Todo este hielo que consumen los americanos*, reflexiona. *¿Cómo no se les congelan las gargantas?*

—Hola, soy Erasmus —dice finalmente, su acento inconfundible.

—Y yo soy Victoria —añade Vicky.

—Bueno, bueno, yo soy Eleanor, *Eleanor Peabody-Smith* —declara con orgullo *Mrs. P.*. Luego, señalando a Erasmus, pregunta—: ¿británico?

—Soy galés, señora.

—¿De qué parte de Gales?

—De *Hay-on-Wye* —responde Erasmus.

—Ya me lo imaginaba —dice con una sonrisa cómplice—. También conocido como *Book Town*, la Meca de las librerías de antigüedades. Eso lo explica todo.

Erasmus sonríe con timidez ante el cumplido.

—¿Y tú, Victoria? ¿Del Medio Oeste?

—Sí, de *Waterloo*, en el suroeste de Illinois.

—Una pareja del Nuevo y el Viejo Mundo —ríe *Mrs. P.*, con los ojos centelleantes.

—*Mrs. Peabody*, él no bebe nada con hielo —explica Victoria con una sonrisa.

—Qué tontería la mía. Le ahorraré el hielo—pero solo para él, ¿verdad? —dice *Mrs. P.* con un guiño.

—Ahora, joven, ¿qué podría ofrecer mi modesta colección a un residente de la cuna de los anticuarios en Gales? —pregunta, entregándoles sus bebidas.

—Está en su elemento —explica Vicky, al notar el silencio de Erasmus—. Esto es su pasión.

Erasmus finalmente habla, su voz cálida e íntima.

—Me recuerda a… casa.

—¿Ah, sí? Cuéntame sobre ello —lo anima *Mrs. P.*, intrigada.

Aún ausente en sus pensamientos, Erasmus no responde. Vicky llena el silencio.

—Creció rodeado de librerías de antigüedades en su pueblo. Algunos de los dueños se convirtieron en sus mentores de por vida. Todo comenzó cuando tenía solo ocho años. *Mrs. V.* es una de ellas—Victoria *Sutton-Raleigh*.

El rostro de *Mrs. Peabody* se ilumina con reconocimiento.

—*Sutton-Raleigh Antique Books for the Children*. La mejor de su tipo. Es viuda de guerra y proviene de una acaudalada familia galesa, ¿verdad?

Vicky se vuelve hacia Erasmus en busca de confirmación.

—Sí, lo es —responde él, finalmente involucrándose.

—Bueno, he hecho negocios con ella a lo largo de los años. Es puntual, diligente y confiable. Recibo pedidos periódicos de libros antiguos para niños de su parte —dice *Mrs. Peabody*, con evidente admiración.

Erasmus escucha atentamente, su emoción en aumento. Luego, cambiando abruptamente de tema, pregunta:

—*Mrs. Peabody*, recientemente terminé de leer la autobiografía de *Benjamin Franklin* y me enamoré de sus escritos sobre carácter y virtud. ¿Tiene algo sobre ese tema?

—De hecho, sí, hijo mío —responde ella.

Lo que sigue es un espectáculo. *Mrs. Peabody* se mueve por la abarrotada tienda con sorprendente agilidad, trepando una endeble escalera un momento y arrodillándose en el suelo al siguiente. De repente, se dirige con determinación a un lugar específico y extrae un enorme libro con ambos brazos, como si acunara un tesoro. Lo coloca sobre una gran mesa de comedor cubierta de volúmenes antiguos, despejando espacio para abrirlo.

—Este poema encapsula la esencia de los ideales de Franklin sobre el carácter y la virtud —dice, su voz impregnada de reverencia—. Aunque parece atemporal, fue escrito hace relativamente poco tiempo. Permítanme leérselos.

Hace una pausa, permitiendo que la joven pareja absorba el momento, sus rostros dirigidos hacia ella con expectante entusiasmo.

Mrs. Peabody abre el libro con cuidado, liberando una nube de polvo y una embriagadora mezcla de papel y cuero antiguos en el aire. Vicky, ahora completamente iniciada en el mundo de los libros de antigüedades, observa con asombro mientras la anticuaria comienza a leer.

La vida, el carácter y la virtud

El carácter es nuestra carta de presentación en la vida,
así como el legado que dejamos tras nuestro andar.

Nuestro carácter define
no quién creemos ser,
mucho menos lo que pretendemos ser,
sino quiénes somos realmente,
muy, muy dentro de nosotros.

Nuestro carácter es respetado cuando
exhibimos una honestidad inmutable
y una franqueza inquebrantable.

Nuestro carácter inspira emulación cuando
somos intransigentemente éticos,
abordamos todo con una rectitud incuestionable
y una integridad indomable,
y sostenemos un espíritu con propósito
y un alma impregnada de significado.

Nuestro carácter es venerado cuando
irradia compasión ilimitada,
generosidad desinteresada
y la más humilde sabiduría.

Nuestro carácter se forja a través de
una autodisciplina fiable e inmanente.

Nuestro carácter florece con
una perseverancia inquebrantable, una tenacidad incansable,
una resiliencia inmutable
y la insaciable búsqueda de la comprensión,
el conocimiento y la espiritualidad.

Nuestro carácter se mantiene auténtico solo cuando
practicamos de manera constante
el inevitable perdón, tanto a nosotros mismos
como a los demás,
junto con una disposición para rectificar
y aprender de nuestros errores.

Nuestro carácter se revela por lo que
verdaderamente somos
cuando la vida y sus desafíos nos lo exigen,
lo que puede requerir abnegación, sacrificio
o incluso renuncia—
la prueba última de la fibra y la naturaleza
de nuestros corazones.

Nuestro carácter se renueva perpetuamente,
manteniéndose cristalino mediante
una inocencia inmaculada,
una candidez no premeditada,
una espontaneidad jubilosa
y una creatividad sin límites.

Nuestro carácter construye un legado a través de
actos perdurables y desinteresados,
un juicio empático y consciente,
un coraje inquebrantable,
un esfuerzo constante,
una determinación inamovible,

un ritmo imparable,
un celo obsesivo,
una firmeza inquebrantable,
un talento desatado,
una habilidad incomparable,
una impulsividad oportuna
y una genialidad sin restricciones.

Nuestro carácter trasciende cuando
estamos 'listos para ser' o 'para siempre somos'
enamorados de la vida, de todos,
y de nuestro verdadero amor con pasión sostenida.
Estar vivos nos ofrece innumerables caminos que,
en la búsqueda de la excelencia moral,
elevan nuestro carácter hasta su cúspide
y crean un estado de virtuosa plenitud.

*

Cuando Mrs. Peabody termina de leer, Erasmus y Vicky se toman de la mano con fuerza, como si compartieran la energía absorbida de la intensidad y el poder de las palabras que acaban de escuchar. Ambos están visiblemente conmovidos por la fuerza del antiguo escrito. Pronto, las preguntas comienzan a formarse en sus mentes, pero sus pensamientos paralelos son interrumpidos por la dueña de la librería, quien parece leerlos con precisión.

—El carácter y la virtud no son dones divinos con los que se nace. Al contrario, requieren persistencia y arduo trabajo para construirlos, cultivarlos, adquirirlos y preservarlos —enseña Mrs. P., desplegando toda su sabiduría académica—. Recuerden siempre esto: sus virtudes definen su carácter, y su carácter define su legado —concluye con solemnidad.

—Gracias, Mrs.… ¿podemos llamarla Mrs. P.? —pregunta Victoria.

Eleanor Theresa Peabody-Smith muestra una vez más su característica sonrisa.

—Por supuesto que sí, querida.

—Entonces, nuevamente, gracias, Mrs. P.

La joven y agradecida pareja se despide antes de reanudar su viaje en bicicleta a lo largo de la costa de Nueva Inglaterra.

— ✦ —

Royal Cambridge Scholastic Institute, 2018
(Auditorio de la Universidad)

Mientras el profesor Cromwell-Smith concluye su cautivadora conferencia sobre la importancia del carácter y la virtud, se toma un momento para permitir que el peso de sus palabras se asiente en el aula. La atmósfera está cargada de expectación mientras los estudiantes reflexionan sobre las profundas lecciones compartidas. El profesor devuelve la clase al presente con una amplia sonrisa, como si estuviera imitando a Mrs. P. Hace un gesto a los estudiantes, invitándolos a embarcarse en un viaje de introspección más profunda.

—Clase, Mrs. Peabody nos llamó a darnos cuenta de la crucial importancia del carácter y la virtud. Con el tiempo, las memorables sesiones que pasamos con ella crecieron en importancia y ayudaron a Vicky y a mí a fortalecer nuestro carácter —dice el profesor. Continúa—: Recuerden siempre esto: el carácter se encuentra en la confluencia de lo que los demás piensan de nosotros y lo que pensamos de nosotros mismos en lo más profundo. La virtud, además de ser un componente esencial de un carácter íntegro, no solo debe adquirirse y desarrollarse, sino que también es la herramienta esencial de la vida en la que dependemos para superar, sostener, perdurar y resistir nuestra existencia.

El profesor hace una pausa, recorriendo el auditorio con la mirada, como si aún pudiera escuchar las palabras de Mrs. Peabody resonando en las profundidades de su mente. Lentamente, exhala, con una expresión cálida pero reflexiva.

—Mrs. P. nos enseñó que el carácter no es un derecho de nacimiento, sino una búsqueda de toda la vida, construida con disciplina, forjada en la adversidad y enriquecida por la virtud. Su sabiduría sigue conmigo, y espero que también permanezca con ustedes —añade con una voz firme pero teñida de emoción.

Los estudiantes permanecen en un silencio absorto, el peso de sus palabras flotando en la atmósfera cargada de significado. Con una leve sonrisa, el profesor señala las manos levantadas en la audiencia. Al ver la atención reflejada en sus ojos, decide continuar dirigiéndose a ellos por sus nombres de pila, un pequeño gesto para reducir la distancia entre maestro y alumno y recordarles que son iguales en curiosidad.

—Profesor Cromwell-Smith, ¿cómo cree que podemos cultivar activamente el carácter en nuestra vida diaria? —pregunta Sarah, una estudiante de Derecho con una confianza impresionante en su voz.

—Esa es una excelente pregunta, Sarah —responde el profesor con un asentimiento—. La clave está en la intencionalidad. Empiecen por ser conscientes de sus valores y alineen sus acciones con ellos. Como dijo Mrs. P.: "La virtud se adquiere y se desarrolla". Practiquen la compasión, la honestidad y la autodisciplina todos los días, incluso en los asuntos más pequeños. Con el tiempo, estas acciones moldearán su carácter, como el agua esculpe una piedra.

—Profesor, mencionó que el carácter se pone a prueba en la adversidad. ¿Qué consejo tiene para mantener la integridad en tiempos difíciles? —inquiere Michael, un pensativo estudiante de Filosofía sentado en la segunda fila.

—La adversidad es la prueba definitiva, Michael —comienza Erasmus con un tono deliberado—. En esos momentos, reflexionen sobre lo que realmente les importa, sobre sus principios fundamentales. Cuando se enfrenten a un dilema, pregúntense: "¿Esta decisión está alineada con mis valores?". Recuerden que la resiliencia y la autodisciplina se construyen con la práctica. Permanezcan fieles a sus principios, incluso cuando sea difícil, y saldrán fortalecidos.

—Profesor, ¿cree que virtudes como la compasión o la humildad realmente tienen impacto en el mundo competitivo de hoy? —pregunta Priya, una ambiciosa estudiante de negocios que irradia determinación.

—Sin duda, Priya —responde el profesor sin dudarlo—. La compasión y la humildad no son signos de debilidad, sino de fortaleza. De hecho, a menudo son las cualidades que inspiran confianza y lealtad, tanto en relaciones personales como profesionales. Como nos enseñó Mrs. P., las virtudes no son solo ideales morales; son herramientas prácticas para construir conexiones significativas y dejar un legado.

—Profesor, ¿cómo concilia la idea de que el carácter se "forja a través de la disciplina" con la noción de la espontaneidad y la alegría en la vida? —pregunta Jonathan, un curioso estudiante de Historia del Arte con inclinación por las preguntas abstractas.

Erasmus suelta una leve carcajada antes de responder:

—Gran pregunta, Jonathan. No son mutuamente excluyentes. La disciplina proporciona la estructura, la base sobre la cual la espontaneidad y la alegría pueden florecer. Piénsalo como la música: la disciplina es el ritmo, mientras que la espontaneidad es la melodía. Juntas, crean armonía.

Con esto, el profesor Cromwell-Smith da por concluida la clase.

—Definitivamente, es un hombre nuevo —observa un asistente frecuente de sus clases.

—¡Absolutamente! Su entusiasmo y pasión están por las nubes —agrega una estudiante alta de cabello castaño.

—También nos está dando más de sí mismo —interviene uno de sus seguidores más leales—. Sus clases actuales duran casi el doble que las anteriores.

Un mar de estudiantes contempla la figura delgada del profesor mientras se aleja pedaleando en su vieja bicicleta oxidada.

—Es cuestión de amor. Así de simple. Es realmente feliz por primera vez en muchos años —reflexiona el líder del foro en línea dedicado a las clases de Cromwell-Smith.

El profesor finaliza la sesión con una cálida sonrisa y unas palabras de despedida que flotan en el aire:

—Gracias por sus preguntas reflexivas. Recuerden, como nos enseña Mrs. P., que su carácter es su legado. Constrúyanlo con cuidado y dejen que sus virtudes los guíen a través de los desafíos y alegrías de la vida.

Mientras los estudiantes recogen sus pertenencias, algunos se quedan cerca del escenario, sus rostros reflejando el profundo impacto de la lección del día.

—Esta sesión me ha inspirado muchísimo —comenta Sarah a su amiga mientras salen.

—Yo también. Voy a empezar a llevar un diario para reflexionar sobre mis acciones y valores cada día —añade Priya, con determinación en la voz.

La energía de los estudiantes llena la sala, llevándose consigo la sabiduría de Mrs. Peabody y de su profesor. Mientras Erasmus los observa partir, siente una profunda satisfacción, sabiendo que las lecciones compartidas hoy resonarán mucho más allá de las paredes del auditorio.

Capítulo 4

¡Reacciona!

Royal Cambridge Scholastic Institute, 2018
(Casa de Erasmus y Victoria en el Campus)

—Hora de despertar —susurra Erasmus con ternura. Su voz es suave, llena de amor. Victoria siente el cálido aliento sobre su piel y sonríe, aunque sus ojos aún permanecen cerrados. Busca a Erasmus, envolviendo sus brazos a su alrededor.

—¡Te atrapé, mi príncipe valiente! —bromea, atrayéndolo aún más hacia ella hasta que sus cuerpos se presionan con fuerza. Su calidez la estremece de placer. Sus piernas y brazos se enroscan alrededor de él, sosteniéndolo como si nunca quisiera dejarlo ir.

Victoria irradia pura felicidad, mientras Erasmus le devuelve una sonrisa de satisfacción interminable. Su dicha compartida parece atemporal, un reconocimiento tácito del amor que los sostiene en cada momento.

— ✦ —

Caminos del campus

Algunos días pedalean en bicicleta. Otros, como hoy, prefieren caminar. Victoria se apoya en Erasmus, con su brazo enredado en el suyo y su cabeza descansando sobre su hombro. Pasean sin prisas por las calles arboladas del campus, saboreando la fresca mañana otoñal.

Las señales del otoño están por todas partes: una brisa ligeramente fría, temperaturas descendiendo a los diez grados y un caleidoscopio de follaje de Nueva Inglaterra en tonos rojos, amarillos y marrones. Las hojas crujen bajo sus pies y revolotean con cada ráfaga de viento. Pero los pensamientos de Erasmus ya divagan hacia la historia que compartirá con sus estudiantes: un relato de lecciones aprendidas y transformaciones abrazadas.

Mientras la pareja se acurruca contra la brisa, el edificio donde Erasmus imparte clases aparece en el horizonte.

—Vicky, ¿recuerdas cuando solía obsesionarme con todo? —pregunta Erasmus, rompiendo el apacible silencio.

—¿Cómo olvidarlo? A veces nos volvías locos a los dos —responde Victoria, con un toque de humor en la voz.

—¿Recuerdas lo que hicimos para solucionarlo? —insiste él.

Victoria se detiene, con una mirada nostálgica en sus ojos mientras revive el recuerdo. Luego, una sonrisa traviesa ilumina su rostro.

—Fue una de esas afortunadas coincidencias —admite.

—Sí, lo fue, Vic. Sí, lo fue. —Responde Erasmus, con entusiasmo creciente.

—¿El Sr. L.? —pregunta ella, de repente.

—¡Exactamente, Vic! ¡El Sr. L.! —Exclama Erasmus, con una chispa de emoción en los ojos.

Erasmus la besa en despedida. Victoria, juguetona como siempre, le da un suave empujón. El gesto lo impulsa a un frenesí poético.

—Mi amor —dice ella, con un tono cálido y alentador—, ese encuentro resultó ser la cura perfecta para tus ataques ocasionales de obsesión. Qué maravilloso regalo tienes hoy para tu clase. Sé la mejor versión de ti mismo, mi amor.

Con esas palabras resonando en su mente, el profesor Cromwell-Smith siente una oleada de inspiración. Camina hacia el edificio con un paso ligero. El amor de su vida acaba de enviarlo con un noble estado de ánimo y espíritu. Cuando cruza las puertas del aula, ya está listo para dar vida al pasado para sus atentos estudiantes.

— ✦ —

Royal Cambridge Scholastic Institute, 2018
(Auditorio de la universidad)

El animado murmullo de los estudiantes lo trae de vuelta por completo al presente. Sus rostros expectantes le recuerdan la importancia de compartir estas lecciones atemporales. El auditorio rebosa energía mientras Erasmus entra, silbando una alegre melodía. Hace una breve pausa al frente, recorriendo la sala con la mirada, con una intensidad pensativa, casi melancólica.

—¿Cómo están esta mañana? —pregunta con jovialidad.

—¡Listos para usted, profesor! —responden los estudiantes, con entusiasmo palpable.

—Más a menudo de lo que creemos, somos nuestros peores enemigos —comienza, con un tono que equilibra la seriedad y la cercanía—. De alguna manera, logramos interponernos en nuestro propio camino, saboteando nuestras propias rutas y desbaratando los caminos que estamos destinados a recorrer.

El aula queda en absoluto silencio mientras los estudiantes se inclinan hacia adelante, cautivados.

—Hoy compartiré con ustedes la historia de un excéntrico anticuario que enseñó a Victoria y a mí una gran lección sobre cómo evitar los comportamientos autodestructivos — continúa.

El profesor ajusta sus gafas, con una expresión reflexiva.

—Hubo un tiempo, en mis días en Harvard, en el que volvía locos a todos —dice, con una leve sonrisa asomando en los labios—. Me obsesionaba con algo—una idea, una tarea o incluso un pensamiento fugaz—. Y una vez que captaba mi atención, me sumergía tanto en ello que el mundo, y todos los que lo habitaban, pasaban a segundo plano. Día tras día, ponía a prueba la paciencia de quienes me rodeaban.

Hace una pausa, dejando que sus palabras calen hondo.

—Hasta que un día inolvidable cambió todo. Y todo comenzó así…

— ❖ —

Harvard, 1976

La rivalidad entre Harvard y Yale es eterna y despiadada. Cada año, las dos instituciones compiten ferozmente por la supremacía, sin un claro vencedor, ya que los resultados oscilan de un lado a otro. Entre todas las competiciones, el fútbol americano se erige como el campo de batalla más encarnizado de esta incesante contienda.

— ❖ —

New Haven, Connecticut, 1976

Este fin de semana, Erasmus y Victoria viajan a la Universidad de Yale, en New Haven, Connecticut, para el gran partido. Harvard juega este año en territorio de Yale. Erasmus se sienta en las gradas, observando cómo Victoria, la bastonera de la banda de Harvard, lidera el espectáculo con su energía habitual.

Desde su asiento, Erasmus está cautivado. No importa cuán radiante y carismática sea normalmente Victoria, hoy parece brillar aún más. Su entusiasmo es magnético, su alegría chispeante. Sobre todo, irradia pura felicidad, y Erasmus se encuentra irremediablemente embriagado por el dulce elixir del amor verdadero.

Después de cumplir con sus deberes en la banda, los enamorados recorren la ciudad. En la cartelera del Shubert

Theatre de College Street, un filme francés capta su atención: *Les Uns et Les Autres* (*Los unos y los otros*), dirigida por Claude Lelouch, con música de Michel Legrand.

Acurrucados en el acogedor cine, quedan hechizados por la película—una fascinante mezcla de ballet, música clásica y jazz, que alegoriza las vidas de Rudolf Nureyev, Glenn Miller y Herbert von Karajan. Cuando los créditos comienzan a rodar, ambos están embelesados por la vibrante esencia de la cultura francesa, y la película se convierte en una de sus favoritas de todos los tiempos.

Al salir del cine, el destino interviene una vez más. Al otro lado de la calle, Victoria divisa algo que despierta su curiosidad.

—Erasmus, mira… ¡una *boulangerie & bistro*! ¿Por qué no entramos a comer algo? —sugiere, burbujeante de emoción.

Al ingresar, el diminuto local los recibe con el aroma a pan recién horneado y pasteles. Se sientan en sillas pequeñas y acogedoras, con una mesa modesta entre ellos.

—En mi ciudad natal hay una *boulangerie* como esta —comparte Victoria, con un matiz de nostalgia en la voz—. Crecí con pan y pasteles franceses de verdad.

Con confianza, se levanta para hacer el pedido.

—Nos traerá dos *croissants* calientes, crujientes por fuera y hojaldrados por dentro; mermelada de fresa o de naranja; mantequilla francesa aparte; dos *café au lait*, por favor. Ah, y un *pain au chocolat* para compartir. *Merci*.

Erasmus la observa, divertido por su espontánea seguridad. Para ella, todo esto es completamente natural, pero para él, la secuencia no deja espacio para la discusión—ni para ordenar los platos en un orden convencional.

—¿Es algún tipo de ritual para ti, Vic? —bromea.

Victoria simplemente se ríe; su alegría es contagiosa. Los *croissants* resultan ser celestiales, deshaciéndose en la boca de Erasmus, y él se maravilla ante la vitrina repleta con al menos veinte tipos de pan recién horneado.

El plato principal es una sencilla pero exquisita sopa de *bouillabaisse*. El espeso caldo, que se bebe con calma, marca el ritmo perfecto mientras conversan y ríen, construyendo su propio pequeño mundo.

Entonces, Erasmus nota algo a través de la ventana: una serie de bandejas impulsadas por correas transportan... ¿libros?

Su expresión cambia a una de obsesión, y las alarmas se encienden en la mente de Victoria.

Oh, no. ¿Qué es ahora?, se pregunta preparándose mentalmente.

Sigue la dirección de su mirada.

—Cariño, ¿esos son...?

—Libros antiguos, Victoria —responde Erasmus, con la voz llena de asombro.

Haciendo una señal a la mesera, pregunta con urgencia:

—Disculpe, ¿a dónde van esos libros?

Ella sonríe, como si conociera la respuesta de antemano.

—Es el montacargas para la tienda del señor Lafayette, en el piso de arriba. Es su forma de llamar la atención de los visitantes—con la esperanza de que algunos se conviertan en clientes reales.

—¿Vende libros antiguos? —pregunta Victoria, intrigada.

—Sí. *Lafayette Antique Books* ha estado aquí por 150 años. Comenzó en Nueva York, pero el señor Lafayette se mudó aquí hace algunos años después de vender la tienda original. Ahora es dueño de este edificio y nos alquiló la planta baja para la panadería.

Antes de que terminen la sopa, Erasmus deja un billete de diez dólares sobre la mesa, toma la mano de Victoria y la lleva afuera.

Suben las escaleras hasta la cima. El letrero dice:

'Lafayette Antiquarians: Los libros antiguos más finos de la ciudad (est. 1867).'

—Vic, si no fuera por tu antojo de *croissants*, nunca habríamos encontrado este lugar —dice Erasmus, sonriendo al entrar—. Esto no es coincidencia. ¡Hoy todo es francés!

La tienda es impresionante: un inmenso espacio de estilo clásico con estanterías de caoba y roble que llegan hasta el techo. El aroma a gardenias y rosas inunda el ambiente, creando una atmósfera inesperadamente refinada.

—Se siente como la biblioteca privada de una mansión inglesa —susurra Erasmus, maravillado.

—Nunca había visto algo así —admite Victoria—. Es como un museo de libros.

Junto a la ventana, un hombre alto e imponente está absorto en su lectura bajo la luz de una lámpara de pie de latón. Fuma en una pipa curvada con aire de total concentración.

—Es Édith Piaf —murmura Erasmus, al notar la suave melodía en el fondo. Su poderosa voz despierta recuerdos de su mentora francófila, Mrs. V—. Es una de las más grandes cantantes francesas de todos los tiempos.

El hombre finalmente repara en la pareja y se pone de pie de un salto, sorprendido. Su estatura—fácilmente de casi dos metros—se hace evidente cuando se yergue con rigidez, intentando ocultar su desconcierto con cautela.

—Bienvenidos. ¿Puedo ayudarles? —pregunta, con una voz grave y medida.

Erasmus responde:

—Estamos en la ciudad por el partido de fútbol americano.

—¿Harvard? —el hombre adivina, ya con escepticismo.

Victoria siente su juicio inmediato. *Mala suerte. No ha tenido clientes en horas, y nos va a tocar recibir su frustración*, piensa.

Pero Erasmus, ajeno a la tensión, da un paso adelante.

—¿Tendría algo sobre cómo liberarse de limitaciones y obstáculos? —pregunta, mirando fijamente a Victoria, como si estuviera presentando una autoevaluación involuntaria.

Un destello de sorpresa y escepticismo cruza el rostro de Lafayette, convirtiéndose en una mueca de incredulidad.

—¡Disculpe! —interrumpe impulsivamente Victoria, atrapada en el momento. Ambos hombres dirigen su atención hacia ella, notando el tono de su voz—. ¿Qué tal algo que ayude a superar comportamientos obsesivos o a liberarse de situaciones que los agravan? —espeta de golpe, capturando la intención de Erasmus, aunque con un leve matiz acusatorio.

Tanto Victoria como el señor Lafayette clavan la mirada en Erasmus, pero él permanece ajeno, aún absorto en su petición.

Mientras tanto, el temperamento excéntrico del anticuario cambia de escepticismo a curiosidad e interés.

—Chicos, no soy consejero. Vendo libros antiguos y valiosos —afirma Lafayette con firmeza, aunque al notar la expresión desanimada de los jóvenes, algo en su interior se conmueve—. Bien, empecemos desde el principio. ¿Por qué esperarían encontrar orientación en una librería de antigüedades?

Se hace un breve silencio, y una vez más, Victoria interviene para salvar a su distraído novio.

—Lo ha hecho toda su vida.

"¿De veras?" —comenta Lafayette, reconociendo a Erasmus como un posible miembro del exclusivo club de lectores de libros antiguos—. "¿Por qué no lo dijiste antes?" —añade, esta vez con un tono más amigable, intrigado por el joven.

—Señor Lafayette, ¿me permite preguntarle algo? —dice Vicky, redirigiendo la conversación hacia el anticuario.

—Piedmont Lafayette. ¿Y con quién tengo el placer de hablar? —pregunta él, con la postura de un hombre que acaba de encontrar algo interesante.

—Victoria y Erasmus, señor —responde ella rápidamente, ansiosa por llegar a su siguiente punto.

El hombre de gran estatura asiente con un aire curioso.

—Erasmus es de Hay-on-Wye, en Gales —suelta de repente Vicky.

El señor Lafayette parece sorprendido, regañándose a sí mismo por haber sacado conclusiones precipitadas.

—Y supongo que ha crecido rodeado de este tipo de entorno, ¿no? —predice con una sonrisa amplia.

—Y los dueños de las librerías han sido sus mentores de por vida —añade Vicky sin dudar.

Con su apariencia mediterránea—piel ligeramente bronceada, cabello negro azabache y ojos verdes profundos— Lafayette irradia una sofisticación natural.

Pronto, Erasmus y Victoria descubren que posee un título en Artes y Literatura por la Universidad de Columbia y que está casado con una bailarina francesa de ballet desde hace treinta años, con quien ha criado a dos hijos ya adultos. En su juventud, Lafayette demostró una notable destreza atlética en fútbol y baloncesto, con aspiraciones de llegar a la NBA. Sin embargo, una lesión en la rodilla cambió el curso de su destino y lo llevó a descubrir su verdadera pasión por el mundo de los libros antiguos, siguiendo la tradición de su familia.

—Muy bien, jóvenes Victoria y Erasmus, ¿qué era exactamente lo que buscaban antes? —pregunta, alejándose de ellos con pasos firmes.

—Sabe exactamente qué buscar. Es un oyente muy atento, incluso cuando parece que no lo es —reflexiona Vicky, confiando en su instinto para evaluar la reacción del anticuario.

No pasa mucho tiempo antes de que Lafayette regrese con dos libros antiguos y exquisitos. A pesar de su gran tamaño, parecen casi diminutos en sus inmensamente largas manos.

—Bien, veamos. Aquí tengo el remedio perfecto para disipar la confusión que puede traer la obsesión. Tal vez no sea tan antiguo como la mayoría de los libros y manuscritos que tengo aquí, pero su sabiduría es atemporal. Permítanme leerles un fragmento —sugiere el anticuario.

Snap

(¡Reacciona, Espabílate!*)*

Hay momentos en la vida que nos abruman.
Nos toman por sorpresa,
nos golpean en el estómago,
y de repente,
nos desplomamos por dentro,
sin la menor idea de cómo afrontar la situación.

A veces, es simplemente la duda que se filtra,
la angustia que se expande en nuestro espíritu,
o el frío miedo que nos paraliza.
Otras veces, el impacto es más profundo.

Podemos estar sufriendo,
lamentando una pérdida.
Pero en la vida moderna,
los catalizadores más comunes son
la presión y el estrés,
provocados por una carga abrumadora,
sumados a un ritmo frenético y neurótico.

¿Pero qué tal si simplemente salimos de ese estado?
¡Reacciona, Espabílate!
¡Sal de ahí!
¡Sal del momento! —
congela la imagen que te rodea,
congela la escena de tu vida.

¡Solo congélala!
Distánciate de la situación.
Piensa solo en imágenes hermosas,
y deja que te invadan por completo.
Concéntrate en lo que tienes, no en lo que te falta,
no en lo que has perdido.

Sueña con lo que deseas,
visualízalo con todo tu corazón.

¡Reacciona, Espabílate!
Hazlo sin miedo, sin dudas.
Recuerda que la palabra "rendirse"
no existe en tu vocabulario.

Reacciona de inmediato,
justo en el instante en que la situación aparezca—
sin demora,

detén esos estados tóxicos
antes de que siquiera comiencen.

Ahora relájate.
Déjalo ir.
Contempla la imagen que congelaste
desde afuera.
Entonces, al descomprimirte,
descubrirás tus mecanismos de afrontamiento.

¿Te enfocaste solo en una cosa?
Si es así, entonces reaccionaste
a través de un estado meditativo.

¿O simplemente fuiste consciente
de la situación y te separaste de ella?
¿O lo hiciste congelando el momento?
¿Congelando la imagen?
¿Congelando la escena?
¿O hiciste todo eso a la vez?

Al final, la forma en que lo hiciste importa solo
para saber qué camino tomar la próxima vez.

Lo que realmente importa
es que ahora sabes cómo salir de ahí—
cómo salir del momento.

Ahora sabes
cómo conquistar las circunstancias de la vida,
antes de que ellas te conquisten a ti.

*

Cuando Mr. L. termina de leer en la majestuosa librería de roble y caoba, Vicky observa intensamente a Erasmus, buscando en su rostro una señal de comprensión. Piensa que, si realmente ha prestado atención, esto podría ayudarlo.

—No se trata de reaccionar y perder el control, sino exactamente de lo contrario. Se trata de reaccionar para recuperar el control sobre ti mismo y sobre las circunstancias o situaciones en las que puedas encontrarte —aclara Mr. L.

Con agudeza —y con razón— percibe que la lectura ha impactado significativamente a Erasmus, quien parece librar su propia batalla interna. Continúa, esta vez de manera más directa:

—Erasmus, piénsalo como un mecanismo de seguridad, un freno de emergencia que te detiene de inmediato, evitando que algo siquiera comience. La idea es que te atrapes a ti mismo antes de perderte en ese mundo al que siempre caes, donde tú mismo eres tu peor enemigo.

—Está bien, lo entiendo, lo entiendo —responde Erasmus con brusquedad, como si finalmente se rindiera—. De acuerdo, Vicky, lo haré. Lo prometo. Lo haré.

—Victoria, tengo un segundo poema. Es sobre espíritus soñadores y libres de cargas —anuncia Mr. Lafayette, entusiasmado por continuar.

Entonces, Mr. L. comienza a leer un escrito que inicia en los tejados de Londres...

El Deshollinador

El deshollinador se sienta en los tejados
de la ciudad en una noche sin luna.

Millones de estrellas lo observan,
una reunión magnífica en el universo,
con ojos luminosos,

irradiando infinitos tonos de blanco,
desplegándose por completo, solo para él.

Su trabajo ha terminado por esta noche.
Ha cumplido su labor—
desatascando y liberando,
las chimeneas y los espíritus,
de los habitantes de la ciudad.

Ahora espera que comience el espectáculo.
A medida que la gran metrópolis sucumbe al sueño,
sus puertas de escape y plataformas de lanzamiento se
despejan,
los escombros se eliminan y los caminos se abren,
dejando a la gente de la ciudad lista para soñar.

Y entonces, todo empieza…
Primero, unos pocos,
luego una avalancha de sueños
se eleva sin obstáculos,
emergiendo de incontables chimeneas
hacia el cielo nocturno.

Surcan los cielos,
proyectiles a velocidad de relámpago,
corriendo hacia el firmamento del universo,
llevando los sueños de los soñadores,
lejos, hacia el espacio infinito,
en dirección a los millones de estrellas
que los observan y esperan.

*

—**Todos necesitamos nuestros deshollinadores para
liberar nuestros espíritus y permitir que nuestros sueños**

se eleven hasta los confines más profundos del universo, dice un inspirado Mr. Lafayette.

Desde ese momento, un hermoso vínculo comienza a florecer entre Mr. L. y los jóvenes enamorados. Aunque sus encuentros son esporádicos, Victoria y Erasmus hacen el esfuerzo de visitarlo siempre que el equipo de fútbol de Harvard juega cerca de New Haven.

Como Victoria había predicho, con el tiempo, la conexión entre Mr. L. y Erasmus se vuelve intrínseca a la vida de este último, incluso después de la desaparición de Victoria. La sabiduría de Mr. Lafayette se convierte en una luz guía durante los años de soledad de Erasmus, ofreciéndole perspectiva y fortaleza en los momentos en los que más la necesita.

"Al salir de la librería de antigüedades aquel día, no solo llevaba conmigo libros, sino también lecciones de vida que cambiarían mi destino. Poco sabía yo cuántas veces dependería de ellas."

— ✦ —

Royal Cambridge Scholastic Institute, 2018
(Auditorio de la Universidad)

El profesor Cromwell-Smith observa a su clase, trayéndolos suavemente de vuelta al presente. Sin embargo, nota que solo unos pocos rostros muestran entusiasmo por regresar.

—Ese primer encuentro memorable con el Sr. Lafayette —comienza— no solo nos proporcionó herramientas de vida invaluables, sino que también nos hizo darnos cuenta de nuestra propia falibilidad. Clase, lo que le sucedió a Vicky y a mí—nuestra separación—podría ocurrirle fácilmente a cualquiera de ustedes.

—Para evitarlo, deben aprender a extraerse y distanciarse de las situaciones que los abruman. Al "reaccionar" y salir del estado emocional en el que se encuentran, se dan la oportunidad de hacer una pausa y observar desde afuera. Esta perspectiva ayuda a despejar el día, la circunstancia y el camino por delante, desbloqueándolo y evitando que se saboteen a sí mismos, liberándolo de las restricciones de su propio ego o del caos emocional.

—Estos poemas nos recuerdan que, ya sea al salir de nuestras luchas o al liberar nuestros espíritus, el poder de cambiar nuestras circunstancias reside dentro de nosotros — razona el pedagogo.

Hace una pausa, permitiendo que el peso de sus palabras se asiente en el aula.

Al concluir sus reflexiones, Cromwell-Smith da un paso adelante y hace un gesto hacia los estudiantes.

—Ahora, escuchemos sus pensamientos. ¿Quién tiene preguntas sobre lo que hemos explorado hoy?

Natasha, una joven reflexiva de cabello rizado y suéter abrigado, levanta la mano. Su especialidad es psicología, y a menudo aporta una profundidad analítica a las discusiones de la clase.

—Profesor —comienza—, en *Snap* (¡Reacciona, Espabílate!), menciona la importancia de superar la negatividad. ¿Cómo podemos aplicar eso a nuestros desafíos diarios?

—¡Gran pregunta, Natasha! —responde el profesor con calidez y entusiasmo—. El mensaje de *Snap* (¡Reacciona, Espabílate!) trata de reconocer cuándo la negatividad se apodera de nosotros y tomar la decisión consciente de interrumpir ese ciclo. Es una práctica de autoconciencia. Al hacer una pausa deliberada y redirigir nuestro enfoque hacia la gratitud o la positividad, recuperamos el control. Este cambio nos permite ver los desafíos como oportunidades de crecimiento en lugar de obstáculos.

Daniel, un estudiante alto y entusiasta, con gafas y una camiseta gráfica, levanta la mano a continuación. Es estudiante de literatura y le apasiona analizar los matices simbólicos en la poesía.

—En *El Deshollinador*, describe el acto de soñar y liberar el espíritu. ¿Cómo podemos aferrarnos a ese sentido de esperanza frente a los desafíos de la vida?

—¡Excelente punto, Daniel! —exclama el profesor—. *El deshollinador* simboliza el esfuerzo que debemos hacer para mantener nuestros espíritus libres de dudas, miedos o negatividad. Los desafíos de la vida pueden opacar nuestras esperanzas, pero la clave es alimentar nuestros sueños. Trátenlos como entidades frágiles pero poderosas. Protéjanlos y dejen que les recuerden lo que es posible. Cuando nos enfocamos en nuestras aspiraciones, podemos elevarnos por encima del peso de la vida y encontrar claridad.

Lynn, una expresiva y animada estudiante de historia del arte, con una bufanda colorida, levanta la mano con entusiasmo.

—Profesor, ambos poemas enfatizan la claridad y la libertad de la mente y el espíritu. ¿Recomendaría alguna práctica específica para cultivar esa claridad?

El profesor asiente con aprecio.

—Lynn, cultivar la claridad implica crear hábitos que nos centren y equilibren. La meditación, llevar un diario o incluso momentos de reflexión tranquila pueden ayudarnos a alejarnos del caos y reconectarnos con nosotros mismos. El

337

objetivo es despejar regularmente los escombros mentales para poder pensar y actuar con propósito.

Al recorrer la sala con la mirada, Cromwell-Smith se da cuenta de que sus estudiantes anhelan más. Sus expresiones ansiosas lo animan a compartir una última enseñanza.

—Para que nuestros sueños puedan elevarse sin impedimentos, debemos hacer un esfuerzo deliberado por limpiar constantemente nuestro espíritu —dice en voz baja. Su tono lleva el peso de la experiencia vivida y una sinceridad profunda.

—Recuerden, es a través de la claridad y la ligereza que nos elevamos.

Concluye con una sonrisa cálida.

—Clase, la próxima semana viajaremos al momento en que Vicky y yo conocimos a una persona extraordinaria que vivía en las afueras de Boston. Una persona que dejó una huella imborrable en nuestras vidas.

A medida que la sesión llega a su fin, el profesor observa a sus estudiantes. Sus rostros reflejan introspección y curiosidad. Con una sonrisa sincera, cierra la discusión.

—Gracias por sus preguntas tan reflexivas. Recuerden, estas lecciones no son solo poesía, son herramientas para la vida. Nos vemos la próxima semana.

Al salir, el pedagogo nota los rostros de sus alumnos. Algunos reflejan introspección, otros irradian la disposición de *reaccionar* ante sus propias dudas. En sus ojos, ve una chispa inconfundible: sus estudiantes se están preparando para volar, como lo hacen los sueños de los soñadores.

Capítulo 5

La Fe

Royal Cambridge Scholastic Institute, 2018
(Casa en el Campus de Erasmus y Victoria)

Es temprano en la mañana, cerca del amanecer, cuando Erasmus se despierta de repente.

—¿Qué pasa, querido? —pregunta Victoria, su voz teñida de preocupación.

Erasmus está empapado en sudor, con los ojos vidriosos y desorientados. Poco a poco, vuelve en sí y reconoce que ella está acostada a su lado. Una oleada de alivio se dibuja en su rostro.

—Estaba teniendo una pesadilla —responde con voz ronca, aún medio dormido.

—¿La misma pesadilla? —pregunta Vicky, tratando de ocultar su preocupación.

—Sí —responde él, con frustración en su tono.

—¡Mírame! —dice ella con firmeza, sujetándole el rostro con ambas manos—. No voy a ninguna parte, mi amor. Erasmus, tienes que tener fe.

Él asiente tímidamente, despertando del todo.

— ✦ —

Calles del Campus Universitario

Bajo el clima templado del otoño, una Victoria risueña y un Erasmus juguetón pedalean sin prisa por las calles de Cambridge, zigzagueando de manera lúdica, como si nada hubiera ocurrido.

—Fe, Erasmus. Nunca perdí la fe en que te encontraría en algún momento del camino de la vida —afirma ella con serena determinación.

Sus palabras permanecen en su mente, un ancla reconfortante mientras pedalean por el aire fresco de la mañana.

Cuando la pareja enamorada se acerca al edificio principal de la facultad, Erasmus siente el peso del día que le espera. De repente, un recuerdo cruza su mente y su expresión cambia, de la alegría del momento a la concentración de una enseñanza importante.

—¿Recuerdas cuando ambos nos encontramos con Faith? —pregunta con una chispa de inspiración.

—¿Te refieres a Thomas Albert Faith? —responde Victoria, su rostro iluminándose con el mero recuerdo de su viejo amigo.

Erasmus asiente levemente, con una sonrisa traviesa.

—Por supuesto que lo recuerdo —dice Victoria—. Querido, tu clase mejor que esté preparada. ¡Qué magnífica idea! Solo sé tú mismo —agrega, dándole esa pequeña dosis de confianza extra en la que él ha aprendido a apoyarse.

— ❖ —

Royal Cambridge Scholastic Institute, 2018
(Auditorio de la Universidad)

La clase está reunida y rebosante de energía cuando el profesor Cromwell-Smith entra con ímpetu, lleno de vitalidad.

—¡Buenos días, clase! —saluda con entusiasmo.

—¡Buenos días, profesor! —responden muchas voces al unísono.

—Hoy conocerán a un hombre muy especial que transformó la manera en que Vicky y yo veíamos la vida. Fue en un momento en el que yo necesitaba desesperadamente crecer, tanto espiritual como emocionalmente. La historia comienza así…

— ✤ —

Pueblo Riverside, Afueras de Boston, 1976

Victoria y Erasmus han estado remando durante horas por el Charles River; su ritmo es lento y constante. La embarcación, incómodamente estrecha pero increíblemente rápida, se desliza con gracia sobre el agua. Los movimientos de la joven pareja están perfectamente sincronizados, como si siguieran una coreografía natural.

Durante el recorrido, hacen dos paradas. La primera es en un restaurante de mariscos junto a la orilla del río, donde el hambre los empuja a entrar. Todavía vestidos con su ropa de remo, se adentran con entusiasmo.

—Tu cabello se ve hermoso con esas cintas de colores —dice Erasmus con galantería.

Victoria se sonroja levemente y sonríe.

—¿Podemos cambiar de lugar cuando volvamos a remar? —pregunta, riendo suavemente.

—¿Por qué? —pregunta él, curioso.

—Para poder ser yo quien contemple tu hermosa silueta contra el paisaje de regreso a casa —responde ella, con una voz llena de ternura y picardía.

Erasmus le responde con una gran sonrisa.

—Así que tu primera *clam chowder* de Nueva Inglaterra fue en Boston —bromea Victoria, mientras Erasmus devora con placer la famosa sopa.

—Sí —responde él, sonriendo con la boca llena.

Su segunda parada es un invernadero invernal de cristal a la orilla del río. Sus vibrantes colores y su peculiar ubicación captan su atención de inmediato.

Por dentro, el jardín es aún más impresionante. La pareja recorre sus senderos laberínticos, rodeados de exuberante vegetación. Al doblar una esquina, notan a un hombre sentado en una mesa de picnic. Frente a él, un libro enorme de cuero envejecido brilla bajo la luz, con páginas doradas que reflejan un resplandor cálido.

Erasmus se detiene en seco, su mirada fija.

—Ese es un libro antiguo —murmura a Vicky—. ¿Por qué alguien tendría algo así aquí, al aire libre? Es muy raro ver algo así.

El hombre, absorto en su lectura, no los nota al principio. Erasmus se acerca lentamente, esperando que el crujir de sus pasos sobre los guijarros capte la atención del lector. Finalmente, el hombre levanta la vista brevemente y, de pronto, se pone de pie de golpe. Sosteniendo el libro con ambas manos, se marcha apresurado.

Erasmus y Victoria se miran, compartiendo un gesto de sorpresa antes de seguirlo a una distancia prudente. El hombre camina por las estrechas calles del pueblo hasta que, finalmente, entra en una tienda.

—Esperemos y veamos qué sucede, —dice Erasmus.

Unos minutos más tarde, el hombre sale de la tienda, lanzándoles una breve mirada antes de marcharse. El libro ya no está en su poder.

Con cautela, la pareja se acerca a la tienda. Un cartel sobre la puerta dice: *"Faith Antique Books & Co. (est. 1907)."* Más abajo, en la vidriera, un letrero más pequeño capta su atención.

—Por favor, consulte sobre un número limitado de libros disponibles en alquiler —lee Erasmus en voz alta.

—Eso lo explica —comenta, recordando al hombre corpulento y el libro.

—¿Crees que aquí solo venden libros religiosos? —pregunta Victoria mientras se acercan.

—Es posible, pero *fe* no es un término estrictamente religioso —responde Erasmus.

Duda por un momento antes de abrir la puerta. El sonido familiar de una campanilla les da la bienvenida, evocando recuerdos de la infancia de Erasmus en las librerías de antigüedades de Hay-on-Wye. El aroma y el sonido le resultan reconfortantes, aunque el interior de la tienda es una sorpresa.

De diseño moderno y minimalista, el espacio está adornado con elementos de cromo y cristal. Diez largas filas de estanterías se alzan hasta treinta pies, llegando a un techo revestido de paneles de vidrio.

—Llevo treinta años en esta zona y es la primera vez que veo algo así —declara una voz aguda a sus espaldas.

Sobresaltados, Victoria y Erasmus se giran para enfrentarse a un hombre robusto, de complexión fuerte y sonrisa amplia.

—Y nada menos que vestidos como remeros —añade, riendo con franqueza.

La pareja se echa a reír, disipando la tensión inicial.

—Para mí también es la primera vez —responde Erasmus con confianza.

—¿En qué sentido? —pregunta el hombre, intrigado.

—Una librería de antigüedades centrada en la fe —explica Erasmus.

El propietario de la tienda, divertido con la respuesta, estalla en carcajadas. Erasmus y Vicky descubren que es un egresado de Harvard Business School que trabajó como banquero de inversión en Wall Street. Tras pasar más de una década en Londres, donde se casó en segundas nupcias con una anticuaría, encontró su verdadera pasión en el mundo de los libros antiguos y dejó atrás la industria financiera.

—Fe es mi nombre. Thomas Albert Faith. Aquí tenemos libros de todo tipo, de todos los ámbitos de la vida.

Se presentan y comienzan una conversación cálida y animada.

—Señor Faith —dice Erasmus con cautela—, nos preguntábamos si podría compartir algunos de sus escritos sobre un tema en particular.

—¿Y qué tema sería ese?

Vicky aprovecha la oportunidad, guiada por su instinto certero.

—Fe —dice simplemente, mirando fijamente a Mr. Faith.

Hay una pausa.

—¿Fe? —repite él, confundido.

—Sí, *fe* —aclara ella—. Es algo con lo que él lucha todo el tiempo. ¿Tendría algún escrito antiguo e impactante que pudiera ofrecer algo de claridad existencial?

Mr. Faith sonríe, entretenido.

—Permítanme compartir algo que he atesorado toda mi vida adulta.

Se dirige con paso firme al segundo pasillo, sube una alta escalera y saca un pequeño libro azul. Lo sostiene triunfante antes de bajar y reunirse con la joven pareja en una mesa de cromo y cristal.

Ya sentados, comienza a leer con solemnidad.

La Fe

La fe es una fuerza celestial que invocamos de manera
deliberada
para profesar nuestros credos con una intensidad arrolladora.

La fe transforma el acto de creer en una fuerza interior
imparable,
que se convierte en nuestro motor espiritual
y nos colma de un caudal de bondad
y un alma dadivosa.

La fe es consciencia del espíritu
y atención plena del alma.

La fe es la fuente indispensable
de significado en nuestras vidas.

Es misteriosa, pues aborda dos preguntas racionales,
irresolubles y de índole existencial:
el enigma de la creación y la incógnita de un llamado superior.

La fe es la comprensión de que, aunque
existen muchas preguntas sobre el origen de nuestro universo
para las cuales no tenemos respuesta:
—¿No hay pruebas de cómo fue creado?
—¿Tampoco sabemos a dónde vamos tras la vida?
aun así, elegimos conscientemente creer
con todo nuestro corazón y con firmeza inquebrantable
en la existencia de un Creador de todo.

La fe es nuestro timón y quilla,
que nos guía por
los laberintos inciertos de la vida.

La fe es amor incondicional:
una convicción inmutable, indeleble,
que no parpadea ni se doblega,
un convencimiento indomable
de que hay una razón y un propósito superior
para estar aquí,
dictados por nuestro Creador.

Cuando lo que profesamos permanece encerrado en un
capullo,
la fe no es más que una cáscara vacía y engañosa.
La fe individualista prospera tras muros de fragilidad,
levantados para rehuir del mundo
mediante creencias egoístas,
meros túneles de visión estrecha,
como espejismos en el desierto.

Un mundo de tinieblas nos acecha cuando la fe es ciega.
Una vida sin periscopio
puede conducirnos a senderos temerarios
que desembocan en una ruina terrible e inadvertida.

Cuando profesamos una fe errada,
la vida pierde pronto su brújula y su fin.
Sin dirección, pasiones y credos falsos
nos empujan adelante,
por trayectorias vacilantes,
donde, si nuestras empresas resultan dañinas u ofensivas,
la fe se convierte en un tren desbocado
que se descarrila, choca y arde.

Por el contrario,
la fe es auténtica y duradera

cuando está impulsada por la virtud y la creencia
en el Creador.
Pero no nacemos ni en la fe ni en la virtud:
ambas deben adquirirse
y crecen en paralelo,
alimentándose entre sí.

La fe madura con el paso del tiempo, como un buen vino,
fruto de nuestra búsqueda incansable,
mediante esfuerzo constante y disciplina,
de la virtud, la excelencia y una convicción
inalterable e invulnerable en el Creador de todo cuanto existe.

Cuando tenemos fe,
vemos luz en la oscuridad,
ofrecemos amor ante el odio,
damos compasión
donde reina el dolor y el sufrimiento,
proporcionamos alivio donde hay heridas,
mostramos lealtad ante la traición,
nos reconciliamos de buena gana donde hay conflicto,
perdonamos con prontitud ante la ofensa,
nos sacrificamos y abnegamos por quien más lo necesita,
resurgimos cuando la situación no podía ser peor,
cedemos y aplazamos si las circunstancias lo exigen,
somos siempre austeros y humildes,
agradecidos y anónimos en nuestros actos,
con el corazón puro, cristalino,
rebosante de gozo y plenitud.

Por encima de todo,
confiamos en las enseñanzas de nuestro Creador.
Cuando tenemos fe, enaltecemos la vida y a la humanidad,
elevando nuestra existencia hacia un llamado superior,

donde, mediante el credo y la transformación,
alcanzamos un noble propósito del Espíritu
y un sentido divino para el Alma.

*

Cuando Mr. Faith termina de leer, sus poderosas palabras resuenan en cada rincón de la tienda.

—Joven —dice con un tono firme pero amable—, usa la fe como fuente de fortaleza interior. Te enseña a creer y a ver a través de cualquier obstáculo que la vida te presente. La fe es también el mejor recurso para neutralizar y superar la duda, la indecisión y el miedo. Erasmus, cuanto más profeses fe, más crecerás como hombre.

— ❖ —

Instituto Real de Estudios de Cambridge, 2018
(Auditorio Universitario)

A regañadientes, el profesor Cromwell-Smith devuelve a su audiencia al presente, al aula en la que se encuentran.

—Clase —comienza con voz firme y profunda—, la fe es la más fuerte, la más profunda, la más indomable y la más inquebrantable de todas las creencias. Os llevará a través de los dolores y las penas más profundas, de pérdidas devastadoras y momentos de debilidad, de tormentas arrasadoras y terremotos desgarradores. La fe os permitirá perdonar con gracia y dar sin esperar recompensas. La fe os nutrirá con un corazón benevolente, un espíritu resiliente y un alma serena.

Hace una pausa y concluye con solemnidad:

—La fe es siempre pura y genuina cuando caminamos junto al Creador.

Con su oratoria concluida, el profesor abre el espacio para preguntas.

Su mirada recorre el auditorio hasta detenerse en Lewis, un estudiante de segundo año de Historia que rara vez habla en clase. Sin embargo, hoy tiene la mano en alto.

—Profesor —comienza Lewis, ajustando nerviosamente la visera de su gorra de béisbol—, Mr. Faith habló sobre creer en algo más grande que nosotros. ¿Cómo podemos aplicar ese concepto a nuestras metas y ambiciones sin perder de vista nuestra autenticidad?

—¡Excelente reflexión, Lewis! —responde el profesor Cromwell-Smith con un tono alentador—. La lección nos enseña que la verdadera fe nos empodera para elevarnos por encima de nuestras circunstancias. Cuando creemos en algo más grande que nosotros mismos, generamos un sentido de propósito que guía nuestras acciones. La fe nos ayuda a alinear nuestras ambiciones con convicciones más profundas, asegurándonos de que nuestro camino no se base solo en logros, sino también en permanecer fieles a nuestros valores y en construir conexiones genuinas.

Lewis asiente pensativo, claramente satisfecho con la respuesta.

A continuación, Megyn, una estudiante de Filosofía con una mente aguda y un ojo atento a los detalles levanta la mano. Frente a ella, un cuaderno repleto de notas minuciosas descansa abierto.

—Profesor —comienza con voz firme—, ¿la fe no es un término exclusivamente religioso?

El profesor sonríe con complicidad.

—Megyn, la religión es, quizás, el método más reconocido de practicar la fe, pero está lejos de ser el único. La fe se manifiesta de muchas formas. Ponemos fe en nuestras parejas, en nuestros seres queridos, en la humanidad, en nuestros amigos e incluso en nosotros mismos.

Ajustando sus gafas, Megyn insiste con su reflexión.

—Entonces, ¿la fe no es exclusiva de ninguna religión en particular?

—Exactamente, no lo es —afirma con suavidad el profesor—. Todas las religiones practican la fe, pero la fe trasciende cualquier sistema de creencias en particular. La fe es la fuerza que las impulsa a todas. Habita dentro de nosotros, lista para iluminar nuestras vidas con un halo celestial, una luz que se irradia hacia afuera pero que nace desde nuestro interior.

El profesor hace una pausa, dejando que las palabras cobren peso.

—Podemos venir de distintos orígenes y de diferentes rincones del mundo, pero, en última instancia, todos respiramos el mismo aire, caminamos bajo los mismos cielos y compartimos la misma capacidad de fe.

Las palabras del profesor envuelven la sala en una atmósfera de reflexión.

A medida que los estudiantes recogen sus pertenencias, algunos se quedan conversando en voz baja, todavía procesando la profundidad de la lección del día.

—Nos vemos la próxima semana —concluye el profesor Cromwell-Smith.

Mientras abandona el auditorio, se siente conmovido por los rostros de sus estudiantes. Cada uno refleja una expresión inconfundible de esperanza, un testimonio silencioso de la fe, esa condición existencial que los une a todos.

Nota que algunos estudiantes permanecen en el aula, susurros discretos llenando el aire con pensamientos profundos sobre la clase.

Amara, una estudiante de tercer año de Ciencias Políticas con gran interés en la ética, se gira hacia su compañero.

—La fe como fuerza guía… no solo en lo religioso, sino en lo personal. Eso es algo en lo que vale la pena pensar —murmura, pensativa.

Theo, un estudiante de primer año en el programa de Artes con talento para la escultura, asiente.

—Es como un ancla en medio del caos. Ahora veo cómo podría aplicarlo a mi trabajo… tener fe en el proceso creativo.

El profesor observa estas interacciones mientras sale al fresco aire otoñal, que agita las hojas de los antiguos robles que bordean los senderos del campus.

Cada expresión de sus alumnos queda grabada en su mente: esperanzadas, introspectivas, determinadas.

Se siente profundamente conmovido al darse cuenta de que no solo se llevan consigo la lección del día, sino también una comprensión del poder transformador de la fe, un cimiento para vivir una vida significativa y con propósito.

Capítulo 6

Vida, evolución y cambio

Instituto Real de Estudios de Cambridge, 2018
(Casa de Erasmus y Victoria en el Campus)

Un dulce aroma la despierta. A los pies de la cama, un cesto con desayuno rebosante de pasteles franceses la espera.

¿Cómo lo consigue una y otra vez? se pregunta Vicky, estirándose con languidez, aún medio dormida. De fondo, suena suavemente *Make Someone Happy* de Jimmy Durante, una de sus canciones favoritas. Inhala profundamente y sonríe, comenzando el día con una expresión de pura felicidad—todo gracias a su querido británico.

—Vive cada día como si fuera el último —recita con devoción, incorporándose.

Luego, deambula por la casa en busca de Erasmus. Tras una serie de risas efusivas, abrazos entusiastas y besos juguetones, se sientan a desayunar.

—Todavía me sorprende que durante años frecuentáramos los mismos anticuarios en esta ciudad y jamás nos cruzáramos —susurra Victoria, sorbiendo su té y mordisqueando con delicadeza su selección de *pâtisserie*.

—Aún más desconcertante es que, conociéndonos a ambos, el señor Ringwald nunca nos haya puesto en contacto —lamenta Erasmus.

—Por discreción, querido. El señor Ringwald sabía de mi matrimonio y mis hijos. Probablemente se dio cuenta de cuánto te habría dolido saberlo —dice Vicky con dulzura.

—¿Pero tenía razón, Vic? No estoy seguro —medita Erasmus.

—Sí, la tenía. Por ejemplo, ¿alguna vez le preguntaste específicamente por mí o por mi paradero?

—No, no lo hice. Nunca se me ocurrió —admite Erasmus, reflexionando.

—Bueno, yo tampoco. Quizás una parte de mí no quería saberlo —explica en voz baja—. Mi lado racional sabía que tenía una familia y un esposo, y ellos eran mi prioridad. Supongo que simplemente no quería abrir esa puerta.

—Nuestro amor compartido por las librerías de antigüedades debe haber mantenido un débil vínculo entre nosotros —musita Erasmus, buscando sentido a sus años perdidos.

—Tal vez —murmura Victoria, aún sin estar convencida, mientras le entrega las llaves del coche.

Al salir, una ráfaga de aire helado los envuelve, un recordatorio mordaz de la tormenta de nieve de la noche anterior. La mañana amanece blanca y gélida, con el invierno dejando sentir su presencia en Nueva Inglaterra.

—A propósito, Vic —comienza Erasmus—, la clase de hoy trata sobre el día memorable en que conocimos al señor Ringwald por primera vez.

—Ese día lo he atesorado toda mi vida. Todo en él fue especial —dice Victoria, sus ojos brillando con calidez ante el recuerdo.

—Para mi sorpresa, mi irresistible británico —añade—, hoy voy contigo. ¿Cuánto tiempo tenemos?

—Menos de una hora antes de que comience la clase —responde Erasmus, sorprendido por su espontaneidad.

—Perfecto. Solo necesito hacer una parada rápida en BU antes —dice Victoria.

—Lo que mi dama desee —responde Erasmus con galantería.

Mientras conducen a través del paisaje nevado rumbo a la universidad, Victoria se aplica el maquillaje, una escena que a Erasmus le encanta observar. Hoy, sin embargo, su atención permanece mayormente en las carreteras heladas.

Poco después, se detiene en la entrada del edificio de la facultad de Victoria en BU.

—Solo tengo que firmar unos documentos y avisar que estaré de vuelta antes del almuerzo. No más de diez minutos —dice ella, saliendo del coche con rapidez.

—¡Cuidado con el hielo, Vic! —le advierte Erasmus, pero ella ya ha desaparecido de su vista.

Instituto Real de Estudios de Cambridge, 2018
(Auditorio Universitario)

Cuarenta y cinco minutos después, la pareja entra caminando tranquilamente al aula de Erasmus. Victoria se dirige directamente a un rincón discreto entre los estudiantes, pero su presencia no pasa desapercibida. Un murmullo tenue recorre el auditorio, creciendo poco a poco a medida que los alumnos intercambian miradas curiosas.

El alboroto solo se apaga cuando el profesor carraspea con intención.

—Buenos días a todos —saluda Erasmus con una amplia sonrisa.

—¡Buenos días! —responden los estudiantes al unísono, muchos aun recordando la última vez que vieron a Victoria— el día en que ella y el profesor se reencontraron.

—Como ya habrán notado, hoy tenemos una invitada especial —anuncia con entusiasmo—. Yo mismo me sorprendí al enterarme de su visita inesperada.

Victoria se sonroja mientras las cabezas continúan girándose en su dirección.

—La realidad es que, cuando mi otra mitad supo de qué trataría la clase de hoy, no pudo soportar la idea de perdérsela —añade Erasmus con orgullo—. Y dicho esto, la historia comienza así…

— ✦ —

Teatro de Harvard, 1976

Erasmus asoma la cabeza entre las cortinas, escaneando el público con nerviosismo. Toda su meticulosa planificación habrá sido en vano si ella no está allí.

Algo debió haber pasado, piensa, sintiendo la desesperación crecer en su interior. *La mayoría de la audiencia ya está sentada. ¿Dónde está?*, se pregunta, luchando contra el pánico.

—La función está por comenzar. Por favor, tomen asiento —resuena una voz a través del altavoz.

Aún no es demasiado tarde para huir, se dice Erasmus, dudando. Nunca antes ha hecho algo así frente a una audiencia.

—Buenos días a todos. Bienvenidos al X Concurso Anual de Poesía del Harvard College. Permítanme presentarles al jurado —anuncia el presentador del evento.

Punto de no retorno, amigo. Ya no puedes echarte atrás, piensa, tragando saliva. *En unos minutos estarás haciendo el ridículo frente a todos.*

Se asoma una vez más por las cortinas y entonces se congela. Ahí está ella, sentada en primera fila. Mientras se hundía en la desesperación, había pasado por alto su llegada.

Una oleada de adrenalina recorre su cuerpo; su angustia se disipa de inmediato y es reemplazada por una determinación

356

renovada. Vuelve a mirar y, esta vez, suelta una pequeña risa. Su confianza ha regresado. Está listo.

— ✢ —

Victoria y Gina están sentadas en primera fila, asistiendo por primera vez a un concurso de poesía. Victoria parece relajada, aunque una leve tristeza empaña su expresión. Gina, en cambio, luce sorprendida y un poco fuera de lugar.

—¿Dónde está Erasmus? —pregunta Gina, mirando a su alrededor.

—No pudo venir —responde Victoria con un dejo de melancolía—. Pero me rogó que no me lo perdiera, para poder contarle todo esta noche.

Aunque intenta sonar despreocupada, siente un vacío inconfundible por su ausencia.

En ese momento, los pensamientos en espiral de Erasmus son interrumpidos por la voz del maestro de ceremonias.

—¡Nuestro primer concursante viene desde Gales, en el Reino Unido! Su nombre es Erasmus Cromwell-Smith y leerá un poema muy especial, dedicado a su desprevenida amada en el público. Señora Victoria Emerson-Lloyd, ¿podría ponerse de pie, por favor?

Atónita, Victoria se levanta lentamente, completamente desconcertada. Un nudo de emociones intensas se forma en su garganta. Pero cuando Erasmus sube al escenario y su mirada llena de amor se cruza con la de ella, un torrente de calma la invade. Su cuerpo se relaja y una sonrisa radiante ilumina su rostro.

Erasmus se acerca al atril, aclara la garganta y comienza a leer. Su voz, cálida y amorosa, la cautiva al instante.

Susurrándole a tu corazón

¿Qué es lo que te hace tan magnífica?
Eres especial porque eres
única e inimitable.
Eres mágica porque todo lo que tocas
con tu varita de encanto
cae bajo un hechizo divino.

Eres tan hermosa como lo es tu corazón,
tan intensa como lo son tus sentimientos,
tan apasionada e indomable como lo son tus sueños.

Eres tan firme como lo es tu lealtad,
esculpida con convicciones inquebrantables
y creencias inamovibles.

Tu disciplina y perseverancia incansables
te hacen inalterablemente constante.

Por eso, tu esencia jamás titubea
ni deja de ser.

Eres sincera, genuina y honesta;
sin importar lo que piensen o digan los demás,
siempre sigues a tu corazón.

Eres la personificación de la fortaleza,
del coraje y de la integridad.

Tan valiente que, una y otra vez,
enfrentas el miedo con resolución inquebrantable.

Eres deslumbrante al amanecer,
irresistible al atardecer.
Eres auténtica y adorable,
rebosante de ingenio y candor.

Eres noble y confiable;
llueva o truene, con viento o mareas bravas,
siempre estás ahí.

Eres virtuosa y generosa,
siempre dispuesta a perdonar y ayudar a los demás.

Eres humilde,
rápida para admitir tus errores y enmendarlos,
y llevas contigo un halo eterno,
otorgado por los ángeles del cielo,
un escudo impenetrable
que te protege de todo y de todos.

Está forjado con fe inquebrantable,
un carácter indomable
y una búsqueda feroz e incansable de la excelencia.

Todo esto y más, eres tú,
Victoria.
Te amo.

Por siempre tuyo,
Erasmus.

*

— ✣ —

Teatro de Harvard, 1976

Cuando estallan los aplausos, la pareja solo tiene ojos el uno para el otro. De repente, el resto del mundo se desvanece, dejándolos solos en su maravillosa burbuja.

—Gracias —murmura Victoria a Erasmus, presionando sus manos contra el corazón.

Él asiente en reconocimiento, replicando el gesto con sus propias manos.

Por un breve instante, que se siente eterno en su intensidad, simplemente se miran, perdidos en la fascinación mutua.

— ✣ —

Las calles del centro de Boston, 1976

Cuando Erasmus sale del escenario y se sienta junto a Victoria, la pareja solo quiere estar sola. Juntos, deambulan por las calles de Boston sin un destino en mente, con su risa resonando en el aire fresco de la noche.

Mientras los ruidosos sonidos de la ciudad intentan irrumpir en su burbuja, Erasmus, por instinto, los conduce hacia la ribera del río. Caminan por una callejuela sin salida cuando algo capta su atención: un fugaz destello de un carrito cargado de libros, arrastrado por una figura en la sombra.

Erasmus se detiene abruptamente, sus sentidos alerta. Se gira de golpe y fija la mirada en el final de la calle. Su instinto se confirma.

—¿Son lo que creo que son? —pregunta Victoria, siguiendo su mirada penetrante, aunque ya conoce la respuesta.

—Efectivamente, Vic. Vamos a verlos —responde Erasmus.

De la mano, caminan rápidamente hacia el carrito de libros. Su recorrido los conduce hasta una pequeña tienda y se detienen sorprendidos. El carrito que habían visto antes ahora descansa en la entrada del local. En el escaparate, dos grandes pegatinas redondas anuncian:

"Liquidación por cierre de negocio."

Erasmus lee el cartel sobre la tienda en voz alta:

—Ringwald y Hermanos Anticuarios (fundado en 1860).

En ese momento, un hombre diminuto, de apenas metro cincuenta, emerge de la tienda. Se acerca al carrito y, con sorprendente facilidad, carga un enorme montón de libros dentro del local. Su apariencia excéntrica capta su atención: viste un chaleco de cuadros rojos y tiene brazos, cabeza y zapatos desproporcionadamente grandes para su estatura.

Percival Ringwald, un nativo de Boston, se casó tarde en la vida. La noche de su boda, prometió a su esposa anticuaría que visitarían juntos cada lugar en el que él había estado antes de conocerse. Décadas después, ha cumplido su promesa. Cuando no están explorando el mundo, se sumergen en sus pasiones compartidas: la filosofía, la poesía y el negocio de los libros antiguos.

Erasmus y Victoria lo observan fascinados mientras descarga los libros con la fuerza y la eficiencia de una hormiga. Al terminar, aparta el carrito y, de repente, se gira hacia ellos con las manos en las caderas.

—¿Qué esperan ustedes dos? —pregunta, sacándolos de su ensimismamiento.

Erasmus y Victoria se agarran con más fuerza de la mano, momentáneamente sin palabras.

—Erasmus y Victoria, ¿cierto? —continúa el hombre, con una sonrisa pícara.

La pareja intercambia miradas incrédulas.

—¿Qué esperaban? —dice el señor Ringwald con una carcajada—. Los dos han estado haciendo ruido en nuestra pequeña comunidad. Buen ruido, debo decir… un ruido magnífico, de hecho.

Señalando la puerta, añade:

—Bueno, pasen de una vez.

— ✤ —

El interior de la tienda

El lugar es impresionante. Paneles de caoba recubren las paredes desde el suelo hasta el techo, de más de nueve metros de altura, formando un rectángulo perfecto. Miles de libros están dispuestos con impecable precisión en estanterías que ascienden hasta el techo acristalado.

—¿Cómo es posible que un negocio como este esté cerrando? —pregunta Erasmus, maravillado.

—Dime, joven —responde el señor Ringwald con una sonrisa astuta—, ¿cuándo has visto una tienda recibiendo mercancía mientras supuestamente está cerrando?

Erasmus duda.

—Supongo que… bueno, nunca, señor.

—Exacto. Entonces, ¿qué te dice eso?

—¿Que es solo una estrategia de marketing? —interviene Victoria con cautela.

—¡Exactamente, Victoria! La clave está en la palabra "por" en lugar de "de" en el cartel —señala hacia la ventana, ampliando su sonrisa.

—Señor, usted conoce nuestros nombres, pero nosotros no sabemos el suyo —dice Victoria, incitándolo a presentarse.

—Creen que no lo saben, pero sí lo saben —responde enigmáticamente el señor Ringwald.

Victoria piensa rápido. *El Acertijo.* Así lo llamaré. *El señor R.*, eso es.

—Bien, señor R., lo entendemos —dice Erasmus, siguiendo el hilo de pensamiento de Victoria.

—¿Así que ahora soy el señor R.? —responde el anticuario, claramente divertido.

Victoria observa a Erasmus pasearse por la tienda, con las manos entrelazadas tras la espalda, examinándolo todo con detenimiento.

—Señor R., ¿qué hay sobre su nombre?

La vida, la evolución y el cambio entre nosotros

Dos de los estados más fundamentales de la vida
se miden con cada avance de las agujas
en el reloj de nuestra existencia.

El tic corroborador de la aguja grande y veloz
es el sonido del cambio,
mientras que la aguja más pequeña y constante
valida sus clics como el sonido de la evolución.

Si los minutos avanzan,
las horas, inevitablemente, marcarán su paso.

El cambio engendra evolución,
no al revés.

Si el cambio significa la transición
de una condición a otra,
la evolución es una serie
de avances guiados que nacen del cambio.

El cambio abre puertas;
la evolución es dar el paso y permanecer dentro.

El cambio es la búsqueda de algo nuevo, diferente,
quizás incluso disruptivo.
La evolución es la materialización de esa búsqueda.

El cambio es el fin de un paradigma;
la evolución define el nuevo.

El cambio exige voluntad y deseo;
la evolución se vuelve evidente por sí misma.

El cambio puede encender segundas oportunidades;
la evolución es la segunda oportunidad cumplida.

El cambio es duradero y más efectivo
cuando va acompañado de consciencia
y es recompensado con evolución.

El cambio y el dogma
son como el agua y el aceite.
La evolución actúa como el filtro que los separa
y deja el dogma atrás.

El cambio es fácilmente medible:
es estacional y ocurre en ráfagas.

La evolución también es cuantificable,
pero fluye constantemente,
atravesando cada estación.

Cuando cambiamos por otros, el corazón guía,
y la evolución corona nuestro nuevo
y más noble corazón real.

Cuando algo nos cambia,
la presencia o ausencia de evolución
es la prueba innegable
de si el cambio fue para bien o para mal.

El cambio florece cuando es impulsado por la consciencia,
y la evolución es su cosecha.

El verdadero cambio requiere honestidad,
y la evolución es su validación.

Monstruos pueden nacer del cambio
cuando se combinan con elementos materiales
como la codicia o el poder.
Entonces, en lugar de evolucionar, podríamos retroceder,
condenados a una espiral descendente.

El cambio también puede ser oportunista
o deliberado,
pero su ejecución y validación
están gobernadas por la misma herramienta:
la mano firme de la evolución.

Cuando cambiamos,
nos desplazamos, transferimos o transformamos
voluntariamente;
rompemos, desviamos, mutamos o alteramos;
cambiamos de rumbo o de condiciones,
abandonamos antiguas creencias
o modificamos secuencias y normas.

Cuando abrazamos el cambio con el corazón abierto,
dejamos atrás el peso de un pasado inerte.

El cambio fluye a través de nosotros, como un arroyo
purificador,
despertando el coraje, reavivando los sueños.
Pero solo a través de la evolución
estos cambios echan raíces y prosperan.

El cambio no está sujeto al tiempo,
sino a circunstancias oportunas,
y la evolución es la recompensa de una sincronización perfecta.

El cambio es virtuoso cuando está guiado por principios
morales,
la evolución es la encarnación de esas virtudes.

El cambio gana reconocimiento cuando es humilde,
su valía se demuestra en la evolución que le sigue.

Porque lo tememos,
el cambio exige coraje y valentía;
la evolución es la medalla de honor que ganamos.

Resistir el cambio es luchar contra el caos,
una tormenta de miedo y voluntad fracturada.
Abrazarlo es bailar con la armonía,
una sinfonía guiada por el propósito y la destreza.

A través del baile del cambio y la evolución,
nuestras vidas nunca son estáticas:
están en constante movimiento,
renovándose en un flujo perpetuo.

Cuando abrazamos el cambio,
nos alineamos con las leyes de la naturaleza
y la esencia misma de la vida,
acogiendo una verdad universal:
la transformación perenne.

En este ritmo,
los sonidos del cambio
y los vientos de la evolución
marcan su paso en perfecta armonía,
avanzando inexorablemente,
sin detenerse, sin desviarse jamás.
Click-tick... Tick-click... Tick-tick... Click-click...

El Sr. Ringwald concluye su lectura con una pausa contemplativa y una profunda respiración.

—Creo que fue Maquiavelo quien dijo: *Si quieres ver a las personas en su peor estado, tráeles cambios.*

Su voz se suaviza, impregnada de reflexión.

—El miedo al cambio no es más que una barrera en nuestros caminos existenciales, construida sobre falsas percepciones de confort, seguridad y familiaridad.

Hace una pausa, dejando que sus palabras se asienten en la mente de sus jóvenes oyentes. Luego, continúa con una leve sonrisa.

—Cuando comencé este camino como anticuario, pensé que simplemente estaba coleccionando libros. Pero con los años, me di cuenta de que se trataba de algo mucho más profundo: las historias detrás de ellos, las vidas que tocaron y los cambios que inspiraron.

—Eso es fascinante, Sr. R. —interviene Erasmus, intrigado—. ¿Qué lo llevó a seguir este camino?

—Ah, mi querido muchacho, ¡fue la emoción del descubrimiento! —responde el anticuario con entusiasmo—. Cada libro es un portal a otro tiempo, a otro mundo. El cambio, ¿ves? No es algo a lo que temerle—es la esencia misma de la vida. Cada página que pasamos es un paso hacia adelante.

—El cambio a veces resulta abrumador. ¿Cómo lo afronta sin dudar?

—¿Afrontarlo? ¡No, bailo con él! La vida es un vals, muchacho. Debes aprender los pasos. Sí, puede ser desafiante, pero recuerda: cada paso hacia adelante es una oportunidad para aprender, para evolucionar.

—Es como cuando nos conocimos —reflexiona Erasmus—
. Nunca imaginé cómo la vida giraría y cambiaría, y sin embargo, aquí estamos.

—¡Exactamente! —exclama el Sr. Ringwald—. La vida es una serie de giros inesperados y hermosos. No los resistas; deja que te guíen.

—— ✤ ——

Royal Cambridge Scholastic Institute, 2018
(Auditorio Universitario)

Los ojos soñadores del Profesor Cromwell-Smith regresan al presente, encontrándose con las miradas sorprendidas pero curiosas de sus estudiantes.

—Gran parte del arte de una vida plena reside en el poder del cambio: en renovarse y reinventarse constantemente. No lo teman. Abrácenlo —declara con una sonrisa de tranquila satisfacción.

Pasea la mirada por el auditorio antes de hacer una pausa.

—¿Preguntas?

Tina, una estudiante de tercer año de filosofía, conocida por sus reflexiones profundas, levanta la mano.

—Profesor, mencionó que el cambio impulsa la evolución. ¿Cómo podemos abrazarlo activamente, especialmente cuando nos resulta incómodo?

—Excelente pregunta, Tina —responde con calidez el Profesor Cromwell-Smith—. El proceso comienza con un cambio de mentalidad. Como sugiere el poema, el cambio es una parte natural y esencial de la vida. Para abrazarlo, debemos verlo no como una amenaza, sino como una oportunidad de crecimiento. Cuando nos adaptamos al cambio con intención y apertura, allanamos el camino para la evolución, permitiéndonos crecer y convertirnos en versiones más fuertes y sabias de nosotros mismos.

Johnny, un estudiante de primer año del programa de artes, apasionado por la escultura, es el siguiente en levantar la mano.

—Profesor, el Sr. Ringwald habló sobre el miedo al cambio como un obstáculo. ¿Cómo podemos superar ese miedo y evolucionar positivamente a través de nuestras experiencias?

—¡Pregunta perspicaz, Johnny! —responde el profesor con un tono alentador—. El miedo al cambio a menudo proviene de lo desconocido. Para superarlo, debemos enfrentarlo directamente y reflexionar sobre los cambios pasados en nuestras vidas. Piensa en cómo esos cambios te han moldeado y fortalecido. Cuando vemos las experiencias como lecciones, podemos abordar los cambios futuros con confianza y un renovado sentido de propósito.

El profesor hace una pausa, recorriendo el auditorio con la mirada. El silencio reflexivo de sus alumnos indica que están profundamente inmersos en el tema.

Con una sonrisa, el Profesor Cromwell-Smith da por concluida la sesión.

—Eso es todo por hoy. Nos vemos la próxima semana.

Mientras observa a sus estudiantes recoger sus pertenencias, su mirada se cruza con la de Victoria. Ella está de pie, con lágrimas brillando en sus ojos y el rostro iluminado por una sonrisa radiante. Lentamente, coloca ambas manos sobre su corazón y murmura:

—Gracias.

Erasmus inclina ligeramente la cabeza en señal de reconocimiento, llevando ambas manos a su propio corazón. Con los labios, sin pronunciar sonido, responde:

—Te amo.

El alumnado, cautivado por el tierno intercambio, observa en silencio, como si el tiempo se hubiese detenido, mientras el profesor y su alma gemela permanecen suspendidos en su mundo privado.

Tomados de la mano, el Profesor Cromwell-Smith y Victoria salen del auditorio. Al pasar, Erasmus nota el brillo en los ojos de sus estudiantes: una nueva apertura al cambio y la evolución.

Capítulo 7

Los magos de la vida

Royal Cambridge Scholastic Institute, 2018
(Casa de Erasmus y Victoria)

En la penumbra previa al amanecer, se mueve sigilosamente por la casa—algo que rara vez hacía cuando vivía solo. Es uno de tantos hábitos que han recuperado desde que volvieron a estar juntos. En muchos sentidos, es como si nunca hubieran estado separados.

Hoy, Erasmus descubre que la vida es aún más hermosa de lo que su corazón idealista había imaginado. Al entrar en su estudio, enciende la lámpara de pie de latón. Las letras doradas de un libro antiguo y familiar llaman inmediatamente su atención. Sobre el desgastado sofá Chesterfield descansa un volumen encuadernado en cuero: *Magos de la Vida*, el libro que ha buscado toda su vida.

Con sumo cuidado, lo toma entre sus manos, sintiendo cómo la emoción se dispara dentro de él.

—Te he buscado durante tanto tiempo —susurra, abrumado.

Al abrir el libro, una pequeña tarjeta resbala de entre sus páginas y cae al suelo. Reconociendo la letra de Victoria, sonríe.

Se sienta en el sofá con el libro en su regazo y lee la nota:

— ✦ —

Me haces tan feliz, Erasmus. No sé cómo pude dejarte todos esos años atrás. Por favor, perdóname. Sé cuánto has deseado este libro desde la primera vez que lo leíste con Mrs. V., tu mentora de la infancia. Nunca he olvidado el día en que

371

compartiste conmigo aquellos maravillosos pasajes, el día en que lo encontramos en la Biblioteca del Congreso.

Con todo mi amor.

Tuya para siempre,

Victoria*.*

—— ✦ ——

Con los ojos llenos de lágrimas, Erasmus levanta la mirada y ve a Victoria de pie en el umbral de la puerta.

—Oh, Vic, no deberías haberlo hecho —murmura, poniéndose de pie para abrazarla—. Debe haberte costado una fortuna. ¿Cómo lo encontraste?

Victoria se acerca con una sonrisa suave, aunque su voz está teñida de nostalgia.

—¿Recuerdas dónde viste este libro por primera vez?

—En la Biblioteca del Congreso —responde Erasmus, la emoción reflejada en su rostro.

—Sí. Aquel lugar era abrumador en el mejor sentido. Filas interminables de libros, susurrando historias del pasado, esperando ser descubiertas —rememora ella.

—Sí, el gran Ateneo del país. Allí aprendí a apreciar el poder de las palabras —dice Erasmus, aunque su alegría se desvanece ligeramente al notar la mirada intensa de Victoria.

Ella se acerca aún más, y él percibe el brillo de lágrimas contenidas reflejando una vulnerabilidad inesperada.

—He cargado con esto durante tanto tiempo —susurra ella—. Pensé que dejarte era la única forma de salvarme.

Erasmus la mira con ternura y aprieta suavemente sus manos entre las suyas.

—Vic, ya no tienes que cargar con esto sola. Podemos enfrentarlo juntos, como siempre lo hicimos.

Ella baja la mirada, con un atisbo de temor en su voz.

—Lo siento.

—¿Por qué?

—Cometí un error terrible en aquel entonces.

—¿Te obligaron?

Victoria traga saliva antes de responder.

—Esa es la versión "limpia" que les cuento a mis hijos —admite, con voz temblorosa.

Erasmus frunce el ceño.

—¿Qué quieres decir?

Ella respira hondo antes de soltarlo todo.

—Nadie puede ser obligado a casarse, no en el lugar de donde vengo. La verdad es que, en parte, me sentía intimidada por tu intelecto y conocimiento. Sentía que me quedaba atrás, que no era suficiente. Y te resentí por ello, aunque te amaba. Me asustó.

Las palabras fluyen como un torrente de culpa reprimida. Habla de sus inseguridades, de cómo se sintió insuficiente, de cómo todo eso alimentó comentarios sarcásticos y pequeños actos de rebelión.

—Empecé a hacer una lista de razones para no quedarme contigo, aunque en el fondo sabía que eran excusas. La insistencia de mi madre en que me casara con otro se convirtió en la salida perfecta. Y la tomé. Te traicioné, Erasmus. Traicioné mi corazón. Incluso ahora, sigo sintiendo la culpa, como si no te mereciera.

Erasmus escucha en silencio, sorprendido, pero no del todo. Siempre había intuido que había más razones detrás de su partida. Durante años se culpó por no haberla ayudado a superar sus miedos.

—Vic —dice finalmente—, el pasado ya no existe. Nunca he dejado de amarte. Eso es lo único que importa.

373

Ella lo mira con los ojos empañados.

—Pero he cambiado, Erasmus. No soy la misma persona que conociste.

Él sonríe con ternura.

—Déjame ser yo quien juzgue eso. Si algo han hecho las dificultades, ha sido ayudarte a crecer. Tu capacidad de amar sigue intacta.

Victoria se muerde el labio y lo observa en silencio por un momento antes de preguntar:

—¿Por qué me esperaste tanto tiempo?

—Porque ninguno de los dos volvió a encontrar el amor verdadero.

Ella entrecierra los ojos con suavidad.

—¿Nunca consideraste seguir adelante?

Erasmus suspira.

—Vic, tú me conoces. Nunca podría estar con alguien a quien no amara. El amor es una hermosa dependencia emocional, pero una vez que ese lazo se rompe, es como porcelana frágil que se quiebra. No puede volver a ensamblarse de la misma manera. Lo mejor que se puede hacer es atesorar lo que se perdió.

Victoria esboza una leve sonrisa melancólica.

—¿Por qué nuestra porcelana nunca se rompió?

Erasmus le acaricia suavemente la mejilla.

—Supongo que porque el lazo nunca se rompió. El amor verdadero perdura, sostenido por la solidez de sus cimientos.

Victoria deja de llorar cuando una nueva claridad ilumina su rostro.

—Me doy cuenta ahora de que mis inseguridades me impidieron abrazar nuestro amor plenamente.

Erasmus asiente.

—Y reconocerlo es el primer paso hacia la sanación. Amor y perdón van de la mano. Aprendemos del pasado para forjar un futuro mejor.

Victoria toma aire y asiente con determinación.

—Quiero encarnar ese amor y esa luz, así como lo haces tú.

Para alivio de Erasmus, sus ojos ahora están tranquilos, libres de la pesada carga del pasado.

Más tarde, mientras pedalea hacia la universidad con *Magos de la Vida* cuidadosamente guardado en su bolsa, Erasmus elige concentrarse en el día que tiene por delante, dejando las últimas dos horas esclarecedoras con Victoria guardadas en lo más profundo de su corazón.

— ✦ —

Royal Cambridge Scholastic Institute, 2018
(Auditorio Universitario)

—Buenos días, ¿cómo están hoy? —Llama Erasmus con entusiasmo.

—¡Increíblemente genial, profesor! —Responde la clase con su habitual energía.

Sonriendo ampliamente, el Profesor Cromwell-Smith inicia su lección.

—Esta mañana, Victoria me ha hecho un regalo increíble, —dice, sacando un libro de su bolso y sosteniéndolo en alto para que todos lo vean. —Este es un ejemplar de *Magos de la Vida*. Tuve el privilegio de leerlo por primera vez con Mrs. V, mi mentora en Gales, durante mis años de formación. Tras su fallecimiento, lo busqué incansablemente, pero nunca logré conseguirlo. Hoy, compartiré con ustedes la historia de la vez en que este libro cruzó inesperadamente mi camino mientras estaba en préstamo en la Biblioteca del Congreso. La historia comienza así…"

Biblioteca del Congreso, Washington, D.C., 1976

De pie en el corazón de la majestuosa y ornamentada sala de lectura, Erasmus y Victoria están maravillados por su entorno. Se miran y, de repente, estallan en carcajadas, sus voces resonando en el vasto espacio y atrayendo miradas desaprobadoras de los lectores cercanos.

—Este lugar es increíble, —susurra Victoria, recorriendo con la vista la inmensa sala.

—La Gran Biblioteca de Alejandría, en el antiguo Egipto, es considerada la mayor y más rica biblioteca de la historia, —explica Erasmus en voz baja mientras recorren el laberinto de escritorios. —Esta, Vicky, es la Alejandría de nuestro tiempo.

La pareja ha viajado a la capital por un partido de fútbol, pero Erasmus ha planificado meticulosamente su itinerario en D.C. para incluir una visita a este monumental templo del conocimiento. Para él, no hay mejor manera de empezar su primera visita a la ciudad que en la biblioteca más grande del mundo.

Tomándola de la mano, la conduce con entusiasmo a la sección de libros antiguos. Gran parte de la colección está restringida, así que Erasmus se conforma con admirar los volúmenes raros desde la distancia, maravillándose con su arte, encuadernaciones y cubiertas doradas.

Cuando se disponen a irse, deambulan por la sección de libros antiguos de acceso público. La atención de Erasmus se fija en una serie de libros de un autor alemán muy apreciado por Mr. M., uno de sus mentores. Pero de repente, se detiene en seco. Sus ojos se agrandan, su respiración se entrecorta y su cuerpo se tensa.

Victoria lo nota al instante. *¿Qué ocurre?* pregunta, reconociendo la mirada familiar de obsesión en su rostro.

—Vic, ¡es el libro del que tanto te he hablado! —Susurra, apenas capaz de contener su emoción.

—¿Cuál? —Pregunta ella, siguiendo su mirada.

—¡*Magos de la Vida*! —Exclama Erasmus con voz temblorosa, guiándola hacia la estantería.

—¿Cómo ha terminado aquí? —Se pregunta en voz alta, con asombro.

Más tarde, sentados juntos en un área de lectura designada, descubren que el libro está en préstamo desde la librería *Sutton-Raleigh's Antique Books for the Young* de Mrs. V. en Gales.

—Mi poema favorito en este libro es *La Vida es un Placer*, pero hay otro sobre las personas extraordinarias que nos inspiran profundamente, —dice Erasmus, hojeando el libro con reverencia. Se detiene, lanza una mirada cómplice a Victoria y comienza a leer.

Los magos de la vida

Si quieres encontrar a los magos de la vida,
presta atención a aquellos que han vivido mucho
y preservan aún corazones cándidos e inocentes.

Sus espíritus son genuinos, juguetones, casi infantiles.
Sus almas son perennemente gentiles,
rebosantes de bondad y buena fe.

Sus intenciones son siempre nobles y transparentes,
sin una pizca de malicia.

Sus personalidades
están hechas de actitudes extraordinarias—
espontaneidad, ingenio, inspiración,
y sobre todo, un amor infinito por la vida y por los demás.

Los magos de la vida ríen en abundancia,
su alegría resuena para que todos la escuchen.
Sonríen a todo y a todos,
sin importar si algo es tonto,
profundo o sin razón alguna.

Dan y se entregan a los demás
con infinita paciencia y tolerancia.

Siempre dispuestos a servir, ayudar, asistir,
educar o rescatar,
están eternamente al servicio de los demás.

Son humildes, pero sabios,
a gusto con no tomarse nada demasiado en serio,
siempre viendo el lado más ligero de la vida.

Así, estos seres chispeantes y excéntricos
no tienen conciencia de sí mismos
ni de su verdadera esencia.

Por ello, los magos de la vida
no se definen a sí mismos,
sino que son reconocidos por los demás
a lo largo de sus vidas.

También son firmes y confiables,
los que brindan consuelo,
los que sostienen en los momentos difíciles,

ofreciendo refugio seguro
cuando las tormentas de la vida arrecian.

Estos hechiceros de la vida habitan un mundo
donde cada instante y cada persona
son valiosos e irremplazables.

Sus reacciones siempre son mesuradas,
suponiendo siempre la buena fe,
dando el beneficio de la duda,
antes de pasar juicio a nada.

Su disposición benevolente
y perpetuamente optimista
nace de la riqueza de sus virtudes
y la fortaleza de su carácter.

Una brújula impecable y auto-regulada
les permite ejercer juicios nobles
y producir respuestas virtuosas
ante cualquier circunstancia.

Estos seres excepcionales
se elevan sin esfuerzo por encima de lo ordinario.

Pero, sobre todo, su actitud hacia la vida
nos muestra que, no importa cuánto hayamos vivido,
aún existen aquellos que logran
filtrar los venenos del espíritu, el corazón y el alma
que encontramos en los caminos de la vida.

Aunque los magos de la vida tienen sus propias cargas,
el peso del mundo, las sombras del cuidado,
aún así, a través de la oscuridad, iluminan el camino,
transformando las luchas en el resplandor de un nuevo día.

Los magos de la vida son fáciles de identificar,
pero difíciles de valorar o soportar por mucho tiempo,
pues su intensa luz interior
puede hacernos sentir opacos y diminutos.
Ese es precisamente nuestro desafío:
cómo aprender de estos hechiceros de la vida
cuando su resplandor
parece opacar el nuestro.

Por eso, buscad a estos compañeros de vida excepcionales—
estos magos de la vida—
quienes poseen la fórmula mágica
para vivir con alegría
y preservar corazones cándidos e inocentes.

Tan radiantes son estas almas, con su fulgor guía,
llevándonos suavemente a través del vaivén de la vida.

Los magos de la vida, aunque dispersos, permanecen,
con corazones que guardan sabiduría firme y pura.

Y cuando los encuentres,
presérvalos como doblones de oro,
nunca los dejes ir,
porque estos viejos sabios,
tan raros como son,
no se encuentran a menudo en la vida.

*

Mientras dejan atrás la majestuosidad de la biblioteca, Victoria gira su rostro hacia Erasmus.

—A veces, querido, siento que eres uno de ellos, —le confiesa en voz baja.

Erasmus sonríe con humildad.

—Me queda un largo camino por recorrer, Vicky. No hay atajos en la vida. Para dominar cualquier cosa, hay que recorrer todo el trayecto, pagar cada deuda y quemar cada vela, —dice con satisfacción el joven Erasmus.

Royal Cambridge Scholastic Institute, 2018
(Auditorio Universitario)

Cuando el profesor Cromwell-Smith termina de leer y cierra el libro con cuidado, su clase parece despertar de un profundo trance. Observa a sus alumnos, cuyas expresiones reflejan introspección y reflexión.

—Ahora, me encantaría escuchar sus pensamientos y preguntas sobre los temas que hemos explorado, especialmente en lo que respecta a la naturaleza de los magos de la vida y el crecimiento personal —dice con tono acogedor.

Maya, una joven de ojos verdes que estudia Psicología, levanta la mano.

—Profesor, habló sobre los magos de la vida teniendo corazones inocentes. ¿Cómo podemos cultivar ese tipo de inocencia en la adultez, especialmente cuando enfrentamos tantos desafíos?

—Ah, Maya, esa es una pregunta profunda —responde Erasmus con una cálida sonrisa—. Para cultivar esa inocencia, debemos abrazar la curiosidad y el asombro. Permitámonos encontrar alegría en lo cotidiano y afrontar la vida con un corazón abierto. Recuerden: "Sus reacciones siempre son mesuradas, siempre asumiendo buena fe". Se trata de ver lo bueno en los demás y en uno mismo.

Phillip, un joven de cabello cuidadosamente peinado que estudia Negocios, levanta la mano.

—Pero, ¿qué pasa si hemos cometido errores en el pasado? ¿Cómo podemos encarnar esas cualidades si nos sentimos insuficientes?

—Phillip, el poema aborda ese desafío —responde Erasmus pensativo—. Reconoce tu pasado, pero no dejes que te defina. Los verdaderos magos de la vida comprenden sus defectos y crecen a partir de ellos. Son precisamente esas experiencias las que los hacen brillar aún más.

Aisha, una joven de cabello negro y ojos castaños intensos que estudia Historia, habla con voz suave pero segura.

—A veces me cuesta equilibrar mis emociones. Siento que mis inseguridades me frenan. ¿Cómo podemos liberarnos de eso?

—Aisha, no estás sola en esa lucha —dice el profesor con suavidad—. El poema destaca que los magos de la vida "nunca fallan en elevarse por encima de lo mundano". Cultivar una mentalidad de crecimiento es clave. Permite que tus emociones te guíen, pero no dejes que te encadenen. Reconoce tu valor y la luz que aportas al mundo.

James, un estudiante de Escritura Creativa, levanta la mano.

—Profesor, mencionó que los magos de la vida aman la vida y sonríen a todos. ¿Cómo podemos fomentar esa actitud cuando enfrentamos la negatividad?

—James, es esencial proteger nuestro espíritu —responde Erasmus—. El poema dice: "Son humildes pero sabios, a gusto con no tomarse nada demasiado en serio". Rodéate de positividad y practica la gratitud. Al elegir sonreír a pesar de las adversidades, encarnas la esencia de un mago de la vida. Transforma tus desafíos en lecciones y míralos como oportunidades de crecimiento.

A medida que la sesión llega a su fin, Erasmus observa a sus estudiantes, cuyos rostros reflejan una combinación de introspección e inspiración. Por un momento, siente una profunda conexión con cada uno de ellos, como si la luz de los magos de la vida comenzara a brillar en sus corazones.

—Clase, los magos de la vida, aunque tienen sus propias pruebas que soportar, aún logran preservar los corazones más inocentes. Aman la vida y sonríen a todos. Tienen almas juguetonas y no se toman nada ni a nadie demasiado en serio. Son aquellos a quienes buscamos como refugio seguro en tiempos difíciles. Para ellos, cada momento y cada persona son preciosos e irreemplazables. Siempre tienen un espíritu alegre y poseen el secreto para ser felices continuamente. A medida que avanzamos en la vida, aspiremos a ser esos magos de la vida para nosotros mismos y para los demás. Tenemos tanto que aprender unos de otros.

Hace una pausa, dejando que el peso de sus palabras se asiente.

Mientras los estudiantes recogen sus pertenencias, comparte un pensamiento final:

—Intentemos... Intentemos con todas nuestras fuerzas detectar a aquellos que aparentemente han dominado la vida, porque tienen mucho que enseñarnos. Solo cuando nos acerquemos a ellos, los imitemos, los encarnemos, podremos convertirnos en verdaderos magos de la vida.

—Gracias a todos por sus reflexivas preguntas —concluye, asintiendo con la cabeza antes de guardar sus papeles.

Sus estudiantes permanecen en un silencio curioso, a pesar de que la clase ha terminado. Comparten un pensamiento colectivo: un mago de la vida ya está frente a ellos.

Cuando finalmente se marchan, no se llevan solo una lección, sino una visión de lo que podrían llegar a ser. Y, mientras Erasmus los observa partir, sonríe, con el corazón lleno, sabiendo que las semillas de la sabiduría han sido sembradas.

Capítulo 8

La vida como un viaje

Royal Cambridge Scholastic Institute, 2018
(Casa de Erasmus y Victoria en el campus)

La suave y rasposa voz de Louis Armstrong flota delicadamente desde la radio del dormitorio mientras Victoria comienza a despertar.

Aquí vamos otra vez, piensa, esbozando una leve sonrisa, más que acostumbrada a los rituales musicales matutinos de Erasmus. Se estira con languidez y luego se incorpora, apoyándose contra el cabecero.

Su mirada recorre instintivamente la habitación hasta detenerse en él, sentado cómodamente en su querido sofá Chesterfield, completamente absorto en un libro. A medida que la luz matinal se filtra por las ventanas, su atención se dirige a la pequeña mesa antigua a su lado. Dos exquisitas orquídeas—sus flores favoritas—se alzan orgullosas, acompañadas por una enorme tarjeta y una pequeña caja rectangular. Su corazón se acelera.

—Te quiero, cariño —murmura impulsivamente.

Erasmus levanta la vista, y su sonrisa llena de amor ilumina la habitación.

—Buenos días, Vic —responde, acercándose a ella—. Yo también te quiero.

Coloca las flores en su mesilla de noche y le entrega la tarjeta sellada con cera y la caja fucsia adornada con cristales.

Victoria abre con entusiasmo la tarjeta y lee en voz alta:

—Bienvenida de nuevo al viaje.

—¿Recuerdas cuándo te invité por primera vez a unirte a este viaje? —pregunta él con picardía.

—Por supuesto. En la estación de tren de Boston, después de nuestro primer viaje a Martha's Vineyard. El comienzo de *nosotros* —rememora con una sonrisa suave.

Desgarra el envoltorio de la caja y descubre un delicado collar de plata con un colgante en forma de batuta, incrustado con diamantes. En el interior, un pequeño papel dice:

"Como ya tienes un anillo, pensé que esto simbolizaría mejor nuestro vínculo."

Abrumada por la emoción, Victoria rodea su cuello con los brazos, dejando que sus sentimientos fluyan sin reservas. Erasmus le coloca con suavidad el collar alrededor del cuello y susurra:

—Victoria, ¿te casarías con este viejo británico?

Con lágrimas deslizándose por sus mejillas, ella responde en un susurro:

—No hay nada en el mundo que desee más.

Victoria alcanza una pequeña caja que había mantenido oculta en su mesilla de noche. Entregándosela a Erasmus, dice:

—Esto ha estado esperando por ti. Siempre supe que hoy sería el momento adecuado.

Erasmus la abre y encuentra un pequeño dije con la inscripción: *"La vida es un viaje"*.

—¿Recuerdas quién nos lo dio? —pregunta Victoria.

—¿Cómo olvidarlo? Fue en nuestra segunda visita al Acertijo —responde Erasmus, ya sumido en los recuerdos.

— ✦ —

Royal Cambridge Scholastic Institute, 2018
(En tránsito)

El aire matutino es fresco cuando Erasmus sale de casa con su inseparable bandolera al hombro. Victoria lo observa desde la puerta con una sonrisa melancólica.

—No olvides tus apuntes para la conferencia —le dice, entregándole una carpeta cuidadosamente preparada.

—Gracias, mi amor. Nos vemos más tarde —responde él, depositando un beso rápido en su mejilla antes de dirigirse al edificio de la facultad.

Pedaleando a través del tranquilo campus, Erasmus contempla los vibrantes tonos otoñales de las hojas esparcidas sobre los adoquines. El zumbido rítmico de sus ruedas sobre el pavimento acompaña el compás de sus pensamientos. Cada giro del pedal lo acerca más a la facultad y, con ello, a la emoción de compartir la historia del día con sus alumnos.

Al llegar al edificio, asegura su bicicleta y se toma un instante para ajustarse la corbata. A su alrededor, el bullicio del campus cobra vida: estudiantes conversando animadamente, profesores apurados rumbo a sus clases y el suave tañido de la torre del reloj marcando la hora.

Sube los escalones de piedra y empuja las pesadas puertas de madera, siendo recibido por el cálido aroma del roble pulido y el murmullo lejano de las conversaciones que resuenan en los pasillos. Con paso firme, avanza por los corredores, intercambiando cordiales saludos con sus colegas.

— ✦ —

Royal Cambridge Scholastic Institute, 2018
(Auditorio Universitario)

El profesor Cromwell-Smith entra en el animado auditorio con un aire de entusiasmo.

—Bien, hoy quiero llevarlos de vuelta al segundo encuentro que Victoria y yo tuvimos con el Acertijo. Quizás recuerden nuestra primera visita al señor Ringwald y aquellas conversaciones tan reveladoras sobre la evolución y el cambio. La segunda vez que nos encontramos con él resultó ser igual de memorable, si no más.

— ✦ —

Maratón de Boston, 1976
(Heartbreak Hill)

Victoria y Erasmus llevan corriendo tres horas. La carrera comenzó con suavidad, con descensos ligeros y una multitud entusiasta animándolos a cada paso. Pero al ascender Heartbreak Hill, la pendiente implacable les roba las fuerzas.

—¿Cómo vas, Vic? —pregunta Erasmus, con la respiración entrecortada.

—Me duele todo… mi cuerpo me está gritando que me detenga —gime ella.

—Aguanta un poco más, ya hemos recorrido tres cuartas partes del camino.

—¿Cuándo termina esta colina?

—No termina —responde él con una sonrisa irónica—. Simplemente seguimos adelante.

Alcanzan un puesto de hidratación y beben rápidamente vasos de agua antes de continuar. Finalmente, divisan la línea de meta al final de una larga recta en el centro de la ciudad. Tomados de la mano, la cruzan juntos, apenas unos minutos por debajo de su meta de cuatro horas.

—¡Bien hecho, Vic! Lo lograste—¡nueve minutos por milla! —exclama Erasmus, radiante de orgullo.

Victoria ríe, devorando su segundo cambur. *Estoy aquí por ti, mi amor, para sacarte de tu pequeño caparazón de libros,* piensa con cariño.

—Erasmus, vayamos a visitar al Enigma —sugiere casualmente, aunque forma parte de un plan bien trazado.

—¿Un lunes? ¿Estará siquiera abierto? —murmura Erasmus, confundido.

Ella sonríe con complicidad.

—¿Qué día es hoy?

Él se detiene en seco.

—Oh… claro. *Lunes del Maratón.*

— ❖ —

Ringwald y Hermanos Anticuarios, 1976
(Centro de Boston)

—Señor Ringwald, ¿cómo está esta mañana? —pregunta Erasmus al entrar en la tienda.

—¿Cómo crees que estoy? ¡La mitad del centro de la ciudad está cerrada! —gruñe el Enigma, visiblemente irritado.

Victoria y Erasmus se acomodan en un rincón tranquilo, dejándolo desahogarse. Su tono afilado se suaviza al notar sus rostros agotados pero alegres.

—Parecéis como si os hubieran pasado por la trituradora. ¿Por qué estáis aquí en vez de estar descansando en casa, cuidando vuestras dolencias?

—Fue idea mía —admite Victoria—. Estábamos por la zona y no pude resistirme a pasar.

El Enigma esboza una media sonrisa, negando con la cabeza.

—Acabáis de completar una carrera de 42,195 kilómetros. Eso no es poca cosa. Es un reflejo de la vida, ¿sabéis? Difícil, agotadora, pero gratificante.

Se encamina hacia el fondo de la tienda y regresa con un libro grande y delgado.

—Este ha estado conmigo durante años. Dejadme compartiros algo.

Mientras comienza a leer, sus palabras resuenan por toda la tienda, cautivando a su audiencia.

La vida como un viaje

Viajamos por la vida
desde el momento en que llegamos al Planeta Tierra.
Dondequiera que estemos, hagamos lo que hagamos,
siempre avanzamos,
siempre nos dirigimos a algún lugar.
Pero es en el viaje donde realmente reside la vida,
no en el destino.
Así que, en lugar de sufrir
o simplemente soportar la travesía,
debemos esforzarnos por disfrutarla,
buscando siempre lo mejor que la vida pueda ofrecer
en cada momento.
La vida, en muchos sentidos, es un océano magnífico, vasto
y a la vez traicionero.
Nuestro viaje es la ruta que trazamos,
el rastro que dejamos atrás,
acompañados por compañeros de viaje
que se unen a nosotros en el camino.
Somos los navíos que navegan por estas aguas.
Entre nuestros compañeros de viaje,
algunos son constantes, otros fugaces.
Algunos los elegimos; otros no,
pero los más leales permanecen con nosotros para siempre.

El barco de nuestra vida es fuerte y resistente.
Si confiamos en él, lo guiamos y lo cuidamos,
nuestro navío resistirá las olas rebeldes
y sobrevivirá hasta las tormentas más feroces.
Los viajes de la vida se despliegan porque anhelamos viajar,
atravesando los mares de la Tierra,
sabiendo que hay infinitos lugares por descubrir
e incontables personas por conocer.
Como en la vida, en un viaje por el océano,
llegamos a incontables puertos—
algunos, perfectos y rebosantes de riquezas,
adornados con tesoros;
otros, con costas rocosas
o desembarcos peligrosos.
A veces, playas de arena nos dan la bienvenida,
mientras que otros destinos son áridos,
demandando grandes sacrificios.
En ocasiones, los mares son tranquilos,
una brisa suave nos permite navegar con calma.
En esos días preciados, el sol brilla con dulzura
y la lluvia apenas es un leve rocío.
Durante estos tiempos, la sinfonía del mar
dirige un magnífico concierto,
cada nota resonando
como la inspiradora música de la vida.
En esos momentos,
parece que flotamos o caminamos sobre el agua,
cabalgando las olas, surcando el viento,
deslizándonos por la superficie o sumergiéndonos en las
profundidades.
En esos días, celebramos,
rendimos tributo a la majestuosidad del océano.

El viaje de la vida se convierte en un paseo jubiloso,
uno que deseamos que nunca termine.
Pero hay momentos en que luchamos por nadar,
apenas logrando mantenernos a flote.
El mar nos arrastra hacia abajo
con sus olas más pesadas,
con sus corrientes más feroces.
En esos días, los océanos lloran,
golpeando con furia contra las rocas,
mientras los cielos redoblan su lamento
en colores sombríos de tristeza.
En esos momentos,
todo parece empapado de melancolía y nostalgia.
Aun así, resistimos, perseveramos y sobrevivimos,
navegando hacia otro día.
A veces, somos azotados por tormentas,
solo para darnos cuenta después
de que, con preparación y vigilancia,
podríamos haber evitado lo peor.
El gran viaje de la vida puede ser duro y desafiante.
Las fuerzas del océano pueden levantarse,
como si la furia misma ardiera bajo la superficie.
Cuando los océanos se transforman en monstruos
de un instante a otro,
sus olas se convierten en destructoras
de todo lo que encuentran a su paso.
En la quietud del amanecer, las aguas yacen serenas,
una extensión reflejada, intacta por la desesperanza.
Pero, acechando en las profundidades,
se encuentra la fuerza imponente del océano,
una que se desatará al caer la noche.

Entonces llega la tempestad, con furia y estruendo,
proyectando sombras que se alzan, sacudiendo la costa.
A través de las tormentas más oscuras, aprendemos a
maniobrar,
con manos temblorosas, pero corazones sinceros.
Cada ola que golpea, cada ráfaga de viento que sopla,
nos deja más sabios, hasta que los cielos se despejan.
Hay noches en las que la brújula gira sin control,
y las estrellas ocultan su luz, dejando a la sombra consolar.
Cada paso es una batalla, cada ola una prueba,
pero el viaje nos exige lo mejor de nosotros.
El aire del mar lleva la sal de lágrimas y luchas,
mientras los vientos aúllan verdades que hieren como cuchillos.
Las olas chocan, su espuma fría contra nuestro rostro,
mientras el sol se abre paso, ofreciendo un efímero abrazo.
Demostrando que, cuando luchamos y perseveramos,
terminamos venciendo la tormenta.
No hay pilotos automáticos en la vida,
y por eso nunca debemos dar
por sentado el buen rumbo de nuestro navío.
Por eso, en un viaje bien vivido,
valoramos los buenos días,
aceptamos los malos,
sabiendo que ambos vendrán tarde o temprano.
En el viaje de la vida, experimentamos
el nacimiento y el amor, la muerte y la esperanza,
el triunfo y la derrota, la fe y la duda,
el asombro y la maravilla, la magia y la realidad,
la creación, la destrucción y el renacimiento.
Nos encontramos con el genio y la mediocridad,
la pereza y el esfuerzo incansable,
la risa y las lágrimas,

la celebración y el duelo,
la fama y el rechazo,
la verdad y la falsedad, la salud y el dolor,
la traición y el perdón,
la tragedia y la renovación.
Estas experiencias llegan en todo tipo de días,
con todo tipo de climas,
en todo tipo de mares.
A medida que el viaje sigue su curso,
aprendemos, una y otra vez,
que solo el amor, la fe, el coraje,
la experiencia, el conocimiento y la esperanza
pueden guiarnos a través de los momentos más duros.
El ciclo de la vida es, en verdad, un viaje—
viajamos sin cesar, sin detenernos,
elevándonos o hundiéndonos,
en mares tranquilos o agitados,
bajo la lluvia o el sol,
y a través de incontables puertos de escala.
Y navegamos junto a compañeros de viaje
que se unen a nosotros en el camino.
Viajamos sin descanso,
desde el principio hasta el final,
cruzando los océanos de la vida,
con un espíritu incansable y un alma errante.
Y al atardecer, el mar se vuelve un espejo,
reflejando la verdad que llevamos en el corazón:
El Viaje es el Destino.

*

Las palabras del Sr. Ringwald resuenan profundamente mientras lee en voz alta, su cadencia impregnada de sabiduría y verdad atemporal.

—Jóvenes Victoria y Erasmus, la fuerza del océano era tan venerada en la mitología griega que fue elevada al estatus de divinidad. Al igual que el océano, la vida no puede combatirse—debe ser abrazada. Aprovechad su poder y dejad que os lleve hacia adelante.

Al terminar, el Enigma cierra el libro, sus manos permaneciendo sobre su cubierta gastada, como si le costara desprenderse de su sabiduría.

—El viaje de la vida no exige solo resistencia, sino también la voluntad de ver belleza en cada giro y recodo del camino. Llevad esta lección con vosotros y permitid que os guíe.

Les entrega un pequeño dije grabado con las palabras *La vida como un viaje*. Victoria lo sostiene en sus manos, trazando la inscripción con los dedos.

—Gracias, Sr. Ringwald, —dicen al unísono.

En un gesto inusualmente impulsivo, Victoria besa al Enigma en ambas mejillas. El anciano se tensa momentáneamente, pero pronto sonríe.

Cuando Erasmus y Victoria salen de la tienda, caminan en silencio, inmersos en la reflexión, inspirados por la profunda sabiduría que han recogido en su travesía hasta ahora. La brisa marina acarrea el aroma de la sal, mezclándose con el murmullo distante de la ciudad. De la mano, continúan su paseo, sumidos en pensamientos silenciosos.

— ✦ —

Royal Cambridge Scholastic Institute, 2018
(Auditorio Universitario)

El profesor Cromwell-Smith hace una pausa tras concluir su relato. Observa a su clase y vuelve al presente.

Con una mirada reflexiva, comenta:

—Tomémonos un momento para considerar las ideas que hemos explorado hoy. El viaje de la vida, con todos sus giros y vueltas, nos ofrece innumerables lecciones. Estas enseñanzas no solo son profundamente personales, sino también universales. Cada uno de vosotros está navegando sus propias aguas. Ahora me gustaría escuchar vuestras reflexiones o preguntas sobre cómo afrontamos este viaje y lo que significa para cada uno.

Ethan, un joven alto y atlético, con ojos brillantes y curiosos, estudiante de biología marina, levanta la mano.

—Profesor, mencionó que la vida es como un viaje por el océano. ¿Cómo podemos navegar mejor las tormentas que se nos presentan?

—¡Excelente pregunta, Ethan! —responde el profesor, meditabundo.

—El poema nos recuerda: *No hay pilotos automáticos en la vida.* Esto significa que debemos tomar el timón de nuestra propia existencia. Cuando surgen desafíos, confiad en vuestra embarcación—vuestras habilidades, conocimientos y en aquellos que os rodean. Preparaos para las tormentas, pero también abrazad los días de calma. Ambos son esenciales en vuestro viaje.

Sofía, una estudiante de psicología de ojos radiantes y melena ondulada, levanta la mano a continuación.

—Profesor, habló sobre la importancia de los compañeros de viaje en nuestra vida. ¿Cómo podemos elegir a las personas adecuadas para acompañarnos?

—Esa es una reflexión maravillosa, Sofía. El poema dice: *Algunos los elegimos, otros no.* Rodéate de personas que te eleven e inspiren. Busca a aquellos que compartan tus valores y sueños, porque ellos te ayudarán a atravesar las aguas turbulentas. Recordad que las conexiones genuinas nos ayudan a capear las tormentas de la vida, — responde con entusiasmo.

Raj, un joven de hombros anchos, estudiante de ingeniería, con un aire pensativo, toma la palabra.

—¿Cómo podemos aprender de las experiencias más dolorosas que atravesamos?

—Una pregunta profunda, Raj. El poema enfatiza: *Aprendemos una y otra vez que solo el amor, la fe, el coraje, la experiencia, el conocimiento y la esperanza pueden guiarnos.* Las experiencias dolorosas son grandes maestras. Reflexionad sobre las lecciones que os dejan y permitid que fortalezcan vuestra resiliencia. A menudo, el crecimiento surge a través de la adversidad, —responde el profesor.

Leila, una estudiante de relaciones internacionales, de imponentes ojos verdes y estatura elegante, pregunta:

—¿Cómo podemos mantener la esperanza en los momentos difíciles, cuando parece que las olas son demasiado fuertes?

—Leila, mantener la esperanza en tiempos difíciles es fundamental. El poema nos consuela: *En el viaje de la vida, experimentamos el triunfo y la derrota, la fe y la duda.* En los momentos de lucha, aférrate a tus valores esenciales y apóyate en quienes te rodean. La esperanza es una luz guía que nos recuerda que, al igual que el océano, la vida es cambiante. Las aguas tranquilas siempre regresarán, —responde el profesor con una leve emoción en su voz.

—Gracias a todos por vuestras reflexivas preguntas. Nuestros viajes pueden ser desafiantes, pero están llenos de experiencias y aprendizajes. Apoyémonos los unos a los otros mientras navegamos las complejidades de la vida.

Aclarando la garganta, concluye con sus palabras finales.

—Todos estamos en un viaje interminable—peligroso, sí, pero increíblemente enriquecedor. Confiad en vuestro barco—confiad en vosotros mismos. Y, sobre todo, recordad: la verdadera realización reside en el viaje, no en el destino. Nos vemos la próxima semana.

Mientras el profesor observa a sus alumnos salir del aula, los imagina como jóvenes marineros que parten hacia sus propias travesías, confiados y dispuestos a enfrentar las olas del futuro. Una pequeña sonrisa de orgullo cruza su rostro.

—◆—

Royal Cambridge Scholastic Institute, 2018
(Escalinatas del Campus)

A medida que el sol se oculta en el horizonte, un resplandor dorado envuelve el campus. Erasmus se sienta en las escalinatas, sumido en sus pensamientos. El susurro de las hojas al compás de la brisa vespertina parece latir al ritmo de su corazón. Acoge este instante de introspección, permitiendo que los acontecimientos del día se desplieguen en su mente.

La transición del aula al exterior se siente natural, como si las paredes se hubiesen disuelto en los vibrantes tonos del cielo. Su entorno físico refleja su viaje emocional; cada paso es un avance en el sendero de la vida.

Risas y murmullos llenan el aire mientras los estudiantes salen del edificio. Erasmus observa sus interacciones: abrazos efusivos, secretos susurrados, rostros iluminados de alegría. Cada uno de esos encuentros le recuerda los lazos que tejen el tapiz de la existencia.

Sonríe al ver a Victoria acercarse al edificio de la facultad. *Qué grata sorpresa*, piensa. *Una premonición cumplida.*

A medida que se aproxima, su sola presencia llena el momento de calidez. Sus ojos destellan con la habitual mezcla de curiosidad y picardía.

—¿En qué piensas? —pregunta ella, su voz fluyendo con la armonía de la serena tarde.

—En la vida como un viaje —responde él con un tono meditativo—. En cómo cada instante, cada interacción nos moldea de formas que no siempre comprendemos.

—¿Como este momento? —bromea Victoria, sentándose a su lado—. Estamos construyendo nuestra propia historia, una conversación a la vez.

Sus manos se rozan, un gesto simple pero cargado de significado. Erasmus siente un repentino oleaje de gratitud por su presencia, reconociendo cómo sus caminos entrelazados enriquecen su vida. Con frecuencia encuentra poesía en estos momentos silenciosos, versos no pronunciados que fluyen entre ellos como la brisa de la tarde.

—Hablando de historias —dice Victoria, con un destello travieso en la mirada—, ¿qué hay del amuleto del Enigma? Representa nuestros encuentros pasados y la esencia de nuestro camino hacia adelante.

—¡Exactamente! —exclama Erasmus, su entusiasmo reflejado en los ojos de Victoria—. Es la integración poética de nuestras experiencias, un recordatorio de que el verdadero tesoro es el viaje en sí mismo.

En ese instante, comparten una comprensión silenciosa. Su conexión florece, rica en matices y colores.

—Cada desafío, como aquel maratón, nos deja una lección invaluable. Se trata de encontrar el equilibrio entre los altos y los bajos, entre la belleza y la lucha —reflexiona Erasmus.

—Y al abrazar ambos, hallamos plenitud, ¿no es así? Cada paso que damos es una historia esperando ser contada —responde Victoria, con la mirada fija en el horizonte.

Las estrellas comienzan a titilar sobre ellos a medida que la noche cae, recordándoles los incontables caminos aún por recorrer. Erasmus respira hondo, sintiendo el peso de sus experiencias compartidas posarse suavemente sobre su pecho.

—Hagamos un pacto —propone con serena determinación—. No importa a dónde nos lleve la vida, siempre valoraremos el viaje juntos.

—Juntos —susurra Victoria con voz firme.

En ese compromiso compartido encuentran fortaleza, un recordatorio conmovedor de que la esencia de su existencia no se halla en los destinos alcanzados, sino en la riqueza de su camino compartido.

Capítulo 9

Acerca de la riqueza, la fama y el amor

Royal Cambridge Scholastic Institute, 2018
(Residencia de Erasmus y Victoria en el Campus)

A medida que el sol asciende, sus cálidos rayos se filtran a través de las cortinas, bañando la habitación con un resplandor dorado.

—Querido, desde que me propusiste matrimonio y me regalaste mi preciado colgante en forma de batuta, he estado posponiendo una conversación importante —susurra Victoria en las primeras horas de la mañana. Ambos siguen en la cama.

—¿Más trascendental que nuestra última conversación? ¿O acaso podría serlo? —bromea Erasmus, sorprendido.

—Bueno, en cierto modo sí, pero esta es más directa —admite ella, con un leve tinte de vacilación en su voz.

—Mi difunto esposo dejó una póliza de seguro de vida sustancial. Planeo utilizarla para crear fondos fiduciarios para los niños. Además, tengo ahorros y cuentas de jubilación, y en su momento recibiré la Seguridad Social. En resumen, puedo cuidarme sola —explica con calma, adoptando un tono pragmático y profesional.

Erasmus la escucha con una mirada amable y una sonrisa traviesa.

—¿Por qué me miras así? —pregunta Victoria, incómoda ante su reacción.

—¿Recuerdas la primera vez que me preguntaste eso? —responde él, con una sonrisa juguetona.

—Por supuesto que sí, mi amor —dice ella, suavizando su tono.

—Vicky, sabes cómo me siento respecto a la riqueza y las cosas materiales —comienza Erasmus con calidez—, pero es maravilloso ver que te preocupas por el futuro de tus hijos.

—Solo me inquieta estar descuidando nuestra seguridad financiera —admite ella—. Cuando los fondos fiduciarios estén establecidos, dependeremos de lo que tengamos después de nuestras carreras como docentes y de mi breve paso como psicóloga criminal.

—Victoria, ya tenía pensado hacer lo mismo por tus hijos, incluso antes de que lo mencionaras —dice Erasmus con dulzura.

Victoria lo mira, incrédula.

—Erasmus Cromwell-Smith, no bromees con algo tan serio —le advierte con firmeza.

—No estoy bromeando —le asegura él.

—¿Cómo? —pregunta, desconcertada—. Eres la persona menos materialista que he conocido.

—Exactamente —responde con una leve sonrisa.

—La vida es cara, pero tus intenciones son nobles —dice ella, aún sin captar el peso de sus palabras.

—Ven conmigo, mi dama —le dice, tomándola de la mano.

En su despacho, Erasmus le entrega tres carpetas. Victoria abre la primera, y su mandíbula se desencaja.

—He publicado algunos libros de acción y thrillers, además de textos educativos. Estas son las regalías que se han ido acumulando con los años —revela él.

—Has estado ocupado —dice ella, hojeando las páginas con admiración en su voz.

—Tienes razón, no me importa la riqueza —afirma él.

—Siempre has creído que la riqueza material no es libertad, sino cadenas —recuerda Victoria.

—Exactamente —Erasmus asiente. *Victoria siempre se ha preocupado por salir adelante*, piensa, observándola con ternura. *Ahora, su desafío es confiar en la abundancia.*

Su voz tiembla.

—Esto significa más para mí de lo que puedo expresar. Es como si vieras un futuro que podemos construir juntos.

Con suavidad, Erasmus afirma:

—Mereces sentirte segura, Vic. Estamos en esto juntos.

—Así que he recuperado a mi monje desinteresado, solo para descubrir que es inimaginablemente rico… pero sigue siendo el mismo monje —bromea ella.

—Tenía que mantener viva mi identidad de monje de alguna forma —se ríe él.

—Podemos hacer lo que queramos: viajar por el mundo, tomarnos un año sabático, explorar nuevos lugares —dice él con emoción.

—¿Y cuál es la condición? —pregunta Victoria con astucia.

—Que sigamos los mismos tres principios por los que siempre he vivido —responde con firmeza.

—Austeridad —recuerda ella.

—Exacto —Erasmus asiente.

—Anonimato —añade.

—Perfecto.

—Y libertad —concluye ella con una sonrisa de orgullo.

—¿Recuerdas cuándo adoptamos esos principios por primera vez? —pregunta él con picardía.

—Por supuesto —contesta ella, con un destello travieso en la mirada mientras el recuerdo aflora.

Sus ojos se encuentran, y una conexión silenciosa llena la habitación.

—Así que estamos pensando lo mismo, ¿verdad? —susurra Victoria.

—Solo hay una manera de averiguarlo —responde Erasmus, su voz impregnada de tentación. Se acerca a ella, acariciando su mejilla, y su pasión se enciende.

Más tarde, Erasmus se da cuenta de que va con retraso. Por primera vez, siente una leve vergüenza por llegar cinco minutos tarde a su querida clase. Pero hoy, eso no importa. Está enamorado, sumido en la alegría y la espontaneidad, completamente entregado a la dicha del momento.

— ❖ —

Royal Cambridge Scholastic Institute, 2018
(Auditorio Universitario)

—Hola —saluda Erasmus a su audiencia, con una sonrisa avergonzada que delata su inusual impuntualidad.

Un murmullo de carraspeos recorre la sala, un gesto colectivo y juguetón de los estudiantes que reconocen su retraso.

—Lo entendemos, profesor —dice un grupo de alumnos que se pone de pie, fingiendo ofrecer excusas en su nombre.

—Os pido disculpas —responde él con sinceridad—. Hoy no estoy dando el mejor ejemplo. Pero, a pesar de ello, sigo esperando puntualidad de todos vosotros.

—Se lo hemos dicho, profesor, lo entendemos —bromea otro grupo, provocando risas dispersas en la sala.

Erasmus, desconcertado y ligeramente turbado, está a punto de responder cuando la siguiente interrupción lo deja completamente fuera de juego.

—Un pajarito nos lo contó —canta al unísono un coro de voces.

—¿Qué? —pregunta él, su confusión evidente.

—Un pajarito llegó antes que usted y nos avisó de que llegaría tarde. Dijo que hoy nos llevaría a un lugar que quería revivir y que no se perdería por nada del mundo —declara un grupo de cuatro estudiantes, claramente disfrutando de la situación.

Erasmus recorre la sala con la mirada y, en cuestión de segundos, la encuentra. De pie entre la multitud.

—Estoy aquí, amor. Justo aquí —dice Victoria, su voz impregnada de la calidez y el toque de picardía que le son tan característicos.

Totalmente desprevenido, Erasmus se queda inmóvil por un instante. Su compostura titubea mientras lucha por mantener su profesionalidad ante la oleada de emociones que despierta la presencia de Victoria.

Tras una profunda inspiración y un casi imperceptible suspiro, se recupera. Le dedica una sonrisa cálida y le guiña un ojo en señal de reconocimiento.

—Clase —comienza, ahora con la voz firme—, hoy os llevaré más de cuarenta años atrás, a un día en el que Vicky y yo recibimos una invitación bastante peculiar. Esa invitación nos embarcó en un viaje de descubrimiento y sabiduría que duraría toda la vida.

Hace una pausa, y el auditorio entero queda en absoluto silencio, expectante.

—Y la historia comienza así...

— ✦ —

Harvard, 1976
(Estudio de Victoria y Erasmus)

—Erasmus, ¿vamos a aceptar esta invitación o no? —pregunta Vicky, con un tono marcado por la frustración.

—No estoy seguro. ¿Tú qué opinas? —responde él, esquivando la pregunta.

—Deja de dar rodeos y no intentes ser un Enigma. Solo hay uno en Nueva Inglaterra, y no eres tú —espeta ella, exasperada.

—Bueno, lo estoy pensando —contesta Erasmus, con una excusa poco convincente.

—¿Cuánto más? Siempre dices lo mismo —replica ella con sarcasmo.

—Me decidiré pronto —promete, sin demasiada convicción.

—Será mejor que lo hagas, o nos lo perderemos —le advierte.

Erasmus vuelve a abrir la tarjeta y lee en voz alta:

Invitación:
Tiene el honor de ser invitado a reunirse con un selecto grupo de anticuarios de todo el país. También se exhibirá un número limitado de libros antiguos. Se servirán cena y cócteles.

¿Por qué duda? Este es precisamente el tipo de evento que le entusiasma, piensa Victoria, impacientándose.

De forma impulsiva, le arrebata la tarjeta de las manos y la relee en voz alta, deteniéndose en la dirección que aparece al final. De repente, comprende la razón de su indecisión.

—Es la dirección, ¿verdad? Estás dudando porque es en la casa de algún hombre rico —afirma.

Erasmus guarda silencio.

—Bueno, yo voy a ir. Si decides venir o no, es cosa tuya —declara con firmeza, aunque en el fondo no lo dice en serio.

Recepción de la Exposición de Libros Antiguos
(Suburbios de Boston, 1976)

—Erasmus, llevamos aquí menos de una hora y ya has conseguido incomodar a los tres anfitriones del evento, algunos de los hombres más ricos de Nueva Inglaterra. ¿Qué te pasa? —pregunta Victoria, claramente irritada.

—La riqueza material no me impresiona. No tengo respeto por la arrogancia de quienes creen que los hace superiores —responde él con frialdad.

—¡Pero ellos financiaron este evento! Sin ellos, no habría sucedido —replica ella.

—Por eso les estoy agradecido. Y ya les he expresado mi aprecio sinceramente a cada uno de ellos —concede Erasmus.

—¿De dónde ha salido de repente este desprecio por la riqueza? —insiste Victoria.

—Nosotros, los británicos, nos arreglamos bastante bien, gracias. Vivimos entre personas de verdad, con vidas significativas —responde a la defensiva.

—¿Así que ningún hombre rico merece tu respeto? —pregunta Victoria con sarcasmo.

—Algunos sí. Pero son una rareza —contesta con convicción.

—Dame un ejemplo —lo desafía ella.

—Andrew Carnegie —responde Erasmus sin dudar—. Piensa en esto: el impacto duradero de sus instituciones, las innumerables personas que aún se benefician de su trabajo, la edad a la que empezó a retribuir a la sociedad y cuánto de su riqueza donó en vida y tras su muerte. Esa es la medida de un hombre.

—¿Pero no fue despiadado en los negocios? —pregunta Victoria.

—No se trata de cómo hicieron su fortuna, sino de cómo la usaron para mejorar la sociedad —explica Erasmus.

—Disculpen, ¿puedo interrumpir? —pregunta un hombre alto y delgado, vestido con un traje demasiado grande.

—Estamos teniendo una conversación privada —responde Erasmus, molesto pero intrigado por el acento escocés del desconocido.

—Muy descortés por mi parte, lo admito, pero no pude evitar escuchar. Especialmente cuando mencionaste al gigante liliputiense de Dunfermline: Andrew Carnegie —comenta el hombre con una sonrisa cómplice.

Erasmus y Victoria se quedan momentáneamente atónitos.

—¿Quién es usted, señor? —pregunta Erasmus.

—Colin Carnegie —responde el hombre.

—¿Es usted...? —empieza a decir Erasmus.

—Sí, soy un pariente lejano —confirma Colin—. Y sí, soy el anticuario de Edimburgo, con tiendas en Glasgow e Inverness también.

—Es un honor —dice Erasmus, con el tono ahora más suave.

—Y usted es de Hay-on-Wye, la famosa Ciudad del Libro —afirma Colin, con los ojos brillantes de curiosidad.

Erasmus asiente, encantado.

—Hoy ha tenido usted suerte —anuncia Colin—. Tengo un documento relacionado con su conversación, algo que profundizará su comprensión de la filosofía de Andrew Carnegie. ¿Le gustaría que se lo leyera?

—Sí, por favor —responde Erasmus con entusiasmo.

Colin saca un pergamino antiguo de su abrigo, su envejecido papel cruje suavemente. Cuando comienza a leer, su voz resuena con sabiduría, cautivando a Victoria y Erasmus y transportándolos al corazón de otro mundo.

Acerca de la riqueza, la fama y el amor

De una forma u otra,
todos perseguimos—
algunos incansablemente—
la riqueza, la fama y el amor,
a menudo en ese preciso orden de importancia.
Pero estas ilusiones de la vida
no siempre se presentan
según el orden preestablecido.
La verdad es que nunca sabemos
quién de ellas llegará primero,
o si alguna se presentará alguna vez.
Y si lo hacen,
nos enfrentaremos a una de las paradojas
más desconcertantes de la vida:
lo que anhelamos con mayor fervor
no solo es esquivo,
sino que, por lo general,
se obtiene a costa de algo más.

— ✤ —

Una vez sostuve la riqueza entre mis manos temblorosas,
monedas que brillaban, arenas fugaces.
Se escurrieron entre mis dedos, dejándome vacío,
una lección grabada en destellos dorados.
El tintineo del oro en un cofre de terciopelo,
su pulida apariencia, una burla efímera.

Aunque su resplandor iluminaba salones oscuros,
nunca pudo calentar el llamado de mi espíritu.

— ✦ —

La fama me llamó una vez con su canto de sirena,
un estruendo de aplausos que resonó largo y tendido.
Pero en el silencio encontré desconcierto,
un eco hueco al final del día.
El rugido de las multitudes, sus vítores ensordecedores,
una emoción fugaz, una nube pasajera.
Los ecos se desvanecieron, dejándome quieto,
anhelando algo más profundo que llenara el vacío.

— ✦ —

El amor, esquivo, lo busqué en vano,
entre alegrías fugaces y dolores ocultos.
No estaba en los demás, llegué a comprender,
sino en la libertad de ser yo mismo.
Su roce era ligero como la brisa matinal,
un susurro cálido, un apacible respiro.
En su mirada encontré un hogar,
donde el amor podía florecer y vagar libremente.

— ✦ —

Cuando perseguimos la riqueza, la frugalidad se desvanece,
su verdadero valor, como sombras, se desliza lejos.
Los tesoros más pequeños, antes tan nítidos,
se pierden en búsquedas que cuestan demasiado.
Al perseguir la reputación,
corremos el riesgo de perder el anonimato,
dejando que la ficción de la opinión ajena
moldee la esencia de quienes somos.
El estruendo de la fama moldea el ser,
una imagen frágil posada en un pedestal.

Ya no guiados por nuestra luz interior,
nos dejamos llevar por la multitud, perdidos en la marea.

— ✦ —

El amor y la libertad—dos fuerzas en juego,
un delicado equilibrio difícil de sostener.
El yo y la unidad deben entrelazarse
para que el amor florezca y brille de verdad.

— ✦ —

Todos perseguimos la riqueza, la fama y el amor,
ilusiones terrenales, aspiraciones celestiales.
Pero cuando volvemos a cerrar el círculo,
las mismas preguntas nos acechan una vez más.
Y aquí estamos, al final del viaje,
las mismas ilusiones aún nos llaman y nos doblan.
Debemos equilibrar la tríada que perseguimos,
con virtudes que nos anclen en esta interminable carrera.

*

Cuando el escocés termina de leer, observa con calidez a la joven pareja, notando la serena satisfacción reflejada en sus ojos.

—Señor Carnegie, le estaremos en deuda por el resto de nuestras vidas —dice Vicky, su voz impregnada de gratitud y del sosiego nacido de una nueva comprensión.

—Austeridad, anonimato y libertad serán mi guía de ahora en adelante —declara solemnemente Erasmus, como si pronunciara un juramento. En silencio, resuelve mantener un vínculo duradero con aquel hombre de las Tierras Altas de Escocia.

Con corazones más ligeros y espíritus renovados, la joven pareja se despide, sintiéndose transformada por el encuentro.

— ✦ —

El estudio de Victoria y Erasmus

—¿Por qué me miras así? —pregunta Victoria al entrar en su acogedor estudio, intrigada por la expresión de Erasmus.

—Vic, no hay nada más sensual para mí que una mujer segura de sí misma en unos zapatos planos al estilo de Katharine Hepburn —empieza Erasmus, con un tono que oscila entre la broma y la sinceridad—. Una mujer que se mueve con gracia, irradiando comodidad y confianza en cada gesto, cada mirada, cada postura. Es la esencia misma de la feminidad.

—¿Por qué? —pregunta ella, su curiosidad aumentando.

—Me encanta cuando una mujer no se preocupa por su altura, cuando algo tan trivial le resulta completamente irrelevante —responde él, con una sonrisa suave y afectuosa.

—¿Pero soy baja? —pregunta Victoria, su orgullo levemente herido, su duda aflorando.

—Reacción predecible, ¿verdad? Mi culpa —admite Erasmus con una risa—. No, Vicky, no eres baja, y lo sabes. Pero ese es precisamente el punto: la altura no es el problema.

Sin embargo, su mente ya ha tomado otro rumbo. La sencilla sensualidad de los zapatos planos que lleva ahora acapara su atención, atrapada por el encanto poético de las palabras de Erasmus.

—Entonces, mi dama —continúa Erasmus, con un toque de humor en la voz—, ¿cuál era tu pregunta original?

Mientras Victoria comienza a responder, él le toma la mano, guiándolos a ambos hacia el santuario de su mundo—un reino infinito de pasión, avivado por la tensión magnética entre ellos. Sus momentos juntos siempre están iluminados por la espontaneidad vibrante de Victoria y su radiante presencia, esta vez adornada con la elegancia atemporal de sus zapatos planos al estilo de Katharine Hepburn.

— ✦ —

Royal Cambridge Scholastic Institute, 2018
(Auditorio Universitario)

El profesor Cromwell-Smith devuelve a su clase al presente con una amplia sonrisa, su mirada encontrándose con la de Vicky. Ella está sentada entre los estudiantes, con las manos presionadas sobre su pecho y una expresión de serena felicidad iluminando su rostro.

—Abramos el espacio para preguntas sobre los temas que hemos explorado hoy, en especial la interacción entre la riqueza, la fama y el amor —invita con un tono cálido y reflexivo.

Olivia, una estudiante de psicología con el cabello largo y oscuro y unos ojos marrones llenos de empatía, levanta la mano.

—Profesor, ¿cómo podemos perseguir nuestras ambiciones sin perder de vista lo que realmente importa, como el amor y las relaciones?

—Una pregunta muy acertada, Olivia. Como señala el poema, "lo que más anhelamos no solo es esquivo, sino que generalmente llega a costa de algo más". El equilibrio es la clave. Prioriza las relaciones que te aportan estabilidad y recuerda que la verdadera plenitud suele encontrarse en la conexión con los demás, no en la acumulación —responde el profesor con reflexión.

Daniel, un estudiante de posgrado en economía con complexión atlética y el ceño fruncido, toma la palabra.

—Ha mencionado los peligros de la riqueza y la fama. ¿Cómo podemos asegurarnos de que esas ilusiones no nos definan?

—Es una preocupación válida, Daniel. El poema advierte que "el anonimato falsamente se vuelve sinónimo de fracaso". Es fundamental desarrollar un fuerte sentido del yo, basado en tus valores y no en el reconocimiento externo. La fama y la fortuna deben complementar tu identidad, no definirla —responde Cromwell-Smith.

Anjali, una estudiante de literatura con ojos almendrados y cabello negro liso levanta la mano.

—En el poema habla de los riesgos del amor y la libertad. ¿Cómo podemos preservar nuestra individualidad dentro de una relación?

—Anjali, excelente observación. El poema nos recuerda que "se necesita gran madurez y tolerancia para que ambos coexistan". La comunicación es la piedra angular. Aseguraos de que vuestra individualidad sea celebrada en lugar de reprimida, y fomentad un ambiente en el que el amor y la libertad puedan florecer juntos —aconseja el profesor.

James, un estudiante de empresariales, levanta la mano.

—Profesor, ¿cree que es posible alcanzar la riqueza sin comprometer nuestros valores?

—James, el poema ilustra que la riqueza, cuando se persigue con integridad, puede coexistir con nuestros principios. Busca caminos que estén alineados con tus valores y que contribuyan de manera positiva a la sociedad. Nunca permitas que la búsqueda de la riqueza desplace aquello que consideras sagrado. La vida nos presenta tres grandes ilusiones: la riqueza, la fama y el amor, y la clave está en aprender a equilibrarlas —responde el profesor con convicción.

Tras una breve pausa, se dirige a la clase por última vez.

—Gracias a todos por sus reflexivas preguntas. Llevad esto con vosotros:

¿Qué es la austeridad para la riqueza?

¿Qué es el anonimato para la fama?

¿Y qué es la libertad para el amor?

En ese momento, la voz de Vicky irrumpe con entusiasmo:

—Quiero que todos sepáis que vuestro profesor sigue siendo el mismo hombre que conocí cuando lo vi por primera vez. Realmente vive según los principios que enseña —dice, irradiando orgullo y convicción.

La interrupción sorprende a algunos estudiantes, pero a nadie le molesta. El profesor se lleva las manos al pecho, con una expresión de ternura en el rostro.

—Nos vemos la próxima semana —se despide, satisfecho.

Mientras Erasmus y Victoria salen del auditorio de la mano, varios grupos de estudiantes se quedan charlando, sus voces animadas con preguntas y reflexiones. Muchos los observan mientras se alejan, una admiración silenciosa llenando la sala. Para ellos, la pareja parece inmune a las tres grandes ilusiones de la vida, encarnando los ideales que acaban de explorar.

Capítulo 10

Acerca de la familia, la verdadera amistad y el amor

Royal Cambridge Scholastic Institute, 2019
(Casa de Erasmus y Victoria en el Campus)

Los tres hijos adultos de Victoria—Elizabeth-Victoria, de 24 años, la mayor; Bartholomew, de 22, el mediano; y Sarah, de 19, la más joven—llegan sin previo aviso, sorprendiéndola a mitad del desayuno. Aunque desconcertada, había anticipado su visita, ya que llevaba semanas dejando caer pistas.

La tranquilidad de la mañana da paso a la energía vibrante de su presencia. La casa se llena de charlas, risas y el cálido bullicio de una reunión familiar. Cuando la emoción inicial se disipa, Victoria toma aire con calma. Tiene algo que compartir, algo monumental.

—Erasmus me ha pedido que me case con él —anuncia con cierta vacilación, su voz firme pero sus ojos atentos a las reacciones de sus hijos.

—¡Enhorabuena, mamá! —exclaman al unísono, una mezcla de entusiasmo e incredulidad en sus voces.

Victoria levanta el colgante con forma de batuta, su diseño único captando la atención de Bart. Lo observa con el ceño fruncido, intrigado.

—¿Por qué una batuta? —pregunta finalmente.

—Tiene un significado muy profundo para nosotros —explica ella, esbozando una sonrisa cómplice.

417

—¡Oh, la historia de la batuta rota! —exclama Bart al recordar la anécdota que han oído tantas veces durante su infancia.

—¿Por qué no nos lo contaste antes, mamá? —pregunta Sarah con un tono suave pero curioso.

Victoria duda un momento antes de responder, su mirada desviándose brevemente hacia la mesa.

—Supongo que quería estar segura de que era real —admite con cierta timidez.

Elizabeth, la mayor y siempre serena, se inclina hacia ella.

—¿Y qué le respondiste?

—Dije que sí. Con todo mi corazón —responde Victoria, su voz teñida de alegría y vulnerabilidad.

Bart se inclina hacia adelante, su tono amable pero firme.

—Mamá, ¿puedes dejar de sentirte culpable ya? Te lo hemos dicho muchas veces: esto es lo que queremos para ti.

Victoria mira a su hijo, sus ojos brillando con emoción.

—Lo sé, Bart. He llevado esa culpa demasiado tiempo. Pero Erasmus me hace feliz. Por fin siento paz.

—¿Qué te hizo decir que sí ahora? —insiste Elizabeth con dulzura.

La sonrisa de Victoria se suaviza.

—Porque me di cuenta de que está bien elegir mi propia felicidad. Erasmus valora la familia tanto como yo. Entiende lo que realmente importa.

A medida que la conversación se profundiza, los hermanos la rodean en un círculo de apoyo.

—Estamos muy felices por ti, mamá —dice Sarah, su sonrisa radiante y contagiosa.

—Es un gran paso —interviene Bart pensativo—. ¿Estás segura de esto?

Victoria toma su mano, su voz tranquila y decidida.

—Lo estoy. Erasmus y yo compartimos algo especial. Es hora de abrazarlo plenamente.

—Supongo que solo queremos verte feliz —admite Bart, su voz cargada de emoción.

—Y yo quiero lo mismo para vosotros —responde Victoria, su mirada recorriendo a cada uno de sus hijos—. Esto no es perder nada, es sumar a lo que ya tenemos.

—¡Exactamente! —exclama Sarah, rebosante de emoción—. ¡Este es un nuevo capítulo para todos nosotros!

Los tres hermanos abrazan a su madre en un gesto de unión, disipando cualquier duda que pudiera quedar.

—¿Y ahora qué, mamá? —pregunta Elizabeth cuando se separan.

—Viviremos todos aquí —explica Victoria—. He puesto nuestra antigua casa en venta y planeo mudaros cuando estéis preparados.

—Espera, ¿qué? —pregunta Bart, sorprendido.

—Y —añade Victoria— voy a crear fondos fiduciarios para cada uno de vosotros con el dinero del seguro de vida de vuestro padre.

—¿Y qué hay de ti? —pregunta Sarah con preocupación.

—Tengo suficientes ahorros; entre mi plan de jubilación y la seguridad social, estaré bien. Y Erasmus… bueno, él me sorprendió.

—¿Cómo así? —inquiere Bart, arqueando una ceja.

Victoria duda un instante antes de sonreír.

—Digamos que, para alguien que siempre ha predicado la austeridad, está lleno de sorpresas.

—¿Y dónde está él? —pregunta Bart, echando un vistazo alrededor—. Queremos conocerlo.

Victoria ríe.

—Está camino a clase, pero volverá antes del mediodía.

Mientras Erasmus sale de casa, el aire fresco de la mañana despeja cualquier duda que pudiera quedarle. Recuerda las palabras de Victoria sobre la emoción de sus hijos por conocerlo, y la idea lo reconforta a pesar de los nervios habituales. Hoy se siente monumental, otro capítulo más en su historia compartida.

— ✦ —

Royal Cambridge Scholastic Institute, 2019
(Edificio de la Facultad)

Cuando Erasmus aparca su vieja y oxidada bicicleta, una mezcla de ansiedad y emoción lo invade. Victoria le había contado la noche anterior sobre la visita de sus hijos y su entusiasmo por conocerlo. Aunque sabían la mayor parte de la historia de amor de su madre—sus años en Harvard y la vida de él antes del reencuentro—, conocerlos ahora se sentía como un momento crucial.

Sus pensamientos giran sin cesar. *Viejo tonto, ella les está contando sobre tu propuesta,* se da cuenta, y una pequeña sonrisa rompe la preocupación de su rostro.

Al entrar en el edificio de la facultad, el aroma de la madera pulida y los libros antiguos lo envuelve, anclándolo en la rutina reconfortante del mundo académico.

Saluda a sus alumnos con renovada energía.

—Buenos días a todos.

—Buenos días, profesor —responden al unísono.

—Hoy vamos a remontarnos a una época en la que la familia llegó a nuestras vidas de formas inesperadas y transformadoras —hace una pausa, su sonrisa se ensancha—.

Todo comienza así...

Harvard, 1977

—Erasmus, mis padres son estadounidenses tradicionales del Medio Oeste.

—Está bien, tengo muchas ganas de conocerlos.

—No estoy segura de que el sentimiento sea mutuo —dice abruptamente.

El comentario desconcierta a Erasmus.

—¿Por qué dices eso? —pregunta, perplejo.

—No creo que sea nada personal contra ti. Es que mis padres ni siquiera saben que existes —responde, intentando explicarse.

—Exactamente —contesta él, pero sus palabras son recibidas con una mirada en blanco por parte de Vicky.

—Entonces, ¿qué ocurre? —insiste, casi hablando consigo mismo.

—Siempre han imaginado que me casaría con alguien de mi ciudad natal, preferiblemente de la misma congregación. Simplemente, no pueden concebir otra posibilidad —admite Vicky.

—Entonces, ¿por qué te dejaron venir a Harvard? —pregunta él.

—Casi no lo hacen. Pero lo conseguí por méritos académicos, así que al final no tuvieron más remedio que aceptarlo —responde Vicky.

—¿Ves? Quizá sean más abiertos de lo que crees —sugiere optimista.

Ella suspira.

—Me temo que no. Esperan que vuelva.

—Pero eres adulta, Victoria. En cualquier caso, lo que importa es lo que tú quieres. ¿Qué es lo que deseas? —pregunta Erasmus, comenzando a impacientarse.

—Todo lo que quiero es estar contigo —responde ella, y comparten un beso lleno de sentimientos.

—¡Maravilloso! Entonces, ¿cuándo los conozco? —pregunta él con ingenuidad.

—Algún día en el futuro, pero no ahora —responde ella, dejando caer la verdad.

—¿Qué? ¿Por qué? —pregunta Erasmus, confundido.

—No saben que vivimos juntos, y conociéndote, no imagino que puedas ocultarlo. Con tu sentido británico del decoro, nunca dejarías nada sin decir o sin aclarar —explica ella.

—Entonces, preséntame como un compañero de clase o como quieras —le ruega, percibiendo su resistencia.

—No ahora, pero quizá algún día —responde secamente.

—Creo que estás sobre pensando esto, Victoria —suspira él, pero es inútil.

Cuando los padres de Vicky llegan, pasan la mayor parte de la visita animándola a terminar sus estudios en una universidad más cercana a casa. Lamentablemente, se marchan de la ciudad sin conocer a Erasmus.

—— ❖ ——

Riverside Village, Afueras de Boston, 1977
(Librería de Antigüedades de Mr. Faith)

—Victoria y Erasmus, Mr. Faith a su servicio. ¿En qué puedo ayudaros? —pregunta con energía el siempre entusiasta Mr. Faith.

—Mr. Faith, queremos aprender más sobre cómo manejar la relación con la familia —comienza Erasmus.

—¿Cuál es exactamente el problema que intentáis abordar?

—Victoria —dice Erasmus, cediéndole la palabra con suavidad.

Al principio, ella duda, pero finalmente reúne el valor para explicarse. A pesar de su vergüenza, relata la lucha que enfrenta con sus padres.

Sin decir una palabra, Mr. Faith los guía hacia la parte trasera de la tienda.

—Este edificio era un banco antes de que lo comprara hace dos décadas —les cuenta.

Al entrar en la antigua bóveda, Erasmus queda asombrado, sus ojos se abren con fascinación.

La bóveda está repleta de enormes y antiquísimos libros, cuyas cubiertas irradian un atractivo atemporal e incalculable.

—Tomad asiento —les invita Mr. Faith.

Con sumo cuidado, el anticuario selecciona un voluminoso libro antiguo y lo coloca sobre la mesa, abriéndolo por una página marcada.

—Estáis abordando esto desde el ángulo equivocado. Estáis reaccionando contra su intervención, lo cual es natural dado el miedo de tus padres a perderte, Victoria —les explica.

—Somos adultos responsables. No tienen derecho a dictarle a Vicky sus decisiones de vida, y mucho menos con quién debe amar o formar una familia —protesta Erasmus.

Los ojos de Victoria se abren con sorpresa; es la primera vez que él menciona la palabra "familia" entre ellos, un término que le resulta tanto reconfortante como abrumador.

—Quizá necesites ampliar tu perspectiva —sugiere Mr. Faith.

—¿A qué te refieres? —pregunta Erasmus.

—No se trata solo de la familia —responde el anticuario enigmáticamente.

—¿Cómo? —insiste Erasmus.

—Las personas a las que queremos van más allá del núcleo familiar; abarcan a los verdaderos amigos y todo aquello que está ligado al corazón. Una vez que comprendas quién pertenece a tus círculos más cercanos, las preguntas importantes serán: ¿Cuál es nuestro papel? ¿Qué esperan ellos de nosotros? ¿Qué límites debemos establecer y respetar? —explica Mr. Faith con sabiduría.

Erasmus observa al excéntrico anticuario, lleno de gratitud y curiosidad.

—Pero debo advertiros—esto no está escrito como un poema ni como un ensayo. Es más bien un manifiesto —les previene Mr. Faith.

La joven pareja escucha atentamente, cautivada por sus palabras.

—Está redactado como una declaración de principios —añade—, algo parecido a la Declaración de Independencia.

—¿Como la Declaración de Independencia? —pregunta Victoria, su ingenuidad brillando a través de su voz.

—Exactamente, pero enfocada en el amor, la verdadera amistad y la familia. Este antiguo texto detalla los deberes, responsabilidades, derechos y límites que rigen esas relaciones —concluye Mr. Faith.

Acerca de la familia, la verdadera amistad y el amor

En todo lo relacionado con la familia,
la verdadera amistad y el amor,
residen aquellos que nos son más queridos,
junto con los lazos que nos mantienen unidos.

La cercanía inquebrantable y la unidad indivisible
de estos tres vínculos esenciales
son una de las fuentes más poderosas
de fortaleza y felicidad en nuestras vidas.
Pero debemos permanecer alerta,
pues una vez que se pierde la cercanía de estos lazos,
recuperarla resulta sumamente difícil,
e incluso doloroso.
Por ello, defendemos y protegemos
nuestros muros de intimidad.
La cercanía y la unidad no son inherentes;
deben ganarse
a través del trabajo diario y los sacrificios
que invertimos en la familia, la verdadera amistad y el amor.
La fuerza y el poder de estos lazos
surgen de mantenerse unidos,
sin importar nada ni nadie.
La felicidad y la alegría brotan de la intimidad y cercanía,
de vivir plenamente
junto a aquellos a quienes amamos y apreciamos.
El calor de un abrazo, brazos entrelazados,
un escudo ante el frío en la noche cerrada.
El apretón de una mano, firme y sincero,
promesa callada: "Nunca estarás solo."
Las risas de niños, melodía de amor,
llenando los pasillos donde el cariño es mayor.
Una mesa servida, manos unidas en gratitud,
los tesoros de la vida en su más sagrada plenitud.
Nuestras acciones, en lo que respecta a la familia,
la verdadera amistad y el amor,
se rigen por actos de conciencia,
donde nos hacemos responsables primero a nosotros mismos,

actuando desde dentro,
no porque estemos influenciados o limitados
por lo que aquellos más cercanos a nosotros
puedan hacer, decir o pensar.
Y sin embargo, los límites entre lo que debemos hacer
y lo que otros esperan de nosotros
en cuestiones del corazón, la verdadera amistad y la familia,
son a menudo frágiles y delicados,
metas móviles o incluso arenas movedizas.
He caminado entre sombras, sentido los lazos desvanecerse,
me he preguntado si volvería a ser completo alguna vez.
Pero en el silencio, sus voces me llamaban,
un amor intacto donde creí que se había apagado.
Dudé de la fuerza de estos vínculos,
sentí la punzada de la ausencia, solo escuché despedidas.
Y sin embargo, cada prueba, a través del fuego y el dolor,
me enseñó que el amor renace, como el sol tras la tormenta.
Esto es cierto, a menos que seamos capaces y estemos
dispuestos
a establecer una declaración—
un manifiesto que nos envuelva
con el sagrado manto
de estos vínculos existenciales tan preciados,
mientras que, al mismo tiempo,
grabe en piedra, con absoluta claridad,
lo que realmente buscamos.
Se lee así:
Juntos,
Amamos con una gracia sin límites, infinita,
la lealtad brillando, que el tiempo no marchita.
En la unidad encontramos la fuerza para resistir,
un vínculo inquebrantable, dispuesto a existir.

Actuamos con dignidad impecable.
Preservamos la integridad de nuestro honor.
Rezamos con humildad.
Atesoramos cada precioso recuerdo y momento.
Nunca renunciamos al poder de la esperanza.
No dejamos asuntos pendientes,
ni abandonamos, desertamos, huimos,
dudamos o dejamos atrás a nadie.
Y si fallamos, caemos juntos,
pero siempre nos levantamos.
Una y otra vez.
Luego,
A medida que la vida avanza entre crecimiento,
proyectos personales y nuevos caminos,
Nutrir, preparar, apoyar, elevar, motivar,
creer, asistir, guiar, inspirar,
y estar siempre presentes, disponibles en cualquier momento,
cuando nos necesiten.
Cuando las circunstancias exigen actuar con rapidez,
Enfrentamos, razonamos, advertimos, reclamamos,
desafiamos, refutamos, nos oponemos,
prevenimos, redirigimos, escuchamos con profundidad,
y cuando es necesario, lo prohibimos sin vacilaciones.
Y cuando nuestras virtudes y valores—
especialmente la integridad y nuestra capacidad de dar—
son puestos a prueba,
alzamos bien alto la bandera de la verdad.
En todo lo que hacemos,
somos infinitamente pacientes, siempre dispuestos a responder,
a ofrecer sabiduría con generosidad,
mostrar compasión,
actuar con serenidad,

dar cuanto podamos,
cumplir nuestras promesas,
y respetar y valorar a los demás.
Cuando cometemos errores,
nos arrepentimos, enmendamos,
buscamos expiación,
y siempre estamos listos para perdonar y ser perdonados.
La etiqueta, el respeto y el decoro verdadero
no solo se esperan,
sino que son requisitos. Así,
No gritamos, maldecimos, vociferamos ni humillamos.
Nunca insultamos, menospreciamos,
buscamos venganza, juzgamos o criticamos injustamente.
Nos esforzamos por ser un modelo a seguir,
permaneciendo humildes,
practicando la frugalidad, la modestia,
la discreción y el equilibrio.
Educar a nuevas generaciones es parte de nuestro deber.
Así pues,
Proveemos, enseñamos, responsabilizamos,
inculcamos compromiso,
e invertimos los unos en los otros.
En lo más profundo, valoramos lo más simple,
las verdades que nos brindan la honestidad y la bondad.
Dulce o amarga, afrontamos la realidad,
pues la fortaleza de nuestros lazos
se mide en la autenticidad.
Reímos y disfrutamos,
sonreímos y nos divertimos,
nos regocijamos y compartimos felicidad.
Por encima de todo, regresamos a donde todo comenzó,
a la familia, la amistad y el amor eterno.

En estos lazos yacen los verdaderos tesoros de la vida,
una fortaleza que perdura con el paso de los años.
La esencia de todo, tan clara y sencilla,
Abraza a quienes amas, mantenlos cerca.
Pues en el amor, la amistad y la familia,
hallamos las anclas que sostienen el corazón y la mente.
**Juntos, proclamamos y celebramos
una vida de Amor, Verdadera Amistad y Familia.**

*

—Victoria y Erasmus, en lo que respecta al amor, la verdadera amistad y la familia, somos como los tres mosqueteros de Dumas: 'todos para uno y uno para todos.' La lista de todo lo que aspiramos a hacer y ser es densa y completa, pero eso no nos da derecho a gobernar sobre estas tres esferas sagradas. Victoria, eres una adulta libre y responsable, y solo tú puedes decidir el curso de tu vida —concluye el sabio mentor, su voz firme pero serena.

—Gracias, Mr. Faith, le estaremos en deuda el resto de nuestras vidas —responde Erasmus con sinceridad, su gratitud evidente mientras toma la mano de Victoria.

La pareja, conmovida, se dirige en silencio hacia la estación de tren, cada uno sumido en sus propios pensamientos.

Mis padres solo quieren lo mejor para mí, razona Victoria, defendiéndolos, quizás contra su propio corazón, mientras el ritmo constante de las vías se mezcla con las emociones no expresadas entre ambos.

— ✦ —

Royal Cambridge Scholastic Institute, 2019
(Auditorio Universitario)

El profesor Cromwell-Smith regresa al presente, momentáneamente perdido en sus pensamientos. Se toma un instante, dejando que el peso de las palabras de Mr. Faith repose sobre él antes de volver a centrar su atención en el presente. La sala ante él está llena de expectación; los rostros atentos de sus alumnos reflejan la importancia de las lecciones que están a punto de explorar.

—Me gustaría abrir el debate a preguntas sobre los temas que hemos tratado hoy, en especial sobre la familia, la amistad y el amor —anuncia con voz firme.

Patrick, un joven alto y atlético, de cabello rubio arena y ojos azul brillante, se inclina hacia adelante con interés. Es estudiante de Historia, especializado en estructuras sociales.

—Profesor, ¿cómo encontramos el equilibrio adecuado entre las obligaciones familiares y nuestras relaciones personales? —pregunta.

—Patrick, es una cuestión fundamental —responde el profesor Cromwell-Smith—. Como destaca el poema, "la fuerza y el poder de estos lazos surgen de mantenerse unidos". Es esencial mantener una comunicación abierta con tu familia sobre tus necesidades mientras cultivas tus relaciones personales. Ambas pueden coexistir y enriquecerte mutuamente.

Priya, estudiante de Sociología apasionada por la dinámica interpersonal, levanta la mano a continuación.

—Mencionó que el amor y la amistad están entrelazados. ¿Cómo podemos asegurarnos de que nuestras amistades refuercen nuestra vida familiar? —pregunta con reflexión.

—Excelente observación, Priya. El poema sugiere que "somos leales de manera inquebrantable y eterna" con aquellos a quienes queremos. Los verdaderos amigos deben apoyarte en tu recorrido familiar, ofreciéndote un espacio seguro para expresar tus pensamientos y emociones. Busca amistades que comprendan tus responsabilidades familiares y respeten tus decisiones —responde el profesor.

Marcus, estudiante de Psicología con especial interés en la terapia familiar, levanta la mano.

—Sí, Marcus, adelante.

—¿Qué hacemos cuando las expectativas familiares chocan con nuestros propios deseos? ¿Cómo manejamos esa tensión? —pregunta con seriedad.

—Es un conflicto común, Marcus —reflexiona el profesor—. El poema nos recuerda que "los actos de conciencia guían nuestras acciones en asuntos de familia, verdadera amistad y amor". Es fundamental honrar tus propios sentimientos, pero también considerar la perspectiva de tu familia. Encuentra una manera de comunicar tus deseos y establecer límites saludables. Este enfoque puede fomentar la comprensión mutua y el respeto.

Jasmine, estudiante de Literatura, fascinada por los temas de conexión humana en la poesía, se pone en pie.

—¿Cómo podemos cultivar conexiones más profundas con nuestra familia sin comprometer nuestra individualidad? —pregunta.

—Buena pregunta, Jasmine —responde el profesor—. El poema enfatiza que "debemos estar alerta, pues una vez que se pierde la cercanía de estos lazos, recuperarla es difícil". Nutrir tu individualidad mientras mantienes el vínculo familiar requiere diálogo abierto y honestidad. Comparte tus pensamientos y pasiones con tu familia; permite que vean quién eres como individuo, al tiempo que refuerzas el amor que os une.

El profesor Cromwell-Smith hace una pausa y recorre la sala con la mirada.

—Recordad, la familia y la amistad son relaciones complejas, pero con amor, comprensión y comunicación abierta podemos navegar sus desafíos. Apreciad los lazos que enriquecen vuestras vidas, pues realmente definen nuestras experiencias —concluye.

Sin embargo, al pronunciar sus propias palabras, una inquietud inesperada lo invade. Una expresión de preocupación cruza fugazmente su rostro mientras viejas inseguridades resurgen.

Racionalmente, sabe que no tienen fundamento, pero, aun así, el miedo lo oprime momentáneamente. De repente, siente un deseo irreprimible de verla.

Para sorpresa de su clase, el eminente profesor pone fin a la sesión de manera abrupta, apenas logrando despedirse con un leve gesto antes de murmurar:

—Nos vemos la próxima semana.

Al salir del auditorio, casi choca con ella.

—Vicky —dice con una sonrisa de alivio.

—Hoy tienes prisa, querido —responde ella con una sonrisa.

Pero, en un instante, capta el miedo aún presente en los ojos de Erasmus.

—Aquí estoy, viejo tonto. No voy a ninguna parte —dice Vicky con dulzura, sus ojos brillando de lágrimas, pero cargados de determinación.

—Por favor, no pares —murmura él, comenzando a relajarse.

—Por el tiempo que haga falta, cuantas veces sea necesario, siempre estaré aquí —promete ella, reconfortándole una vez más.

—Ahora, a otros asuntos. Necesito hablar contigo sobre mis hijos —anuncia Vicky.

Los ojos de Erasmus se agrandan ligeramente, pero ella se apresura a añadir:

—No hay motivo para entrar en pánico, mi amor.

Mientras la pareja camina junta, Erasmus siente cómo sus dudas se disipan bajo el calor de su presencia. Su mano firme en la suya refuerza la verdad que mantiene en su corazón: con ella a su lado, cualquier desafío es superable.

Dentro del auditorio, los estudiantes siguen reflexionando sobre el profundo tema abordado por su eminente profesor. Muchos comienzan a evaluar—algunos incluso a replantearse—sus propias relaciones familiares, amistades y vínculos, comparándolos con lo que acaban de aprender.

Capitulo 11

La vida como un circo

Royal Cambridge Scholastic Institute, 2019
(Caminos Traseros del Campus de Erasmus y Victoria)

La noche anterior, Victoria y Erasmus habían disfrutado de una animada velada, que culminó con una espléndida cena en un restaurante familiar de mariscos en Nueva Inglaterra. Fue una noche memorable, ya que la pareja, profundamente enamorada, experimentó por fin la plena aceptación de los hijos de Victoria. Al final, lo que más les importaba a sus hijos era ver a su madre con un brillo en los ojos, relajada, auténtica y verdaderamente feliz al lado de Erasmus.

—Querido, estuviste maravilloso anoche —exclama Victoria con alegría mientras pedalean por los caminos traseros del campus.

—Y permíteme añadir que te aman profundamente, mi lady —responde él con entusiasmo, zigzagueando juguetonamente sobre su vieja bicicleta oxidada entre los primeros colores de la primavera.

Victoria lo observa, sintiéndose orgullosa y, al mismo tiempo, liberada.

—¿Acaso recuerdas cuándo fue la primera vez que me enamoré de la idea de ser madre? —pregunta con un tono juguetón, convencida de que él no lo recordará.

—Bueno, la única vez que recuerdo que mencionaras algo al respecto fue en el circo —responde Erasmus sin titubear.

Victoria contiene la respiración, sorprendida y conmovida de que él recuerde un momento tan significativo para ella.

435

—Tuvimos bastante suerte de ir al circo aquel día —comenta con picardía.

—¿Suerte? Más bien diría que fue una estrategia bien planeada. Lo tenías todo orquestado —replica Erasmus con una sonrisa, sin dejarse engañar por su falsa inocencia.

El profesor Cromwell está tan inmerso en sus pensamientos que solo el sobresalto de su bicicleta al chocar con un bache cerca del edificio de la facultad lo devuelve al presente.

—El circo... ese será el tema de hoy —dice con repentina inspiración.

Victoria le da un leve empujón con el hombro mientras pedalean juntos.

—Sabes, nunca pensé que a estas alturas de mi vida estaría con alguien como tú.

—¿Alguien tan encantador y asombroso como yo? Difícil de creer, lo sé —bromea Erasmus con una sonrisa traviesa.

—¡Exactamente! Pero, sinceramente, estoy agradecida por cada giro inesperado de este circo —responde Victoria entre risas, mientras llegan al aparcamiento de la facultad.

Después de asegurar la bicicleta de Victoria en la baca del coche y despedirla con un cálido beso antes de que se dirija a sus clases en la Universidad de Boston, Erasmus se toma un momento para verla marcharse. Sus pensamientos se quedan con la risa de la noche anterior y la alegría de haber sido aceptado por sus hijos. Con una sonrisa de satisfacción, ajusta su bolso y se encamina hacia el edificio de la facultad, con la mente ya hilvanando la lección del día. Camina con pasos decididos, mientras en su imaginación desfilan imágenes de artistas itinerantes y carpas de circo.

—✦—

Royal Cambridge Scholastic Institute, 2019
(Auditorio Universitario)

Al entrar en el bullicioso auditorio, algunos estudiantes le saludan con entusiasmo, sus alegres voces resonando en la sala. Erasmus sonríe al absorber la energía familiar del aula mientras coloca sus notas sobre el atril.

—Buenos días, clase.

—Buenos días, profesor.

—La semana pasada terminé la sesión de manera algo abrupta debido a un asunto personal. Os pido disculpas por ello —dice el profesor con sinceridad.

—¿Todo está bien en casa, profesor? —pregunta la clase al unísono, con un tono genuino de preocupación.

Erasmus los observa, un tanto desconcertado, sin estar seguro de sus intenciones.

—¿En qué estáis metidos? —pregunta con suspicacia.

Entonces lo comprende, justo antes de que puedan empezar a bromear.

—Muchos de nosotros fuimos testigos de la escena shakesperiana en la puerta del auditorio la semana pasada, profesor —explica uno de los estudiantes con una sonrisa burlona.

Un poco avergonzado, los interrumpe.

—Basta de burlarse de vuestro profesor esta mañana —dice, aunque su tono carece de convicción.

Al ver sus rostros expectantes, cede con un suspiro.

—De acuerdo, no pasó nada fuera de lo común. Victoria simplemente quiso sorprenderme saludándome después de clase... y lo logró. Fue maravilloso —explica con una sonrisa tranquilizadora.

'Realmente se preocupan por mí', piensa Erasmus, observando a sus alumnos con gratitud. Pronto, el protocolo regresa y recupera su enfoque.

—Hoy os voy a llevar de vuelta a un día en el que Victoria y yo adquirimos una gran sabiduría tras una visita al circo.

Hace una pausa, y la sala enmudece en anticipación.

—Y la historia comienza así…

— ✦ —

Nueva York, 1977

Harvard acababa de enfrentarse a Princeton y, como de costumbre, Vicky había deslumbrado en el campo con sus maniobras de bastón. Al salir del estadio, se volvió hacia Erasmus y dijo:

—Llévame a la tienda de Nueva York donde compraste mi bastón.

Un corto viaje en tren después, Erasmus se rasca la cabeza. ¿Por qué querrá ir allí? se pregunta.

Poco después, caminan de la mano por las calles de Manhattan, rodeados por los vibrantes colores otoñales de Central Park.

Esto debe significar algo para ella, piensa Erasmus, percibiendo la importancia del momento.

Entran al parque por la calle 69 con la Quinta Avenida y avanzan por la hierba con una actitud despreocupada. La euforia de la joven pareja se refleja en la firmeza con la que se sostienen las manos y en la constante espontaneidad de sus acciones. Corren tras las palomas en el estanque, se manchan la cara con helado en la fuente, se arrojan palomitas de maíz en Strawberry Fields y sueltan docenas de globos al cielo justo antes de llegar a Poet's Row.

—Algún día, tal vez seas un poeta icónico con una estatua aquí —dice Vicky de repente, sus ojos brillando de esperanza mientras contempla las estatuas que honran a los grandes poetas.

Inspirado por su inocencia y belleza, Erasmus responde:

—¿Por qué no?

Y entonces ocurre la magia. Sin apartar la mirada de ella, comienza una recitación improvisada.

—Llamémoslo...

Un verso en el panteón de los poetas

Cuando caen las hojas
en el panteón de los poetas,
veo tus ojos brillar
en los matices del otoño.
Una suave brisa silba
mientras el espíritu de la Gran Manzana
se esparce por cada rincón
de los pulmones de la ciudad.
El parque se tiñe
de infinitos tonos
de amarillo, naranja
y sí, también de rojo—
como si todo fuera solo para ti,
mi amor.
O quizás eres tú, mi musa—
tus sueños resplandecen en el parque
con colores que tu alma abraza.
Cada palabra que tejo, tomada de tu luz,
guía mi corazón a través de la noche otoñal.

Las hojas crujen suaves bajo nuestros pies,
El aire, fresco y puro, lleva dulzura otoñal.
El murmullo de la ciudad se apaga en un susurro,
En este rincón sagrado, el tiempo no tiene prisa.
Pero es en esta esquina sagrada
donde tu sonrisa brilla con más intensidad,
cuando tu mente llena de sueños comprende
que tu corazón ha sido arrebatado
por el espíritu del parque
y por el mío propio,
mientras recito este verso,
tejido con hojas caídas
y con mi corazón y alma enamorados.

*

Vicky extiende los brazos y lo atrae hacia sí, abrazándolo con fuerza. Al besarlo con ternura, sus palabras son suaves pero firmes, pronunciadas desde lo más profundo de su corazón devoto.

—Mi corazón es completa y enteramente tuyo, mi amor —susurra, rindiéndose ante su verso en Poet's Row.

Conversan sin cesar, como si hubieran pasado años desde su último encuentro. Cuando finalmente salen del parque por Columbus Circle, están envueltos en la felicidad de Central Park y en el espíritu embriagador de la Gran Manzana.

Tras un tranquilo paseo por las bulliciosas calles de la ciudad, Erasmus se sorprende al ver que Vicky no pasa más de cinco minutos dentro de la tienda de instrumentos para bandas de marcha.

—Este lugar simboliza tu declaración de amor hacia mí. Fue el punto de inflexión, el momento en que tu gran gesto me conquistó. Cuando supe que habías viajado toda la noche para reemplazar mi bastón roto, sentí un deseo abrumador de hacer cualquier cosa por ti, Erasmus. Aunque en ese momento no sabía quién lo había hecho, recé con todas mis fuerzas para que fueras tú —dice, su voz rebosante de alegría.

Victoria se inclina y lo besa con pasión, apoyándose en una sola pierna, con la otra doblada hacia atrás, como una despedida sacada de una postal de guerra.

La vida como un circo

La vida es como un circo,
poblado por los mismos personajes
que cobran vida en su espectáculo.
Nos rodean los "maestros de pista",
quienes mueven los hilos,
dirigen la función
y sostienen la maquinaria de la civilización.
Luego están los "acróbatas",
equilibristas y trapecistas,
desafiando la gravedad
con piruetas vertiginosas
en el gran acto de la existencia.
También están los "magos" e "ilusionistas",
quienes nos hacen creer en lo imposible,
visualizando y transformando la realidad
hasta convertir los sueños en avances
que impulsan la evolución de la sociedad.
Los "malabaristas", por su parte,
son maestros de la destreza y la multitarea,
manejando innumerables demandas
para mantener en funcionamiento
los engranajes de la civilización.

Después vienen los "domadores de leones y tigres",
guardianes del orden,
conteniendo la naturaleza indomable
y aplicando las leyes de los hombres.
También encontramos a los "tragasables"
y a los "comedores de fuego",
aquellos que desafían el peligro y la muerte
con cada movimiento calculado,
porque su arte no permite
un solo error.
Confiamos en ellos,
en su preparación y en su dominio,
les entregamos las riendas
porque sabemos que nos llevarán a salvo.
Los "hombres bala" viven del vértigo,
se lanzan en vuelos sin rumbo,
buscando la emoción de desafiar la vida,
aunque siempre terminan
en un aterrizaje incierto.
Y, por supuesto, los "payasos y bufones",
siempre tras una broma o una sátira,
persiguiendo la risa y la alegría,
esa que nunca es suficiente en la vida.
Por último, están los "espectadores",
aquellos que observan, juzgan,
aplauden o rechazan
lo que ocurre en la pista.
Como una mente colectiva,
nunca pierden detalle
y, en ocasiones, incluso alteran
el curso del espectáculo.

La multitud ruge, un eco de emoción,
los acróbatas vuelan en una sinfonía de precisión.
El olor a aserrín y caramelo flota en el aire,
mientras el circo da comienzo a su baile.
Los magos tejen ilusiones en el aire,
susurros de sueños que nadie puede atrapar.
El público contiene la respiración,
y luego estalla en una ovación.
Cada uno de nosotros lleva dentro
un poco de estos personajes.
Tal vez un payaso con alma de ilusionista,
o un equilibrista con destreza de malabarista.
Quizá un maestro de pista con el corazón de un soñador.
El circo nos revela la verdad:
lo que sucede cuando
exprimimos nuestro máximo potencial.
Algunos nacen para dirigir, otros para crear,
otros para desafiar la gravedad y el azar.
La vida exige equilibrio, talento y pasión,
solo con esfuerzo se alcanza la perfección.
La vida es un circo,
siempre que dejemos a nuestro niño interior
abrazar la magia y la maravilla,
sin miedos ni prejuicios.
Al descubrir qué papel nos pertenece,
podemos elevarnos,
poniendo en práctica nuestros mejores talentos
y desplegando nuestras más profundas pasiones
tal como los verdaderos artistas de circo lo hacen,
perfeccionando de esa manera el puro arte de vivir.

*

Al concluir la lectura, Mr. Lafayette observa con satisfacción a Victoria y Erasmus. Sus ojos reflejan asombro y fascinación, impactados por la profundidad del poema.

Pero el anticuario aún no ha terminado.

—La mayoría de los personajes del circo habitan en todos nosotros. Al menos, llevamos fragmentos de cada uno. Pero, para algunos, uno de estos personajes es su destino. La clave está en preguntarnos: ¿qué somos? ¿Un maestro de pista o un equilibrista? ¿Un trapecista o un malabarista? ¿Un payaso o un mago? Descubrirlo y perfeccionarlo es la llave para brillar en el gran espectáculo de la vida —concluye sabiamente.

—¿Elegimos quién queremos ser? —pregunta Erasmus, pensativo.

—Hasta cierto punto, sí. Pero también, hasta cierto punto, no. Nacemos con aptitudes que nos orientan. No se decide ser un trapecista; se llega a serlo si se posee talento natural, deseo ardiente y compromiso absoluto. Solo entonces, se domina el arte del trapecio —explica el anticuario.

—¿Por qué comparar la vida con un circo? —pregunta Victoria, intrigada.

—Porque hacerlo es un acto de sabiduría —responde Mr. Lafayette—. El circo es la metáfora perfecta de la vida: talento, práctica, riesgo y pasión. Como en el circo, vivir exige valentía y dominio.

— ✦ —

Royal Cambridge Scholastic Institute, 2019
(Auditorio Universitario)

A medida que los recuerdos se desvanecen, el profesor Cromwell-Smith siente el peso de la lección aprendida aquel día. Observa a su clase, y la energía en la sala lo ancla en el presente. Con una leve sonrisa, comienza:

—Regresemos al tema de hoy: cómo la vida refleja el circo. Como hemos visto, el circo no es solo un espectáculo de entretenimiento, sino una profunda metáfora de la vida. Nos recuerda que dentro de cada uno de nosotros hay un artista, esforzándose por perfeccionar su papel. Y así como cada acto en el circo requiere práctica, equilibrio y valentía, la vida exige lo mismo. Ahora, exploremos cómo estos temas resuenan en vosotros. La palabra es vuestra.

Isabella, estudiante de Escritura Creativa, levanta la mano.

—Profesor, ¿cómo podemos reconocer cuando estamos desempeñando roles que no se alinean con nuestro verdadero yo?

—Excelente pregunta, Isabella. El poema sugiere que 'los mejores artistas son aquellos que abrazan la autenticidad en sus actos'. Es fundamental hacer un ejercicio de introspección con frecuencia. Reflexiona sobre tus emociones y motivaciones; si un rol se siente forzado o carente de propósito, tal vez sea el momento de redefinirlo o abandonarlo —responde Cromwell-Smith con entusiasmo.

Aaron, estudiante de segundo año de Ingeniería, interviene:

—Usted habló de malabarear distintos roles. ¿Cómo podemos encontrar el equilibrio sin sentirnos abrumados?

—Una inquietud muy válida, Aaron. El poema insinúa que 'el arte de la vida requiere no solo destreza, sino también la sabiduría de saber cuándo dar un paso atrás'. La clave está en la priorización. Concéntrate en lo que realmente importa y aprende a delegar o soltar aquellas responsabilidades que no aportan valor a tu vida. Y recuerda, está bien apartarse del centro de la pista de vez en cuando —responde el profesor con tono reflexivo.

Chloe, estudiante de Matemáticas, pregunta con curiosidad:

—En el poema menciona la importancia de abrazar a nuestro niño interior. ¿Cómo se relaciona eso con nuestra vida adulta?

—Gran observación, Chloe —responde el profesor Cromwell-Smith, haciendo una pausa antes de continuar—. Conectar con nuestro niño interior nos permite recuperar la espontaneidad y la alegría, cualidades que a menudo se pierden con la adultez. El poema nos anima a 'reconectar con el espíritu lúdico que habita en nosotros', recordándonos que la vida no debe girar exclusivamente en torno a las responsabilidades. La exploración y el juego son esenciales para una existencia plena.

Ethan, estudiante de Filosofía, se inclina hacia adelante y pregunta:

—¿Y qué pasa si sentimos presión para conformarnos a las expectativas sociales? ¿Cómo podemos liberarnos de eso sin alejarnos de nuestra comunidad?

—Pregunta fundamental, Ethan. El poema nos dice que 'la verdadera libertad surge al comprender y aceptar nuestra esencia multifacética'. No se trata de rebelarse sin rumbo, sino de mantenerse fiel a nuestros valores mientras buscamos una comunidad que celebre la autenticidad. Rodéate de personas que te animen a brillar, incluso cuando las normas sociales intenten dictar lo contrario —responde el profesor con su característica expresividad.

Erasmus Cromwell-Smith hace una pausa, recorriendo con la mirada los rostros de sus alumnos.

—Recordad, la metáfora del circo nos ofrece una perspectiva rica sobre nuestras propias experiencias. Abraza tu papel, pero nunca pierdas de vista quién eres en el fondo. La vida es una obra maestra, un espectáculo vibrante lleno de autenticidad y emoción. Mira dentro de ti y trata de identificar cada uno de los personajes del circo: ¿eres un acróbata, un malabarista, un payaso? Pregúntate: ¿cuál de ellos prevalece en ti? ¿Cuál estás destinado a perfeccionar?

Una breve pausa deja que sus palabras se asienten.

—Gracias a todos por vuestra participación de hoy. Nos vemos la próxima semana.

A medida que los estudiantes abandonan el aula, el estimado profesor se queda un momento más, perdido en sus pensamientos. Se pregunta qué personajes circenses residen en su interior y cuáles han guiado su propia función en el espectáculo de la vida.

Capítulo 12

La claridad en la vida

Royal Cambridge Scholastic Institute, 2019
(Residencia de Erasmus y Victoria en el Campus)

Cuando Erasmus entra en su acogedor estudio en la penumbra del amanecer, un pensamiento familiar reaparece en su mente: *"Es ajena a sus miedos más profundos y disfraza su inclinación hacia la tristeza."* Sin embargo, la visión de una tetera humeante y unas galletas sobre la mesa de la lámpara de lectura lo saca de su ensimismamiento, haciéndolo sentir inesperadamente querido. Al lado, un pequeño papel con una nota escrita a mano ilumina aún más su expresión:

"Te amo, siempre te he amado y siempre lo haré."

Sumido en sus pensamientos, Erasmus solo regresa al presente cuando el suave sonido de una voz en la distancia lo envuelve. Luego, al sentir los brazos de Victoria rodearlo con dulzura, la recibe con calidez.

—Dama de la noche, qué grata sorpresa tenerte aquí tan temprano.

—Parecías perdido en tus pensamientos —susurra ella, con la voz aún impregnada de sueño.

—Me traes una alegría inmensa, querida. Ojalá no hubiéramos perdido tanto tiempo separados —dice ella con pesar, su voz teñida de melancolía.

'Aquí vamos de nuevo', piensa Erasmus, su naturaleza perceptiva intuyendo el rumbo de la conversación. Con suavidad, la incita a continuar:

—¿Por qué desearías eso?

—A veces, desearía poder retroceder en el tiempo, evitar estos cuarenta años de separación —confiesa. Él la escucha con atención, sin interrumpirla.

—No puedo escapar de este ciclo interminable de dolor —continúa, con la voz temblorosa—. Revivir nuestra separación, la enfermedad y muerte de David, la interrupción de mi carrera en psicología criminal… todo parece un bucle sin fin.

Su vulnerabilidad lo atraviesa, pero Erasmus se mantiene sereno.

—Querida, hay algo crucial que debo compartir contigo —comienza ella con duda—. Se trata de una conversación que tuve con Gina cuando mis padres me visitaron en Boston.

—¿Te refieres a la vez que no me presentaste a tus padres? —recuerda Erasmus con suavidad, su tono inmutable, permitiéndole continuar.

—Esta historia me ha perseguido durante años, una y otra vez en mi mente —admite Victoria, preparándose para una confesión profunda.

—— ✦ ——

Harvard, 1977
(Habitación de Gina en la Residencia Universitaria)

—¿Estás teniendo dudas? —inquiere Gina, rompiendo el silencio.

Victoria titubea antes de hablar.

—¿Ser profesor es todo lo que logrará en la vida? —pregunta en voz alta, dejando entrever la incertidumbre en sus palabras.

—Vicky, ¿tu amor depende del éxito? —desafía Gina con franqueza, desarmándola con la pregunta.

—A veces parece que sí —admite Victoria con vacilación, sintiendo cómo la duda se filtra en su tono.

—Eso es solo un eco de lo que tu madre te ha inculcado toda tu vida —señala Gina sin rodeos—. Pero la verdadera Victoria no se preocupa por la riqueza material.

Victoria se mueve inquieta, sintiendo el impacto de las palabras de su amiga.

—No, Victoria —continúa Gina con intensidad—, tu verdadero temor es si este distraído intelectual británico podrá brindarte el tipo de estabilidad y cuidado que siempre esperaste en casa.

—¡No necesito que nadie me cuide! —replica Victoria con firmeza, sintiendo la necesidad de defenderse.

—Pero sí lo necesitas —insiste Gina—. Anhelas cuidado, pero también quieres control.

—¿Y qué hay de malo en eso? —pregunta finalmente, con la voz más suave, reconociendo la contradicción dentro de sí.

—Eso no funcionará con Erasmus —afirma Gina con seguridad—. Su independencia y su ética de trabajo no permitirán una relación basada en el control. Te ama porque eres autosuficiente e industriosa, no por ser dependiente.

Gina hace una pausa y luego continúa con un tono más suave:

—A menos que enfrentes tus inseguridades más profundas junto a él, siempre sentirás la presión de 'estar a la altura' de su mundo. La verdad es que tienes más miedo de sentirte insuficiente a su lado que de estar realmente con él.

Victoria permanece en silencio, dejando que las palabras de Gina deshagan el nudo de su conflicto interno.

—Erasmus ya ha visto y se ha enamorado de la verdadera Victoria: segura, auténtica y genuina. Recuérdalo: te ama por lo que eres, no por lo que tus padres o la sociedad esperan de ti —concluye Gina, con una voz firme pero alentadora.

Victoria aparta la mirada, sintiendo el peso de sus palabras. Su corazón se siente pesado, pero, por primera vez, una tenue claridad comienza a emerger.

—— ❖ ——

Royal Cambridge Scholastic Institute, 2019
(Residencia de Erasmus y Victoria en el Campus)

—Debería haber escuchado su consejo, pero no lo hice, querido —admite Victoria, con la voz cargada de pesar.

—Vicky, en cuanto a esos remordimientos persistentes, ¿recuerdas nuestra sesión con la señora Peabody, cuando nos compartió aquel viejo manuscrito sobre cómo superar los arrepentimientos? —pregunta Erasmus, guiando la conversación hacia una lección de vida.

—Sí, lo recuerdo. ¿Por qué lo mencionas? —responde ella, con un tono que oscila entre la defensiva y la curiosidad.

—Hoy en clase retomaremos esa lección. Creo que te haría bien acompañarme —sugiere Erasmus, sus ojos reflejando una mezcla de ternura y aliento.

—Con gusto, querido —acepta Victoria, aunque un atisbo de inquietud atraviesa su voz.

—Será una clase muy apropiada, mi dama —la tranquiliza con una cálida sonrisa, sintiendo en su interior una renovada esperanza y alivio.

—Erasmus, cuanto más lo pienso, más claro lo veo: nuestro pasado no tiene por qué dictar nuestro futuro —reflexiona ella, con un matiz de determinación en su voz.

—¡Exactamente! Se trata de reconocer esas experiencias y permitirles guiarnos en lugar de dejarnos atrapados en ellas — responde él con convicción.

Mientras el sol matutino se filtra entre los árboles, Erasmus y Victoria conducen en silencio hacia la universidad, con las manos entrelazadas sobre la consola central del coche. Es un gesto sencillo pero poderoso, un testimonio de su amor inquebrantable y el apoyo mutuo que se brindan. Solo el suave zumbido del motor llena el espacio entre ellos, acompañado ocasionalmente por el canto de los pájaros que se cuela por la ventana abierta. No necesitan palabras; el silencio es cómodo, cada uno absorto en los pensamientos de la travesía que los llevó hasta este momento.

Erasmus le lanza una mirada de soslayo y sonríe al ver su expresión pensativa, perdida en el paisaje que se desliza por la ventana.

—¿Lista, mi dama? ¿Compartimos lo que hemos aprendido? —murmura Erasmus con complicidad.

Victoria asiente, apretando con más fuerza su mano, mientras las torres de la universidad aparecen en el horizonte. Su expresión revela la profundidad de su propósito, su determinación reflejada en la suavidad de su sonrisa.

— ✦ —

Royal Cambridge Scholastic Institute, 2019
(Auditorio Universitario)

El bullicio habitual del campus los recibe cuando estacionan el coche. Erasmus ajusta la correa de su maletín al hombro y echa un vistazo a Victoria mientras ella se acomoda la bufanda contra la brisa fresca de la mañana. Alrededor de ellos, grupos de estudiantes charlan y ríen, impregnando el ambiente de una energía vibrante.

Al acercarse a la entrada del auditorio, Victoria se detiene por un instante y se gira hacia Erasmus.

—Gracias por traerme hoy —dice en voz baja.

Él sonríe y coloca una mano sobre la suya.

—Siempre.

Juntos, cruzan el umbral, adentrándose en la sala donde el murmullo de los estudiantes acomodándose en sus asientos resuena con eco.

—¿Cómo están todos hoy? —saluda Erasmus con entusiasmo.

—¡Increíblemente bien, profesor! —responden los estudiantes al unísono, inundando la sala con su energía contagiosa.

—Como habrán notado, hoy Victoria nos acompaña por una razón especial. Vamos a revivir uno de los días más memorables —anuncia Erasmus, su tono marcando el inicio de una clase que promete ser introspectiva y reveladora.

— ✦ —

Costa de Massachusetts, 1977
(Navegación a vela)

Erasmus, quien no es precisamente un marinero, se aventura en una jornada de navegación junto a Victoria, una experimentada navegante desde sus veranos de infancia en el lago Míchigan. Su travesía comienza en Newburyport y, a medida que se adentran en el Atlántico a lo largo de Salisbury Beach, Victoria le enseña con paciencia las nociones básicas de la vela. Su destreza y seguridad en cada instrucción reflejan años de experiencia.

Conforme ambos adquieren confianza en el agua, la majestuosidad del entorno empieza a envolverlos. Inspirado por la belleza del momento y por su conexión con Victoria, Erasmus comienza a recitar espontáneamente, sus palabras brotando como un tributo a la ocasión.

—La brisa suave alborota libremente esos brillantes rizos dorados míos —declama, su voz fundiéndose con el viento.

Victoria lo escucha con atención, conmovida, sus ojos reflejando la emoción del verso improvisado.

—¿Qué es esa masa de tierra allá? —pregunta Erasmus, señalando hacia la costa.

—Ese es el cabo Ann —explica ella con orgullo y familiaridad—. Y justo a la derecha, puedes ver Halibut Point.

—¿Y hacia dónde nos dirigimos? —inquiere él con curiosidad.

—A un lugar sorpresa, justo aquí, en la bahía de Ipswich, famoso por sus almejas —responde Victoria, su sonrisa insinuando el misterio que está por revelarse.

Con el viento a su favor, continúan navegando por la costa, sus risas y conversaciones fundiéndose con el ritmo de las olas. Finalmente, atracan en un puerto pintoresco, asegurando su embarcación antes de disponerse a vivir el siguiente capítulo de su aventura—un capítulo aún por escribirse, aguardando con ansias la pluma de sus corazones.

Esos brillantes rizos dorados que son solo míos

La brisa suave alborota libremente,
esos brillantes rizos dorados míos.
El vasto océano,
vidrioso y resplandeciente,
se extiende como un lienzo infinito,
capturando esos ojos incandescentes
que anclan mi alma errante,
a quienes pertenezco por siempre.
Con una cornucopia
de azules, platas y blancos,

se me concede el privilegio
de una paleta sin fin,
para pintar tu radiante sonrisa—
una sonrisa que me posee por completo,
dejando espacio solo
para nuestros dos corazones,
estrechamente unidos,
amándose hasta el infinito.
De un lado del horizonte,
el sol se alza,
derramando suaves matices luminosos
sobre el nuevo día,
y con ellos, un aura de belleza etérea
que envuelve tu ser matutino—
una visión que contemplo en asombro y maravilla,
deseando que sea solo mía.
Simultáneamente,
del otro lado del horizonte,
el sol se pone
con tonos vibrantes,
como tus pasiones y fuegos,
a los cuales me entrego eternamente—
mi corazón, ahora completamente tuyo,
ya no mío.
En el centro del horizonte,
nuestras velas dibujan una historia en el cielo—
cada trazo ardiendo con los colores de nuestro universo.
Un extraordinario arcoíris
se extiende de extremo a extremo,
enmarcándote en su centro
en una pose eterna—
tu radiante sonrisa,

tus ojos incandescentes,
y la brisa marina alborotando suavemente
esos deslumbrantes rizos dorados míos.
Y cuando el sol se inclina ante el borde del horizonte,
su cálido abrazo susurra una verdad silenciosa:
este momento, este amor, es eterno—
una obra maestra grabada en el tiempo.

*

Victoria permanece inmóvil, con la mirada fija únicamente en él. Su labio inferior tiembla casi imperceptiblemente, y sus ojos siguen anclados en los suyos, reflejando una absoluta fascinación por sus encantadoras palabras. Tras un breve y embelesado silencio, su conversación deriva hacia temas más mundanos.

—¿Cómo se llama ese pedazo de tierra? —pregunta él, rompiendo el hechizo.

—Ese es Cape Ann, y justo a la derecha puedes ver Halibut Point —responde ella, con una voz firme pero aún teñida de calidez.

—¿Es ese nuestro destino? —indaga, percibiendo la deliberada ruta que ha trazado.

—En realidad, no. Nos dirigimos a una pequeña bahía más cercana, hacia la derecha, llamada Ipswich Bay —explica, señalando las aguas serenas que se extienden ante ellos.

—¿Por qué se llama así? —pregunta Erasmus, con la curiosidad despertada.

—¡Ay, qué tonto! ¿No lo sabes? Es famosa por sus almejas de Ipswich —declara con deleite, disfrutando la rara oportunidad de compartir algo que él no sabe.

—¿Es ese nuestro destino final? —insiste, intrigado.

—No, querido, eso es una sorpresa —responde ella con una sonrisa traviesa, su tono rebosante de misterio.

Con una brisa suave empujándolos desde atrás, se deslizan sin esfuerzo a lo largo de la costa. Victoria maniobra hábilmente la vela, guiándolos cada vez más cerca del pintoresco puerto. Al aproximarse, Erasmus ayuda a asegurar el velero en un muelle de madera vacío, atándolo con precisión.

Lanesville, Costa de Massachusetts, 1977

Después de un tranquilo paseo por los hermosos alrededores, Erasmus reconoce finalmente su destino. Han llegado a Lanesville, el refugio de su querida anticuaría, la señora Peabody. Al acercarse, el inconfundible encanto de su tienda les da la bienvenida, y en cuestión de segundos, su efusiva anfitriona los recibe con los brazos abiertos.

—¡Mrs. P.! —exclama Erasmus, su rostro iluminado de alegría.

—¡Pero qué sorpresa tan encantadora! —responde ella con entusiasmo, abrazándolos con calidez.

Antes de que puedan intercambiar más saludos, la señora Peabody fija la mirada en Erasmus, adoptando un tono de fingida desaprobación.

—Erasmus, allá en Gales hay una admiradora tuya lamentando tu ausencia —lo reprende con suavidad.

—No le has escrito en más de un año —añade, su expresión suavizándose pese a sus palabras.

—¿Mrs. V.? —pregunta Victoria, reconociendo el nombre al instante.

—La única e inigualable —confirma la señora Peabody, su severidad disipándose en una sonrisa afectuosa.

Erasmus promete escribirle a su querida mentora en cuanto regrese a casa, su sinceridad reflejada en cada palabra. Satisfecha, la anticuaría cambia de tema.

—Mrs. P., necesitamos un remedio para el alma —confiesa Erasmus con gravedad.

—Ah, ese es un asunto trascendental que requiere más aclaraciones —responde ella, intrigada.

—¿Cuál es la aflicción, si se puede saber? —pregunta con un tono ahora más serio.

—Es sobre los remordimientos y las penas. No dejo de quedarme atrapado en ambos —admite Erasmus, su voz cargada de cierta vergüenza.

—Mrs. P., que sea un remedio fuerte, por favor. Lo necesita de verdad —interviene Victoria, su sinceridad imposible de ignorar.

La señora Peabody ya está en movimiento antes de que Victoria termine de hablar. A pesar del caos de libros apilados a su alrededor, encuentra uno en cuestión de minutos, como si la intuición la guiara.

—Este es uno de mis textos favoritos —comienza la señora Peabody, su voz adoptando una ternura inusual—. Desde que perdí a mi esposo en una tormenta fatídica en la costa de Nueva Inglaterra, estas palabras han sido mi refugio —revela, sus ojos brillando con lágrimas contenidas.

La confesión deja a Erasmus y Victoria momentáneamente sin palabras, desconocedores hasta ese momento de su profundo dolor. Con cuidado, la anticuaría coloca el libro sobre su mesa de lectura, su antiguo comedor convertido en altar literario. Luego, con voz firme pero cargada de emoción, empieza a leer en voz alta, como si canalizara su propio proceso de sanación a través de las palabras escritas en aquellas páginas.

La claridad en la vida

Anhelar una realidad alternativa de
"y si...," "podría haber sido...," o *"debería haber sido...,"*
es una búsqueda inútil de una máquina del tiempo—
una dimensión paralela que simplemente no existe;
como intentar atrapar sombras en una habitación de espejos—
cada reflejo nos devuelve al mismo punto,
sin llevarnos a ningún otro lugar.
Lamentar el pasado, las dificultades o las tragedias
en ciclos interminables de dolor
nos deja atrapados,
como si estuviéramos siempre buscando aire sin encontrarlo.
Los remordimientos y las penas, alimentados por
inseguridades,
miedo y culpa, actúan como lupas—
distorsionando y magnificando el verdadero sufrimiento y las
pérdidas reales.
El peso del arrepentimiento y la tristeza nos lleva a lugares
donde nos rodeamos de quienes ni amamos ni apreciamos,
haciendo lo que no queremos,
anhelando personas y cosas que ya no están,
que nunca tuvimos o que jamás fueron nuestras.
La riqueza material puede liberarnos de la pobreza,
pero no puede remediar el miedo, la culpa,
las falsas aspiraciones, las carencias o el vacío del espíritu y el
alma.
Las riquezas, en esencia, son huecas,
induciéndonos a una falsa sensación de seguridad,
y con frecuencia, convirtiéndose en una turbia fuente
de soledad futura, arrepentimiento y tristeza.

Alcanzamos claridad en la vida
cuando tenemos un propósito claro,
centrándonos constantemente en la búsqueda del significado.
Alcanzamos claridad en la vida
cuando somos plenamente conscientes de nuestras fortalezas
y debilidades,
y nos esforzamos incansablemente por construir
un conjunto íntegro de virtudes,
reconociendo aquellas que ya hemos adquirido
y aplicándolas activamente en nuestra vida diaria.
Alcanzamos claridad en la vida
cuando nos conducimos con responsabilidad,
ejercitando la disciplina con sabiduría.
Alcanzamos claridad en la vida
cuando buscamos, aceptamos, defendemos
y protegemos la verdad—
siempre y sin compromisos.
Alcanzamos claridad en la vida
cuando encontramos redención por nuestras faltas
mediante el poder de la fe y la confianza.
Alcanzamos claridad en la vida
cuando comprendemos que podemos reinventarnos
continuamente,
avanzando sin traicionar nuestra esencia,
siguiendo nuestras convicciones con firmeza,
y atesorando el amor verdadero,
usándolo como fuente de felicidad e inspiración.
La claridad en la vida nos conduce inexorablemente
al logro y a la confianza en nosotros mismos,
guiándonos hacia círculos virtuosos
donde el remordimiento y la tristeza
no tienen cabida ni aire para respirar.

La claridad en la vida expande nuestro mundo y ensancha
nuestros horizontes,
dejando el cielo sin límites—
sólo el vasto universo y su firmamento infinito,
salpicado de estrellas que susurran posibilidades sin fin—
para que las vivamos, disfrutemos y atesoremos.

*

La Sra. Peabody cierra solemnemente el libro, su mirada posándose con ternura en Victoria y Erasmus. Sus ojos, colmados de sabiduría y experiencia, reflejan la profundidad de su mensaje.

—Victoria y Erasmus, la vida está en constante movimiento; aferrarse a lo negativo es incompatible con la verdadera esencia de estar vivos.

— ✤ —

Royal Cambridge Scholastic Institute, 2019
(Auditorio de la Universidad)

El profesor Cromwell-Smith regresa a la discusión, retomando las conmovedoras palabras de la señora Peabody. Se detiene un momento, evocando su voz resonando en su acogedora tienda. Cierra los ojos brevemente, extrayendo fortaleza de la sabiduría que ella le compartió tantos años atrás.

—Aquel día se quedó conmigo —comienza, con voz firme mientras se centra en el presente—. Las palabras de la señora Peabody moldearon mi manera de afrontar los remordimientos y la claridad en la vida. Me enseñaron que vivir plenamente significa no permitir que el pasado nos defina.

El aula permanece en absoluto silencio. Los estudiantes, cautivados, se sumergen en la esencia de la lección.

—Desde aquella ocasión memorable, nunca más he quedado atrapado en esos pensamientos dolorosos y recurrentes.

Victoria se gira hacia él; su expresión es una mezcla de arrepentimiento y revelación.

—Gracias —susurra, con los labios temblorosos bajo el peso de su reconocimiento.

Erasmus asiente con seriedad —*basta, Vicky,* pareciera querer decir con su ceño fruncido.

El profesor avanza hasta el borde del escritorio, inclinándose levemente mientras su mirada recorre la sala.

—La claridad —dice con autoridad serena— no se trata de alcanzar la perfección. Se trata de vernos a nosotros mismos y nuestra vida tal como son, y encontrar propósito en medio del caos.

Hace una pausa, permitiendo que sus palabras se asienten.

—Victoria y yo hemos revisitado recientemente estas lecciones, y creo que valía la pena compartirlas con vosotros hoy. La claridad es un proceso, un viaje continuo. Ahora, quiero escuchar vuestras reflexiones o preguntas sobre cómo podemos recorrer este camino.

—Profesor, ¿qué pasa cuando la pérdida es irreparable? — pregunta Eleazar, estudiante de Filosofía.

Erasmus reflexiona antes de responder.

—Eleazar, en la cultura coreana existe un concepto llamado *Han*, que reconoce el dolor profundo e inconsolable. Esta filosofía no oculta ni evita la tristeza, sino que la enfrenta con aceptación. El dolor no desaparece, pero deja de dominar nuestra vida. Se coloca en su lugar correcto, permitiéndonos seguir adelante —explica con sabiduría.

Otro estudiante, Leonard, de Literatura Inglesa, levanta la mano.

—Profesor, ¿qué podemos hacer cuando los remordimientos o las penas comienzan a apoderarse de nosotros?

Erasmus lo observa con atención y asiente.

—Leonard, algo que aprendí de mi madre y que he practicado desde la adolescencia es un ejercicio muy sencillo. Cuando sientas que esas emociones te invaden, respira lenta y profundamente. Al inhalar, deletrea mentalmente la palabra *VIDA*. Al exhalar, di *VIDA* en tu mente, visualizando cómo la palabra se expande por todo tu ser. Repite esto hasta que la angustia se disipe. Funciona de maravilla —responde con convicción.

—¿Cómo podemos equilibrar la necesidad de claridad con las incertidumbres inevitables de la vida? —pregunta Noah, otro estudiante de Filosofía.

—Es una pregunta esencial, Noah. El poema nos enseña que "la vida es una danza constante entre la certeza y la incertidumbre". Hay que abrazar lo desconocido como parte del viaje. La claridad es vital, pero también lo es la capacidad de adaptación. La incertidumbre, muchas veces, abre las puertas a oportunidades de crecimiento inesperadas —responde Erasmus con entusiasmo.

Cuando las preguntas comienzan a disiparse, el profesor ofrece una última reflexión.

—La claridad no llega esperando que las respuestas caigan en nuestro regazo. Llega cuando vivimos, cuando cuestionamos y cuando aceptamos lo que es, mientras aspiramos a lo que puede ser. Llevad esta idea con vosotros al seguir adelante.

Concluye con firmeza:

—La claridad en la vida no es un destino; es un proceso continuo de autodescubrimiento y crecimiento. Se obtiene no solo a través de la reflexión, sino también mediante la acción. Aceptad el viaje y sus lecciones, reconoced vuestras fortalezas y limitaciones y avanzad con propósito.

—Gracias a todos. Eso es todo por hoy. Nos vemos la próxima semana.

— ✦ —

Una conversación decisiva

A medida que los estudiantes recogen sus cosas, el murmullo de movimiento llena la sala. Erasmus y Victoria notan que muchos de ellos se quedan un momento más, respirando profundamente, con expresiones marcadas por una calma renovada.

Victoria se vuelve hacia Erasmus, sus ojos reflejan una determinación recién nacida.

—Parece que han encontrado algo de paz, querido. Quizás ahora sea mi turno de dejar de lamentarme y de arrepentirme, como tú lo hiciste en su momento —dice con firmeza.

Erasmus la observa con cautela, pero con esperanza.

—Estoy seguro de que lo harás, mi lady. Estoy seguro de que lo harás.

Afuera, el aire fresco los envuelve al salir al sol de la mañana.

—Gracias por traerme hoy —susurra Victoria.

Erasmus sonríe, tomando su mano.

—Siempre has sido tú, mi lady. Siempre.

Pasean por el parque del campus, sus dedos entrelazados en un gesto de unión inquebrantable. Victoria aprieta su mano con fuerza, dejando entrever una energía que late dentro de ella.

—Querido, venir a clase hoy me ha ayudado a darle claridad a mis penas no resueltas —dice de pronto mientras toman asiento en un banco bajo la sombra de los robles centenarios.

—¿Cómo es eso, mi lady? —pregunta Erasmus con voz suave pero inquisitiva.

—Es cierto que hay cosas que lamentaré por siempre… dolores que nunca desaparecerán, pérdidas irremplazables. Pero ahora sé que puedo situarlas en su contexto adecuado y seguir viviendo plenamente —reflexiona en voz alta.

Erasmus la escucha con atención, deleitándose con su revelación y resistiendo la tentación de interrumpir.

—Hoy, recordar a la señora Peabody me ha mostrado que, sin darme cuenta, he estado enfrentando mis penas de una manera constructiva. He lamentado durante años no haber seguido el consejo de Gina, pero no he repetido el error. Desde el día en que nos reencontramos, lo he tenido presente.

Victoria se gira hacia Erasmus, su mirada intensa y sincera.

—El día que fui a tu clase, estaba consumida por los nervios, sin saber si me aceptarías de nuevo. Mientras esperaba a que Sarah me presentara, me di cuenta de algo: si querías reconciliarte conmigo, no sería por debilidad, sino por fortaleza. Significaría que habías visto a través de la fachada de mi partida y que me habías perdonado. Pero el verdadero desafío era si yo me había perdonado a mí misma.

Su voz se suaviza al continuar.

—Volver a estar juntos no garantizaba nuestro futuro. La afinidad y la amistad podían restablecerse, pero la pasión necesitaba deseo mutuo. Sabía que, para reconstruir nuestro amor, debía enfrentar mis remordimientos y acercarme a ti con total honestidad.

Hace una pausa, esbozando una leve sonrisa.

—Erasmus, siempre has amado a mujeres autosuficientes y apasionadas. Me di cuenta rápidamente de que tratar de controlarte o manipularte, aunque fuera de manera sutil, jamás funcionaría. Así que dejé atrás mis viejos hábitos y decidí seguir a mi corazón.

Erasmus se detiene, toma su rostro entre sus manos y la mira profundamente a los ojos.

—Y lo has logrado, mi lady. Eres la misma mujer de la que me enamoré en Harvard—solo que aún más fuerte.

Abrumado por la emoción, la besa con gratitud y pasión. Victoria le rodea con los brazos, aferrándose a él como si quisiera anclarlo para siempre a su corazón.

Capítulo 13

La gratitud

Royal Cambridge Scholastic Institute, 2019
(El hogar de Erasmus y Victoria, dentro del campus)

El profesor camina de un lado a otro en su estudio, absorto en la lectura de un voluminoso libro. La oscuridad previa al amanecer aún cubre la habitación cuando Victoria lo sorprende. Como es su costumbre, se acerca por detrás y rodea su torso con los brazos, dejando que sus dedos se deslicen suavemente bajo su bata y recorran su pecho. Se inclina y le susurra al oído:

—Te amo.

—Yo también, mi *lady* —responde él, dejando el libro sobre su escritorio y entrelazando sus manos sobre su pecho, mientras el tacto de Victoria lo envuelve en un apacible bienestar—. Qué placer verte tan temprano.

—Bueno, ayer, cuando me mirabas de una manera en la que nunca lo habías hecho antes, te pregunté qué era lo que veías en mí. Dijiste que simplemente te gusta contemplar mi rostro sin fin. Cuando insistí en saber por qué, me respondiste que, para explicarlo bien, escribirías algo para mí —le recuerda, hilando sus palabras como una sutil invitación.

—¿Y mi *lady* cree que he logrado abordar y completar tan digna y desafiante tarea? —pregunta él con aire travieso, girándose lentamente hacia ella, aunque su cálido abrazo le hace difícil concentrarse.

—Conociéndote, estoy segura de que ya lo hiciste —afirma Victoria con absoluta certeza.

Erasmus queda momentáneamente hipnotizado por cada gesto y movimiento de su rostro, su mente divagando mientras se pierde en su presencia una vez más.

—Erasmus, querido, regresa a la tierra, por favor —lo llama Victoria con dulzura, su voz acariciándolo de vuelta al presente.

Una leve sonrisa se dibuja en los labios de Erasmus. Sin romper el abrazo, alarga la mano hacia un pequeño pergamino que descansa sobre su escritorio, atado con una delicada cinta y un nudo imposible de encantador.

—Adelante, ábrelo. Pensaba dártelo más tarde, cuando despertaras, pero subestimé tu inefable curiosidad.

Victoria desata la cinta con manos ansiosas, y su rostro se ilumina con una sonrisa radiante.

—Léelo para mí, querido —le pide suavemente, su tono impregnado de expectación.

Erasmus acomoda su postura, su voz suave pero deliberada, y comienza a leer con emoción contenida...

Contemplando tu rostro

Con el tiempo, nuestros rostros se convierten en un reflejo
de nuestras vidas
y de lo que realmente somos en nuestro interior.
A medida que las máscaras de la juventud se desvanecen,
las marcas y cicatrices revelan
el tipo de vida que hemos llevado
y las experiencias que hemos soportado.
Como una huella digital grabada en un rostro curtido,
cada surco, cada esquina, cada pliegue o arruga—
todos ellos nacidos de nuestras muecas desprevenidas
y de gestos espontáneos—

resuenan con nuestras acciones, victorias, derrotas,
nuestras penas y alegrías,
desnudos ante el mundo,
sin lugar donde escondernos.
¿Nuestro rostro refleja ira contenida?
¿Tal vez crueldad? ¿Acaso falsedad?
O, por el contrario,
¿exuda bondad, nobleza,
serenidad y un alma inspirada?
¿Esconde sombras de soledad y angustia?
¿O resplandece con los tonos vibrantes del optimismo?
¿Emana tristeza, pesadumbre, desesperanza?
¿O desprende felicidad y entusiasmo?
Sea cual sea la respuesta honesta,
probablemente esa sea nuestra verdad más profunda.
Sin embargo, nada en el rostro
habla con mayor elocuencia de nuestra naturaleza
que los ojos.
Algunos ojos pueden resultar aterradores,
reflejando la muerte en aquellos que la han conocido,
ya sea por azar o por destino.
Otros revelan locura,
ventanas a un universo interno
turbulento e inestable.
Y están aquellos que, simplemente, están vacíos,
como si nadie habitara en ellos.
Un desfile sin fin atraviesa la humanidad:
los envidiosos, los obsesivos, los ambiciosos,
los vengativos, los tristes, los coléricos,
los resentidos, los codiciosos y los hipócritas.
Todos contrastan con aquellos ojos
que irradian dulzura, bondad, generosidad,

inspiración, paciencia, gratitud,
capacidad de perdonar y felicidad genuina.
Algunos incluso parecen mágicos,
desprendiendo un fulgor encantador,
tan único como inigualable.
Pero luego, está el amor.
El amor transforma los rostros y las miradas.
La juventud, el brillo, el resplandor y la frescura
envuelven la piel con un halo
que proyecta una energía positiva y contagiosa.
En la penumbra suave, tu rostro es un mapa,
cada línea y curva—una historia trazada.
La risa resuena en el pliegue de tus ojos,
la calidez de los años en tu tierna sonrisa.
La mirada del amor es una obra maestra,
en la que contemplamos en nuestro ser amado
todo lo que compartimos y atesoramos.
Por eso, cuando miramos el rostro de quien amamos,
vemos más allá de lo que cualquier otro podría percibir.
Cada expresión, cada ángulo,
nos evoca un recuerdo compartido,
una anécdota vivida,
un instante irremplazable.
Nos detenemos en su risa,
atesorando cada sonrisa en la memoria,
y vemos en sus lágrimas—de alegría o de tristeza—
aquellas que compartimos o presenciamos juntos.
En sus facciones vislumbramos
las escenas de nuestra travesía:
el asombro de la primera vez
que descubrimos en su rostro
la ternura de una madre o un padre,

la tristeza de cada despedida,
seguida por la euforia de cada reencuentro.
Las sombras de la decepción,
las miradas de amor incontenible
ante los pequeños gestos inesperados.
Al mirar ese rostro que ha viajado con nosotros
durante tanto tiempo,
nos damos cuenta de cada marca y cada huella
que es tan suya como nuestra.
Por eso, sin darnos cuenta,
lo contemplamos en silencio, maravillados,
fascinados por la belleza única
esculpida en la historia compartida,
teñida de incontables momentos imborrables.
Nadie puede comprender, valorar o leer
mejor que nosotros
los ojos y el rostro de nuestro ser amado,
porque solo nosotros conocemos
la historia detrás de ellos.

*

Al terminar de leer, sus ojos naufragan en un mar de emociones.

—Nunca dejas de sorprenderme, mi amado británico. A veces, eres sencillamente hipnótico y encantador. Hay una belleza profunda y una magia adictiva en tus palabras, mi amor —profesa Victoria, su mirada desbordante de gratitud.

Poco a poco, su expresión cambia de enamorada a traviesa, sus ojos chispeando con picardía juguetona. Se acerca más, lo besa con una pasión arrebatadora y toma su mano entre las suyas.

Victoria lo conduce escaleras arriba con una determinación firme y seductora. Juntos, una vez más, se sumergen en su interminable cruzada de amor.

— ❖ —

Royal Cambridge Scholastic Institute, 2019
(El hogar de Erasmus y Victoria, dentro del campus)

Un par de horas más tarde, la luz del sol inunda la habitación mientras *Our Love Is Here to Stay* de Ella Fitzgerald y Louis Armstrong suena suavemente de fondo. Victoria, con una taza de café humeante entre las manos, contempla el paisaje a través de la ventana, su corazón ligero al compás de la música.

A lo lejos, distingue la silueta de Erasmus pedaleando hacia la universidad. Poco a poco, su figura se va empequeñeciendo en la carretera bordeada de árboles.

Cuando la canción cambia a *Amare Veramente* de Laura Pausini, Victoria se deja llevar por una silenciosa introspección. La soledad bien disimulada ha desaparecido; la melancolía crónica, también. El trabajo ya no es un refugio, sino una fuente de pasión y placer.

"Curiosamente, me siento protegida," reflexiona.

Su mirada sigue a Erasmus hasta que, finalmente, desaparece tras la colina. De repente, un escalofrío la recorre. Un pálpito inexplicable.

"Solo ha cruzado la colina," se dice, intentando tranquilizarse. Pero la inquietud persiste. Entonces, *Stormy Weather* de Judy Garland comienza a sonar, y su melodía sombría intensifica su ansiedad.

"Tal vez es solo mi imaginación," razona, pero la sensación no desaparece.

Sin pensarlo dos veces, se desata la bata, toma su bicicleta y pedalea con fuerza en dirección a la colina.

A lo lejos, un sonido la hace estremecer. El eco distante de una sirena.

Su respiración se acelera. A medida que el ululae se intensifica, su instinto se confirma. Algo ha sucedido.

Segundos después, una ambulancia pasa a toda velocidad a su lado, avanzando hacia la colina.

Victoria redobla sus esfuerzos, su corazón latiendo con furia contra su pecho. Al coronar la colina, el pánico la invade. Una patrulla de seguridad del campus y los paramédicos rodean un cuerpo tendido en el suelo.

Un agente sostiene con delicadeza la cabeza de Erasmus.

—¡Nooo! —grita, lanzando su bicicleta al suelo y corriendo hacia él.

Cae de rodillas a su lado, sus manos temblorosas recorriendo su rostro mientras las lágrimas brotan incontrolables.

—Señora, por favor, déjenos trabajar.

Pero Victoria no se mueve. Sigue acariciando su piel, sollozando con angustia. Justo cuando los paramédicos intentan apartarla, los ojos de Erasmus se abren lentamente y su mirada se encuentra con la suya.

—Victoria… —susurra, esbozando una débil sonrisa.

El llanto de Victoria se convierte en risa, una mezcla de alivio y dicha.

—¿Qué ha pasado, mi lady? —pregunta él, todavía desorientado.

—Te vi caer… algo me dijo que viniera —responde ella, todavía conmocionada.

El agente de seguridad del campus interviene:

—Venía en dirección contraria cuando él pisó un bache, perdió el control y se desvió hacia mi patrulla. Frené de inmediato, pero aterrizó sobre el capó con los brazos extendidos.

—De hecho, eso pudo haber amortiguado la caída y evitado lesiones graves —añade uno de los paramédicos.

Erasmus asiente, tratando de recordar.

—Sí… el bache… perdí el equilibrio…

Tras revisar que no haya fracturas ni heridas de gravedad, los paramédicos le dan el alta. Erasmus insiste en regresar a casa con Victoria.

Cuando la ambulancia y la patrulla se marchan, quedan solos en la cima de la colina, envueltos en la cálida luz de la mañana.

Victoria lo abraza con fuerza.

—Querido, estoy tan agradecida de que no te haya pasado nada… Cuando te vi en el suelo, pensé que te había perdido.

Erasmus la estrecha contra su pecho.

—Este es uno de esos momentos en los que debemos agradecer, ¿no crees? —le dice ella, con una sonrisa cómplice.

Coloca su mano sobre su corazón y guía la de él hacia el suyo.

—Cierra los ojos, —susurra—. Estar vivos y tenernos el uno al otro es un regalo precioso e irremplazable que debo ganar cada día. Demos gracias al Creador. Demos gracias a la vida.

Juntos, recitan en voz baja, sus palabras entrelazándose en un solo eco. Cuando Erasmus abre los ojos, lo primero que ve es la mirada firme y reconfortante de Victoria.

—Por supuesto, Victoria. ¿Cómo podría olvidarlo? —responde con una amplia sonrisa.

—Aún tienes tiempo —comenta ella, con aparente indiferencia.

—¿Tiempo para qué? —pregunta, sin captar la indirecta.

—Para hacer de la gratitud el tema de tu clase de hoy —
responde ella con una sonrisa pícara.

—Ah, ¿sí?

—Te queda una hora. Vamos a casa para que te des una
ducha —añade con un guiño, atrapándolo por completo.

—Qué maravillosa idea, mi *lady*. ¡Pedaleemos de vuelta! —
ríe Erasmus.

Juntos, zigzaguean colina abajo, él en su vieja y oxidada
bicicleta, ella en su moderna y elegante dos ruedas. Su amor
tan eterno como el ritmo de sus ruedas sobre el camino.

De regreso en casa, terminan su rutina matutina. Victoria
revisa el reloj.

—Será mejor que te vayas o llegarás tarde —bromea, con
un destello de ternura en los ojos.

Erasmus asiente, tomando su gastada cartera de cuero.

—Presiento que la lección de hoy será más para mí que para
mis alumnos, —reflexiona con una sonrisa.

Se despiden con un último beso antes de separarse. Por
segunda vez en la mañana, Victoria lo ve pedalear hasta que
el sonido de su bicicleta chirriante se desvanece en la
distancia. Una sonrisa se dibuja en su rostro mientras susurra:

—Hoy será un día extraordinario… lo presiento.

—◆—

Royal Cambridge Scholastic Institute, 2019
(Auditorio de clases)

Al entrar en el auditorio, el pedagogo es recibido por el
habitual murmullo de sus estudiantes. Se detiene por un
instante en la entrada, dejando que su mirada recorra la sala,
absorbiendo la energía vibrante del espacio. Ajusta su corbata
y avanza con renovada determinación.

—Buenos días a todos. Hagamos que la sesión de hoy sea inolvidable, —anuncia con un entusiasmo contagioso que de inmediato capta la atención de la sala.

—¿Cómo están hoy? —pregunta el inspirado profesor, su rostro iluminado por el gozo residual de una apasionada mañana.

—¡Genial! ¿Y usted, profesor? —responde el animado grupo de estudiantes, su entusiasmo llenando el auditorio.

Erasmus esboza una sonrisa, disfrutando del dinamismo de su clase.

—Hoy, reviviremos un día que jamás olvidaré. Y espero que, para vosotros, también se convierta en memorable. Comienza así…

———◆———

Nueva York, Carnegie Hall, 1977

Invitados por el anticuario escocés Colin Carnegie, quien se encuentra de visita en Estados Unidos, Victoria y Erasmus viajan en tren nocturno desde Boston a Nueva York. Tras pasar el día recorriendo parques, museos y bibliotecas públicas, asisten a una gala en Carnegie Hall, ataviados con sus mejores galas.

Es su primera vez en el icónico auditorio, y la velada se convierte en una experiencia inolvidable cuando el virtuoso del rock Rick Wakeman los transporta a un viaje musical basado en *Viaje al centro de la Tierra*.

Al salir del majestuoso recinto, Mr. Carnegie los espera en los escalones de la entrada. Su rostro irradia entusiasmo.

—¡Victoria, Erasmus! Qué placer veros aquí. Me alegra tanto que hayan podido venir. Díganme, ¿qué les ha parecido? —exclama con emoción.

478

—¡Fantástico! —responde Erasmus con evidente júbilo—
. Leí todos los libros de Julio Verne en mi infancia, pero jamás imaginé que experimentaría *Viaje al centro de la Tierra* en un concierto de rock, ¡y menos aún acompañado de una orquesta filarmónica!

—Mr. Carnegie, supongo que esta magnífica sala también forma parte del legado de su ilustre pariente, ¿me equivoco? —pregunta Erasmus, con curiosidad.

—Acertado, joven. —El escocés asiente con orgullo—
. Andrew Carnegie, mi pariente, construyó este gran auditorio como parte de su visión filantrópica: elevar a la humanidad a través del arte y la educación.

Erasmus medita por un instante antes de responder.

—Como ha mencionado, sus grandiosas obras no solo siguen existiendo y operando, sino que se han entretejido en el tejido mismo de esta nación.

—Bien dicho, muchacho. Su legado es como el aire que respiramos: al principio, no somos conscientes de su presencia; simplemente lo utilizamos y disfrutamos. —Hace una pausa, su mirada resplandeciendo con admiración—. Lo mismo sucede con el propio Andrew Carnegie. Su fundación, en términos reales —ajustados por inflación—, es la organización filantrópica más grande jamás creada. Sin embargo, ese hecho es poco conocido en este país.

Erasmus asiente con solemnidad.

—Una verdadera medida de la grandeza del hombre.

Victoria, pensativa, interviene.

—Pero, como ha dicho, no se le reconoce lo suficiente.

Mr. Carnegie asiente lentamente, su expresión tornándose más seria.

—Es cierto.

—¿Por qué? —pregunta ella, con una mezcla de curiosidad e ingenuidad.

El anticuario esboza una leve sonrisa antes de responder.

—Eso os lo dejo a vosotros. Es una empresa digna de emprendimiento. Espero sinceramente que América reconozca y honre, como corresponde, las grandes obras de este hombre.

Victoria reflexiona por un instante y murmura con suavidad:

—¿Gratitud?

Los ojos de Mr. Carnegie brillan con aprobación.

—Exactamente, joven dama. Su legado la merece con creces.

El escocés hace una pausa y luego, con una expresión de mentoría traviesa, sugiere:

—Y hablando de gratitud, tomemos asiento. He traído conmigo un antiguo manuscrito, para que este encuentro no transcurra sin dejaros una enseñanza valiosa.

El trío se acomoda en una discreta fila de Carnegie Hall, donde la imponente arquitectura amplifica la solemnidad del momento.

Con sumo cuidado, Mr. Carnegie extrae de su portafolio de cuero un manuscrito ajado por el tiempo. Se aclara la garganta y, con la reverencia de quien comparte un legado de sabiduría, comienza a leer en voz alta…

Gratitud

Las formas más profundas de gratitud
son de naturaleza celestial o existencial.
Mucho se ha dicho y escrito para describir la gratitud,
pero su esencia no yace en la pregunta "¿Qué es?"
Sino en el cómo, el por qué y el cuándo.

Somos verdaderamente agradecidos
cuando nuestras acciones y expectativas
nacen del desinterés y la generosidad.
Expresamos una gratitud genuina en nuestras acciones
si somos plenamente conscientes
de su imperiosa necesidad existencial—
corresponder siempre y devolver a la vida y a los demás,
por el privilegio mismo de estar vivos.
Para que la gratitud sea auténtica,
para que resuene y despierte empatía,
debe encarnar el desinterés, la humildad y el respeto—
la esencia misma de su cómo, su por qué y su cuándo.
Nuestra mera existencia es una bendición inexplicable;
por ello, damos gracias a nuestro Creador
por habernos concedido un lugar en este universo,
elegidos entre trillones de células reproductivas
que jamás llegaron a emprender el viaje de la vida.
Una vez aquí, tenemos mucho por lo que agradecer—
cada día que despertamos vivos, sanos, conscientes,
rodeados de amigos, de familia y de amor.
En gratitud, honramos la lealtad
que los demás nos demuestran.
En gratitud, valoramos la fe
que otros depositan en nosotros.
En gratitud, reconocemos el valor
de los gestos que nos ofrecen.
En gratitud, rendimos homenaje
a quienes nos prodigan su cariño,
lo merezcamos o no.
En gratitud, correspondemos con amor
al amor que hemos recibido.
En gratitud, recompensamos con generosidad

los actos de bondad que nos han brindado.
En gratitud, hallamos mayor gozo en dar que en recibir.
En gratitud, celebramos los momentos simples
y sinceros de la vida.
La gratitud es más poderosa cuando brota
genuinamente del corazón,
sin la interferencia del ego ni de las normas sociales.
En los momentos de calma, cuando los corazones se alinean,
Siento el peso de tu mano en la mía.
Un lazo silencioso, pero profundamente comprendido,
Por esta conexión, humildemente agradezco.
La gratitud verdadera no espera nada a cambio.
Es espontánea,
no impuesta por nada ni por nadie,
nacida únicamente de la conciencia.
La gratitud genuina es anónima;
no busca reconocimiento,
es un acto puro de nuestra conciencia.
Eleva a quienes agradecemos,
colocándolos en el centro
mientras nosotros permanecemos en la sombra.
La gratitud verdadera no es proporcional,
es inconmensurable y sin límites,
expresada en actos de amor, gestos y sacrificios.
La gratitud falsa, en cambio,
es una farsa narcisista,
motivada por el interés propio y las apariencias,
vacía de sinceridad y sin cuidado por los demás.
La gratitud es una fuente inagotable
de paz interior, felicidad e inspiración.
Sus notas musicales resuenan en la mejor faceta

de nuestra humanidad,
despiertan la creatividad y la imaginación,
encienden una de las condiciones más nobles de la vida—
ser eternamente agradecidos
con el Creador por la existencia
y con los demás por su gracia.

*

Colin Carnegie los observa con una sonrisa amplia.

—Ahora, permitidme compartir con vosotros un ejercicio de gratitud—uno que espero que apliquéis por el resto de vuestras vidas, —declara Mr. Carnegie, con la voz impregnada de sabiduría.

— ✦ —

Royal Cambridge Scholastic Institute, 2019
(Auditorio de clases)

El profesor Cromwell-Smith devuelve a sus alumnos al presente, dispuesto a compartir lo que el anticuario escocés, Colin Carnegie, le enseñó a él y a Victoria aquella noche en el Carnegie Hall, tantos años atrás. Es la misma práctica que Victoria había iniciado esa mañana, tras el angustioso pero inofensivo percance de Erasmus.

El profesor cierra los ojos brevemente, como si reviviera el momento una última vez. Cuando los abre, su mirada es firme y cálida.

—Aquella noche en el Carnegie Hall no fue solo una lección sobre gratitud; fue un punto de inflexión. Me enseñó que reconocer las bendiciones de la vida no es solo un acto de reflexión, sino un llamado a la acción —declara con convicción.

Hace una pausa, dejando que el peso de sus palabras impregne la sala antes de continuar:

—Y ahora, llevemos esa lección a nuestras propias vidas. Permitidme mostraros lo que el señor Carnegie nos pidió que profesáramos aquella noche en el Carnegie Hall. Es una lección atemporal e invaluable—una que espero llevéis con vosotros el resto de vuestras vidas.

El profesor inspira profundamente y da una sencilla instrucción:

—Poneos en pie, por favor.

El alumnado se levanta en un solo movimiento, su curiosidad reflejada en la energía palpable que llena la sala. Con un gesto, el profesor indica que guarden silencio. En cuanto la expectación se apodera del auditorio, continúa:

—Esto fue lo que nuestro querido mentor nos enseñó aquel día. Colocad una mano sobre vuestro corazón. Ahora, cerrad los ojos y, en vuestro interior, repetid: "Estar vivo y saludable es un regalo precioso e irreemplazable que debo ganarme cada día. Demos gracias al Creador. Demos gracias a la vida".

El auditorio queda envuelto en un silencio profundo. Cientos de estudiantes realizan el ejercicio con solemnidad. El ambiente se carga de sinceridad e introspección, transformando el espacio en un santuario de gratitud compartida.

Después de unos instantes, el profesor retoma la palabra.

—Gracias a todos por vuestra participación. Antes de abrir el debate, quiero dejaros con este pensamiento —dice, inclinándose levemente sobre el atril, con las manos entrelazadas—. La gratitud es más que una emoción pasajera. Es una lente a través de la cual vemos la vida, una brújula que guía nuestras acciones. Cuando practicamos la gratitud, no solo transformamos nuestra perspectiva, sino también la vida de quienes nos rodean.

Se toma una breve pausa y concluye:

—Tenedlo en cuenta mientras exploramos los temas de la sesión de hoy. Ahora, abramos el espacio para preguntas sobre los temas que hemos tratado, especialmente el papel de la gratitud en nuestras vidas.

—Profesor, ¿cómo podemos practicar la gratitud a diario sin que se convierta en una obligación? —pregunta Amira, estudiante de Historia.

—Una excelente pregunta, Amira —responde el profesor con calidez—. El poema sugiere que "la gratitud debe estar entretejida en la estructura misma de nuestra vida cotidiana". Comienza con algo pequeño: lleva un diario de gratitud o comparte algo por lo que te sientas agradecida cada noche en la cena. Cuando la gratitud se integra en tu rutina, deja de ser una tarea y se convierte en una práctica natural y enriquecedora.

—En el poema se menciona que la gratitud ilumina nuestras vidas. ¿Cómo podemos asegurarnos de experimentar realmente esa luz? —pregunta James, estudiante de Psicología.

—Gran observación, James —responde el profesor, pensativo —. El poema transmite que "debemos estar presentes para apreciar la luz de la gratitud". Practicar la atención plena es clave. Tómate un momento cada día para detenerte y reflexionar sobre lo bueno en tu vida. Se trata de entrenar la mente para percibir lo positivo, incluso en medio de los desafíos.

—¿Y qué pasa si estamos atravesando momentos difíciles y nos cuesta sentir gratitud? ¿Cómo podemos cultivarla en esos casos? —pregunta Sophie, estudiante de Matemáticas.

—Sophie, esa es una inquietud válida y profunda —responde el profesor con voz serena—. El poema nos recuerda que "incluso en nuestros momentos más oscuros, la gratitud puede encontrarse". Lo primero es reconocer tu dolor y no ignorarlo. La gratitud no significa negar el sufrimiento, sino hallar pequeñas chispas de esperanza: el apoyo de un amigo, un instante de belleza, un gesto inesperado de bondad. Con el tiempo, estos pequeños actos de gratitud pueden cambiar tu perspectiva.

—¿Cómo podemos equilibrar la gratitud con la ambición de alcanzar nuestras metas? A veces, parece que debemos aspirar a más en lugar de conformarnos con lo que tenemos —interviene Liam, estudiante de Ingeniería.

—Una cuestión muy interesante, Liam —responde el profesor con un destello de entusiasmo—. El poema destaca que "la gratitud no anula la ambición; la potencia". La gratitud nos proporciona una base de serenidad y perspectiva, permitiéndonos perseguir nuestros sueños con claridad y motivación. No se trata de conformarse, sino de valorar lo que ya tenemos mientras seguimos avanzando.

—Gracias a todos por vuestras reflexiones —dice el profesor, su voz impregnada de convicción—. Recordad que la gratitud es una fuerza poderosa. Puede transformar vuestra vida y vuestras relaciones. Aceptadla y permitid que os guíe hacia una existencia más plena. Nos vemos la próxima semana.

Mientras los estudiantes recogen sus cosas, el profesor se queda un instante en el atril, observándolos con atención. El murmullo de voces se atenúa a medida que la sala se vacía, dejando un eco de serenidad en el aire.

Al salir del auditorio, Erasmus Cromwell-Smith se percata de que varios estudiantes se han quedado atrás, con las manos aún sobre el corazón, repitiendo en silencio el ejercicio de gratitud. Una sonrisa se dibuja en su rostro al ver sus expresiones serenas, reflejando claridad y calma. La energía en el ambiente es inconfundible: la gratitud compartida ha dejado una huella indeleble en cada uno de ellos.

Desde la puerta, Victoria observa la escena con ternura.

—¿Listo para irnos, querido? —pregunta con una sonrisa suave pero significativa.

Erasmus asiente, acercándose a ella.

—Vamos a casa. Hoy es un día para reflexionar… y para estar agradecido —responde, tomando su mano mientras ambos se pierden en la brisa fresca de la tarde.

Capítulo 14

La duda

Royal Cambridge Scholastic Institute, 2019
(Casa de Erasmus y Victoria en el Campus)

Erasmus se despierta con un sobresalto. Su primer instinto es comprobar si ella sigue allí o si, en realidad, alguna vez estuvo a su lado.

"Tu mente delirante te está volviendo loco," reflexiona, mientras acaricia suavemente su frente dormida. Su respiración es pausada y tranquila.

"Estás envenenado por la duda y ni siquiera pareces capaz o dispuesto a escapar de ella."

Con movimientos pesados, Erasmus se desliza fuera de la cama en silencio. Arrastra los pies hasta la cocina, buscando el consuelo de su rutina matutina. Sin embargo, al llegar al mostrador, se detiene de golpe.

Allí, esperándole, hay una tetera recién preparada, aún tibia. A su lado, un pequeño sobre doblado llama su atención.

Su pulso se acelera al cogerlo con manos temblorosas. Lo despliega con cautela y descubre un poema escrito con su delicada caligrafía:

Siempre allí

Hoy, mi corazón te buscó,
y suspiré de alegría y alivio,
pues, una vez más, cuando lo necesité,
mi sueño contigo seguía allí.

De algún modo, temía que desapareciera,
pero esa es solo mi otra mitad—
la que intenta mantenerme anclada,
sin dejarme ir a ningún lado,
ni siquiera cuando los vientos del anhelo me llaman.
Esta noche me acosté temprano,
y tu sueño de mí
permaneció exactamente donde lo dejaste,
justo allí—
suave como el susurro de las hojas
bailando en el viento vespertino,
acurrucado en el murmullo de la noche.
Mañana me levantaré antes del alba,
y poco después, al amanecer,
nuestro sueño se hará presente,
como siempre lo hace—
siempre allí,
como la primera luz del día
deslizándose sobre la tierra,
silenciosa y cierta,
una promesa cumplida.
Mi corazón, un tambor callado en la quietud,
salta al sonido de tu dulce llamada.
Las hojas susurrantes parecen repetirte,
como si el mundo conspirara para mantenernos completos.
Cuando la luz del sol atraviesa los árboles,
tu sueño persiste, sombra dorada,
una brisa cálida que lleva tu voz,
susurrando:
"Estoy aquí, justo aquí, mi amor.
Siempre allí."

Royal Cambridge Scholastic Institute, 2019
(Casa de Erasmus y Victoria en el Campus)

Erasmus sonríe con alegría mientras relee el poema.

"Viejo tonto… ¿qué hará falta para que sueltes tus dudas y temores?" piensa, su inquietud interior entrelazándose con la calidez de sus palabras en un extraño, casi placentero, conflicto.

—¿Te ha gustado? —pregunta Victoria en voz baja, apoyada en el marco de la puerta de la cocina.

Erasmus se gira lentamente, su rostro iluminándose con una sonrisa radiante.

—Me ha encantado, mi lady —responde, acortando la distancia entre ellos para abrazarla.

—Hace poco intercambié cartas con la querida señora Peabody —susurra, su voz aún impregnada del letargo matutino—. Fue tan amable de encontrarlo para mí entre su cofre de tesoros de escritos antiguos.

—Eres increíble —le murmura al oído, sintiendo cómo tiembla levemente en sus brazos.

—No exactamente, querido. Sé por lo que estás pasando… A mí me ocurrió lo mismo en su momento —admite, su tono cargado de vulnerabilidad.

—¿Te refieres a las dudas? —pregunta él, buscando sus ojos.

—Sí. Estaba llena de incertidumbre… y por eso huí —confiesa ella, bajando la mirada, su culpa reflejada en cada gesto.

—Eso ya lo superamos, Vicky —la tranquiliza con dulzura, apartando con suavidad un mechón de su rostro—. Pero tengo una pregunta que me ronda la mente… algo completamente distinto —añade, su tono adquiriendo una ligera gravedad.

—¿Sobre qué? —pregunta Victoria, sintiendo la seriedad latente en sus palabras no dichas.

—Antes de llegar a eso, tengo algo para ti —dice Erasmus, sacando un papel doblado del bolsillo de su bata y entregándoselo.

Ella frunce el ceño con curiosidad.

—¿Qué es? —pregunta, desplegando el papel con cautela.

—Se llama *Una labor de amor*. Lo escribí poco después de conocernos —explica—. Lo escribí para la *tú* del futuro. Refleja cómo imaginaba lo que serías, lo que harías y lo que lograrías en tu vida como psicóloga criminal.

Victoria levanta la mirada hacia él, una mezcla de asombro y ternura en sus ojos. Comienza a leer, sus manos temblorosas por la emoción que la envuelve.

Una labor de amor

Qué tarea tan abrumadora
es adentrarse en los rincones más oscuros
de la mente de los demás, pero no en la propia—
aquellos senderos donde el suelo tiembla,
los cimientos se agrietan,
la tierra se desplaza
y algunos caminos de la vida se vuelven difusos,
sin luz, sin bienestar, sin felicidad.
Pero quizá no exista desafío más arduo
que enfrentarse a mentes
no solo carentes de propósito y significado,

sino también potencialmente—o inherentemente—
malévolas, retorcidas, temerarias o delirantes—
o tan absortas en sí mismas
que no dejan espacio ni cuidado para nadie más.
Qué trabajo más difícil es hacer el bien,
elevar y mejorar la mentalidad de aquellos que lo necesitan.
Qué tarea más imposible parece
hacerlo por quienes buscan redención,
por quienes ansían una segunda oportunidad en la vida,
por aquellos en los que casi nadie confía
o por los que pocos apuestan.
Qué labor tan dura.
Qué labor tan imposible.
Pero, ¿quién sana el alma del sanador,
cuando el peso de la desesperanza deja cicatrices?
A través de noches sin descanso y soledad callada,
siguen luchando por preservar su esencia.
Qué magnífico esfuerzo de amor.
Eso es lo que harás,
y ese será el legado que dejarás tras de ti.
Eso es lo que habrías hecho.

*

Cuando Victoria termina de leer, las lágrimas caen por su rostro.

—Es hermoso —exclama, abrumada por la emoción y los recuerdos del pasado—. Lo hice exactamente así durante bastante tiempo —añade, acariciando con ternura el rostro de Erasmus.

—Eso me lleva a mi pregunta pendiente… ¿por qué cambiaste de profesión? —pregunta Erasmus, mientras sorbe su té matutino.

—Me preguntaba cuándo me lo ibas a preguntar —responde ella con una leve sonrisa, teñida de melancolía.

—¿Qué ocurrió, Victoria? —insiste con suavidad.

Su mirada se desvía y su voz se apaga.

—Un paciente se obsesionó conmigo. Durante más de un año, acosó y amenazó tanto a mi difunto esposo como a mí. Afectó a toda la familia. La policía intervino y un juez le impuso una orden de alejamiento. Lo arrestaron varias veces, pero todo fue en vano. Su obsesión y agresividad no hicieron más que aumentar.

La voz de Victoria vacila y Erasmus, instintivamente, coloca su brazo alrededor de su hombro. Su cabeza se apoya contra su antebrazo mientras permanece inmóvil, luchando por recuperar la compostura.

—Fue una experiencia traumática para todos nosotros —continúa, con las palabras pesadas de dolor—. Al final, ya no pude seguir atendiendo pacientes. Las pesadillas solo desaparecieron cuando dejé la práctica por completo.

—¿Cómo te sentiste con tu decisión con el paso del tiempo? —pregunta él con delicadeza.

—No tuve tiempo de reflexionar sobre ello. Mi esposo enfermó y, durante los cinco años siguientes, no hubo espacio para nada más —lamenta.

—¿Y ahora? ¿Has pensado en volver a ello alguna vez? —persiste él, su curiosidad sincera.

—No —responde ella con firmeza, sacudiendo la cabeza—. He terminado con eso. Para mí, ahora solo existimos nosotros —dice, inclinándose para besarle suavemente la mejilla.

Erasmus toma su mano.

—¿Y tú, querida? ¿Por qué cambiaste de universidad? —pregunta ella, su tono reflejando la misma curiosidad que él antes.

—Bueno, no tuvo nada que ver con las universidades. Pedí el cambio por ti —admite sin vacilar.

—¿Por mí? ¿Por qué? —pregunta, incrédula.

—Fue una especie de renovación. Necesitaba cambiar de vida. Era mi pequeña forma de seguir adelante —explica.

—¿Lo hiciste? —indaga ella.

—La nueva facultad me hizo mucho bien —reconoce él—, pero no, nunca seguí adelante con nosotros. Eso nunca sucedió —añade con firmeza.

—Y tú, mi lady, ¿nunca tuviste dudas?

—Cuando me fui, estaba consumida por ellas —confiesa, con la mirada nublada de arrepentimiento.

—Yo nunca las tuve —afirma él con certeza absoluta.

—Pero entonces, ¿por qué las tienes ahora? —pregunta ella, su voz teñida de preocupación, intentando comprender sus temores persistentes.

—Eso es lo que no logro entender, especialmente su recurrencia —responde con frustración.

—Tal vez lo que realmente temes es que me vuelva a ir —sugiere ella con reflexión—. Puede que una parte de ti aún tenga miedo y dudas de que vuelva a ocurrir lo mismo. Pero apuesto a que con el tiempo desaparecerá —concluye, con su instinto de psicóloga aflorando.

Erasmus asiente lentamente.

—Desaparecerán a la velocidad de la luz si, cada vez que sienta uno de estos ataques de pánico asomarse, me detienes en seco antes de que siquiera comience. Y lo haces de una manera tan hermosa, con cada una de tus expresiones y esos pequeños gestos de amor incondicional —afirma, con los ojos llenos de gratitud.

—Querido —dice Victoria, su tono adoptando un matiz de serena seguridad—, hay cosas dentro de todos nosotros que es mejor dejar sin explicación. No intentes encontrar una respuesta para todo.

Le entrega un pequeño papel doblado.

—Por favor, lee esto. Es otro de los escritos que la señora Peabody nos envió.

Erasmus toma la nota y la despliega con cuidado, sintiendo su corazón hincharse de anticipación mientras comienza a leer.

Un buen acertijo

Un buen acertijo es difícil de descifrar.
Inevitablemente, sin embargo, siempre tiene solución.
Lo mismo ocurre con un rompecabezas o un misterio.
Pero la vida no siempre es un acertijo por resolver,
pues sus soluciones no vienen en forma de contraseñas.
Más a menudo de lo que creemos,
se crean o simplemente se transforman a lo largo del camino.
Así, aunque los acertijos de la vida siempre están ahí
para ser resueltos,
sus soluciones no necesariamente ya existen.
Y si uno debe andar con demasiado cuidado sobre qué pedir,
entonces algunos de los acertijos de la vida
es mejor dejarlos sin resolver,
como estrellas demasiado lejanas para alcanzar.
Brillan, intocadas por las respuestas,
su luz, un discurso callado e infinito.

*

—Gracias, mi lady —dice pensativo—. La duda… ese será el tema de hoy.

—Oh, la señora Poindexter, la bibliotecaria de Harvard —responde Victoria de inmediato.

—¡Sí que la recuerdas! —exclama Erasmus, confirmando su respuesta antes de continuar—. ¿Cómo olvidarla? Si tan solo hubiera aplicado lo que aprendimos aquel día… —se lamenta.

Erasmus se detiene un momento, la luz del amanecer tiñendo de dorado su entorno. ¿Cuántas mañanas como esta habían compartido ya? Y, aun así, cada una se sentía única, con su propia importancia. Mientras los recuerdos revolotean en su mente, se prepara para dirigir la conversación hacia las responsabilidades que el día les demanda.

—Tienes un pequeño problema, querido —advierte Victoria con tono juguetón.

—¿Y cuál sería, mi lady? —pregunta él, intrigado.

—¿Te has fijado en la hora que es? —exclama ella con urgencia.

Erasmus dirige la mirada al reloj de pared: apenas quedan quince minutos para que comience la clase. Llegar a tiempo parece casi imposible.

Mientras sale apresurado por la puerta, las palabras de Victoria resuenan en su mente con dulzura:

—Te amo, mi lunático británico.

El crujir familiar de la grava bajo sus pies y el sol matutino asomándose entre los árboles marcan el inicio de otro día lleno de posibilidades.

— ✦ —

Royal Cambridge Scholastic Institute, 2019
(Audiorio Universitario)

Sin embargo, de algún modo, cinco minutos después, Victoria—todavía en camisón—conduce al profesor hasta la universidad en su coche. Con solo un minuto de margen, él sale disparado del vehículo.

—¡Te amo, mi traviesa lady! —grita mientras corre hacia el edificio.

—¡Yo también te amo, mi lunático británico! —responde ella, asomando la cabeza por la ventanilla.

Erasmus se lanza hacia el edificio de la facultad, con el sonido familiar de las hojas crujiendo bajo sus pies en el aire fresco de la mañana. Al atravesar los pasillos a toda prisa, el eco distante de las risas estudiantiles se mezcla con el aroma a café recién hecho que emana del café del campus. La escena le recuerda tantas mañanas pasadas reflexionando sobre las grandes cuestiones de la vida, un ritmo reconfortante en su día a día.

Dentro del auditorio, la expectación crece con cada segundo que pasa. ¿Llegará tarde el profesor otra vez? Se hacen apuestas. Los que creen que se retrasará argumentan que sigue en su fase de luna de miel, mientras que los escépticos sostienen que esa etapa ya terminó y que la puntualidad prevalecerá.

10, 9, 8, 7, 6, 5, 4, 3...

Cuando irrumpe en la sala, los murmullos se desvanecen y son reemplazados por un silencio expectante. Erasmus se detiene un momento, con el peso de las revelaciones de la mañana aún frescas en su mente, fusionándose con la energía vibrante del aula.

—Buenos días a todos —proclama el profesor, aún sin aliento, al irrumpir en el auditorio.

Pasea la mirada por la audiencia, deteniéndose por lo que parece una eternidad. Mientras camina lentamente para recuperar el aliento, el silencio se intensifica. Cuando siente que tiene la atención completa de sus alumnos, continúa.

—El tema de hoy es la duda. Algunos de vosotros dudasteis de que llegaría a tiempo a clase. Y eso es precisamente lo que hacemos todos: lidiamos constantemente con la duda. Esta mañana, os llevaré de vuelta a un día en el que Victoria y yo conocimos a una mujer verdaderamente extraordinaria en un ateneo atemporal, y ella nos dejó una lección memorable sobre este mismo tema.

—Todo comenzó así…

———— ✦ ————

Biblioteca Widener de Harvard, 1977

—Hoy en día, esta es la única manera de dar con vosotros dos —comenta Gina, la mejor amiga de Vicky, con un tono de sarcasmo juguetón.

—Os habéis convertido en unos auténticos ermitaños del amor —se queja Matthew, el amigo más cercano de Erasmus.

—Deberíamos salir todos juntos —sugiere Gina, su tono rozando la impaciencia.

La joven pareja, embelesada el uno con el otro, observa las sonrisas y las bromas de sus amigos, pero no responde.

—Supongo que eso es todo. Los hemos perdido a ambos —concluye Matthew con fingida resignación.

—Por supuesto que no. Dadnos tiempo —interviene Victoria con una ligera sonrisa.

—Erasmus, ¿y qué pasa con tus viejos mentores en Gales? ¿También te has olvidado de ellos? —lo provoca Matthew.

—Más o menos. Conseguí escribirle a una de ellos recientemente, a la señora V., pero solo después de que un colega suyo me lo recordara. Le conté todo sobre Vicky —responde Erasmus, algo a la defensiva.

—¿Y qué dijo? —presiona Matthew, intrigado.

—Me respondió hace un tiempo —continúa Erasmus—. Fue una carta maravillosa, y nos envió varios escritos antiguos junto con ella. Me gustó especialmente uno titulado *El taburete con tres patas* —interviene Victoria con entusiasmo.

—Ahora, Vic, explícanos algo —dice Matthew, inclinándose con aire conspirador.

—¿Y qué sería, Matt? —pregunta Victoria, alzando una ceja.

—En Martha's Vineyard fuiste con todo cuando sorprendiste a Erasmus: le cubriste los ojos, lo besaste... y el resto es historia. Pero Gina nos contó que ni siquiera sabías que era él —Matthew se ríe, disfrutando la anécdota.

Se hace un momento de silencio mientras Victoria muerde su labio y lanza una mirada acusadora a Gina.

—Es cierto, no lo sabía. Simplemente seguí a mi corazón, y os juro que no entré al restaurante con ningún plan en mente. Cuando vi a Erasmus, perdí completamente el control de mí misma —admite de golpe, su voz cargada de emoción.

—Todos esos pequeños gestos abrieron su corazón, así que ese arrebato tenía que ocurrir tarde o temprano —observa Gina con tono analítico.

—Bueno, Príncipe Azul, está claro que la conquistaste con la batuta —añade Gina, su sarcasmo suavizado por el afecto.

—Y tú, Victoria, capturaste su corazón con el viaje a casa —declara Matthew.

La pareja, perdidamente enamorada, intercambia una mirada cómplice, sus expresiones reflejando que todo lo dicho ya está profundamente grabado en sus corazones.

—Eh, amigo, es hora de trabajar —anuncia Matthew, rompiendo el hechizo.

—Vic, tenemos trabajo que hacer. Vamos —la insta Gina, llevándola a otra mesa.

Un par de horas después, Erasmus y Victoria vuelven a encontrarse a solas en la inmensa biblioteca.

—Vamos a echar un vistazo a la sección de libros antiguos —sugiere Erasmus con una sonrisa traviesa.

Riendo y tomados de la mano, deambulan por los pasillos, más pendientes el uno del otro que de las normas o de los demás visitantes.

—¿Puedo ayudarles? —pregunta con tono seco una bibliotecaria baja, de aspecto severo y gafas redondas.

—Buscamos libros antiguos —responde Erasmus.

—Deben solicitarse y leerse en una sección especial —afirma la bibliotecaria con impaciencia.

—¿Por qué en una sección especial? —se interesa Victoria.

—La videovigilancia garantiza que sean tratados con cuidado —explica la bibliotecaria, aún con tono cortante—. Ahora, ¿qué están buscando exactamente?

—Buscamos escritos antiguos sobre la duda —responde Erasmus.

—¿Algún período o autor en particular? —pregunta ella, su curiosidad ligeramente despertada.

—Lo dejamos a su criterio —responde Erasmus con un toque de galantería.

—¿Puedo preguntar la naturaleza de sus dudas? —inquiere la bibliotecaria, ahora visiblemente intrigada.

—Por supuesto. La mía es sobre qué hacer en la vida —contesta Erasmus, lanzando una mirada a Vicky.

—La mía es sobre si realmente quiero estudiar psicología criminal —admite Victoria, omitiendo deliberadamente sus dudas más personales.

—Esas son bastante convencionales en esta etapa de la vida. ¿Por qué el interés en libros antiguos? —prosigue la bibliotecaria.

—Crecí rodeado de ellos en Gales —explica Erasmus sin rodeos.

—Ah, tú eres el chico de Hay-on-Wye, y tú, la chica de Waterloo, Illinois —exclama la bibliotecaria, sus ojos iluminándose.

—Sí, somos nosotros —confirma Erasmus con orgullo, reconociendo su conexión con la red de anticuarios de Nueva Inglaterra.

—No me había dado cuenta de que eran estudiantes de Harvard. Soy Felicia Poindexter —responde amablemente la bibliotecaria, una mujer soltera de toda la vida y entregada a su vocación.

—Erasmus Cromwell-Smith y Victoria Emerson-Lloyd. Un placer conocerla —dice Victoria con calidez.

—Bien, sé exactamente qué darles. Es algo atemporal e inolvidable —declara la señora Poindexter—. Les proporcionará la sabiduría que están buscando.

Desaparece solo por un instante y regresa con un pergamino, caminando con pasos rápidos y decididos.

—Quizás sea un atrevimiento, pero ¿me permitirían leerlo para ustedes? —pregunta, su voz llena de expectación.

La joven pareja intercambia una mirada, encogiéndose de hombros al unísono, antes de que Erasmus responda con caballerosidad:

—Sería un honor.

La señora Poindexter ajusta sus gafas y comienza a leer con solemnidad…

La duda

Una duda sin confianza, método ni propósito
nos condena a una ansiedad y un sufrimiento recurrentes—
desafortunadamente, en vano,
pues todo ello será desperdiciado
cuando, inexorablemente, fracasemos.
En estos tipos de vacilaciones,
cuando dudamos, estamos ocultando algo.
Las dudas se convierten en falsos escudos y excusas
que encubren las verdaderas raíces y el origen de nuestro
comportamiento:
debilidad de carácter,
falta de conocimiento, deficiencias en habilidades o talento,
falta de preparación o planificación,
entre otras.
Estas tendencias a la indecisión
buscan justificar la mediocridad y la incompetencia
mediante la culpa o las sospechas sobre los demás,
cuando, con toda probabilidad, lo que está mal
se encuentra únicamente dentro de nosotros mismos.
Tales titubeos son como un veneno mortal,
que inevitablemente conducen a la inacción y al miedo
paralizante;
nos vemos cada vez más sobrepasados por
la incertidumbre, el escepticismo, la aprensión
y una persistente falta de confianza
que, inexorablemente, nos lleva a cometer errores de juicio.
Por ello, este tipo de dudas
son el presagio inequívoco del fracaso.

La duda llama a todas las puertas,
una visita que todos debemos recibir.
Moldea nuestro camino,
agudiza nuestra mente,
un guía, tanto amargo como dulce.
Los antídotos contra la duda son la confianza, el método y el
propósito.
Cuando dudamos y aplicamos la confianza,
disipamos la incertidumbre
al conceder el beneficio de la duda
a la persona o situación.
Aplicamos el método cuando la incertidumbre es objetiva;
la observación de los hechos puede anular
nuestra inclinación a no creer.
Cuando nos enfrentamos a la incertidumbre
respecto a creencias u opiniones,
la superamos
remediando nuestro conocimiento incompleto
o la falta de pruebas.
Aplicamos el propósito cuando estamos emocionalmente
desbordados,
bajo el asedio de avalanchas de indecisión.
Las disolvemos y atravesamos
si descartamos lo innecesario
y mantenemos la meta final a la vista.
Y si nos damos cuenta de que no tenemos una,
entonces la desarrollamos con entusiasmo,
pues el propósito es el máximo destructor de la duda.
En última instancia, una dosis saludable de duda
es esencial para una vida plena.
Pero nuestro desafío es abrazarla,
siempre con confianza, método y propósito.

—Victoria y Erasmus, cuando aplicáis confianza y buena fe a la duda, la neutralizáis. Cuando aplicáis método a través de la disciplina y la verificación de los hechos, la vencéis. Cuando enfrentáis la duda con propósito y determinación, la aplastáis —declara con vehemencia Felicia Poindexter.

Este encuentro fortuito marca el inicio de un vínculo de por vida entre Erasmus y la señora Poindexter. En los años venideros, hasta el día de su jubilación, ella dedicará incontables horas a impartirle su invaluable sabiduría y guía.

— ✦ —

Royal Cambridge Scholastic Institute, 2019
(Audiorio Universitario)

Regresando al presente, el profesor Cromwell-Smith sonríe al evocar el entrañable recuerdo de la erudita bibliotecaria, mientras su mirada recorre los rostros expectantes de sus alumnos.

—Aquel día en el Ateneo me enseñó que la duda no es solo un desafío, sino una invitación a crecer —comenta, vinculando sin esfuerzo la sabiduría del pasado con la lección del presente—. Antes de sumergirnos en vuestras reflexiones —continúa el pedagogo, paseando pensativo—, recordad esto: la duda no es vuestra enemiga, a menos que permitáis que se prolongue. Enfrentadla con confianza, examinadla con método y disipadla con propósito.

—Profesor, ¿por qué las dudas son tan persistentemente molestas? —pregunta Bárbara, estudiante de Literatura.

—Bárbara, es demasiado fácil quedarse inmóvil, lamentándose y dudando de todo y de todos, sin hacer nada. Las dudas, sin sus tres antídotos, no son más que falsos muros construidos con excusas frágiles. Así que recordad siempre:

cuando dudéis, aplicad confianza, método o propósito —responde con precisión.

—Profesor, ¿cómo podemos afrontar eficazmente nuestras dudas en las relaciones sin generar conflictos? —pregunta Robert, estudiante de Escritura Creativa.

—Esa es una pregunta fundamental, Bobbie. El poema enfatiza que 'la confianza es uno de los cimientos que pueden resistir las tormentas de la duda'. La comunicación abierta y honesta es clave. Brindar el beneficio genuino de la duda a una persona o situación puede disipar la incertidumbre de inmediato —responde el profesor con firmeza y aliento.

—¿Y qué hay del propósito como el destructor definitivo de la duda? —inquiere Lila, estudiante de Sociología.

—Lila, cuando estableces un rumbo para tus acciones, elecciones y existencia, alineándolos con algo significativo, ese sentido de propósito disipa cualquier duda que puedas enfrentar —explica el pedagogo con reflexiva claridad.

—Nos vemos la próxima semana —concluye, dejando a los estudiantes en profunda reflexión. El ilustre profesor puede que les haya regalado una fórmula atemporal para superar dudas e indecisiones.

Mientras la clase se dispersa, Erasmus permanece un instante en el podio, observando la introspección silenciosa de sus alumnos. Una leve sonrisa se dibuja en su rostro, testimonio del poder de la sabiduría compartida.

Al salir, el profesor se acerca a su vieja y oxidada bicicleta, saboreando el esplendor de aquel magnífico día primaveral. Y, como si el destino tuviera preparado un regalo especial, una sorpresa le aguarda. Al principio, apenas reconoce su bicicleta. Ahora luce una cesta en la parte delantera, sujetada al manillar. Está repleta de pasteles, quesos, frutas y una manta de cuadros rojos y blancos delicadamente dispuesta en la parte superior. Intrigado, levanta la manta y encuentra una tarjeta escondida entre los manjares. Al abrirla, su corazón se llena de alegría y enamoramiento al leer la nota escrita a mano:

"Es cierto que la confianza, el método y el propósito disipan la duda. Pero lo que realmente la anula para siempre es el amor verdadero."

El sonido de un timbre de bicicleta en el exterior capta su atención. Instintivamente, levanta la cabeza y su corazón se acelera al verla. Allí está, montada en su bicicleta, sosteniendo su propia cesta de picnic y cinco globos que ondean suavemente con la brisa.

—¿A qué esperas? —bromea Victoria antes de pedalear con una risueña picardía.

Erasmus monta su bicicleta apresuradamente y sale tras ella. Es entonces cuando nota los mensajes escritos en cada globo.

En el segundo globo más grande, lee: "Cuando dudes, aplica...", seguido de "Confianza", "Método" y "Propósito"en los más pequeños. Finalmente, su mirada se posa en el globo más grande, una maravilla en forma de corazón. Sus ojos se agrandan con sorpresa y emoción al leer las letras en negrita:

"Y el Amor Verdadero los Supera a Todos."

Capítulo 15

La dualidad

Río Charles, Boston, 2019

La luz naciente de un nuevo día se filtra a través del sereno paisaje del río Charles, iluminando su belleza natural. Los rayos del sol, teñidos de suaves tonos rojizos y amarillo pálido, se deslizan lentamente mientras desvelan el silencioso entorno. Los dispersos bancos de niebla se disuelven perezosamente en el cielo, dando paso a una mañana primaveral fresca pero magnífica. Solo las salpicaduras sincronizadas de los remos y la respiración agitada de dos remeros rompen la tranquila quietud, manteniendo un ritmo constante y armonioso sobre las aguas apacibles.

Erasmus y Victoria han estado remando durante media hora cuando finalmente llegan a su destino habitual. En un rincón apartado de la orilla, aseguran su bote. Siguiendo una rutina bien ensayada, cada uno saca de su pequeña mochila su ajustado mono térmico, meticulosamente doblado, y se lo ponen con destreza.

De la mano, la pareja enamorada camina un corto tramo hasta uno de sus rincones matutinos favoritos de la ciudad: una diminuta **boulangerie** francesa con mesas al aire libre, situada justo al borde del río. Su encantador ambiente brinda el escenario perfecto para deleitarse con delicias galas en el aire fresco de la mañana.

—Querido, me gustaría visitar tu ciudad natal algún día —dice Victoria suavemente mientras esperan su habitual canasta de pan francés, pasteles y café au lait.

—Mi lady, nada me daría mayor placer —responde Erasmus, sintiendo que su mente ya empieza a viajar. De repente, sus ojos se iluminan con inspiración, y una tierna sonrisa se dibuja en su rostro—. Hagamos una cosa: iremos este verano. Podemos viajar en tren por el viejo continente. Siempre he soñado con recorrer Europa contigo.

Su mirada es intensa pero afectuosa mientras acaricia suavemente su mano con las yemas de los dedos.

—Solo he estado en Europa unas pocas veces, casi siempre por conferencias, así que tendrás que mostrarme todo... y llevarme a todas partes... con mucha paciencia —dice ella, su voz vibrante de emoción.

—Será un honor, mi lady —responde él con calidez, ansioso por hacer realidad sus sueños viajeros.

Un distante retumbar de trueno resuena en el aire, insinuando un repentino cambio en el idílico clima. Erasmus nota al instante la transformación en la expresión de Victoria, mientras un torbellino de emociones nubla fugazmente su rostro. A través de sus ojos, es testigo de un espectro vertiginoso de sentimientos: primero, un atisbo de ira nerviosa; luego, la confusión se apodera de ella mientras su mirada inquieta se desplaza en todas direcciones. Pero, tan rápido como apareció, su atención regresa a Erasmus. Al verse sorprendida en el acto, sus iris azules se abren de par en par antes de suavizarse con un destello inconfundible. Un alivio palpable la inunda, y su radiante sonrisa renace.

Erasmus aprieta delicadamente su mano, ofreciéndole, como siempre, su silenciosa pero inquebrantable seguridad.

—Hubo un tiempo en el que no podía controlar mi miedo a los truenos —admite Victoria, con un tono pensativo.

—Con razón, mi lady. Si un rayo cayó tan cerca de ti cuando eras niña, no es de extrañar que hayas desarrollado esta fobia —responde Erasmus, complaciéndola juguetonamente en su línea de pensamiento.

Victoria lo estudia, debatiéndose entre replicar o no. De repente, estalla en carcajadas.

—Eres absolutamente incapaz de fingir nada, mi adorable británico —exclama, su voz rebosante de diversión.

—Mi lady, ¿por qué habría de interrumpir tu preciado relato de desventuras infantiles? —bromea él, fingiendo inocencia.

—Porque sabes que en realidad no quiero hablar de ello —replica ella, con un tono ligero.

—Quieres decir que tu lucha con el mal tiempo proviene de una necesidad latente de perfección. Siempre había algo ligeramente erróneo o incompleto, incluso en los momentos más extraordinarios, ¿no es así? —observa Erasmus, ahora con franqueza, dado que ella ha abierto la puerta.

—Sí, era así. Si un día no era perfecto, sentía que estaba arruinado, y me perdía de muchos momentos que podría haber disfrutado —reflexiona Victoria en voz alta, sus palabras fluyendo como un monólogo espontáneo.

—Pero mírate ahora, mi lady. Has avanzado tanto. Sigues teniendo los mismos instintos, pero has aprendido a racionalizarlos y superarlos. Es admirable —afirma Erasmus con orgullo.

—Tenerte a mi lado lo hace mucho más fácil, querido —dice ella, su gratitud reflejada en cada palabra.

—¿Recuerdas cómo encontramos la solución a tal aflicción? —pregunta Victoria de repente.

—¿Cómo olvidarlo? La señora Poindexter, nuestra querida señora Poindexter, nos obsequió con un tesoro atemporal sobre los peligros de ver el mundo en extremos —responde Erasmus con una memoria vívida.

—Aquel día en la biblioteca de Harvard fue inolvidable. Su lección sobre la dualidad fue trascendental —coincide Victoria, sus ojos iluminándose con el recuerdo.

Como suele ocurrir con las parejas profundamente conectadas, la realización les llega simultáneamente. Se miran el uno al otro y comparten una sonrisa cómplice.

—Por supuesto, hoy haré de la dualidad el tema de mi clase —declara Erasmus con un gesto reflexivo mientras terminan su desayuno.

Al salir de la acogedora *boulangerie*, el aire matutino trae consigo un renovado sentido de propósito. El murmullo lejano de la ciudad se entremezcla con el ritmo constante de las ruedas de sus bicicletas girando. La risa ocasional de Victoria se funde con las bromas juguetonas de Erasmus, su conexión evidente en cada mirada compartida.

Una hora después, mientras Victoria lo lleva en coche hasta la universidad, ambos recuerdan con cariño a la diminuta pero formidable bibliotecaria que, en incontables ocasiones, les guió con paciencia durante su juventud. Cuando llegan al estacionamiento del campus, la energía entre ellos es palpable, una fuerza invisible que los impulsa hacia adelante.

Al acercarse a los edificios universitarios, Victoria detiene el coche suavemente junto a los escalones del auditorio. Se inclina sobre la consola, sus ojos brillando con picardía, y procede a hacer su habitual magia sobre él.

—Recuerda, querido, hoy eres el mago, poseedor de un don precioso para tus alumnos. Ve y dales lo mejor de ti para que se impregnen de todas sus dimensiones invaluables. Déjalos marcharse sintiéndose hechizados —susurra, su voz impregnada de aliento y afecto, culminando con un beso cálido y tierno.

Sus palabras encienden en Erasmus una chispa de inspiración. Sale del coche con una sonrisa radiante y le dedica un último saludo. Con pasos poéticos y un silbido despreocupado, avanza hacia la clase como si flotara sobre las nubes. El paseo hasta el auditorio lo revitaliza; la conversación de la mañana sigue danzando en su mente, como una melodía imposible de olvidar.

— ✤ —

Royal Cambridge Scholastic Institute, 2019
(Auditorio Universitario)

—¿Cómo están todos hoy? —pregunta un profesor lleno de energía, contagiando su entusiasmo.

—¡Increíblemente geniales, profesor! —responde con entusiasmo el estudiantado, su emoción inundando la sala.

—Clase, a veces en la vida vemos a las personas, el mundo y la propia existencia como elecciones entre opuestos. Nos encerramos en una mentalidad que solo percibe dos opciones y nos obsesionamos con elegir una u otra. Al hacerlo, limitamos nuestra capacidad de considerar otras perspectivas y nos condenamos a una forma de pensar estrecha y reducida —comienza el profesor, su voz cargada de pasión.

—La dualidad es un concepto que persiguió tanto a Victoria como a mí durante nuestra infancia y adolescencia. A menudo nos sentimos divididos, forzados a elegir entre extremos, hasta que una entrañable bibliotecaria y mentora nos impartió una lección de vida atemporal—una que, cuarenta años después, sigue guiándonos —explica el profesor, su mirada recorriendo a la cautivada audiencia.

—Permitidme llevaros atrás en el tiempo —prosigue, su tono adoptando el ritmo envolvente de un narrador—. La historia comienza así…

— ✤ —

Estudio de Erasmus y Victoria, Boston, 1977

El joven Erasmus sale a correr temprano por la mañana mientras Victoria duerme un poco más. Al despertar, su mirada se posa en un vaso de zumo de naranja recién exprimido sobre la mesilla de noche. Luego, sus ojos encuentran un ramo de brillantes rosas rojas en plena floración, acompañado de una tarjeta. Su corazón da un vuelco al leer la nota:

"Que la vida continúe concediéndonos la magia del verdadero amor para siempre. Mi amada dama, tienes una invitación especial para una tarde en el parque conmigo. Será un picnic para dos. Te recogeré exactamente a mediodía en la biblioteca."

Su risa brota espontáneamente, su corazón hinchándose de dicha ante el romántico gesto de su mago británico. El día parece destinado a ser perfecto. Pero su alegría inicial se desvanece rápidamente cuando su obsesión con la perfección se apodera de ella, nublando su estado de ánimo.

La mañana no transcurre bien para Victoria Emerson-Lloyd. En cuanto sale, la recibe una ligera llovizna y una niebla persistente, acompañadas de truenos lejanos. Su ánimo decae aún más.

"¿Por qué el mal tiempo tiene que arruinar el picnic que Erasmus preparó para nosotros?" se lamenta, sintiendo cómo crece su frustración.

— ✤ —

Biblioteca Widener de Harvard, 1977

Al llegar a la majestuosa biblioteca justo antes del mediodía, Victoria se sienta con su antigua compañera de cuarto, Gina, malhumorada por la mañana arruinada. Distraída y molesta, ni siquiera saluda a su mentora, la siempre atenta señora Poindexter.

—¿Qué le pasa a la joven Victoria? Cada vez que está disgustada, sus buenos modales desaparecen —observa con agudeza la estricta bibliotecaria mientras escucha fragmentos de las quejas de Vicky, expresadas en voz alta.

Ajena a su entorno, Victoria se desahoga con Gina, relatando con detalle sus desgracias matutinas. Gina, cada vez más inquieta, intenta cambiar de tema. Percibiendo la ambivalencia de su amiga sobre Erasmus, decide confrontarla de una vez por todas.

—Victoria, ¿por qué intentas obligar a Erasmus a mudarse a tu ciudad natal si quiere casarse contigo? ¿Por qué sabotear el amor verdadero? —pregunta Gina, incrédula.

—Porque es la única forma en que esto funcione entre nosotros —responde Victoria con terquedad.

—Aún no me has dado una sola razón válida para obligarlo —replica Gina con firmeza.

Vicky guarda silencio, la frustración ardiendo en su interior. Pero Gina no cede.

—Seamos honestas: no tienes una razón real. Ni siquiera te conviene volver a casa. Tu futuro está aquí —afirma Gina categóricamente.

—Pero toda mi familia está allí —argumenta Vicky, aunque su tono carece de convicción.

—Te mudaste aquí para alejarte de ellos, Vicky. ¿A quién intentas engañar? ¿A ti misma? —responde Gina con dureza.

515

Los ojos de Victoria recorren la biblioteca, su expresión reflejando una mezcla de confusión y culpa.

—El amor basado en la culpa no funciona —prosigue Gina, sin vacilar—. Esperar que este británico en particular se someta a tus deseos por culpa es una receta para el desastre. Y el amor transaccional... 'Si vienes, nos casamos; si no vienes, no nos casamos'... Eso tampoco funcionará con él. Vas a arruinar lo que tienes.

Los pensamientos de Vicky se arremolinan mientras las palabras de Gina penetran en su mente. *Tal vez tenga razón; él nunca aceptará"*, piensa, sintiendo una punzada de realización.

Cuando el reloj marca el mediodía, Erasmus aparece, caminando a paso ligero hacia ellas.

—Damas, es un placer verlas a ambas —saluda con calidez, haciendo una leve reverencia como si viniera de otra época. Está completamente ajeno a la tensión en la que acaba de irrumpir.

Al notar las sonrisas forzadas, el ceño de Erasmus se frunce con desconcierto.

—¿Qué está pasando aquí? —pregunta, intrigado.

—Se lo diré yo, joven, mejor de lo que su niña mimada podría hacerlo jamás —interrumpe la señora Poindexter con su inconfundible tono severo mientras se acerca a ellos.

El trío se gira hacia ella, sobresaltado.

—Señora Poindexter, ¿cómo está? —saluda Erasmus con una amplia sonrisa, extendiendo su mano.

—No muy bien, joven, pues acabo de escuchar una de las conversaciones más banales y superficiales que he oído en años —replica ella, clavando su mirada afilada directamente en Victoria.

—¡Eso era privado! —protesta Gina, intentando defender a su amiga.

—No, no lo era. Habéis roto las normas de la biblioteca hablando tan alto que todos aquí os han oído, no solo yo —responde secamente la señora Poindexter.

Victoria y Gina permanecen en silencio, sus rostros enrojecidos por la vergüenza. Erasmus le guiña un ojo a la bibliotecaria, dándole su aprobación tácita para que continúe.

—Este patrón debe repetirse a menudo. Con vuestro permiso, me gustaría leeros algo: el antídoto perfecto para lo que está aquejando a nuestra inmadura joven hoy —propone la bibliotecaria, con un tono que se suaviza ligeramente.

—Sería un honor, señora Poindexter —dice Erasmus con galantería. Las chicas asienten tímidamente en señal de acuerdo.

Con pasos decididos, la diminuta bibliotecaria desaparece entre las estanterías. La observan subir con precisión por una pequeña escalera, de donde extrae un libro grande pero delgado. Momentos después, regresa con los ojos encendidos por un propósito claro.

—Quizás sea presuntuoso de mi parte, pero ¿me permitiríais leerlo yo misma? —pregunta, fijando su mirada en Erasmus y Victoria.

—Sería un honor —repite Erasmus con tono respetuoso.

Con eso, la señora Poindexter se sienta frente a ellos, abre el libro y comienza a leer…

Dualidad

Aquí está el problema con la dualidad.
A primera vista, parece ser algo que no es:
un estado de indecisión deliberada,

una vacilación ignorante entre opciones,
o incluso una duplicidad intencionada.
Sin embargo, la dualidad es todo lo contrario
a lo que aparenta ser,
al menos en lo que respecta a estos versos.
Nos topamos con la dualidad en la vida cuando
deseamos no solo una opción,
sino la totalidad de las posibilidades ante nosotros,
o cuando percibimos todo y a todos
como una simple proposición de "esto o aquello".
En verdad, existe un "y".
Susurra en las elecciones que anhelamos,
en los polos opuestos a los que nos aferramos,
mientras que la verdad de la vida yace más allá,
justo fuera de nuestro alcance, esquivando nuestro agarre.
No se ha dicho lo suficiente sobre el primer tipo de dualidad:
el caprichoso arte de quererlo todo en la vida,
de desearlo todo, simultáneamente y a cualquier precio,
sin importar qué, dónde, quién, cuándo, por qué o cómo.
Esto suele dejar sin espacio a nada ni a nadie más.
Tal voracidad, en la mayoría de los casos,
se convierte en un problema,
no solo porque rara vez disfrutamos realmente
de alguna de las opciones,
sino porque la dualidad maligna y codiciosa
no es más que un pernicioso desperdicio existencial—
un ejercicio fútil, una búsqueda vacía
de gratificación instantánea y constante.
En esa persecución implacable,
se pierde por completo la alegría del presente.
No solo es banal y vacía,
sino, sobre todo, carente de significado y propósito.

Por ende, no estamos "viviendo" ni "estamos vivos"
cuando la practicamos o la perseguimos.
Por otro lado, cuando la dualidad se polariza,
vemos el universo, el mundo, la vida y las personas
como un campo de batalla de extremos opuestos—
lados en constante antagonismo e irreconciliables diferencias.
Todo a nuestro alrededor se convierte en
negro o blanco,
bueno o malo,
exaltante o angustiante,
satisfactorio o vacío,
feliz o deprimente,
abarrotado o solitario,
entretenido o aburrido,
verdadero o falso,
fiel o traidor,
real o ficticio.
Cada persona con la que interactuamos es, o bien
superior o inferior,
rica o pobre,
sana o enferma,
exitosa o fracasada,
merecedora o aprovechada,
solvente o una carga social,
con nosotros o contra nosotros,
capaz o discapacitada,
libre o condenada,
inocente o marcada con una letra escarlata,
socialmente aceptable o psicópata.
Nuestras vidas emocionales y racionales son, o bien
controladas o caóticas,
efusivas o resentidas,

exuberantes o frustradas,
en lo más alto o en lo más bajo,
abstinentes o viciadas,
carnívoras o veganas,
amables o desagradables,
generosas o codiciosas y egoístas.
Pero la verdadera luz y belleza duradera de la vida
no se encuentran en los extremos opuestos,
sino justo en el medio,
en el espacio entre los extremos, donde convergen las virtudes
y florece la armonía.
Ubicadas en la zona de confluencia,
donde reflexionamos y ajustamos
todas nuestras palancas existenciales.
En lugar de un mundo de pares o dúos,
de elecciones entre "a" o "b",
descubrimos una tercera alternativa,
hecha enteramente de ambos extremos.
Ahí es donde y cómo la vida encuentra su equilibrio,
y por qué es en el punto medio
donde se hallan la mayoría, si no todas,
de nuestras virtudes existenciales—
a saber: templanza, singularidad, prudencia poco convencional,
buen juicio, paciencia, resistencia, tolerancia,
perdón, creatividad, arte, bondad,
mente abierta, claridad, cautela,
estados meditativos,
arrepentimiento, generosidad, gratitud, moderación,
esperanza, inspiración, frugalidad, fe, cambio,
evolución, nuestra conciencia, nuestro espíritu y nuestra alma.
La dualidad, por naturaleza, es incompleta e insatisfactoria,
nos priva de todas las opciones disponibles,

nos empuja hacia los extremos,
nos encierra en posiciones absolutas y rígidas.
La dualidad puede ser peligrosa,
poniendo en conflicto lados opuestos o extremos,
creando enfrentamientos potenciales o reales
entre las partes, basados en el simple y diminuto deseo
de que un lado prevalezca sobre el otro a cualquier costo.
La dualidad ciega nuestros corazones, espíritus y almas,
robándonos la capacidad de experimentar la vida
y disfrutar del universo, el mundo, la naturaleza y los demás—
simplemente porque pasamos por alto la tercera opción:
la de contemplar la vida a medio camino entre los extremos,
justo en el centro.

*

Cuando la señora Poindexter termina de leer, Erasmus, Victoria y Gina permanecen en un silencio atónito, sus ojos iluminados reflejan el profundo impacto de sus palabras. Es como si un gigantesco velo oscuro se hubiera levantado de sus mentes.

—Gracias, señora Poindexter —balbucea Victoria con timidez, tomando instintivamente la iniciativa mientras los otros dos permanecen callados, sumidos en sus pensamientos.

La señora Poindexter observa a Victoria con una mirada afilada, pero amable.

—Victoria, te despiertas con un gesto maravilloso de tu enamorado británico: flores hermosas, una tarjeta conmovedora, zumo recién exprimido y una invitación a un picnic romántico preparado solo para vosotros dos. ¿Sabes cuántas personas desearían que alguien hiciera siquiera la mitad de eso por ellas? Y, sin embargo, logras obcecarte por el clima. ¿Qué te pasa? La vida es demasiado corta, querida. Acepta todo lo bueno y bloquea lo malo. Rara vez, si es que alguna vez, la vida es perfecta, sea conveniente o no —le reprende con un tono de sabiduría.

Victoria asiente con fervor, sus mejillas sonrojadas por una mezcla de vergüenza y gratitud.

—Esta es una lección que nunca olvidaré, señora Poindexter. Por primera vez, lo veo todo con claridad. Le prometo que, a partir de ahora, haré todo lo posible por controlarme, por dejar de ser mi propio obstáculo, para poder disfrutar de lo mejor que la vida tiene para ofrecer, sin importar cuán imperfecta o incompleta sea —declara con determinación.

La señora Poindexter esboza una pequeña sonrisa de satisfacción antes de regresar apresuradamente a sus tareas, con un paso decidido y una expresión de certeza. Para ella, está claro que los tres jóvenes han absorbido la esencia de su mensaje.

Momentos después, Victoria, Gina y Erasmus salen de la biblioteca, enlazando sus brazos como si hubieran sido fortalecidos por una nueva convicción. La poderosa lección que acaban de recibir resuena dentro de ellos, otorgándoles una nueva lente a través de la cual contemplar la vida, una lente que deja espacio para la alegría, las imperfecciones y la belleza del momento presente.

— ❖ —

Royal Cambridge Scholastic Institute, 2019
(Auditorio Universitario)

A medida que los vívidos recuerdos de Harvard comienzan a desvanecerse, la mirada del profesor se desplaza hacia los rostros de sus estudiantes en el presente. La calidez familiar del auditorio y las expresiones expectantes de sus alumnos lo anclan de nuevo a la realidad.

—Y así, cuarenta años después, su sabiduría sigue siendo igual de profunda —dice, con un tono reflexivo pero vibrante.

—Clase, al reflexionar sobre el tema de la dualidad y sus peligros, concéntrense en el único lugar donde se encuentra la virtud en la vida: el punto medio, no los extremos —concluye el profesor Cromwell-Smith.

Erasmus hace una pausa, permitiendo que el peso de la lección se asiente en la sala.

—Antes de que pasemos a sus pensamientos y preguntas, me gustaría que tomaran un momento. Reflexionen sobre aquellas ocasiones en las que se han sentido atrapados entre dos extremos. Consideren cómo encontrar ese punto medio podría haber cambiado la narrativa. A veces, las respuestas que buscamos no están en los extremos del espectro, sino en el espacio indómito que hay entre ellos.

—Profesor, en nuestra clase anterior tratamos el tema de la duda. ¿Cómo se relacionan la dualidad y la duda? —pregunta Elena, estudiante de Ciencias Políticas.

—Es una excelente pregunta, Elena. En realidad, están estrechamente vinculadas. La duda surge de nuestra incapacidad para decidir entre extremos o absolutos y de nuestra falta de percepción del punto medio, lo que nos impide escapar de la dualidad —aclara el profesor, mientras la totalidad del alumnado asiente con comprensión.

—¿Cómo podemos cultivar una mentalidad que abrace la dualidad en lugar de temerla? —pregunta Mathew, estudiante de Filosofía.

—Esa es una cuestión importante, Mathew. El poema nos anima a 'ver la dualidad como una fuente de fortaleza'. Empiecen por replantear su perspectiva. En lugar de ver la dualidad como un conflicto, reconózcanla como una oportunidad de crecimiento y aprendizaje. Abracen sus complejidades y permitan que estas informen sus decisiones —responde el profesor con reflexión.

—Profesor Cromwell, ¿no debería la sociedad evolucionar primero antes de que muchos de nosotros, como individuos, podamos buscar y abrazar el punto medio? —pregunta William, estudiante de Ingeniería.

—Maravillosa pregunta, Bill. Nuestra civilización ciertamente necesita alcanzar un nivel superior en nuestro comportamiento social y sistema de creencias para evolucionar más allá del entorno impulsado por la dualidad en el que nos encontramos actualmente. Este tipo de evolución no solo es necesaria, sino que es nuestro siguiente gran salto; incluso el mundo de la ciencia nos lo está señalando. Por ejemplo, la próxima frontera en la tecnología de la información es la computación cuántica. Actualmente—y no por casualidad, al igual que en la vida real—el mundo de la informática se basa en el sistema binario de 1s y 0s. Sin embargo, la computación cuántica se basa en un tercer estado, una especie de sistema trinario (qubits), que involucra ambas opciones, 1 y 0, al mismo tiempo, multiplicando exponencialmente el poder de procesamiento de un ordenador —explica con precisión y entusiasmo.

El profesor Cromwell-Smith hace una pausa, escaneando la sala. Su mirada se detiene, como si buscara confirmación de que su mensaje ha sido recibido. Sin excepción, los estudiantes permanecen en silencio, sus expresiones son contemplativas, cada uno aparentemente absorto en su propia reflexión.

A través del prisma de la dualidad, comienzan a verse a sí mismos, esperando comprender los peligros y la estrechez de vivir bajo sus cadenas.

A medida que los estudiantes salen del aula, Erasmus se queda en el podio, observando sus animadas conversaciones. Nota a algunos alumnos que se detienen cerca de la puerta, el ceño fruncido en un pensamiento profundo, quizás reflexionando sobre sus propias experiencias con la dualidad. Sonriendo para sí mismo, recoge sus notas y sale al pasillo, con los ecos de su curiosidad juvenil aun vibrando en el aire.

Afuera, Victoria lo espera, con su bicicleta apoyada casualmente contra una farola. Le hace un gesto con la mano, su presencia tan reconfortante como estimulante. Juntos pedalean hacia la dorada tarde, su ritmo compartido es un testimonio del perfecto equilibrio de la vida.

526

Capitulo 16

Genialidad

Royal Cambridge Scholastic Institute, 2019
(Residencia universitaria de Erasmus y Victoria)

En las primeras horas de la mañana, Victoria y Erasmus ya están completamente despiertos. Su voz, al principio, suena como un susurro amoroso, pero sus solemnes palabras pronto atraviesan la calidez de su alegría.

—aquí estamos, cuarenta años después, y en muchos sentidos, nada ha cambiado entre nosotros como pareja. Nos amamos igual que entonces. Pero, como individuos, hemos cambiado. Mis dudas se han convertido en culpa y las tuyas se han transformado en miedo. Además, nuestras experiencias de vida han sido muy diferentes— dice Victoria pensativa mientras permanecen acostados en la cama al amanecer. En su mente, también lucha con sentimientos persistentes de insuficiencia, consciente de que sus decisiones del pasado pesan sobre su presente.

—"Al reflexionar sobre la compleja danza del amor, cada paso es un recuerdo, una oportunidad fugaz. A través de la alegría y el dolor, encontramos nuestro camino, como el abrazo del alba en el amanecer del día"— agrega, citando la poesía de Erasmus con intención.

Al mirar a Victoria a los ojos, Erasmus reconoce el brillo que lo atrajo a ella por primera vez. Sin embargo, los años los habían esculpido a ambos, trazando caminos que los llevaron hasta este momento, un testimonio de su resiliencia y crecimiento.

Erasmus hace una pausa, la luz del amanecer proyectando un cálido resplandor a su alrededor. ¿Cuántas mañanas como esta habían compartido, y sin embargo, cada una se sentía única y significativa? Mientras los recuerdos danzan en su mente, se prepara para desviar la conversación hacia los desafíos que les esperan en el día.

Hoy es la última clase del año académico y la mente de Erasmus está en otro lugar.

—Querido, ¿dónde en el universo estás? —pregunta Victoria.

Erasmus la mira con profundidad y una amplia sonrisa.

—Mi lady, el amor no es perfecto. Siempre habrá cosas que falten, que no funcionen o que sean inalcanzables, pero nos centramos en lo que tenemos y lo disfrutamos —responde Erasmus, adoptando un tono filosófico.

"¡Eso es todo! Me detuvo en seco de nuevo, y esta vez ni siquiera estaba prestando atención", razona Victoria, sintiéndose atrapada justo al comienzo de su argumento.

Pero esta mañana, por alguna razón, simplemente quiere encontrar fallas en su perfección idílica. La luz matinal se filtra suavemente a través de las cortinas, proyectando un resplandor delicado sobre sus cuerpos entrelazados, amplificando la intimidad del momento.

—¿Cómo es posible que hayas vivido una vida monástica durante cuarenta años? —pregunta de repente, escéptica.

—Ese aislamiento fue una elección consciente, una forma de escapar de las complejidades de las relaciones, que a menudo me resultaban abrumadoras —responde él. Luego, con una repentina comprensión, pregunta con inquietud—: ¿A dónde quieres llegar con esto?

—Solo quiero saber —responde Victoria con aire caprichoso.

—¿Por qué? —pregunta él, a la defensiva.

—Quizás porque es difícil de comprender —dice, sonando vacía pero tratando de justificarse.

—¿Eso es todo? ¿Una falta de entendimiento? —pregunta Erasmus, sin estar convencido.

—También un poco de celos —admite finalmente.

—Ahora estamos hablando —dice él, celebrando la verdad.

—Eso era lo que querías, ¿verdad? Escuchar que estoy celosa —dice Victoria, fingiendo estar herida.

—No realmente —responde él con indiferencia.

—Claro que no. El gran Erasmus, sentado en lo alto del Monte Olimpo, no cree ni siente celos. ¿Cómo defines los celos? Sí, ahora lo recuerdo... para ti, esos son solo juegos que la gente juega —lo reprende ella.

—Muy bien, Victoria, me doy cuenta de que esta gran escena tiene un propósito. ¿Qué es lo que realmente quieres saber? —pregunta él, tratando de precisar el asunto.

—¿Ni una sola mujer en cuarenta años? —pregunta Victoria, con la expresión de una adolescente jugando con fuego.

—Nunca afirmé ser monógamo. Lo que dije es que no tuve un amor verdadero en cuatro décadas —aclara Erasmus.

—Ah, entonces sí hubo mujeres —replica Victoria con sorpresa, sintiendo ahora su mano quemada por el fuego.

—Algunas —responde él con tono críptico.

—¿Cuántas? —insiste ella, sintiendo un nudo formarse en su garganta.

—No llevé la cuenta —contesta, tratando de evitar el tema.

—¿Qué? ¿Dos, tres, diez, veinte? —presiona, incapaz de detenerse.

—¡Victoria, mírate! ¿Qué estás haciendo? Este es un ejercicio fútil y masoquista, persiguiendo agua que ya pasó bajo el puente —afirma él, intentando esquivar el tema.

—¿Nunca cerca de algo serio? —insiste ella, implacable.

—Una vez —admite Erasmus.

—¿Quién? —pregunta Victoria, aun buscando la verdad.

—Mi primera editora —responde él, sin rodeos.

—¿Qué pasó? —insiste ella, necesitando saber más.

—Me di cuenta de que solo era amor impulsado por el éxito —explica Erasmus.

—Traduce, por favor —ruega ella, sin comprender del todo.

—Esa editora en particular no me prestó la menor atención cuando estaba comenzando como escritor, pero después se sintió fascinada por mi éxito, más que por mí. Sin él, ella no habría estado allí, y concluí que no había futuro a su lado —revela.

—¿No es ese un comportamiento normal? —pregunta Victoria. Pero en el mismo instante en que las palabras salen de su boca, se da cuenta del error crucial que acaba de cometer con él.

—No para mí, Victoria —responde Erasmus, sin una pizca de diversión en su voz.

El silencio finalmente se asienta entre ellos, como si la erupción hubiera llegado a su fin. Pero ella sabe que no es así. *"No ha terminado,"* razona con precisión.

—Mi lady, acabas de soltar, sin querer, la otra razón por la que te fuiste: el éxito... o la falta de él… los miedos… —dice Erasmus, alcanzando una repentina realización.

Los ojos de Victoria se nublan de inmediato, y la culpa la golpea sin remedio.

—Esto es simplemente tu manera de sacarlo a la luz —añade él, tomando sus manos con un suave agarre. Besándolas alternativamente, concluye—: Era ocho años menor que yo y muy atractiva. Después de salir con ella por más de tres años, aún tenía reservas sobre la relación. Entonces, una noche, ella me preguntó si alguna vez le haría la gran pregunta.

—¿Lo hiciste? —pregunta Victoria con un nudo en la garganta.

—Recuerdo que le respondí con otra pregunta —afirma Erasmus.

Victoria lo escucha con el alma en vilo.

—¿Te habrías interesado en mí si no hubieras sabido de mi éxito? —rememora él.

Fue brutalmente honesta.

—No, —dijo, y ahí terminó todo.

—Inevitablemente, en el tema de la paridad dentro de una pareja, la única forma en que el éxito se sobrepone al amor es cuando el éxito no se conoce, aún no ha llegado o empieza justo en los inicios de la relación —continúa.

—Así que, cuando nos reencontramos y yo no tenía idea de que te habías convertido en un escritor tan exitoso, eso fue enorme para ti —afirma Victoria, intrigada.

—No tienes idea de cuánto, Victoria —confirma él con seriedad.

Ella se siente aliviada, pero al mismo tiempo, algo tonta. *"Ni siquiera recuerdo cómo está tejido y confeccionado el alma de Erasmus,"* se reprende a sí misma, dándose cuenta de la necesidad de volver a familiarizarse con él. Cuanto antes, mejor.

—Querido, sabes los ajustes que hice cuando nos reencontramos. Pero ¿qué hiciste tú? —Vicky finalmente le da la vuelta a la conversación.

Erasmus la observa con la calma que ella siempre ha amado en él—una calma que la hace sentir segura y protegida.

—Mi lady, lo que ha impulsado nuestro amor no ha sido la culpa, la riqueza ni su ausencia. Lo que has hecho desde que nos reencontramos no ha sido impulsado tanto por palabras, sino por hechos y sentimientos —dice con profunda claridad.

—¿Hechos? —pregunta Victoria, frunciendo el ceño con curiosidad.

—Lo que quiero decir con hechos son las acciones expresadas a través de innumerables pequeños gestos y diminutos detalles que hemos compartido desde el principio —responde él, con los ojos llenos de calidez.

—Mi intrépido británico y desapegado de lo material —declara Victoria, envolviéndolo en un abrazo lleno de orgullo.

—Querido, ¿de qué tratará tu clase hoy? —pregunta, intuyendo el significado detrás de su estado de ánimo.

—Genialidad —responde Erasmus, con un tono afectado pero sereno.

La única palabra cae entre ellos como un peso invisible. Su rostro se tensa con dolor, pero sus ojos reflejan comprensión.

—¿Es tu última clase del año? —pregunta retóricamente.

—Sí —contesta él con determinación.

—Ya veo —murmura ella, su mente vagando en otro lugar.

—No te preocupes, mi lady. Estoy listo para ello —la tranquiliza, su voz firme.

—En ese caso, ve y mata a ese tigre, querido. Estoy segura de que harás un trabajo magistral —dice, reuniendo toda la fortaleza que su angustiado ser le permite.

Un poco más tarde, mientras el profesor Cromwell-Smith se aleja en su vieja y oxidada bicicleta, Victoria lo observa pedalear a través de la ventana. Lágrimas silenciosas se acumulan en sus ojos y las deja caer. Sabe que, en poco tiempo, él estará de pie frente a su clase, relatando el día en que ella desapareció de su vida. Al menos encuentra algo de consuelo en saber que, a principios de la semana, pudo "llenar" los vacíos para él sobre lo que había hecho aquel día en que huyó.

Mientras el profesor Cromwell-Smith pedalea, su bicicleta se balancea ligeramente, reflejando el vaivén de sus pensamientos. Hoy, su camino apunta hacia el futuro, pero a su paso deja un rastro de nostalgia.

"Ella tiene razón. Ambos somos sobrevivientes marcados por un largo y sinuoso camino. Pero ¿sabes qué? Lo logramos, y aquí estamos, con mucha vida aún por delante," reflexiona, mientras un destello de esperanza ilumina sus ojos contemplativos.

— ✦ —

Royal Cambridge Scholastic Institute, 2019
(Auditorio Estudiantil)

—¿Cómo está todo el mundo hoy? —pregunta el profesor con entusiasmo.

—¡Genial! —responde la clase al unísono.

—Hmm —murmura, no del todo convencido, mientras se acaricia la barbilla con la mano derecha. Entonces, decide intentarlo de nuevo.

—Bien, hagámoslo otra vez —los anima.

—¡Increíblemente genial! —grita la clase en perfecta sincronía.

—¡Así es! —afirma finalmente satisfecho.

Con la energía del auditorio en pleno auge, el profesor da inicio al último viaje académico del año.

—Hoy concluimos nuestro curso con el tema de la genialidad. En esta última clase, los llevaré a un día extraordinario en el que se presentaron dos caras opuestas de la vida: una como un cometa que apareció y desapareció en un instante, y la otra como el descubrimiento de uno de esos tesoros que guardas para siempre.

—La historia comienza así…

—✦—

Harvard, 1977
(Estudio de Erasmus y Victoria)

Victoria ha estado mirando la carta que no debería leer durante mucho tiempo…

En parte, la carta dice:

"Señora V, antes de despedirme, hay algo más. ¿Está lista?... Quiero proponerle matrimonio. ¡Sí! Lo deseo con todo mi corazón, quiero que Victoria sea mi esposa y compañera para siempre."

La reacción de Victoria es puro terror. Quiere huir, escapar de la situación. Durante horas, se queda paralizada, perdiendo la noción del tiempo. Cuando finalmente mira el reloj, el pánico se apodera de ella.

Debe darse prisa. Erasmus la estará esperando en la estación de tren en una hora para su viaje a Cape Cod. Pero está teniendo un ataque de pánico. *"¿No es esto lo que querías desde el día en que lo conociste?"* se pregunta a sí misma, incapaz de responderse.

"Un profesor, eso es todo lo que será siempre," discute con su propio corazón lloroso, usando la misma excusa obsesiva y endeble. *"Además, es demasiado inteligente para mí,"* razona,

aunque el abismo creciente en su pecho sabe mejor que ella hacia dónde se dirige… literalmente al borde del precipicio.

El teléfono suena, sacándola momentáneamente de su nubarrón oscuro.

—Hola, mamá —saluda con voz temblorosa mientras levanta el auricular del teléfono montado en la pared.

—Dulce hija mía, ¿ya has tomado una decisión? —pregunta su madre, aplicando delicadamente presión.

En ese preciso instante, Victoria finalmente sucumbe a la presión autoinfligida y a sus excusas. Pierde el control. Cambia el rumbo de su vida y se embarca en un camino de autodestrucción.

—Sí —responde en voz baja.

—¿Y…? —insiste su madre, expectante.

—Acabo de decirlo, sí —responde, sellando su destino sin realmente saber lo que está haciendo.

—¡Qué maravilloso! No tienes idea de lo feliz que esto nos hace. Se lo diré a todos de inmediato. ¿Cuándo vienes? —pregunta su madre, rebosante de alegría y alivio total.

—Hoy —contesta Victoria, aparentemente resignada.

—¿Pero no tienes clases? —pregunta su madre, sin verdadera intención de argumentar.

—Voy a dejar la universidad, mamá. Quiero acabar con esto y empezar una familia —responde otra Victoria, la racional, emergiendo de su encierro y tomando el control sobre la enamorada.

Su madre no discute; esto es precisamente lo que ha estado promoviendo todo el tiempo. Para ella, Victoria finalmente ha "entrado en razón." Creció con la única aspiración de ser ama de casa, y eso es exactamente lo que quiere para su hija.

—Estoy segura de que sabes lo que haces, Victoria. Te recibiremos con los brazos abiertos, querida. No puedo esperar para verte. Ahora mismo voy a contarle a todos. Adiós —se despide su madre, apresurándose a colgar para anunciar la "buena noticia" a toda la familia.

— ✤ —

Estación Central de Boston, 1977

Victoria camina por la estación de tren de Boston con el alma hecha pedazos, arrastrando sus maletas repletas de pertenencias.

'Estás traicionando su corazón y el tuyo', razona mientras un torrente de lágrimas resbala por su rostro. Al entrar en el vestíbulo principal, aún tiene una opción. Puede dirigirse hacia él y abordar el tren hacia Cape Cod o caminar hacia el tren con destino a Chicago y perder al amor de su vida… aparentemente, para siempre.

'¿Dónde está?' piensa un nervioso Erasmus, con menos de diez minutos para la partida. Quiere ir a buscarla al vestíbulo principal, pero teme que, si se mueve del lugar acordado, ella llegue y no lo encuentre.

Victoria se detiene y reza en busca de una señal divina. *'Si me encuentra aquí, no seré capaz de volver a casa'*, se advierte a sí misma, pues una parte de ella anhela ser descubierta.

Cinco minutos para la salida del tren hacia Cape Cod. ¿Qué hacer? No puede perder la conferencia. Decide arriesgarse y echar un vistazo al vestíbulo principal.

Victoria camina con paso lento y titubeante hacia el tren con destino a Chicago. Al salir del vestíbulo, su corazón se detiene por un instante al ver una figura en la distancia. Su pecho se llena de esperanza, pero la desilusión la embarga de inmediato. No es él. Retoma su camino, esta vez con la cabeza baja, avanzando inexorablemente hacia un futuro impuesto y carente de amor.

'¿Es ella?' Erasmus cree verla por un instante. Pero la mujer con dos maletas y la mirada clavada en el suelo se aleja en la dirección contraria, perdiéndose rápidamente entre la multitud.

'¡No está aquí!' Erasmus entra en pánico mientras recorre el vestíbulo con la mirada. Descorazonado, regresa al andén y sube al tren. *'Seguramente algo ocurrió. Tomará un tren más tarde. Solo espero que no haya pasado nada y que esté a salvo'*, se dice a sí mismo, intentando justificar su ausencia.

La fecha es 15 de diciembre de 1977, veintidós meses después de su primer encuentro. Es un día que ninguno de los dos olvidará jamás.

— ✦ —

La Inesperada Curva en el Camino en Cape Cod

Al entrar en la habitación, Erasmus se sorprende al ver cómo los cinco ocupantes sentados alrededor de la mesa redonda se ponen de pie con cálidas y acogedoras sonrisas. Allí están: la señora Peabody, la señora Poindexter, el señor Faith, el señor Lafayette, el señor Ringwald y el señor Carnegie, sumando seis en total. Erasmus nota de inmediato que hay ocho sillas en la mesa.

—No pudo llegar a tiempo a la estación; la conocerán mañana —se adelanta a explicar.

Erasmus estrecha la mano de cada uno de sus mentores y besa a las dos damas en ambas mejillas, a la manera europea. Luego, toma asiento en el lugar que le indican.

—Joven Erasmus, hemos conversado de antemano sobre qué hacer en esta rara ocasión en la que todos tenemos la oportunidad de reunirnos y sentarnos contigo. Es una verdadera lástima que Victoria no esté aquí, pero estamos seguros de que le transmitirás lo que discutamos hoy — declara solemnemente el señor Carnegie.

Erasmus asiente, aunque su gesto no es del todo convincente.

—Joven, queremos hablarte sobre un tema en el que todos coincidimos: es clave para tu futuro —dice la señora Peabody.

—Pero antes, queremos compartir contigo algunas lecciones anecdóticas que nos llevarán directamente al tema central — añade el señor Lafayette.

—Si me lo permiten, empezaré yo —anuncia el señor Lafayette.

Todos en la sala asienten en señal de aprobación.

— ❖ —

El Caso del Magnífico Ilusionista
(Narrado por el Sr. Lafayette)

—En mi último año de secundaria —comienza el señor Lafayette, inclinándose levemente hacia adelante con una chispa de nostalgia en los ojos—, formé parte del equipo de fútbol que ganó el campeonato estatal por tercer año consecutivo. Justo antes de la graduación, mis padres me preguntaron cómo quería pasar mis vacaciones antes de empezar la universidad. Expresé mi deseo de viajar a Europa para ver jugar a mis equipos de fútbol profesional favoritos. Así que, como regalo de graduación, me enviaron al otro lado del Atlántico junto con tres de mis compañeros más cercanos.

El joven Erasmus imagina la emoción de aquellos días de verano, el estruendo de la multitud resonando en sus oídos mientras el señor Lafayette continúa, pintando imágenes vívidas de sus aventuras futbolísticas en Europa.

—Durante aquel verano, viajamos en tren, animando junto a los *hooligans* cuando el Chelsea se enfrentó al Manchester en Wembley. La atmósfera era electrizante; coreábamos con miles de aficionados apasionados. Luego vimos al Bayern enfrentarse al Borussia en Múnich, al Saint-Germain jugar contra el Marsella en París y al Real Madrid medirse contra el Barça en Barcelona. En nuestro último fin de semana, llegamos a Italia para ver jugar al A. C. Milan en casa contra la Roma. Decidimos pasar la noche del viernes en la cercana Florencia y dedicar el sábado, el día antes del partido, a explorar aquella ciudad magnífica.

Hace una pausa, permitiendo que Erasmus visualice el arte de Florencia, el aroma del pan italiano recién horneado impregnando las calles.

—Todo comenzó al día siguiente, cuando admirábamos el *David* de Miguel Ángel en la galería —continúa el señor Lafayette, gesticulando como si enmarcara la estatua—. Un niño pasó corriendo, repartiendo panfletos. Me entregó uno y, de inmediato, captó mi atención. Estaba escrito en italiano y en inglés.

— ✦ —

"Vengan a experimentar al mayor ilusionista del mundo.
¡No se lo pierdan!
Teatro di la Buona Fortuna, 8:00 p.m."

— ✦ —

La emoción en la voz del señor Lafayette es contagiosa, y Erasmus se inclina aún más, intrigado.

—Después de leerlo, convencí a los demás de acompañarme al espectáculo. En el teatro, nos esperaba una maravilla. La especialidad del ilusionista era hacer desaparecer cosas. En un momento, estaba en el centro del escenario y, en un abrir y cerrar de ojos, había desaparecido, solo para reaparecer en la última fila. Hizo lo mismo con su asistente, pero solo después de cortarla por la mitad. El público contuvo la respiración mientras la asistente reaparecía ilesa. Luego hizo desaparecer a varios espectadores, que reaparecieron en el balcón. El gran final desafió las leyes de la gravedad, la lógica y el sentido común: un enorme elefante desapareció ante nuestros propios ojos.

—¡Genio! —pensé, conmocionado y asombrado por lo que acababa de presenciar—. Pero no tenía idea de que al día siguiente recibiría una de las mayores lecciones de mi vida.

El tono del señor Lafayette cambia al describir el día del gran partido.

—Todo comenzó sin mayores sobresaltos, con decenas de miles de *tifosi* animando antes de que iniciara el enfrentamiento. ¿Y quién apareció repentinamente en el centro del campo? Nada menos que el ilusionista. El locutor explicó que, en nombre de las personas sin hogar —una condición que él mismo había experimentado en el pasado—, el ilusionista ejecutaría un penalti contra el arquero del Milan. Si fallaba, una organización benéfica para personas sin hogar recibiría una generosa donación, pero si marcaba, la cantidad se duplicaría. Todo el estadio estalló en vítores para el popular artista.

Erasmus visualiza el estadio, los vibrantes colores de las camisetas de los equipos y el rugido de la multitud resonando en sus oídos. Pero su expresión cambia a medida que el señor Lafayette continúa.

—Lo primero que noté fue que no estaba vestido adecuadamente: llevaba los zapatos equivocados y unos pantalones cortos demasiado grandes. Cuando comenzó a avanzar con el balón, se veía torpe. Ya sabía el desenlace incluso antes de que llegara a ejecutar el tiro. Sin embargo, no estaba preparado para lo que sucedió.

El ilusionista plantó su pie izquierdo justo antes de alcanzar el balón mientras cargaba la pierna derecha para patear. Entonces… un desastre. Su bota suelta tocó el suelo primero, se enterró en el césped y lo hizo tropezar a toda velocidad. Salió despedido por el aire y aterrizó de cara a los pies del arquero, que lo miraba atónito.

La pequeña sala de conferencias queda en silencio, el peso del momento flotando en el aire.

—Innecesario decirlo, el ilusionista sufrió una humillación a nivel nacional —concluye el señor Lafayette—. El incidente fue cubierto hasta la saciedad por la prensa sensacionalista italiana. Su popularidad cayó en picado y su increíble espectáculo cerró unas semanas después.

Erasmus reflexiona sobre la lección oculta en la caída del ilusionista. *¿Qué nos enseña esto sobre la genialidad?* se pregunta, cautivado por el diálogo en desarrollo.

—Estoy seguro de que te preguntas qué tiene que ver esta anécdota con la genialidad. Ten paciencia, pues pronto lo verás: esto toca el corazón del asunto —explica el señor Lafayette, haciendo una transición fluida hacia el siguiente relato de un mentor.

—Señora Peabody, el turno es suyo —anuncia el señor Lafayette, cediéndole la palabra.

— ✦ —

El caso del sabio y benevolente abogado
(Sra. Peabody)

—Gracias, Lafayette. Erasmus, hablaré sobre las dificultades de los demás. En mis años de juventud, tras

541

graduarme de la facultad de derecho, trabajé como asistente de un famoso abogado penalista. Un invierno, durante una tormenta de hielo, uno de los socios del bufete sufrió un terrible accidente automovilístico cuando un camión perdió los frenos y se estrelló contra su coche. Se rompió la espalda y quedó paralizado del cuello para abajo. Día tras día, acompañaba a mi jefe a visitar a su amigo.

Mientras habla, Erasmus siente una punzada de empatía por el abogado paralizado. La imagen de aquel letrado, que antes prosperaba y ahora estaba confinado, pero aún resiliente, despierta algo dentro de él. Piensa en Vicky y en sus propias pruebas: su creciente ambivalencia, sus aprensiones y ahora su llamativa ausencia. ¿Cómo ha pasado por alto, quizá, sus verdaderas necesidades, la importancia de sus experiencias compartidas? Cada momento, ya sea de dolor o de alegría, ha contribuido a su historia. ¿Qué es lo que no está viendo? La potente voz de la señora Peabody lo devuelve al presente.

—Lo sorprendente de estas visitas era que, más allá de las conversaciones triviales, se trataban de reuniones de trabajo normales. Mi jefe solía decirme que él y su socio discapacitado estaban logrando enfocarse mejor en los casos y que su creciente productividad beneficiaba a la firma de abogados —continúa la señora Peabody, con una mirada cálida reflejando sus recuerdos.

—Sin embargo, a finales de año ocurrió una situación desagradable. Los otros socios del bufete, que rara vez lo visitaban, intentaron negarle su parte de las ganancias anuales, alegando que, en su condición, solo estaba sirviendo como asistente de mi jefe. Mi jefe y el abogado paralizado renunciaron de inmediato y fundaron uno de los bufetes más exitosos de Nueva Inglaterra.

Su voz adopta un tono reverente.

—Poco antes de que dejara la abogacía para unirme al mundo de los libros antiguos, tuve el privilegio de verlos ejercer juntos… eran prácticamente imbatibles. Pero fue un último caso el que finalmente me hizo comprender la genialidad de mi jefe.

—¿Qué ocurrió? —pregunta Erasmus, inclinándose hacia adelante, intrigado.

—Sucedió lo siguiente: uno de los empresarios más prominentes de Boston fue acusado de sobornar a funcionarios públicos, fraude y lavado de dinero. También presentó una declaración de bancarrota y no tenía dinero para contratar abogados. Así que el caso se convirtió en un asunto pro bono. A pesar de ello, muchos de los abogados más influyentes de la ciudad desfilaban por la prisión donde estaba recluido para ofrecerle sus servicios, pero él los rechazaba uno tras otro. La prensa y la opinión pública comenzaron a cuestionar su falta de gratitud, y el juez dejó claro que su paciencia se estaba agotando. Entonces, apareció mi jefe.

Erasmus imagina la tensión en la sala del tribunal, la palpable anticipación en el aire.

—Durante varias semanas, visitamos al empresario caído en desgracia. En una de esas ocasiones, al salir de la prisión, un periodista nos lanzó una pregunta retórica: "Ustedes son los primeros en haber durado más de dos visitas. ¿Lo sabían?"

—Sin comentarios, —respondió mi jefe con una pequeña sonrisa.

—Un par de días después, el empresario nos contrató. Me pregunté por qué había elegido a mi jefe si en ningún momento de las conversaciones se insinuó que lo haría. Finalmente, aunque yo ya no trabajaba para él, mi jefe logró su absolución. Una vez fuera de prisión, aquel hombre se reinventó y se convirtió en un empresario aún más exitoso. No tengo pruebas, pero supongo que mi antiguo jefe fue recompensado generosamente. Lo que sí sé es que, cuando se postuló sin éxito para gobernador, aquel empresario financió toda su campaña —concluye la señora Peabody, con la voz suavizándose.

—¿Le preguntó alguna vez al empresario por qué escogió a su jefe? —pregunta Erasmus.

—Sí, lo hice, aunque para entonces ya había deducido la respuesta. Lo discutiremos en detalle al final —finaliza la señora Peabody con una amplia y afectuosa sonrisa.

—Señor Faith —dice la señora Peabody, cediéndole la palabra.

— ✦ —

El caso del taxista neoyorquino
(Sr. Faith)

—Gracias. Querido Erasmus, mi anécdota trata sobre el ciudadano común y corriente, y ocurrió mientras visitaba Nueva York en un taxi amarillo. En aquel entonces, trabajaba como banquero de inversión para una de las firmas más grandes de Wall Street y estaba asignado en Londres. No estaba precisamente de buen humor cuando mi limusina no apareció en la terminal de llegadas del JFK. Tras esperar quince minutos, subí con desgana a uno de esos viejos taxis neoyorquinos abollados, malolientes y de suspensión endeble.

—Cuando, apenas iniciando el viaje, el conductor hizo su primera maniobra temeraria, recé para llegar entero a la ciudad. ¡Qué equivocado estaba al juzgarlo por mis prejuicios y estereotipos!

—Déjeme encender el aire acondicionado con un toque de aroma a bosque —dijo el taxista con un marcado acento de Medio Oriente—. También manejaré en mi modo de chófer de limusina, así no se molestará por la suspensión blanda —añadió con una gran sonrisa.

—Gracias —respondí, ya un poco aliviado.

—Usted es estadounidense, pero no vive aquí —afirmó el taxista.

—¿Cómo lo sabe...? —empecé a preguntar, pero él continuó.

—Y no ha estado aquí en mucho tiempo. Lo noté en la forma en que observa todo —dijo con una precisión sorprendente.

—¿Siempre es tan observador? —pregunté, intrigado.

—Es mi trabajo —respondió con un encogimiento de hombros, con un matiz de orgullo en la voz.

—¿No se supone que solo debe conducir? —le dije en tono burlón.

Actuaba a la defensiva, desconcertado por la facilidad con la que me leía.

—¿Cómo lo llaman? ¿Un autómata, un robot? ¿Así que, para usted, no soy humano? —respondió el taxista con desprecio, visiblemente molesto por mi comentario. En ese momento, decidí adoptar un modo de escucha activa, volviéndome curioso.

—O quizá piensa que soy un tonto, ¿verdad? —su voz se elevó ligeramente.

—Para nada, señor. Por favor, continúe. Quiero escuchar lo que dice —ofrecí, intentando calmar la tensión.

—En más de veinticinco años conduciendo un taxi en esta ciudad —continuó con una cadencia apasionada—, he visto nacer bebés en mi coche, he salvado vidas de neoyorquinos heridos, he entregado medicamentos vitales, he evitado crímenes, he sido testigo de propuestas de matrimonio y de divorcios. He transportado artistas, directores, escritores, políticos y hasta un expresidente.

Erasmus escucha atentamente, absorbiendo la riqueza de las experiencias del taxista.

—He llevado documentos cruciales, he realizado los recados más absurdos de la ciudad, desde llevar pañales hasta entregar notas de disculpa. Sé distinguir entre farsantes y personas auténticas. He acompañado a borrachos de bar en bar y he presenciado reuniones familiares tras décadas de separación. He tolerado sermones de monjes, imanes, rabinos y sacerdotes. Incluso he prestado mi coche a un policía para perseguir a un ladrón de bancos, como en las películas.

Erasmus siente un calor en el pecho al absorber la profundidad de aquella narrativa. *«En cada vida ordinaria hay algo extraordinario»*, piensa, reflexionando sobre las palabras del taxista.

Mientras el Sr. Faith relata la historia del taxista, Erasmus comienza a ver a sus mentores no solo como figuras sabias, sino como personas que han enfrentado sus propias luchas. Sus vulnerabilidades han creado un sentido de camaradería. Siente un destello de esperanza. Quizás él también pueda forjar su propio camino, lleno de aceptación de sus fortalezas y debilidades.

—Señora Poindexter, le cedo la palabra —concluye el Sr. Faith con un gesto respetuoso.

— ❖ —

El caso del orden en el caos en Medio Oriente
(Sra. Poindexter)

—Gracias, señor Faith —comienza la señora Poindexter, con un tono cargado de expectación—. Querido Erasmus, voy a contarte una experiencia de vida sobre el caos y otras cosas desagradables de la existencia. Ocurrió en Dubái, donde asistí a una conferencia mundial de bibliotecarios. Varios colegas me sugirieron visitar el casco antiguo de la ciudad, donde encontraría todo tipo de artefactos y ornamentos típicos del Golfo Pérsico. También me recomendaron visitar tiendas de metales preciosos, especialmente de oro.

—El trayecto hasta allí fue caótico. El conductor aseguraba haberse perdido, así que el viaje se hizo eterno. Finalmente, llegamos. Pagué lo que marcaba el taxímetro y bajé del coche. De inmediato, me envolvió un vapor sofocante cuando una ola de aire caliente me golpeó de lleno. Al inhalar, el calor abrasador quemó mis vías respiratorias. A mi alrededor, se arremolinaban copiosas cantidades de hombres con barba, vestidos con túnicas y sandalias. En ese instante, me di cuenta de que estaba completamente perdida y no tenía ni idea de dónde me encontraba. El lugar comenzó a sobrecogerme.

—Instintivamente, caminé hacia el agua, buscando algo de brisa marina. Fue entonces cuando comprendí que estaba en medio de un puerto, aunque no uno con enormes barcos, sino todo lo contrario. Había cientos de pequeñas embarcaciones amarradas unas a otras. La actividad era frenética. Se cargaban y descargaban mercancías, cajas, paquetes y bolsas de todos los tamaños en un aparente desorden. Todos los hombres, tanto en los barcos como en el muelle, estaban en constante movimiento, ya fuera transportando algo o dirigiéndose a algún sitio. La mayoría tenía la piel curtida por el sol y las barbas desaliñadas. Por alguna razón que en aquel momento no comprendía, el lugar despertó mi curiosidad y comencé a observar con más atención lo que realmente ocurría a mi alrededor.

—Con el tiempo, distinguí los barcos que salían cargados, probablemente con destino a Irán, y aquellos que llegaban con productos iraníes para el mercado local. De entre todas las pequeñas embarcaciones comerciales, hubo una que en particular captó mi atención. Un hombre alto daba órdenes incansablemente, dirigiendo con precisión a los demás. Me llevó un rato, pero finalmente comprendí su método: organizaba las mercancías según su peso y tipo. Conté al menos veinte encargados que llevaban distintos productos hasta su pequeño barco.

"Coreografía en el caos", razoné. "Eso es leche en polvo. Aquello, medicamentos", pensé mientras observaba el aparente pandemónium. Una barca tras otra zarpaba, mientras nuevas embarcaciones llegaban sin cesar. Todo era sucio, ruidoso y caótico, pero infinitamente más eficiente y organizado de lo que había percibido en un primer vistazo.

—¿Por qué Dubái no presta servicios logísticos a Irán a gran escala? —pregunté más tarde a un funcionario de los Emiratos Árabes Unidos en la conferencia.

Él respondió:

—Hay un embargo internacional, por un lado, y por el otro, Irán tiene estrictas normas aduaneras e impuestos elevados sobre las importaciones.

"Brillante", pensé, dándome cuenta de que cada día se enviaban pequeños lotes de mercancías perfectamente diseñados para sortear las restricciones. A la vez, se ofrecía un canal para que los pequeños exportadores iraníes enviaran sus productos y los intercambiaran para su venta en Dubái.

—En definitiva, Erasmus, en Dubái aprendí una valiosa lección, directamente relacionada con el tema que estamos tratando contigo esta noche —concluye la señora Poindexter.

—Señor Ringwald, el honor es todo suyo —dice la señora Poindexter, cediéndole la palabra.

Mientras Erasmus se sienta en la tenue iluminación de la sala, rodeado por sus mentores, siente una corriente de emoción recorriéndolo. Cada historia no es solo una anécdota, sino un hilo que va tejiendo un tapiz de experiencias humanas, moldeando su comprensión de la genialidad de la manera más profunda.

— ✦ —

El caso del cran jefe alemán
(Sr. Ringwald)

—Gracias, señora Poindexter —comienza el señor Ringwald, conocido cariñosamente como *el Enigma*—. Querido joven, esta noche hablaré contigo sobre el conocimiento de uno mismo. Hace años, antes de entrar en el mundo de los libros, trabajé para una empresa multinacional con sede en Hamburgo, Alemania. La compañía era propiedad de estadounidenses, y estos me contrataron como ejecutivo. Sin embargo, el hombre al mando era un experimentado alemán que había trabajado casi treinta años en IBM Alemania.

—Para ampliar su cuota de mercado, la empresa que dirigía adquirió otra en el sur de Alemania, en Múnich. El gran jefe alemán y yo, en representación de los propietarios estadounidenses, viajamos a Baviera para dar la bienvenida a los nuevos empleados de nuestra organización. Se había reunido todo el personal en un gran auditorio, donde él y yo pronunciamos breves discursos antes de abrir el turno de preguntas y respuestas.

—En medio de la sesión, un empleado se puso de pie y le dirigió una pregunta al gran jefe alemán de Hamburgo. El micrófono abierto se encontraba justo entre los dos. Pasaron varios segundos y el jefe no respondía. Me giré hacia él para ver si algo iba mal, pero simplemente permanecía sentado, sin reacción alguna. De repente, olvidándose del micrófono encendido, se inclinó hacia mí y susurró:

—Señor Ringwald, ¿usted entendió la pregunta?

—Por supuesto —respondí, divertido—. ¿Quiere que se la traduzca?

—Sí, por favor. Nadie en Alemania puede entender a los bávaros excepto ellos mismos —comentó el gran jefe, sin darse cuenta de que su voz retumbaba por todo el auditorio.

—En ese instante, toda la sala estalló en carcajadas.

—A partir de ese momento, la broma de la noche fue ver cómo bávaro tras bávaro me pedía que tradujera sus preguntas para el gran jefe. Sin embargo, hubo una en particular que nunca he olvidado y que, acertadamente, encaja con el mensaje de esta velada.

—Hacia el final de la sesión, un joven becario se levantó y preguntó:

—Señor, ¿cómo compite usted?

—¿Te refieres a nosotros como corporación? —repliqué.

—No, me refiero a usted como individuo —aclaró el becario.

—Bueno, déjame pensar en ello, nunca antes me habían hecho esa pregunta. ¿Cómo lo expreso? —dije en voz alta.

—De acuerdo, si compites contra mis fortalezas, mi mentalidad es que te aplastaré. Si compites contra mis debilidades, intentaré superarte con trabajo duro y resistencia. Y si aún así no puedo vencerte, me uniré a ti —contesté en el momento, sin pensarlo demasiado.

—El señor Ringwald hace una pausa, permitiendo que el peso de sus palabras se asiente en la sala.

—Al salir del auditorio, el gran jefe alemán quiso indagar más.

—Herr Ringwald, ¿cómo es posible que usted entendiera a ese muchacho y yo no? —me preguntó.

—Cuando aprendí alemán por primera vez, no comprendía muchas frases, pero entendía algunas palabras. Así que aprendí a captar el significado general de los mensajes. Si no entiendes el cien por cien de lo que te dicen, lo bloqueas y todo se vuelve ininteligible —le expliqué.

—Aquella reunión me dejó dos lecciones fundamentales que me han servido toda la vida y que, además, son pertinentes para el tema de esta noche —concluye el señor Ringwald con una sonrisa enigmática.

—Señor Carnegie, el turno es suyo —dice el señor Ringwald, cediendo la palabra con elegancia al anticuario escocés.

— ✦ —

La claridad del genio
(Colin Carnegie)

—Erasmus, ahora voy a leerte un escrito de principios del siglo XX que aportará claridad a cada una de las historias que acabas de escuchar. Cuando termine, todos comentaremos y extraeremos conclusiones sobre las lecciones de vida que se desprenden de estas anécdotas —declara el señor Carnegie, su voz resonando con expectación.

La sala se sume en un silencio reverente, cargado con el peso de los relatos previos. El señor Carnegie ajusta sus gafas, extrae un pergamino envejecido de su maletín y comienza a leer con solemnidad:

Genialidad

Si nos conformamos con simplificar lo que es la genialidad
y la reducimos a términos como
cordial, afable, amable, sociable, alegre y bondadoso,
le arrebatamos su esencia única y extraordinaria.
Lo peor de todo,
trivializamos el genio que habita en cada uno de nosotros,
una parte intrínseca de nuestra esencia y razón de ser.
Por ello, la genialidad de la que hablamos en este escrito
es solo aquella que nace del genio.
Aquí radica el desafío del genio:
aún no hemos comprendido qué significa ser uno.
¿Qué significa ser genial, actuar con genialidad,
poseer ingenio y genialidad?
¿Qué es genializarnos a nosotros mismos,
a los demás y a todo lo que tocamos?
Cuando preguntamos, cuando escuchamos,
cuando vemos más allá de la superficie,
abrimos las puertas
al infinito genio que espera desplegarse.
El genio no teme al fracaso;
lo abraza como un maestro, un guía,
un compañero en la danza del crecimiento.

Cada tropiezo afila nuestros pasos,
cada caída moldea la determinación de levantarnos de nuevo.
La verdad es que la genialidad reside en cada uno de nosotros,
lista y ansiosa por ser descubierta, nutrida, desarrollada,
aprovechada, compartida y puesta en práctica.
De algún modo, nuestra genialidad es como un genio
en una lámpara,
pero solemos complicarnos innecesariamente para ser geniales.
Pensamos en la genialidad en términos de lo más excepcional,
lo singular,
y vemos su ausencia
como algo común o inferior.
Percibimos a las personas y las cosas en términos binarios:
arriba o abajo. Los genios no hacen ninguna de las dos cosas.
De hecho, es todo lo contrario:
la genialidad nivela el campo de juego.
Los genios cotidianos no se sienten superiores ni inferiores
a los demás;
estos términos no existen en su diccionario.
Un genio es simplemente alguien, cualquiera, todos,
que ha reconocido, descubierto o encontrado en sí mismo
o en otros
los mejores talentos y habilidades con los que nació
y los ha liberado, desarrollado y puesto en práctica.
Por ello, un genio no piensa en ser mejor que los demás
ni en que los demás sean menos que él;
simplemente es excepcionalmente bueno en lo que hace mejor,
punto.
La genialidad se encuentra donde poseemos un talento innato,
ilimitado y notable.
Somos geniales cuando accedemos a nuestro máximo potencial
y utilizamos nuestras mejores fortalezas.

En esos momentos, aprovechamos nuestros superpoderes,
convirtiéndonos en maestros de nuestro potencial genético.
Pero no lo confundamos con simplicidad:
el genio solo se ocupa de lo difícil.
Nada de lo que la genialidad aborda es fácil;
simplemente parece sencillo desde fuera,
en manos de un poder innato, un talento cultivado,
una habilidad practicada y un conocimiento refinado.
Pregúntate a ti mismo:
¿Qué es lo que realmente hago excepcionalmente bien?
¿Para qué nací y fui destinado?
¿Qué me apasiona y amo genuinamente hacer?
Con honestidad, ¿qué es eso?
Dado mi talento, mi pasión y mis habilidades,
¿qué es lo mejor que puedo ofrecer en la vida?
Si no lo sé,
que mi misión de vida sea encontrar la respuesta.
Lo que es seguro es que el genio en nosotros
no reside en aquello para lo que carecemos de talento o deseo.
El principal obstáculo es que la genialidad puede ser
intimidante;
en lugar de abrazarla y acercarnos,
nos alejamos.
Cuando, en realidad,
deberíamos hacer exactamente lo opuesto.
Para elevarnos,
debemos rodearnos de personas con talentos y habilidades
en los que no destacamos o que no poseemos.
La ausencia de genialidad ocurre
cuando caemos en el ejercicio fútil y venenoso
de compararnos y envidiar las virtudes
y fortalezas de los demás,

a menudo contrastándolas
con nuestras debilidades y carencias más evidentes.
La genialidad suele confundirse
con un poder intelectual extraordinario,
una superioridad mental trascendental o una gran inventiva.
Los genios son vistos
como individuos excepcionalmente dotados,
con atributos tan diversos y sofisticados
que nos sentimos abrumados e insuficientes en su presencia.
La pregunta que debemos hacernos en esos momentos es:
¿Tenemos miedo?
¿Nos sentimos disminuidos e intimidados por un genio
extraordinario?
¿O, en realidad, tenemos miedo de nosotros mismos?
Es saludable recordar siempre
que cualquier atributo que alguien más posea,
nosotros también poseemos algo igualmente valioso
en el universo de la vida.
Todos somos genios en una o en unas pocas cosas,
aquellas en las que destacamos y volamos alto.
Pero todos somos también torpes bufones en muchas otras.
Por eso, el genio interior no se compara con nada ni con nadie,
porque tales comparaciones son inútiles,
un juego de suma cero.
Nuestras imperfecciones más humillantes
siempre nos estarán esperando
en cada esquina de la vida.**
El genio en nosotros
no florece en aislamiento,
sino en la calidez de las conexiones compartidas.
Como hilos en un tapiz,

tejemos una mayor brillantez en la unidad,
cada hilo fortaleciendo el conjunto.
Entonces, ¿a qué esperamos?
Nuestro genio nos aguarda con impaciencia.
Nuestro genio en la lámpara está listo para ser liberado.
Soltemos el genio dentro de todos nosotros,
para que podamos actuar con nuestro máximo potencial
y abrazar plenamente
las alturas de lo que podemos ser y lograr en la vida.

*

La sala permanece en silencio, cada mentor sumido en sus pensamientos, reflexionando sobre las palabras recién pronunciadas. Erasmus, por su parte, siente que las piezas del rompecabezas finalmente encajan, revelando el mensaje central de la velada.

A medida que el señor Carnegie baja el pergamino y los últimos ecos de su lectura se asientan en la sala, los mentores se preparan para compartir sus reflexiones finales. Cada uno de ellos porta una lección única, un fragmento de sabiduría que se entrelaza en el tapiz del entendimiento de Erasmus.

El señor Faith carraspea levemente y se inclina hacia adelante. Su voz, teñida de experiencia, porta ahora un matiz de convicción.

—Erasmus, cometí un grave error de juicio cuando conocí a aquel taxista en Nueva York. Lo menosprecié, asumiendo que su labor era insignificante en comparación con mi posición como banquero de inversiones. Pero pronto comprendí que él era un genio en su propio ámbito, desempeñando su papel en la vida con excelencia y plena consciencia. La verdad es que no había diferencia real entre nosotros. Éramos iguales, cada uno esforzándose por dar lo mejor de sí en su propio espacio. La genialidad, en su forma más pura, no tiene que ver con el estatus, sino con el dominio de una habilidad, con la presencia y con el propósito.

La señora Peabody entrelaza sus manos con delicadeza sobre la mesa. Su mirada, firme y serena, transmite confianza.

—Joven, mi antiguo jefe —el sabio abogado penalista— poseía un brillo que iba mucho más allá de sus habilidades legales. Su verdadera genialidad residía en su capacidad para ver a las personas tal como eran, sin que las circunstancias cambiaran su percepción de ellas. Ya fuera su socio convertido en cuadripléjico o su amigo enfrentando la cárcel, él los trataba con el mismo respeto y la misma dignidad de siempre. Y precisamente por eso, ellos respondían de la misma manera. Nunca subestimes el poder de ver a las personas por lo que realmente son, y no por lo que parecen ser en un momento determinado.

La señora Poindexter se endereza en su asiento, su voz tan clara y precisa como siempre.

—Aquel día en Dubái, me vi enfrentada a un calor sofocante, al caos y al estruendo ensordecedor de una tierra extranjera. Mi primer instinto fue el rechazo, el deseo de huir de aquella incomodidad. Pero cuando, en lugar de apartarme, decidí abrazar la situación, descubrí un orden inesperado en el aparente desorden, una genialidad oculta que lo dirigía todo. Erasmus, nada verdaderamente brillante surge sin esfuerzo. La genialidad se encuentra en afrontar lo difícil, en aprender a navegar la complejidad y en hallar soluciones donde otros solo ven caos.

El señor Ringwald, conocido como *El Acertijador*, toma la palabra con su característico tono humorístico.

—Querido aprendiz, el jefe alemán de mi historia no fracasó por falta de inteligencia, sino porque evitó enfrentarse a un reto que exigía esfuerzo: entender el acento de su propia gente. En vez de asumir el desafío, eligió el camino fácil y descartó lo que no comprendía. Pero la genialidad, Erasmus, no prospera en la arrogancia ni en el aislamiento, sino en la autoconciencia, en la disposición a aprender y en la colaboración. Cuando le expliqué mi filosofía sobre la competencia a aquel joven becario, no hablaba solo de estrategia; hablaba del conocimiento de uno mismo. Y conocerse a uno mismo es el primer paso hacia la verdadera maestría.

Por último, el señor Lafayette toma la palabra con la calma y la autoridad de quien ha conocido tanto el triunfo como la derrota.

—Erasmus, el ilusionista de mi historia fue aclamado como un genio, celebrado por su maestría en el engaño y el espectáculo. Pero en el instante en que tropezó—cuando su ilusión se desmoronó—la sociedad le arrebató ese título tan rápido como se lo había concedido. De esta historia se desprenden dos grandes verdades. Primero, la percepción que el mundo tiene de la genialidad es efímera: te admiran un momento y te desechan al siguiente. Segundo, si bien podemos sobresalir en ciertas áreas, en muchas otras somos torpes. La verdadera genialidad radica en aceptar ambos aspectos de nosotros mismos—nuestros puntos fuertes y nuestras debilidades—sin vergüenza ni falsedad.

Cuando los mentores terminan de hablar, el peso de sus palabras queda suspendido en el aire. Erasmus permanece en silencio, inmerso en una profunda contemplación, absorbiendo la sabiduría que le han transmitido. Se da cuenta de que la genialidad no es un pedestal inalcanzable, ni un don reservado a unos pocos privilegiados. Se encuentra en la maestría de una labor, en la capacidad de ver más allá de la superficie, en la resiliencia, en el conocimiento de uno mismo y en el coraje de abrazar tanto el brillo como la imperfección.

Las lecciones de la noche han sido profundas, y Erasmus sabe que las llevará consigo para siempre.

El señor Carnegie toma una profunda bocanada de aire, permitiendo que el peso de las reflexiones previas se asiente en la sala.

—Erasmus, aunque las historias de mis colegas son conmovedoras, todas convergen en la esencia del poema *Genialidad* —dice con voz firme y serena.

Hace una breve pausa antes de continuar.

—Este poema ilumina el núcleo de lo que hemos estado discutiendo. Nos enseña que la genialidad no se limita al intelecto ni a logros extraordinarios. Más bien, reside en la autenticidad, la humildad y la capacidad de reconocer y cultivar los dones únicos que poseemos y que también existen en los demás.

—Considera al ilusionista de la historia del señor Lafayette, ensalzado por su destreza y desacreditado en un instante. Esto nos muestra que la genialidad no se define únicamente por el éxito o el reconocimiento público, sino por cómo nos involucramos auténticamente con el mundo y abrazamos nuestras vulnerabilidades.

—El sabio abogado de la señora Peabody ejemplifica este principio, elevando a los demás mientras sigue su propio camino con integridad. El taxista del señor Faith nos recuerda que la genialidad puede manifestarse de maneras sencillas pero profundas, a menudo en los lugares más inesperados. La experiencia de la señora Poindexter en Dubái subraya que el brillo y la claridad a menudo emergen del caos, enseñándonos a encontrar el orden dentro de la confusión. La lección del señor Ringwald sobre la competencia resalta la importancia del autoconocimiento, la colaboración y la perseverancia.

—En esencia, *Genialidad* nos insta a ir más allá de los juicios superficiales, a honrar la genialidad única de cada individuo. Nos llama a abandonar las comparaciones, a abrazar nuestras fortalezas y a transformar nuestras vidas al reconocer el valor en los demás.

Se inclina ligeramente hacia adelante, dirigiendo una mirada intensa a Erasmus.

—Así que, Erasmus, mientras sigues tu camino, recuerda que descubrir tu genialidad tiene tanto que ver con las conexiones que forjas como con los talentos innatos que posees. Cuídalos. Compártelos. Y deja que te guíen hacia una vida auténtica y plena.

Erasmus escucha con las emociones a flor de piel mientras cada historia resuena profundamente con sus propias luchas y aspiraciones. No puede evitar sonreír, abrumado por la sabiduría que le han impartido.

Los mentores se acercan uno por uno, rodeándolo con abrazos. Erasmus responde besando a las damas en ambas mejillas, a la manera europea.

—Gracias —dice, colocando una mano sobre su corazón.

—Estamos seguros de que este encuentro te ayudará a desbloquear tu potencial. Descansa bien, Erasmus. Nos vemos mañana en las sesiones de trabajo —dice el señor Carnegie con calidez.

Erasmus sale de la sala, su mente rebosante de las invaluables lecciones e ideas que acaba de recibir. Antes de cruzar la puerta, se detiene, se gira y les dedica un gesto de gratitud.

—Esto —dice con una sonrisa— ha sido un regalo magnífico.

— ✦ —

Erasmus regresa a su habitación

Erasmus camina de vuelta a su habitación en su típico estado de distracción, completamente absorto en la sesión con los mentores, hasta el punto de haber perdido la noción del tiempo y de la realidad. Solo cuando al fin mira su reloj, se da cuenta de que han pasado varias horas desde que habló con Gina.

Los nervios comienzan a apoderarse de él cuando comprende que se ha olvidado de Vicky. Su corazón se acelera y, de repente, se siente inquieto. Se apresura a llegar a su habitación, pero su estómago se hunde al no encontrarla allí.

Inmediatamente marca el número de su casa, pero nadie contesta. La preocupación se intensifica. Erasmus llama a Gina sin perder un segundo. La espera se hace eterna hasta que, después de casi media hora, ella finalmente llega a la centralita del colegio.

—¿Gina? —pregunta Erasmus, con la ansiedad marcada en su voz.

—Erasmus… lo hizo —responde Gina en un tono sombrío y directo.

—¿Hizo qué? —pregunta él, sintiendo cómo una sensación de pavor se instala en su estómago.

—Se ha ido, Erasmus —sentencia Gina, pronunciando las palabras con una frialdad que no oculta su tristeza.

Erasmus se desploma sobre la cama, sus piernas cediendo bajo el peso de la noticia. El auricular se siente pesado en su mano, a punto de escurrirse de su agarre.

—¿Se ha ido? —susurra, con la voz casi inaudible.

—Sí, Erasmus. Ha recogido todas sus cosas y simplemente… dejó la ciudad —confirma Gina, su tono mezclando tristeza y frustración—. Intenté hablar con ella, pero no quiso escuchar. Solo repetía que era lo mejor.

—¿Dijo a dónde iba? —pregunta Erasmus, aferrándose a un último hilo de esperanza.

—No, pero si tuviera que adivinar, diría que ha vuelto a casa —responde Gina, con un deje de agotamiento en la voz—. Sabes lo mucho que ha estado luchando con todo esto: las dudas, la presión, las expectativas de su familia.

—Específicamente, ¿qué decía? —insiste Erasmus.

—Últimamente hizo un par de comentarios aquí y allá. Se la veía asustada. Cuando estaba enojada o deprimida, soltaba cosas, pero nunca la tomé en serio —explica Gina, y luego agrega—: Que quizás no estaba hecha para tener una carrera. En otras ocasiones, hablaba de ti.

—¿De mí? —pregunta Erasmus, sintiendo que la ansiedad lo consume.

—Decía que se sentía intelectualmente intimidada… lo que sea que eso signifique. Pero lo que más la obsesionaba era la seguridad económica. Más de una vez mencionó que quizás lo mejor sería volver a casa y formar una familia con un hombre adinerado de su ciudad, alguien aprobado por su familia —recuerda Gina, mientras en la línea solo se escucha silencio.

Erasmus no responde. Su mente da vueltas, llenándose de los ecos de sus últimas conversaciones con Vicky, de todas las señales de advertencia que ignoró: las dudas en su voz, las miradas ausentes, las pausas prolongadas.

—Debería haberlo sabido —murmura, más para sí mismo que para Gina—. Debería haberlo visto venir.

—Erasmus, esto no es tu culpa —dice Gina con firmeza, pero con un tono amable—. Ha estado luchando con sus propios demonios desde hace mucho tiempo. Tú hiciste todo lo que pudiste para apoyarla.

El silencio entre ellos pesa como una losa, dejando suspendido el dolor en el aire.

Erasmus cierra los ojos y apoya la cabeza contra la pared, sintiendo cómo el dolor en su pecho se hace más profundo con cada segundo que pasa.

—Gracias, Gina —dice finalmente, su voz apagada y resignada.

—Llámame si necesitas algo —responde ella, antes de que la línea quede en silencio.

El silencio en la habitación se vuelve opresivo, con el eco de las palabras de Gina flotando en el aire. Erasmus mira la pila de notas y papeles sobre el escritorio, restos de la sesión con los mentores de esa misma noche. Sus palabras, sus enseñanzas, de repente parecen lejanas, ahogadas por la tormenta que se desata en su interior.

—Gracias por ser directa; ahora sé qué hacer. Cuídate, Gina —dice, dejando el auricular en su base con manos temblorosas.

Una oleada abrumadora de tristeza y ansiedad creciente lo inunda de golpe. Se pone de pie y camina hacia la ventana, mirando fijamente la oscuridad de la noche. El aire frío de Cape Cod lo envuelve cuando abre la ventana, y la brisa helada le muerde la piel. Respira hondo, intentando estabilizarse. Pero, atrapado en un mar de emociones, la claridad que desesperadamente busca se le escapa entre los dedos, dejándolo a la deriva.

En algún lugar, allá afuera, ella se aleja de él. El pensamiento lo golpea con fuerza, despiadado e implacable. Por primera vez en años, Erasmus se siente total y completamente perdido. No tiene ni la menor idea de qué hacer a continuación

— ❖ —

Royal Cambridge Scholastic Institute, 2019
(Auditorio Universitario)

Mientras el profesor Cromwell-Smith se encuentra de pie ante su clase, tras haber relatado las lecciones de aquel día trascendental en Cape Cod, su mente se desliza una vez más, aunque sea por un breve instante, hasta 1977—un momento que moldeó al hombre que es hoy.

El pedagogo está exhausto, pero aliviado. Al recorrer la audiencia con la mirada, sus ojos se detienen en Victoria. Ella se ha puesto de pie y aplaude con intensidad, con lágrimas resbalando por su rostro. Él asiente en señal de gratitud, su sonrisa serena y orgullosa. Su presencia lo sostiene, dándole la fuerza que necesita para enfrentar este día, doloroso pero transformador.

Todo el auditorio se pone en pie, ovacionándolo. El sonido de los vítores y el aplauso resuena como una ola que envuelve la sala, un tributo al poeta erudito y fatigado.

Cuando finalmente la ovación se disipa, el profesor retoma la palabra.

—Verán, la vida nos ofrece dolor y tragedia, pero también nos regala belleza, asombro y renovación. Aquel día memorable tuvo ambos elementos: un cometa que cruzó mi universo solo para desvanecerse y, al mismo tiempo, un encuentro profundo con seis sabios mentores que me obsequiaron una sabiduría invaluable.

Hace una pausa, permitiendo que sus palabras se asienten en la sala antes de continuar.

—Me gustaría abrir el turno de preguntas, especialmente sobre los temas que hemos explorado hoy: la genialidad y la capacidad de alcanzar nuestro máximo potencial en la vida.

Emily, estudiante de Filosofía, sonríe con curiosidad mientras formula su pregunta:

—Profesor, mencionó la perspectiva del taxista en Nueva York. ¿Cómo podemos aprender a ver el valor en cada experiencia, incluso en lo mundano o caótico?

—Excelente pregunta, Emily —responde el profesor con una expresión pensativa—. La historia del taxista demuestra que cada persona aporta algo único al mundo. El poema nos enseña que la genialidad radica en reconocer y valorar esas contribuciones. Al abrazar el caos de la vida, descubrimos lecciones profundas y conexiones inesperadas que pueden revelar y perfeccionar nuestros talentos. A menudo, nuestro mayor crecimiento proviene de esos momentos.

Joseph, estudiante de Literatura, se mueve nervioso en su asiento. Cuando finalmente habla, su voz es suave pero sincera:

—Profesor, ¿cómo encontramos el valor para aceptar nuestra propia genialidad cuando a menudo nos sentimos insuficientes, como en las historias que compartió?

—Joseph —responde el profesor con un tono tranquilizador—, reconocer esos sentimientos de insuficiencia es el primer paso para desbloquear tu potencial. El poema enfatiza que la genialidad no se trata de la perfección, sino de identificar y nutrir nuestras pasiones y fortalezas. Cuando nos permitimos ser genuinos y vulnerables, abrimos la puerta al autodescubrimiento y creamos oportunidades para conectar con nuestras verdaderas capacidades.

Jennifer, estudiante de Psicología, frunce el ceño mientras formula su pregunta:

—Profesor, ¿cómo podemos mantener nuestra integridad y bondad en un mundo que a menudo valora más el éxito que el carácter, como vimos en las historias?

—Esa es una pregunta crucial, Jennifer —responde con calidez—. Las anécdotas nos muestran que la empatía y la amabilidad tienen un impacto más duradero que los logros superficiales. El poema subraya esto al recordarnos que la genialidad no es solo cuestión de intelecto, sino también de carácter. Cuando elegimos elevar a los demás, encarnamos la verdadera genialidad. El éxito puede desvanecerse, pero la forma en que tratamos a los demás define nuestro legado.

Maya, estudiante de Escritura Creativa, alza la mano con sus expresivos ojos castaños brillando de curiosidad:

—Profesor, en la historia sobre el ilusionista mencionó que a menudo juzgamos a las personas por las apariencias. ¿Cómo podemos cambiar nuestra perspectiva para apreciar la genialidad en todos, sin importar sus circunstancias?

—Esa es una pregunta poderosa, Maya —afirma con un asentimiento—. El poema nos recuerda que todos poseemos talentos únicos esperando ser descubiertos. La historia del ilusionista demuestra cómo el juicio y el fracaso pueden oscurecer el valor que cada uno aporta. Para apreciar la genialidad en los demás, debemos mirar más allá de las impresiones superficiales y buscar la profundidad de su historia. Al hacerlo, también aprendemos a reconocer la genialidad dentro de nosotros mismos.

Desde el fondo del aula, un estudiante pregunta con entusiasmo:

—¿Y qué pasará el próximo año?

—Seguiremos con el mismo formato —responde Erasmus con una sonrisa—, pero la próxima vez exploraremos los cuarenta años que Victoria y yo vivimos separados… un capítulo completamente distinto.

Harper se pone de pie de nuevo, sus ojos brillando de emoción.

—Profesor, sus historias de hoy me han hecho darme cuenta de lo interconectadas que están nuestras experiencias.

Erasmus sonríe, conmovido por sus palabras.

—Esa es la esencia de la vida, Harper: encontrar los hilos que nos unen. En esos hilos se esconde el significado, la comprensión y el crecimiento.

El profesor da un paso atrás, su expresión adquiere un tono solemne mientras se dirige a la clase por última vez:

—Recuerden siempre esto: cada uno de ustedes lleva dentro una genialidad única. El desafío es descubrirla, cultivarla y utilizarla para su propio bienestar y el de los demás. La genialidad no es solo un talento extraordinario, sino la capacidad de abrazar y desplegar lo mejor de lo que somos. Vuestro genio en la botella es vuestra genialidad, esperando ser liberada. ¿A qué estáis esperando?

Erasmus escanea la audiencia una vez más, sus ojos se encuentran con los de Victoria. Ella coloca las manos sobre su corazón y le susurra sin palabras: "Te amo". Él imita su gesto de inmediato, su sonrisa suave pero llena de emoción.

—Gracias a todos por vuestra participación y reflexiones de hoy —dice con una leve inclinación de cabeza. Luego, con un movimiento juguetón, imita los gestos de un director de orquesta y abre los brazos ampliamente.

Todo el auditorio responde al unísono:

—¡Insanamente genial! —gritan con exuberancia, llenando el espacio con energía y risas, un cierre perfecto para una clase inolvidable.

Palabras de despedida del autor,

Cuando era un niño pequeño, trágicamente, mis padres biológicos fallecieron en un accidente de tráfico. Erasmus y Victoria (quien era mi abuela biológica) me adoptaron, criaron y me brindaron una infancia maravillosa y una educación extraordinaria.

Pero, justo cuando pensé que *Genialidad* sería el último libro, una inexplicable curiosidad y la intuición de que aún había más por descubrir y comprender sobre la separación de mis padres me impulsaron a seguir adelante. Por ambas razones, incluso antes de completar *Genialidad*, comencé a trabajar en una secuela.

Luego, al sumergirme en la historia, comprendí que sus vidas por separado merecían ser contadas, así como también la verdad completa sobre la desaparición de mi madre. Así nació *La Magia en la Vida*, el tercer y último libro sobre la saga de mi familia.

Quizás en el futuro escriba sobre mi infancia y adolescencia creciendo con mis padres adoptivos, pero eso será en una nueva serie de libros.

Erasmus Cromwell-Smith II
Escrito en T.D.O.K., verano de 2056

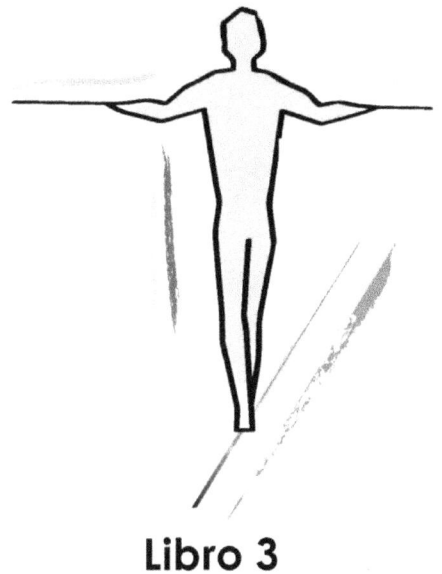

Libro 3

La magia de la vida

Nota del Autor:

En *Genialidad*, el libro anterior, la historia concluyó con el descubrimiento de mi padre de que mi madre lo había abandonado. Ese momento es, precisamente, donde comienza *El Quibbler*.

Incluso hoy, sigo luchando por comprender plenamente por qué, hace tantos años, mi madre decidió huir del amor verdadero. Durante el tiempo que estuvieron juntos, mostró signos de temores crecientes, pero ninguno parecía lo suficientemente significativo como para justificar, y mucho menos explicar, una partida tan repentina y devastadora. Un día, simplemente desapareció.

Por todas las versiones, su relación fue genuina, apasionada y llena de devoción. Sus amigos los describían como la pareja perfecta, e incluso en broma los llamaban *tórtolos*. Tan absortos estaban en su propio mundo que apenas había espacio para la vida social o amistades cercanas, más allá de sus deberes académicos compartidos y sus compromisos como tutores. En la superficie, su amor parecía idílico.

A medida que profundizaba en la vida de mi padre, me propuse descubrir qué pudo haber llevado a mi madre a alejarse de una conexión tan profunda. Cuanto más investigaba, más claro se volvía el panorama—uno que insinuaba razones ocultas, quizás las verdaderas, que permanecieron enterradas bajo la apariencia de su relación. Este libro se centra en los años que pasaron separados, desde 1977 hasta 2017. Explora la vida familiar y profesional de ella, los viajes, la carrera académica y la obra literaria de él, así como los lazos invisibles, pero inquebrantables, que los mantuvieron inexplicablemente unidos a lo largo de las décadas, hasta que finalmente se reencontraron. Al igual que los dos volúmenes anteriores, esta historia está narrada con la voz de mi padre, en primera persona.

Debido al éxito de su innovador formato de enseñanza, mi padre, el profesor Erasmus Cromwell-Smith, continuó utilizándolo por tercer año consecutivo en 2019. Ese año, nuevamente comenzó sus clases reviviendo el día en que descubrió la ausencia de Victoria. Sin embargo, a diferencia de los cursos de 2017 y 2018, en esta ocasión su relato tenía una energía renovada y un aire de resolución. El regreso de mi madre a finales de 2017 lo había transformado por completo, llenando su vida con el amor y la compañía que había añorado durante tanto tiempo. Su apoyo inquebrantable lo revitalizó, devolviéndole la fuerza y la alegría.

Fue en ese año, más de doce meses después de su reencuentro, cuando mi madre finalmente se abrió y reveló las verdaderas razones por las que había dejado a mi padre en 1977.

Por último, debo reconocer que nunca tuve la oportunidad de conocer a mis padres biológicos, y, sin embargo, su ausencia ha sido una fuente de profundo dolor. Escribir estos tres libros ha sido mi forma de reconstruir su historia, entrelazándola con la de mis padres adoptivos con dedicación y amor inmenso. Este volumen final me ha permitido dar cierre a su relato, fusionando su legado con el de la extraordinaria pareja que me crió. Al hacerlo, he encontrado un sentido de conclusión—no solo para su historia, sino también para mi propio camino como autor de *The Equilibrist* series.

Capítulo 1

La Adversidad

Royal Cambridge Scholastic Institute, 2019
(Hogar de Erasmus y Victoria)

El tic-tac del reloj de cuco es el único sonido que resuena en la quietud de la madrugada.

El profesor Erasmus Cromwell-Smith se ha quedado dormido en su amado sofá Chesterfield. Sobre su regazo reposa el último objeto de su insaciable curiosidad: un libro encuadernado en cuero del siglo XVII, con páginas doradas al fuego, que explora el tema de la coherencia. Acurrucada a su lado, durmiendo tan profundamente como él, está Victoria Emerson-Lloyd, el amor de su vida. Juntos, sus rostros forman un retrato de plenitud, un testimonio radiante de la incomparable belleza del verdadero amor.

A la hora prescrita, el alegre gorjeo del cuco los despierta, anunciando la llegada de un nuevo día. Mientras se desperezan el uno contra el otro, sus sonrisas compartidas iluminan la habitación como los primeros rayos del alba.

Esta mañana marca el inicio de un nuevo año académico. El ilustre pedagogo está ansioso por comenzar su primera clase.

—Querido, ¿cuál será el tema de tu clase hoy? —murmura Victoria, aún medio dormida.

—La adversidad, mi señora —responde Erasmus, con un tono de seriedad y anticipación.

No mucho después, Victoria lo besa y lo despide con una sonrisa mientras él pedalea a través de la fresca mañana otoñal en su fiel y oxidada bicicleta. Las hojas caídas crujen bajo sus ruedas mientras avanza hacia su destino.

—— ❖ ——

Royal Cambridge Scholastic Institute, 2019
(Auditorio universitario)

El auditorio está repleto, vibrante de energía. Los estudiantes esperan con palpable expectación el regreso del profesor Cromwell-Smith; su entusiasmo es casi tangible.

El profesor entra con paso decidido, su expresión es luminosa y acogedora. Con la mano en el mentón, recorre la sala con la mirada, deteniéndose brevemente, como si conectara individualmente con cada estudiante.

Una amplia sonrisa se extiende por su rostro, arrancando una mezcla de risas y miradas de intensa concentración de su audiencia.

—¡Bienvenidos! ¿Cómo están todos hoy? —saluda con voz firme y resonante.

—¡Increíble! —responde la multitud al unísono, reflejando su célebre frase.

—Confío en que todos hayan tenido un verano divertido e ilustrador —dice con entusiasmo.

Luego, con un cambio de tono a una autoridad firme, continúa:

—Un recordatorio rápido: la puntualidad en este curso no es negociable. No hay excusas.

—Al igual que en los dos años anteriores, seguiremos el mismo formato, por última vez —declara—. Este año, exploraremos nuevos temas a través de la narración, la lectura y la lente de la poesía. Los primeros conceptos que abordaremos son la adversidad y la dificultad —anuncia, preparando el terreno para el año que comienza.

—¿Están listos para el viaje? —pregunta, recibiendo un mar de cabezas asintiendo en respuesta.

—La adversidad —comienza, caminando por el escenario con deliberada intensidad —¿Qué sucede cuando nos enfrentamos a la adversidad? ¿Nos han enseñado cómo reaccionar, cómo afrontarla, cómo sobrellevarla? ¿Estamos alguna vez realmente preparados? Y, ¿qué hay del después? Supongamos que la adversidad nos golpea y logramos superarla... ¿qué sigue?

Sus preguntas flotan en el aire, invitando a la reflexión.

Haciendo una pausa para dar énfasis, continúa:

—Hoy comenzaremos justo donde terminamos el año pasado. La noche en que el amor de mi vida desapareció. Ese día, la adversidad me golpeó de lleno, y no estaba en absoluto preparado para afrontarla.

Se detiene, dejando que el peso de sus palabras se asiente antes de pronunciar la línea de apertura.

—Todo comienza así…

— ✦ —

Cape Cod, Habitación de Hotel de Erasmus, 1977
(Primeras horas del viernes por la noche)

—Se ha ido, Erasmus…

Las palabras de Gina resuenan cn su mente, un eco implacable que se niega a desvanecerse. El peso de esas tres palabras se asienta en su pecho, cada repetición ahondando más en su determinación.

Erasmus tiene solo una idea en mente.

Debe volver a Boston.

Tiene que empezar a buscarla.

Coge su abrigo y reúne sus pertenencias apresuradamente. Sobre el escritorio, la pila de notas y documentos de los mentores permanece intacta, su importancia eclipsada por la urgencia de su misión.

En menos de cinco minutos, sale de la habitación del hotel con la maleta en la mano. Tras hacer el registro de salida, pisa la helada noche de Cape Cod. El viento cortante azota su rostro, un recordatorio implacable de la distancia que debe recorrer—no solo en kilómetros, sino en el frágil y turbulento paisaje emocional que ahora enfrenta.

Mientras se apresura hacia la salida, choca de frente con "El Enigma", el señor Ringwald, el anticuario del centro de Boston.

—Erasmus, muchacho, ¿qué andas haciendo? —pregunta, con la mirada fija en la pequeña maleta.

—¿A dónde vas, con equipaje y todo, a estas horas de la noche? —insiste el señor Ringwald, con evidente sorpresa en su tono.

Erasmus baja la cabeza en señal de respeto, pero no responde y sigue caminando a toda prisa, dejando al anticuario desconcertado. Cuando ya está a unos pasos de distancia, se detiene por un instante, sintiendo una lucha interna entre la culpa y la gratitud. Se gira y, con una leve sonrisa, dice:

—Señor R, tengo que ir a buscar a una chica. Lo siento.

—¿LA chica? —le grita el Enigma.

—Sí, LA chica —responde Erasmus, sin dejar de caminar.

De repente, Ringwald empieza a correr tras él.

—¡Erasmus!

—¿Sí? —pregunta Erasmus, aminorando un poco el paso.

—Toma esto y léelo cuando sea el momento adecuado —dice Ringwald, jadeante, alcanzándolo.

—Gracias, señor Ringwald —responde Erasmus, recibiendo el pergamino con gratitud.

—De nada, muchacho. Tengo el presentimiento de que te hará falta —predice el anticuario con un tono enigmático.

—Pero no tiene por qué… —Erasmus intenta protestar.

—Vamos, cógelo y úsalo. Ahora vete. ¡Corre! —insiste Ringwald.

Con pasos decididos, Erasmus se dirige hacia la estación de tren, su mente atrapada en un torbellino de posibilidades, remordimientos y una única esperanza ardiente: encontrar a Victoria.

— ✦ —

Estación de Tren de Cape Cod, Massachusetts, 1977
(Viernes por la noche)

Erasmus está sentado solo en la estación de tren, completamente vacía a esas horas. No hay más trenes programados para Boston, pero eso no le importa; su ansiedad y nerviosismo lo han consumido por completo.

Horas después, aún sumido en la oscuridad de la espera, un buen samaritano lo sacude suavemente para despertarlo.

—¿Vas a Boston?

—Sí…

—Entonces será mejor que te muevas, si no, perderás el tren. Está a punto de salir.

Erasmus se incorpora de un salto y echa a correr, logrando subir al tren en el último segundo.

Se queda dormido nuevamente hasta que el anuncio lo despierta:

—Estamos llegando a la estación central de Boston.

Sin perder tiempo, Erasmus se dirige directamente a su casa, donde empieza a revisar meticulosamente el apartamento, buscando una nota, una pista… cualquier cosa escrita que pueda haber dejado.

Una hora después, se encuentra sentado en el suelo del salón, mirando fijamente la habitación, que ahora le parece vacía y sin vida.

"Nada. Ni una palabra."

El pensamiento lo golpea como un puñal.

"Se llevó todo. Ni siquiera tengo un número ni una dirección a la que acudir."

El torbellino de emociones lo consume, reprochándose no haber visto las señales a tiempo.

Pasa otra hora al teléfono con el servicio de información, intentando obtener algún dato, pero todo es en vano. El número no está registrado.

Finalmente, la realidad lo golpea con fuerza la tarde del sábado, cuando visita a un profesor que enseñó a ambos.

El profesor Jenkins se muestra inicialmente sorprendido hasta que Erasmus menciona la repentina desaparición de Victoria.

—Oh, ya sé a qué te refieres, joven. Escribió una carta a la oficina de admisiones notificando su retiro. También dejó una nota de agradecimiento para todos nosotros, en especial para sus profesores, por todo lo que hicimos por ella. Este tipo de abandono en una estudiante destacada y sin problemas es poco común, pero, en mi experiencia, cuando ocurre, siempre hay razones y circunstancias extraordinarias detrás.

—Gracias, profesor Jenkins.

—Tengo entendido que no es de aquí. ¿Qué piensas hacer ahora?

—Tengo que ir a buscar a mi chica, señor. Gracias por su ayuda, profesor —dice Erasmus, estrechando la mano de su antiguo maestro con gratitud.

—Buena suerte, joven.

La noche del sábado se vuelve insoportable. Erasmus no consigue dormir, atormentado por su ausencia.

Pero el domingo por la mañana, su desesperación da paso a una determinación férrea.

No puede quedarse de brazos cruzados.

Tiene que actuar.

—❖—

Campus de la Universidad de Harvard, 1977
(Domingo por la mañana, estudio de Erasmus y Victoria)

—Buenos días, Gina —saluda Erasmus con una cortesía forzada.

—¿En serio? ¿Qué hora es? —responde Gina, todavía medio dormida, dándose cuenta de inmediato de su tono.

—Lo siento, Erasmus. Ha sido insensible por mi parte. ¿En qué puedo ayudarte?

—¿Tienes su número de teléfono o su dirección? —pregunta él, con desesperación latente en su voz.

—No, lo siento. Por alguna razón, Vicky nunca compartió conmigo nada sobre su familia ni su información de contacto —responde Gina, negando con la cabeza en señal de disculpa.

—Está bien… gracias de todos modos —murmura Erasmus, abatido.

La semana siguiente transcurre con Erasmus en un estado casi catatónico, aferrado a la esperanza de que, de algún modo, ella regresará. No es hasta el fin de semana siguiente cuando finalmente acepta la realidad: **no volverá**.

—❖—

Estación Central de Trenes de Boston, 1977
(Una semana después, sábado por la mañana)

"Al final, acabaré odiando todas las estaciones de tren", reflexiona Erasmus con amargura mientras aborda un tren con destino a Chicago.

A mitad del trayecto, descubre que ha tomado la ruta equivocada. En lugar de viajar a través de Nueva York hasta San Luis—el camino correcto hacia Waterloo, Illinois, el pueblo natal de Victoria—está tomando la vía más larga.

"No hay nada que pueda hacer ahora".

— ✦ —

Estación Central de Waterloo, Illinois, 1977
(Lunes por la mañana)

"Solo hará falta que estemos uno frente al otro y nos reuniremos", se repite una y otra vez, aferrándose a esa idea como un náufrago a un madero en alta mar.

Las viejas y arrugadas páginas amarillentas del directorio telefónico de la estación finalmente acuden en su ayuda. Tras horas de búsqueda, Erasmus consigue una dirección y un número de teléfono. Sin embargo, un escalofrío le recorre la espalda cuando su llamada es respondida por una grabación ominosa:

"El número marcado ha sido desconectado".

Luchando contra la creciente sensación de angustia en su estómago, toma un taxi hasta la dirección que ha encontrado. Su corazón late con fuerza mientras reza por lo mejor, preparándose para lo peor.

—Joven, se fueron en plena madrugada —anuncia sin rodeos el vecino de Victoria—. Estamos en shock; hemos sido vecinos toda la vida. El viejo Emerson y yo crecimos juntos. Debió haber una razón de peso, algo muy privado, para que desaparecieran como bandidos, ocultándose de todos. ¿Quién sabe? Tal vez su hija se quedó embarazada en Harvard —

especula el hombre, observando a Erasmus con desconfianza, como si él pudiera ser el culpable.

— ✦ —

De regreso en tren de San Luis a Boston, 1977
(Vía Nueva York – lunes por la tarde)

Derrotado, Erasmus aborda el tren de vuelta a casa. Se sumerge en un sueño inquieto, entremezclado con recuerdos y pensamientos erráticos, hasta que, de repente, un destello en su memoria lo sacude.

Por un momento, el pánico lo invade. ¿Lo ha dejado atrás?

Revuelve apresuradamente su pequeña maleta y, con un profundo suspiro de alivio, lo encuentra intacto.

Lo sostiene entre sus manos, dándose cuenta al fin de su verdadero propósito. Con reverencia, se prepara para leerlo.

Primero, se da una ducha, se afeita y se pone ropa limpia. Luego, con una taza humeante de té en la mano, finalmente se sienta, listo para absorber su contenido.

La adversidad

Ya sea por los actos de los hombres,
la naturaleza o las creaciones de la humanidad,
tarde o temprano, inevitablemente,
los sistemas meteorológicos se formarán en el horizonte,
los acontecimientos se desplegarán inesperadamente,
y, de una forma u otra—
con o sin advertencia—
la adversidad irrumpirá
en el transcurso de nuestra vida.

La adversidad nos afectará—
emocional, espiritual, física y materialmente—
a menudo en más de un aspecto a la vez.

Cuando enfrentamos dificultades en la vida,
no hay elección posible.
Reunimos todas nuestras fuerzas y recursos—
los que poseemos y los que invocamos,
los tangibles y los que buscamos alcanzar.

Nos enfrentamos a la adversidad de frente,
sin miedo ni vacilación,
con toda nuestra voluntad y deseo—
por nosotros mismos o por los demás—
para vivir y superar,
para prevalecer y volver a levantarnos,
para derrotar y reducir la adversidad
hasta dejarla aniquilada y vencida.

Cuando no la enfrentamos de inmediato,
quedamos atrapados—
perdidos en la indecisión,
dibujando círculos en nuestra mente,
desperdiciando un tiempo valioso,
evitando o postergando la acción.

Estos son momentos—algunos duran toda la vida—
en los que nos encontramos lamentándonos,
sintiéndonos víctimas de las circunstancias,
procrastinando, compadeciéndonos,
mientras hacemos poco por resistir y contraatacar.

Cuando actuamos de esta manera,
nuestra falta de acción nos conduce a la nada,
a un vacío donde las excusas suenan huecas—

privándonos no solo de la capacidad de vivir plenamente,
sino reflejando la actitud de un soldado
que huye del campo de batalla sin disparar un solo tiro,
negándose a enfrentar al enemigo de la adversidad
con la valentía y la convicción necesarias para vencerlo
o, en su defecto,
adaptarse a él.

Dominar la adversidad es más fácil
cuando la detectamos temprano.
Cuando, con previsión, anticipación,
preparación y disposición,
la vemos venir y estamos listos para ella,
la prevenimos o la detenemos en seco
antes de que ocurra—justo en su inicio.

Y, sin embargo, en muchos sentidos,
la adversidad es también una oportunidad,
a veces, para la renovación y los nuevos comienzos,
otras, marca el final de una mala racha.

Nuestra reacción y capacidad de afrontarla
determinan nuestro éxito—
para superarla y transformarla
en algo positivo.

La adversidad es formativa y transformadora,
sacude nuestro núcleo como un "rompedor de comodidades",
poniendo a prueba nuestro carácter,
nuestro coraje y nuestra resiliencia.
Si la adversidad es evitable,
es nuestro deber existencial
hacer todo lo posible por prevenirla
o mantenernos alejados de su camino.

Pero si es inevitable,
debemos adaptarnos—
aprendiendo a convivir con ella,
pues nuestra meta es resistir más que ella,
superarla con determinación.

Si las dificultades son irreversibles,
aun así, buscamos extraer
lo mejor que la vida tiene para ofrecer,
exprimimos significado de cada segundo
que existimos en el universo.

Si se pueden remediar,
luchamos como leones,
negándonos a rendirnos,
sanándonos de ella,
con tenacidad incansable.

Sin embargo, debemos tener cuidado con
las "espejismos en el desierto",
pues a veces la adversidad
es solo una ilusión de nuestra mente—
vemos obstáculos y barreras
donde no los hay.

Los creamos a partir del miedo,
las inseguridades,
el pesimismo o la depresión.
La adversidad se enfrenta mejor con herramientas existenciales
como la esperanza, la convicción, el optimismo,
la creatividad, la fe y el trabajo constante—

una mente y un espíritu ocupados,
todo ello acompañado de amor.

A veces, nos encontramos con la adversidad de los demás
y no sabemos qué hacer.
Involuntariamente, nuestra percepción de ellos
se vuelve contagiosa,
como si aquellos que sufren dificultades
portaran una enfermedad de la que queremos alejarnos.

En otras ocasiones, actuamos
como si aquellos que atraviesan momentos difíciles
hubieran cambiado repentinamente—
como si hubieran caído de su antiguo ser.

Los percibimos y los tratamos como si,
debido a sus circunstancias,
de repente dejaran de ser dignos de nosotros.
Qué equivocados estamos al comportarnos así.

Inevitablemente, nosotros también
experimentaremos adversidad
y podríamos encontrarnos
en el otro extremo de esa misma indiferencia—
víctimas de la misma circunstancia.

Por ello, es sabio y necesario
tratar la adversidad de los demás
con el máximo respeto,
con un corazón bondadoso y generoso.

Aunque sus batallas no sean las nuestras,
debemos recordar

que seguimos siendo soldados del mismo ejército,
luchando la misma guerra existencial de la vida.

Ante los imprevistos y las vicisitudes,
las dificultades se reducen enormemente
cuando las pensamos en términos relativos y comparativos.

No importa cuán difíciles parezcan las cosas,
siempre podrían ser peores.

La adversidad golpea con más dureza
cuando llega sin previo aviso,
nos encuentra desprevenidos
y sin defensas ante ella.

La mejor actitud ante la adversidad
es tratarla como a un enemigo de guerra—
**al que jamás nos rendimos,
contra el que nunca desistimos**.

Por el contrario,
luchamos y enfrentamos sin descanso,
hasta derrotarla y dejarla sin poder.

Pero si no podemos vencerla,
nos adaptamos—
extrayendo lo mejor que la vida aún tiene para ofrecernos,
incluso dentro de las circunstancias,
porque la vida nunca se detiene,
incluso mientras superamos la adversidad.

La adversidad siempre debe ser tratada
como una oportunidad existencial—
una ocasión para despertar
de una vida de comodidad y conformismo.

Una oportunidad para renovarnos
y reinventarnos.
Pero la adversidad solo se convierte en oportunidad
si nosotros **elegimos** convertirla en ello.

*

A medida que las palabras del poema flotan en el silencio del tren, el joven Erasmus se recuesta en su asiento, contemplando el paisaje que se desliza ante él.

El rítmico traqueteo de las vías bajo sus pies parece resonar con la firme determinación que crece en su interior.

El mensaje del pergamino ha despertado algo que permanecía latente en él, una resolución silenciosa de enfrentar la vida de frente.

Su reflejo en la ventana, marcado por el cansancio, insinúa la transformación en curso—un cambio del dolor a la acción.

El viaje en tren, aunque físicamente inmutable, ha marcado un punto de inflexión decisivo, encaminándolo hacia un destino que, sin duda, moldeará al hombre que está destinado a ser.

— ✦ —

Royal Cambridge Scholastic Institute, 2019
(Auditorio universitario)

El repentino sonido de la campana sacude al profesor y a su clase, devolviéndolos abruptamente al presente. Cromwell-Smith se detiene un momento, como si aún estuviera atrapado en aquel recuerdo.

—En aquel viaje en tren de regreso a Harvard —continúa el profesor, su voz firme pero teñida de la sabiduría que otorgan el tiempo y la experiencia—, tomé varias decisiones clave que me ayudaron a enfrentar la adversidad y, en última instancia, a superar lo que sentía. Primero, aunque mi mente errante estaba consumida por el tormento, conservé el pergamino conmigo y, como el Riddler había predicho, llegó el momento en el que realmente lo necesité. Segundo, a pesar de no estar de humor, decidí abrirlo y leerlo. Aquella decisión resultó ser transformadora, pues sus palabras iluminaron un camino hacia adelante, un camino de determinación que elegí seguir. Tercero, para cuando regresé a Boston, ya había decidido seguir adelante con mi vida, sin amargura, pero preservando todos los maravillosos recuerdos de mi tiempo con Victoria. Con este espíritu, el mismo día de mi regreso escribí a la señora V en Gales, expresándole mis sentimientos de anhelo e incertidumbre. Su respuesta reflexiva me brindó el ánimo, la fortaleza y la claridad que necesitaba —enfatiza el profesor, recorriendo con la mirada los rostros atentos de sus alumnos.

—No mucho después, me gradué en Harvard e hice un último viaje a mi ciudad natal, Hay-on-Wye, en Gales, antes de establecerme definitivamente en América. Durante mi estancia allí, descubrí que mis mentores de la infancia habían organizado una sesión de mentoría sorpresa para mí. Fue en aquel encuentro donde me transmitieron la fórmula eterna de la felicidad, una receta inspiradora que se convirtió en el toque final necesario para enderezar definitivamente el rumbo de mi vida. Al final de la clase de hoy, compartiré con cada uno de ustedes una copia de esta fórmula —anuncia con una sonrisa serena, cargada de orgullo.

—La adversidad es una parte intrínseca de la vida —prosigue, ahora con una convicción palpable en su tono—. A menudo representa el desafío definitivo para todo lo que apreciamos y, al mismo tiempo, una oportunidad para crear algo significativo, quizás incluso extraordinario, a partir de ella. La adversidad es un arma de doble filo: de un lado, el sufrimiento; del otro, una puerta que se abre hacia la renovación o un nuevo comienzo.

Hace una pausa, se aparta del escritorio y encara a sus estudiantes.

—Ahora abro el espacio para cualquier pregunta o reflexión sobre lo que hemos discutido hoy.

Anna, estudiante de Literatura y Filosofía, de cabello corto y rizado y gafas que siempre parecen deslizarse por su nariz cuando está sumida en sus pensamientos, levanta la mano.

—Profesor, en el poema *Adversidad* usted habla del momento en que no enfrentamos las dificultades de frente y eso nos sumerge en la indecisión. Me interesa la implicación filosófica de esto. ¿Cree que evitar la adversidad puede considerarse un fracaso del carácter o es más bien un instinto natural de autoconservación? ¿Existe un equilibrio entre la retirada y la confrontación en la manera en que enfrentamos nuestros desafíos personales?

—Excelente pregunta, Anna —responde el profesor Cromwell-Smith—. Tienes razón al señalar la tensión entre el instinto de retirada y la necesidad de confrontación. Desde un punto de vista filosófico, podemos considerar la evasión como una respuesta natural. Los seres humanos estamos programados para la supervivencia y nuestro primer instinto suele ser protegernos del daño. Pero, como sugiere el poema, existe una delgada línea entre esta reacción instintiva y la pasividad, y cuando la cruzamos, nos privamos de la oportunidad de crecer. No se trata de ser temerarios o excesivamente combativos, sino de tener el valor de afrontar el desafío cuando llega, incluso si eso significa empezar con pequeños pasos. No definiría la evasión como un fracaso del carácter en sí mismo, sino como una oportunidad perdida para interactuar con las lecciones más profundas de la vida.

Carlos, estudiante de Psicología y Neurociencia, alto, de cabello oscuro y cuidadosamente peinado, con una sonrisa cálida que contrasta con su habitual seriedad, interviene a continuación.

—Profesor, habló sobre la naturaleza dual de la adversidad, cómo presenta tanto sufrimiento como oportunidad. Desde una perspectiva psicológica, ¿cómo podemos cultivar la resiliencia para ver la adversidad no solo como una amenaza, sino como una oportunidad? ¿Es posible reformular activamente estas experiencias de manera que fomenten el crecimiento personal?

—Carlos, has tocado el núcleo del desafío —responde el profesor Cromwell-Smith—. En psicología, la reformulación es, de hecho, una herramienta poderosa. Se trata de cambiar la lente a través de la cual percibimos una experiencia. En lugar de ver la adversidad puramente como una amenaza, podemos entrenar nuestra mente para verla como una oportunidad de crecimiento, aprendizaje o incluso autodescubrimiento. Hay un proceso fascinante en la psicología cognitiva llamado *reestructuración cognitiva*, que consiste en transformar pensamientos negativos o limitantes en otros más constructivos. La resiliencia no es un rasgo fijo; es una habilidad que se puede desarrollar con la práctica. Se puede empezar por reconocer la adversidad, procesarla y luego preguntarse: ¿Qué puedo aprender de esto? ¿Cómo puede este momento hacerme más fuerte, más capaz o más comprensivo? Con el tiempo, este cambio de mentalidad se vuelve automático.

Un silencio reflexivo se extiende por la sala mientras los estudiantes asimilan sus palabras.

Jane, estudiante de Historia y Ciencias Políticas, con su largo cabello negro generalmente recogido en una pulida coleta y una mirada atenta que revela su gran capacidad de observación, pregunta:

—Profesor, el poema parece sugerir que la adversidad es inevitable y, en algunos casos, irreversible. ¿Cree que la historia nos muestra ejemplos de cómo las sociedades, en contraposición a los individuos, enfrentan la adversidad? ¿Existen momentos históricos en los que la adversidad haya sido *irreversible* y qué podemos aprender de ellos?

—Esa es una perspectiva fascinante, Jane —responde el profesor Cromwell-Smith—. Tienes razón al señalar que la historia está llena de momentos de adversidad colectiva, ya sea a través de guerras, crisis políticas o injusticias sociales. Algunos de estos eventos, como la caída de imperios o la devastación provocada por conflictos bélicos, parecen irreversibles. Sin embargo, lo que resulta llamativo es la resiliencia de las sociedades que logran reconstruirse y transformarse después de estas pruebas. Pensemos, por ejemplo, en la recuperación de Europa tras la Segunda Guerra Mundial o en el Movimiento por los Derechos Civiles en Estados Unidos. Estos episodios de sufrimiento y pérdida colectiva se convirtieron en catalizadores de grandes cambios. La lección clave es que, aunque algunas adversidades pueden parecer irreversibles, la manera en que respondemos ante ellas tiene el poder de moldear el futuro. Es un testimonio de la extraordinaria capacidad humana de reinventarse, incluso ante desafíos que parecen insuperables.

David, estudiante de Economía y Sociología, de complexión atlética y mandíbula afilada, a menudo visto con una leve expresión de ceño fruncido cuando analiza tendencias y patrones sociales, plantea su inquietud:

—Profesor, el poema enfatiza la necesidad de enfrentar la adversidad con valentía y determinación, y, sin embargo, también advierte sobre evitar los "espejismos en el desierto", es decir, aquellos obstáculos que no son reales. ¿Cómo podemos distinguir entre una adversidad genuina que requiere confrontación y los desafíos imaginarios que creamos en nuestra mente debido al miedo o la inseguridad? ¿Existe un método para discernir esta diferencia?

—Esa es una pregunta sumamente perspicaz, David —responde el profesor Cromwell-Smith—. La línea entre la adversidad real y los desafíos que fabricamos en nuestra mente puede ser sumamente delgada. Con frecuencia, nuestra mente nos juega malas pasadas: el miedo, la duda y la inseguridad pueden hacer que los problemas parezcan más grandes o más difíciles de superar de lo que realmente son. Una manera de distinguir entre ambos es cuestionar la fuente de la adversidad. ¿Se trata de un desafío externo, algo verdaderamente fuera de nuestro control, o está arraigado en nuestros temores, ansiedades o proyecciones internas?

Hace una breve pausa y luego continúa:

—Un método que recomiendo es el *chequeo de realidad*. Detente por un momento y analiza la situación desde un punto de vista objetivo. Pregúntate: ¿Esto es algo que realmente puedo controlar? ¿Está basado en hechos concretos, o está influenciado por mis emociones y temores? La adversidad real exige acción; la adversidad imaginaria, en la mayoría de los casos, requiere simplemente un cambio de perspectiva.

—Eso es todo por hoy. Nos vemos la próxima semana —concluye el profesor Cromwell-Smith, sus palabras flotando en el aire como ecos de sabiduría.

A medida que los estudiantes se levantan y comienzan a salir del auditorio les entrega a cada uno una copia de la *fórmula de la felicidad*, un gesto cargado de esperanza silenciosa por el futuro de cada uno de ellos.

Cuando el último estudiante abandona la sala, sus conversaciones apagándose en los pasillos, el profesor Cromwell-Smith se queda un momento en el atril, observando las filas de asientos ahora vacías. El silencio que sigue a la discusión le parece más denso, más reflexivo.

Recoge sus notas y ajusta sus gafas, permitiéndose un breve instante de introspección. Los ecos del pasado y del presente se entrelazan en su mente, y se pregunta en silencio qué semillas de conocimiento habrán encontrado un terreno fértil entre sus alumnos.

Enderezando la postura, se dirige hacia la puerta, su mente ya inmersa en la preparación de la próxima clase, una nueva oportunidad para explorar las complejidades de la vida y, quizás, inspirar a unos cuantos corazones más.

Royal Cambridge Scholastic Institute, 2019
(Campus Bench)

Al salir del auditorio, el profesor observa el campus y siente una satisfacción silenciosa al ver a sus estudiantes retirarse con expresiones de gratitud y determinación marcadas en sus rostros.

Mientras camina hacia su vieja bicicleta oxidada, su mirada se detiene en una figura sentada en un banco a lo lejos. Es Victoria. Sus hombros se sacuden con cada sollozo inconsolable, y sus lágrimas fluyen sin cesar, su llanto audible incluso desde la distancia. Su respiración entrecortada revela una emoción avasalladora, un torrente de sentimientos que la consume por completo.

Sin dudarlo, Erasmus avanza con paso firme hacia ella, con el corazón oprimido por la preocupación. Al llegar, se sienta a su lado sin pronunciar palabra. En lugar de hablar, la envuelve suavemente con sus largos brazos, ofreciéndole un refugio de amor y protección. El mundo que los rodea parece desvanecerse; en ese instante, solo existe ella.

«Debe desahogarse», piensa Erasmus, sintiendo cómo el dolor de Victoria se infiltra en el silencio compartido entre ambos.

Pasa un largo rato antes de que Victoria rompa el silencio con una voz temblorosa.

—Erasmus, estuve presente durante toda la clase —confiesa, con palabras frágiles, como si fueran una ofrenda cargada de vulnerabilidad. Su rostro, surcado por lágrimas, se vuelve hacia él, buscando comprensión en su mirada.

Erasmus se sorprende por un instante, pero pronto recupera la compostura. Asiente pensativo y, tras una breve pausa, su voz emerge suave y serena, un ancla en medio de la tormenta emocional de Victoria.

—Está bien, Victoria —susurra, su tono invitante pero firme —¿Por qué no me cuentas qué ocurrió mientras te buscaba?

Las lágrimas de Victoria arrecian por un momento, como si sus palabras hubieran desbloqueado una represa de emociones. Con la voz quebrada por el sentimiento, comienza a relatar los acontecimientos de aquella fatídica noche. Sus recuerdos brotan crudos y sin filtro, cada palabra un fragmento del dolor y la culpa que ha cargado durante tantos años.

Erasmus la escucha con atención, sin soltarla ni un segundo, brindándole con su abrazo un consuelo mudo, mientras ella, por fin, expone la historia que los ha atormentado a ambos por décadas.

—— ✦ ——

El hogar de la familia Emerson-Lloyd, Waterloo, Illinois, 1977
(La llegada de Victoria desde Harvard)

—Victoria, no puedes obligar a toda tu familia a desarraigarse de un día para otro. Este es nuestro hogar. Aquí hemos vivido toda nuestra vida, aquí naciste tú y tus hermanos, aquí están nuestros amigos de toda la vida — declara su madre con voz firme, rebosante de una determinación inquebrantable.

Victoria, sin embargo, la ignora por completo.

—Mamá, papá, es vuestra elección: o nos vamos, o tomo el tren de vuelta a Boston hoy mismo, esta vez para siempre — afirma con firmeza, sin el menor titubeo en su tono.

El rostro de su padre se crispa con alarma.

—Victoria Emerson-Lloyd, ¿en qué tipo de problema te has metido? —pregunta con inquietud.

—Problemas de amor, papá. Si él aparece aquí, temo que no seré capaz de resistirme —su voz se quiebra bajo el peso de su confesión.

—Victoria, ¿por qué no nos dices qué está pasando? — insiste su madre, su angustia palpable.

—Lo único que pasa —grita Victoria, mientras las lágrimas caen libremente por su rostro— es que me voy a casar con el hombre que vosotros queréis, no con el que amo.

Su padre se queda inmóvil, visiblemente desconcertado.

—¡No entiendo nada! No queremos que hagas eso —afirma, dirigiendo una mirada fulminante a su esposa, quien clava la vista en el suelo para evitar su mirada acusadora.

—¿Quién es él? —pregunta su padre con un tono más suave.

—Un estudiante británico —murmura Victoria, su voz apenas un susurro—, está a punto de terminar su máster.

La confusión en el rostro de su padre se transforma en sospecha al mirar alternativamente a su esposa e hija.

—Necesito que me expliquéis qué está ocurriendo. ¿Es esto un matrimonio arreglado? —pregunta, con un matiz de asco en su voz.

—Victoria ha tomado una decisión sensata: formar una familia con un caballero experimentado y acomodado de nuestra misma región. El asunto está resuelto y no hay nada más que discutir —declara su madre con tono firme e inquebrantable.

—¡Me dijiste que era decisión de Victoria! Parece que la estás obligando a casarse con ese hombre —la acusa su esposo, clavando en ella una mirada cortante.

Victoria permanece inmóvil, paralizada por las palabras de su madre. Su arrebato emocional ha dejado al descubierto sus verdaderos sentimientos, y lo único que desea en ese instante es salir corriendo hacia la estación de tren y regresar con Erasmus.

Al otro lado de la sala, su madre, visiblemente alterada, trata desesperadamente de recuperar el control de la situación que se le escapa de las manos.

—Victoria —interviene apresuradamente—, déjame hablar con tu padre a solas sobre esto.

Sin esperar su aprobación, toma a su perplejo esposo del brazo y lo conduce a otra habitación.

Victoria, atrapada en el torbellino de emociones, permanece sentada, incapaz de procesar todo lo que sucede a su alrededor. Minutos después, su madre regresa con una sonrisa triunfante dibujada en el rostro.

—Victoria, tenemos una propiedad en Columbia, Illinois, al norte de aquí. Podemos mudarnos allí temporalmente hasta que te cases. Además, está más cerca de la universidad en St. Louis donde probablemente continúes tus estudios. Socialmente, estar fuera unos meses no nos afectará demasiado —anuncia con un entusiasmo forzado, su voz rebosante de un optimismo impostado.

Victoria sale de su ensimismamiento y, dirigiendo su mirada a Erasmus, continúa su relato.

—Poco después de casarme, me mudé y me establecí en Columbia, Illinois. Allí nacieron todos mis hijos. No mucho después de mi regreso de Boston, también me matriculé en la Universidad de Misuri en St. Louis, donde finalmente completé mis estudios en psicología criminal. Años más tarde, tras graduarme, inicié mi carrera como docente y después nos trasladamos a Boston. Y aún hoy, sigo sin saber cómo logró mi madre convencer a mi padre de aceptar todo aquello.

Su voz se apaga, y su mirada se pierde en la distancia, como si aún intentara comprender los recuerdos de aquellos días fatídicos.

— ✦ —

Royal Cambridge Scholastic Institute, 2019
(Caminos secundarios del campus)

La pareja recién reunida camina por el sendero cubierto de hierba húmeda en dirección a su hogar. En el rostro de Victoria se refleja un visible alivio; sus hombros, antes tensos, ahora parecen relajarse ligeramente. Erasmus, siempre perceptivo, intuye que el verdadero desafío no radica en el pasado, sino en que ella logre perdonarse a sí misma por las decisiones que tomó. Con silenciosa determinación, estrecha su abrazo, envolviéndola en un manto de perdón, como si quisiera protegerla de la tormenta interna que aún la azota.

—Te amo —murmura suavemente en su oído, su voz firme y serena, un ancla en medio del temblor de sus incertidumbres.

Victoria aminora el paso y se vuelve para mirarlo. Sus ojos, rebosantes de gratitud y amor, lo contemplan con ternura. Pero, de pronto, su mirada se ensancha con sorpresa y asombro. Nota el pequeño pergamino en su mano y comprende de inmediato que está destinado a ella.

—Esta mañana —comienza Erasmus con una sonrisa tierna—, antes de quedarme dormido en tu hombro, escribí algo para ti, mi lady.

Sostiene el pergamino con delicadeza, sus dedos tiemblan apenas, y comienza a leer con sinceridad y emoción en cada palabra…

¿Cómo es que siempre me haces sentir tan especial?

¿Qué son todas esas pequeñas cosas que haces?
¿Qué tiene tu manera de ser?
¿Cuáles son esas palabras hechizantes que dices?
¿Qué hay en esos versos mágicos que garabateas?
Todo en ti me hace sentir especial,
mi amor.

¿Será porque me haces sentir
caprichoso,
feliz,

amado,
adorado y venerado sin límites?
¿O será porque,
cada día,
en el torbellino de tu devoción,
me recuerdas que soy para ti
la persona más importante del mundo,
el mismísimo centro de tu universo?
Esa es la única forma en la que puedo explicar
cómo, al sumergirme en la dicha,
no me queda más remedio que sentirme:
motivado,
inspirado
y profundamente agradecido.

Así es como
sacas lo mejor de mí.
Despiertas en mí todo lo que puedo dar,
simplemente porque eres quién eres
y porque me haces sentir
tan único, tan especial,
mi amor.

*

Victoria tiembla, su respiración se entrecorta mientras el peso de sus palabras la envuelve. Suspira profundamente, dejando que sus emociones la inunden como una marea de júbilo y liberación. Sin dudarlo, se acerca y lo besa con pasión, un beso que parece trascender el tiempo mismo.

El momento se estira en la eternidad, en una unión inolvidable de amor, perdón y renacimiento que ninguno de los dos podrá olvidar jamás.

Capítulo 2

La coherencia

Isla de Nantucket, Nueva Inglaterra, Massachusetts, 2019
(Domingo por la mañana, amanecer)

La pareja recién reunida se sienta sobre la arena, envuelta en una manta de lana. El océano, a solo unos pasos de distancia, refleja la serenidad de la brisa matinal. Con sorbos pausados, disfrutan de sus tés calientes, mientras el calor de sus calcetines de lana hasta las rodillas les brinda el toque perfecto para la fresca mañana de 10°C. Esperan juntos a que el sol rompa el horizonte.

Ha pasado una semana desde su conversación inconclusa y, día a día, los fantasmas del pasado comienzan a disiparse. La alegría de estar juntos nuevamente va erosionando la culpa y los resentimientos persistentes. Sin embargo, Erasmus intuye que Victoria aún no se ha liberado del todo de las cicatrices emocionales que arrastra. Sabe que, a medida que enfrente su dolor, surgirán nuevas revelaciones.

—Era psiquiatra —espeta de repente Victoria.

—¿Quién?… —Erasmus empieza a preguntar, pero ella lo interrumpe y sigue con su monólogo.

—Y era mucho mayor que yo.

Hace una pausa, momentáneamente perdida en sus recuerdos. Erasmus se aferra a cada una de sus palabras, sintiendo el peso de su confesión, aunque aún no sabe hacia dónde la está llevando.

'Quizá esto explique su comportamiento en el pasado', reflexiona Erasmus. '¡No! ¿Podría ser?' Su corazón late con fuerza mientras su mente busca respuestas.

—Me llevaba veintiocho años —confiesa finalmente, su voz teñida de lamento.

—Lo suficientemente mayor como para ser mi padre, pero elegido para ser mi marido —añade con amargura.

La revelación lo golpea como un relámpago. La observa, inmerso en sus pensamientos, preguntándose si acaso realmente conocía a Victoria.

—Ahora que miro atrás, veo cómo me manipuló, cómo manipuló a mi madre y, de alguna manera, a toda mi familia para satisfacer sus propias necesidades —continúa ella.

—Durante los primeros años, caí bajo su hechizo perverso y coercitivo. Me convenció, en términos terapéuticos, de que la manera más efectiva de romper definitivamente mis sentimientos por ti era centrarme en cada cosa negativa que recordara de ti... y repetirla una y otra vez.

—¿Funcionó?

—Al principio, sí. Creé una realidad alternativa para justificar mi comportamiento. Pero, con el tiempo, mis verdaderos sentimientos volvieron a emerger... y ahí terminó todo.

'Por fin, la verdad', piensa Erasmus, sintiendo una oleada de emociones desbordarlo.

—Aprovechó mi vulnerabilidad como paciente suya, utilizando su conocimiento íntimo de mi estado emocional. Poco a poco me fue empujando hacia él, manipulándome sutilmente con argumentos de conveniencia social y estabilidad económica.

Mientras habla, las piezas sueltas del rompecabezas en la mente de Erasmus comienzan a encajar una tras otra, aportándole una claridad que nunca antes había tenido.

—Me convencí, a regañadientes, de que podía controlarlo a él mejor de lo que podía controlarte a ti. Su intelecto y su personalidad no me intimidaban como lo hacían los tuyos. A su lado, no me sentía tan insuficiente como a menudo me sentía contigo. También creí que su posición económica era el camino más seguro para mí y para los hijos que soñaba tener.

Erasmus tiene un millón de preguntas, pero sabe que es mejor no interrumpir el torrente de confesiones que están cambiando su vida.

—Pero, mi amor, mis hijos y yo pagamos un precio muy alto por mi pobre juicio. Cambié el amor verdadero por el papel de cuidadora —se lamenta.

—Al final, él fue el único ganador. Comprándome, se sacó a sí mismo del estado de soledad de un hombre divorciado que jamás había experimentado una conexión emocional genuina —afirma con tristeza.

—Viví una vida miserable y vacía como mujer, añorándote todos estos años. La maternidad fue lo único que salvó mi cordura; mis hijos llenaron de alegría el vacío de mi corazón.

Me entregué por completo a amarlos y criarlos, esforzándome por darles una vida lo más normal posible. Exteriormente, fingía que todo estaba bien.

Hace una breve pausa, su tono oscureciéndose.

—Antes de que enfermara, ya era solo un anciano al que cuidaba a diario. Con el tiempo, mis hijos lo vieron con claridad. Comencé a hablar abiertamente sobre ti y sobre nosotros, incluso delante de él. Lo detestaba. Reaccionaba con sarcasmo y decía: '¿Qué importa? Al final, te tuve a ti.'

Erasmus, ahora absorto en sus pensamientos, reflexiona: *Lo que dijo la hija de Vic el año pasado en clase sobre su madre casándose con el hombre que su familia eligió... debió de ser Sarah repitiendo la versión oficial de la familia,* razona.

—Mis hijos lo querían como a un pariente lejano —explica Victoria—. No había afecto. Creo que sus propios hijos venían solo porque yo insistía. Nunca fue cariñoso ni cercano con ellos.

—¿Cómo lo conociste? —pregunta Erasmus con inquietud.

—Era el psiquiatra de mi madre. Ella insistió en que lo viera cuando cumplí dieciocho años, alegando que necesitaba terapia por mis cambios de humor y episodios de depresión —relata.

—Al cabo de un mes, empezó a invitarme a cenar. En el quinto mes, le pidió mi mano a mis padres. Mi madre aceptó de inmediato, pero mi padre dudó. Finalmente, todos ignoraron lo que yo quería.

Hace otra pausa. El sol naciente ilumina el vasto océano, creando un fondo impresionante para sus revelaciones.

—Querido, después de aquella escena, me fui a Boston. Finalmente, nos conocimos, y no volví a tener contacto con él hasta que regresé a casa tres años y medio después —prosigue.

—De manera irónica, mucho tiempo después, cuando estaba en fase terminal, me confesó que había estado enamorado de mi madre, pero sabía que ella nunca le sería infiel a su marido.

—En cierto modo, para él, tenerte a ti fue una forma retorcida de poseer a tu madre —afirma Erasmus en voz alta.

—Sí, y tristemente, para ella fue lo mismo... una forma retorcida de tenerlo a él —revela Victoria.

Victoria se detiene. Las olas rompen en la orilla, resonando con la turbulencia de sus emociones.

—Mis dudas, mis ansiedades y mis inseguridades me guiaron. Mis emociones fueron mi perdición. Esto es, simplemente, la historia de lo que pasó.

Erasmus la contempla durante lo que parece una eternidad. Luego, apretando con ternura su abrazo bajo la acogedora manta de lana, le susurra:

—Mi señora, ese hermoso amanecer anuncia un glorioso nuevo día. ¿No crees que ha llegado el momento de seguir adelante?

Las notas envolventes de *Hello* de Neil Diamond emergen de su radio portátil, señalando un renovado sentido de la vida. Se acurrucan más cerca mientras la brisa fresca se intensifica. Sus tés, antes calientes, ahora están fríos, en agudo contraste con sus corazones, que arden con un calor renovado. Sin embargo, Erasmus percibe nubes persistentes en sus ojos.

'Aún queda más por venir', piensa, firme en su determinación. *'Sea lo que sea, estaré preparado'.*

Mientras acaricia suavemente las tersas mejillas de Victoria, *Only You* de The Platters comienza a sonar. De pie, con los dedos entrelazados, se balancean al compás de la melodía, sus cuerpos increíblemente cercanos. Sus sonrisas, plenas y serenas, irradian paz, amor y felicidad mientras los ecos de la canción envuelven el naciente día.

Royal Cambridge Scholastic Institute, 2019
(De camino al auditorio)

Mientras pedalea a un ritmo constante por los senderos traseros del campus, el profesor Cromwell-Smith repasa todas las escenas que Victoria le describió el día anterior, superponiéndolas con sus propias tribulaciones de aquella época.

Poco después, entra en un auditorio abarrotado, listo y ansioso por comenzar.

—Buenos días a todos.

—Buenos días, profesor.

—En algún momento de nuestras vidas, más temprano que tarde, debemos encontrar respuestas mientras buscamos coherencia. ¿Qué queremos de la vida? ¿Qué significa la vida para nosotros? ¿Cuál es nuestro propósito mientras estamos aquí, en este magnífico planeta Tierra? Y una de las herramientas existenciales clave que permite este examen es el pegamento que une todo, el que da sentido a la vida. Ese pegamento es la COHERENCIA, —afirma el ilustre profesor en sus palabras introductorias.

—Cuando Victoria y yo vivíamos separados, nuestras vidas estaban patas arriba. Hoy, los llevaré de regreso a un día en el que recibí una lección invaluable y duradera sobre la coherencia.

—Comienza así…

— ✦ —

Hotel Waldorf-Astoria, Nueva York, 1977

La cafetería del Waldorf-Astoria está repleta de gente de todas partes del mundo. Erasmus sorbe su habitual y muy británico té con leche mientras observa el popurrí de ropas, sombreros, rostros y gestos corporales.

—¡Erasmus, joven, qué placer verte! —exclama efusivamente el anticuario escocés, Colin Carnegie, mientras se acerca a paso rápido.

—Señor Carnegie, es un verdadero gusto verlo de nuevo.

—Esta vez, solo es una visita breve a la Gran Manzana —comenta mientras, muy acorde a la situación, pide un té caliente con leche.

—Querido Erasmus, ¿cómo has estado? La última vez que te vi fue en Cape Cod, en la Conferencia de Anticuarios de Nueva Inglaterra, donde, según tengo entendido, hiciste un *Houdini* con todos nosotros al desaparecer en plena noche —inquiere y declara el señor C, aludiendo al famoso escapista.

—Señor C., desde la última vez que lo vi, me gradué en Harvard, fui a Gales una última vez, pasé tiempo con mi familia y tuve una sesión final y memorable con mis tres mentores. De vuelta en Estados Unidos, me establecí en Boston y acepté un puesto como profesor en la Universidad de Brandeis.

Carnegie lo observa en silencio con una sonrisa solemne.

—Extraordinario, sin duda. Felicidades, joven. Pero parece que estás omitiendo algo en tu actualización, ¿no es así? —señala el señor C., llamándolo la atención por esquivar la parte de su "acto de escape".

Erasmus lo mira con ojos profundamente entristecidos.

—¡Se ha ido, señor C.!

—Obviamente, no está aquí —responde Carnegie, reconociendo en su interior que *eran inseparables*, pero con firmeza en la voz, como si intentara infundirle coraje a Erasmus.

—Algo verdaderamente trascendental debió de ocurrir, joven. Esto es lo último que me habría imaginado. Ustedes dos literalmente parecían hechos el uno para el otro.

—Mis mentores en Gales me regalaron un profundo escrito llamado 'La fórmula de la felicidad'. Me ha sido de gran ayuda para sobrellevar su ausencia, pero necesito su ayuda para aceptar la pérdida.

—En momentos como este, quizá lo mejor sea dar un paso atrás y contemplar las cosas desde la distancia. Se me ocurre una idea. Ven conmigo; demos un paseo por mis terrenos sagrados aquí en Nueva York —anuncia el señor C. mientras firma la cuenta.

Caminan bajo un clima agradable, con el bullicioso telón de fondo de las calles de Manhattan. Erasmus vierte en el sabio hombre de las Tierras Altas de Escocia todo su amor, sus aflicciones y tribulaciones. El tiempo vuela mientras giran por la Quinta Avenida y, poco después, entran en el majestuoso y atemporal edificio de la Biblioteca Pública de Nueva York.

Tan pronto como cruzan la entrada, la placa conmemorativa no pasa desapercibida para Erasmus. Es una dedicatoria al hombre que financió su construcción y posibilitó su creación: el pariente lejano del señor C., Andrew Carnegie.

'Tenía que ser, qué apropiado, ¿verdad?', murmura Erasmus para sí mismo.

'¿A dónde más me habría llevado si no era aquí?', reflexiona con admiración y con una leve sonrisa casi imperceptible.

—¿Impresionado? —pregunta el señor C.

—Mucho, señor.

—Erasmus, recuerda siempre la cantidad de buenas obras duraderas que este gran escocés-estadounidense llevó a cabo con su riqueza durante su vida.

—Siempre lo hago, señor.

El señor C. se pierde por un rato en la majestuosa Sala Rose de la biblioteca hasta que encuentra exactamente lo que está buscando. Erasmus observa cómo el enérgico hombre regresa con un enorme libro de cuero encuadernado, que parece antiguo.

—Erasmus, este es un escrito atemporal sobre una de las tareas más imperativas, trascendentales y existenciales que todos debemos realizar en la vida, y tú la necesitas con urgencia —declara el señor C. mientras comienza a leer con profunda seriedad.

La coherencia

(Descifrando a la vida)

Descifrar a la vida
es definir con claridad:
qué queremos de la vida,
cómo queremos vivir,
con quién elegimos compartirla,
hacia dónde nos dirigimos,
en qué creemos,
para qué tenemos aptitudes,
qué deseamos lograr
y qué pretendemos dejar como legado.
Porque, al final,
debemos buscar y comprender
qué significa la vida para nosotros.
De lo contrario,
deambulamos por ella
como almas sin vida,
con el espíritu vacío.

Descifrar el significado de la vida
nos permite determinar

cuál es nuestro propósito
y hacia dónde nos dirigimos.

De lo contrario,
vamos a la deriva sin rumbo,
como un barco sin timón
o una nave sin brújula.

La fórmula de la vida es diferente para cada uno de nosotros.
La receta del "Cómo vivir"
es única para cada individuo.
Lo que tiene sentido para uno, para unos pocos o para muchos
puede no tener ningún sentido para otros.
Por ello, para evitar vivir la vida de otro—
imitando su "sentido de vida"—
primero debemos descubrir
qué funciona para nosotros,
y luego, qué funciona para los demás.

Para descifrar la vida,
necesitamos coherencia:
el pegamento que lo une todo.
La coherencia es la armonía que conecta
nuestra existencia con nuestras aspiraciones y creencias,
nuestras acciones con nuestros sueños y metas,
nuestra vocación, nuestro trabajo, nuestro arte o nuestro
oficio,
con nuestros mejores talentos y habilidades,
nuestras pasiones con la vida cotidiana,
nuestras convicciones e ideales
con lo que practicamos día a día,
nuestros valores y virtudes con nuestra fe,
nuestro ritmo con el reloj de nuestra vida,

nuestra consciencia de cada segundo que nos queda en la
Tierra,
nuestra familia, nuestros seres queridos, nuestros semejantes
y los objetos de nuestro deseo,
con el mejor lado de nuestra esencia y naturaleza.

Dar sentido a la vida
es conectar de manera coherente
el significado de nuestra vida
con su propósito.

*

Erasmus, la coherencia es el pegamento que da sentido y propósito a nuestras vidas; recuerda siempre que, para resolver problemas y comprender la vida, todo debe tener sentido, y eso solo es posible a través de la coherencia.

El señor Carnegie cierra el libro de cuero con un golpe decidido, cuyo peso refleja la importancia de sus palabras. Lo coloca con cuidado sobre la mesa y, con una mirada firme, se dirige a Erasmus:

—Ahora, joven, el resto depende de ti —dice con una sonrisa cómplice, su voz impregnada de aliento y expectación.

Erasmus asiente lentamente, dejando que la profundidad del momento se asiente en su alma mientras reflexiona sobre la sabiduría recién recibida.

La tenue luz de la Sala Rose los envuelve en un resplandor casi etéreo. Erasmus observa cómo el señor Carnegie se aleja con paso firme hacia el laberinto de estanterías.

Quedándose solo con sus pensamientos, deja que las palabras resuenen en su mente, grabándose para siempre en su corazón.

— ✦ —

Cuando la clase vuelve al presente, encuentran al profesor Cromwell-Smith observándolos con atención.

Hace una pausa, sus ojos reflejando una profunda reflexión mientras se apoya ligeramente en el atril.

—Las palabras del señor Carnegie se quedaron conmigo —dice, con un tono más suave, casi reverente—. Sus ideas sobre la coherencia se convirtieron en una brújula, guiándome en algunas de mis decisiones más difíciles.

Se endereza y recorre con la mirada el aula, encontrando los rostros atentos de sus estudiantes.

—Ahora, reflexionemos sobre cómo podemos aplicar esa coherencia en nuestras propias vidas —añade, dejando un silencio contemplativo en la sala antes de continuar.

—Entonces, ¿a qué estáis esperando? —pregunta, con un matiz desafiante en su voz.

Miradas incrédulas y rostros sorprendidos se proyectan por todo el auditorio abarrotado.

—¿Por qué no empezáis a descubrirlo ahora mismo? —insiste, sin dejar escapar el momento.

—Bien, abramos el espacio para preguntas —anuncia el profesor Cromwell-Smith con un tono acogedor y cálido—. Sentíos libres de preguntar cualquier cosa relacionada con los temas que hemos tratado hoy.

Charlotte, estudiante de Bellas Artes, conocida por sus profundas reflexiones filosóficas, levanta la mano y es llamada a intervenir.

—Profesor, en el poema *Coherencia*, se enfatiza la importancia de conectar nuestras aspiraciones con nuestras creencias y acciones. Pero ¿cómo reconciliamos las contradicciones que a veces experimentamos entre lo que aspiramos a ser y lo que realmente practicamos en nuestra vida diaria? ¿Puede existir una verdadera coherencia si nuestras acciones no siempre se alinean con nuestros ideales?

—Una excelente pregunta, Charlotte. La tensión entre nuestros ideales y nuestras acciones es algo con lo que muchos de nosotros luchamos, y es parte de la condición humana. En el poema, la coherencia se presenta como el pegamento que mantiene unidos todos los aspectos de nuestra vida. Sin embargo, es importante reconocer que la coherencia no trata sobre la perfección, sino sobre la búsqueda de alineación. A lo largo de la vida, debemos reflexionar constantemente sobre nuestras acciones, aprender de nuestros errores y ajustar nuestro comportamiento para que refleje mejor nuestros valores. La coherencia es un proceso continuo, no un estado fijo. Se trata del esfuerzo por hacer que nuestras vidas y nuestras acciones sean lo más armónicas posible con nuestras creencias, incluso si a veces fallamos en el intento.

Benjamin plantea la siguiente pregunta.

—Profesor, en una clase anterior habló sobre la doble naturaleza de la adversidad: cómo presenta tanto dificultades como oportunidades. Desde el punto de vista psicológico, ¿cómo podemos desarrollar una mayor coherencia en nuestras vidas cuando nuestras respuestas emocionales a menudo contradicen nuestra comprensión racional de las situaciones?

—Benjamin, esa es una pregunta fascinante. Los aspectos emocionales e intelectuales de nuestra vida no siempre están en sintonía, y esto crea lo que en psicología llamamos *disonancia cognitiva*. Una forma de alcanzar una mayor coherencia es mediante la regulación emocional: aprender a gestionar nuestras emociones de una manera que esté alineada con nuestra comprensión racional. Esto requiere atención plena, autoconciencia y práctica. Con el tiempo, podemos cultivar un sentido de armonía trabajando conscientemente para cerrar la brecha entre nuestras emociones y nuestro pensamiento racional. Precisamente, el poema alude a este proceso cuando habla de conectar nuestras acciones, creencias y sentimientos.

Scarlett, estudiante de Historia, es la siguiente en intervenir.

—Profesor, en *Coherencia*, la idea de 'descifrar la vida' es central. Habló sobre cómo la coherencia conecta nuestra existencia con nuestras aspiraciones y valores. Pero a veces la vida nos presenta desafíos que sacuden nuestro sentido de coherencia. ¿Cómo podemos restaurarlo cuando sentimos que nos hemos perdido?

—Esa es una pregunta perspicaz, Scarlett. Los desafíos de la vida suelen poner a prueba nuestra coherencia; nos sentimos inciertos, a la deriva o desconectados. El poema sugiere que la coherencia trata de armonizar nuestro mundo interior y exterior. Cuando esto se desequilibra, debemos volver a nuestros valores y aspiraciones. Se trata de reencontrarnos, de evaluar en qué momento nos desviamos y de realinearnos con nuestro propósito. Cuando nos sentimos perdidos, a menudo es porque nos hemos alejado de nuestros valores fundamentales. Restaurar la coherencia significa detenernos, reflexionar y tomar decisiones conscientes para reconectar con lo que realmente nos importa.

Sebastián, estudiante de Educación, interviene.

—Profesor, el poema enfatiza la importancia de la coherencia para dar sentido a la vida, pero a veces nos enfrentamos a contradicciones que desafían ese sentido. ¿Cómo lidiamos con situaciones en las que la alineación entre nuestras creencias y nuestras acciones parece imposible de reconciliar? ¿Se trata de hacer concesiones o de revisar completamente nuestras creencias?

—Otra pregunta muy reflexiva, Sebastián. En la vida, las contradicciones son inevitables. No importa cuánto intentemos mantener la coherencia, a veces nuestras circunstancias o nuestras acciones nos llevan a un conflicto con nuestros ideales. La clave es afrontar esto con humildad y conciencia. No se trata de alcanzar la perfección, sino de avanzar. Si la alineación entre nuestras creencias y acciones parece imposible, puede ser necesario reevaluar nuestras prioridades, reflexionar sobre si nuestras creencias siguen sirviéndonos o si necesitamos un cambio de perspectiva. Hacer concesiones puede ser parte del proceso, pero solo si esas concesiones no socavan nuestros valores fundamentales. El objetivo es navegar la vida con intención y, cuando sea necesario, hacer ajustes que preserven nuestra integridad.

—Eso será todo por hoy. Nos vemos la próxima semana —concluye el profesor Cromwell-Smith, sus palabras quedando suspendidas en el aire como ecos de sabiduría. Observa las expresiones de los estudiantes transformarse en miradas curiosas, como exploradores a punto de embarcarse en viajes hacia lo desconocido.

A medida que los estudiantes se levantan y salen del auditorio, les entrega una copia de la *fórmula de la felicidad*, su gesto impregnado de una silenciosa esperanza por los caminos que emprenderán.

Cuando el último estudiante desaparece en el pasillo, sus murmullos desvaneciéndose en la distancia, el profesor

Cromwell-Smith permanece junto al atril, contemplando las butacas vacías. El silencio se siente más denso, más reflexivo, tras la profundidad de la conversación compartida.

Recoge sus notas, ajusta sus gafas y se concede un raro momento de introspección. Los ecos del pasado y del presente se entrelazan, y se pregunta en silencio qué semillas de sabiduría habrán encontrado un terreno fértil en sus alumnos.

"La interminable búsqueda del hombre por el significado y el propósito de la vida. Todos debemos descifrar estas dos cosas primero", reflexiona, recordando las palabras del eminente superviviente del Holocausto Viktor Frankl.

Enderezando la postura, camina hacia la puerta, su mente ya preparando la próxima lección, otra oportunidad para explorar las complejidades de la vida y, quizás, inspirar unos corazones más.

Al salir del edificio de la facultad, su mirada se posa en su vieja y fiel bicicleta, lista y esperando el próximo viaje.

Capítulo 3

La virtud

Erasmus y Victoria deambulan entre los árboles, tomados de la mano. Su agarre es firme, en un intento de hacerle sentir segura y protegida con su presencia. Pero, sobre todo, quiere que sienta que ya no está sola.

'Las revelaciones compartidas el fin de semana pasado en la isla de Nantucket no fueron las últimas', se recuerda a sí mismo mientras ella se inclina más cerca de él durante su paseo.

El río aparece entre el follaje y una brisa fresca susurra a través de las copas de los árboles. Un pequeño claro se revela ante ellos, y Victoria lo proclama como el lugar ideal para instalar su almuerzo de picnic.

Sentados y riendo, la pareja de mediana edad rememora el último despiste de Erasmus. Este enfureció a la mitad del profesorado cuando, en medio de una de sus clases, presentó a seis de sus colegas como profesores visitantes de la Universidad de Brandeis, a pesar de haber dejado esa venerable institución décadas atrás.

En mitad de la risa, Erasmus nota algo. Detrás de la amplia y radiante sonrisa de Victoria, discierne un par de ojos nublados y solemnes.

'Mortales y serios son, en verdad', murmura con anticipación.

619

De repente, cruzan miradas, y ella sabe que él ha descifrado perfectamente su estado de ánimo.

'Allá vamos', piensa, preparándose para el ejercicio de desahogo de su "vida pasada".

—Querido, todavía hay partes de mi historia que quiero compartir contigo —declara ella.

—Lo sé, mi lady. Hazlo a tu propio ritmo —le asegura él con dulzura, su tono receptivo y firme.

—Bueno, tengo prisa, apresurándome porque me siento abierta y cómoda compartiéndolo contigo ahora mismo. También quiero dejarlo atrás —razona Victoria en voz alta.

—Como desees, mi lady. Soy todo tuyo —responde, sonriendo y besándola suavemente en los labios.

—Bien, déjame llevarte a un momento crucial en el que un viejo bibliotecario me impartió una de las lecciones de vida más profundas que jamás haya recibido. Esta lección, quizá, sea la razón por la que nos reencontramos —dice, sus palabras deliberadas y llenas de peso.

—Comienza así...

— ✦ —

St. Louis, Misuri, 1998
(Puente del río Misisipi, cruzando de Illinois a Misuri)

—Mamá, escuché toda la discusión —afirma Elizabeth, la hija de 18 años de Victoria.

Un silencio inquietante envuelve a madre e hija mientras conducen bajo la intensa lluvia, cruzando el río Misisipi hacia el centro de St. Louis.

—Tu padre puede ser difícil a veces, querida —responde Victoria con suavidad.

La hija mayor de Victoria está inquieta y confundida. Desea expresar su opinión, pero respeta demasiado a su madre como para dar rienda suelta a su frustración.

—Petulante —espeta Elizabeth impulsivamente.

Victoria se sobresalta levemente, sorprendida, pero duda en responder con algo que no sea amor.

—Él las quiere mucho —intenta tranquilizarla Victoria, su tono sereno pero tenso.

—¿Cómo lo soportas? —pregunta Elizabeth, su autocontrol quebrándose mientras sus emociones emergen.

—La familia siempre es lo primero, Elizabeth —suplica Victoria, aunque la vacuidad de sus palabras no pasa desapercibida para ninguna de las dos.

—Mamá, deja de evadirlo. ¿No crees que es una conversación que necesitamos tener? —insiste Elizabeth con voz firme y decidida.

La tensión se acumula dentro de la furgoneta familiar, el aire cargado de innumerables verdades no dichas. La visibilidad es casi inexistente y la lluvia incesante reduce su avance a un ritmo lento y pesado.

—Tienes toda la razón —admite Victoria después de una pausa—. Tal vez esta sea una excelente oportunidad para hacer algo que he querido hacer desde hace mucho tiempo. Todavía tienes un par de horas antes de que empiece tu clase; la mía es dentro de tres horas. Voy a llevarte a un lugar muy especial donde podremos sentarnos y hablar de todo lo que quieras.

—⸰—

Biblioteca Pública de St. Louis, 1998
(Centro de la ciudad)

Después de tantos años, el viejo hábito persiste. Cada dos semanas, Victoria visita a una de las tres bibliotecarias de la ciudad. Con el tiempo, todas se han convertido en amigas cercanas y, en cierto modo, en mentoras de vida. Hoy, por primera vez, no está sola en su visita.

La directora de la Biblioteca Pública de la ciudad de St. Louis, Rebecca Samuels-Ortiz, es un torbellino de energía de 65 años. Con más de tres décadas de experiencia en la biblioteca, ha adoptado prácticamente a Victoria desde que se conocieron hace unos diez años. De un solo vistazo, Rebecca percibe de inmediato la angustia de Victoria al verla acercarse con una joven a su lado.

'¿Otro enfrentamiento con el médico de la mente?' reflexiona Rebecca. Luego, la asombrosa semejanza entre Victoria y la joven capta toda su atención.

Las dos mujeres se abrazan con calidez mientras la joven Elizabeth observa desde un lado. Siente que está entrando en un mundo privado que su madre ha guardado con recelo.

—Becca, ella es mi hija mayor, Elizabeth —dice Victoria, acercando a su hija con un brazo.

—Querida, Rebecca ha sido mi amiga, mentora, consejera y hombro en el que llorar durante más de una década —añade, presentando a Elizabeth a la efusiva bibliotecaria.

Elizabeth y Rebecca intercambian un abrazo. Rebecca, con la más pura tradición francesa, besa a la sorprendida adolescente en ambas mejillas.

—Tu madre me ha hablado mucho de ti —declara Rebecca con calidez.

'Pues ella no me ha dicho una sola palabra sobre ti', piensa Elizabeth con escepticismo.

'Además, ¿no se suponía que íbamos a tener una conversación seria sobre asuntos familiares?' protesta en silencio.

—Encantada de conocerte —dice Elizabeth, educada en apariencia, pero incómoda por dentro.

—El placer es mío —responde Rebecca con una sonrisa acogedora.

Elizabeth asiente, su sonrisa más cálida de lo que le permite su creciente incomodidad.

Rebecca las guía a través del vestíbulo principal de la biblioteca hasta una gran mesa de trabajo y lectura. Sentadas en una esquina, Rebecca y Elizabeth intercambian miradas sutiles e inquisitivas, como si se estuvieran evaluando mutuamente.

—Victoria, que hayas traído a tu preciosa hija aquí es un paso notable en la dirección correcta —afirma Rebecca con convicción—. Es un paso hacia el enfrentamiento con la realidad, la apertura y la toma de decisiones que hace mucho tiempo debieron haberse tomado.

La frustración de Elizabeth burbujea hasta la superficie.

—¿Qué estamos haciendo aquí? Le pedí específicamente a mamá una conversación sobre asuntos familiares serios —suelta con brusquedad.

Rebecca, imperturbable, continúa con un tono apacible pero firme:

—Pero trajiste a Elizabeth aquí por una razón, ¿verdad?

La mirada tormentosa de Victoria refleja su incertidumbre, y Elizabeth se sorprende por la perspicacia de Rebecca. Se gira hacia la mujer mayor, su expresión una mezcla de sorpresa y curiosidad.

—Elizabeth, hay muchas cosas importantes sobre la vida de tu madre que no conoces. Algunas son dolorosas, pero muchas son maravillosas —comienza Rebecca con suavidad—. Debes ser paciente y permitirle abrirse a su propio ritmo. Compartirá lo que esté preparada para contar cuando sea el momento adecuado. Traerte aquí hoy ha sido un paso transformador para ella, algo que ha deseado hacer durante mucho tiempo y por lo que ha trabajado arduamente.

La ira de Elizabeth se suaviza al resonar las palabras de Rebecca.

—Gracias por ayudarme a comprender —susurra Victoria, sus ojos brillando de gratitud mientras mira a Rebecca.

Madre e hija se abrazan con fuerza, su vínculo fortalecido por el momento compartido.

—Te quiero mucho, mamá —dice Elizabeth con alegría.

—Yo también te quiero, querida. Yo también —responde Victoria, su voz llena de alivio.

—Victoria, aprovecha el momento. Lo que has estado soñando durante tanto tiempo por fin ha sucedido —declara Rebecca.

Los ojos de Victoria se abren con intensidad, su agotamiento dando paso a una determinación renovada.

—La Universidad de Boston te ha ofrecido un puesto… es hora de que persigas tus sueños y… lo encuentres —afirma Rebecca con determinación.

—Vuelvo enseguida —añade, alejándose para atender a unos visitantes que solicitan su ayuda.

'¿Boston? ¿Qué está pasando? ¿Se ha vuelto completamente loca mi madre?' se pregunta Elizabeth, sus pensamientos enredados en una tormenta de confusión e incertidumbre.

—¿Encontrar a quién, mamá? —pregunta Elizabeth, consumida por la angustia.

Victoria le presiona suavemente un dedo contra los labios.

—Todo a su debido tiempo, querida.

La señora Samuels-Ortiz regresa con pasos rápidos, una sonrisa iluminando su rostro.

— ✦ —

Biblioteca Pública de St. Louis, 1998
(Centro de la ciudad)

—Elizabeth, mantente abierta y comprensiva con tu madre. En esta ocasión, tus mejores atributos deben salir a la luz: tolerancia, perdón, perseverancia y esperanza. Todos ellos te son requeridos ahora —declara la señora Samuels-Ortiz como preámbulo.

La erudita bibliotecaria fija su mirada en Victoria por lo que parece una eternidad. Ha llegado el momento de compartir lo que han ensayado tantas veces antes. Finalmente, Victoria cierra los ojos lentamente y asiente en señal de consentimiento.

Entonces, la señora Samuels-Ortiz le relata a Elizabeth la historia del amor de su madre por Erasmus, su separación y las circunstancias que la llevaron a casarse con su padre. Elizabeth permanece inmóvil, su mirada vacía parece perforar el vacío mientras absorbe y procesa las revelaciones.

—Mamá, ¿por qué te casaste con papá si no lo amabas? —pregunta con insistencia y continúa sin esperar respuesta—. Los dos sois tan diferentes; nunca estáis de acuerdo en nada. En cuanto a la edad, él podría ser tu padre —le reprocha Elizabeth.

El mundo de Victoria gira como si estuviera fuera de control. Las palabras maduras de su hija atraviesan su compostura cuidadosamente mantenida. Pero la vida comienza a sonreírle por las buenas acciones que ha realizado a lo largo de los años y los esfuerzos que ha hecho para enmendar su camino en la búsqueda de la felicidad.

—Mamá, además están todos sus devaneos con sus pacientes. ¿Hasta cuándo vas a soportarlo? —insiste Elizabeth, con una dureza que no deja espacio a evasivas.

Las palabras de su hija son afiladas, pero Victoria siente un inmenso alivio al darse cuenta de que su hija está, sin lugar a dudas, de su lado.

—¿Eres tú también una de sus conquistas? —presiona Elizabeth sin piedad—. ¿Y qué pasa con la abuela y papá? Lo adora, pero de una manera enfermiza, mamá. Si no fuera mi abuela, juraría que le gusta como hombre —declara Elizabeth, aún más indignada.

Los muros emocionales de Victoria se derrumban, y empieza a sollozar intermitentemente, incapaz de responder. Su rostro se empapa de lágrimas mientras Elizabeth continúa.

—Mamá, podemos dejar esto para otro momento —ofrece Elizabeth con preocupación, sintiendo culpa y comprensión, acariciando con ternura el rostro húmedo de su madre.

—¿No estás enfadada conmigo? —pregunta Victoria, entre lágrimas.

—¿Cómo podría estarlo? Me alegra saber que realmente amas a alguien, porque no amas a papá.

—Elizabeth, quizás lo más importante que debería añadir a tus perspicaces observaciones es que lo que tu padre hizo profesionalmente, al actuar como psiquiatra de tu madre, estuvo mal. Se aprovechó de una mujer joven y vulnerable y manipuló tanto a tu abuela como a tu madre hasta llevarlas a una situación que casi destruyó su vida —añade la señora Samuels-Ortiz con gravedad.

Elizabeth permanece serena, inmutable ante los detalles que han atormentado a Victoria y a la bibliotecaria durante tanto tiempo. La razón es simple: ella ya sabe gran parte de la historia. Lo que consume su mente es una sola cuestión: el comportamiento escandaloso de su padre.

—Mamá, nunca mencionaste sus infidelidades antes — declara Elizabeth, con un dejo de reproche.

—Llámame ilusa o ingenua, pero quizás sea porque no lo amo, así que no me importa. Pero es mortificante que seas tú, mi hija, quien me confronte con ello. Como padres, nos engañamos constantemente, creyendo que nuestros hijos no notan o no comprenden las cosas que intentamos ocultarles. ¡Qué equivocados estamos! Lo ven todo. Lo registran todo. Y, como en este caso, lo entienden mejor que nosotros. Me he dado cuenta de que cada palabra, cada acción y cada muestra de afecto o desdén que afecta a nuestros seres queridos tiene consecuencias. Y esas consecuencias, tarde o temprano, nos alcanzan inexorablemente —admite Victoria con resignación.

—Victoria, está claro que, desde hace tiempo, tus hijos han entendido tu situación. Las palabras de Elizabeth demuestran que creen que siempre has sabido sobre el comportamiento del "doctor de la mente" y que has decidido mirar hacia otro lado —interviene la señora Samuels-Ortiz, exponiendo una verdad aún más profunda.

Madre e hija se toman de las manos, contemplando con admiración a la erudita bibliotecaria antes de fundirse en un abrazo apretado, como si su vida dependiera de ello.

Cuando se preparan para marcharse, la señora Samuels-Ortiz interrumpe con un último recordatorio.

—Solo para recordarte, Victoria, la Universidad de Boston necesita tu respuesta de inmediato. ¿Te autorizo a darles una respuesta afirmativa?

—Por supuesto que sí, Becca. Nada ni nadie en el mundo me impedirá mudarme a Boston —afirma Victoria con determinación y un tono de certeza absoluta, a pesar de no tener la menor idea de cuál será la postura de su marido al respecto.

La anciana bibliotecaria sonríe con satisfacción, sabiendo que sus esfuerzos no han sido en vano. Victoria nunca habría afrontado esta situación por sí sola; necesitaba el empuje constante de su amiga de confianza.

Mientras la señora Samuels-Ortiz las despide con un gesto de la mano, observa a madre e hija alejarse, sintiendo un profundo orgullo en su corazón. En este único encuentro, ha logrado cumplir dos misiones largamente esperadas: Victoria ha compartido finalmente su historia con sus hijos y ha dado el paso decisivo para regresar a Boston en busca de su verdadero amor.

— ✦ —

Royal Cambridge Scholastic Institute, 2019
(Picnic en el bosque, junto al río)

—Querido, la señora Samuels-Ortiz compartió con nosotras aquel día un maravilloso manuscrito antiguo. Su contenido no solo conmovió profundamente a Elizabeth y a mí, sino que también fortaleció mi determinación, dándome la fuerza para tomar las decisiones que finalmente me llevaron a acercarme a ti. Me gustaría que lo compartieras con tu clase si crees que es apropiado —implora Victoria, sacando un pequeño pergamino de la cesta de picnic y ofreciéndoselo.

—¿De qué trata? —pregunta Erasmus mientras lo despliega con sumo cuidado.

—De la virtud —responde ella con tranquila convicción.

— ✦ —

Royal Cambridge Scholastic Institute, 2019
(Calles del campus, al día siguiente)

El profesor Cromwell-Smith lleva casi una hora pedaleando, recorriendo las silenciosas y desiertas calles del campus. Todavía está asimilando todo lo que ha descubierto sobre la vida de Victoria, reviviendo las revelaciones y reflexionando sobre su impacto en ambos. Para su gran alivio, la noche anterior Victoria durmió profundamente y despertó con un ánimo radiante que le llenó el corazón de alegría.

Con una sensación de satisfacción aún latente por la tranquila mañana que han compartido, Erasmus se dirige lentamente hacia el campus, dejando que el peso de esos momentos compartidos le guíe hasta su clase. Su mente está encendida con pensamientos sobre la conversación que está por venir; está ansioso pero también reflexivo.

Está funcionando, piensa con una suave sonrisa, reconociendo que Victoria está dejando atrás, paso a paso, gran parte del trauma emocional que la ha acompañado.

Nada se compara con la compañía del amor para superar el dolor y la tristeza, razona, mientras sus pensamientos lo llevan hasta el aparcamiento de la facultad, donde deja su vieja y oxidada bicicleta.

Al caminar por los pasillos, el aire matutino se siente especialmente vigorizante. Se siente inspirado de una manera extraordinaria. Su admiración por Victoria crece—no solo por la forma en que ha navegado su vida tras lo que él considera un error existencial de proporciones monumentales, sino también por la valentía con la que ahora reconstruye su futuro. Está afrontando su pasado de frente, sin endulzar ni omitir ningún aspecto de su historia personal. Es una forma de valentía rara y profunda, y él la atesora con todo su ser.

— ✦ —

Royal Cambridge Scholastic Institute, 2019
(Auditorio de la universidad)

Al entrar en el aula, el murmullo familiar de las voces de los estudiantes lo devuelve al presente, anclándolo en el propósito del día. Erasmus recorre con la mirada los rostros expectantes, cada uno reflejando la disposición de sumergirse en el nuevo tema que les espera.

—Buenos días a todos —saluda con una gran sonrisa.

—¡Buenos días, profesor! —responde la clase al unísono.

—Hoy hablaremos sobre la virtud. Os llevaré a un momento clave en el que Victoria y su hija mayor recibieron una lección de vida atemporal—una lección que las ayudó a tomar decisiones cruciales que cambiaron el curso de sus vidas. Creo que estas experiencias fueron fundamentales para que nuestra reunión, después de tantos años, finalmente se produjera.

Hace una pausa, dejando que el peso de sus palabras impregne el ambiente antes de continuar, con una voz serena y deliberada.

—La historia comienza así…

— ✦ —

Biblioteca Pública de San Luis, 1998

Rebecca Samuels-Ortiz ha sido la directora de la Biblioteca Pública de San Luis durante décadas. La erudita bibliotecaria ha sido amiga y mentora de vida de Victoria por más de diez años. En este día trascendental, Victoria ha traído por primera vez a su hija mayor, Elizabeth, de 18 años, para conocer a la señora Samuels-Ortiz. Es un día para recordar, pues Victoria ha tomado la monumental decisión de regresar a Boston con su familia.

Siempre consciente de la importancia del momento, la señora Samuels-Ortiz recupera un manuscrito muy apreciado. Sus ojos brillan con anticipación mientras se dirige a las dos mujeres frente a ella.

—Damas, tengo aquí un valioso pergamino—una sabiduría atemporal que encaja perfectamente con esta ocasión, especialmente mientras os preparáis para una transición tan importante —anuncia con calidez, su tono mezclando solemnidad y entusiasmo.

Despliega con cuidado el manuscrito y comienza a leer con voz suave y resonante, impregnada de amor y empatía en cada palabra.

La virtud

Solo por llegar a este mundo,
solo por estar vivos,
nacemos en la gracia,
pero no nacemos en la virtud.

La virtud debe adquirirse con el tiempo,
a través del esfuerzo, la dedicación y la perseverancia.

Las virtudes no son obsequiosas.
Al contrario, deben ser:
aprendidas y aplicadas,
buscadas y sudadas,
identificadas y perseguidas,
nutridas y cosechadas,
cultivadas con disciplina
y desarrolladas con sacrificio.

Adquirimos conocimiento
para alcanzar la perspicacia, la sabiduría y el buen juicio.

Forjamos corazones valientes y fortaleza
para cultivar el coraje, la tenacidad y el valor.

Practicamos la compasión y la benevolencia
para aprender empatía y conciencia,
lo que invariablemente nos lleva a amar a la humanidad.

Ejercemos una verdad inquebrantable
y una integridad inflexible
para cimentar nuestra honestidad, honor, probidad
y buen nombre.

Abrazamos la serenidad y el silencio
para hacer pausas, reflexionar
y convertirnos en seres considerados y prudentes.

Vivimos con orden y pulcritud
para crecer estructurados, metódicos y organizados.

Perseguimos la rectitud y la justicia
para alcanzar la equidad, la corrección y la imparcialidad.

Encarnamos una esperanza inquebrantable,
una generosidad sin límites,

una gratitud infinita y una humildad genuina,
buscando superar y trascender
todo lo que hemos recibido,
construyendo nuestro legado a partir de ello.

A medida que nuestras virtudes crecen,
maduran hasta alcanzar un estado de noble excelencia.

Al evolucionar,
las virtudes se convierten en el génesis
y en el sustento de nuestras creencias y valores.
Las virtudes son herramientas esenciales de la vida;
sin buscarlas y adquirirlas,
estamos incompletos,
sin funcionamiento pleno, coherente ni guiado.

Sin virtudes,
avanzamos por la vida con una venda en los ojos,
incapaces de cosechar los frutos del gozo
de una existencia vivida en plenitud.

Nuestras virtudes son la base de nuestros valores,
los cuales, a su vez,
se convierten en los pilares de nuestro carácter.
Sin un sólido conjunto de virtudes,
nuestros valores son incompletos o defectuosos,
provocando fallas sísmicas en nuestro carácter.

Ser virtuoso es estar equipado
con un conjunto precioso de atributos
que nos conducen a la excelencia.
Es comportarse
bajo estándares extraordinarios de nobleza,
rectitud, sensatez y justicia.

Es vivir bajo el manto de la inspiración y la alegría,
guiados por una existencia virtuosa,
una vida en plenitud.

*

La señora Samuels-Ortiz pliega el manuscrito con delicadeza, el suave crujir de las páginas rompiendo el silencio. Luego, dirige su mirada a Victoria y Elizabeth, sus ojos reflejando tanto esperanza como seriedad.

—Victoria, esta mudanza marca un nuevo capítulo para ti y tu familia. Llevad estas palabras con vosotras como una guía, no solo para ti, sino también para tus hijos, mientras forjan sus propios caminos —afirma, ofreciendo a Elizabeth una cálida sonrisa de complicidad.

La joven asiente pensativa, mientras su madre le toma la mano en un gesto silencioso de unión. La atmósfera se impregna de emociones no expresadas mientras la señora Samuels-Ortiz vuelve a guardar el manuscrito en su funda protectora. Por un instante, nadie habla, permitiendo que el peso del momento repose suavemente en la sala.

—Atesoraré estas palabras, Rebecca —dice finalmente Victoria, su voz firme pero impregnada de emoción.

Las tres mujeres comparten un breve abrazo, uno que reconoce la trascendencia del momento sin necesidad de más explicaciones.

—◆—

Royal Cambridge Scholastic Institute, 2019
(Auditorio de la universidad)

El profesor Cromwell devuelve la clase al presente con una expresión de absoluta calma y tranquilidad. El pedagogo recorre la sala con la mirada, observando a sus estudiantes en completo silencio y atentos. Deja que el momento se prolongue antes de hablar.

Con la voz de Victoria aún resonando en su mente, el pedagogo siente un suave tirón hacia el pasado. En su reflexión, se encuentra transportado a aquel momento crucial en San Luis, donde la historia de ella se había cruzado con su futuro.

—Clase, la virtud solo se alcanza mediante un esfuerzo deliberado y disciplinado a lo largo de un período prolongado de tiempo —concluye, impregnando sus palabras de sabiduría. Su mirada penetrante parece conectar con cada uno de sus alumnos, dejando una profunda impresión.

—Ahora, me gustaría abrir el espacio para preguntas —dice el profesor Cromwell-Smith con un tono cálido e invitante—. Por favor, siéntanse libres de preguntar cualquier cosa relacionada con los temas que hemos tratado hoy.

Amelia, una estudiante de artes escénicas, levanta la mano y es llamada a participar.

—Profesor, en el poema *Virtud*, se enfatiza la idea de adquirir la virtud a través del esfuerzo y la perseverancia. ¿Cómo reconciliamos la tensión entre las virtudes que aspiramos a encarnar y las imperfecciones que experimentamos en nuestra vida diaria? ¿Cómo navegamos los momentos en los que nuestras acciones no se alinean con nuestras aspiraciones?

—Amelia, esa es una pregunta profunda. La búsqueda de la virtud exige un esfuerzo continuo para alinear nuestros ideales con nuestras acciones. La virtud es algo que construimos con el tiempo, pero como bien has señalado, hay momentos en los que nuestras acciones no reflejan las virtudes que nos esforzamos por alcanzar. Este es el desafío de ser humano: trabajamos constantemente para alinear lo que somos con lo que queremos ser. En el poema, vemos que la virtud no es un rasgo innato, sino algo que debemos cultivar activamente mediante el esfuerzo, la disciplina y la reflexión. Es importante reconocer que la perfección no es un requisito: la virtud trata de la lucha constante, y en los momentos en que nuestras acciones no coinciden con nuestras aspiraciones, la clave está en aprender de esos momentos y seguir adelante.

James, estudiante de Psicología, formula la siguiente pregunta.

—Profesor, en el contexto de la virtud, ¿cómo enfrentamos los desafíos emocionales y cognitivos al intentar encarnar virtudes como la compasión o el coraje? Por ejemplo, ¿cómo podemos seguir siendo compasivos cuando nos sentimos emocionalmente agotados? ¿O cómo podemos encontrar el valor cuando el miedo parece abrumador?

—James, esa es una gran pregunta. El desafío de encarnar las virtudes, especialmente cuando nos enfrentamos a la disonancia emocional o cognitiva, es parte de la experiencia humana. En esos momentos, es importante recordar que la virtud no consiste en *sentir* siempre lo correcto, sino en *actuar* en alineación con nuestros valores, incluso cuando las emociones resultan difíciles. Por ejemplo, la compasión no se trata solo de sentir empatía, sino de *elegir* activamente extender nuestra ayuda, incluso cuando estamos cansados o abrumados. Del mismo modo, el coraje no es la ausencia de miedo, sino la disposición a actuar a pesar de él. Con el tiempo, al practicar estas virtudes, se arraigan en nuestro carácter. Pero, como todas las virtudes, requieren esfuerzo consciente y la determinación de seguir cultivándolas, incluso cuando se hace difícil.

Daisy, estudiante de Filosofía, interviene con la siguiente pregunta.

—Profesor, el poema sugiere que las virtudes son la base del carácter, pero el proceso de desarrollarlas es largo y exigente. ¿Cómo podemos, como individuos, mantener la motivación y la resiliencia en la búsqueda de la virtud, especialmente cuando los resultados pueden no ser inmediatamente visibles?

—Daisy, ese es un punto excelente. El camino hacia la virtud es, sin duda, largo y, en ocasiones, agotador. Es fácil perder la motivación cuando los resultados no son inmediatamente perceptibles. Una de las ideas clave en el poema es que las virtudes no aparecen de la noche a la mañana; se cultivan a través del esfuerzo constante y la práctica. La mejor manera de mantener la motivación es reconocer que el proceso en sí mismo forma parte de la recompensa. La virtud no es solo el resultado final, sino la persona en la que nos convertimos a lo largo del camino. Incluso los pequeños pasos hacia la virtud tienen un valor inmenso. También es útil recordarnos la imagen completa: cómo una vida virtuosa aporta significado, propósito y coherencia a nuestra existencia. En los momentos de duda, reflexionar sobre nuestro *por qué*—el propósito más profundo detrás de la búsqueda de la virtud—puede reavivar nuestra determinación.

Henry, un estudiante de escritura creativa, toma la palabra.
—Profesor, el poema enfatiza que la virtud es algo que debemos perseguir activamente y cultivar con el tiempo. Dadas las dificultades y complejidades del mundo actual, ¿cómo podemos asegurarnos de que las virtudes que desarrollamos sean significativas en el contexto de nuestras

vidas modernas? ¿Cómo podemos navegar por la naturaleza abrumadora de la existencia contemporánea y, al mismo tiempo, priorizar el cultivo de la virtud?

—Henry, esa es una pregunta muy pertinente. El mundo moderno puede resultar abrumador, y a menudo parece que el ritmo acelerado de la vida nos impide centrarnos en los aspectos más profundos de nuestra existencia, como el cultivo de la virtud. Sin embargo, es precisamente en un mundo como este donde la búsqueda de la virtud se vuelve aún más esencial. En el poema, vemos que las virtudes no son solo ideales abstractos; son la base de una vida significativa y coherente. Incluso en el caos de la existencia moderna, podemos tomar decisiones que estén alineadas con nuestros valores. La clave está en mantenernos intencionales y conscientes en nuestras acciones, ya sea tomándonos el tiempo para reflexionar, practicando la compasión o manteniendo la integridad en nuestro trabajo y en nuestras relaciones. En un mundo lleno de distracciones, es fácil perder de vista lo que realmente importa. Pero al priorizar el cultivo de la virtud, nos damos la claridad y la fortaleza necesarias para afrontar las complejidades de la vida con propósito y sentido.

—Eso es todo por hoy. Nos vemos la próxima semana —concluye el profesor Cromwell-Smith, sus palabras flotando en el aire como ecos de sabiduría. Mientras los estudiantes se levantan y salen en fila del auditorio, él les entrega a cada uno una copia de la fórmula de la felicidad, su gesto impregnado de una silenciosa esperanza para los caminos que emprenderán.

Cuando suena la campana, los estudiantes recogen sus pertenencias lentamente y salen del auditorio, sus rostros marcados por la contemplación. El profesor Cromwell-Smith recoge sus notas, haciendo una pausa mientras observa el aula ahora vacía. Se permite una leve sonrisa, sabiendo que las palabras de *Virtud* resonarán mucho más allá de esta clase, moldeando vidas de maneras que quizá solo se evidencien con el paso de los años.

Cuando el último de sus estudiantes abandona el auditorio y sus conversaciones se desvanecen en el pasillo, el profesor se demora en el atril, contemplando las butacas vacías. El silencio se siente más pesado, más reflexivo, tras la profundidad de la discusión compartida. Reuniendo sus notas y ajustándose las gafas, se concede un raro momento de introspección. Los ecos del pasado y el presente se entrelazan, y se pregunta en silencio qué semillas de sabiduría, si acaso, habrán encontrado suelo fértil entre sus alumnos.

Enderezando su postura, camina hacia la puerta, su mente ya preparándose para la próxima clase: otra oportunidad para explorar las complejidades de la vida y, quizá, inspirar unos cuantos corazones más.

El profesor sale del auditorio con un leve nudo en el estómago. Mientras se aleja, nota las expresiones absortas de varios estudiantes, sus rostros marcados por la curiosidad y un hambre por comprender más.

No hay camino hacia la virtud sin una etapa previa de autodescubrimiento, reflexiona mientras cruza la puerta del edificio de la facultad, deseando en silencio que sus estudiantes emprendan un viaje introspectivo propio.

Al acercarse al estacionamiento, sus ojos encuentran a Victoria esperando junto a sus bicicletas. Un alivio lo invade y reduce el ritmo de su andar, una amplia sonrisa dibujándose en su rostro al verla.

—Aquí estoy, viejo tonto —dice ella en tono juguetón, su voz rebosante de afecto y de una comprensión profunda de su ser.

—Solo corrí para asegurarme de que estuvieras bien — responde él, tratando de justificar su prisa ahora innecesaria.

—Hora de ir a casa, mi demente británico.

—Sí, mi señora, sus deseos son órdenes —replica con una fingida reverencia, su sonrisa ampliándose.

Mientras la pareja pedalea junta, un grupo de estudiantes los observa y comienza a comentar.

—Parecen dos adolescentes, locamente enamorados — observa una de ellas, con un dejo de admiración en la voz.

—Tienen que estarlo —interviene pensativamente una joven alta—. Después de todo, están recuperando todo el tiempo perdido, una vida entera separados. ¿Qué otra cosa podríamos esperar?

—Mi opinión —añade otro estudiante— es que tal vez deberíamos intentar ser más como ellos todo el tiempo, y no solo cuando tratamos de recuperar el tiempo perdido.

Capítulo 4

El perdón

Playa de Salisbury, Massachusetts, 2019

A veces, las aves marinas reemplazan el silbido del viento otoñal. El aire está impregnado del aroma salino de la vida marina intacta. La arena de la extensa playa engulle sus pies con cada paso que dan. Con su brazo firmemente envuelto alrededor de sus hombros y el de ella ceñido a su cintura, caminan sin rumbo bajo la luz menguante, como si estuvieran perdidos en su propio atardecer íntimo.

Sus escapadas de fin de semana se sienten como algo natural, un hilo ininterrumpido que conecta sus días de juventud con el amor que han reavivado. Erasmus percibe la tensión no expresada que crece en Victoria. Sus ojos, aunque a menudo cálidos y reflexivos, delatan una inquietud persistente. Su vacilación es palpable, pero su determinación prevalece en silencio.

—Querido, ocurrió algo más justo después de que mi hija menor, Sarah, te encontrara —comienza Victoria, su voz impregnada de gravedad—.

—Fue uno de los momentos más difíciles que he enfrentado con alguno de mis hijos. Pero debía suceder. Aún no me había mudado contigo. Una mañana, Sarah entró en mi habitación y simplemente dejó salir todo lo que había estado guardando dentro —dice, sus palabras pesadas por el recuerdo.

—Todo comenzó así...

— ✦ —

641

Victoria Emerson-Lloyd, hogar familiar, 2017
(Boston, Massachusetts)

A veces, las aves marinas sustituyen con sus graznidos el silbido del viento otoñal. El aire está impregnado con el aroma salobre de la vida marina intacta. Las arenas de la vasta playa engullen sus pies con cada paso que dan. Con su brazo firmemente envuelto alrededor de sus hombros y el de ella ciñéndose suavemente a su cintura, caminan sin rumbo, como si estuvieran perdidos en su propio atardecer íntimo.

Sus escapadas de fin de semana les resultan naturales, un hilo ininterrumpido que conecta su juventud con el amor redescubierto. Erasmus percibe la tensión no expresada que se acumula en Victoria. Sus ojos, aunque a menudo cálidos y reflexivos, delatan una inquietud persistente. Su vacilación es palpable, pero su determinación se impone silenciosamente.

—Querido, hubo un acontecimiento más, justo después de que mi hija menor, Sarah, te encontrara —comienza Victoria, su voz cargada de gravedad—.

—Fue uno de los momentos más difíciles que he vivido con cualquiera de mis hijos. Pero tenía que suceder. Aún no me había mudado contigo. Una mañana, Sarah entró en mi habitación y simplemente dejó salir todo lo que llevaba dentro —dice, sus palabras cargadas con el peso del recuerdo.

—Todo comenzó así…

— ❖ —

Victoria Emerson-Lloyd, residencia familiar, 2017
(Boston, Massachusetts)

—Mamá, esto puede sorprenderte porque siempre he apoyado incondicionalmente tu reencuentro con el profesor Cromwell, pero al principio no fue así. Cuando los tres decidimos ir a buscarlo, fui la única que dudó un poco, aunque no por mucho tiempo. Más tarde, cuando finalmente lo conocí como mi profesor, toda la experiencia fue increíble. Los sentimientos que me hicieron dudar al principio simplemente desaparecieron —declara Sarah, su voz temblorosa pero firme con convicción.

Victoria permanece inmóvil, asimilando las palabras de su hija. Sarah, habitualmente tan vivaz y ligera, nunca ha hablado con tanta solemnidad.

—Madre, quizá sea una forma simplista de verlo… después de todo, solo soy una adolescente, pero tu vida amorosa me recuerda a una película que adoro —se aventura, preparando el terreno para su razonamiento—.

—Como en *The Vow*, en algún momento de tu vida rompiste con lo que se suponía que debías ser: otra mujer de carrera, infeliz en su matrimonio, criada en un entorno donde las apariencias y la riqueza lo eran todo, y donde el amor era una decisión racional basada en la conveniencia. Pero en algún momento fuiste valiente y audaz. Dejaste tu hogar, abandonaste la carrera que te habían trazado y te lanzaste a la búsqueda de lo que realmente estabas destinada a ser.

—La vida te sonrió y el amor verdadero te encontró. Desafortunadamente, cuando se presentaron decisiones que cambiarían tu vida, huiste y caíste en una negación absoluta. Parecía que habías olvidado todo lo que habías amado y disfrutado cuando fuiste libre, cuando eras tu verdadero yo bajo el manto del amor auténtico.

—Borraste los pequeños detalles importantes: los gestos infinitos, la intensidad y la magnificencia de una vida bien vivida. Todo desapareció. Reemplazaste la historia con una realidad alternativa, una completa ficción de tu imaginación.

—Tristemente, volviste a tus antiguos hábitos e intentaste, una vez más, ser lo que tu familia y tu entorno social esperaban de ti... lo que "se suponía" que debías ser desde el principio. Y, por supuesto, al hacerlo, te precipitaste por un abismo emocional, casi destruyendo tu vida, hasta que despertaste y volviste a tu amor verdadero.

—Tuviste una suerte increíble al encontrarlo de nuevo, porque, mamá, soy una fanática empedernida del profesor Cromwell-Smith —concluye Sarah apasionadamente, sus palabras brotando como un torrente.

La quietud en la habitación es palpable, amplificando cada respiración y cada movimiento. Victoria comienza a llorar suavemente, con los brazos cruzados mientras se mece con dulzura.

—Basta —interrumpe Elizabeth, la hija mayor de Victoria, entrando en la habitación y envolviendo protectora a su madre con los brazos.

—No, querida. Déjala. Tiene razón, ¿sabes? —replica Victoria con dulzura, apartando a Elizabeth con suavidad.

Se acerca a Sarah, que está acurrucada en el sofá, con el rostro enterrado entre las manos. Arrodillándose frente a ella, Victoria coloca con ternura sus manos sobre la cabeza de Sarah, acariciando su cabello con amorosos movimientos.

—Mírame, querida —susurra Victoria, con una voz firme pero rebosante de amor.

Al principio, Sarah asoma los ojos tímidamente entre los dedos, pero su mirada se ensancha con sorpresa cuando se encuentra con los ojos de su madre, repletos de aceptación y calidez.

—Lo que acabas de soltar, lo que has desahogado, es en esencia completamente cierto. Me has visto como jamás imaginé que alguien lo haría. Querida, trabajo arduamente cada día para enmendar las malas decisiones que tomé. También te prometo que seguiré avanzando hasta que todos podamos dejar el pasado atrás —declara Victoria con convicción, su voz firme a pesar del brillo de lágrimas contenidas en sus ojos.

Madre e hija se abrazan con fuerza, renovando su conexión, como si una enorme barrera se hubiera derrumbado. En su unión, el peso de la culpa y la incomprensión comienza a disiparse, dejando espacio para la sanación y la esperanza.

— ✦ —

Salisbury Beach, Massachusetts, 2019

La noche ha caído, y una luna llena ilumina el camino de Erasmus y Victoria.

—Mi lady, tu hija fue un poco dura contigo. Puedo entender por qué se sintió así, y no justifico tus acciones, pero ignoró las circunstancias que te rodeaban —comenta solemnemente Erasmus.

—Querido, ¿sabes qué? Ella quería que asumiera mi responsabilidad en vez de desviar toda la culpa hacia su padre. Y tenía razón al señalarlo, porque gracias a eso tuve el valor y la determinación para contarte todo en estas últimas semanas —dice Victoria con una gran y aliviada sonrisa.

—Pero lo más hermoso que salió de esa conversación con Sarah es que te adora, mi distraído británico.

Victoria celebra riendo y besando a Erasmus por todo el rostro.

—Mi lady, déjame sugerirte algo. Mañana en clase, llevaré a todos a un momento en el que recibí una gran lección de vida sobre el perdón. Por favor, acompáñame. Estoy seguro

645

de que nos será de gran ayuda y, con suerte, podremos cerrar de una vez por todas las heridas abiertas de nuestro pasado roto que aún persisten —suplicó Erasmus.

—Llevaré a Sarah conmigo. Estoy segura de que también le servirá de ayuda —declara Victoria con entusiasmo.

En el instante en que la inconfundible y entrañable melodía comienza a salir de su viejo y desgastado radio, sus emociones se encienden. Mira a Erasmus con ojos llenos de invitación.

—¿No vas a pedirme que bailemos? —pregunta dulcemente, mientras el contagioso ritmo lento de *Giving Him Something He Can Feel*, de Aretha Franklin, se escucha suavemente de fondo, flotando bajo el cielo estrellado y la negrura plateada del océano dormido.

Lejos de todo, en su propia burbuja de amor, suspendidos en el tiempo, bailan bajo el manto de una radiante noche de Nueva Inglaterra.

—✦—

Royal Cambridge Scholastic Institute, 2019
(Al día siguiente, Auditorio de la Universidad)

Mientras Erasmus pedalea por las tranquilas y brumosas calles del campus, su mente se desliza desde la apacible mañana que compartió con Victoria hasta la tarea que tiene por delante: enseñar el concepto del perdón. Con cada giro de los pedales, recuerda las lecciones que él mismo ha aprendido en las últimas semanas y cómo estas guiarán la clase de hoy. El trayecto, aunque familiar, se siente diferente hoy; no es solo el camino hacia la clase, sino también el sendero que está recorriendo emocionalmente.

Erasmus llega al auditorio de la universidad, el edificio familiar ahora lleno del murmullo de los estudiantes acomodándose en sus asientos. Sus pasos resuenan en el pasillo mientras entra, su corazón aún conmovido por su conversación matutina con Victoria. Mientras avanza hacia el atril, reflexiona sobre cuánto ha crecido y sobre cómo la lección de hoy, con suerte, guiará a sus alumnos hacia la misma sanación que él ha encontrado. Sonríe brevemente y asiente a algunas caras conocidas en la primera fila antes de comenzar.

—¿Cómo están todos hoy? —pregunta el profesor.

—Increíblemente genial —responde la clase al unísono.

El zumbido de la sala suena más como un murmullo cuando todos notan la presencia de Victoria y su hija menor, Sarah, sentadas en unas sillas que el profesor ha dispuesto para ellas.

—El perdón —comienza Erasmus, con voz firme pero impregnada de la profundidad de la experiencia que ha vivido— no es solo un concepto que aprendemos; es una práctica, una parte esencial de la vida que nos permite seguir adelante.

Hace una pausa, dejando que el peso de la palabra se asiente en la sala.

—También es una de las virtudes más difíciles de cultivar, pero es la que abre las puertas a la sanación y la paz —su mirada recorre el aula, encontrándose con los ojos atentos de sus alumnos.

—Nuestra disposición y capacidad para perdonar son elementos cruciales de una vida feliz y plena —declara el profesor.

—Guardar rencores, resentimientos o sentimientos negativos contra los demás nos aleja de ese camino, desconectándonos de la gratitud y de la indulgencia por el privilegio de estar vivos —continúa.

—Hoy, os llevaré a un momento de mi vida en el que aprendí el verdadero significado del perdón. Fue un reencuentro extraordinario con una persona que tuvo una gran influencia en mi vida. Ese día, me proporcionó la comprensión que necesitaba y una lección de por vida sobre la virtud existencial del perdón.

Hace una pausa, mirando a sus alumnos con intención.

—Comienza así…

— ✠ —

Lanesville, Massachusetts, 1979
(Librería de Antigüedades de la Señora Peabody)

La pintoresca estación de tren de Lanesville refuerza su sensación de nostalgia. Al salir de la estación, pedalea por la carretera costera de Nueva Inglaterra, ansioso por reencontrarse con su mentora y amiga. Sin embargo, poco después, su entusiasmo se ve truncado: la tienda parece vacía cuando entra en el vasto y caótico espacio. Al no encontrar a nadie tras buscar en vano, Erasmus se sienta a esperar y, fiel a su costumbre, cuando ni su mente ni su cuerpo están ocupados, se queda profundamente dormido.

Sueña con lugares lejanos, viajando en busca de Victoria, solo para ser rechazado una y otra vez por extraños crueles que se niegan a revelar su paradero. Un sonido insistente, al principio lejano, se repite cada pocos segundos hasta que finalmente lo saca de su profundo sueño. Lentamente, abre los ojos.

—Parece que se necesita toda una orquesta para despertar a su alteza —anuncia divertida la señora Peabody.

Todavía somnoliento, Erasmus le sonríe con calidez.

—Salgo unos minutos a desayunar y, ¡voilà!, me encuentro con un intruso, un pequeño oso dormilón en mi tienda —bromea.

—Bueno, es lo que pasa si Mamá Osa deja su tienda abierta cuando está fuera de la ciudad; no debería sorprenderse, ¿verdad?

—Ventajas de vivir en un pueblo pequeño, joven Erasmus, aunque ustedes, los urbanitas, no lo entenderían —replica, dándose cuenta al instante de su error—. ¡Ups! Olvidaba que también eres un chico de campo —añade, sonriendo junto a él.

Sin embargo, sus ojos tristes delatan algo más profundo.

—Querido joven, sé que estás pasando por un momento difícil tras lo ocurrido entre Victoria y tú. Me he carteado con tu incansable defensora, la señora V, que sigue en Gales. También he consultado con algunos de los anticuarios de Nueva Inglaterra, que forman tu pequeña legión de admiradores —dice, con un tono más suave.

—Señora P, estoy luchando por mantener mi mente y mi corazón libres de ira o resentimiento. Solo quiero preservar los buenos recuerdos, pero a veces es difícil —confiesa Erasmus.

—Puedo comprenderlo y empatizar plenamente. Yo también pasé por una ruptura con mi segundo marido en circunstancias muy similares —responde, con la mirada perdida en el pasado.

—Déjame pensar, joven —dice, caminando de un lado a otro hasta que, de repente, sus ojos se iluminan—. Tengo la receta perfecta para lo que te aqueja. Déjame ir a buscarla.

El cuerpo voluminoso de la señora Peabody contrasta sorprendentemente con su agilidad, algo que siempre asombra a Erasmus.

—¿Cómo puede arrodillarse, trepar, agacharse y moverse con tanta facilidad y rapidez? —se pregunta nuevamente.

—Desafía la gravedad —murmura para sí mismo.

Poco después, la ve regresar con un objeto en la mano.

—Exactamente como siempre decía Victoria: dentro de su caos y montañas de libros, sabe exactamente dónde está todo y lo encuentra en cuestión de segundos —nota, maravillado.

—Erasmus, este es un escrito atemporal. Fue lo que me ayudó a superar el abandono de mi segundo marido. Déjame leértelo —dice, mientras desenrolla con delicadeza el manuscrito.

A medida que empieza a recitar el poema, las palabras surten un efecto inmediato en el espíritu inquieto y el corazón melancólico de Erasmus.

El perdón

¿Qué es perdonar?
¿Es borrar de nuestra memoria esos sentimientos—
furia y dolor fusionados,
resentimientos persistentes
o heridas existenciales,
causadas por los actos de otros o por las vicisitudes de la vida?
¿O es acaso absolver las transgresiones
o traiciones de aquellos en quienes confiamos?
¿Perdonar la deslealtad de aquellos en quienes contamos?
¿Excusar las falsedades con consecuencias
de aquellos en quienes creemos ciegamente?
¿O es eximir las pérdidas irreemplazables
causadas por quienes dependemos?

¿Los agravios contra nuestra decencia,
dignidad, honor y respeto propio,
perpetrados por aquellos a quienes seguimos?
¿O es, tal vez, perdonarnos primero a nosotros mismos?
Sin embargo, el problema de perdonar
nuestros propios actos
es que buscamos primero el reconocimiento
y el perdón de los demás—
como si la absolución de sus palabras y gestos
pudiera aliviar la culpa que cargamos.

Pero la culpa no puede ser engañada
con fantasías o falsedades.
La sensación de culpabilidad se disuelve
únicamente cuando nuestra conciencia
nos lo permite,
cuando aceptamos genuinamente nuestra responsabilidad.

Porque
el perdón verdadero comienza dentro de nosotros,
y solo a través de la aceptación genuina de la responsabilidad,
nuestros sentimientos de culpa son primero apaciguados
y luego desaparecen.

Y es así como la estricta vigilancia
de nuestra conciencia se aquieta,
abriendo las puertas para ser absueltos.
Solo entonces lo que otros piensen o digan
completa el círculo virtuoso del perdón,
uno construido sobre la autenticidad y la veracidad.

Una vez dentro de este ciclo,
finalmente podemos alcanzar la expiación.

¿Cuándo perdonamos sinceramente?

A veces, pretendemos perdonar, pero en realidad no lo
hacemos,
negando su autenticidad.

A veces, simplemente no estamos dispuestos a hacerlo.
Ambas actitudes son veneno para el espíritu
y destructivas para el alma,
porque cuanto más persisten,
más se erosiona nuestro verdadero ser,
más profunda se vuelve nuestra tristeza,
y más devastador es el daño
a nuestra capacidad de vivir una vida plena.

Para perdonar de verdad,
debemos estar genuinamente dispuestos y preparados
para tener el valor de enfrentar el dolor, la herida,
las ofensas o sus autores cara a cara,
confrontándolos.

Entonces,
sea lo que sea o quien sea que nos aflija,
debemos dejarlo ir,
renunciando a ello al ritmo que nuestro corazón permita.
Pero, independientemente de todo y de todos,
debemos siempre buscar la finalidad y el cierre
para alcanzar la expiación.

¿Qué se necesita para perdonar?
¿Cómo sabemos que realmente hemos perdonado?

Lo reconocemos porque la capacidad de perdonar
es un requisito para nuestro crecimiento personal,
así como para el enriquecimiento y la evolución
de nuestro ser en su totalidad.

Sin la capacidad de perdonar,
nuestras virtudes y valores tienen fallos,
y nuestro significado y propósito en la vida son turbios y
confusos,
preocupados en despejar la neblina.

Y sin perdón,
avanzamos atrapados en reversa,
sin oxígeno ni inspiración
para respirar e infundir vida en nuestro espíritu y alma.
El perdón es también una condición previa
para experimentar la alegría de vivir.

Sin él, la felicidad está obstaculizada,
limitada y mutilada.
El origen de la noble virtud del perdón
es el mágico elixir de la compasión y la piedad.

Con la compasión, nos conectamos y empatizamos
con el dolor y la pena
de aquellos que necesitan expiación.
Con la piedad, somos iluminados y guiados por la gracia,
lo que nos permite dedicarnos,
con respeto devoto, sinceridad y veneración,
a la expiación de nuestras propias faltas y las de los demás.

Cuando perdonamos,
proyectamos un aura expansiva,
un manto de bondad sobre todos
y todo lo que nos rodea.

Cuando perdonamos,
nuestra vida se renueva,

y las manecillas de nuestro "reloj existencial"
vuelven a avanzar en la dirección correcta.

Cuando perdonamos,
desde lo más profundo de nuestro ser,
un torrente de lava explota hacia el cielo,
liberando nuestro núcleo, nuestra esencia,
de los anclajes emocionales de la vida,
de los lastres y pesos muertos.

Cuando perdonamos,
nos volvemos más dignos,
y, por tanto, más propensos
a ser perdonados también.

Cuando perdonamos,
nos elevamos a un estado de
gracia compasiva y piadosa,
donde podemos buscar la expiación
para nuestro espíritu y nuestra alma.

*

A medida que la señora Peabody concluye, sus palabras resuenan profundamente, trascendiendo los límites de su librería de antigüedades.

—Erasmus, perdonar es tanto un acto de empoderamiento como de liberación. No necesitas cuestionar cómo o por qué te sientes así ahora, porque es perfectamente humano sentir ira y desconsuelo después de lo que te ha sucedido. Lo que necesitas es centrarte en asumir la parte y el papel que desempeñaste, y en lo que aprendiste de ello. Tampoco debes quedarte quieto ni permitirte quedar atrapado en un pantano; en cambio, debes seguir avanzando. El desencadenante para hacerlo es perdonarla y perdonarte a ti mismo. Así es como todo en la vida se reinicia y se renueva.

— ✦ —

Royal Cambridge Scholastic Institute, 2019
(Auditorio universitario)

El profesor Cromwell-Smith devuelve a su clase al presente con una mirada benevolente en los ojos.

En el silencio del aula, los pensamientos de Erasmus viajan al pasado, a los momentos conmovedores que compartió con Victoria mientras ella enfrentaba sus propias luchas emocionales. Al comenzar a hablar, recuerda las lecciones que aprendió de la señora Peabody y cómo sus palabras sobre el perdón le ayudaron a sanar. Su voz se suaviza mientras habla, tendiendo un puente entre el pasado y el presente, enlazando su viaje personal con la lección que está a punto de compartir con sus alumnos.

—El perdón es una de las herramientas más poderosas que podemos utilizar para afrontar los resultados indeseados de la vida. Sin él, corremos el riesgo de cargar con anclas emocionales o bloqueos que nos impiden avanzar.

—¿Preguntas, alguien? —pregunta el profesor con un tono pensativo.

Samantha, estudiante de Filosofía con un gran interés en los dilemas éticos, particularmente en torno al perdón y el crecimiento personal, levanta la mano. Su cabello rubio hasta los hombros y su expresión reflexiva muestran su tendencia a profundizar en conceptos complejos durante las clases.

—Profesor, el poema habla de la necesidad de perdonar no solo a los demás, sino también a nosotros mismos. ¿Cómo podemos iniciar el proceso del auto-perdón cuando nuestras acciones han causado daño a otros, especialmente cuando los sentimientos de culpa persisten a pesar de nuestros mejores esfuerzos por seguir adelante?

—Esa es una pregunta muy perspicaz, Samantha. El auto-perdón a menudo comienza con el reconocimiento de nuestra responsabilidad y el sentir un remordimiento genuino. Sin embargo, es fundamental no quedar atrapados en la culpa, porque puede paralizarnos. El verdadero auto-perdón implica aceptar que hemos cometido errores, aprender de ellos y luego permitirnos avanzar. El poema enfatiza que el perdón real comienza desde dentro, y es ahí donde debemos centrarnos primero: en aceptar nuestra responsabilidad y liberarnos del peso emocional que nos frena.

Jared, estudiante de Psicología conocido por su mentalidad analítica, toma la palabra. Con su cabello castaño corto y su tendencia a tomar notas detalladas, está profundamente interesado en comprender el comportamiento y las emociones humanas.

—Profesor, el poema menciona que 'la culpa no puede ser engañada por fantasías o falsedades'. ¿Cómo podemos diferenciar entre una culpa genuina y aquella que nos imponemos a nosotros mismos debido a expectativas sociales o juicios poco realistas?

—Jared, esa es una excelente observación. La culpa genuina surge cuando reconocemos que hemos hecho algo que va en contra de nuestros valores, mientras que la culpa impuesta a menudo proviene de presiones externas o percepciones distorsionadas de nosotros mismos. El poema sugiere que la culpa se disuelve cuando asumimos nuestra responsabilidad, pero eso no significa que debamos cargarla eternamente. En lugar de suprimirla o ignorarla, debemos enfrentarla con honestidad y comprender si realmente proviene de un error moral o si ha sido magnificada por influencias externas.

Rachel, estudiante de Literatura Inglesa con un amor por la poesía y una pasión por encontrar significados profundos en los textos, se inclina hacia adelante con interés. Sus rizos enmarcan su rostro mientras formula su pregunta.

—Profesor, en el poema, el perdón se describe como 'empoderador y liberador'. ¿Podría explicar cómo el perdón sirve como una herramienta de libertad emocional, especialmente cuando debemos perdonar a alguien que nos ha hecho un gran daño?

—Rachel, esa es una pregunta poderosa. El perdón, especialmente en casos en los que hemos sido profundamente heridos, puede sentirse como si nos quitaran un peso de encima. El poema resalta que el perdón nos libera de anclas emocionales y nos permite avanzar. Cuando elegimos perdonar, dejamos atrás el control que la ira, el resentimiento o la amargura ejercen sobre nosotros. No significa que olvidemos o justifiquemos las ofensas, pero al perdonar, recuperamos el control de nuestras emociones y comenzamos el proceso de sanación.

Michael, estudiante de Historia con una inclinación por reflexionar sobre el pasado y su influencia en las decisiones actuales, ajusta sus gafas antes de hablar. Con su carácter reservado, suele notar patrones históricos en las experiencias personales.

—Profesor, el poema habla sobre la importancia del perdón para evitar el estancamiento emocional y la erosión de nuestro verdadero ser. En su opinión, ¿cómo pueden las sociedades o naciones utilizar el perdón a gran escala para sanar traumas históricos y prevenir divisiones sociales?

—Michael, esa es una forma muy perspicaz de ampliar la conversación. Las sociedades que cargan con el peso de traumas históricos—como la guerra, la injusticia o la opresión—deben reconocer el valor del perdón colectivo. El proceso no solo implica reconocer los errores del pasado, sino también crear oportunidades para el diálogo, la sanación y la reconciliación. El perdón social no se trata solo de soltar el pasado, sino también de fomentar la unidad y el progreso. El mensaje del poema puede aplicarse a contextos más amplios, donde el perdón abre la puerta a la sanación de toda una sociedad y a la construcción de un futuro mejor.

Mientras la clase llega a su fin, Erasmus siente que los ecos de su propio viaje resuenan en la sala. Da sus comentarios finales, ofreciendo a sus alumnos un consejo simple pero profundo.

—El perdón, —dice, —es la clave no solo para el crecimiento personal, sino también para vivir una vida de paz y propósito. Os animo a reflexionar sobre vuestra propia capacidad de perdonar, tanto a los demás como a vosotros mismos.

Con un último asentimiento hacia sus estudiantes, los observa recoger sus pertenencias. Se demora un momento, contemplando el silencio, sabiendo que la lección de hoy podría haber sembrado semillas de sanación en sus vidas, tal como lo hizo en la suya propia.

—Y eso es todo por hoy. Terminamos aquí. Nos vemos la próxima semana, —declara el eminente profesor al concluir la sesión.

Victoria y Sarah sonríen con orgullo, sus manos fuertemente entrelazadas en un gesto de emoción y conexión genuina. Mientras Erasmus se acerca a madre e hija, se abrazan en una espontánea muestra pública de reconciliación familiar.

Toda la clase observa, conmovida por la imagen entrañable de su querido profesor saliendo del aula, de la mano con las dos mujeres más importantes de su vida. Para todos los presentes, es un gesto simbólico—una prueba viviente de que, para él, el perdón comienza en casa.

Capítulo 5

La reciprocidad

Río Charles, Boston, Massachusetts (2019)

Al amanecer de un día nublado, Victoria y Erasmus caminan, con las manos entrelazadas, a lo largo del río brumoso, rodeados de bancos de niebla. La naturaleza desprende el aroma y la sensación de un nuevo día. Erasmus sabe que el doloroso pasado de Victoria está prácticamente agotado. Su turbulenta historia ha salido a la luz, y los vientos de una nueva vida están disipando su tormento, permitiéndoles abordar sus heridas y cicatrices desde una perspectiva más distante mientras avanzan juntos. Pero él sabe que aún queda una última nube difusa por visitar: su vida en Boston antes de su reencuentro.

«Todo a su debido tiempo», se dice a sí mismo.

Como si pudiera leerle la mente, Erasmus siente cómo la mano de Victoria se aprieta con más fuerza. Una mirada basta para confirmar la expresión resuelta y severa en sus ojos, la misma que ha precedido sus recientes confesiones sobre su vida sin él.

—Querido, justo después de aquel memorable encuentro con la señora Samuels-Ortiz en la Biblioteca Pública de San Luis, mi esposo fue diagnosticado con cáncer. Ese trágico acontecimiento trastocó nuestras vidas por completo y todo lo demás quedó en un segundo plano —dice Victoria.

—¿Qué pasó con tus planes de establecerte en Boston? —pregunta Erasmus.

—Resultó ser una de las pocas cosas buenas derivadas de su enfermedad, ya que no tuve que inventar una excusa ni forzar lo inevitable. Simplemente nos mudamos porque yo decidí que Boston era el lugar adecuado para tratar su enfermedad —responde ella.

—¿Él lo interpretó así? —pregunta Erasmus.

—Exteriormente, sí, pero intuyo que sabía cuáles eran mis verdaderas razones. De hecho, después de aquella reunión con la señora Samuels-Ortiz, perdí el miedo a expresarme, a manifestar mis deseos delante de él. Poco a poco, empecé a mencionarte en nuestras conversaciones familiares. Al principio intentó impedirlo, pero fue en vano; no pudo evitar que, por fin, diera voz a mis verdaderos sentimientos. Tú y yo en casa nos convertimos en un tema permitido —responde ella.

—Pero tu mudanza definitiva a Boston llevó mucho tiempo. Quiero decir, pasaron décadas hasta que te instalaste aquí —señala él.

—Por suerte, Rebecca Samuels-Ortiz tomó la iniciativa. Hizo lo que creyó mejor para mi futuro. Escribió y presentó solicitudes a varias universidades. Yo le di mi consentimiento para que siguiera adelante con esa iniciativa, sin creer realmente que llegaría a buen puerto, pero lo hizo. En ese punto, no había vuelta atrás. Eso era precisamente lo que necesitaba: un pequeño empujón para liberarme de las cadenas de mi forma de pensar y de mi educación —relata Victoria.

—Pero ¿no fue un poco una empresa quijotesca? No tenías ni idea de dónde estaba yo ni de si había formado una familia —dice Erasmus.

—Eso es cierto, pero sentía como si me estuviera acercando a ti. Sabía que era una fantasía, pero una de la que me aferré durante mucho tiempo. No la solté hasta que nos mudamos en familia, momento en el cual estaba demasiado ocupada con otras cosas —explica ella.

—Pero una vez aquí, pasaron aún más años —lamenta Erasmus.

—Sí, mi amor, tristemente es cierto. Su enfermedad lo absorbió todo y el resto quedó en suspenso. Pasarían cinco años más hasta su fallecimiento para que yo pudiera volver a sentirme viva —responde ella con angustia.

El rostro de Victoria se torna profundamente triste y se inunda de ansiedad. Cuando empieza a llorar inconsolablemente, Erasmus la abraza con un profundo sentimiento de culpa.

—Lo siento, Victoria, no deberíamos haber... —dice, avergonzado.

—Shhhh, déjame continuar —susurra ella, con los ojos colmados de amor por él, mientras coloca un par de dedos sobre sus labios.

Como su vida juntos, la niebla del río se va disipando lentamente, revelándoles una imagen más clara de su entorno.

—Querido, después de que él falleciera, atravesé un período muy difícil de dudas. Por primera vez, sentí que era demasiado tarde para que retomáramos lo nuestro. Creí que no había ninguna posibilidad en el cielo de que quisieras saber algo de mí. Empecé a imaginarte con una nueva vida, casado y con hijos. Así que no hice nada —admite.

—¿Cómo supiste que tus hijos me estaban buscando?

—Esa es otra madriguera de conejo que merece la pena explorar —anuncia con un destello en su voz.

—Todo ocurrió en una visita sorpresa a primera hora de la mañana por parte de mis tres hijos —dice antes de comenzar su relato con fervor.

— ❖ —

Casa de la familia Emerson-Lloyd, Boston, Massachusetts, 2017
(La intervención familiar de los hijos de Victoria)

—Parece que se ha rendido, chicos —señala Elizabeth, su tono impregnado de preocupación.

—Estoy de acuerdo. Han pasado tres meses y está más triste y deprimida que nunca —nota Bart, con el ceño fruncido en reflexión.

—Desde luego, no está de luto por Padre —dice Sarah, su voz firme pero teñida de frustración.

—Todos lo sabemos —responde Bart, recostándose con un suspiro resignado.

—Después de toda una vida obsesionada con ello, parece que el sueño se ha desvanecido —afirma Elizabeth, su mirada perdida en la distancia.

—Puede que sea cierto, pero sigue enamorada de Erasmus —declara Sarah con una certeza serena.

—Si eso es cierto, ¿por qué entonces se ha rendido y ha renunciado? —pregunta Elizabeth, sus palabras cortando la tensa atmósfera.

—Quizás, en su mente, ha pasado demasiado tiempo, y la larga duración de la enfermedad de nuestro padre la ha hecho creer que ya es demasiado tarde —razona Bart, su voz baja y reflexiva.

— ❖ —

Río Charles, Boston, 2019

Sentados junto a la orilla del río, Erasmus y Victoria se acurrucan bajo su confiada manta de lana. Su lenguaje corporal irradia una profunda sensación de inmersión e intensidad, como si el mundo a su alrededor hubiera quedado en un segundo plano. Cada palabra intercambiada tiene peso, reverberando en la tranquila intimidad del momento. Victoria habla con voz serena, un susurro teñido de absoluta paz y satisfacción, sus palabras fluyendo suavemente, como el río a su lado.

— ❖ —

Casa Emerson-Lloyd, Boston, 2017

—Entonces, ¿qué vamos a hacer al respecto? —pregunta Bart.

—Quizás deberíamos no hacer nada. Al fin y al cabo, es su vida personal —aventura Sarah.

—¿Acaso la vida personal de mamá no es, al menos en parte, también nuestra? ¿O queremos verla sola y miserable por el resto de su vida? —desafía Elizabeth.

—Nos ha dedicado su vida. Ha sido impecable y nos ha criado con un amor y una ternura infinitos. Cuidó de nuestro padre con absoluta abnegación y devoción durante toda su enfermedad. Ahora es su tiempo, su momento, y debemos ayudarla a conseguirlo —afirma Bart con convicción.

—¿Y qué pasa con la memoria de nuestro padre? ¿No estaríamos traicionándola? —pregunta Sarah, incrédula, su voz teñida de culpa.

—Contrólate. ¿Qué memoria? Un hombre que apenas nos prestaba atención ni nos profesaba amor, a nosotros, sus propios hijos. Su único interés y enfoque en la vida, aparte de su profesión, eran las mujeres, que, por cierto, no incluían a mamá. Pero sí incluían a la abuela. Al parecer, ella fue una de las pocas pacientes femeninas que se le escapó, aunque fue ella quien inició esa relación tóxica —arguye Elizabeth con una claridad mordaz.

—Estoy de acuerdo. A estas alturas, todos conocemos su enfoque manipulador y controlador para diseñar su matrimonio, y fue absolutamente incorrecto. Cuando un psiquiatra explota la vulnerabilidad emocional de sus pacientes, no solo es una violación del juramento médico, sino también algo profundamente inmoral —declara Bart con énfasis.

—Dios me perdone por decir la verdad, pero era un narcisista maligno, uno de los seres humanos más peligrosos que existen en este mundo. Personas como él destruyen vidas, arrasan con todo a su paso y, en el caso de nuestra madre, sin dudarlo ni un instante. Ahora, tenemos la oportunidad de devolverle la vida, la vida que perdió en su juventud. Una existencia en la que residen su corazón, todos sus sueños, su inocencia y su entusiasmo por la vida —afirma Elizabeth, su voz rebosante de determinación.

—Salvo el respeto, que no estoy seguro de que merezca, no le debemos nada. Todos, incluida mamá, fuimos sus víctimas, y aun así, con obediencia y fidelidad, permanecimos a su lado hasta el último día de su vida. No le debemos nada más, nada en absoluto —concluye Bart con firmeza.

Los hijos de Victoria se funden en un emotivo abrazo, derramando algunas lágrimas.

—De acuerdo. Ahora, empecemos a buscar a Erasmus Cromwell-Smith —declara Sarah, finalmente decidida.

—❖—

Río Charles, Boston, Massachusetts, 2019

A medida que el sol asciende, la niebla se disipa gradualmente, revelando el río y sus serenos alrededores en todo su esplendor. Erasmus acaricia con ternura el rostro de Victoria, su toque a la vez reconfortante y afectuoso. Lágrimas caen por sus mejillas, brillando bajo la luz matinal. Con una voz temblorosa pero una determinación inquebrantable, ella comienza a narrar con fervor...

Casa de la familia Emerson-Lloyd, Boston, Massachusetts, 2017

—¿Por dónde empezamos? ¿Y si ya no está en la zona? ¿Y si tiene una familia, una esposa, hijos? —pregunta Elizabeth, su voz teñida de angustia.

—Aun así, debemos seguir adelante con nuestro objetivo, resolver esto y cerrar el capítulo —concluye Bart con firmeza.

—Pero solo le diremos a mamá cuál es su situación si él está disponible, ¿verdad? —pregunta Sarah, su inocencia juvenil brillando a través de sus palabras.

—Absolutamente —responde Bart con convicción.

—De acuerdo —afirma Elizabeth con tono resuelto.

Río Charles, Boston, Massachusetts, 2019

Con la temperatura en ascenso, la manta de Victoria y Erasmus ahora les sirve de alfombra. Como la naturaleza que despierta a su alrededor, los velos de incertidumbre que los envolvían se van disipando. Finalmente, han alcanzado la claridad y la transparencia tras revisar lo que había quedado sin resolver. Tras una breve pausa, Victoria reanuda su narración, su voz impregnada de una cadencia de alegría y un renovado propósito.

— ✦ —

Casa de la familia Emerson-Lloyd, Boston, Massachusetts, 2017
(Unos meses después, dormitorio de Victoria, amanecer)

Elizabeth, Bart y Sarah avanzan con cautela en la habitación de su madre, como si caminaran sobre alfileres y agujas. Bart, cerrando la marcha, lucha con un enredo de cuerdas atadas a una docena de globos de colores, que estallan y se aprietan caóticamente al atravesar la puerta.

—Hola, chicos —susurra Victoria al despertar, su rostro iluminándose de alegría.

El trío se acerca para besarle las mejillas, su amor irradiando por toda la habitación. Su mirada se agudiza al notar los globos, su curiosidad despertándose.

—Bart, son realmente hermosos. Ven aquí, por favor —dice, extendiendo los brazos para abrazar a su hijo mientras él le entrega las cuerdas.

—Mamá, hoy soy un vendedor de globos —anuncia Bart con una amplia sonrisa, dejando caer casualmente uno de los poemas de la infancia de Erasmus frente a ella.

El recuerdo golpea a Victoria como un rayo. Una oleada de emoción la invade y lucha por mantener la compostura, forzando una sonrisa. Pero sus hijos perciben el sutil temblor en su semblante, la señal inequívoca de los recuerdos agitándose en su interior.

—O tal vez soy el niño del poema —bromea Bart, aludiendo a otra de las preciadas obras de la infancia de Erasmus.

La expresión de Victoria se transforma cuando una oleada de calidez y nostalgia la inunda. Su mente corre. «No lo saben. ¿Cómo podrían saberlo? ¿Cómo lo habrían descubierto?» Una sensación se agita en su interior, subiendo hasta la superficie, traicionando su aparente calma.

—¿Cómo es que…? —empieza a preguntar, pero su voz se quiebra, atrapada en la tormenta de emociones puras.

Lágrimas brillan en sus ojos mientras mira a sus hijos, sus manos temblorosas.

Y entonces sucede: las palabras que ha anhelado oír durante décadas irrumpen en el aire, atravesando el peso del tiempo.

—¡Mamá, lo encontré!… Encontré a tu unicornio azul —anuncia Sarah, con lágrimas de felicidad deslizándose por su rostro.

Las manos de Victoria vuelan hacia su boca, todo su cuerpo temblando. Intenta hablar, su voz apenas un susurro.

—¿Lo encontraste?

Sus palabras están anudadas, atrapadas en su garganta, anhelando la certeza de que este sueño largamente esperado es real.

—¿Dónde está? —suelta de repente, su voz quebrada por la emoción.

En un frenesí, salta de la cama y abraza a sus hijos, sus gestos frenéticos e irracionales, guiados puramente por el instinto.

—Vístete, mamá. Te llevaré con él —dice Sarah con voz firme y decidida.

Victoria, aturdida pero resuelta, corre hacia su vestidor. Se mueve con una urgencia frenética, como si el tiempo mismo fuera su enemigo.

—Mamá, tienes que prometerme que harás exactamente lo que te diga —insiste Sarah, su tono imperativo, mientras Victoria busca algo que ponerse.

—De acuerdo —responde Victoria, con un matiz de desconcierto en su voz mientras se viste apresuradamente.

—Solo podrás revelar tu presencia cuando él haya terminado. Hoy es la última clase del año académico —explica Sarah.

Sigue un breve silencio mientras Victoria procesa esta revelación.

—¿Es un profes…? Espera un momento, ¿es tu profesor? —pregunta, su voz elevándose con incredulidad.

—Sí, lo es. Mamá, ¿lo prometes…? —insiste Sarah.

—Lo prometo —responde Victoria, su emoción a punto de desbordarse—. ¿Él sabe que voy a ir? —titubea, la ansiedad asomando.

—No, mamá, es una sorpresa total —la tranquiliza Sarah.

—Pues date prisa entonces. No queremos llegar tarde a su clase. No querrás hacerle esperar más tiempo por ti —exclama Victoria, su impaciencia evidente.

Mientras Victoria se prepara, un sonido extraordinario llena la habitación: su canto. Es una melodía que sus hijos no han escuchado en años, el tarareo familiar de su madre de cuando eran pequeños.

Abrumados por la emoción, los hermanos se abrazan con fuerza, dejando que las lágrimas de felicidad corran por sus rostros.

—Chicos, creo que por fin tenemos de vuelta a nuestra madre —dice Sarah, con la voz entrecortada, y sus hermanos asienten conmovidos.

De camino a la universidad, Victoria se ve consumida por un torbellino de emociones: alegría, ansiedad y anticipación. Su corazón, dormido durante tanto tiempo, ahora late con vida. Pero las dudas persisten. «¿Cómo está? ¿Cómo luce? ¿Está en una relación? ¿Querrá volver conmigo?»

—Mamá, relájate. Disfruta el momento —dice Sarah con dulzura—. Estoy segura de que el profesor sigue tan enamorado de ti como tú de él. Un amor loco, debo añadir, pero amor verdadero, al fin y al cabo. Lo he visto con mis propios ojos, escuchando cómo ha hablado de vosotros dos, clase tras clase.

La voz de Sarah es firme y tranquilizadora mientras toma la mano de su madre, apretándola suavemente, ofreciéndole un apoyo inquebrantable.

— ✦ —

Río Charles, Boston, Massachusetts, 2019

Erasmus y Victoria se sienten sobrecogidos por la emoción al reflexionar sobre el día en que se reencontraron tras más de cuarenta años de separación.

La pareja de mediana edad camina por el bosque, dirigiéndose a casa. Sus manos permanecen firmemente entrelazadas, mientras la cabeza de Victoria reposa suavemente sobre el hombro de Erasmus. Ambos llevan una sonrisa serena, sabiendo que las cargas del pasado, por fin, se han disipado, dejando su felicidad compartida intacta, sin sombras que la empañen.

—Querido, ¿de qué tratará tu clase hoy? —pregunta Victoria con voz suave mientras cruzan la entrada de su hogar y avanzan hacia el vestíbulo exterior.

—Reciprocidad —responde Erasmus con una sonrisa pensativa—. Lo que la vida te ofrece después de una existencia de sacrificio, convicciones inquebrantables y lealtad absoluta. Y, al final, te ha recompensado con creces.

Royal Cambridge Scholastic Institute, 2019
(Calles del campus seguidas del auditorio)

Erasmus zigzaguea en su vieja bicicleta oxidada mientras pedalea hacia el edificio de la facultad. Respira hondo, su corazón rebosante de calidez, aun flotando en la alegría de una mañana inolvidable. Lenta pero firmemente, se acerca al aparcamiento, asegura su bicicleta y avanza con determinación hacia su clase.

«Los instintos de sus hijos no solo eran acertados... eran sorprendentemente precisos, perfectamente sintonizados con el momento y las circunstancias», reflexiona, mientras una amplia sonrisa se extiende por su rostro al atravesar los pasillos bulliciosos de la institución.

El murmullo lejano de la clase se intensifica a medida que se acerca al auditorio, sintiendo la energía de los estudiantes fluyendo a través de las paredes. Al entrar en la sala de conferencias, el pedagogo sacude la plácida ensoñación de sus pensamientos previos.

El zumbido de las conversaciones estudiantiles llena el aula como un vibrante coro; la emoción es palpable. Con un paso firme y una expresión de leve desconcierto, camina hacia el frente, listo para embarcarse en la siguiente travesía intelectual. Entonces, distingue la fuente del alboroto.

Sarah, Bart y Elizabeth se sientan orgullosos en la primera fila. Sus sonrisas transmiten un mensaje inconfundible:

Erasmus, ahora formamos parte del equipo.

El profesor asiente apenas, reconociendo su presencia con una sonrisa agradecida.

—¿Cómo estáis todos hoy? —pregunta, su voz momentáneamente cargada de emoción.

—¡Increíblemente genial! —responde el grupo con entusiasmo, amplificado por la presencia de sus invitados especiales.

—Reciprocidad —anuncia Erasmus al recuperar la compostura, su tono resonante y firme.

—Durante un viaje al Lejano Oriente, aprendí que la mutualidad es una parte intrínseca y crucial de la vida. Inevitablemente, como parte del ciclo de la existencia, todo lo que damos nos es devuelto, y todo lo que tomamos nos es arrebatado también.

Hace una pausa, permitiendo que el peso de sus palabras se asiente.

—Comienza así…

— ✦ —

Distrito de Ginza, Tokio, Japón (1997)

Cada verano, durante los últimos veinte años, viajo a Japón para impartir un seminario sobre poesía occidental en la Universidad de Tokio. Mientras estoy en Japón, disfruto de caminatas por las montañas que rodean la capital los fines de semana. Mi favorita, sin lugar a dudas, es la legendaria montaña Fuji. También me deleito visitando los exquisitos jardines de Kioto, maravillándome con su serena belleza y su intrincado diseño.

En un viaje en particular, un seminario vespertino de los viernes se alarga más de lo esperado, lo que hace que, por primera vez en Tokio, me despierte al mediodía del sábado. Sin planes claros, me encuentro deambulando por el bullicioso distrito comercial de Ginza. Entre las deslumbrantes luces de neón y las multitudes, mi atención se centra en un edificio de unas quince plantas con el emblema de una prestigiosa marca japonesa de electrónica de consumo. Intrigado, decido entrar y descubro que toda la estructura es un centro de exhibición para las últimas innovaciones de la marca.

Piso por piso, exploro la muestra futurista, maravillándome con los dispositivos que aún no han sido lanzados al público. En uno de los niveles superiores, entro en su sala de sonido de alta fidelidad. Desde ese momento, cada visita a Tokio incluye un ritual inquebrantable: detenerme en ese lugar y sumergirme en horas de tranquilidad absoluta.

La sala de sonido es extraordinaria: su pureza es tan profunda que las melodías parecen surgir de un capullo de absoluto silencio. Escuchar música de cámara en este espacio es una experiencia trascendental, como si estuviera sentado en primera fila en una sala de conciertos con una acústica perfecta.

Las *Cuatro estaciones* de Vivaldi, una de mis obras favoritas, suena en armonía con un video que muestra la impresionante belleza de Kioto. Los jardines y paisajes estacionales, representados con un esplendor vívido, se sincronizan perfectamente con los movimientos de la sinfonía, dando vida a cada estación con una precisión mágica.

Es durante una de estas sesiones meditativas, completamente absorto en la fusión de las imágenes de Kioto y la composición de Vivaldi, cuando conozco a Atsushi Sanada. Su presencia es impactante: una larga perilla entrecana enmarca su rostro, su coleta recogida combina con su aire sereno y unas diminutas gafas de montura redonda complementan su colorido jersey de lana de cuello alto. Como yo, parece completamente transportado, profundamente inmerso en la exquisita sonoridad de la música.

—¿Sientes el silencio dentro de la música? —pregunta inesperadamente, con voz calmada y un inglés impecable. Su mirada afable y su actitud pausada me sacan de mi ensimismamamiento.

—Absolutamente —respondo, ya cautivado por su percepción.

—Entonces eres afortunado —continúa, como si hablara consigo mismo—. Percibir ese silencio dentro del sonido es un don poco común.

Hace una pausa, su mirada contemplativa, antes de hablar nuevamente.

—Aquí tienes un antiguo escrito que llevo conmigo desde hace años. Aporta claridad a momentos como este. Es una traducción libre del japonés.

Me entrega un diminuto pergamino con gesto reverente.

Con una mezcla de asombro y respeto, despliego el delicado pergamino y comienzo a leer…

Silencio dentro de la música

Hay quietud en el aire,
ningún sonido dentro de la música.

La fidelidad proclama la perfección,
las notas irradian gloria.

La pureza llena el aire—
los violines lloran,
los cellos sollozan,
las trompetas cantan,
y el piano entona
hasta lo más profundo de nuestros corazones.

Hay perfección en la sala,
absoluta serenidad en armonía,
una quietud impecable,
con espacio de sobra
para meditar y maravillarse
sin final.

Hay silencio dentro de la música,
hay silencio mientras suena,
hay silencio en el aire.

*

Cuando termino de leer, el sabio ya no está en la sala. Ansioso por devolverle el pergamino, recorro el edificio de exhibición frenéticamente en su búsqueda. Al llegar al nivel de la calle, las puertas giratorias me empujan hacia el ajetreo de la metrópoli japonesa. Allí está él, tranquilo y sereno en la acera, sonriéndome.

—Atsushi —se presenta, extendiéndome la mano.

—Cromwell-Smith —respondo, estrechando su mano con firmeza y devolviéndole el pergamino con una leve inclinación de gratitud y respeto.

—¿Te apetece un bocado rápido? —pregunta.

—Sería un placer, señor Atsushi.

Poco después, nos encontramos frente a una serie de coloridos escaparates que exhiben intrincadas réplicas de cera de diversos platos. Cada uno lleva un pequeño letrero con su nombre, descripción y precio: una obra maestra de la eficiencia japonesa. En cuestión de minutos, estamos sentados en la barra, con nuestros platos elegidos y generosas porciones de sake.

—Gracias por compartir el poema conmigo —digo con voz sincera.

—De nada. Fue una reacción instintiva ante tu estado de contemplación —responde Atsushi suavemente, su mirada penetrante ofreciendo un atisbo de sabiduría más allá de las palabras.

—Señor Cromwell, ¿qué lo trae a Japón? —inquiere.

—Cada año, imparto un seminario sobre poesía occidental en la Universidad de Tokio.

Sus ojos almendrados se entrecierran brevemente con curiosidad y luego se iluminan con una cálida sonrisa.

—¡Qué casualidad! Debes visitar mi tienda —exclama, con entusiasmo palpable.

—¿A qué se dedica, señor Atsushi? —pregunto, intrigado.

—Por favor, llámame Atsushi —insta, con un aire relajado y desarmante.

—¿Y cómo debería dirigirme a usted? —pregunta a su vez.

—Erasmus —respondo, haciendo un esfuerzo consciente por despojarme de mi rigidez cultural.

—Bueno, Erasmus —dice con un gesto juguetón—, me dedico a los escritos y manuscritos antiguos, muy similares al que acabas de leer.

Su revelación me toma por sorpresa, despertando mi curiosidad. Mis ojos se abren, delatando mi emoción.

—Serendipia, sin duda, Atsushi. ¿Eres un anticuario?

—Una versión japonesa de uno —responde con una sonrisa modesta.

—Entonces, nuestras estrellas están perfectamente alineadas —declaro.

—¿Y por qué dices eso, si puedo preguntar? —indaga con interés.

—Nací y crecí en Hay-on-Wye, en Gales, famosa por ser la "ciudad de los libros", rodeado de un sinfín de librerías de antigüedades. Mi inclinación por el mundo de los libros moldeó mi infancia y mi adolescencia. Prácticamente crecí dentro de esos establecimientos, guiado por anticuarios experimentados que se convirtieron en influencias de por vida.

Los labios de Atsushi se aprietan en una sonrisa pensativa mientras asiente repetidamente, su satisfacción evidente.

—Mi humilde tienda ha estado en la familia por cuatro generaciones —comparte, avivando aún más mi creciente fascinación.

— ❖ —

"Tienda de Escritos Antiguos de Atsushi Sanada"
(fundada en 1870)

Poco después, con abundante té verde en mano, me encuentro sentado sobre una estera en el impoluto suelo de madera de su impecable tienda. Mis ojos recorren con asombro la inmensa cantidad de pergaminos meticulosamente dispuestos a mi alrededor.

—Erasmus, ¿en qué ocupas tu tiempo cuando no estás en Japón? —pregunta Atsushi con tono juguetón.

—Enseño poesía y literatura inglesa en un colegio de Nueva Inglaterra. También escribo poemas y novelas de ficción —respondo.

—Interesante. Mi primera impresión de ti fue que tu lenguaje corporal irradiaba serenidad y meditación, pero tus ojos inquietos delataban una sensación de estar perdido y en dolor. Parecía como si estuvieras buscando algo… quizá significado o propósito… o llorando a alguien —observa Atsushi con una precisión asombrosa.

—¿Acaso no lo estamos todos? —respondo retóricamente, intentando esquivar su perspicaz percepción.

—Ciertamente, todos lo estamos, Erasmus. Pero, más específicamente, ¿lo estás tú? —insiste, cortando mi evasiva con precisión quirúrgica.

—Sí —admito tras un momento—. Un poco perdido, buscando significado y propósito, y sí, también de duelo. Estoy en busca de mi verdadero yo.

—Una de las claves para llevar una vida plena es la reciprocidad. Todo está en el equilibrio entre dar y recibir —comienza Atsushi, su voz firme y deliberada—. Con demasiada frecuencia, nos centramos en lo que queremos o necesitamos obtener, ignorando lo que tenemos para ofrecer, que es donde realmente comienza la plenitud. Tu búsqueda de identidad debe incluir un esfuerzo consciente por cultivar la mutualidad y una predisposición a la generosidad. Lo que esperas recibir de la vida o de los demás solo te llegará de manera constante cuando aprendas a dar primero. Esta profunda comprensión se adquiere a través de las experiencias de la vida —explica con una sabiduría que se siente tanto ancestral como inmediata.

—Atsushi, permíteme compartir contigo una anécdota sobre la reciprocidad —ofrece, su tono teñido de entusiasmo—. Años atrás, justo antes de abrir mi tienda, luchaba por reunir los recursos necesarios. Uno de mis tíos, un hombre adinerado, tenía los medios para ayudarme. Me acerqué a él en busca de apoyo, pero su reacción fue inesperada y desalentadora. En lugar de ayudarme, invirtió una cantidad considerable para establecer su propia tienda de pergaminos antiguos, directamente en competencia conmigo. Para empeorar las cosas, me pidió consejo y ayuda para lanzar su negocio.

—¿Qué hiciste? —pregunto, sin poder ocultar mi desconcierto.

—Por supuesto, lo ayudé —responde Atsushi con una sonrisa serena—. Puse mi mejor esfuerzo y mi corazón.

—¿Te compensó por tus esfuerzos? —insisto.

—No quería que lo hiciera.

—¿Pero te lo ofreció?

—No, pero eso era irrelevante para mí.

—¿En algún momento te apoyó para abrir tu tienda?

—Para nada. Al contrario, me criticó duramente, insistiendo en que no tenía lo necesario para ser mi propio jefe. Incluso hizo campaña dentro de la familia, afirmando que mis esfuerzos eran innecesarios porque su tienda ya estaba establecida. Creía que, si fracasaba, terminaría trabajando para él.

—¿Y qué sucedió después? —pregunto, inclinándome, completamente cautivado.

—Conseguí abrir mi tienda. Mi tío, al no sentir verdadera pasión por la antigüedad de los escritos, eventualmente perdió el interés y se dedicó a otra cosa —explica Atsushi.

—¿Y tu familia? —indago.

—Con el tiempo, terminaron aceptando mi trabajo y mi tienda. Hoy, me apoyan plenamente, pero fue un camino largo. En cuanto a mi tío, sus acciones dejaron una impresión duradera en la familia… aunque no precisamente una favorable.

—Pero ¿por qué lo ayudaste? No lo entiendo —confieso.

—Verás, Erasmus, sus acciones lo definieron a él. Reflejaron quién era realmente. Mis acciones, en cambio, reflejan quién soy yo. No permití que sus elecciones dictaran las mías. Separé su comportamiento de mi respuesta y me

680

elevé por encima del conflicto, actuando con madurez y poniendo mi corazón en ayudarlo.

—Pero su egoísmo fue cruel —replico.

—Sea como sea, una vez más, sus acciones lo definieron a él, no a mí.

—¿Qué reciprocidad te ofreció a cambio de tu generosidad?

—Nada. Y ahí, Erasmus, reside la esencia de la reciprocidad. Dar de verdad no implica esperar algo a cambio. No es una transacción. Pero déjame compartir algo que iluminará aún más este concepto.

Atsushi se levanta con gracia y camina hacia una fila de pergaminos amarillentos y envejecidos. Selecciona uno con cuidado, lo estudia por un momento y luego regresa con una expresión de satisfacción serena.

—Compartamos un exquisito ejemplo de la sabiduría ancestral japonesa —dice, su voz impregnada de tranquilidad mientras comienza a leer, traduciendo las palabras al inglés con una fluidez impecable.

La reciprocidad

La naturaleza florece con cada gota de agua.

Todos los colores del mundo se iluminan a nuestro alrededor,
mientras el sol brilla.

El universo entero resplandece en lo alto,
cuando cae la noche.

Nuestro ser completo vive un día más,
y por ello sigue adelante,
mientras respiramos.

Las imágenes de la realidad cobran vida para que las
disfrutemos,
mientras somos capaces de ver.

Nuestro mundo entero existe porque pensamos y
comprendemos—
la conciencia, el génesis de la vida humana.
Toda la gama de los mundos de la física y la biología
solo puede calcularse, medirse
y entenderse a través de la reciprocidad.

En el corazón del ciclo virtuoso de la vida
se encuentra la reciprocidad.
Si el movimiento constante es el rugido
del motor de la naturaleza en acción,
la reciprocidad es el combustible esencial
que lo impulsa.

Cuando nos correspondemos los unos a los otros,
apelamos a los ángeles mejores dentro de nosotros mismos
y sobre la humanidad.

La verdadera esencia de recibir algo en la vida
reside en lo que hemos dado previamente.

En verdad, no hemos dado nada,
si nada vuelve.
Inevitablemente, tarde o temprano,
si hacemos el bien y lo hacemos bien,
si realizamos buenas acciones,
la vida nos responderá en la misma medida,
recompensándonos con creces.

Pero si no lo hacemos, de una forma u otra,
la vida encontrará su equilibrio—
a menudo de las maneras más inesperadas.

Todo aquello que hemos tomado o recibido
sin ofrecer reciprocidad a cambio
nos será arrebatado, confiscado,
o incluso arrancado de nuestras manos.

Si disparamos flechas o lanzamos piedras,
debemos esperar que reboten,
quizá con mayor fuerza.

Si regalamos buenas acciones, libros y rosas,
regresarán a nosotros en abundancia.

La mutualidad es una correlación inmutable—
siempre mayor que uno,
nunca un camino de un solo sentido.

Generosidad y reciprocidad son inseparables,
intrínsecas la una a la otra.
Juntas, crean círculos virtuosos sin fin,
espirales ascendentes y positivas,
de dar y recibir sin límites.

Reciprocidad es expresar gratitud eterna
a la humanidad, a la vida y al Creador.

Es, en esencia, una forma de pagar
por el privilegio de estar vivos.

Y con todo esto,
llega la más hermosa recompensa:
todo lo que hemos contribuido

a la vida y a los demás
volverá a nosotros,
multiplicado en bendiciones.

*

Cuando Atsushi enrolla con delicadeza el pergamino, la tienda queda sumida en una quietud contemplativa. Con reverencia, coloca el pergamino de vuelta en su estante y se vuelve hacia Erasmus con una serena sonrisa.

—Erasmus, la reciprocidad es la esencia del equilibrio—no solo en la naturaleza, sino dentro de nosotros mismos. Si cultivas este principio, te guiará hacia la armonía. Recuerda siempre: en la vida, comienza preguntándote qué tienes para ofrecer o contribuir antes de elaborar tu lista de deseos.

Erasmus se inclina levemente en señal de gratitud, su mirada cautivada por la intrincada caligrafía de los pergaminos que lo rodean, cada uno conteniendo sus propios misterios. Afuera, el rumor amortiguado de las bulliciosas calles de Tokio contrasta con el remanso de paz dentro de la tienda de Atsushi.

Rompiendo el silencio, Atsushi señala la tetera que descansa sobre una mesa baja de madera.

—Compartamos un té antes de que te vayas, Erasmus. Incluso un breve momento de comunión puede enseñarnos más sobre dar y recibir.

Los dos se sientan sobre los cojines, sorbiendo el cálido té verde en reflexión silenciosa. El rico aroma se mezcla con la fragancia del papel envejecido y la madera de cedro. Erasmus, con el corazón pleno, siente cómo la sabiduría de la reciprocidad se asienta profundamente en su ser.

— ✦ —

Royal Cambridge Scholastic Institute, 2019
(Auditorio universitario)

El profesor Cromwell-Smith se prepara para pasar de sus reflexiones personales al núcleo de la lección de hoy. Se aclara la garganta, atrayendo la atención de sus estudiantes de vuelta al presente.

—La palabra "reciprocidad" debería resonar conscientemente en cada uno de ustedes, desde el momento en que despiertan hasta el momento en que descansan. Lo que dan es, precisamente, lo que recibirán. Sin dar, no hay acción recíproca que sostenga el ciclo a largo plazo.

Su voz resuena en la sala en completo silencio, los estudiantes se sientan erguidos, su atención es absoluta.

—Permitan que este principio los guíe, no solo académicamente, sino en cada faceta de su existencia —concluye el profesor, recorriendo con la mirada a cada estudiante, asegurándose de que el mensaje cale en lo más profundo de sus corazones.

Con la historia de sus experiencias compartida, Erasmus observa la sala, su mirada invitando a preguntas. La clase permanece en silencio por un momento, hasta que comienzan a levantarse manos con entusiasmo.

Clara, estudiante de último año de filosofía con especialización en ética, habla con una profunda curiosidad.

—En el poema *Reciprocidad*, menciona que lo que damos es exactamente lo que recibimos. ¿Podría profundizar en cómo la reciprocidad influye en el crecimiento personal, especialmente en los momentos más desafiantes de la vida?

—Excelente pregunta, Clara. La reciprocidad, en esencia, trata sobre el equilibrio: lo que emitimos al mundo— emocional, intelectual o espiritualmente—inevitablemente regresa a nosotros. Durante los momentos difíciles, cuando nos sentimos vulnerables o perdidos, abrazar la reciprocidad nos puede guiar hacia la sanación. Cuanto más damos de nosotros mismos—sea amor, perdón o simplemente comprensión—más nos abrimos a recibir lo mismo a cambio. No se trata de expectativa, sino de confianza en el proceso de la vida y las relaciones. El crecimiento ocurre cuando aprendemos a dar sin calcular, sabiendo que el universo opera bajo un equilibrio que nos trasciende.

Mark, estudiante de literatura inglesa con un interés particular en la poesía contemporánea, levanta la mano con evidente entusiasmo.

—El poema *Silencio dentro de la música* habla sobre la quietud que se encuentra en el sonido. Me impactó cómo este tema resuena con el concepto de paz interior. ¿Podría explicar cómo el silencio, o los momentos de quietud, contribuyen a una comprensión más profunda de la reciprocidad?

—Una observación muy perspicaz, Mark. El silencio es, a menudo, el espacio donde comienza la verdadera comprensión. Tanto en la música como en la vida, el silencio nos permite hacer una pausa y reflexionar. En el poema, el silencio dentro de la música simboliza una conexión más profunda, un momento de pura existencia. De manera similar, en la vida, los momentos de quietud nos brindan la oportunidad de procesar, escuchar y recibir verdaderamente. Sin estas pausas, el flujo de la reciprocidad se interrumpe. Al abrazar el silencio, creamos espacio para que otros nos den, así como nosotros nos ofrecemos en retorno. Es en esos espacios silenciosos donde ocurren los intercambios más profundos.

Olivia, estudiante de psicología enfocada en el comportamiento humano, levanta la mano con una expresión reflexiva.

—La idea de perdonarse a uno mismo en *Perdón* resuena profundamente en mí, especialmente la noción de que el perdón no puede ocurrir hasta que aceptamos la responsabilidad. ¿Cómo cree que esta aceptación impacta nuestras relaciones con los demás, particularmente cuando los hemos lastimado?

—Esa es una pregunta muy perspicaz, Olivia. El auto perdón es la base de todas las demás formas de perdón. Cuando aceptamos la responsabilidad de nuestras acciones, nos liberamos de las cadenas de la culpa y la defensiva. Este acto de reconocer nuestros errores, sin excusas ni evasiones, abre la puerta a la sanación. Solo entonces podemos acercarnos a los demás con sinceridad y empatía, sin estar cargados por nuestros propios sentimientos no resueltos. Este proceso no solo nos sana a nosotros mismos, sino que también permite relaciones más auténticas con los demás. Cuando nos perdonamos, creamos el espacio emocional para perdonar verdaderamente a los demás y aceptar su perdón en retorno.

Alex, estudiante de ciencias políticas que explora la intersección entre valores personales y dinámicas sociales, interviene con intensidad.

—En el poema *Reciprocidad*, hay un verso que dice: "La verdadera esencia de recibir algo en la vida reside en lo que hemos dado previamente." ¿Podría hablar sobre cómo este principio se aplica a las estructuras sociales y nuestro papel en fomentar el beneficio mutuo en la comunidad?

—Una pregunta muy relevante y significativa, Alex. Este verso habla del tejido social y de cómo las acciones individuales contribuyen al bienestar colectivo. En las estructuras sociales, la reciprocidad se basa en dar a la comunidad—ya sea a través del servicio, la defensa de causas o simplemente la bondad—y, a cambio, creamos conexiones más fuertes y resilientes. Es fácil caer en la trampa de tomar más de lo que damos, pero el verdadero progreso social ocurre cuando todos reconocemos nuestra responsabilidad de contribuir al bien común. Al adoptar este principio, construimos sistemas que no son solo transaccionales, sino transformadores, donde el beneficio mutuo prospera y todos tienen un papel en el bienestar de los demás. La reciprocidad, entonces, se convierte en la base de la armonía y el progreso social.

El profesor hace una pausa, dejando que el peso de su afirmación se asiente en la sala. Mirando el reloj, asiente levemente y dice:

—Eso es todo por hoy. Nos vemos la próxima semana. Clase despedida.

Mientras la sesión llega a su fin, los estudiantes recogen lentamente sus pertenencias, aún procesando la profundidad de las palabras del pedagogo. Una atmósfera de reflexión silenciosa queda suspendida en el aire, marcando el cierre de otra sesión transformadora.

El profesor Cromwell-Smith se dirige a la salida, pero sus estudiantes siguen reflexionando sobre si hay algo más que podrían ofrecer a su experimentado y perspicaz maestro.

—Mi recompensa —declara, como si leyera sus pensamientos colectivos— es su entusiasmo y dedicación a esta clase. Su reciprocidad es evidente en la satisfacción personal que experimento cada semana que nos reunimos aquí —dice, su voz cargada de un aire de tranquilidad mientras camina hacia la salida.

El alumnado absorbe sus palabras, su admiración profundizándose. Se dan cuenta de que su esfuerzo colectivo y la inquebrantable dedicación del profesor forman parte de un ejercicio continuo de reciprocidad.

Fuera del auditorio, Elizabeth, Bart y Sarah lo esperan. Por un momento, el grupo permanece inmóvil, sin saber cómo proceder, hasta que Sarah da un paso adelante con una radiante sonrisa y abraza a Erasmus con fuerza.

Erasmus, visiblemente conmovido, extiende los brazos en silencio, invitando a Elizabeth y Bart a unirse. Lo que sigue es una espontánea fusión de abrazos, risas y afecto sin reservas. El pasillo resuena con su calidez compartida, una conmovedora expresión de amor y gratitud que no necesita palabras.

Capítulo 6

El desafío y la curiosidad

Royal Cambridge Scholastic Institute, 2019
(Hogar en el Campus de Victoria y Erasmus)

El tiempo ha perdido su significado mientras la magia de la música de Michel Legrand envuelve su acogedor hogar en el campus. Erasmus y Victoria se sientan apretados en su querido sofá Chesterfield, cada uno sosteniendo una taza de té caliente. Sus rostros irradian felicidad, su dicha compartida es tan tangible que casi se puede saborear.

—Si no fuera por tus hijos, quizás no estaríamos juntos ahora —reflexiona Erasmus, con la mente aún en la visita sorpresa de los tres a su clase la semana pasada.

—Pusieron todo su corazón y alma en encontrarte —responde Victoria en voz baja.

Erasmus la mira, desconcertado, asumiendo que fue un esfuerzo en solitario de Sarah lo que los llevó a reunirse.

—Al principio, necesitaron un pequeño empujón —revela Victoria, con una sonrisa llena de complicidad—. Lo recibieron del lugar más inesperado de todos.

Mientras la luz matutina se filtra por las ventanas, Erasmus se toma un momento para absorber la alegría de su mañana compartida. Con un suspiro de satisfacción, se prepara para la clase que le espera, sintiendo que la calidez de su conexión con Victoria impulsa cada uno de sus pasos hacia el auditorio universitario.

—✦—

Royal Cambridge Scholastic Institute, 2019
(Auditorio de clases, al día siguiente)

Al entrar en el bullicioso auditorio, la energía de la clase contrasta con la tranquila contemplación de la noche anterior. Erasmus, aunque presente en el momento, siente un cambio en su interior mientras pisa el espacio donde tiene la oportunidad de transmitir la sabiduría adquirida a través de sus experiencias y lecciones de vida.

—¿Cómo están todos hoy? —pregunta el animado profesor, con un brillo travieso en los ojos.

—¡Increíblemente genial! —responde la clase al unísono.

—Clase, a veces en la vida debemos dar un paso adelante y desafiar las circunstancias y las probabilidades que se nos presentan. Hay momentos en los que debemos plantarnos ante lo que parece inevitable y afirmar que aún no estamos listos para rendirnos.

Un silencio cae sobre la sala mientras el profesor hace una pausa intencional, permitiendo que sus palabras resuenen profundamente en la imaginación de sus estudiantes.

—Anoche, Victoria me compartió una anécdota extraordinaria sobre el increíble esfuerzo que hicieron sus hijos para encontrarme. Contiene dos lecciones cruciales sobre qué hacer cuando el destino parece tener el control —declara Cromwell-Smith, su voz llena de intriga y calidez.

—La historia comienza así…

———— ✦ ————

Biblioteca Pública de San Luis, 2017

La jefa de bibliotecarios, la señora Rebecca Samuels-Ortiz, está a punto de llevarse la sorpresa de su vida.

—Becca —dice una voz suave detrás de ella. Se gira y su mandíbula cae, sus ojos reflejan absoluta sorpresa.

—¿Elizabeth-Victoria? —murmura, confundida, mientras se adelanta y la abraza efusivamente.

—¿Dónde está tu madre? —pregunta, al notar a dos jóvenes con expresiones tímidas parados unos pasos detrás. Samuels-Ortiz los reconoce de inmediato.

—Deben ser Sarah y Bart —exclama con entusiasmo, acercándose a ellos con una gran sonrisa.

—Vinimos sin ella —responde Elizabeth.

La señora Samuels-Ortiz ahora luce desconcertada mientras los guía hacia la mesa de conferencias de su oficina.

—Debe haber una muy buena razón para que hayan hecho este viaje hasta aquí, especialmente sin ella.

—Becca, tú comprendes a mamá de una manera que nosotros no. Necesitamos tu percepción y reafirmación para asegurarnos de que lo que estamos haciendo por ella es el camino correcto.

—¿Y exactamente qué es lo que están haciendo?

—Hemos decidido localizar a Erasmus —afirma Elizabeth con firmeza.

Los ojos de Samuels-Ortiz se iluminan repentinamente y sus suaves palabras están llenas de una convicción amorosa.

—Nada haría más feliz a su madre que tener una segunda oportunidad con el amor de su vida.

—¿Y qué pasa con Erasmus, señora Samuels-Ortiz? Tal vez su vida ha tomado un rumbo distinto, quizás incluso tenga una familia. ¿Por qué deberíamos interferir? ¿Acaso el destino no está ya escrito? —desafía Sarah, con el rostro reflejando preocupación.

La anciana bibliotecaria se detiene, sumida en una profunda reflexión mientras contempla a los hijos de su antigua aprendiz.

—Puede que tengas razón, Sarah, pero hay momentos en la vida en los que debemos desafiar lo que parece ser la inevitabilidad del destino. Permítanme compartir un antiguo escrito que encaja con esta ocasión.

El trío asiente levemente. Casi al mismo tiempo, la leal amiga de Victoria desaparece entre los laberínticos estantes de su oficina en busca del manuscrito.

—Esta es una tradición que Erasmus trajo desde Gales, una que su madre adoptó para toda la vida —explica mientras regresa con un grueso libro de cuero con páginas doradas.

Abriéndolo en una página marcada, comienza a leer con fervor.

El desafío

Cuando surge por razones legítimas y válidas,
el desafío es una actitud deliberada y positiva—
una herramienta existencial que nos empodera
para cuestionar y enfrentar
cualquier tipo de adversidad.

Es una fuerza indomable,
tan potente que, sin importar
los obstáculos de la vida,
las circunstancias insoportables,
las carencias materiales o emocionales,
incluso el profundo dolor y la tristeza,
una vez liberada,
asegura que ni nuestra

resiliencia,
voluntad,
o deseo de vivir,
y mucho menos nuestro espíritu de lucha,
puedan ser doblegados o domesticados.

Cuando resistimos
en defensa de la libertad, la dignidad y la justicia,
cuando nos mantenemos firmes por la verdad,
cuando nos oponemos
a la opresión, la persecución y la tiranía,
cuando combatimos
la intolerancia, el odio y la discriminación,
cuando nos mantenemos inquebrantables
detrás de la virtud, los valores y los principios—
el desafío se convierte en una fuerza intrínseca
que nos impulsa y nos sostiene.

Se convierte en el medio
por el cual resistimos,
perduramos
y, finalmente, prevalecemos.

El desafío es la expresión más pura,
la válvula de escape en medio del caos de la vida,
encendiendo el fuego interno
que yace en lo más profundo de nuestro ser.

Ese fuego que nunca se extingue,
que arde y se agita,
alimentando nuestras pasiones más profundas,
nuestras convicciones más inquebrantables
y nuestras creencias más firmes.

El desafío es nuestra mayor y más feroz manifestación—
una pura fuerza de voluntad y determinación férrea
contra cualquier cosa o persona,
sin importar cuán difícil o desagradable,
que la vida nos arroje.

El desafío es la actitud
que mejor nos define,
como verdaderos guerreros de la vida—
aquellos que no solo
se niegan a ser vencidos por la adversidad,
sino que la enfrentan de cara,
atacándola sin descanso,
tratándola como a un enemigo en la guerra,
luchando hasta que sea
derrotada, erradicada y vencida.

El desafío es un arma existencial
que siempre llevamos dentro—
una fuerza para doblegar y quebrantar
los golpes y el dolor de la adversidad.

Con el desafío, cambiamos las tornas,
enfrentando de frente los avatares de la vida.
Es así como ahogamos y conquistamos nuestros miedos,
cómo derrotamos
a algunos de los más grandes impostores de la existencia.

*

—Eso es exactamente lo que están haciendo, chicos. Están desafiando al destino.

Elizabeth y Sarah, embargadas por la emoción, comienzan a llorar de nuevo. Bartholomeus solloza en silencio, pero sonríe.

Sus ojos reflejan una profunda gratitud, pero antes de que puedan responder, la anciana bibliotecaria continúa.

—Hay otra actitud que encaja perfectamente con esta situación. Un atributo que deben cultivar y ejercitar para alimentar sus esfuerzos hasta alcanzar el éxito.

Pasa a otra página del libro encuadernado en cuero, marcada con precisión para este momento. Fijando su mirada en ellos con intensidad, la erudita bibliotecaria comienza a leer con firmeza, enfatizando cada palabra.

La curiosidad

Cuando sentimos el impulso de explorar,
cuando ansiamos la aventura,
cuando nos invade la necesidad de descubrir,
cuando no podemos esperar
para indagar, buscar, encontrar,
comprobar, investigar,
analizar, estudiar, experimentar y validar.

Cuando no tememos al cambio,
a lo desconocido, a lo invisible,
a lo nuevo o a quienes son distintos.

Cuando estamos
dispuestos a romper los moldes,
a nadar contra la corriente,
ajenos a la sabiduría convencional,
improvisando y adaptándonos sobre la marcha.

Cuando podemos contemplar la vida
con corazones sinceros, inocentes y soñadores.

Cuando no nos intimida:
qué tan alto, qué tan profundo, qué tan bajo,
qué tan grande, qué tan pequeño, qué tan impactante,
qué tan irrelevante, qué tan célebre,
qué tan despreciado, qué tan exigente,
qué tan paciente, qué tan calmado,
qué tan apasionado, qué tan derrotado,
qué tan triunfante
podemos ser, ir o convertirnos.

Entonces, poseemos
el mágico elixir de la curiosidad—
un caprichoso y existencial impulso
que nos lleva a un viaje fascinante,
elevándonos por encima de la realidad mundana,
envueltos en el manto de una búsqueda interminable,
para maravillarnos, asombrarnos
o simplemente quedar anonadados
por la adquisición de valioso
conocimiento y experiencia.

La curiosidad nos lleva
a incontables laberintos, lugares místicos,
personas memorables y momentos trascendentales.
La curiosidad nos conecta con espíritus inquietos
y un alma empapada de "la luz y la energía de la vida."
Como agente del cambio y la búsqueda de sabiduría,
la curiosidad es una de las herramientas existenciales
más valiosas que poseemos.
A través de la curiosidad,
refinamos constantemente nuestro propósito en la vida,
revisamos, renovamos y redefinimos nuestro significado.

Con la curiosidad,
nos mantenemos espontáneos, abiertos y audaces.
Si desplegamos y empleamos la curiosidad,
estamos siempre listos para el "cambio",
y dispuestos a abrazar la evolución.

*

Superando sus intensas emociones, los hijos de Victoria ahora sonríen y se ven visiblemente relajados. La señora Samuels-Ortiz los observa con una expresión de satisfacción, sabiendo que ha cumplido su misión con excelencia. Mientras el grupo se queda en silencio, compartiendo la comprensión mutua, la anciana bibliotecaria posa la vista en la fotografía sobre su escritorio: una joven Victoria sosteniendo en brazos a una pequeña Elizabeth con los ojos muy abiertos.

—Su madre —dice suavemente— estaría tan orgullosa de la fortaleza que han demostrado hoy: su curiosidad para descubrir la verdad y su valiente desafío a aceptar su aparente destino. Ambas actitudes los están impulsando. No solo la están honrando, sino que también están trazando sus propios caminos —concluye con convicción.

El trío intercambia despedidas sentidas con la mujer que ha moldeado gran parte de la vida de su madre. Mientras abandonan la biblioteca, el leve tintineo de la campana de la entrada parece resonar con promesa—un sonido que permanece en los oídos de Rebecca mucho después de que la puerta se cierre tras ellos.

—✦—

Royal Cambridge Scholastic Institute, 2019
(Auditorio de clases)

Mientras la narración del profesor regresa al presente, hace una pausa, como si estuviera perdido en sus pensamientos por un momento.

—La sabiduría de la señora Samuels-Ortiz no se limitaba a las paredes de su biblioteca —dice, ahora con un tono más suave—. Trasciende generaciones, moldeando no solo a los hijos de Victoria, sino también a cada alma afortunada que cruzó su camino. En su capacidad de usar el desafío y la curiosidad como herramientas de transformación, dejó un legado que nos recuerda que nunca debemos aceptar sin cuestionar los límites que la vida nos impone.

El profesor se aclara la garganta, disipando el peso de su reflexión mientras observa las miradas expectantes de sus estudiantes.

—Clase, la curiosidad es indispensable cuando necesitamos o deseamos descifrar, analizar o descubrir decisiones que estamos a punto de tomar, o acciones que estamos a punto de emprender, mientras sopesamos cuidadosamente las consecuencias de nuestras elecciones. Por otro lado, el desafío, cuando está guiado por razones justas y legítimas, se convierte en una postura necesaria para enfrentar la adversidad, las dificultades y, especialmente, el concepto del destino —el pedagogo hace una pausa, permitiendo que sus palabras se asienten en la sala.

Un leve murmullo de anticipación llena el aire. Sonríe, con un brillo de complicidad en los ojos, antes de ofrecer a la clase una lección sobre resiliencia:

—El desafío y la curiosidad no son meros conceptos —afirma—. Son herramientas que nos permiten cuestionar el destino y las limitaciones de la vida misma.

Varias manos se levantan.

—Profesor, ¿no han demostrado nuestros estudios que el destino es un concepto completamente falso? —pregunta Keith, un estudiante de historia con el cabello negro azabache recogido en una coleta.

—Exacto, Keith —afirma el profesor con entusiasmo—. Esa es precisamente la actitud que debemos adoptar hacia el destino. El poder del ahora—nuestra capacidad de tomar decisiones en el presente—es lo que moldea nuestro futuro. El destino no es una fuerza predeterminada; es simplemente la consecuencia de las elecciones que hacemos en el aquí y ahora. No hay destino —afirma en voz baja, dejando que la verdad resuene en el silencio que sigue—. Sus acciones moldean su futuro—su curiosidad y su desafío son sus herramientas más poderosas.

Ella, estudiante de filosofía conocida por sus preguntas perspicaces, interviene con una expresión reflexiva:

—Profesor, en *Desafío*, describe el desafío como una fuerza capaz de superar la adversidad. ¿Cómo diferenciar entre un desafío saludable, que lleva al crecimiento, y un desafío que se vuelve destructivo o autodestructivo?

—Esa es una pregunta muy aguda, Ella —responde Erasmus, con una mirada de respeto—. Un desafío saludable nace de un sentido profundo de propósito. Proviene de la certeza de lo que es correcto, de defender valores personales o el bien común. En cambio, el desafío destructivo suele surgir de una resistencia al crecimiento o al cambio. Es la negativa a ver más allá de las circunstancias inmediatas y puede estar impulsado por la ira o el miedo. La clave es la autoconciencia y la disposición a considerar las consecuencias de nuestras acciones.

Ella asiente pensativa, manteniendo la mirada fija en el profesor mientras reflexiona sobre su respuesta.

Alexander, un estudiante de ingeniería con inclinación por las preguntas profundas, levanta la mano con una expresión contemplativa.

—En *Curiosidad*, el poema habla sobre la búsqueda del conocimiento y la exploración. ¿Cómo podemos mantener la curiosidad en un mundo que a veces parece rígido o estancado, especialmente en campos altamente estructurados como el mío?

Erasmus asiente, considerando la perspectiva.

—Es un punto interesante, Alex. El mundo puede parecer rígido, pero la curiosidad aún puede prosperar en entornos estructurados. Se trata de hacer las preguntas correctas y buscar soluciones en lugares nuevos e inesperados. Para los ingenieros, la curiosidad es el motor de la innovación. Los límites de lo que sabemos están en constante cambio gracias a las preguntas que la gente sigue planteando. La curiosidad no siempre significa romper los moldes, a veces se trata de mirar dentro de ellos y verlos desde un ángulo diferente.

Alexander escucha atentamente, asintiendo en señal de acuerdo mientras reflexiona sobre la respuesta del profesor.

Lucía, una estudiante de psicología con un gran interés en el comportamiento humano, se inclina hacia adelante y pregunta:

—En el poema *Desafío*, hay un fuerte énfasis en luchar contra la adversidad. Pero ¿cómo conciliamos este desafío con la necesidad psicológica de aceptar las cosas como son, especialmente cuando no podemos controlar el resultado?

Erasmus sonríe, reconociendo la complejidad de la pregunta.

—Es una pregunta muy reflexiva, Lucía. Creo que el desafío no siempre implica luchar contra todo. También puede significar no aceptar pasivamente lo que sentimos como injusto o antinatural. Se trata de la capacidad de elegir nuestra respuesta. A veces, la aceptación es el acto más desafiante que podemos hacer, porque requiere fortaleza rendirse cuando es necesario, especialmente cuando enfrentamos lo que no podemos cambiar. El verdadero desafío es saber cuándo luchar y cuándo dar un paso atrás, y tener la sabiduría para elegir bien.

Lucía asiente con comprensión, apreciando la profundidad de la respuesta.

Víctor, un estudiante de relaciones internacionales con afinidad por la literatura, pregunta con un tono contemplativo:

—La idea de la *reciprocidad* parece estar entrelazada en *Desafío* y *Curiosidad*. ¿Cómo cree que estos conceptos influyen en la manera en que las personas interactúan a nivel global, especialmente en términos de relaciones diplomáticas y cooperación internacional?

—Es una excelente conexión, Víctor —responde Erasmus, asintiendo pensativo—. El desafío y la curiosidad no solo son herramientas personales, sino también elementos vitales en las relaciones internacionales. En diplomacia, el desafío se manifiesta como la firmeza en los valores fundamentales, incluso ante la presión. La curiosidad, por otro lado, es lo que nos impulsa a comprender las complejidades de otras culturas y las causas subyacentes de los conflictos internacionales. Equilibrar ambos—mantenerse firme cuando es necesario y permanecer curioso ante las perspectivas de los demás—es esencial para fomentar la cooperación y lograr la paz en un mundo globalizado.

Víctor, visiblemente interesado, se toma un momento para asimilar la respuesta antes de asentir en acuerdo.

Con esas palabras finales, la clase llega a su fin y los estudiantes, recién iluminados, reúnen sus cosas en un silencio reflexivo.

—Eso es todo por hoy. Clase despedida.

Mientras el profesor abandona el aula, los estudiantes llevan expresiones de profunda reflexión, como si hubieran recibido nuevas y valiosas herramientas existenciales. Con la magia entrelazada de la curiosidad y el desafío, salen, listos para empuñar sus recién descubiertos poderes en los capítulos venideros de sus vidas.

Capítulo 7

Decisiones

Hogar de Victoria y Erasmus, 2019

Afuera hay un diluvio. Ha estado lloviendo durante 24 horas seguidas. La pareja, de mediana edad, despertó al amanecer. Con tazas de té caliente en mano y melodías románticas sonando suavemente de fondo, permanecen acurrucados en la cama, disfrutando de un raro día de holgazanería. Una apasionada melodía, *Ma Che Bello Questo Amore* de Eros Ramazzotti (*Qué hermoso es este amor*), llena la habitación, creando una atmósfera de calidez e intimidad.

Para deleite de Erasmus, los sentimientos de culpa de Victoria casi han desaparecido por completo. En las últimas semanas, se ha mostrado visiblemente más relajada, su verdadero yo resurgiendo con cada día que pasa. Esta transformación ha traído de vuelta su espíritu alegre y desenfadado, junto con el lado enamorado de ella, que parece acercarla aún más, tanto emocional como físicamente, a Erasmus.

—Querido, tengo un secreto que confesarte —anuncia Victoria con un tono travieso.

—De acuerdo, déjame prepararme —responde Erasmus con fingida aprensión.

—Conservé uno de los escritos que la señora V. nos envió —admite con aire de culpabilidad.

—¿Cuál? —pregunta él, arqueando las cejas con genuina sorpresa.

—*El taburete con tres patas* —responde tímidamente.

—Has guardado un tesoro invaluable, mi señora. Ese escrito es una joya —comenta Erasmus, su curiosidad visiblemente encendida.

Erasmus la observa con una intensidad que parece extenderse por la eternidad, la música intensificando la profundidad del momento. Victoria guarda silencio, mientras *Dettagli* de Ornella Vanoni teje su encantadora melodía en el fondo.

Intrigado, Erasmus nota el brillo familiar en sus ojos.

—Está bien, mi querida psicóloga, ¿a dónde quieres llegar con esto? —pregunta, su tono inquisitivo pero tierno.

—A ningún lado —responde evasivamente.

—¿A ningún lado, como en que tienes algo que decir pero dudas en soltarlo? —contra pregunta conociéndola demasiado bien.

"Siempre me descubre antes siquiera de empezar", reflexiona Victoria, sorprendida por la instintiva capacidad de Erasmus para leerla con tanta facilidad.

—Querido, cada vez que leo *El taburete con tres patas*, siento que nuestra relación en Harvard tenía un verdadero compromiso de amor y pasión intensa, pero carecía de suficiente amistad o comunicación —suelta de golpe, con un tono titubeante.

—¿Eso es una justificación o un hecho, mi señora? —pregunta él, su tono ahora serio mientras absorbe sus palabras.

—La intimidad era limitada —responde con vacilación.

Erasmus hace una larga pausa, sus pensamientos revoloteando mientras reflexiona profundamente. Su mirada se agudiza y su expresión se endurece con determinación. *Nessuno al Mondo* de Ornella Vanoni suena, sus tonos emotivos amplificando la tensión.

—¿Quieres decir que con solo una mirada podíamos leer el estado de ánimo del otro? ¿O que sabíamos lo que el otro deseaba? ¿O que podíamos terminar las frases del otro? —comienza, su voz cobrando intensidad—. ¿O quizás te refieres a las interminables conversaciones—día tras día, en cada lugar al que íbamos—sobre todos los aspectos de nuestras vidas? ¿O tal vez al hecho de que, durante nuestro tiempo juntos, solo estuvimos separados por brevísimos momentos? ¿Es ese el tipo de falta de intimidad, amistad y comunicación al que te refieres?

Las palabras de Erasmus están cargadas de un sarcasmo punzante.

Victoria se retrae momentáneamente, debatiéndose entre su reacción y sus propios sentimientos. Tras unos momentos de reflexión, recupera la compostura y lo mira con renovada claridad y determinación. *Seamisai* de Laura Pausini y Gilberto Gil impregna la habitación con su encantadora melodía.

—¿Creé mi propia fantasía para justificar mis decisiones y elecciones, querido? —pregunta Victoria, su voz apenas audible sobre la música.

—No estoy seguro. Ilumíname, por favor —responde Erasmus, su tono teñido de fastidio.

—Parece que, en lugar de aceptar y disfrutar con gratitud lo que tengo, el vaso siempre me parece medio vacío, y me concentro en lo que creo que me falta —declara, sus palabras pesadas con introspección.

—No lo creo —afirma finalmente—. Eso es solo una excusa conveniente. Tu verdadero problema es que tu perspectiva es negativa incluso cuando tu vaso de vida está lleno. Cuando te comportas así, siempre ves tu vaso medio vacío mientras ansías hacer realidad tus propias fantasías —espeta, sus palabras atravesando la atmósfera cálida como un filo cortante.

—Háblame de ello —le ruega suavemente.

—¿Hablarte de qué? —pregunta, desconcertado.

—Sobre nuestra vida juntos en aquella época, en Harvard, desde tu perspectiva.

Erasmus hace una pausa, su mirada se pierde en el vacío mientras busca en los recovecos de su memoria. Sus ojos se desenfocan, viajando en el tiempo mientras *Habla El Alma* de Sandra Mihanovich llena la habitación, resonando profundamente con su estado de ánimo.

Perdido en la reminiscencia, Erasmus recuerda los lugares, las personas, sus risas, las anécdotas, las lecturas, los rituales compartidos, los planes y los extraordinarios sueños que tejieron juntos.

—¿No recuerdas nada de eso? —pregunta finalmente.

—Por supuesto que sí, mi amor. Lo recuerdo todo vívidamente —lo tranquiliza Victoria, su voz firme mientras su mente recrea aquellos momentos tan preciados.

—¿Pero? —insiste él, percibiendo que hay algo más.

Victoria duda, sus labios tiemblan mientras lucha con sus pensamientos. *Parigi in Agosto* de Charles Aznavour y Laura Pausini flota en el aire, envolviéndolos en un hechizo contemplativo.

—Es solo que tú has registrado y recordado nuestra vida juntos de una manera en la que yo no lo he hecho. Ya sea porque lo evité o porque, debido a mi pérdida, negué hasta qué punto lo tuve. Dijiste que siempre veo el vaso medio vacío, y como resultado, mi percepción es limitada. Para mí, sin duda, fue el mejor período de mi vida. Lamento que pasara tan rápido y que fuera tan corto. Pero si no me hubieras ayudado ahora, no habría podido recordar nuestra vida juntos con el nivel de detalle con el que lo haces tú. Has convertido mis recuerdos en un tesoro inmenso. Literalmente puedes evocar cada día, cada minuto, cada momento. Es extraordinario. Ahora, siento que estoy en una máquina del tiempo, revisitando y reviviendo nuestra vida a través de tus recuerdos de una manera que antes no podía ver —admite, su sinceridad resplandeciendo en cada palabra.

—Entonces, Vicky, tú conoces la respuesta a tu pregunta mejor que yo. Sabes exactamente qué le faltaba a nuestro taburete de tres patas.

—No le faltaba nada —responde en voz alta, su tono firme con la certeza de su revelación.

Erasmus sabe mejor, pero elige guardar silencio.

La conmovedora *Para Vivir* de Pablo Milanés los envuelve, tirando de sus corazones.

—Lo único que faltaba era yo —dice ella, la epifanía floreciendo en su voz.

—Tú estabas ahí, mi señora, pero solo en parte —su nueva claridad inspira a Erasmus, su admiración por ella es evidente.

La lluvia ha cesado, y la luz del día se filtra a través de las ventanas. Los tonos grises son reemplazados por amarillos, rojos y naranjas, bañando la habitación con calidez. Su abrazo irradia un entendimiento compartido, su apretado lazo, una promesa silenciosa.

—Si puedo preguntar, mi erudito amado, ¿cuál será el tema de tu clase esta mañana? —inquiere Victoria, con dulzura en la voz.

—Decisiones —responde él enigmáticamente.

Victoria estudia a Erasmus con intensidad, una resolución silenciosa formándose en su corazón.

—Qué apropiado, querido. Bueno, he decidido que nunca más veré la vida como un vaso medio vacío, siempre anhelando lo que no tengo. Prometo adoptar la actitud de una persona que ve el vaso medio lleno —declara con convicción.

—Fantástico, mi señora —responde él, su deleite inconfundible.

—Todo en nombre del amor, mi querido —murmura ella, su voz somnolienta pero llena de satisfacción.

La Fuerza del Corazón de Alejandro Sanz sigue sonando mientras la profundamente enamorada pareja se sumerge en un mundo de sueños, envueltos en los brazos del otro.

— ✦ —

Royal Cambridge Scholastic Institute, 2019
(Calles del Campus)

"Asombroso."

Con el corazón aún rebosante tras la mañana, Erasmus pedalea hacia el edificio de la facultad, el aire fresco de la mañana acariciando su piel con un vigor revitalizante.

"Ha cerrado el círculo."

Buscó expiar su pasado enfrentándolo de frente, y una vez logrado, se volvió hacia su interior, centrándose en su carácter y sus virtudes, reflexiona.

La serenidad de la mañana con Victoria aún persiste en su mente, pero siente cómo el peso de su responsabilidad como maestro vuelve a instalarse en su ser. Sus pensamientos cambian, preparándose para otro día en el aula.

El profesor Cromwell-Smith avanza por los pasillos con un paso ligero, su corazón hinchado de orgullo por su otra mitad.

Al entrar en el aula, su mente se reorienta, enfocándose en los estudiantes que tiene delante. Es más consciente que nunca del delicado equilibrio entre la vida que ha compartido con Victoria y las lecciones que está a punto de impartir. Con una respiración tranquila, se prepara para tender el puente entre lo personal y lo académico.

—Buenos días a todos —saluda cálidamente a sus alumnos, su amplia sonrisa iluminando la sala.

—Buenos días, profesor Cromwell —responde el alumnado al unísono, sus voces cargadas de respeto y entusiasmo.

—Decisiones —comienza, su voz resonante y medida.

—Tan difíciles de tomar, tan complicadas de afrontar. ¿Cuántos de nosotros luchamos diariamente, durante largos períodos o incluso toda nuestra vida, enfrentándonos a las elecciones que debemos hacer? —continúa, su mirada recorriendo la sala, asegurándose de que cada estudiante sienta el peso de sus palabras.

—Hoy los llevaré atrás en el tiempo, a un momento en el que me encontré en una encrucijada, luchando con una decisión crucial. En mi búsqueda de claridad, recurrí a uno de mis mentores más confiables—un anticuario impregnado de la sabiduría de Nueva Inglaterra.

Hace una pausa. La sala queda en silencio mientras sus estudiantes se inclinan ligeramente hacia adelante, cautivados por la promesa de su relato.

—Todo comienza así…

—✦—

En tren de Boston a New Haven, CT (1977)

Voy camino a encontrarme con el señor Lafayette, el anticuario de noble ascendencia francesa. Victoria y yo lo

711

visitábamos cada vez que Harvard jugaba contra la Universidad de Yale. Siempre ha sido un faro de sabiduría, ayudándome a navegar los temas y situaciones más desafiantes de mi vida.

Al llegar a su tienda en New Haven, salta de su confiable silla de lectura y se apresura hacia mí con un fuerte abrazo y un beso en cada mejilla—*à la française*—a pesar de que su linaje galo se remonta dos o tres generaciones atrás.

—¡Qué placer verte por aquí, Erasmus! —exclama con calidez en su voz, evitando con tacto el tema de la desaparición de Victoria.

—El placer es mío, señor L. —respondo, ligeramente abrumado por su efusividad.

—Sé que ahora vives en América, pero dime exactamente, ¿en qué andas metido? —pregunta con auténtica curiosidad.

—Hace unos meses comencé a dar clases en la Universidad de Brandeis. Amo lo que hago y estoy seguro de que esta es mi vocación. Pero cuando estoy solo, su ausencia sigue doliendo. Vine hasta aquí para verte porque necesito tu orientación. De alguna manera, tengo que encontrar la forma de soltar y seguir adelante con mi vida —le confieso, con el dolor inconfundible en mi voz.

El señor Lafayette me observa con atención, su mirada penetrante parece escudriñar las profundidades de mi alma. Durante lo que parece una eternidad, no dice nada, su silencio cargado de reflexión.

—Erasmus —comienza con claridad medida—, por lo que he escuchado de tus otros mentores—mis colegas anticuarios—y por lo que observo hoy aquí, está claro que debes decidir seguir adelante. No solo reconocer la necesidad de dejar ir, sino tomar la decisión consciente de poner tu ruptura en el pasado. Y una vez tomada la decisión, aplicarla con determinación inquebrantable —declara enfáticamente, cada palabra cayendo como una piedra cuidadosamente colocada.

Hace una pausa por un momento y luego añade:

—Tengo un escrito que ilustra perfectamente el dilema en el que te encuentras. Déjame traerlo.

Con pasos largos y deliberados, el señor Lafayette se aleja, dejándome solo con mis pensamientos. Regresa rápidamente, cargando un enorme libro antiguo encuadernado en cuero que parece contener la sabiduría de los siglos.

—Ahora te leeré esto —declara, su voz impregnada de la autoridad y la pasión de un verdadero pedagogo.

Decisiones

No hay peores decisiones en la vida
que aquellas que nunca tomamos—
no deben confundirse con elegir no hacer nada
o no tomar acción alguna,
pues esas siguen siendo decisiones
que tomamos de manera consciente.

¿Por qué es que tantos de nosotros
somos tan absolutamente indecisos
sobre nuestras vidas y nuestro futuro?
Decisiones para reflexionar, divagar y preguntarnos.

Decisiones que acertamos o arruinamos,
disputamos o cedemos,
desperdiciamos o cosechamos,
alcanzamos o presionamos,
aceptamos o rechazamos,

celebramos o despreciamos,
elevamos o enterramos,
dudamos o creemos,
perseguimos o evitamos,
revertimos o afirmamos,
lamentamos o disfrutamos,
tomamos con reluctancia
o abrazamos con pasión.
Decisiones, decisiones, decisiones por tomar—
sobre qué caminos seguir,
las alternativas que elegimos
o el curso de acción que adoptamos.

Ser decisivo es arduo y difícil,
pues exige que conquistemos
nuestras peores inseguridades y miedos.
La determinación es la consecuencia
de la firmeza y la resolución
de llevar los asuntos a una conclusión,
de una forma u otra.

Ser resolutivo es el resultado de la preparación—
la disposición para formar opciones viables
y actuar sobre ellas,
seleccionando entre
las alternativas que enfrentamos.
Las decisiones siempre brindan orientación.

A través de ellas, la dinámica de la vida
se despliega y toma forma.
Es la manera en que todo y todos,
para bien o para mal,
avanzan o retroceden,

se mueven y responden
dentro del círculo de la vida.

En este contexto,
decidir no es una opción,
sino un imperativo existencial.
Sin decisión,
caemos en un vacío catatónico,
y la vida nos pasa de largo,
sin reclamarla ni realizarla.

Decisiones, decisiones, decisiones por tomar—
decisiones que nos abruman,
nos dejan sin aliento,
pero que persisten,
sin desaparecer jamás.
Estar vivos requiere decisión.
Es esencial para nuestra existencia.
No hay forma de evitarlo.

Cuando se presenta una elección,
cuando llega el momento
de formar una opinión,
elegir un camino
o actuar—
toma la decisión,
sigue adelante
y continúa.

Las decisiones son elecciones inmanentes,
desafíos constantes
que debemos enfrentar
mientras sigamos siendo participantes
del círculo de la vida.

Las palabras del señor Lafayette quedan suspendidas en el aire, su verdad innegable. Erasmus permanece en contemplativo silencio, dejando que la sabiduría del anticuario resuene profundamente en su interior.

Mientras el tren lo lleva de regreso a Boston, sus pensamientos hierven con una determinación recién descubierta, cada milla marcando un paso más hacia las decisiones que sabe que debe tomar.

—◆—

Royal Cambridge Scholastic Institute, 2019
(Auditorio universitario)

El profesor Cromwell-Smith saca a su clase de su profunda concentración con un recordatorio enfático.

—Recuerden siempre, las peores decisiones en la vida son aquellas que nunca tomamos. La indecisión los convierte en meros espectadores, no en participantes de la vida —subraya el eminente pedagogo, sus palabras cargadas de convicción.

Las palabras del señor Lafayette aún resuenan en su mente mientras recuerda su visita años atrás: *"Decidir no es una opción, sino un imperativo existencial"*, le había dicho Lafayette. Ahora, de vuelta en el presente, observando los rostros atentos de sus estudiantes, Erasmus se da cuenta de que cada momento es, en efecto, una decisión—una que moldea su propio camino hacia adelante.

—Ahora, me gustaría abrir el espacio para preguntas —anuncia el profesor Cromwell-Smith, su voz cálida e invitante—. Siéntanse libres de preguntar cualquier cosa relacionada con los temas que hemos tratado hoy.

Madison, estudiante de escritura creativa, levanta la mano y es la primera en hablar.

—Profesor, en el poema *Decisiones*, se enfatiza el peso existencial de las elecciones que enfrentamos. ¿Cómo conciliamos la tensión entre la necesidad de tomar decisiones y la naturaleza abrumadora de esas elecciones, especialmente cuando las consecuencias son inciertas o desalentadoras? ¿Cómo evitamos la parálisis por análisis?

—Madison, esa es una pregunta muy interesante. El miedo a tomar la decisión equivocada es algo con lo que muchas personas luchan, y a menudo conduce a una especie de *parálisis por análisis*. En el poema vemos que el verdadero peligro no radica en tomar una decisión incorrecta, sino en no tomar ninguna. La indecisión en sí misma es una decisión, pero una que conduce a la inacción y al estancamiento. La clave es recordar que ninguna decisión está completamente libre de riesgo, y que la incertidumbre es parte natural del proceso. En lugar de esperar el 'momento perfecto' para decidir, debemos confiar en nosotros mismos y actuar, sabiendo que siempre podemos ajustar el rumbo en el camino. En cierto sentido, el simple acto de decidir nos proporciona claridad y dirección.

Steven, un estudiante de neurociencia, formula la siguiente pregunta.

—Profesor, en el poema, la capacidad de decisión se describe como el resultado de superar la inseguridad y el miedo. Desde una perspectiva psicológica, ¿cómo podemos desarrollar una mentalidad que fomente la toma de decisiones, especialmente cuando nos sentimos abrumados o inseguros sobre cuál es la mejor opción?

—Steven, esa es una pregunta perspicaz. Uno de los mayores desafíos en la toma de decisiones es que a menudo nos obliga a enfrentar nuestros miedos: el miedo al fracaso, el miedo al arrepentimiento, o el miedo a equivocarnos. En psicología, esto está estrechamente relacionado con la *autoeficacia*, que es nuestra confianza en nuestra capacidad para tomar decisiones efectivas y afrontar sus consecuencias. Para desarrollar una mentalidad de decisión, debemos fortalecer nuestra confianza en nuestra habilidad para decidir y en nuestra capacidad de adaptarnos si las cosas no salen como esperamos. Esto empieza con pequeñas decisiones de bajo riesgo, construyendo un hábito progresivo. Con el tiempo, nos damos cuenta de que tomar decisiones, incluso difíciles, no nos lleva al desastre, sino que nos impulsa hacia adelante. Ese movimiento constante es lo que nos ayuda a crecer.

Lindsey, estudiante de literatura, con una mirada aguda y enfocada, toma la palabra.

—Profesor, el poema describe la vida como un proceso continuo de toma de decisiones, y sin embargo, también habla de la naturaleza abrumadora de esas elecciones. ¿Cómo mantenemos un sentido de propósito y coherencia en nuestras decisiones cuando constantemente enfrentamos múltiples caminos posibles?

—Lindsey, esa es una observación importante. El poema aborda la paradoja de la toma de decisiones: mientras que siempre estamos decidiendo, la gran cantidad de opciones a veces puede resultar paralizante. La clave para mantener un propósito y coherencia es la *alineación*: tomar decisiones que reflejen nuestros valores, objetivos y nuestro sentido del yo. Si logramos mantenernos conectados con nuestras creencias fundamentales y con lo que realmente nos importa, incluso las decisiones más difíciles se vuelven más manejables. Se trata de conocer nuestras propias guías y tomar decisiones que estén alineadas con ese propósito más profundo. Aun cuando enfrentemos múltiples caminos, si actuamos de acuerdo con nuestros valores, creamos un sentido de dirección y significado en nuestras vidas.

Leonard, estudiante de psicología con un porte atlético y mandíbula marcada, interviene.

—Profesor, el poema enfatiza la necesidad existencial de tomar decisiones, pero también destaca el desgaste que puede causar el proceso de decidir constantemente. ¿Cómo equilibramos la necesidad de actuar con la importancia de reflexionar y hacer pausas? ¿Cómo nos aseguramos de que tomamos decisiones con intención y no por impulso o agotamiento?

—Leonard, esa es una pregunta matizada. El poema transmite la urgencia de decidir, pero es crucial recordar que las decisiones no solo se tratan de velocidad, sino también de intención. Podemos tomar decisiones con propósito y claridad si nos damos el espacio para la reflexión. Algunas decisiones deben tomarse con rapidez, pero otras se benefician de un paso atrás. Aquí es donde entran en juego prácticas como la *atención plena* y la *autorreflexión*. Al pausar, reflexionar y ganar perspectiva, podemos tomar decisiones que estén fundamentadas en nuestros verdaderos valores, en lugar de reaccionar impulsivamente o desde el agotamiento. El equilibrio es fundamental—ser decisivo no significa apresurarse a través de la vida, sino hacer elecciones alineadas con quienes realmente somos y con lo que queremos lograr.

Mientras el profesor da por finalizada la clase, observa las expresiones contemplativas de sus alumnos, con el ceño levemente fruncido, absortos en sus pensamientos. Deduce que están lidiando con las decisiones que aún no han enfrentado y reflexionando sobre las elecciones que ya han tomado—o evitado—en su camino.

—Eso es todo por hoy. Nos vemos la próxima semana —concluye el profesor Cromwell-Smith, sus palabras flotando en el aire como ecos de sabiduría.

Mientras los estudiantes se levantan y salen del auditorio, él les entrega a cada uno una copia de *La fórmula de la felicidad*, un gesto impregnado de esperanza silenciosa para los viajes que cada uno tiene por delante.

Los observa partir, cada uno probablemente meditando sobre las decisiones que aún deben tomar, o sobre aquellas a las que ya se han comprometido. Su mirada se demora un instante más, sintiendo el peso de la lección del día y la satisfacción callada de un entendimiento compartido.

Cuando el último de sus estudiantes cruza la puerta del auditorio y sus murmullos se desvanecen en el pasillo, el profesor Cromwell-Smith permanece de pie junto al atril, contemplando las butacas vacías. El silencio se siente más denso, más introspectivo, tras la profundidad de la discusión compartida.

Recogiendo sus notas y ajustándose las gafas, se permite un raro momento de reflexión. Los ecos del pasado y el presente se entrelazan en su mente, y se pregunta en silencio qué semillas de sabiduría, si acaso alguna, habrán encontrado tierra fértil en sus alumnos.

Enderezando la postura, camina hacia la puerta, su mente ya preparando la próxima lección—una nueva oportunidad para explorar las complejidades de la vida y, tal vez, inspirar unos cuantos corazones más.

Capítulo 8

La resiliencia

Martha's Vineyard, Massachusetts, 2019
(Faro de Gay Head)

Erasmus y Victoria llevan horas pedaleando por la isla. Una brisa suave hace que su recorrido sea aún más placentero mientras atraviesan el pintoresco paisaje costero, adornado con flores en plena floración y jardines meticulosamente cuidados. Al llegar a los majestuosos acantilados conocidos como *Gay Head*, desmontan de sus bicicletas y caminan hasta encontrar un rincón cómodo donde sentarse a disfrutar los sándwiches artesanales que han traído.

—Erasmus, ha llegado el momento —suelta Victoria de repente.

—¿El momento? —repite él, incrédulo.

—Sí, es hora de que me hables sobre tu vida personal mientras estuvimos separados —dice con una sonrisa traviesa, sus ojos brillando de curiosidad.

Erasmus, al principio desconcertado, la observa por un instante antes de que la sorpresa se disipe rápidamente.

"No hay nada de malo en ser inquisitiva; después de todo, ha sido un libro abierto contigo", razona. *"Además, incluso si no hubiera sido tan franca, igual habrías llenado los vacíos. ¿No es así?"* se cuestiona, reconociendo la justicia de su petición.

—Tus órdenes son mi mandato, mi señora —declara con una exagerada reverencia, señalando su disposición a complacerla.

El sol de la tarde se alza alto en el horizonte, proyectando un resplandor dorado sobre los acantilados mientras Erasmus se prepara para llevar a Victoria en un viaje a través de su pasado. Su voz es serena, aunque teñida de emoción, mientras comparte un capítulo de su vida marcado tanto por la plenitud como por la añoranza.

—Victoria, como sabes, comencé a escribir mientras estábamos en Harvard. No fue algo planeado—simplemente brotó sobre el papel, expresando la intensidad de nuestro amor mientras estuvimos juntos. Una vez que empecé a escribir, descubrí que no podía detenerme.

Hace una breve pausa, contemplando el mar antes de continuar, sus palabras cargadas de orgullo y vulnerabilidad.

—Mi primer gran proyecto fue una novela. Me tomó un tiempo extraordinario—especialmente al principio. No tenía idea de lo que estaba haciendo. Fue un proceso lleno de pruebas y errores, reescrituras interminables e incluso la eliminación completa de manuscritos enteros. Pero, con el tiempo, logré terminarla.

Victoria lo escucha atentamente, su mirada fija en él sin titubear, mientras sigue su relato.

—Poco después, aunque con gran reticencia y bajas expectativas, llevé el manuscrito terminado a una editorial aquí mismo, en el pueblo —comparte Erasmus, su voz suavizándose al recordar aquel momento.

—— ✦ ——

Boston, Massachusetts, 1989
(Oficinas de Erudite Renaissance Press)

—Su libro está muy mal escrito, señor Cromwell —proclama la ejecutiva con tono firme e implacable.

Erasmus está sentado frente a Rachel Thurman, la editora en jefe de *Erudite Renaissance Press* y, sin duda, una de las mujeres más deslumbrantemente hermosas que ha conocido desde que vio por primera vez a Victoria en Harvard. Su elegancia y presencia imponente son innegables, pero su aguda crítica corta como una navaja.

—Esta no es solo mi opinión, sino el consenso de varios de nuestros editores senior y correctores. No tocarán su manuscrito tal como está —afirma sin rodeos, sin dejar espacio para la ambigüedad.

Para la mayoría de los aspirantes a escritores, esto marcaría el final del camino—un rechazo entregado con una claridad aplastante. Normalmente, noticias como esta se transmitirían en una nota escrita o en una breve llamada telefónica. Pero Rachel Thurman ha elegido dar este veredicto en persona, impulsada por una inexplicable afinidad hacia el testarudo profesor que tiene delante. Sin embargo, su inquebrantable confianza en sí mismo y su obstinada determinación la sacan de quicio de una manera que no puede ignorar por completo.

—Y con respecto a su segunda propuesta —continúa—, la poesía no vende. Punto. No pierda su tiempo.

Su tono es definitivo, su mirada desafiante.

Justo en ese instante, ocurre algo inesperado. Erasmus sonríe—una sonrisa genuina y despreocupada que la toma completamente por sorpresa.

"Qué ironía", piensa, su irritación creciendo. *"Está sonriendo después de que le dijeran que su trabajo es impublicable."*

—Profesor Cromwell, no recuerdo haber visto jamás a un escritor aspirante sonreírme después de ser rechazado —espeta, su frustración evidente.

—Señora Thurman, quizás podría acompañarme a cenar y podríamos hablar más sobre ello —responde él con calma, dejando a la editora momentáneamente sin palabras.

—¿Qué? —exclama ella, su voz elevándose con incredulidad—. Señor Cromwell, ¿no fui lo suficientemente clara?

Su tono se endurece, pero en su interior reconoce su audacia. *"Este tipo es inmune al rechazo"*, piensa, admirando a regañadientes su indomabilidad.

Es entonces cuando la calidez de su sonrisa y la dulzura de su mirada logran atravesar sus defensas.

—¿Habla en serio? —pregunta, su voz suavizándose, con un matiz de burla en su tono.

—Sería un verdadero placer —responde Erasmus con naturalidad.

—¿Cuándo? —inquiere ella, su resistencia finalmente cediendo ante la curiosidad.

—Ahora mismo, en cuanto salga de la oficina —dice él, sin perder un ápice de firmeza.

Por primera vez, Rachel Thurman le devuelve la sonrisa.

— ✦ —

La Provence Bistro, Centro de Boston, 1989
(Restaurante francés)

La conversación durante la cena comienza con Erasmus compartiendo recuerdos de su llegada a América, entremezclados con risas compartidas.

—Todo parecía tan moderno y avanzado, salvo por los modales, el lenguaje y el conocimiento de la gente, que parecían provenir de una tierra de bárbaros.

—Además, era torpe, extraño y tropezaba con todo a mi paso —añade con una sonrisa irónica.

Tras unas copas de vino y disfrutando de la mejor gastronomía gourmet, la lengua de Rachel Thurman se suelta, revelando su franqueza sin filtros.

—Me enorgullezco de salir solo con el tipo correcto de hombre —suelta de repente, con un tono impregnado de arrogancia.

—Rachel, permíteme ser muy franco contigo —interviene Erasmus, eligiendo ignorar su comentario engreído.

—¡No me lo digas! ¿Eres un superhéroe y este disfraz es tu personalidad y personaje secreto? —retruca ella, su voz cargada de sarcasmo.

—Tal vez lo sea; nunca se sabe. Pero dime algo, si te gusta tanto mi libro, ¿a qué le tienes miedo? —responde él, su pregunta golpeando con una precisión inesperada.

La sonrisa de Rachel desaparece mientras lo estudia, intrigada por su audacia. Percibe que la dinámica ha cambiado. La conversación ya no es ligera—se ha convertido en un duelo de ingenio. Un destello de renovado interés brilla en sus ojos.

—Perdona mi ingenuidad. Estoy entendiendo lo que intentas hacer. Estás posicionándote, preparándome para negociar los derechos de tu obra. Intentas manipular, regatear y conseguir un gran acuerdo para tu editorial —presiona aún más, sin ceder terreno.

Rachel abre la boca para responder, pero se detiene al notar cómo sus ojos penetrantes parecen desenmarañar sus intenciones. Sonríe con picardía y se rinde a una verdad parcial.

—Los negocios son los negocios, Erasmus.

Ignorando su declaración, Erasmus guarda silencio. Pero el uso de su nombre de pila capta su atención. Sonríe, y Rachel lo lee con la misma destreza.

Una disonancia evidente se instala entre ellos, perceptible incluso en esta primera cita. Las prioridades de Rachel y los valores de Erasmus chocan, sus corazones latiendo en ritmos distintos.

— ✦ —

Oficinas de Erudite Renaissance Press, 1991

Durante varios meses, el primer libro de Erasmus ha ocupado un lugar destacado en la lista de los más vendidos.

—¡Felicidades! Tu primer pago de regalías, Erasmus — exclama Rachel, plantándole un apasionado beso en los labios mientras le entrega el cheque.

Erasmus le echa un vistazo rápido al monto antes de deslizarlo en su bolsillo sin mayor entusiasmo.

Los ojos de Rachel se agrandan dramáticamente.

"Le da absolutamente igual", piensa, frustrada.

—¿Cómo se siente ser un profesor universitario muy rico? —pregunta, esperando provocar algún atisbo de emoción.

—Exactamente como me sentía hace un minuto. Nada ha cambiado. Nunca celebro tener ni ganar dinero, Rachel — responde con indiferencia.

—Tal vez ahora puedas considerar dejar ese trabajo tuyo en la universidad y dedicarte a escribir a tiempo completo — sugiere, su exasperación filtrándose en su tono.

Él ni siquiera se molesta en responder, dejándola hervir en silencio.

— ✦ —

Sniffles Highlands Trail, Telluride, Colorado, 1991
(Verano)

Llevan horas de caminata, serpenteando a través de densos bosques y praderas abiertas. A medida que ascienden por un estrecho sendero de montaña, son recibidos por una explosión de flores silvestres, arroyos centelleantes y, a 3.600 metros de altura, un valle oculto de ensueño.

Primero, oyen un murmullo lejano, luego, el estruendo creciente de una cascada que se revela como un secreto tras un giro rocoso. La escena idílica parece intacta, digna de una postal.

Hambrientos y cansados, se acomodan para devorar sus sándwiches artesanales y bebidas energéticas. Su conversación es escasa, el silencio entre ellos, tranquilo.

—La vista desde mi casa es difícil de igualar, pero este paisaje impresionante quizá lo logre —observa Rachel, con tono casual.

—Aunque nada es más acogedor que nuestro apartamento con vista al río Charles —añade, su voz desvaneciéndose en una cascada de elogios hacia sus posesiones, sus mejillas sonrosadas por el aire fresco de la montaña.

Erasmus la escucha, buscando una conexión que siente cada vez más esquiva.

"Lo suyo es suyo, pero ¿qué es lo nuestro? ¿Dónde está el corazón en todo esto?" se pregunta en silencio.

—◆—

Camino Inca, Cuzco, Perú, 1991
(Invierno)

La caminata del día ha sido extenuante, una maratón de resistencia a través de paisajes impresionantes. Finalmente, al girar una curva pronunciada, Machu Picchu se despliega ante ellos—una ciudad mística suspendida en las nubes, sus muros antiguos bañados por el sol de la tarde.

—Rachel, estamos en la cima del mundo —exclama Erasmus, empapado en sudor, pero eufórico.

—¡Sí! Otro pendiente de mi lista completado. No puedo esperar para contárselo a todos. Lo hice. Finalmente, lo hice —declara Rachel, su entusiasmo centrado en la hazaña.

Su tono de autoelogio pasa por alto el creciente desencanto de Erasmus.

"Es ciega ante la maravilla del viaje—las montañas, la historia, la experiencia compartida. Su triunfo es sobre su círculo, su conquista. ¿Dónde está la empatía? ¿El corazón?" reflexiona Erasmus, su alegría empañada por el abismo emocional que se ensancha entre ellos.

—✦—

Museo del Hermitage, San Petersburgo, Rusia, 1992

En el corazón del Museo del Hermitage, Erasmus está embelesado, absorto en los tesoros opulentos que lo rodean. Durante horas, se maravilla con los diseños intrincados, los colores vibrantes y la pura maestría artística de las obras de Fabergé.

Rachel, mientras tanto, se mueve impacientemente, echando miradas furtivas a su reloj.

"¿Cómo puede alguien pasar tanto tiempo viendo chucherías decorativas? Han pasado tres horas y mi lista de pendientes aún está lejos de completarse", refunfuña para sí misma.

En una pausa breve, Erasmus sonríe, su rostro iluminado con una emoción desbordante.

—Rachel, ¡qué experiencia! Los colores son hipnóticos. La integración de malaquita, jade, lapislázuli—es extraordinario. Y esos huevos de Pascua imperiales, son incomparables —comenta entusiasmado.

Rachel oculta su irritación tras una sonrisa tensa, su paciencia agotándose.

—Espero que estés listo para irnos. Esos huevos nos tomaron dos horas —murmura para sí misma.

Erasmus, finalmente captando su expresión apática, pregunta:

—¿Aburrida, Rachel?

—Hasta la muerte —responde con frialdad, sus palabras cortando su entusiasmo de raíz.

Pocos minutos después, abandonan el museo—uno de los mayores tesoros culturales del mundo—dejando atrás su magnificencia para continuar con su lista de visitas por la ciudad.

Erasmus camina en silencio, con el peso de su indiferencia hundiéndose en su interior como una sombra persistente.

— ✦ —

Cortina d'Ampezzo, Italia, 1991
(Invierno)

—¿Dónde está Erasmus, Rachel? —pregunta Brigitte, echando un vistazo alrededor del vibrante restaurante de montaña, cubierto de nieve, donde su animado grupo de amigos disfruta del ambiente.

—Esquiando —responde Rachel con indiferencia, haciendo girar su copa de vino, sus mejillas sonrojadas tras la indulgencia de la tarde.

—¿Cuándo os veis siquiera? —interviene Mark, un colega, con curiosidad.

Rachel suspira y se recuesta en su silla.

—Bueno, él se levanta antes del amanecer, ansioso por ser el primero en las pistas cuando abren. Yo ni siquiera salgo de la cama hasta eso de las once. Una vez que finalmente subo a la montaña, lo busco en sus pistas favoritas. Esquiamos juntos un rato y luego paramos a almorzar.

—¿Y después del almuerzo? —pregunta Brigitte con una mirada perspicaz.

—Oh, él es implacable... sigue esquiando hasta que la patrulla lo persigue fuera de las pistas —añade con una sonrisa radiante—. Pero, durante las horas previas al esquí y toda la noche, es completamente mío.

Rachel le hace un gesto a Erasmus, quien emerge entre la multitud colorida de esquiadores. Su sonrisa se ensancha al verla, su casco y equipo de esquí dándole el aura de un devoto entusiasta del deporte.

"Son como dos relojes desincronizados—colgados uno al lado del otro en la misma pared, pero marcando ritmos completamente diferentes", reflexiona Brigitte en silencio, sus ojos observadores captando la desconexión entre ellos.

— ❖ —

Restaurante Jules Verne, Torre Eiffel, París, 1993

—Erasmus, hemos estado juntos cuatro años. Hemos viajado por el mundo. He apoyado tu carrera como profesor y escritor, y nos hemos vuelto... cómodos el uno con el otro —comienza Rachel, con un tono que mezcla anhelo y frustración.

"¿A dónde quiere llegar con esto?" se pregunta Erasmus mientras sorbe su vino, la imagen misma de la calma curiosa.

730

—Ha sido maravilloso, Rachel. Tienes razón —responde, sin saber que una tormenta se esconde bajo sus palabras cuidadosamente medidas.

La paciencia de Rachel se agota. Quiere gritarle, exigirle atención, pero sabe que todo se deslizaría sobre su impenetrable exterior. Prueba con los celos—nunca ha funcionado antes, pero está desesperada por una reacción.

—¿Cuándo vas a pedírmelo? —suelta de golpe, sin poder detenerse.

—¿Pedirte qué? —replica Erasmus, con su habitual aire de profesor despistado, sin dar señales de comprender.

—Que te cases conmigo, tonto —dice ella a medias, su frustración desbordándose.

Erasmus se queda inmóvil, su mirada afilada estrechándose, sus labios presionándose en una fina línea. El silencio cargado de tensión hace que el corazón de Rachel lata con fuerza mientras lo observa, esperando una declaración, temiendo el rechazo.

—Rachel —dice finalmente, su voz calmada pero helada—, permíteme hacerte una pregunta directa. Si yo no fuera un escritor exitoso y adinerado, ¿considerarías casarte conmigo?

La pregunta cae como un trueno. La confianza de Rachel titubea, y vacila antes de responder. Cuando lo hace, su honestidad es como una cuchilla.

—No, definitivamente no.

El peso de sus palabras se asienta entre ellos, un entendimiento tácito que sella su destino. El tenue lazo que los mantenía unidos se evapora en un instante.

Más tarde esa noche, abordan su vuelo de regreso a casa. Conversan con naturalidad, se ríen de su viaje e incluso se quedan dormidos apoyados el uno en el otro, compartiendo un último atisbo de intimidad.

Cuando aterrizan en Boston, se despiden en el aeropuerto de Logan con un beso, el último. Nunca vuelven a hablar ni a verse.

"Me gustaba mucho Rachel, y pasamos momentos maravillosos juntos", reflexiona Erasmus días después. *"Pero nunca fue mi tipo."*

—◆—

Isla de Martha's Vineyard, Massachusetts, 2019
(Acantilados de Gay Head)

La postura de Victoria, inclinada hacia adelante, es la de una oyente cautivada, rebosante de preguntas.

—Lo entiendo, querido. Lo entiendo —susurra con suavidad.

Aún reflexionando sobre qué decir, Erasmus duda, inseguro de qué añadir a continuación, pero la expresión inquisitiva de Victoria lo impulsa a continuar.

—Victoria, sé exactamente lo que está pasando por tu mente. Entiendo que te debo al menos un cierto nivel de transparencia. Aunque no entraré en detalles irrelevantes, quiero ser respetuoso con las mujeres con las que me relacioné durante nuestros años separados. Puedo decirte que hubo varias constantes en mi vida a lo largo de los años, especialmente en lo que respecta a la compañía femenina. Primero, durante nuestra separación, rara vez estuve solo. Segundo, aparte de mi relación con Rachel y otra mujer en Europa, todas mis relaciones fueron extremadamente discretas. La mayoría de mis compañeras eran antiguas— énfasis en antiguas—estudiantes. Tercero, Rachel no fue la primera en proponerme matrimonio. Me ocurrió varias veces, pero nunca tuve la inclinación, y mucho menos la voluntad, de aceptar. Cuarto, la más larga de estas relaciones duró cuatro años, mientras que la más corta se prolongó seis meses. Todas estas mujeres, sin excepción, se casaron felizmente y tuvieron hijos. Por último, no te diré cuántas relaciones hubo, pero Victoria, fueron varias —expone en un tono medido.

El rostro de Victoria se ilumina con una mezcla de deleite y claridad mientras se aferra a su brazo y comienzan a caminar de regreso hacia sus bicicletas. El silencio los acompaña en su trayecto hacia la terminal del ferry, pero tras unos minutos, Victoria se detiene de repente, y Erasmus se detiene también.

—Estoy orgullosa de ti, querido —dice con la voz temblorosa por la emoción. —Me siento tan afortunada de ser amada tanto por ti. Soy la mujer más afortunada del mundo. Anhelaste y esperaste por mí todos estos años, con la esperanza de que yo reapareciera.

Dejando caer su bicicleta al suelo, avanza hacia él y lo abraza antes de besarlo apasionadamente, su gratitud y amor expresándose en cada uno de sus gestos.

Juntos, pedalean a través de un caleidoscopio de colores mientras el cielo transita desde el resplandor de un día claro, con sus blancos y amarillos nítidos, hasta las llamas anaranjadas y el rojo incandescente del atardecer. Para cuando se acercan a su destino, la noche ha envuelto el mundo en tonos de azul profundo, con una luna llena resplandeciente y un manto negro salpicado de estrellas, marcando el final de su recorrido en una serenidad esplendorosa.

— ❖ —

Viaje en Tren de Hyannis Point a Boston, 2019

Victoria reposa medio dormida sobre el hombro de Erasmus, el ritmo tranquilo del tren arrullándola en un estado de paz. De repente, se mueve y pregunta suavemente:

—Cariño, ¿cuál será el tema de la clase de mañana?

—Resiliencia, mi amor —responde Erasmus, su mente ya inmersa en la preparación de su próxima conferencia.

Mientras Erasmus pedalea hacia el edificio de la facultad, el peso de su conversación con Victoria sigue presente en su mente. Reflexiona sobre el poder de la resiliencia, la fuerza que ahora define tanto su viaje personal como el tema de la lección del día.

— ❖ —

Royal Cambridge Scholastic Institute, 2019
(Auditorio universitario – Al día siguiente)

Entra en el auditorio, sus pensamientos aún enredados con la idea de la resiliencia que había surgido en su conversación anterior. Los estudiantes ya están sentados, esperando sus palabras, y cuando la puerta se abre de par en par, Erasmus está listo para guiarlos a través de otra lección que hoy se siente profundamente personal.

—¿Cómo están todos hoy? —saluda calurosamente el profesor Cromwell-Smith, su voz cargada de una energía palpable.

—¡Increíblemente bien! —responden los estudiantes al unísono con entusiasmo.

—Hoy hablaremos sobre la resiliencia —comienza, paseándose lentamente por el escenario—. La resiliencia es la capacidad de adaptarse y recuperarse cuando la vida nos golpea. Es lo que nos permite enfrentar desafíos, soportar dificultades y salir fortalecidos. No es solo una herramienta de supervivencia, sino una virtud.

Hace una pausa, su mirada recorriendo la sala para asegurarse de que tiene la atención total de su audiencia.

—Les llevaré a un momento de mi vida en el que la resiliencia se convirtió en un elemento definitorio de mi carácter. Para superar la adversidad, primero debemos comprenderla, aceptarla y luego elevarnos por encima de ella. La historia comienza así...

El tono del profesor se suaviza, señalando el inicio de otro viaje hacia una lección de vida profundamente significativa y personal.

— ✦ —

Remando en el Río Charles, 1977

Desde que Victoria y yo conocimos por casualidad al señor Faith mientras remábamos por el río Charles, he mantenido la costumbre de visitarlo en su tienda a las afueras de Boston cada vez que remo.

Hoy, después de atracar y asegurar mi bote de remo, camino por las calles del pequeño pueblo, mis pasos marcados por la trepidación y la emoción ante la idea de ver a mi viejo amigo y mentor, Thomas Albert Faith. Su librería de antigüedades, adornada con su nombre, alberga innumerables tesoros del conocimiento.

Al entrar en aquel lugar sagrado, veo que el señor Faith está despachando a un cliente, quien sale justo delante de mí, con los brazos cargados de voluminosos libros apretados contra su pecho. Le sostengo la puerta, y el diminuto cliente choca contra su chófer, quien lo espera en la acera y se apresura a ayudarlo con la carga.

—Erasmus, qué placer verte. Ha pasado mucho tiempo. ¿Dónde has estado? —exclama el señor Faith, acercándose a mí con sus característicos pasos lentos y deliberados. Me envuelve en su clásico abrazo de oso y, como siempre, el último apretón me deja sin aliento.

—Señor Faith, ¿cómo ha estado? —logro decir, intentando recuperar el aliento.

—Envejeciendo, pero por lo demás, bien —responde con calidez—.

—Mírate, todo un hombre. Hasta pareces un profesor ahora —añade con una sonrisa amplia que ilumina la habitación.

—Señor Faith, pensé en visitarlo a usted antes que a nadie porque es el más indicado para ayudarme —anuncio con firmeza—. Verá, estoy luchando con el deseo y la perseverancia. Amo mi trabajo y me dedico por completo a él, pero se siente vacío. Falta algo, y lo peor de todo es que sé exactamente qué es. Me pierdo y me sumerjo en pensamientos y recuerdos de mi pasado —confieso.

El señor Faith me escucha con atención, paseando con pasos calculados, como si estuviera pesando mis palabras. Luego, sin decir una palabra, se dirige al extremo derecho de su inalcanzable y altísima biblioteca. De la primera fila, selecciona un libro de tamaño mediano, encuadernado en cuero, y regresa hacia mí con una actitud solemne pero reconfortante.

—Erasmus, aquí tengo la receta perfecta para tu mal actual —comienza, su voz resonando con convicción—. Es un escrito que valoro profundamente, pues trata sobre el núcleo de lo que estás buscando. Tu lucha es con la resiliencia, una virtud que debes cultivar para enfrentar los desafíos de la vida y trascenderlos. Espero que este texto te ayude a desarrollar la resiliencia como una herramienta existencial en el futuro.

Dicho esto, abre el libro en una página marcada con un cordón rojo. Rápidamente escanea la antigua escritura y, al encontrar el párrafo preciso, comienza a leer con seriedad, su voz impregnada de la sabiduría de los tiempos.

La resiliencia

La resiliencia yace en el núcleo
de la esencia misma del espíritu humano.

Es una condición existencial vital y virtuosa,
compuesta de pura fuerza de carácter
y una voluntad indomable e inspiradora.

La resiliencia es el fuego ardiente,
la resistencia inquebrantable,
el desafío sin titubeos,
la perseverancia terca,
la fe inamovible,
y un hambre insaciable—
el combustible necesario para vivir con intensidad,
pasión y la resistencia
que cualquier empresa demanda.

La persona resiliente lo intenta una y otra vez,
nunca se detiene,
no se rinde al agotamiento,
se levanta después de cada caída,
avanza sin mirar atrás,
se adapta en un instante,
aprende de manera constante

e ignora el rechazo.
La persona resiliente convierte el miedo en fortaleza
y no comprende las palabras:
aburrimiento,
chisme,
rencor persistente
o envidia.

La persona resiliente soporta la adversidad,
supera la tragedia,
aprende de la crítica,
convierte el fracaso en oportunidad,
los errores en lecciones,
las derrotas en temporales,
usa los "no" como incentivos
y jamás, jamás se rinde
ni mucho menos se entrega.

La resiliencia es esa fuerza cuasi-sobrehumana
que nos permite:
Emprender misiones desafiantes y exigentes,
con entereza y confianza en uno mismo.

Perseverar hasta el final,
a pesar de los obstáculos,
reveses y dificultades aparentemente insuperables.

Desafiar a la vida,
desafiando todas las probabilidades,
con absoluta convicción y fe inquebrantable—
sabiendo que, sin importar quién o qué se interponga,
al final, triunfaremos.

*

Cuando la voz del señor Faith se apaga, siento cómo sus palabras resuenan profundamente dentro de mí. Ese escrito ha despertado algo latente—una chispa de determinación, un impulso para enfrentar mis luchas internas.

Al salir de la librería y caminar de regreso al río, el sonido de los remos cortando el agua acompaña el ritmo de mi renovada resolución.

— ✦ —

Royal Cambridge Scholastic Institute, 2019
(Auditorio universitario)

Mientras el profesor Cromwell-Smith pasa de su historia personal a la lección, siente el peso de su experiencia pasada moldeando sus palabras en el presente. A medida que el mensaje del pedagogo se asienta en la sala, un profundo silencio se apodera del auditorio, solo interrumpido por el leve crujir de los papeles y alguna que otra tos dispersa. Los estudiantes intercambian miradas; sus rostros, marcados por una mezcla de asombro y determinación. La lección sobre la resiliencia ha tocado una fibra profunda, dejándolos inspirados e introspectivos. El profesor los devuelve al presente con unas palabras adicionales de sabiduría atemporal.

—La resiliencia es intrínseca a lo sagrado, pues actúa como una fuerza impulsora para aquellos que defienden la verdad, el honor, la honestidad, la familia y a sus seres queridos. Es la misma energía motriz que sostiene a quienes, por principio, permanecen firmes en la defensa de una ideología, una creencia religiosa, una etnia, una nación, una tierra o un grupo social. La resiliencia también se aplica a los aspectos más mundanos de la vida: cuando perseguimos nuestros sueños con pasión, cuando nos comprometemos con ideas o cuando asumimos el deber de proveer, respetar, proteger y amar. Finalmente, la resiliencia es indispensable en los esfuerzos pragmáticos: planificar, construir, ejecutar, cumplir y, en última instancia, finalizar lo que hemos comenzado, — concluye el erudito profesor, sus palabras resonando con fuerza en la sala.

Con una última mirada a sus estudiantes, su voz adopta un tono más contemplativo mientras se prepara para cerrar la clase y abrir el espacio a preguntas. Hace una pausa, permitiendo que el peso de sus palabras se asiente en sus mentes.

Sarah, una estudiante de Literatura Inglesa, conocida por sus reflexiones filosóficas, levanta la mano. Su rostro muestra un gesto pensativo.

—Profesor, en *Resiliencia*, el poema enfatiza la persistencia inquebrantable frente a la adversidad. ¿Cómo se reconcilia esta idea con la noción de saber cuándo hay que soltar, especialmente cuando insistir solo podría generar más sufrimiento?

—Es una pregunta muy perspicaz, Sarah —responde Erasmus tras una breve reflexión—. La resiliencia, en este sentido, no consiste en avanzar ciegamente contra todos los obstáculos. Se trata de saber cuándo perseverar y cuándo dar un paso atrás. La verdadera resiliencia implica conciencia y discernimiento: reconocer cuándo un obstáculo es una lección o una oportunidad de crecimiento, y cuándo es simplemente una señal de que el mejor camino es soltar y redirigir los esfuerzos. No se trata de luchar todas las batallas, sino de luchar las que importan y saber cuándo conservar la fuerza para el momento adecuado.

Sarah asiente, reflexionando sobre el equilibrio entre la persistencia y la necesidad de cambiar de dirección. Sus ojos reflejan la profundidad de las palabras del profesor.

Joshua, un estudiante de Psicología especializado en resiliencia emocional, se inclina hacia adelante, su curiosidad despertada.

—En el poema, la resiliencia se describe como una fuerza que nos permite levantarnos tras el fracaso. Pero ¿cómo distinguimos entre resiliencia y terquedad? ¿Existe una línea delgada entre ambas?

Erasmus esboza una pequeña sonrisa, apreciando la profundidad de la pregunta.

—Existe, sin duda, una línea muy fina, Joshua. La terquedad suele surgir del ego, de la negativa a adaptarse o a aprender de los fracasos. La resiliencia, en cambio, nace del crecimiento. Nos permite reconocer el fracaso, aprender de él y ajustar nuestro rumbo. La terquedad nos mantiene atrapados en el mismo patrón, mientras que la resiliencia nos impulsa a evolucionar. Se trata de decidir levantarnos, no porque tengamos que hacerlo, sino porque hemos aprendido algo importante en el proceso.

Joshua parece satisfecho con la respuesta. Su ceño se frunce mientras considera la aplicación práctica de esta idea en su propia vida.

Lynn, una estudiante de Biología que ha investigado los aspectos neurológicos del estrés y la resiliencia, plantea su pregunta.

—Profesor, en *Resiliencia*, el poema presenta la resiliencia como una especie de fuerza interna. Desde una perspectiva científica, ¿qué papel juega el cerebro en la formación de esta fuerza y cómo influye en nuestra capacidad para recuperarnos tras contratiempos emocionales?

Erasmus asiente, reconociendo la intersección entre la ciencia y la experiencia humana.

—Gran pregunta, Lynn —responde Erasmus con tono apreciativo—. Desde un punto de vista biológico, la resiliencia es una función tanto del cerebro como del cuerpo. La corteza prefrontal nos ayuda a regular nuestras emociones, tomar decisiones y adaptar nuestros comportamientos ante el estrés. El hipocampo, que está involucrado en la memoria y el aprendizaje, también juega un papel clave en cómo procesamos los contratiempos y los utilizamos como herramientas para el crecimiento futuro. En un nivel más emocional, la resiliencia es un comportamiento aprendido: es la capacidad del cerebro para adaptarse a los desafíos, fortalecer conexiones a través de la experiencia y construir fortaleza emocional. El cerebro, al igual que nuestro corazón, tiene una capacidad asombrosa para recuperarse, siempre que le proporcionemos las herramientas y el espacio necesario para sanar.

Lynn sonríe, claramente fascinada por la intersección entre la neurociencia y la experiencia humana de la resiliencia.

Vincent, un estudiante de Historia con un interés particular en la psicología del liderazgo, plantea su pregunta con confianza.

—Profesor, *Resiliencia* habla de la persistencia, pero ¿cómo ve este concepto en el contexto del liderazgo? ¿Cómo se manifiesta la resiliencia en los líderes que enfrentan dificultades abrumadoras?

—Esa es una excelente conexión, Vincent —responde Erasmus con un asentimiento—. En el liderazgo, la resiliencia no solo se trata de superar desafíos personales, sino también de mantener la fortaleza para guiar a otros en tiempos difíciles. Un líder resiliente demuestra la capacidad de mantener la calma, adaptarse e inspirar acción, incluso cuando enfrenta el fracaso o la adversidad. No rehúye los desafíos; los enfrenta de frente, no porque sea fácil, sino porque su responsabilidad es guiar a otros. Un líder resiliente abraza los fracasos como oportunidades de crecimiento, no solo para sí mismo, sino para su equipo. Entiende que cada fracaso es una lección y que cada contratiempo es un peldaño hacia un mayor éxito.

Vincent asiente, reflexionando sobre cómo la resiliencia podría moldear su propio camino hacia el liderazgo.

—Eso es todo por hoy. Nos vemos la próxima semana —declara el profesor Cromwell al despedirse.

Los estudiantes permanecen inmóviles por un instante, sus expresiones una mezcla de asombro y determinación. Sus miradas reflejan una resolución colectiva al comprender la profundidad de la resiliencia y su necesidad para resistir y triunfar en la vida. Lentamente, comienzan a salir en silencio, cada uno llevándose consigo la lección del día.

Erasmus los observa desde la puerta, sabiendo que la enseñanza de hoy resonará en ellos mucho después de que hayan salido del aula.

Capítulo 9

La vida, la belleza y el arte

Royal Cambridge Scholastic Institue, 2019
(Casa en el campus de Victoria y Erasmus)

—Erasmus, ¿por qué te resulta tan difícil revelar tu yo interior? —pregunta Victoria en la quietud de la mañana.

Él permanece pensativo, sus ojos suaves pero inquisitivos, buscando los de ella por un momento, como si pesara cuidadosamente su respuesta.

—Siempre soy un libro abierto para que lo leas, mi lady —responde finalmente, aunque su expresión perpleja y el leve destello en su mirada lo delatan.

—Querido, ¿por qué sigo teniendo que sacarte las cosas con tirabuzón? ¿Acaso pensaste que podrías librarte de compartir conmigo solo tu romance con la editora? —bromea, ampliando su sonrisa al leer la culpa en sus ojos cuando aparta la mirada.

Su expresión se endurece; su mirada se intensifica mientras se prepara para revelar algo más profundo. Precede su confesión con dos palabras enigmáticas.

—Venecia y Florencia —dice, su voz distante, como si estuviera atada a recuerdos que trascienden la calidez de su acogedor estudio.

Victoria frunce el ceño, confundida, sintiendo que está a punto de abrir otra puerta a su alma reservada. Lo que aún no sabe es que esta puerta conduce a un mundo que desconocía por completo.

—He visitado ambas ciudades cada dos años durante los últimos cuarenta años —admite en voz baja.

Victoria se tensa, sorprendida por la revelación. Han compartido más de dos años juntos desde su reencuentro, y sin embargo, esta es la primera vez que menciona Italia. Italia, de entre todos los lugares. Lucha contra el impulso de interrumpirlo y, en su lugar, elige esperar mientras su curiosidad crece.

—Vicky, en un momento de mi vida, ambas ciudades se convirtieron en un imán para mí —continúa, sus palabras crípticas pero cargadas de significado.

—¿Por qué? —pregunta, su tono cargado de escepticismo y un ligero matiz de impaciencia. Sus pensamientos no expresados son claros: *¿A qué viene tanto misterio? ¿Por qué el secretismo?*

—Antonella D'Agostino es una anticuaría que vive en Venecia, Italia. Está a punto de cumplir setenta y cinco años, casi una década mayor que yo. Lleva cincuenta y cinco años casada con su amor de la infancia, Luciano D'Agostino, un banquero retirado. Juntos tienen dos hijos: un hijo que es arquitecto y una hija que es escritora. Sus hijos les han dado doce nietos y un bisnieto —narra, con un tono impregnado de profunda reverencia y afecto.

Victoria siente una oleada de emociones encontradas mientras su imaginación se dispara. Nota que Erasmus no se ha referido a la mujer en términos puramente profesionales, y su intuición se alerta. Un creciente malestar se revuelve en su interior, pues percibe hacia dónde podría dirigirse la conversación.

Pero no podría estar más equivocada. Cualquier escenario que haya imaginado en su mente se queda dolorosamente corto frente a la verdad que él está a punto de revelar.

—Conocí a Antonella en mi primer viaje a Italia, cuando visité su librería de antigüedades. Yo tenía veinticinco años y ella, treinta y cinco.

Victoria escucha atentamente, intentando conectar las piezas, pero elige instintivamente dejar que Erasmus la guíe a través de este laberinto de revelaciones.

—Ella me introdujo en el mundo de los libros escritos durante el Renacimiento. Gracias a ella, aprendí a descifrar las marcas y anotaciones en los manuscritos antiguos —continúa, su tono casi desapegado, como si intentara distanciarse de la importancia del recuerdo.

Victoria se encuentra en una encrucijada: dejar que la historia se desarrolle de forma natural o presionarlo para obtener más detalles. Su curiosidad, teñida con un rastro de masoquismo, prevalece. Como quien acerca la mano al fuego para sentir el calor decide insistir.

—Querido, ¿qué importancia tiene esta anticuaría en tu vida?

Erasmus esquiva su pregunta directa y opta por seguir su propio ritmo.

—Antonella trabajaba en estrecha colaboración con Leonardo Conti, un anticuario de Florencia. A lo largo de mi vida, pasé muchos veranos yendo y viniendo entre ambos, en sus respectivas ciudades. Con su guía, me volví experto en descifrar libros escritos desde mediados del siglo XV en adelante —explica, con un tono estable, aunque Victoria percibe un matiz emocional subyacente.

¿Por qué, si la historia parece tan inocente en la superficie, sigue sonando como una alarma en mi interior? —se pregunta, lidiando con el desasosiego que se agita en su pecho.

Erasmus desvía su mirada, pero después la clava en la de Victoria. Por primera vez, ella siente que él está completamente presente, como si pesara sus siguientes palabras con extrema cautela.

—¿Y? —presiona, su tono cargado de una insistencia tranquila pero innegable, insinuando que hay algo más bajo la superficie.

—¿Y qué? —responde él, fingiendo incredulidad.

Victoria duda un instante, vacila levemente, pero su instinto la empuja a seguir.

—¿Tuvieron una aventura? —suelta de repente, sus palabras cortando la tensión como un cuchillo.

Erasmus sostiene su mirada, su expresión ilegible, mientras un silencio eterno parece extenderse entre ambos. En sus ojos titila un destello fugaz, como si su mente viajara a través de recuerdos sepultados hace tiempo.

—¿Es importante? —pregunta finalmente, su voz delatando una sutil vacilación.

—Para ti, sí lo es. Obviamente quieres que lo sepa; de lo contrario, no habrías sacado el tema, al menos no de esta forma... destacando su personalidad más que su oficio —replica Victoria, su tono afilado con una lógica irrefutable.

Él permanece en silencio, aunque ella distingue un atisbo de tristeza cruzar fugazmente sus ojos antes de desvanecerse como una sombra pasajera.

—Nunca fue algo serio. Ella nunca contempló dejar a su esposo. Ni yo quería que fuera más que un romance veraniego anual. Siempre fue un asunto discreto —admite, dejando escapar las palabras con un notable aire de alivio.

Victoria está completamente absorta en el momento, sus instintos susurrándole que algo aún no encaja.

—¿Cuándo terminó? —indaga.

—Hace quince años —responde Erasmus, ofreciéndole una sensación momentánea de alivio.

—Y, sin embargo, elegiste contarme esto al final, después de haberme hablado de todas las demás relaciones "relevantes" de tu pasado —reflexiona en voz alta, su tono teñido de suspicacia.

Las palabras de Victoria llevan consigo una acusación implícita, algo aún sin pronunciar, aunque Erasmus se abstiene de defenderse. En lugar de eso, sostiene su mirada con tranquila resignación.

¿Por qué debería importar ahora? Todo es agua pasada, protesta su mente racional, pero sus emociones la arrastran en otra dirección.

—Querido, ¿cuántos años tienen los hijos de Antonella? —pregunta, su voz ahora más afilada.

Erasmus evita su mirada.

—El mayor tiene… espera un momento, ¿adónde quieres llegar con esto? —pregunta, su desconcierto evidente.

—Déjame adivinar, Erasmus: ambos tienen menos de cuarenta años, ¿verdad? —replica Victoria con un tono retórico que gana intensidad.

—¿Exactamente qué estás insinuando, Victoria? —inquiere él, sintiendo cómo la incomodidad se instala en su pecho.

—Dime una cosa… ¿Antonella y su marido no podían concebir hijos antes de que tú, el distraído amor de mi vida, aparecieras en sus vidas? —presiona ella.

Erasmus titubea.

—Sí, pero ¿cómo...? —comienza a decir, pero su voz se apaga de golpe. Sus ojos se agrandan cuando el peso de su implicación cae sobre él como un torrente.

—Eso no podría... —balbucea, su voz quebrándose.

—¿Cómo lo sabes? —insiste Victoria, negándose a permitirle escapar de la pregunta.

Finalmente, él baja la cabeza, su lenguaje corporal cargado de rendición.

—No lo sé —admite en voz baja.

Imágenes de los vibrantes y típicamente italianos hijos de Antonella inundan su mente. Sus vidas felices y exitosas desfilan ante sus recuerdos, y revive el papel que Antonella misma le adjudicó: *el querido "tío" americano*.

—Victoria, ¿sabes qué? Déjalo estar. Sea cual sea la verdad, hay cosas que es mejor dejar como están, incluso sin decirlas —declara, su voz firme, su mirada inquebrantable.

Victoria reacciona instintivamente. Se acerca a él y coloca sus manos suavemente sobre su rostro, su mirada suavizándose.

—Te amo —susurra, eligiendo dejar el asunto en el pasado.

Un capítulo importante del pasado de Erasmus ha salido a la luz, pero su presencia ya no pesa. Juntos, acuerdan en silencio seguir adelante.

Una hora más tarde, mientras Erasmus se prepara para su clase, Victoria retoma su rutina habitual.

—¿Y cuál será el tema de tu clase hoy, querido? —pregunta, su voz serena y controlada.

Con renovada energía, Erasmus se dirige hacia la puerta.

—Arte y belleza —responde sobre su hombro.

Victoria espera, intuyendo que hay algo más por venir.

—Hablaré sobre Florencia y Venecia, pero estrictamente censurado a sus aspectos profesionales y poéticos —añade, lanzándole un beso antes de subirse a su bicicleta y alejarse pedaleando.

Después de un beso prolongado en el umbral de su casa en el campus, Erasmus sale al exterior, sintiendo todavía el calor de la mañana envolviéndolo. Victoria, de pie en la puerta, le devuelve un beso juguetón con la mano, que se queda suspendida en el aire mientras lo observa alejarse.

Mientras Erasmus pedalea hacia la universidad, el apacible trayecto le permite dejar que su mente divague, saltando entre recuerdos de Italia, su conversación con Victoria y la vibrante energía del campus que se aproxima ante él. Ahora sola, Victoria reflexiona sobre la escapada italiana de Erasmus, sus pensamientos divididos entre la curiosidad y una tranquila aceptación.

— ✦ —

Royal Cambridge Scholastic Institue, 2019
(Auditorio universitario)

Al entrar en el aula, Erasmus siente el familiar peso de su papel como profesor posarse sobre él. La energía de la sala, repleta de rostros atentos y expectantes, lo ancla en el presente. De pie frente a sus alumnos, su corazón recupera su ritmo habitual, y su mente se sumerge de lleno en el paisaje intelectual del arte y la belleza.

—Buenos días a todos —saluda el venerable profesor con voz cálida y resonante.

—¡Buenos días, profesor! —responde en perfecta armonía el animado alumnado.

—Hoy los llevaré de regreso en el tiempo para visitar la península itálica, donde, en mis primeros años de juventud, conocí a dos anticuarios que marcaron profundamente mi vida. Reviviremos una ocasión memorable en la que me ayudaron a comprender y apreciar mi entorno de una manera que transformó mi visión del mundo —comienza el profesor con un tono impregnado de expectación.

—Hubo un tiempo en el siglo XV en el que todos los caminos de los libros antiguos conducían a Italia. No solo a Roma, sino, especialmente, a Venecia y Florencia. Estas ciudades, en su propia dimensión, fueron incluso más determinantes que la antigua capital en lo que respecta al floreciente mercado de los libros impresos —explica el profesor Cromwell-Smith, sumergiendo a sus alumnos en la narrativa.

—Antes del siglo XV, en el año 1440, el alemán Johannes Gutenberg inventó la imprenta de tipos móviles, desatando una revolución en la impresión de libros. En los sesenta años siguientes, se publicaron millones de volúmenes, lo que dio lugar al auge del comercio europeo del libro y permitió la difusión masiva del conocimiento, un fenómeno que se volvería irreversible en todos los estratos de la sociedad —añade con fervor.

—A mediados del siglo XV, gracias a su inmensa riqueza, la península itálica se convirtió en el epicentro europeo de la publicación de libros. Este desarrollo era culturalmente lógico, dado que la mayoría de los textos se escribían en latín o griego, las lenguas de Roma y Atenas. Venecia y Florencia emergieron como los principales centros de producción literaria, impulsando el florecimiento intelectual y artístico del Renacimiento. Esta abundancia de libros enriqueció mentes como la de Leonardo da Vinci, quien atesoraba su biblioteca con volúmenes extraordinarios. Estos textos fueron esenciales para sus ideas innovadoras, sus inventos y, por supuesto, su arte sin igual —continúa el profesor, con una pasión indiscutible por el tema.

—Este contexto histórico nos lleva al núcleo de la lección de hoy: el arte y la belleza —concluye, preparando el terreno para la historia que está a punto de relatar.

—Todo comienza en Florencia, Italia, el corazón del Renacimiento —prosigue, su voz serena pero llena de admiración—. Florencia no solo fue el hogar creativo de luminarias como Leonardo da Vinci, Miguel Ángel, Galileo, Maquiavelo, Dante y Boccaccio, sino que también sirvió de refugio intermitente para ellos durante esta era de iluminación sin precedentes.

—Esta ciudad no era simplemente un lugar en el mapa; era un crisol de ideas, un punto de confluencia entre el arte, la ciencia y la literatura, que transformó para siempre el curso de la historia humana. El espíritu de Florencia fomentaba un ambiente en el que los intelectos y visionarios florecían, atraídos por su vibrante cultura y el mecenazgo de las artes. La ciudad es, sin lugar a dudas, un testimonio vivo de la grandeza del Renacimiento —explica con convicción inquebrantable.

Sin detenerse a tomar aliento, el profesor continúa, completamente sumergido en su disertación.

—Aquí, el genio no era una anomalía; era un legado. Florencia no fue un mero espectador del Renacimiento; lo orquestó. Dio a luz y nutrió mentes que moldearían nuestra concepción de la belleza, la humanidad y el cosmos —sentencia, su mirada recorriendo el auditorio en busca de rostros cautivados.

—❖—

Conti, Libri Antichi, Florencia, Italia, 1979
(Librería de libros antiguos)

La librería de libros antiguos de Leonardo Conti está ubicada a pocos pasos del Battistero di San Giovanni, en el centro histórico de Florencia. Il Signore Conti está especializado en libros de la era renacentista, particularmente en los publicados entre 1450 y 1500, el período en el que más de dos millones de ejemplares fueron impresos en toda Europa, con la península itálica como epicentro de esta revolución literaria. Su reputación como comerciante de libros de esta época dorada se ve aún más realzada por su estrecha colaboración con otra prestigiosa antiquaria, Antonella D'Agostino, propietaria de una librería de antigüedades en Venecia.

—Señor Conti, señora D'Agostino, el arte y la belleza de Italia son absolutamente abrumadores. Es casi imposible procesar toda la magnificencia que me rodea —confieso, incapaz de contener mi asombro—. Me pregunto si tendrán algún libro que trate sobre el arte y la belleza durante la era del Renacimiento. Si es así, quizás podríamos explorarlo juntos —les ruego, mi voz cargada de curiosidad y ansia de conocimiento.

Tras un breve pero significativo intercambio con la señora D'Agostino, es el señor Conti quien toma la iniciativa. Con paso decidido, comienza una meticulosa búsqueda entre las estanterías de caoba de su vasta librería. La tenue luz del local resalta la reverencia con la que maneja los volúmenes. Finalmente, desde lo más alto de un imponente gabinete, extrae un libro encuadernado en cuero marrón. Con un gesto experto, limpia el polvo de su cubierta, revelando un tomo antiguo pero majestuoso. A juzgar por su peso y grosor, es evidente que la obra cuenta con al menos quinientas páginas, todas confeccionadas en papel de lino.

Cuando lo abre, de inmediato me asombran los dibujos pintados a mano que adornan sus páginas. Los colores vibrantes, las líneas delicadas y los detalles intrincados parecen insuflar vida a las ilustraciones, a pesar de los siglos transcurridos. Las letras, exquisitamente estilizadas, exigen ser contempladas con detenimiento, mientras que anotaciones manuscritas en los márgenes revelan los pensamientos del dueño original del libro.

Signore Conti pasa las páginas con cuidado, examinándolas con una atención casi reverencial. Finalmente, sus ojos se iluminan al encontrar el pasaje que buscaba. Su expresión se anima con entusiasmo, y tras aclararse la garganta, su voz, impregnada de pasión y conocimiento, comienza a leer en voz alta. Al hacerlo, nos transporta de inmediato al corazón del Renacimiento.

La vida, la belleza y el arte

¿Dónde reside la belleza? ¿Dónde se encuentra?
¿Dónde se halla?
La belleza comienza en nuestro interior,
dentro de todos nosotros,
esperando ser descubierta,
esperando ser despertada.

Para ver la belleza en algo o en alguien,
primero debemos reconocer la belleza en nosotros mismos.
Si entendemos que su origen está en nuestro interior,
aprendemos a valorarla y a apreciarla
en todo cuanto nos rodea.

La belleza que poseemos
nos permite encontrarla
en cada persona y en cada cosa.
Sin embargo, la belleza no siempre es evidente a primera
vista.

El diamante yace oculto bajo la tierra y la oscuridad,
el oro se extrae del fango y la inmundicia,
pareciendo enterrado bajo rocas impenetrables.

Las grandes obras maestras
nacen entre el caos y los escombros,
el polvo y los desechos,
el lodo y el azufre
de donde brotan las riquezas del petróleo.
Los bocetos iniciales de las obras más sublimes
parecen incoherentes y sin sentido,
y los logros más nobles del ser humano
se forjan con dolor, sudor y lágrimas.

¿De dónde nace la belleza?
A veces, la belleza surge de la fealdad.
Se valora con mayor intensidad
cuando se descubre en lo que, a primera vista,
parece carente de ella.

La verdadera belleza desafía los estereotipos
y reta la sabiduría convencional.

Hay quienes la reciben en abundancia
pero nunca llegan a reconocerla,
ignorando su valor existencial,
desconociendo su magnificencia.

Cuando la belleza no se convierte en fuente de satisfacción,
el espíritu y el alma permanecen vacíos y estériles.

La belleza, en todas sus dimensiones,
ya sea en posesiones o en personas,
exige una disposición benévola para ser admirada.

A medida que avanza el tiempo, la belleza cambia y se
transforma.
Pero para quienes saben
cómo sentirla y celebrarla,
la belleza jamás se desvanece,
jamás disminuye,
jamás desaparece.
La belleza más auténtica de la vida
permanece oculta,
lista para ser descubierta,
si nos esforzamos en buscarla.

La juventud es un velo que cubre la belleza,
pero con los años,
la riqueza del espíritu y del alma,
o la ausencia de ellos,
se reflejan en nuestros rostros.
Cuando la juventud se disipa,
queda expuesta nuestra verdadera esencia.

La belleza de una vida bien vivida
envejece con nobleza y gracia.
Brilla con más intensidad
en aquellos que han recorrido el camino de la existencia
sin estar limitados por dogmas,
prejuicios o estereotipos;
en aquellos que encuentran y valoran

la hermosura, la armonía y el encanto,
la alegría y la gracia,
todo aquello que deleita los sentidos.

La belleza genuina habita en quienes
celebran la vida con plenitud,
en quienes aman y son amados,
en quienes dan sin esperar nada a cambio.
Se manifiesta en aquellos que participan activamente en la
vida,
que valoran los pequeños gestos y detalles,
y que ponen su alma y su corazón
en todo lo que hacen.
Son quienes viven con pasión,
con inspiración y con felicidad.
Son ellos quienes poseen una belleza imperecedera,
una belleza que trasciende
lugares, circunstancias, edad o riqueza material.

La belleza verdadera nunca se apaga.
Es uno de los regalos más valiosos de la vida,
uno de los más difíciles de comprender.

Es necesario cultivarla como una virtud inherente,
aprender a apreciarla, a portarla y a atesorarla,
incluso cuando parezca ausente.

Pero ¿cuándo la belleza se convierte en arte?
El arte es inseparable de la belleza,
así como la belleza es inseparable del arte.

El arte nace de la belleza.
El arte crea belleza.

Para que exista el arte,
la belleza debe ser percibida,
pues el arte transforma lo ordinario en sublime, excepcional,
y lo extraordinario en magistral.

El arte modifica la percepción,
no solo embelleciendo lo que toca,
sino evocando sentimientos con significado y propósito.
El arte establece una conexión íntima y casi espiritual
dentro de nosotros.
Habla el lenguaje del espíritu,
reflejando el alma.
El arte vibra con la belleza,
y la belleza, enamorada,
se rinde ante el arte.

Tal como la belleza, el arte habita en la mirada de quien
observa.
Y si es así, no existen límites,
no hay fronteras para lo que el arte puede ser.

Un escrito, un ensayo, una artesanía...
todo lo que la belleza alcanza,
se transforma en arte.

El arte es una creación humana deliberada,
inspirada por el talento,
la destreza y el alma.
Incluso sin intención,
el arte nace del método, la técnica
y el estudio intuitivo,
arraigado en el conocimiento y la inteligencia.

El arte es gracia y es bendición,
una manifestación que,
al contemplarla,
nos hace sentir la mano de lo divino
detrás de su maestría.

En la intersección entre belleza y arte
residen los lazos más sublimes
del espíritu humano,
del alma y de la creatividad.
Es allí donde se halla el verdadero dominio de la vida,
donde se cosechan los talentos únicos,
donde se encuentran la inspiración
y la felicidad en su estado más puro.

Cuando dominamos la belleza y el arte,
es cuando realmente estamos vivos.
Ambos requieren participación activa,
una conexión sensorial intensa
con la creación.

Nos convertimos en maestros de la existencia,
exprimiendo, sintiendo y saboreando
lo mejor que la vida tiene para ofrecer.

*

—Erasmus, la belleza y el arte están intrínsecamente entrelazados, formando un vínculo tan profundo que uno no puede existir verdaderamente sin el otro —declaró Antonella, con la voz impregnada de convicción.

—No son meramente complementarios; cuando se unen, se convierten en una fuerza de la naturaleza —añadió Leonardo Conti, con los ojos brillando de pasión.

—Juntos crean círculos virtuosos contagiosos, continuos y contiguos, que actúan como los verdaderos facilitadores para experimentar la vida en su máxima plenitud.

Mientras las palabras de los anticuarios flotaban en el aire, Erasmus sintió una conexión profunda con la interrelación entre la belleza y el arte que describían. La sabiduría atemporal compartida en aquella tienda florentina resonaría en él durante años, moldeando no solo su comprensión del arte, sino también su propia esencia como poeta y educador.

— ❖ —

Royal Cambridge Scholastic Institue, 2019
(Auditorio universitario)

El peso del pasado—de Venecia, Florencia y los anticuarios que conoció allí—permanece en sus pensamientos. Sin embargo, al ser llamado por el presente, el profesor Cromwell-Smith regresa a la sala de conferencias, listo para entrelazar sus experiencias con la lección del día: la profunda relación entre la vida, la belleza y el arte.

Erasmus hace una pausa, permitiendo que la trascendencia de la historia se asiente en la sala. El ambiente es silencioso, el aire denso de expectativa.

—Ahora que comprendemos las raíces históricas de la belleza y el arte en el Renacimiento —comienza, su voz firme pero serena—, exploraremos cómo estos ideales siguen vivos en la actualidad. Preguntadme aquello que siempre os habéis cuestionado sobre la relación entre la vida, la belleza y el arte.

Sophia, una estudiante de Historia del Arte apasionada por el arte y la filosofía renacentista pregunta con reflexión:

—Profesor, en el poema *Vida, belleza y arte*, se menciona que la belleza puede nacer de la fealdad. ¿Cómo encaja esta idea con los ideales renacentistas de belleza, considerando que este periodo enfatizaba la armonía y la proporción en el arte?

El profesor Cromwell-Smith asiente, apreciando la complejidad de la cuestión.

—Ah, una observación brillante, Sophia. Es cierto que el ideal renacentista de la belleza estaba basado en la armonía y la proporción, pero lo que el poema sugiere es que la belleza auténtica a menudo surge de la lucha, de la transformación. Pensad en cómo las esculturas de Miguel Ángel, como el *David*, comienzan como bloques de mármol en bruto. Solo a través del cincelado, a través de un proceso de esfuerzo y sacrificio, la belleza se revela. En el Renacimiento, existía también la idea de *arte povera*: incluso en la imperfección y en la crudeza de la vida, se podía encontrar belleza. Lo mismo ocurre con la experiencia humana: la belleza a menudo surge de la adversidad, un concepto que resuena en el mensaje del poema, que nos recuerda que la belleza no es solo superficial, sino que se encuentra en los aspectos más profundos y, a menudo, ocultos de la vida.

Sophia asiente con atención, absorbiendo la conexión entre el arte y las luchas de la existencia.

Liam, un estudiante de Filosofía con un marcado interés por la estética, levanta la mano y pregunta:

—Profesor, el poema también sugiere que la belleza se valora más cuando desafía los estereotipos. En un contexto moderno, ¿cómo podemos aplicar este principio en una sociedad donde los estándares de belleza son tan rígidos y definidos por la apariencia externa?

La expresión del profesor Cromwell-Smith se suaviza, apreciando la profundidad de la pregunta.

—Liam, esa es una cuestión oportuna y de gran calado. En un mundo donde las redes sociales y la publicidad suelen dictar qué se considera bello, es fundamental recordar que la verdadera belleza desafía esos estándares superficiales. No se limita a una figura perfecta ni a una piel sin imperfecciones. El poema nos recuerda que la belleza se encuentra en la autenticidad, en aceptar las imperfecciones tanto en nosotros mismos como en el mundo que nos rodea. Si observamos a artistas como Frida Kahlo o a escritores como Virginia Woolf, vemos que la belleza surge de sus voces únicas y de la profundidad de sus experiencias, no de su conformidad con los estándares establecidos. Para apreciar la belleza en su máxima expresión, debemos mirar más allá de la superficie y celebrar la riqueza que proviene de la individualidad y la resiliencia.

Liam reflexiona sobre la respuesta, su rostro adquiriendo una expresión pensativa al considerar la conexión entre la belleza y la identidad.

Elena, estudiante de Literatura Inglesa conocida por su enfoque reflexivo hacia la literatura, pregunta:

—En el poema *Vida, belleza y arte*, se sugiere que el arte nace de la belleza y que la belleza es inherente al arte. ¿Podría profundizar en cómo funciona esta relación, en particular dentro del contexto del arte literario?

El profesor Cromwell-Smith sonríe, intrigado por la pregunta.

—Elena, es una consulta maravillosa. En la literatura, la belleza no siempre es algo que vemos con los ojos, sino algo que sentimos con el corazón y la mente. El arte, especialmente el literario, toma la materia prima de la vida—frecuentemente lo mundano o lo doloroso—y lo transforma en algo que resuena con significado y emoción. Un poema bien construido, una novela o una historia convierten las luchas, la belleza y las imperfecciones de la vida en algo que nos eleva y nos permite comprender mejor nuestra propia existencia. Pensemos en Emily Dickinson, quien transformó escenas y emociones cotidianas en obras que trascienden la rutina. El arte consiste en transformar la realidad en algo más profundo, y la belleza es la fuerza transformadora que conecta la visión del artista con el alma del espectador.

Elena asiente, comprendiendo que la belleza en el arte es tanto transformadora como profundamente personal.

Amir, estudiante de Sociología con interés en la intersección entre cultura y arte, pregunta:

—En el poema se menciona que la belleza puede ser ignorada, su valor no reconocido. En una sociedad impulsada por el consumismo, ¿cómo podemos ayudar a las personas a reconocer y apreciar la belleza que les rodea?

El profesor Cromwell-Smith se toma un momento antes de responder.

—Amir, has planteado un punto crucial. El consumismo a menudo reduce la belleza a algo que se puede comprar, empaquetar y vender, algo que poseemos en lugar de algo que experimentamos. Para ayudar a las personas a apreciar la belleza, debemos animarlas a interactuar con el mundo con mayor conciencia, a encontrar la belleza en los pequeños momentos del día a día—ya sea en la naturaleza, en las relaciones humanas o en el arte. Se trata de desacelerar y *realmente* ver, sentir y experimentar. También debemos fomentar espacios—en la sociedad y en la educación—donde las personas puedan explorar y crear arte sin estar motivadas por intereses comerciales. Cuando valoramos el proceso de creación por encima del producto final, la belleza se convierte en algo que nutre el alma, y no solo el bolsillo.

Amir asiente con reflexión, considerando cómo los cambios culturales podrían redefinir nuestra relación con la belleza.

Ethan, estudiante de Psicología interesado en el impacto del arte en la mente, pregunta:

—Profesor, el poema sugiere que la belleza es eterna para quienes realmente la comprenden. Desde un punto de vista psicológico, ¿por qué cree que la belleza, tanto en el arte como en la vida, tiene un impacto tan duradero en la psique humana?

El profesor Cromwell-Smith reflexiona antes de responder.

—Ethan, la belleza tiene un impacto duradero porque nos conecta con algo más profundo que nosotros mismos; activa nuestro núcleo emocional y psicológico. Cuando encontramos belleza, experimentamos sensaciones de alegría, asombro y significado, lo que a menudo nos induce a un estado de *mindfulness*. Psicológicamente, la belleza puede mejorar nuestro estado de ánimo, reducir el estrés e incluso inspirar creatividad. El arte, en particular, funciona como un espejo de nuestra vida emocional, permitiéndonos procesar sentimientos y experiencias complejas. Por ello, la belleza— ya sea en una pintura, un poema o un instante fugaz—puede resonar en nosotros a lo largo de los años, porque responde a la necesidad humana fundamental de conexión, expresión y comprensión.

Ethan parece visiblemente conmovido, como si la conversación hubiera abierto una nueva perspectiva sobre la importancia psicológica de la belleza.

—Para la próxima sesión, quiero que cada uno haga un ejercicio sencillo pero profundo. Identificad todo aquello que consideréis bello en vuestra vida y diferenciadlo de lo que consideréis arte —instruye el profesor, su voz medida y deliberada.

Mientras el profesor Cromwell-Smith abandona el auditorio, observa a sus estudiantes sumidos en la reflexión. Con una última mirada, sale de la sala, su mente ya viajando hacia la serenidad de su hogar y la eterna búsqueda de la belleza en la vida y el arte.

Capítulo 10

La serenidad, el coraje y la sabiduría

Riberas de Boston (2019)

El aguacero se ha transformado en un diluvio implacable. Un fuerte viento del noroeste ha hecho que el río se desborde, anegando las calles de Boston. Torrentes de agua se abren paso por la ciudad, mientras los conductores avanzan con cautela, ajenos a la tormenta que se avecina con toda su furia. La visibilidad es prácticamente nula; la lluvia golpea sin tregua, formando un manto impenetrable.

Elizabeth Victoria Emerson-Lloyd siente un movimiento extraño bajo su vehículo, algo siniestro y poderoso. El agua comienza a filtrarse a través de las juntas de las puertas, colándose en el interior del coche. La angustia se apodera de ella mientras coge su bolso y trata de abrir la puerta, pero la presión del agua exterior la mantiene firmemente cerrada. Actuando por instinto, baja la ventanilla—un acto contraintuitivo pero que, en este caso, le salvará la vida.

El agua le llega a los tobillos y el motor se ahoga, apagándose por completo.

Impulsada por la adrenalina, Elizabeth reacciona con rapidez: gira el cuerpo, se impulsa y logra salir por la ventanilla con una agilidad atlética. Pero afuera, la corriente es aún más feroz. El agua le llega a la cintura, avanzando con una fuerza aterradora. Aferrándose a la manija de la puerta de su coche, lucha por mantenerse firme. Su valentía comienza a desmoronarse al darse cuenta de la gravedad de su situación.

—¡Ayuda! —grita, su voz apenas audible entre el rugido de la tormenta.

A su alrededor, otras personas están igual de indefensas, atrapadas por la furia del agua. Entonces, como si fuera una intervención divina, unas manos fuertes la sujetan firmemente por debajo de los brazos y la elevan con facilidad fuera del agua.

La alza por encima del caos. Con pasos firmes y decididos, su salvador la lleva hacia la seguridad de una camioneta estacionada en una colina, lejos de la zona de peligro.

—Tranquila, estás a salvo conmigo —susurra una voz profunda y serena, su aliento cálido contra su oído.

Ya dentro del vehículo, Elizabeth se sienta junto a la calefacción, colocando sus pies descalzos contra la rejilla ardiente del aire caliente. Sus ropas empapadas se adhieren a su piel, y evita mirar directamente a su rescatador, temerosa de que sus ojos delaten la avalancha de emociones que la embargan. Su corazón late con fuerza—una mezcla de gratitud y algo más profundo.

Su salvador es imponente: un metro noventa de estatura, cabello negro azabache, ojos azules penetrantes y una confianza que emana de cada uno de sus movimientos. Admira la destreza con la que ella se ha impulsado por la ventanilla, impresionado por su agilidad.

—Tengo un par de calcetines secos en mi mochila del gimnasio —dice, alcanzando la bolsa.

Al girarse, su mano roza por accidente el antebrazo y la pierna de Elizabeth, provocando un estremecimiento en ambos. Ella da un pequeño respingo y, por un instante eterno, sus miradas se cruzan—se sostienen, se atrapan, y en el silencio dicen más de lo que las palabras podrían expresar.

El tiempo parece detenerse a medida que el contacto visual se profundiza. Su mano encuentra la de ella, descansando con suavidad sobre su rodilla, un gesto de seguridad y, al mismo tiempo, de innegable conexión.

—Jordan —se presenta él, con voz pausada pero firme.

—Elizabeth Victoria —responde ella, con un tono cargado de asombro e incredulidad.

—No quiero ningún calcetín ahora mismo —bromea, su voz juguetona, pero temblorosa por la intensidad del momento.

—Mujer salvaje, vas a ponerte un par de calcetines calientes antes de que te resfríes —insiste Jordan con tono firme pero cariñoso. Con movimientos decididos pero gentiles, le coloca los calcetines en los pies. Elizabeth siente un calor recorriéndole el cuerpo—su toque enciende sus sentidos.

La calidez de su piel despierta en él una sensación desconocida, intensa. Sus palabras fluyen con facilidad mientras comparten historias de sus vidas, sus pasiones y sus sueños. La tormenta exterior se vuelve irrelevante, un mero telón de fondo ante la intimidad creciente dentro de la cabina de la camioneta. El humo del café caliente se mezcla con la calidez de sus voces y risas.

Cuando la noche empieza a desvanecerse, ya han desentrañado capas de sus almas. Ambos apasionados por la naturaleza descubren un vínculo profundo a través de sus aventuras compartidas. La tormenta no solo ha cambiado su noche, sino que ha forjado una conexión tan natural e inevitable como los ríos que ambos aman.

Con el tiempo, su relación se convierte en una sinfonía de descubrimientos y pasión. Juntos, conquistan cumbres imponentes, escalando el Monte Wilson y el Monte Sneffels en las majestuosas Montañas San Juan, cerca de Telluride,

Colorado. Las ascensiones son agotadoras y extenuantes, pero cada cima se convierte en su refugio compartido. Sin embargo, ahora le toca a Jordan introducir a Elizabeth en el cielo.

El paracaidismo y el kitesurf se convierten en capítulos emocionantes de su historia, y Elizabeth abraza la adrenalina con un entusiasmo desbordante. Jordan, por su parte, le enseña el arte de planear en el aire, una pasión que pronto se convierte en su actividad favorita juntos. Deslizándose en silencio entre las nubes, encuentran una conexión que trasciende las palabras, una libertad que solo ellos comparten.

Elizabeth, políglota y amante de los idiomas, añade otra dimensión a su relación, enseñándole a Jordan español, mandarín y alemán. Sus lecciones se desdibujan entre el aprendizaje y el juego, sus sesiones plagadas de risas, coqueteo y una intimidad cada vez más profunda. La chispa encendida aquella noche tormentosa nunca se apaga; al contrario, solo se intensifica, impregnando sus vidas y pasiones con una energía que alimenta cada una de sus experiencias.

Con el tiempo, Elizabeth descubre la afición más preciada y solitaria de Jordan: pilotar globos aerostáticos. Le intriga el misterio de su reticencia a compartir este pasatiempo con ella. Decidida, inicia una campaña juguetona pero persistente para que la lleve con él. Le provoca, lo persuade, pero Jordan resiste, ocultando sus razones tras una sonrisa enigmática.

Finalmente, su insistencia surte efecto. En una mañana fría y despejada, Jordan cede e invita a Elizabeth a acompañarlo en un vuelo. Llegan a un sitio de despegue apartado, donde el colorido globo se alza majestuoso contra el cielo infinito. Mientras preparan el viaje, ambos guardan secretos—

sorpresas cuidadosamente protegidas, listas para desplegarse con el viento.

La mañana es eléctrica, cargada de anticipación. A medida que el globo asciende suavemente, el mundo queda atrás, dejando solo el susurro del viento y el horizonte infinito. Ambos saben que el otro guarda un secreto por revelar, pero ninguno rompe el silencio todavía, saboreando la belleza del momento.

El corazón de Elizabeth late acelerado, no por la altura, sino por el peso de su secreto. Mira de reojo a Jordan, cuyos ojos están fijos en el horizonte, con una leve sonrisa jugando en sus labios. Lo que ella desconoce es que el corazón de él refleja el suyo, retumbando con la expectación de su propia sorpresa.

Sobre el mundo, en medio de la serena inmensidad del cielo, sus secretos se desvelan. Lo que comienza como un simple vuelo se convierte en un punto de inflexión, un recuerdo imborrable que transformará sus vidas para siempre. Y comienza así...

— ✦ —

Santa Fe, Nuevo México, 2019
(Festival anual de globos aerostáticos)

La escena es sencillamente mágica. El cielo, vivo con tonos vibrantes, es un lienzo inmenso pintado por cientos de globos aerostáticos, cada uno con formas únicas y radiantes de color. El Festival Anual de Globos de Santa Fe ha convertido los cielos en un caleidoscopio hipnotizante, atrayendo aeronautas y soñadores de todas partes del mundo.

Entre ellos, pilotando su elegante globo con destreza, se encuentra Jordan Augustus Morse, un brillante ingeniero aeronáutico. A su lado, aferrándose con fuerza a su brazo, está Elizabeth Victoria Emerson-Lloyd, la mujer que ha cautivado su corazón y su alma. En solo seis meses, su romance vertiginoso ha florecido en algo extraordinario—una unión que, como a menudo reflexiona Elizabeth, parece haber sido decretada por el propio destino celestial.

A medida que la suave brisa los lleva sobre el paisaje desértico, la pareja queda hechizada por el carnaval de globos que flota junto a ellos. Los únicos sonidos son los ocasionales estallidos del quemador, el susurro del viento y su respiración acompasada.

Elizabeth se gira hacia Jordan, sus ojos verdes resplandeciendo con amor y picardía. Sostiene un pequeño diario de cuero contra su pecho.

—Mi amor —comienza suavemente, con la voz cargada de ternura—, de todos los escritos inéditos de Erasmus, hay uno que atesoro más que ninguno. Con su permiso, lo he traído para compartirlo contigo hoy. Me parece especialmente apropiado para este momento... para nosotros, aquí, flotando sobre el mundo.

Jordan ladea la cabeza, intrigado. Sus ojos, de un azul penetrante, se clavan en los de ella, y las comisuras de sus labios se curvan en una sonrisa.

—¿Dedicado a mí? —bromea con suavidad.

—Especialmente para ti, mi intrépido aventurero —responde Elizabeth, con una reverencia juguetona en su tono.

Mientras el sol dorado de la mañana los baña con su luz, Elizabeth abre el diario. Toma una respiración profunda para calmarse, su voz firme pero cargada de ternura cuando comienza a leer. Las palabras resuenan en la quietud de los cielos.

¡Qué día tan maravilloso este es!

Hoy me desperté en la superficie de Marte,
rodeado por un paisaje alienígena y árido,
una extensión de rocas y arena pintada
en intensos tonos de rojo y polvo oxidado.

El escenario pronto se transformó en una monótona extensión,
semejante a un caramelo de mantequilla sin alma.

Aquí no hay aire para respirar; la atmósfera es 95 % CO_2.
El agua es casi inexistente, confinada a los distantes polos,
muy lejos de mi alcance.
Aquí no crece nada. No hay vida de ningún tipo.
Es un planeta desolado y muerto.

Entonces, al girarme y mirar el cielo nocturno,
la resplandeciente visión de la Tierra me atrapa.
Nuestro planeta irradia esplendor,
sus verdes, azules y blancos brillan como un faro de vida.
Su belleza penetra en lo más profundo de mi alma,
despertando un abrumador sentido de pertenencia.
"Ese es mi hogar", declaro. "Ahí es donde vivo".
Y señalo el punto luminoso en el cielo.

Miro a mi alrededor y el contraste es evidente:
la Tierra vibrante, rebosante de vida,
frente al árido y estéril paisaje marciano.

En ese instante, comprendo la galería de cuerpos celestes:
asteroides, cometas, meteoros, lunas, planetas y estrellas...
hasta donde sé, todos ellos están muertos.
Aparentemente, la Tierra es el único planeta vivo.

Hoy me desperté en la superficie de Marte
y me sentí, a la vez, inmerecidamente privilegiado
y profundamente agradecido por estar vivo
en un lugar tan extraordinario como el planeta Tierra.

— ✦ —

Hoy me desperté dentro de un chip de 10 nanómetros,
albergando 100 millones de transistores capaces de procesar
algoritmos y software tan poderosos
que pronto cada producto y servicio emulará el cerebro
humano.

— ✦ —

Hoy me desperté en un mundo donde los humanos
seguimos mejorando lo que la naturaleza y Dios nos han dado,
impulsando el progreso y el desarrollo
hasta niveles inimaginables.

Y estoy aquí, en medio de este salto cuántico,
disfrutando de sus beneficios y maravillándome con sus
posibilidades.
¿Quién podría pedir mejor fortuna?
Hoy me desperté dentro de mí mismo.

— ✦ —

Lo primero que hice fue viajar a la velocidad de la luz
a través del cableado de mi cerebro.
Al final del recorrido, había atravesado una distancia
equivalente a la circunferencia de la Tierra.

Luego, utilizando la computadora más poderosa que existe,
conté el número de células que me dan vida.

Primero, conté mis neuronas: varios miles de millones.

Después, pasé al resto de las células de mi cuerpo,
llenando pantalla tras pantalla con sus cifras asombrosas.

Cada célula, aunque independiente,
cumplía su misión en perfecta armonía con las demás.
Me quedé atónito al ver a miles de células vitales morir,
para ser reemplazadas instantáneamente por otras nuevas.

Mi curiosidad me impulsó aún más lejos,
observando de primera mano cómo virus e infecciones
invaden mi cuerpo constantemente,
cómo miles de patógenos aguardan, listos para atacar.

Estoy plagado de bacterias—miles de millones de ellas—
esenciales para la propia vida.
Y, sin embargo, vi con asombro cómo
los mecanismos de defensa de mi cuerpo
trabajaban sin descanso, manteniendo cada amenaza a raya,
erradicando unas y conteniendo otras.

Finalmente, inspeccioné mis órganos,
maravillado por su inexorable precisión,
su belleza y perfección al realizar tareas
extremadamente complejas con facilidad.

Hoy me desperté dentro de mí mismo y comprendí
que el simple hecho de estar vivo
es un milagro continuo, renovado cada segundo.

Hoy entendí que la vida es un equilibrio delicado,
una fina línea entre la muerte, la enfermedad y la salud.

Hoy me desperté dentro de mí mismo y fui testigo
de la infinita complejidad de mi ser.

Me di cuenta de que, aquí en la Tierra,
se me ha otorgado un organismo extraordinario: mi cuerpo.
Esta revelación iluminó lo verdaderamente precioso
que es cada instante.

—◆—

Hoy me desperté en la cima del mundo,
sintiendo el aire fluir por mis pulmones.
Reconocí que, con apenas un par de minutos sin él,
la vida desaparecería.

Observé los intrincados ciclos del alimento y el clima
que nos sostienen,
maravillándome con la perfección de los sistemas
necesarios para nuestra supervivencia.
Comprendí cuán rápido nos debilitaríamos
y moriríamos de hambre
sin la abundancia que nos rodea.
Vi a miles de millones de humanos compartiendo esta Tierra,
cada uno provisto de sus riquezas por igual.

Hoy me desperté y me di cuenta de que vivo
en el único planeta "vivo" del universo.

Hoy me desperté y comprendí
cuán pocos de nosotros logramos nacer,
cuántos millones de células no llegan a ser seres humanos.

Hoy me desperté con la vida.

Hoy, por fin, me siento verdaderamente vivo.
Hoy, me siento eternamente agradecido por el simple hecho de estar aquí.

¡Qué día tan maravilloso este es!
Se me ha dado una vida extraordinaria
y dos recipientes magníficos:
mi planeta y mi cuerpo.

Entonces, ¿qué estoy esperando?
¿Qué estás esperando tú?
¿Qué estamos esperando todos?
Salgamos y abracemos
el increíble regalo de estar vivos.

*

Jordan está abrumado por la emoción del momento. Elizabeth se aferra a él, serena y satisfecha, su presencia anclándolo a un mundo que le parece irreal.

—Te amo —susurra él, su voz apenas audible, pero cargada del peso de su corazón.

Momentos después, Jordan se sumerge en un trance reflexivo, el mundo a su alrededor desvaneciéndose en un fondo de cielo interminable y globos multicolores.

Al principio, Jordan comienza a hablar como si expresara sus pensamientos en voz alta:

—Elizabeth, amor mío, hay momentos en la vida que nos dejan completamente paralizados —dice en voz baja, con un tono deliberado, mientras la mira fijamente a los ojos—. La realidad se detiene; apenas podemos respirar y, mientras sucede, todo lo demás deja de existir.

Su mano se alza y, con una exquisita ternura, roza con la yema de los dedos la mejilla de Elizabeth. Ella se inclina hacia su toque, apoyando su rostro en la calidez de su palma.

—Cuando esos raros momentos ocurren, la vida nos entrega lo mejor de sí misma. Nos invade el asombro, nos arrastra un deseo incontrolable, y nuestros corazones estallan de júbilo, completamente arrebatados por el amor que hemos encontrado.

El silencio entre ellos es profundo, lleno de una expectación tangible, roto solo por los rítmicos estallidos del quemador que alimenta la llama del globo.

Los ojos verdes de Elizabeth se agrandan al absorber sus palabras. Su mano se mueve instintivamente hacia su boca, conteniendo un jadeo mientras él continúa.

—Eso fue exactamente lo que me pasó en el instante en que te vi por primera vez —confiesa Jordan, sus ojos azules intensos sin apartarse de los suyos—. Elizabeth Victoria, no hay nada en este mundo que desee más que hacerte feliz. Quiero pasar cada día de mi vida a tu lado. Te prometo amarte, valorarte y honrarte siempre. ¿Me harías el honor de convertirte en mi esposa?

Lágrimas de felicidad surcan el rostro de Elizabeth mientras asiente, incapaz de hablar. En su lugar, responde con un beso, lleno de pasión, gratitud y promesas silenciosas.

El futuro comienza aquí, entre las nubes y bajo el cielo, en un amor tan vasto como el propio firmamento.

— ❖ —

Royal Cambridge Scholastic Institute, 2019
(Casa de Victoria y Erasmus en el Campus)

La llamada telefónica transforma una tranquila mañana de domingo en una celebración de amor y alegría.

El teléfono del estudio de Erasmus suena insistentemente. Los domingos suelen ser apacibles, con apenas llamadas, por lo que la persistencia del timbre despierta su curiosidad. Finalmente, descuelga, con un gesto de leve intriga dibujado en el rostro.

—¿Mamá? —la voz de Elizabeth vibra con urgencia.

—Elizabeth, qué alegría escucharte. ¿Cómo has estado? —responde Erasmus con calidez, sorprendido pero impregnado de afecto paternal.

—Hola, Erasmus. ¿Puedo hablar con mi madre un momento? Es rápido —pide con prisa.

—Por supuesto, ahora mismo te la paso —responde él, ya en movimiento. Intuye que sucede algo fuera de lo común. "¿De qué se tratará?", se pregunta.

—¿Todo bien, Elizabeth? —se aventura a preguntar mientras busca a Victoria.

—¡Todo está maravilloso! Pon a mamá en altavoz para que tú también escuches la gran noticia —exclama Elizabeth, su voz desbordante de emoción.

Aliviado e intrigado por su entusiasmo, Erasmus encuentra a Victoria justo cuando sale de la ducha.

—Elizabeth está al teléfono. Parece urgente —le dice, extendiéndole el aparato mientras ella se envuelve en una toalla.

—Elizabeth, querida —responde Victoria, activándose de inmediato su instinto maternal.

—¡Mamá, Jordan acaba de pedirme que me case con él! —anuncia Elizabeth con un estallido de felicidad.

El rostro de Victoria se ilumina con emoción mientras dirige una radiante sonrisa a Erasmus. Segundos después, deja escapar un suspiro entrecortado, seguido de un grito de júbilo.

Se aferra a Erasmus con fuerza, olvidando por completo su estado de desvestida, vestida únicamente con una toalla y una felicidad desbordante.

—¿Mamá?

—¡Qué noticia tan maravillosa, hija mía! Estamos tan felices por vosotros. Sé cuánto os amáis —responde Victoria, su voz temblando de emoción mientras se aferra aún más a Erasmus.

—¡Madre, estamos caminando sobre las nubes! —proclama Elizabeth, exultante.

—Me lo imagino, cariño. Este es uno de esos momentos en la vida para atesorar por siempre —reflexiona Victoria, con un orgullo maternal palpable.

—Desde luego, mamá. Pero quiero que sepas que, literalmente, estamos flotando en el aire —añade Elizabeth, con un deje travieso en su voz.

—¿Cómo dices, querida? —pregunta Victoria, intrigada.

—¡Estamos en un maldito globo aerostático! ¡Jordan me acaba de pedir matrimonio aquí arriba, a miles de metros del suelo! —explica Elizabeth.

—¡Fantástico, romance en el cielo! —exclama Erasmus, abandonando momentáneamente su habitual reserva ante la inspiración del momento. Y cuando la creatividad del profesor se enciende, no hay quien la detenga.

—Tengo una idea, una que haga justicia a la grandeza de la propuesta de tu caballero de brillante armadura —declara Erasmus, sus ojos brillando con chispa creativa.

—¿Y cuál sería, profesor? —pregunta Elizabeth, con una mezcla de curiosidad y escepticismo.

—Como bien sabes, tu madre y yo estamos comprometidos desde hace un año. ¿Por qué no celebramos una ceremonia conjunta y nos casamos todos en el mismo evento? —sugiere espontáneamente, sorprendiéndose incluso a sí mismo.

La idea aterriza a la perfección. En ese raro y fortuito instante, su propuesta es recibida con júbilo unánime. La semilla de una boda compartida queda sembrada, una idea que florece en medio de un escenario de amor, celebración y cielos sin límites.

—✦—

Royal Cambridge Scholastic Institute, 2019
(Casa de Victoria y Erasmus en el Campus
– La mañana siguiente)

La mañana de Erasmus comienza con un aire de expectación y alegría.

—¿Cuál será el tema de tu clase hoy, querido? —pregunta Victoria con ternura, despidiéndolo con la mano mientras él se prepara para salir.

—Serenidad, valentía y sabiduría; el papel que desempeñan en nuestras vidas y lo estrechamente relacionadas que están entre sí —responde con una sonrisa pensativa.

—Ayer diste una gran muestra de ello con tu maravillosa idea —bromea ella con dulzura, su voz desvaneciéndose mientras él pedalea con entusiasmo.

Erasmus le devuelve la sonrisa a su hermosa prometida, sintiendo en lo más profundo la calidez y satisfacción de sus palabras.

El profesor Cromwell-Smith se desliza sobre las hojas otoñales dispersas, su corazón liviano por la felicidad del compromiso de Elizabeth y la visión de la inminente boda doble. Todo parece transcurrir a cámara lenta. Desde la distancia, su figura parece etérea, avanzando por los caminos del campus como si él y su bicicleta flotaran levemente sobre la tierra, impulsados por la brisa de la plenitud.

Mientras el majestuoso edificio de la facultad se alza ante él, la realidad lo va trayendo de vuelta con suavidad. Para cuando asegura su bicicleta y se encamina con determinación hacia el aula, sus pensamientos ya están alineados con la misión del día, con los ecos de la serenidad, la valentía y la sabiduría resonando en su mente.

— ❖ —

Royal Cambridge Scholastic Institute, 2019
(Edificio de la Facultad)

Al llegar al majestuoso edificio de la facultad, Erasmus asegura su bicicleta con facilidad, deteniéndose apenas un instante para inhalar el aire fresco de la mañana. El ritmo constante de su corazón refleja su confianza mientras se adentra en los familiares pasillos del Instituto Real de Estudios Escolásticos de Cambridge.

— ❖ —

Royal Cambridge Scholastic Institute, 2019
(Auditorio universitario)

El murmullo de los estudiantes, el suave crujir de los zapatos sobre los suelos pulidos, señala la proximidad de su aula. A medida que se acerca a las puertas, su enfoque se agudiza, la promesa de un día de conferencias gratificante lo llena con una tranquila sensación de propósito.

—¿Cómo estáis todos hoy? —saluda el profesor Cromwell-Smith a su clase, sus ojos brillando con entusiasmo. El murmullo animado de los estudiantes respondiendo con energía y positividad amplifica la atmósfera en la sala.

—¡Maravilloso! —responden, sus voces colectivas zumbando de anticipación.

—Pues vamos a empezar—continúa él, su sonrisa ensanchándose mientras la sala se tranquiliza al unísono. —Hoy, os llevaré atrás en el tiempo, al día en que conocí a un fascinante anticuario que me impartió una preciosa lección de vida. La historia comienza así...

La voz del profesor adquiere un ritmo pensativo mientras inicia el relato, su presencia imponente pero cálida, atrayendo a sus estudiantes al mundo de su memoria.

— ✦ —

Centro de Boston, 1979

En una tarde de sábado, bajando de Beacon Hill, el área del centro está justo frente a mí. Tras girar en Canal Street, lo encuentro:

"The Quibbler: Antique Books for the Inquisitive Mind (Est. 1910)," lee el cartel de la pintoresca librería.

Nunca había visto ni oído hablar de esta librería antes. Intrigado, busco en mi memoria.

Sudo, apestando, y todo, entro con la emoción y la curiosidad de un niño pequeño que entra en su lugar favorito. En el momento en que abro la puerta, una sensación de familiaridad me invade. La tienda tiene el inconfundible olor a papel viejo y cuero desgastado. Pilas de libros valiosos están dispersas por todas partes, y los estantes se extienden por tres pisos conectados por escaleras de madera que se retuercen y giran. Todo el lugar se siente como un laberinto.

El entorno me cautiva tanto que no noto al hombre que me observa con una tranquila diversión. Mis ojos finalmente registran su presencia, y doy un salto de sorpresa, provocando

783

una sonrisa aún más amplia de su parte en respuesta a mi distracción.

—¿En qué puedo ayudarte, joven? —pregunta el hombre con gafas, ligeramente encorvado y con el cabello largo y desordenado hasta los hombros.

Todavía procesando mi entorno, lucho por concentrarme en él. Mi mirada cambia entre la tienda y el hombre, como si estuviera atrapado en un sueño.

—¿Qué te trae por aquí esta tarde? —repita, sus ojos brillando de curiosidad. Luego, de repente, se abren más. —Espera un momento, ¡sé quién eres! ¡Eres el joven de la ciudad de los libros en Gales, ¿verdad?! —pregunta emocionado.

Sonrío, reconociendo mi reputación entre los anticuarios de Nueva Inglaterra, pero permanezco en silencio.

—Se suponía que todos debíamos conocerte en la reunión de anticuarios de Cape Cod, pero de repente te fuiste— exclama, su tono cambiando a un monólogo.

—Eso es correcto—respondo secamente, sin dar más detalles.

—Espero que la causa no fuera nada serio—aventura el anticuario, con empatía.

—Algo así. Ella se escapó, señor—explico, mi incomodidad evidente.

—Lo escuché, lo escuché—dice, su voz teñida de condolencia.

Así que su pregunta era retórica. Los anticuarios de Nueva Inglaterra son como una fraternidad; comparten todo. Mi infortunio es vox populi—conocido por todos, reflexiono con resignación.

—Mi nombre es Lazarus Pincay II, aunque a menudo me

llaman *The Quibbler* por razones que pronto descubrirás— anuncia con un gesto teatral.

Nacido y criado en Boston por un padre bibliotecario y una madre pintora, Lazarus Pincay mostró un talento natural para la música, pero una propensión aún mayor por los libros. Aunque tomó clases de piano durante doce años y parecía destinado a una carrera como pianista concertista, se rebeló y dejó la escuela poco antes de cumplir los 20 años. Lazarus pasó años en California viviendo en comunas hippies hasta que el destino intervino. Durante un ritual espiritual, conoció al amor de su vida, Laura Dean-Lamarck, originaria de Boston y reconocida como escritora.

La pareja ha estado casada durante 25 años. Por insistencia de ella, regresaron a Boston, donde Laura ayudó a Lazarus a financiar la compra de *The Quibbler Antique Book Store*, convirtiéndola en el tesoro que ahora estoy explorando.

—Un placer conocerte, señor. Erasmus Cromwell-Smith está a tu servicio—me presento con un asentimiento educado. —Sr. Pincay, busco paz y tranquilidad para contemplar mejor la vida en cámara lenta y apreciar los detalles de las cosas— explico, intentando articular el sentido de claridad que busco.

—Bueno, joven, has llegado al lugar adecuado. Tengo algo especial para ti, algo que te ayudará a alcanzar la calma y la fortaleza de carácter que estás buscando—ofrece *The Quibbler*, sus ojos brillando con propósito.

Sin decir más palabras, se aleja, desapareciendo en el laberinto de estanterías. Momentos después, lo veo subiendo por una torre de escaleras de madera, fácilmente de 25 pies de altura. Examina los estantes más altos, toma un libro, lo inspecciona, pero desciende con un gesto de insatisfacción.

Luego, vuelve a desaparecer, deslizándose por un estrecho pasillo, sus pasos deliberados y llenos de propósito. Tras un breve rato, vuelve a aparecer, sosteniendo un grueso libro encuadernado en cuero con ambas manos. La portada, gastada por el paso del tiempo, irradia un aire de sabiduría eterna.

—El escrito que voy a leerte se alinea perfectamente con tu situación actual—declara *The Quibbler*, su voz profundizándose con convicción.

Abriendo el libro con reverencia, encuentra la página deseada y comienza a leer, su tono firme y sincero.

La serenidad, el coraje y la sabiduría

La serenidad es un estado contemplativo
de absoluta paz interior—una calma deliberada e inmutable.
Es una condición de placidez
que nos permite observar la película de la vida desde fuera.
En este estado, la vida parece transcurrir en cámara lenta.
Nos detenemos en cada fotograma,
y la falsa percepción de que el tiempo vuela
o se arrastra desaparece.

En su lugar, experimentamos
una medida del tiempo refrescante y genuina.
La serenidad es también la piedra angular de la moderación.

Ya sea en estado meditativo, reflexivo o contemplativo,
la calma y la placidez sirven de canales
para la cautela, la moderación, la tolerancia y la prudencia.
Son el mejor antídoto
contra la conducta reactiva e impulsiva.

Al fomentar la moderación en nuestra forma de actuar,
la serenidad nos otorga claridad
para contemplar alternativas y opciones.

Nos permite
tomarnos el tiempo necesario para tomar decisiones:
¿Elegimos la inacción serena
o actuamos con el instinto, la razón, el corazón
o una combinación de ellos?

En la serenidad, la vida se ralentiza.
Nuestro frenético ritmo se detiene,
y encontramos paz en la pausa.

Pero quizás la mayor virtud de la serenidad
sea su capacidad para ayudarnos a aceptar o reconocer
lo inevitable, lo irremplazable y lo irreversible.
La serenidad se convierte
en una de nuestras armas existenciales más poderosas
contra la negación, proporcionando claridad, conclusión y
cierre.

La serenidad también sienta las bases del coraje.
Cuando el coraje se impregna de serenidad,
se vuelve más fiero e invencible.

Sin serenidad, el coraje corre el riesgo
de degenerar en impulsividad temeraria
o incluso en una misión suicida.

El coraje es nuestro mejor recurso
para superar la adversidad extrema y el sufrimiento,
para enfrentarnos a obstáculos que parecen insalvables,

a la devastación, la pérdida, el fracaso
y las probabilidades que parecen abrumadoras.

El coraje es también el arma con la que
dominamos y conquistamos el miedo.
Al hacerlo, el miedo deja de ser una excusa paralizante
y se convierte en un aliado.

La valentía es una parte intrínseca del fuego del coraje.
Es la chispa que nos impulsa a actuar,
permitiéndonos prevenir o revertir
las consecuencias de aquello que tememos.

Así es como el coraje se alimenta
de un miedo positivo y accionable.
Cuando el coraje se lleva a la acción,
es intrépido, impávido e indomable.
El coraje es una virtud salvaje del espíritu,
impulsada por la convicción, la pasión,
el corazón y el propio miedo.

La sabiduría, en relación con la serenidad y el coraje,
nos proporciona
iluminación, perspicacia y juicio prudente.

Nos permite discernir
cuándo apoyarnos en la serenidad
para aceptar las crudas realidades de la vida
y derrotar la negación,
o cuándo invocar el coraje
para revertir lo improbable, lo imposible,
lo irreversible y lo aparentemente inevitable.

A veces, la sabiduría nos guía a emplear ambos,
serenidad y coraje,
en equilibrio,
según las circunstancias.

El coraje es nuestro mejor recurso
para superar la adversidad extrema,
los obstáculos aparentemente insalvables,
la devastación y la derrota total,
la pérdida o el fracaso,
y las probabilidades que nos desafían.

El coraje también es nuestra arma
para dominar y conquistar los miedos,
y así,
cuando actuamos con valentía y determinación,
el miedo se convierte en nuestro aliado
en lugar de una excusa paralizante.

La valentía es una parte intrínseca
del combustible que alimenta el fuego del coraje.
Así, la valentía se convierte en la razón para actuar
y para evitar o revertir las consecuencias
de aquello que tememos.

Así es como el coraje se nutre
de un miedo positivo y accionable.
El coraje es impávido, audaz e intrépido
cuando lo ponemos en práctica.

El coraje es una virtud salvaje del espíritu,
impulsada por la convicción, la pasión,
el corazón y el propio miedo.

En relación con el coraje y la serenidad,
la sabiduría nos brinda
iluminación, sagacidad y prudencia
para optar por la serenidad,
para aceptar las duras realidades
y vencer la negación,
o por el coraje,
para luchar contra lo improbable,
lo imposible, lo irreversible
y lo aparentemente inevitable,
o para emplear ambos,
según las circunstancias.

*

—La serenidad ocurre cuando tu alma y tu espíritu están en absoluta paz —declara *El Quibbler*, clavando su mirada penetrante en Erasmus.

—Joven Erasmus, la vida está hecha para vivirse a través del diálogo constante, permitiendo a las personas disolver conflictos, rectificar malentendidos, resolver dilemas o llegar a conclusiones mediante el debate. Estas discusiones nos permiten cuestionar la coherencia de nuestras acciones, interpretaciones, propósitos o el conocimiento innato que hemos adquirido. Para enfrentar la vida de este modo, sin embargo, son esenciales la serenidad, el coraje y la sabiduría —afirma el señor Pincay, su voz impregnada de convicción.

Erasmus reflexiona en silencio. *"Ahora entiendo cómo ganó su apodo"*, piensa.

—¡Exacto! —exclama el señor Pincay, como si hubiera leído su mente. —Este soy yo, un eterno y concienzudo *Quibbler* de la vida y de las personas —añade con una sonrisa satisfecha, tomando por sorpresa a Erasmus con su perspicacia.

Cuando Erasmus deja atrás. *The Quibbler*, la impresión del antiguo tomo aún vívida en su mente, siente una profunda sensación de calma, como si vislumbrara un mapa para navegar por las complejidades inevitables de la vida. Sabe, en ese momento, que esta experiencia se convertirá en un pilar fundamental de las enseñanzas que un día transmitirá a otros.

— ✦ —

Royal Cambridge Scholastic Institute, 2019
(Auditorio universitario)

El destello del recuerdo de su pasado con *Lazarus Pincay II* se disipa cuando el profesor *Cromwell-Smith* vuelve a centrar su atención en el presente. El bullicio del aula, con susurros de estudiantes y el crujir de papeles, le ofrece un sutil pero firme anclaje en la realidad. A medida que se instala en el momento actual, con palabras medidas, guía a sus alumnos a través de los mismos principios que *Lazarus* le transmitió años atrás; principios que no solo definirían su propio viaje, sino que ahora moldearían los caminos de sus estudiantes.

—La serenidad, el coraje y la sabiduría son virtudes del carácter. La serenidad engendra coraje, y la sabiduría emplea a ambos —explica, su voz resonando con claridad.

Apoya la mano sobre el atril, y con una calma firme, deja que sus palabras llenen el aula una vez más.

—Serenidad, coraje y sabiduría —comienza, su tono impregnado de la autoridad que otorgan los años de experiencia— no son solo ideales elevados; son virtudes que influyen en cada decisión que tomamos y nos guían a través de los cruces más complejos de la vida.

Recorre la sala con la mirada, asegurándose de hacer contacto visual con cada alumno, de captar su atención por completo.

—Estas son las virtudes que deseo que llevéis con vosotros—hoy, mañana y en los días venideros.

Toma una breve pausa y continúa:

—La serenidad, el coraje y la sabiduría son las bases sobre las cuales enfrentamos los desafíos de la vida. Mientras exploramos estos conceptos, pensemos en cómo se entrelazan con la conciencia de estar vivos en el presente. Empezaré preguntándoos: ¿qué papel desempeña la serenidad en vuestras vidas? ¿Alguien quiere compartir su perspectiva?

Aiden, un estudiante de filosofía interesado en la influencia de las virtudes personales en la toma de decisiones levanta la mano.

—Profesor, en *Serenidad, coraje y sabiduría*, se describe la serenidad como un estado que nos permite observar la vida desde fuera, como si todo transcurriera en cámara lenta. ¿Cómo podemos cultivar la serenidad en un mundo que exige reacciones rápidas y constante movimiento?

—Esa es una excelente pregunta, Aiden —responde el profesor *Cromwell-Smith*—. La serenidad implica aprender a salir, aunque sea por un momento, del torbellino de la vida. Se trata de crear espacios intencionados para pausar, respirar y reflexionar. En el mundo actual, puede ser complicado, pero se trata de encontrar momentos de calma, no de inacción. La serenidad no significa evadir la realidad, sino afrontarla desde una posición de equilibrio, reconociendo nuestras emociones sin dejarnos arrastrar por ellas y permitiendo que el momento se desarrolle naturalmente.

Aiden asiente pensativo, procesando las implicaciones de las palabras del profesor.

Leticia, una estudiante de psicología interesada en la inteligencia emocional, levanta la mano.

—En el poema, se menciona que el coraje es un arma para vencer el miedo, pero también se advierte que sin serenidad, el coraje puede volverse imprudente. ¿Cómo podemos asegurarnos de que nuestro coraje esté equilibrado con la serenidad?

Los ojos del profesor *Cromwell-Smith* brillan con comprensión.

—Gran pregunta, Leticia. El coraje sin serenidad puede convertirse rápidamente en impulsividad o decisiones precipitadas, sobre todo cuando el miedo nubla nuestro juicio. La serenidad nos permite hacer una pausa y asegurarnos de que el coraje que invocamos sea meditado y no una simple reacción. Cuando estamos en calma y centrados, el coraje se convierte en una fuerza capaz de mover montañas, pero solo cuando está arraigado en la claridad y la reflexión.

Leticia parece absorber la profundidad de la respuesta, con una expresión de profunda contemplación.

Ethan, estudiante de biología fascinado por la intersección entre emoción y razón, interviene.

—El poema menciona que el miedo puede convertirse en un aliado a través del coraje. Pero en el contexto de la vida moderna, donde el miedo a menudo paraliza, ¿cómo podemos convertirlo en algo positivo?

El profesor *Cromwell-Smith* asiente con reconocimiento.

—Esa es una observación muy perspicaz, Ethan. El miedo es una emoción natural, pero no tiene por qué controlarnos. Cuando enfrentamos nuestros miedos de frente, los transformamos de obstáculos en oportunidades de crecimiento. El miedo nos indica que algo es importante, que nos importa. Si lo aceptamos, lo reconocemos y seguimos adelante a pesar de él, lo convertimos en motivación. Tener coraje no significa no sentir miedo; significa actuar a pesar del miedo, sabiendo que forma parte de nuestro camino.

Ethan escucha atentamente, reflexionando sobre cómo esta perspectiva podría aplicarse a su propia vida.

Mia, estudiante de literatura apasionada por los significados abstractos, plantea su inquietud:

—El poema *¡Qué día tan asombroso!* presenta una visión casi milagrosa de la vida. ¿Cómo concilia usted ese sentido de asombro espiritual con los aspectos más prácticos de la vida cotidiana?

El profesor *Cromwell-Smith* sonríe ante la pregunta.

—Mia, esa es una cuestión poderosa. *¡Qué día tan asombroso!* nos invita a darnos cuenta del milagro de la vida en toda su complejidad. Al mismo tiempo, vivimos en un mundo donde las preocupaciones diarias exigen nuestra atención. La clave está en abrazar ambos aspectos: el asombro y la realidad. La serenidad, el coraje y la sabiduría nos ayudan a encontrar ese equilibrio. Podemos estar arraigados en la responsabilidad de nuestras vidas mientras nos permitimos maravillarnos ante los pequeños detalles que hacen que la existencia sea extraordinaria.

Mia sonríe, apreciando la profundidad de la respuesta.

Jodie, estudiante de filosofía y ética enfocada en cuestiones existenciales, se inclina hacia adelante.

—El poema *¡Qué día tan asombroso!* resalta la belleza de estar vivos, pero lo hace en el contexto de desafíos y amenazas a la vida. ¿Cómo podemos vivir con la conciencia de la fragilidad de la vida sin abrumarnos por ella?

El profesor *Cromwell-Smith* se toma un momento antes de responder.

—Jodie, creo que la clave está en la aceptación. La vida es frágil, y esa es una verdad que todos debemos afrontar. Pero en lugar de dejarnos paralizar por ello, podemos abrazarlo. Nos enseña a vivir plenamente, a valorar cada instante y a apreciar a las personas y experiencias que nos moldean. La fragilidad de la vida no le resta belleza; de hecho, la realza. Vivir con esa conciencia nos ayuda a cultivar gratitud, presencia y una conexión más profunda con el mundo.

Jodie asiente, visiblemente conmovida por la respuesta.

El aula se impregna de una energía reflexiva mientras los estudiantes recogen sus pertenencias. Muchos permanecen en sus asientos, con los rostros marcados por la introspección, como si estuvieran asimilando el peso de la serenidad, el coraje y la sabiduría en sus propias vidas. Es evidente que las palabras del profesor han dejado una profunda huella en sus mentes.

El profesor *Cromwell-Smith* deja que el momento se asiente antes de ofrecer una última reflexión.

—Recordad —dice en voz baja—, la serenidad, el coraje y la sabiduría no son solo cualidades que aprendemos; son virtudes que encarnamos, una y otra vez, en cada elección que hacemos.

Al salir del aula, se da cuenta de los rostros pensativos de los estudiantes que quedan atrás. Su actitud sugiere una introspección silenciosa, como si cada uno estuviera buscando su propio camino hacia la paz y el equilibrio.

—Nos vemos la próxima semana —añade, saliendo del aula con paso firme.

Capítulo 11

La fábula del viejo joven y el bufón

Playa de en la isla Martha's Vineyard, Massachusetts, 2019

Tres meses después de que *Erasmus* propusiera la idea, madre e hija contrajeron matrimonio con los hombres de sus sueños en una grandiosa ceremonia compartida. Un altar de madera improvisado, adornado con vibrantes flores, se erigió en una playa serena cerca de *Chilmark*, en la costa sur de *Martha's Vineyard*. Las olas azuladas, lamiendo suavemente la orilla, ofrecieron el escenario perfecto para la alegre unión.

Tras la celebración en la playa, Jordan y *Elizabeth* emprendieron una luna de miel repleta de aventuras, surcando los cielos en globo aerostático sobre los majestuosos paisajes de Europa. Su viaje culminó en *St. Moritz, Suiza*, donde participaron en la *Gran Carrera de Engadina*, un maratón nórdico de esquí, célebre por ser el festival invernal de colores más grande del mundo, atrayendo a miles de participantes de todos los rincones del planeta.

Mientras tanto, *Erasmus* y *Victoria* se embarcaron en su propio viaje soñado, recorriendo los paisajes encantadores de África. Sin embargo, antes de sumergirse por completo en sus aventuras, un desvío inesperado los llevó a Italia, una oportunidad para cerrar un capítulo pendiente en la vida de *Erasmus*.

Todo comenzó con un mágico viaje en tren...

— ❖ —

Aeropuerto Internacional de Zúrich, 2019
(Llegada desde Boston)

—¿A dónde me llevas, mi lady? —pregunta *Erasmus*, desconcertado, mientras suben a un taxi rumbo a la estación central de trenes de *Zúrich*.

—Será una experiencia reveladora, mi enigmático británico —responde *Victoria* con un aire enigmático.

—¿Milán? —aventura él al escuchar el destino del tren en el que abordan.

—Erasmus, disfrutemos del viaje y dejemos de intentar encontrarle una razón a todo —replica ella con una sonrisa traviesa.

La pareja, absorta en su propio mundo, cena con estilo mientras el tren serpentea entre los *Alpes*, dejando entre ellos una pregunta flotante sin respuesta. *Erasmus* se siente cada vez más inquieto.

—¿De qué se tratará todo esto? —se pregunta, intentando hallar una explicación lógica. *"Te dijo que disfrutes el momento y dejes de intentar averiguar todo,"* se reprocha a sí mismo, mitad molesto, mitad divertido.

El tiempo transcurre más rápido de lo que quisieran y, pronto, el espléndido trayecto llega a su fin.

—Estamos llegando a la estación central de Milán —anuncia una voz por altavoz.

El tren reduce la velocidad, y *Erasmus* experimenta una oleada de anticipación mezclada con incertidumbre.

Al poner pie en el andén, una sensación de familiaridad lo invade antes siquiera de verla. Como en una película a cámara lenta, sus ojos se posan en *Antonella*, su antigua amante y amiga de toda la vida, quien se encuentra a unos cien metros de distancia. Su cálida sonrisa, serena y benevolente, le da la bienvenida con un discreto gesto de la mano.

—¡Papá! —se oye en un coro armonioso, pronunciado con perfectos acentos británicos.

Se gira y se encuentra con *María Antonella* y *Roberto Marcello Conti*, los hijos de *Antonella*... mejor dicho, sus hijos.

En segundo plano, distingue a *Victoria* y *Antonella*, entrelazando sus brazos como si fueran viejas amigas poniéndose al día.

Sus dos hijos lo envuelven en abrazos efusivos, mientras su mente racional lucha por seguir el ritmo de las emociones que lo desbordan.

"Han pasado dos años desde la última vez que los vi. Debe ser solo eso," se dice, tratando desesperadamente de comprender el momento.

—ADN, *Erasmus*. Siempre lo sospechamos —declara Roberto, como si leyera sus pensamientos.

—Fue fácil —añade *María*. —Tomamos cabellos del cepillo que usas en el baño de casa. Mamá nunca dejó que nadie más entrara en esa habitación. Y hay otras pistas. Para empezar, *Roberto* es una copia exacta de ti.

—Y nos envió a ambos a recibir una educación británica, algo poco común en Italia. Luego estaban los viajes a América, cuando nos quedábamos contigo. Crecimos con la omnipresente figura del "tío británico profesor", y mamá siempre nos animó a tratarte como una figura paterna —continúa *María*, con voz suave.

—Nunca nos dijo por qué, y entendemos que tú tampoco lo supieras —concluye *Roberto*, sonriendo.

Un par de lágrimas lentas escapan de los ojos de *Erasmus*, recorriendo sus mejillas, mientras una profunda sensación de plenitud y alegría lo inunda. Los dos jóvenes que tiene ante él son, indudablemente, su propia carne y sangre.

Las siguientes 24 horas transcurren como un torbellino de risas compartidas, silencios llenos de comprensión y relatos interminables. Padre, hijo e hija recorren la ciudad, conversan sin pausa y juegan como niños en plazas públicas. Apenas comen, atrapados en el intento de condensar toda una vida de conexión en un solo día.

Cuando llega el momento de despedirse, *Erasmus* se encuentra de nuevo en la plataforma del tren, esta vez acompañado por *Victoria* y *Antonella*. Ambas permanecen a unos pasos de distancia, irradiando la confianza y la calidez de dos mujeres que han alcanzado un entendimiento mutuo.

El efímero día queda grabado en la memoria de *Erasmus* como un sueño, dejándole una nueva conexión y el inicio de una historia que nunca pensó que llegaría a vivir.

—Gracias, *Antonella* —murmura, su voz cargada de emoción, sus ojos rebosantes de gratitud.

Se besan, un beso largo y profundo, compartido solo por viejos amantes que comprenden el peso de los años y los recuerdos.

—*Vai, vai, Erasmus* —susurra ella, despidiéndose con la mano, sus ojos empañados por las lágrimas de una despedida agridulce.

Erasmus abraza a sus hijos una última vez, estrechándolos con fuerza y estudiando sus rostros como si quisiera grabar cada detalle en su memoria.

—Erasmus es nuestro verdadero padre, aunque un tanto incidental, como uno que aparece de vez en cuando —bromea *María Antonella* con una amplia sonrisa.

—Sí, nuestro padre biológico. Bueno, ahora nos verá mucho más cuando vayamos a visitarlo a América —añade *Roberto Marcello*, agitando la mano mientras el tren comienza a alejarse.

Cuando *Erasmus* se vuelve, se encuentra nariz con nariz con *Victoria*, quien lo observa con una expresión entre divertida y triunfante.

—*Baci, baci, baci indimenticabili* —murmura ella, con un deje de posesividad juguetona en la voz.

—¿Acaso ya te has olvidado de mí, Erasmus querido? —añade, con la sonrisa más traviesa y maliciosa.

—¿Cómo podría, mi adorada dama? Eso jamás ocurrirá —responde él, recuperando su encanto, mientras toma su mano y la guía hacia el vagón restaurante de primera clase.

— ✦ —

Horas más tarde, mientras su vuelo de *Suiza* a *África Oriental* surca el cielo con un zumbido constante, la pareja se acomoda en sus asientos, acurrucándose en una tierna cercanía. Su amor ha crecido con estos capítulos compartidos de redescubrimiento y aceptación.

Su próximo destino es el Monte Kilimanjaro—una aventura que siempre soñaron, un capítulo perfecto en la historia de sus vidas reavivadas.

— ✦ —

Aeropuerto Internacional de Zúrich, Suiza, 2019
(De regreso a Boston)

Las dos parejas de recién casados se reencuentran en el aeropuerto de Zúrich, listas para abordar su vuelo de regreso a *Boston*. Los cuatro irradian felicidad, aún envueltos en el fulgor de las experiencias compartidas.

—*Mamá, estamos embarazados,* —suelta *Elizabeth-Victoria* de repente, mientras degustan el tradicional *raclette suizo* en la sala de espera.

Victoria jadea, llevándose las manos a la boca, sorprendida.

Erasmus, por su parte, sonríe con orgullo, un gesto amplio e indescriptible. Segundos después, los cuatro se funden en un abrazo de pura celebración, su alegría y armonía desbordándose en un inolvidable cuadro de amor y familia.

—— ✦ ——

Royal Cambridge Scholastic Institute, 2019
(Residencia de Victoria y Erasmus en el Campus,
al día siguiente)

—Querido, jamás imaginé que ascender el Monte Kilimanjaro, en Tanzania, nos llevaría tres días, atravesando múltiples microclimas a lo largo de casi 60 kilómetros — comenta Victoria, mientras ella y Erasmus observan las impresionantes imágenes en vídeo de su luna de miel.

—A 5.895 metros de altura, mi dama, no es una montaña cualquiera. El cuerpo necesita tiempo para adaptarse a la altitud y a los niveles reducidos de oxígeno —explica Erasmus. En la pantalla, aparecen caminando por la Meseta de Shira, su vasta extensión árida ofreciendo una vista espectacular del Kilimanjaro, majestuoso y cubierto de nieve en la distancia.

—Estaba aterrada cuando nos encontramos con ellos por primera vez —admite Victoria, su tono reflejando aún cierta inquietud, mientras el vídeo cambia a la frondosa jungla del Congo, donde las siluetas de imponentes gorilas se camuflan entre la vegetación.

—Impresionantes y aterradores a la vez, ¿verdad? Criaturas tan poderosas... Pero la larga caminata para encontrarlos valió cada paso —recuerda Erasmus con nostalgia.

—¡Y esto! —exclama Victoria cuando la imagen cambia a unos jóvenes leones cerca de las Cataratas Victoria, en Zimbabue.—Su energía primitiva, su poder regio... es hipnótico.

—Bueno, tu miedo no duró mucho, considerando que besaste a uno en la mejilla —bromea Erasmus con una sonrisa, mientras el vídeo la muestra apoyando suavemente la palma de su mano sobre el rostro del león.

—Aquello fue valiente, aterrador y, seamos honestos... estúpido —ríe él.

—Cierto —admite ella, riendo también—. Pero sus rugidos... La fuerza de su bramido me estremeció hasta los huesos.

La escena cambia y aparecen hipopótamos, bramando desde el agua, con sus inmensas mandíbulas abiertas en perfecta sincronización.

—Criaturas absolutamente poderosas —asiente Erasmus—. Me alegra que optáramos por el safari fluvial. Los paisajes acuáticos del Delta del Okavango fueron espectaculares, sin el polvo ni las largas esperas de un safari terrestre.

En la pantalla, desfilan rinocerontes, jirafas, cebras, elefantes y manadas de gacelas, deambulando libremente cerca de la orilla. Por encima de ellos, bandadas de pájaros surcan el cielo en movimientos perfectamente sincronizados.

—Grandes recuerdos —reflexiona Victoria, con la mirada enternecida—. Una experiencia inolvidable, mi amor. Tres semanas de aventura y descubrimiento que terminaron demasiado pronto.

Erasmus la estrecha entre sus brazos, sonriendo mientras las últimas imágenes de su viaje africano se desvanecen en la pantalla, convirtiéndose en memoria.

—Ahora, de vuelta a la mundana realidad, mi dama — menciona Erasmus con un dejo de melancolía.

—Ahora que hemos regresado, dime, mi educador reticente, ¿cuál será el tema de tu clase mañana? —pregunta Victoria, intrigada.

—Niños, bufones y cuentos de hadas —responde él enigmáticamente.

Victoria, con sabiduría, no reacciona, pero sabe perfectamente que Erasmus está rindiendo homenaje a sus hijos en Italia. 'Aún necesita tiempo para abrirse y hablar sobre su revelador y memorable encuentro en Milán', reflexiona, mientras lo observa alejarse en bicicleta. 'Puedo sentir que todavía se deleita en la dicha de haber reconectado con sus hijos'.

— ❖ —

Royal Cambridge Scholastic Institute, 2019
(Calles del Campus)

Pedaleando por las calles adoquinadas, a través del aire fresco del campus, el profesor Cromwell-Smith viaja inmerso en los recuerdos de los últimos días. Su rostro refleja satisfacción y gratitud, sobre todo por la certeza recién descubierta de que *María Antonella* y *Roberto Marcello* son sus hijos biológicos.

Los árboles que flanquean las calles aún conservan los últimos vestigios de hojas otoñales, un recordatorio visual del cambio de estaciones. Su mente cambia de rumbo a medida que se acerca al salón de conferencias, el familiar edificio erguido ante él.

Disminuye la velocidad, dejando atrás los pensamientos del pasado para centrarse en el presente.

Para cuando aparca su confiable y vieja bicicleta, Erasmus ya ha redirigido su atención a la clase que está a punto de impartir. Sin embargo, al entrar en el aula magna, se encuentra con una sorpresa.

Una enorme pancarta cuelga sobre su escritorio, con letras grandes y alegres:

"¡BIENVENIDO DE NUEVO,
¡PROFESOR CROMWELL!
ESPERAMOS DE TODO CORAZÓN
QUE HAYA TENIDO UNA MARAVILLOSA
LUNA DE MIEL."

El profesor rompe en una sonrisa amplia. Su mirada recorre la sala, conectando con la de sus estudiantes, su gratitud reflejada en su expresión.

Una ola de energía recorre la habitación, mientras los alumnos levantan la vista de sus cuadernos y apuntes, algunos con sonrisas entusiastas, otros aún desperezándose tras la somnolencia matutina.

La clase está a punto de comenzar.

—Gracias a todos, simple y llanamente. ¡Esto es absolutamente increíble!

Exclama Erasmus, aplaudiendo a su clase.

Les saluda con su calidez habitual, con los ojos chispeantes de emoción mientras sube al podio. Se percibe una expectativa silenciosa en la sala, pues los alumnos saben que la lección de hoy será mucho más que académica; será profundamente personal.

—Existen momentos en la vida que debemos celebrar o, por el contrario, dejar pasar desapercibidos. Si negamos o ignoramos esos instantes de alegría, corremos el riesgo de perder la oportunidad de abrazar y regocijarnos en el lado más luminoso de la vida para el resto de nuestros días. Hoy, os llevaré de regreso a un día memorable, cuando aprendí una de las lecciones más valiosas de la existencia: el poder y la necesidad de crear y vivir nuestro propio cuento de hadas. Una vida que se convierta en una celebración perenne, sin negaciones ni renuncias, sin importar las circunstancias.

Hace una pausa, permitiendo que sus palabras se asienten en el aula antes de continuar, con un destello de complicidad en su mirada.

—Todo comienza así...

— ✦ —

El estudio desordenado de Erasmus, 1987
(Cerca de la Universidad de Harvard)

Su carta llega de forma inesperada, pero su oportunidad no podría ser más perfecta. Está destinada a ser la última comunicación que recibiré de Mrs. V., mi amada mentora de Gales, pues fallecería poco tiempo después.

Mi corazón se acelera con una mezcla de emoción y aprensión al reconocer el sobre, con su inconfundible caligrafía adornando la superficie. Dejo todo lo que estoy haciendo o planeando hacer, incapaz de contenerme, y me siento de inmediato a abrirlo.

— ✦ —

"Querido Erasmus,"
Tu fiel mentora se está haciendo un poco mayor. Hace tiempo que no sé de ti, lo que me hace temer que ocurran cosas en tu vida que prefieres no contarme. Bueno, querido, no hay escapatoria cuando se trata de tu más ferviente

animadora. Espero que me pongas al día enviándome noticias de tu vida a la mayor brevedad posible.

Más específicamente, usa tu perezosa mano de escritor, golpea tu corazón olvidadizo y despierta tu mente adormecida para escribir una carta a la atención de una tal Victoria Sutton-Leigh, una mentora que parece haber caído en el olvido. Ella reside en tu lugar de nacimiento, ese pueblo sin mérito alguno (aparentemente para ti) en Gales: Hay-on-Wye.

Te adjunto aquí un preciado manuscrito, con la esperanza de que ilumine tu corazón desmemoriado. Estoy segura de que lo necesitas desesperadamente y que enriquecerá profundamente tu espíritu y tu alma en hibernación.

Espero sinceramente que pronto me demuestres que estoy equivocada.

Te quiero con todo mi corazón, Mrs. V.

— ✦ —

El peso de la culpa me envuelve de inmediato

No hay duda de que he fallado a mi mentora. La urgencia de responder me sacude el alma.

Agarro mi pluma sin dudarlo y comienzo a escribirle sin descanso, relatándole todo lo que puedo sobre mi vida. La carta es enviada ese mismo día. Una semana después, la llamo por teléfono.

Mrs. V. está eufórica; ha terminado de leer mi carta y me reclama con dulzura por haber tardado tanto en escribirle. Mi animadora eterna me promete que me responderá en breve, pero esa promesa jamás llega a cumplirse.

Días después, ella nos deja para siempre.

— ✦ —

En los días posteriores a su fallecimiento, repaso cada una de sus cartas, atesorando los magníficos momentos que compartimos a lo largo de los años.

Es en ese periodo de duelo y reflexión cuando tropiezo con su última misiva y, por alguna razón, decido releerla. Esta vez, descubro el manuscrito adjunto. Un tesoro que en mi prisa por responderle había pasado completamente por alto. Quizás así estaba destinado a suceder: que su último regalo para mí fuese descubierto únicamente tras su partida, como un símbolo de su legado y celebración de su vida. Con el corazón reverente, desdoblo el manuscrito y comienzo a leer.

El primer verso me atrapa, envolviéndome en su abrazo eterno y atemporal.

La fábula del viejo joven y el bufón

El Bufón camina de vuelta a su "camerino",
su vestidor,
mientras la multitud en la gran carpa del circo
sigue ovacionando.
Su rostro, cubierto de una gruesa capa blanca,
lleva una sonrisa perpetua,
adornada por una boca pintada de forma exagerada
y una diminuta nariz redonda,
ambas de un rojo resplandeciente.
Un sombrero alto y holgado, multicolor,
cubre sus mechones de cabello naranja brillante,
largos hasta los hombros.
Su ropa, holgada y excéntrica,
es mitad arlequín
y mitad una tela cubierta de grandes lunares blancos.

Sus enormes zapatos —dos lenguas agitadas—
son absurdamente anchos en la punta
y ridículamente estrechos en el talón.
Sus movimientos despreocupados son impactantes,
incluso escandalosos.
Todo y todos se convierten en objeto de su burla,
cada uno de sus gestos es una parodia de la realidad,
invitando al público a sumergirse en el lado liviano de la vida.
Pero no todo es lo que parece en nuestra existencia…
¿o sí?
Un diminuto susurro atraviesa el silencio tras bambalinas.
—¡Bufón, Bufón!
Un muchacho llama desde las sombras del callejón.
El payaso se gira, sus penetrantes ojos verdes
se clavan en el adolescente.
—¿No es este un lugar un poco apartado
para que un chico de tu edad ande deambulando?
—pregunta el payaso, con impaciencia.
—Mis padres están justo detrás del telón,
dándole de comer a las jirafas con mi hermano pequeño.
Saben que estoy aquí —
responde el muchacho con confianza.
—Muy bien, entonces —
murmura el payaso, resignado a la interrupción.
El joven cruza los brazos,
levantando una mano hasta su barbilla, pensativo.
—Bufón, ¿haces reír a la gente para ganarte la vida?
—pregunta con tono serio.
—¿Acaso no es eso lo que hacen los payasos?
—responde el Bufón con una pregunta enigmática.
Lejos de desanimarse, el joven insiste.

—Haces feliz a la gente, Bufón.
Entonces, ¿eres un creador de felicidad?
El payaso se apoya despreocupadamente
en el marco de la puerta de su camerino.
—Al fin y al cabo,
¿no es eso lo que busca el público cuando viene al circo?
—responde, eludiendo revelar más.
—Ahora, si me disculpas… —
añade el Bufón, girándose para entrar en su vestidor.
—¡Bufón, Bufón! —
el muchacho insiste, empujando la puerta
antes de que pueda cerrarse.
—No me resultas tan gracioso en persona, señor.
Tu rostro lleva una sonrisa pintada,
pero de cerca, no parece auténtica.
Tus ojos…
desprenden tristeza,
y quizás incluso enojo.
La primera reacción del payaso es retroceder,
pero, para su sorpresa, se detiene.
—Eres un observador agudo, jovencito.
Pasa y siéntate —
le ofrece inesperadamente,
dejando la puerta abierta de par en par.
Ya acomodado, el payaso le ofrece al niño
una caja de bombones,
permitiéndole elegir el que prefiera.
—Bufón, haces felices a los demás,
pero no a ti mismo. ¿Por qué?
El payaso exhala, recostándose en su silla.

—¿Acaso no es así como viven muchos?
Mostrando una cara en público,
mientras ocultan sus sombras en lo más profundo de su ser.
El muchacho inclina la cabeza, confundido.
—Bufón, cuando te vi en el escenario,
haciendo reír a todos,
parecía que tu vida era un cuento de hadas.
Pero ahora, aquí contigo,
me pregunto…
¿Por qué no eres feliz?
El payaso suelta una carcajada sarcástica.
—¿No es cierto que la vida siempre carece de algo?
Aquello que más codiciamos
parece inalcanzable.
Y cuando perseguimos una meta,
justo cuando la alcanzamos,
ya ha cambiado de lugar—
casi siempre por nuestra propia voluntad.
El joven sacude la cabeza suavemente.
—Bufón, pero lo que tienes ahora es suficiente, ¿no?
La búsqueda de tus objetivos,
lo que tú llamas "la persecución",
está llena de momentos de vida—
momentos que compartes con quienes aman lo que haces.
Debes celebrar el viaje de la vida
mientras sucede.
De lo contrario,
te estarás perdiendo la mayor parte de ella.
El payaso ríe con amargura.
—No existen los cuentos de hadas en la vida, muchacho.
Eso solo vive en los libros de niños y en la fantasía.

—Mi vida es un cuento de hadas, Bufón

—afirma el niño con alegría.

El payaso alza una ceja.

—Sí, claro. Seguro provienes de un hogar privilegiado—

riqueza, éxito, sin dificultades,

sin tragedias, sin dolor.

Por supuesto que ves la vida como un cuento de hadas.

Pero algún día, eso cambiará.

El muchacho sonríe con dulzura,

su voz serena pero cargada de emoción.

—Bufón, soy huérfano.

Hoy vine al circo con mis padres adoptivos.

Vivimos en la calle hasta hace poco.

Mi padre acaba de encontrar trabajo como conserje,

y mi hermano menor camina con muletas—

contrajo polio a los cinco años.

El payaso se cubre la boca con la mano,

el rubor de la vergüenza ardiendo en su rostro.

—Yo... lo siento mucho... —

empieza a disculparse,

pero el niño lo interrumpe.

—Bufón, eres un hombre privilegiado.

Haz un balance de lo que tienes.

Conviértelo en tu fuente de alegría.

Aprovecha tu acceso a la felicidad y la risa

por lo que realmente son—

una celebración de la vida.

Tu cuento de hadas está en ti.

Haces lo que amas.

La gente ama lo que haces.

¿Se puede pedir más a la vida?

Los ojos del payaso se abren con sorpresa,
su sonrisa pintada suavizándose hasta volverse real.
—Ahora comprendo
de dónde proviene la sabiduría de tus palabras
—admite el Bufón.
—¿Y cuál sería, señor?
—pregunta el muchacho.
—La adversidad
—susurra el payaso.
—La vida es un cuento de hadas
que reside dentro de todos nosotros.
Solo requiere ingenio y sinceridad del alma,
y un verdadero deseo del espíritu
de abrazar el viaje de la vida
—declara el niño.
Sus padres y su hermano se acercan por el pasillo.
—Es hora de irnos
—anuncian.
El niño se gira hacia el Bufón,
una amplia sonrisa iluminando su rostro.
—Bufón, fue mágico pasar este tiempo contigo.
Fue un momento verdaderamente mágico
—dice con alegría.
—Jovencito, para mí también lo fue.
Fue como un…
—el payaso duda,
su voz temblorosa.
—¿Un cuento de hadas?
—le ayuda el niño, sonriendo aún más.
—Definitivamente lo fue,
y una lección de vida bien aprendida también

—responde el payaso,
sus ojos verdes brillando con un nuevo fulgor.
Por primera vez,
su sonrisa pintada se siente auténtica—
quizás para siempre.

*

Erasmus se recuesta en su vieja silla tambaleante, mientras la tenue luz de su pequeño estudio proyecta suaves sombras sobre las paredes atestadas de libros y papeles. La fábula descansa sobre su regazo, y sus últimas palabras resuenan en su mente como un eco delicado.

Dirige la mirada a la carta de la señora V., ahora arrugada por la fuerza con la que la ha sostenido, y siente una punzada de añoranza mezclada con gratitud.

Las palabras de su mentora, impregnadas de sabiduría y amor, han encendido una chispa en su inquieto corazón. La lección de la fábula—que los cuentos de hadas de la vida nacen desde el interior—le empuja a confrontar los relatos que él mismo se ha permitido vivir.

—El cuento de hadas reside en mí —susurra, casi como si estuviera poniendo a prueba la verdad de la frase.

En la quietud del momento, decide hacer suyo el mensaje de la señora V., y tejer la alegría, la gratitud y el propósito en el tejido de sus días.

— ✦ —

Royal Cambridge Scholastic Institute, 2019
(Auditorio universitario)

El profesor Cromwell-Smith despliega con cuidado un conjunto de papeles arrugados, sus bordes suavizados por el paso del tiempo. Sus alumnos lo observan mientras los coloca sobre el atril, con un gesto de reverencia evidente en cada uno de sus movimientos.

El auditorio guarda silencio, el peso de la fábula aún flotando en el aire. El profesor Cromwell-Smith cierra el libro con delicadeza, sus movimientos pausados, como si saboreara la trascendencia de la historia. Levanta la mirada, recorriendo con sus ojos los rostros de sus estudiantes, cuyas expresiones oscilan entre la introspección y el asombro.

—Esa fue la última carta que recibí de la señora V. —comienza, su voz firme, aunque impregnada de emoción—. Una historia que, como todas las grandes fábulas, no está hecha solo para ser escuchada, sino para ser vivida. Su sabiduría, entretejida en estas palabras, es intemporal, al igual que las lecciones que extraemos de la vida misma. Su carta no fue solo un mensaje de mi mentora, sino un espejo que reflejaba mi propio potencial inexplorado, mi capacidad para convertir lo ordinario en extraordinario —reflexiona el pedagogo.

Hace una pausa, echando un vistazo a las notas como si extrajera fuerzas de su presencia.

—Sus palabras me recordaron que el cuento de hadas no es un sueño inalcanzable. Está aquí —dice, tocándose el pecho—. Habita en cada uno de nosotros, esperando a que lo veamos, lo vivamos, lo compartamos.

El profesor se aparta del atril y camina lentamente por el escenario, escudriñando la sala con la mirada.

—Así que os pregunto, como una vez me pregunté a mí mismo: ¿qué se necesita para que reconozcáis vuestro propio cuento de hadas? Y cuando lo hagáis, ¿tendréis el valor de vivirlo?

El aire vibra con el peso de sus palabras, mientras sus estudiantes, absortos en sus pensamientos, se enfrentan a la posibilidad de sus propias historias aún no contadas.

—Ahora —continúa, con un tono más suave—, volvamos al presente. ¿Qué nos enseña esta fábula? Nos recuerda que los cuentos de hadas no están confinados a los libros ni a las fantasías de la infancia. Habitan en nosotros, esperando ser abrazados y traídos a la vida a través de las elecciones que hacemos, la gratitud que mostramos y la alegría que encontramos en lo cotidiano.

El profesor Cromwell-Smith hace una pausa, permitiendo que la trascendencia de sus palabras cale en la mente de sus estudiantes. Luego, con una leve sonrisa, concluye:

—Está en nuestras manos reconocer la magia del momento, celebrar el viaje de la vida y hacer de cada día una historia digna de ser contada.

El hechizo se rompe y la sala cobra vida, sus estudiantes emergiendo de su ensimismamiento, con la lección resonando en lo más profundo de sus corazones.

—El descubrimiento del Bufón fue darse cuenta de que, por un instante fugaz, la vida se convirtió en un cuento de hadas para él porque él mismo lo había hecho así. El cuento de hadas residía en su interior, habitaba su espíritu y su alma. Por lo tanto, su inclinación natural y su mayor habilidad existencial era convertir cada momento o situación en un cuento de hadas real, haciendo reír a los demás —declara el profesor en su comentario final.

Varias manos se levantan.

Thomas, un estudiante de último año de Filosofía con un gran interés en el existencialismo y la naturaleza de la felicidad, levanta la mano. Le encanta desafiar conceptos abstractos y participar en debates filosóficos.

—Profesor, en la fábula, el niño llama "cuento de hadas" a la vida del payaso, pero este lo rechaza, afirmando que los cuentos de hadas no existen en la vida real. ¿Cree que la historia sugiere que un cuento de hadas solo es posible si hay dificultades o desafíos que superar? Y si es así, ¿hace esto del sufrimiento un requisito esencial para encontrar significado en la vida?

El profesor asiente, apreciando la profundidad de la pregunta.

—Es una reflexión muy perspicaz, Thomas. La perspectiva del niño representa una forma de sabiduría inocente. Él ve la vida como un cuento de hadas, no porque esté libre de dificultades, sino porque ha aprendido a abrazarla en su totalidad. Entiende que el sufrimiento no resta belleza a la vida, sino que la enriquece. En contraste, el payaso se encuentra atrapado en un ciclo de negación, incapaz de ver la belleza en los momentos que la vida le brinda. La fábula sugiere que un cuento de hadas no consiste en evitar las dificultades, sino en la manera en que respondemos a ellas y en si elegimos vivir con alegría, a pesar de las adversidades.

Isabella, estudiante de tercer año de Literatura Inglesa, especializada en la intersección entre la narración y el bienestar psicológico, levanta la mano.

—Profesor, el payaso pasa su vida haciendo reír a los demás, pero él mismo no es feliz. El niño lo desafía a ver su propia vida como un cuento de hadas, a pesar de sus dificultades. ¿Cree que la fábula sugiere que todos tenemos la responsabilidad de encontrar la alegría en nuestras vidas, en lugar de depender únicamente de la validación externa o de la búsqueda de la perfección?

El profesor sonríe con aprobación.

—Sí, Isabella, creo que eso es exactamente lo que la fábula intenta transmitir. La vida del payaso está llena de validación externa, pero carece de satisfacción personal. Es un actor, pero no actúa para sí mismo, sino para los demás. El niño, con su sencilla pero profunda sabiduría, le muestra que la verdadera alegría no proviene de la ovación del público, sino de abrazar el propio viaje, por imperfecto que sea. La fábula nos enseña que debemos encontrar nuestra propia felicidad, en lugar de depender de las expectativas o percepciones de los demás.

Marcus, estudiante de tercer año de Psicología, interviene con otra pregunta.

—Profesor, en la fábula, el payaso admite que su sonrisa pintada oculta una tristeza más profunda. El niño le dice que la vida puede ser un cuento de hadas si aprendemos a celebrar el viaje. Desde una perspectiva psicológica, ¿cree que muchas personas, como el payaso, enmascaran sus verdaderas emociones porque sienten que deben ajustarse a los ideales sociales de felicidad?

El profesor reflexiona un momento antes de responder.

—Es una observación muy acertada, Marcus. El payaso representa lo que podríamos llamar "la máscara" que muchas personas llevan puesta. En psicología, esto se relaciona con la "regulación emocional" y la presión social para proyectar una imagen de felicidad, incluso cuando esta no refleja nuestro estado emocional real. La fábula nos enseña que debemos ir más allá de esa fachada y aprender a aceptar nuestras emociones como parte de nuestro viaje. El cuento de hadas de la vida no se trata de la perfección ni de la felicidad constante, sino de abrazar la complejidad de la existencia humana.

A medida que la clase llega a su fin, el profesor Cromwell-Smith se detiene junto al atril, dejando que sus estudiantes reflexionen sobre la discusión del día. La sala, antes llena de la energía de un debate en marcha, ahora vibra con la introspección silenciosa de quienes meditan sobre su propio cuento de hadas.

—Pensad en ello a lo largo de la semana —añade—. ¿Qué haréis con vuestra propia historia?

Con una leve inclinación de cabeza y una sonrisa, da por terminada la clase.

—Eso es todo por hoy. Nos vemos la próxima semana.

Mientras se marcha, sus estudiantes permanecen en sus asientos, con expresiones de asombro y contemplación, preguntándose cuánto de un cuento de hadas ya poseen en sus vidas, o cuánto se niegan a sí mismos al no reconocer la magia que llevan dentro.

Capítulo 12

La disconformidad y la curiosidad

—¿Por qué es tan difícil generar interacción con mi precioso hijo? —pregunta Victoria, desconcertada.

—Simplemente es reservado y precavido por naturaleza —responde Sofía, quien ha sido la novia de Bart durante los últimos dos años.

—Lo reconozco, pero soy su madre, y siento que cuando se trata de su vida personal, tengo que escarbar para sacarle cada palabra —añade Victoria con frustración.

—Está mejorando, sin embargo —ofrece Sofía, con los ojos llenos de amor y afecto al hablar de él.

—Bartholomeus siempre ha sido el bufón de la familia. Por fuera, tan alegre y amable, pero hermético en lo que respecta a sus asuntos privados —declara la madre, resignada.

Victoria estudia a la joven de ojos verdes y cabello castaño, alta, nadadora y compañera de clase de Bart.

Es la más fiel defensora de mi afortunado hijo. Y dado que también está perdidamente enamorada de él, ¿por qué le estoy poniendo las cosas difíciles? se reprocha Victoria en silencio.

—Cuéntame de ti, cariño. ¿Cómo te trata? ¿Cómo te sientes en tu relación con Bart?

—Me siento feliz. Es un hombre maravilloso. Estamos planeando, con mucha anticipación, qué universidad elegiremos para hacer nuestros másteres.

—Eso es una noticia fantástica, Sofía. ¿Tienen alguna idea de a dónde irán? —pregunta Victoria con un leve tono de ansiedad en la voz, además de un poco de frustración al descubrir otro secreto más sobre su hijo.

—No, pero tenemos una lista corta de opciones.

—Bueno, él es un emprendedor nato, así que estoy bastante segura de que se inscribirá en una escuela de negocios.

Sofía no responde, aparentemente guardando un gran secreto. Victoria se siente tranquila al ver la lealtad que la joven y prudente mujer muestra.

—Sofía, antes te pregunté cómo te trata.

—Siempre ha sido un compañero devoto. Antes de conocerlo, estuve en una relación de muchos años que nunca llegó a nada porque mi exnovio estaba casado. Así que Bart tuvo que esforzarse mucho para calmar mis temores y mis dudas.

De repente, Erasmus hace una "entrada triunfal", arrastrando un par de pequeñas maletas.

—Vicky, no quiero interrumpir tu encantadora charla, pero tenemos que salir dentro de los próximos treinta minutos —anuncia el profesor, mientras su otra mitad le sonríe pacientemente a Sofía.

—Danos unos minutos, terminaremos en breve —le ruega Victoria con una amplia sonrisa.

—Soy toda tuya, querida, sin prisa —dice Victoria, dirigiéndose nuevamente a Sofía.

—Bart me dio un poema el otro día —comenta Sofía, entregándoselo a Victoria, quien lo lee con una mezcla de curiosidad y deleite sincero.

Una simbiosis muy particular

Soy todo tú,

eres todo yo,

somos todo tú,

somos todo yo,

tú eres yo,

yo soy tú,

somos para siempre,

un solo tú un solo yo,

somos uno solo,

uno y solo uno,

tú y yo,

ambos

para siempre.

*

—Me encanta. Me emociona que Bart haya escrito algo así. ¡No sabía que podía escribir!

—No, no es suyo. Fue muy sincero conmigo al respecto. Pero eso es irrelevante porque lo que importa es el gesto; además, es hermoso.

—¿Puedo preguntar quién lo escribió? —pregunta Victoria, girando lentamente la cabeza hacia Erasmus, quien comienza a mover los pies inquieto y fija la mirada en el suelo, evitando el contacto visual.

—Mi querido británico, ¿cómo es posible que no me hayas dicho nada de esto? —pregunta con tono dolido, pero con una profunda satisfacción en su rostro.

Victoria le guiña un ojo a Sofía mientras continúa burlándose de Erasmus con su juego travieso.

—¿También me estás guardando secretos, querida? ¿Es esto ahora algo masculino en nuestra familia?

—No creo que escribir un poema en nombre de Bart para su novia sea algo que deba compartir contigo cuando él específicamente me pidió que lo mantuviera en privado. Sin embargo, al final, él te lo ha compartido a través de Sofía— responde Erasmus mientras ignora la segunda parte de su pregunta.

Aunque un poco avergonzada, Victoria finalmente sonríe al darse cuenta de su comportamiento confrontativo y fuera de lugar.

—Gracias por cuidar tan bien de mi hijo—comenta mientras abraza cálidamente a Sofía para despedirse, luego se acerca a besar apasionadamente a su poeta británico de la casa. Sofía y Victoria se despiden, y poco después, la pareja de mediana edad se dirige al Aeropuerto Logan de Boston para visitar a un viejo amigo de Victoria en una escapada de fin de semana.

— ✦ —

Biblioteca Pública de St. Louis, Missouri (2019)

La bibliotecaria jefe, Rebecca Samuels-Ortiz, siempre está en movimiento. Trabaja como una abeja ocupada.

En esta mañana en particular, todo su personal lucha por mantenerse al ritmo de todo el alumnado de una escuela secundaria que está de visita—una tarea casi imposible. Los adolescentes son desordenados, ruidosos y groseros.

—Qué joven tan grosero eres—le dice a un joven de cara de bebé, delgado y con gafas, cuyas piernas están apoyadas sobre un escritorio de lectura.

—¡Ni lo pienses! —advierte a un par de chicos traviesos que están a punto de arrancar una página de un libro valioso. Protectora, se la quita de las manos.

—¡Esto no es una sala de conciertos! —les advierte a un par de chicas jóvenes mientras su música ensordecedora suena por sus auriculares.

—¡Métanse las camisas! —ordena a un par de estudiantes que pasan por ahí.

—Suban los pantalones hasta la cintura—ordena a otro.

—Átense los zapatos, si no, voy a reportarlos y sacarlos— dice con voz estresada, finalmente dejando que sus frustraciones   estallen.

Dos manos desde atrás cubren su rostro de repente.

—Sorpresa—susurra Victoria.

Samuels-Ortiz se da vuelta rápidamente y suelta un grito ahogado involuntario. Abraza emocionada a su amiga y protegida. Al mismo tiempo, ve a Erasmus de pie allí incómodamente, observando su largo abrazo. Sus ojos se abren de par en par.

Erasmus sigue en shock por el saludo efusivo que Victoria le dedica mientras las palabras salen de su boca.

—Lo encontré, Becca. Bueno, en realidad, Sarah lo hizo— explica Victoria.

—¿Eres Erasmus? —pregunta Samuels-Ortiz con incredulidad.

—El único—responde él mientras Samuels-Ortiz, con entusiasmo desbordante, extiende los brazos para darle una cálida bienvenida y abrazarlo con fuerza.

—¡Oh, Dios mío…! Qué bendecidos y afortunados son. La vida los encontró a los dos, o mejor dicho, el verdadero Amor los volvió a unir—enuncia Samuels-Ortiz.

Mientras la anfitriona mantiene su abrazo con Erasmus, suelta:

—Ella nunca dejó de amarte.

—Becca, él me esperó todos esos años—interviene Victoria. Te recuerdo que fui yo quien huyó.

Al principio, la expresión facial de Samuels-Ortiz se suaviza, seguida por una mirada cariñosa y amorosa.

—Por favor, perdona mis payasadas, Erasmus. Tiendo a ser sobreprotectora con Victoria. Subconscientemente, mi instinto te veía de una forma muy diferente—comenta Samuels-Ortiz.

—¿El doctor de la mente, tal vez? —interrumpe Samuels-Ortiz con una sonrisa traviesa, incapaz de controlarse.

—¡Becca! —se queja Victoria sorprendida.

—Bueno, no puedes culparme por intentar con tanto empeño evitar que tu mala karma con los hombres se repita —añade Samuels-Ortiz.

—Bueno, aquí estamos, después de todo. Quiero que conozcas a mi erudito británico.

—¿Erudito? … interesante —piensa en voz alta Samuels-Ortiz.

—Es un verdadero placer, señora Samuels. Siempre estaré en deuda con usted. Gracias de todo corazón por cuidar tan bien de mi preciosa dama —dice Erasmus con modestia.

—No fue nada. Fue un placer. Victoria merece eso y mucho más porque es un ángel de bondad —sigue intentando elogiar a su pupila la señora Samuels-Ortiz. —Pero quiero saber más sobre el príncipe valiente que robó el corazón de mi amiga. Cuéntame sobre ti, Erasmus.

Siendo muy consciente de las costumbres y tradiciones de su herencia, Victoria sabe que es demasiado pronto para que

Erasmus se abra a una extraña. Interviniendo antes de que la cortesía británica y la timidez creen una mala impresión, ella interrumpe:

—Él enseña en una universidad de Nueva Inglaterra. También es escritor.

—Fascinante. ¿Qué enseña Erasmus? —pregunta la vieja bibliotecaria, su curiosidad despertada.

—Poesía—responde Victoria con una sonrisa sutil.

—¿Y qué escribe él?

—Principalmente ciencia ficción—añade ella.

—¿Publicado? —insiste Rebecca.

—Tres millones de libros de ciencia ficción y educativos vendidos—anuncia Victoria con orgullo.

Los ojos de Rebecca se abren asombrados.

—Eso es muy impresionante. Un momento. Erasmus, ¿cuál es tu apellido? —Una repentina realización le llega. —¡Oh! Claro … eres Erasmus Cromwell-Smith. ¡Te conozco! ¡He leído todos tus libros! ¡Consecuentemente, Victoria, te tenía aquí en la biblioteca todo el tiempo, ¡a un paso de distancia! —exclama, sus palabras saliendo emocionadamente.

Victoria se ríe ante el entusiasmo de su amiga.

—Sabes, Becca, gracias a su influencia en mí desde el principio, solo me gusta leer poesía. Y nunca ha publicado sus poemas—añade con una mirada traviesa a Erasmus.

Rebecca inclina la cabeza, asombrada.

—¿Y cómo pude no haber sabido que eres... el Erasmus? —Leí tus libros a lo largo de los años, pero nunca los conecté—admite, su tono mezclando asombro y diversión.

Victoria aprovecha el momento.

—Querido, ¿por qué nunca has publicado ninguno de tus poemas? —pregunta, su curiosidad deslizándose hacia la intrusión.

Tomado por sorpresa, Erasmus duda antes de responder. Su mirada se suaviza mientras reflexiona.

—Supongo que la respuesta más simple es que la gran mayoría de los poemas, si no todos, los que he escrito son privados—admite. —Dedicados a ti o a nosotros—continúa, su voz transmitiendo una profunda emoción que toca visiblemente a Victoria.

— ✦ —

Hyatt Hotel, Centro de St. Louis
Más tarde ese día

Mientras se preparan para separarse tras un delicioso brunch en el elegante Hyatt Hotel en el centro de St. Louis, la señora Samuels-Ortiz sorprende a la pareja con un regalo inesperado.

—Tengo una copia de un antiguo escrito para ambos. Es mi regalo de bodas—declara, su tono reverente. —Es una pieza valiosa de escritura que atesoro y revisito constantemente. Habla sobre la inquietud y la curiosidad. Es extraordinario cómo ambos se mantuvieron inquietos debido al amor verdadero no correspondido, nunca dispuestos a conformarse con menos, con la conveniencia o el confort. Al final, la vida les recompensa por su perseverancia—añade con una sonrisa que tiene tanto sabiduría como calidez.

Rebecca luego da un paso atrás momentáneamente, caminando hacia sus sagrados terrenos de conocimiento, que está a solo un corto paseo. Cuando regresa, les entrega un manuscrito cuidadosamente preservado.

—Rezo para que esta pieza sea tan útil en sus vidas como lo ha sido en la mía—dice, su voz cargada de sinceridad.

Mientras se abrazan en un emotivo abrazo grupal, Rebecca se acerca a Victoria y susurra:

—Gracias por traerlo aquí.

—Supongo que la respuesta más simple es que la gran mayoría de los poemas, si no todos, los que he escrito son privados, dedicados a ti o a nosotros—revela Erasmus después de una breve pausa reflexiva, su voz cargada de emoción profunda que resuena en Victoria.

—✤—

Royal Cambridge Scholastic Institute, 2019
(Casa de Erasmus y Victoria– Dos días después)

Antes de abrir el regalo de la señora Samuels-Ortiz, Erasmus sugiere:

—Lo mejor sería leerlo en clase. Siento que es apropiado compartirlo con mis estudiantes, dada su esencia, —a lo que Victoria acepta de inmediato. Juntos, preparan el escenario para lo que promete ser un evento memorable y significativo.

—Estoy segura de que leerlo revelará una historia maravillosa—murmura Victoria, su voz suave pero llena de anticipación.

—✤—

Royal Cambridge Scholastic Institute, 2019
(Caminos del campus)

Victoria y el Profesor Cromwell-Smith pasean por las calles desiertas del campus, sus manos entrelazadas en un reconfortante agarre. El aire tranquilo de la tarde los rodea mientras saborean el momento, reflexionando sobre su viaje de fin de semana a St. Louis. La visita a la "chaleco salvavidas" de Victoria—como Erasmus cariñosamente llama a Rebecca Samuels-Ortiz—perdura en sus pensamientos, llenándolos de calidez y gratitud.

Su paseo es tranquilo, un tiempo para disfrutar de la serenidad de la presencia del otro. Con cada paso, recuerdan fragmentos de conversaciones, la alegría de reconectar con una querida amiga y el profundo regalo que les fue otorgado.

A medida que se acercan a las majestuosas puertas del edificio de facultad, Victoria aprieta suavemente la mano de Erasmus. El simple gesto habla por sí mismo, anclándolo en la importancia de la tarea que tienen por delante.

—Hazla sentir orgullosa, querido—murmura suavemente, su voz cargada tanto de ánimo como de afecto, refiriéndose a la bibliotecaria cuya sabiduría y fe fueron tan decisivas.

Erasmus asiente, una sonrisa se extiende por su rostro, reafirmando su determinación en silencio. El momento de tranquilidad se desvanece mientras se preparan para entrar, y la habitual energía de anticipación llena el aire del aula. Su llegada marca el final de una breve pero significativa pausa y el comienzo de un nuevo capítulo en la clase, donde se revelará el regalo de Rebecca.

Royal Cambridge Scholastic Institute, 2019
(Auditorio de la universidad)

—Buenos días a todos—anuncia Erasmus, su voz resonando cálidamente a través del auditorio mientras él y Victoria entran.

—Buenos días, profesor—responden los estudiantes al unísono, su energía iluminando la sala.

—Victoria se une a nosotros hoy por una razón especial—comienza, su tono cargado de anticipación. —Este fin de semana tuvimos el privilegio de visitar a una amiga de toda la vida de ella, Rebecca Samuels-Ortiz, la bibliotecaria jefa de la biblioteca pública de St. Louis, Missouri. Durante la mayor parte de la última década, no solo ha sido una confidente de confianza, sino también una coach de vida y mentora para Victoria.

Hace una pausa para crear el efecto adecuado, la sala se queda en silencio mientras los estudiantes sienten la importancia del momento.

—Podría decirse —continúa, una sonrisa cariñosa tocando sus labios —que ella es una de las principales razones por las que Victoria y yo encontramos el camino de regreso el uno al otro después de todos estos años. Al despedirnos, la señora Samuels-Ortiz nos obsequió algo extraordinario: un antiguo escrito, uno que ella atesora profundamente y considera su pieza de sabiduría más valiosa. Es su regalo de bodas para nosotros.

Un murmullo de interés recorre la sala.

—Victoria y yo decidimos que no lo abriríamos ni leeríamos hasta estar aquí, en clase, con todos ustedes. La señora Samuels-Ortiz cree que esta pieza habla de dos virtudes que ella ve en nosotros: la inquietud y la curiosidad.

Con reverencia, Erasmus despliega el documento, cuya antigüedad y carácter son inconfundibles incluso a distancia.

—Comienza así…—declara, su voz impregnada de gravedad y emoción, mientras se prepara para revelar las palabras atesoradas por primera vez ante una audiencia.

El caso del niño curioso y el mago inquieto

Lleva una capa azul adornada con estrellas plateadas, que cubre su abrigo de un azul eléctrico. Su chistera se inclina ligeramente hacia la derecha, y en su mano sostiene con ligereza una varita mágica negra con puntas plateadas.

Durante más de una hora, el mago ha desafiado la gravedad, ha desconcertado los sentidos y ha hipnotizado a su público. Ha leído mentes, ha partido cuerpos en dos—o eso parece—, ha hecho desaparecer y reaparecer personas en lugares imposibles. La audiencia ha jadeado, aplaudido y se ha quedado sin aliento.

El clímax llega con el gran final: el mago se eleva en el aire y desaparece en medio de una deslumbrante explosión de fuegos artificiales que chisporrotean y caen en cascada a su alrededor. Momentos después, reaparece—primero en un balcón lejano, luego en otro—hasta regresar al escenario principal para saludar y agradecer a la multitud eufórica.

Al concluir su acto y retirarse tras bambalinas, un niño curioso se acerca, sus ojos abiertos de par en par, llenos de asombro.

—¿Es magia o fantasía? —pregunta con entusiasmo, su voz inocente suave, pero cargada de genuina curiosidad.

El mago, agotado por la actuación, alza una ceja, momentáneamente sorprendido. Su escepticismo se refleja en el leve movimiento de sus labios.

—Es ambas cosas —responde el mago inquieto, su voz impregnada de travesura, aún envuelto en la euforia del espectáculo.

—Si es una, no puede ser la otra —insiste el niño, su tono firme, sin dejarse intimidar por la respuesta enigmática del mago.

El mago se detiene, evaluando la seriedad del pequeño. Sonríe con ironía, pero algo en la mirada inquebrantable del niño despierta en él un interés más profundo.

—¿Por qué? —pregunta, menos impaciente, más curioso esta vez.

—Porque o es real o no lo es —declara el niño con seguridad, acercándose un paso más, su rostro reflejando una curiosidad pura e inocente.

El mago suspira, baja la varita y se inclina ligeramente hacia adelante, sus ojos entrecerrándose en contemplación.

—La magia y la fantasía no son lo mismo —comienza, su voz reflexiva pero teñida de cansancio—. La fantasía es una creación de la mente, mientras que la magia es algo que sucede ante tus propios ojos. Todo depende de la percepción.

Los ojos del niño brillan con más preguntas, y sigue insistiendo con voz inocente:

—Entonces, ¿ninguna es real?

—Para algunos, sí —responde el mago en voz baja, desviando la mirada. Su mente comienza a cambiar a medida que reflexiona sobre la inocencia del niño—. Pero para otros, ambas son reales, y todo reside en los ojos del observador.

El niño lo observa, boquiabierto, sumido en sus pensamientos. Se rasca la cabeza, desconcertado.

—Pero ¿cómo puede ser real una fantasía? —pregunta, su confusión evidente.

El mago se agacha hasta quedar a la altura del niño, su rostro cansado suavizándose por un instante. Extrae un papel doblado de su chistera y lo despliega con cuidado.

—La realidad comienza con lo que soñamos. Este viejo escrito lo explica mejor: el espíritu inquieto.

Comienza a leer en voz alta, su tono firme y solemne:

El espíritu inquieto

El espíritu inquieto posee
una picazón por vivir,
un impulso por buscar,

una necesidad de explorar,
un imperativo de descubrir.

El alma inquieta elige qué perseguir.
El virus de la inquietud,
la raíz de esa picazón,
mantiene los motores de la vida
constantemente activos:
es la curiosidad.

La curiosidad es una condición
de indagación espontánea,
un ansia visceral
por aprender y explorar cosas nuevas.

La curiosidad y la inquietud
son actitudes humanas
que invariablemente conducen
a la creación de ideas
sobre cosas
que aún no existen.

La totalidad de la civilización y el progreso humano
se derivan de ideas,
al principio descartadas por otros
como meras fantasías dentro de la imaginación,
pero genuinas
para quienes las soñaron.

La magia y la fantasía
son el mismo tipo de realidad,
pero primero debemos soñarlas.
Estos tipos de soñadores son poco comunes,
pues todos poseen espíritus inquietos y curiosos,

llenos de magia y fantasía,
realidades deliberadamente distorsionadas,
esperando ser creadas.

*

El mago dobla el papel con cuidado y lo guarda nuevamente en su chistera. Se endereza, sus ojos suavizados con una mezcla de admiración y una humildad recién descubierta.

—Magia, fantasía y realidad... son hilos de un mismo tapiz —dice, su voz ahora más amable, cargada con el peso de sus reflexiones anteriores—. Tu espíritu inquieto te ayudará a tejerlos en algo único y propio.

El niño asiente lentamente, absorbiendo las palabras del mago.

—Gracias, señor ilusionista. Muchas gracias —susurra, su voz llena de asombro.

El mago inclina su chistera ladeada, hace un último gesto de despedida y, con un giro ágil, desaparece entre la multitud, dejando al niño allí, con los ojos abiertos de par en par y la mente iluminada por la maravilla.

La chispa de un espíritu inquieto ha sido encendida. El niño sonríe para sí mismo, sus pensamientos ahora tan mágicos como el mundo que lo rodea.

— ✦ —

Royal Cambridge Scholastic Institute, 2019
(Auditorio universitario)

Cuando el profesor Cromwell-Smith termina de leer, su voz queda suspendida en el aire del auditorio, en un silencio cargado de contemplación. Los estudiantes permanecen inmóviles, sus ojos reflejando una mezcla de asombro y reflexión. Él los observa con solemnidad, permitiendo que sus palabras se asienten en sus mentes.

—Victoria y yo éramos inquietos en lo que respecta a nuestras vidas amorosas. A pesar del paso del tiempo, nunca nos alejamos de nuestras creencias ni de nuestros sentimientos. Finalmente, nos reencontramos porque ninguno de los dos estaba dispuesto a conformarse con menos, —declara, sus ojos llenos de anhelo encontrándose con los de ella.

—La sesión queda abierta a preguntas, —anuncia el profesor con un tono cálido.

David es estudiante de último año de Literatura Inglesa, especializado en realismo mágico y simbolismo en la literatura moderna. Le encanta debatir sobre la interacción entre la realidad y la fantasía, especialmente cómo los autores desdibujan estos límites para profundizar en sus temas.

—Profesor, en el poema, el mago dice que "la magia, la fantasía y la realidad son hilos de un mismo tapiz". Esta idea parece sugerir que los límites entre estos elementos son fluidos. ¿Cree que el poema sostiene que la imaginación y la fantasía son esenciales para entender el mundo, incluso en el ámbito de las experiencias reales?

—Esa es una gran interpretación, David. El poema resalta que la imaginación y la fantasía son más que simples escapes; son fundamentales para procesar y comprender el mundo. La afirmación del mago sobre la naturaleza entrelazada de la magia, la fantasía y la realidad sugiere que sin nuestra capacidad de imaginar, de soñar, no tendríamos el impulso de avanzar ni de encontrar sentido en nuestras vidas. La fantasía, aunque a menudo se desestima como irrealista, nos ayuda a ver posibilidades que de otro modo podríamos pasar por alto. El acto de crear nuestras propias fantasías es, en sí mismo, una herramienta para navegar por la realidad.

Rachel es estudiante de tercer año de Filosofía, con interés en la epistemología y la filosofía de la percepción. Le gusta analizar cómo las personas forman creencias sobre el mundo y cómo estas pueden ser moldeadas por influencias externas.

—Profesor, el niño en el poema desafía la visión del mago sobre la realidad y la fantasía. Insiste en que, si algo es real, no puede ser fantasía, lo que parece un pensamiento profundamente lógico. ¿Cree que el poema está comentando cómo la visión más lógica y directa de los niños sobre el mundo contrasta con las formas más complejas y matizadas en que los adultos interpretan la realidad?

—Sí, Rachel, ese es un punto muy perspicaz. Los niños suelen ver el mundo a través de un prisma de simplicidad y claridad, donde algo es o no es real, como sugiere el niño en el poema. Esto contrasta con la forma en que los adultos complicamos nuestra comprensión del mundo, dependiendo de conceptos abstractos y múltiples perspectivas para dar sentido a nuestra existencia. La claridad del niño es un recordatorio importante de que también hay sabiduría en la simplicidad. El poema sugiere que quizás deberíamos, de vez en cuando, adoptar una visión más sencilla y abierta del mundo, una en la que la fantasía y la realidad puedan coexistir sin la necesidad de límites rígidos.

Samantha es estudiante de segundo año de Psicología y está interesada en el desarrollo cognitivo y la psicología de la creatividad. Analiza cómo las personas utilizan la imaginación en su vida diaria y cómo esta influye en su capacidad de resolver problemas.

—Profesor, en el poema, el espíritu inquieto es descrito como alguien con "un ansia de vivir" y "una necesidad de explorar". Desde un punto de vista psicológico, ¿cree que la inquietud es una parte necesaria de la creatividad? ¿Podemos considerar esta necesidad de búsqueda y exploración como un elemento central del deseo humano de crear?

—Absolutamente, Samantha. En psicología, la inquietud suele indicar un impulso de búsqueda de nuevas experiencias, lo cual está íntimamente ligado a la creatividad. La "picazón por vivir" en el poema refleja una motivación profunda, lo que solemos llamar impulso intrínseco. Es precisamente esta inquietud constante, este deseo de explorar y comprender, lo que alimenta los procesos creativos. Sin esa curiosidad inquieta, no existiría el impulso de ir más allá de los límites, de crear algo nuevo. La creatividad florece cuando nos cuestionamos constantemente y exploramos lo que es posible. El poema, en cierto modo, celebra este espíritu, mostrando que es a través de nuestra curiosidad inquieta que desbloqueamos el potencial de la magia y la transformación, tanto en la fantasía como en la realidad.

Thomas es estudiante de último año de Sociología, especializado en los constructos sociales de la realidad y las implicaciones culturales de la magia y la fantasía en la vida moderna. Le interesa cómo diferentes culturas interpretan el concepto de la magia.

—Profesor, el poema menciona que "la fantasía y la magia son el mismo tipo de realidad". Dado el modo en que las sociedades perciben la realidad, ¿cree que la magia y la fantasía tienen más que ver con interpretaciones culturales de la realidad que con una verdad objetiva? ¿Es posible que la fantasía sea más real de lo que pensamos?

—Esa es una pregunta fascinante, Thomas. La idea de que "la fantasía y la magia son el mismo tipo de realidad" sugiere que la realidad no es tan fija ni absoluta como solemos creer.

Diferentes culturas y comunidades interpretan la realidad desde sus propias perspectivas, influenciadas por sus creencias, su historia y sus experiencias. Lo que para algunos parece fantasía o magia, para otros es una parte profundamente arraigada de su realidad. En este sentido, la fantasía puede ser tan "real" como lo que percibimos como concreto, porque cumple una función en la forma en que las personas navegan por el mundo. Sirve como herramienta para explicar lo inexplicable, trascender lo mundano e inspirar creatividad y transformación. La línea entre lo que consideramos realidad y fantasía suele ser más delgada de lo que pensamos.

Jennifer es estudiante de primer año de Literatura Comparada, especializada en la estructura narrativa y las tradiciones literarias en distintas culturas. Le fascina cómo las historias transmiten conceptos abstractos como la verdad, la identidad y la percepción del yo.

—Profesor, en el poema, el mago finalmente dice que "el espíritu inquieto te ayudará a tejerlos en algo único y propio". ¿Cree que el poema sugiere que, al aceptar tanto la fantasía como la realidad en nuestro interior, tenemos la capacidad de moldear nuestra propia identidad? ¿Cómo contribuye el espíritu inquieto a este proceso?

—Esa es una observación profunda, Jennifer. El espíritu inquieto, tal como se describe en el poema, es una metáfora del impulso que todos tenemos de encontrar sentido y moldear nuestras identidades. Al aceptar tanto la fantasía como la realidad dentro de nosotros, podemos liberarnos de las definiciones preestablecidas sobre quiénes somos. El espíritu inquieto nos reta a buscar nuestras propias narrativas, a combinar lo onírico con lo práctico y a construir algo que sea genuinamente nuestro. En cierto modo, nuestra capacidad de definir nuestra identidad surge de la disposición a explorar todas las facetas de nuestro ser—nuestros deseos, miedos, sueños y ambiciones—y entrelazarlas en un relato personal en constante evolución. El espíritu inquieto nos da el poder de redefinirnos de maneras auténticas y transformadoras.

—Eso es todo por hoy. Nos vemos la próxima semana —dice el profesor con una voz tranquila mientras él y Victoria salen del auditorio, sus manos entrelazadas, sus rostros irradiando pura felicidad.

Al salir, el profesor Cromwell-Smith percibe la atmósfera del aula. Los estudiantes están visiblemente afectados, su inquietud palpable mientras reflexionan sobre cómo la lección del día podría moldear sus propias vidas, tal como lo hizo con Erasmus y Victoria. La curiosidad flota en el aire mientras se preguntan cómo pueden cultivar estas actitudes en sí mismos.

—Hoy, mi conclusión es que un toque de magia y fantasía es esencial para que el espíritu inquieto y curioso pueda volar como una cometa a lo largo de la vida —comenta un estudiante en voz alta, resumiendo el pensamiento colectivo del grupo.

"Misión cumplida", piensa el profesor con una sonrisa satisfecha mientras se adentra en la luz del sol.

Sin embargo, su felicidad es interrumpida por la realidad.

—Erasmus —dice Victoria entre risas, con los ojos chispeantes—, ¿no dejamos nuestras bicicletas en casa?

Compartiendo una carcajada, emprenden el camino a pie, aún tomados de la mano, con el espíritu en alto a pesar del pequeño inconveniente.

Capítulo 13

La convergencia

Royal Cambridge Scholastic Institute, 2019
(Tarde de domingo)

Un almuerzo familiar está programado para el mediodía, y los tres hijos de Victoria están por llegar. Sarah llega temprano para compartir con Erasmus y Victoria algunos detalles sobre su vida y cómo conoció a su novio.

—Mamá, como es mi costumbre, aquella mañana salí temprano de mi estudio y, apresurada, entré en la cafetería de la esquina. Fue entonces cuando lo vi por primera vez —explica Sarah.

Erasmus parece estar leyendo el periódico, pero en realidad no lo está haciendo. Está escuchando cada palabra que pronuncia la hija menor de Victoria.

—Por alguna razón, lo primero que me llamó la atención de él fue su voz. Estaba haciendo fila y oí un monólogo profundo y perfectamente modulado. Me giré y vi a un hombre vestido con ropa de correr dictando algo a una tableta —continúa Sarah.

Victoria sabe que Erasmus está prestando atención, aunque finja lo contrario.

—Gafas de montura marrón, cejas pobladas, nariz helénica, mandíbula fuerte, cabello castaño recortado y ojos azul verdoso. Estaba concentrado en su tarea, completamente ajeno a su entorno —describe Sarah.

Erasmus se sienta junto a Victoria, cuyas soñadoras pupilas se encuentran con las suyas. Él sonríe con complicidad.

—Luego vi sus manos, mamá, fuertes y con venas marcadas. Irradiaba una energía increíble. Se movió ligeramente y, al llevar pantalones cortos de correr, sus piernas quedaron al descubierto. En ese punto, la atracción era tan intensa que no podía apartar la vista de él, así que miré de reojo, haciendo lo posible por disimular —relata Sarah.

Erasmus y Victoria beben su té, captando cada palabra desde su lugar privilegiado en primera fila. Sus rostros están absortos, ansiosos por conocer cada detalle de ese momento memorable.

—De repente, levantó la mirada como si sintiera mi presencia. Me quedé paralizada, incapaz de moverme. Nuestras miradas se sostuvieron. Reuniendo valor, me acerqué con las piernas temblorosas y me presenté, algo que jamás había iniciado con un hombre. En resumen, descubrí que tiene 27 años, es soltero, escritor y deportista de resistencia. Le solté mi currículo en un par de frases. Y entonces ocurrió la magia. Nos dimos cuenta de que compartíamos una afinidad por los mismos lugares, la misma música, las mismas películas, etc. Tened en cuenta que todo esto sucedió en apenas 30 minutos. En un momento dado, mi lado hablador tomó el control y mi lengua empezó a soltar palabras sin filtro. La atracción entre nosotros crecía de forma incontrolable. Lo que ocurrió después fue inesperado pero extraordinario. Me invadió una curiosidad salvaje, un impulso irreprimible de proclamar mi felicidad al mundo, y se tradujo en una pregunta inspirada que dio paso a un intercambio épico e inolvidable.

—Todo ocurrió así…

—❖—

Cafetería
(a la vuelta de la esquina del dormitorio de Sarah)

—¿Quién eres? —pregunta ella, con la voz contenida, como si estuviera en trance. Ambos jóvenes se observan fijamente, sus miradas perdidas en el vacío.

—Eugene Laureau —responde él, extendiendo su mano para cubrir la de ella, como si quisiera protegerla.

—Sarah Emerson-Lloyd —contesta ella, usando el apellido de su madre, una costumbre que adoptó desde la muerte de su padre. Su mano permanece bajo la de él sin resistencia, como si siempre hubiera pertenecido allí.

—Soy escritor —añade él.

—¿Francés? —indaga ella.

—Francocanadiense.

—Estoy en mi último año de universidad, pero aún no he decidido mi especialidad. Me inclino por la literatura inglesa y la poesía —comparte ella enigmáticamente.

—No pareces una escritora —suelta ella sin filtro.

—¿Y cómo parezco, entonces? —pregunta él, divertido, con una leve sonrisa en los labios.

—Pareces un hombre de exteriores o un atleta —responde ella, mordiendo su labio. Lo que no dice, pero siente intensamente, es que lo encuentra deslumbrante. Apenas puede contenerse.

—Soy ambas cosas —responde él, sintiendo el magnetismo que los une.

—Vamos, salgamos a caminar —sugiere él, levantándose y tirando suavemente de su mano.

Los jóvenes comienzan su paseo, sus manos entrelazadas. Durante las siguientes horas, hablan sin cesar. Juntos se sienten cómodos, como si lo hubieran hecho toda la vida. El

843

tiempo parece suspendido y el mundo desaparece a su alrededor.

A lo largo del camino, el temperamento fogoso de ella enciende debates juguetones. Se desafían y provocan, sus diálogos están cargados de intensidad, pero nunca de hostilidad. Es como si cada interacción rozara el borde de una batalla o una crisis, aunque en el fondo todo es un juego: una fascinante danza de voluntades.

Eugene saborea su chispa y su ímpetu, apreciándola por lo que es. Se deja llevar, mentalmente estimulado y cada vez más cautivado por su vibrante energía.

—❖—

Ático de Eugene Laureau, Boston, 2019
(Un par de meses después)

Después de una cena a la luz de las velas que él ha preparado con esmero, Sarah se sienta en la sala, relajada, admirando la impresionante vista de su querida ciudad y su sinuoso río. Su idilio platónico se desliza entre intensos destellos de pasión y las tensiones saludables que la vibrante personalidad de la señorita Emerson-Lloyd desata. La actitud relajada de Eugene ha sido completamente conquistada por la joven de rizos rubios. No hay nada que él pueda hacer para resistirse a su magnetismo.

—Eugene, si no me muestras algunos de tus escritos, no me iré esta noche —declara ella con un tono desafiante, intentando provocar una de sus deliciosas confrontaciones.

Él finge no escucharla, mostrándose indiferente mientras limpia meticulosamente los platos de la cena francesa que ha cocinado y servido.

—¡Eso es todo! —exclama ella, lanzándose hacia su estudio.

Sobresaltado, Eugene deja sus quehaceres y corre tras ella. Chocan juguetonamente en la entrada del estudio y caen juntos sobre la alfombra mullida. Cualquier otra noche, este encuentro habría conducido naturalmente a un apasionado acto de amor. Pero esta noche, la determinación de Sarah lo detiene todo.

—¡Eugene Laureau, enséñamelos! —demanda ella, sonriendo con picardía mientras siguen enredados en el suelo.

—Está bien.

—¿Qué? No me lo creo. ¡Es un milagro! ¡Por fin! —exclama ella, su rostro iluminado por la emoción, mientras se desenredan.

Él ríe con fuerza, gateando hacia su escritorio. Entre papeles dispersos, encuentra un manuscrito que descansa sobre la mesa.

Acomodándose lado a lado en el suelo, Eugene hojea las páginas hasta dar con lo que busca. Con el amor brillando en su mirada, comienza a leerle, por primera vez, su obra más preciada…

De la mano del escribidor

De la mano del escritor brota su espíritu y su alma.
Las palabras traducen su más profundo sentir.

La inspiración es espontánea y surge
porque el espíritu está lleno y el alma tranquila.
Las sensaciones y las imágenes cobran forma
y las ideas se vuelven palabras.

Y cuando de amor se trata,
solo el corazón rige,
y el espíritu y el alma lo siguen.

Cuando de la mano del escritor palabras de amor salen,
están llenas de fuego y ternura a la vez.
Es difícil y sencillo escribir de amor.

Es exclusivo encontrar ese punto mágico de inspiración,
pero cuando se logra,
todas las palabras se escriben rápidamente.
Y la belleza del sentir resplandece
por sí sola.

Y las palabras cobran vida,
y las palabras ganan fuerza,
arrastradas por el amor.

De la mano del escritor brota su espíritu y su alma.
Y cuando hay amor,
a estos los rige únicamente su corazón.

*

La voz de Eugene se apaga suavemente al finalizar. Sarah se queda en silencio, dejando que la profunda belleza de sus palabras resuene dentro de ella. No habla, solo apoya la cabeza en su hombro, saboreando el momento—una experiencia compartida de vulnerabilidad, creatividad y conexión.

Los ojos de Sarah se agrandan, brillando de emoción. Gracias a la clase que tomó con Erasmus, se siente completamente en su elemento en este mundo de poesía y prosa. Está cautivada, su corazón atrapado sin remedio por el arte de Eugene, aunque él todavía no lo percibe.

—¿Por qué escondes de mí una prosa tan hermosa? —pregunta, su voz temblando de emoción.

—No lo sé—admite Eugene, buscando en su mirada una respuesta que tampoco él entiende del todo.

—Supongo que no estaba listo hasta esta noche. Y ahora… simplemente se siente como el momento adecuado.

—Has escrito tanto de ti en estas palabras. ¿Nunca te preocupa que tal vez no sean suficientes para expresar todo lo que sientes?

Eugene, tomado por sorpresa, titubea antes de responder. —No lo sé. Quizás nunca lo sean. Pero ¿qué otra cosa queda por hacer? Escribir y esperar.

Sarah reflexiona más profundamente, su voz apenas un susurro.

—Es la esperanza en tus palabras lo que más me llega, Eugene. Te permites sentir, y al hacerlo, me haces sentir a mí también.

Sus emociones giran incontrolablemente, una mezcla de euforia y asombro.

—Quiero más—exige Sarah, su tono juguetón disfrazando la intensidad de su deseo.

—Muy bien, mi impetuosa dama—bromea Eugene con dulzura, sacando otra página de su manuscrito.

Qué bendición tan maravillosa es el estar juntos

¿Quién escribió el guion de esta película?
¿O acaso se ha tejido simplemente con nuestro tiempo compartido?
¿O quizás somos nosotros sus productores y directores?

¿Y qué hay del público?
¿Podría ser que todo estaba predestinado,
escrito más allá de nuestra comprensión?

¿Ha estado siempre ahí, esperando,

guiándonos por un sendero luminoso,
donde la Felicidad se multiplica cada día?

Un sendero de amor a lo largo de la vida,
donde el suelo firme se forma bajo nuestros pies,
un escudo protector que nos lleva
a través de los desafíos,
resguardándonos del daño.

Una lente mágica que revela los mejores ángulos de la vida,
permitiéndonos destilar, gota a gota,
lo mejor que tiene para ofrecer.

Un camino generoso que nos lleva a los demás,
flanqueado de bondad y salpicado de flores,
embellecido aún más por nuestro paso.

Una alfombra mágica en la que habitamos,
transportándonos a donde la imaginación nos guíe.
Este guion, nuestro guion,
está escrito con tinta densa e indeleble,
trazada en el éxtasis
de dos almas fundidas en una.

Dos almas eternamente agradecidas por cada instante
fugaz,
sabiendo que su belleza es efímera.

Un guion impregnado de Amor,
rebosante de fuerza y pasión,
ternura y devoción incondicional,
pilares de nuestra Felicidad.

Es el guion de la historia más hermosa jamás escrita,
un testamento de la extraordinaria bendición
de tú y yo,
juntos, por siempre.

*

La respiración de Sarah se entrecorta cuando las últimas palabras dejan los labios de Eugene. Sus emociones giran sin control, en un torbellino de asombro y alegría.

—Esto me recuerda al amor verdadero y eterno de mi madre —dice al fin, su voz apenas un susurro—. Tus escritos son tan hermosos como los suyos —añade con un destello travieso en los ojos—, aunque él es mucho más ingenioso e inteligente.

Su sonrisa juguetona y pícara, acompañada de un guiño malicioso, aligera la intensidad del momento, permitiéndole desviar la carga abrumadora de sus sentimientos. Eugene ríe suavemente, con los ojos brillando de admiración.

—Bueno, lo tomaré como un cumplido —responde, atrayéndola hacia él una vez más.

Y así, en el resplandor apacible de la noche, se sumergen en la magia de las palabras y en el vínculo creciente que los une.

Sarah le hace un gesto para que continúe, su silencio delatando el impacto arrollador de las similitudes que percibe, pero que aún no logra poner en palabras.

Sobre cómo el amor lo ilumina todo

Como materia,
somos finitos, puro y simple polvo,
y somos energía efímera,
pero, sobre todo,
somos el milagro de Dios.

Como razón,
somos conciencia, pensamientos e imaginación,
y en nuestras mentes,
el mundo es ideas y sombras.

Como Espíritu,
somos almas enamoradas,
y nuestros espíritus iluminan el camino de la vida,
brindándonos significado y propósito,
y permitiéndonos viajar lejos
en el trayecto de la existencia.

De la Materia y la Razón,
solo el Espíritu trasciende lo infinito,
y el Alma es su motor.

La Fe es la luz que emana del Alma,
y la luz entre todos los hombres
nace del Espíritu,
y eso es el Amor.

*

—Sarah, como nosotros, este es para todas las parejas—explica Eugene, su tono impregnado de orgullo. —Lo terminé anoche. Has estado insistiendo, persiguiéndome y presionándome sobre esto—bromea con una amplia sonrisa.

Sarah permanece inmóvil, sus sentimientos ardiendo bajo la superficie, luchando por liberarse.

—No sé qué me pasa—dice finalmente, con la voz temblorosa—. Siento esta necesidad voraz de sumergirme en tus escritos. ¿Qué hará falta, Eugene? ¿Vas a leerme más o tendré que arrebatártelos a la fuerza?

—Oh, sí, por supuesto, mi apasionada musa—responde él, sorprendido por su contención. Esperaba una erupción volcánica, pero en su lugar encuentra su compostura embriagadora. Sin demora, comienza a leer.

Cuando te escribo

Cuando te escribo,
te entrego todo de mí en esas pequeñas notas.
Cuando escribo para ti,
me rindo, quizás,
y te ofrezco lo mejor de mí.

Cuando escribo sobre ti,
intento decirte de mil maneras
cuánto te amo
y cuán profundos son mis sentimientos.

Cuando te escribo,
te ofrezco mis mejores regalos,
aquellos que no se pueden tocar,
aquellos que solo pueden sentirse.

Cuando escribo para ti,
la belleza de la vida crece a través de las palabras,
y mi corazón puede sentirse
latir como un tambor.

Cuando escribo sobre ti,
todo lo que siento se convierte en magia,
y todo te pertenece,
sin límites y sin final.

Cuando escribo para ti,
el tiempo y el espacio se detienen,
las palabras fluyen,

el Espíritu se enriquece
y el Alma sonríe de alegría.

Cuando escribo sobre ti,
el corazón se vacía de palabras,
que estallan y derraman amor en ti.

Cuando escribo sobre ti,
hay felicidad en la vida,
con un espíritu cristalino
y un alma inocente.

Siempre que te escriba
en el futuro,
sabrás y sentirás
que será siempre
la mejor y más profunda ofrenda
que puedo darte
y que jamás dejaré de darte.

*

Sarah ya no puede contenerse. Se lanza sobre Eugene en un abrazo electrizante y apasionado, sus rostros increíblemente cerca.

—Mi apuesto escritor —susurra con la voz cargada de emoción. —Has capturado todo... todo lo que he estado sintiendo, incluso antes de saber que lo sentía. Tus palabras... me hacen pensar en todo lo que podríamos ser juntos. Pero ¿y tú, Eugene? ¿Qué esperas de todo esto? Regreso a la pregunta que te hice el día que nos conocimos.

—¿De dónde has salido? ¿Dónde te habías estado escondiendo todo este tiempo? ¿Quién eres?

—Quienquiera que tu corazón desee que sea —responde Eugene con sinceridad inquebrantable.

—Pero ¿qué es lo que realmente quiere tu corazón? —insiste ella, presionándolo, con la voz temblorosa de esperanza y deseo.

—Que el tuyo sienta lo mismo que el mío —dice él, sus palabras son tanto una confesión como una súplica.

—¿Y cómo se siente el tuyo? —lo tienta ella.

—Total y desesperadamente enamorado —declara Eugene.

Las palabras quedan suspendidas entre ellos y, sin más, se funden en los brazos del otro, consumidos por una oleada de emociones compartidas y un deseo innegable.

Casa de Victoria y Erasmus en el Campus universitario

—Mamá, desde entonces hemos sido inseparables —dice Sarah con un tono soñador—. Un perfecto desconocido bendijo mi vida cuando nos encontramos por casualidad. Es como si estuviéramos hechos el uno para el otro.

—Maravilloso, querida. Estar enamorada a tu edad es un regalo. Podrás atesorarlo el resto de una vida muy larga. Estamos deseando conocerlo pronto —responde Victoria con calidez, su rostro iluminado por una amplia sonrisa.

—¿Quién es? —interrumpe Erasmus con su característica curiosidad distraída, su pregunta más que evidente.

—Divertido, profesor hilarante —replica Sarah con una ligera confusión.

Entonces, la realización la golpea.

—Oh... su nombre es Eugene Laureau y es de ascendencia franco-canadiense. Pensé que lo mencioné cuando les conté cómo nos conocimos —explica, desconcertada.

Una hora más tarde en el brunch

—Eugene, permíteme presentarte a mi familia. Bueno, a una parte de ella, ya que tengo un hermanastro y una hermanastra que viven en Italia. Mi hermana mayor, Elizabeth Victoria, es la alta, sonriente y hermosamente embarazada. A su derecha, el joven imposible de guapo—aunque no más que tú—es su flamante esposo, Jordan Auguste Morse. Mi persona favorita en el mundo, mi hermano Bart, está a su izquierda, con una jungla de rizos castaños en la cabeza. Junto a él, encontrarás a mi rival en cuestiones de amor fraternal, su novia, Sofia Broomfield. Y, por supuesto, la pareja de enamorados que no se suelta ni de día ni de noche son mi madre, Victoria, y mi padrastro, el profesor Erasmus Cromwell-Smith —anuncia Sarah con un aire pomposo.

—Encantado de conocerlos a todos —dice Eugene, escaneando al grupo con aprecio.

Lo que no anticipa es lo efusiva que es la familia Emerson-Cromwell. Antes de poder decir otra palabra, se ve envuelto en un torbellino de besos y abrazos, dejándolo tanto desconcertado como cálidamente recibido.

—Eugene, ¿sabes que esta es la primera vez que Sarah trae a alguien a nuestro brunch dominical? —bromea Elizabeth Victoria con una chispa juguetona en los ojos.

—¡Ay, hermana, cállate ya! —replica Sarah, fingiendo rebeldía.

—Eugene, he oído que eres escritor —interviene Erasmus, cambiando hábilmente de tema.

—Escribo poesía bajo mi propio nombre y ciencia ficción bajo el seudónimo de Ethan Lawrence —responde Eugene con un atisbo de orgullo.

—Interesante. Hablemos después de la comida y te enseñaré algo de mi trabajo —ofrece Erasmus, con su entusiasmo académico reflejado en su mirada.

—Voy a dar la gran noticia —anuncia Bart, poniéndose de pie con seguridad—. Sofia y yo nos hemos matriculado en el programa de MBA en la London School of Economics. Nos vamos en unas semanas.

—¡Eso es fantástico! Entonces, iremos a visitarlos en verano —responde Erasmus de inmediato, con un tono alegre y alentador.

Victoria, aunque inicialmente sorprendida, se recupera rápidamente y los envuelve en un cálido abrazo.

—Estoy tan orgullosa de ustedes —dice con sinceridad, su voz teñida de sorpresa y un profundo orgullo maternal.

—¿Os vais antes de que nazca vuestro sobrino? —pregunta Elizabeth en tono acusador, aunque con picardía, aludiendo a su bebé en camino.

—No, por eso aún no tenemos una fecha fija de partida. Nos quedaremos hasta que… espera un momento, ¿ahora es oficial? ¿Es un niño? —exclama Bart, su rostro iluminándose con emoción.

Elizabeth se congela por una fracción de segundo, dándose cuenta de que ha revelado el secreto sin querer. Mira a Jordan, y la complicidad entre ambos es evidente en las sonrisas traviesas que siguen a un instante de fingida seriedad.

Victoria, siempre la exuberante matriarca, estalla de alegría. Salta y brinca, arrastrando a todos en un torbellino de abrazos y besos jubilosos. Su entusiasmo contagioso llena la habitación, haciendo sonreír a todos.

Erasmus la observa en silencio, su mente viajando al pasado, a la primera vez que la vio como bastonera en la banda de marcha de Harvard. Su sonrisa se profundiza con ternura.

—Mamá, quería preguntarte… ¿te retiras definitivamente de la enseñanza? —aventura Elizabeth, su voz con un matiz de desaprobación.

—Sí —responde Victoria con un aire de resolución—. El próximo año académico será el último para mí.

—¿Y tú, Erasmus? —interviene rápidamente Bart, curioso.

—Lo mismo. El próximo año será mi último —confirma Erasmus con un tranquilo asentimiento.

—¿Y qué harán los dos? —pregunta Sarah, con un tono ligero pero genuinamente interesada.

—Disfrutar de nuestro tiempo juntos, viajar, y Erasmus escribirá un poco más —responde Victoria con una sonrisa satisfecha, mirando a Erasmus, quien aprieta su mano con cariño.

Bart, incapaz de quedarse mucho tiempo en el sentimentalismo, cambia de tema.

—¿Vas a dejar tus locuras de aeronauta, Jordan? —pregunta, desviando la conversación hacia las aventuras del futuro padre.

Jordan duda, sosteniendo la mirada de Bart en un tenso silencio por un momento antes de soltar un suspiro resignado.

—Supongo que no me queda más remedio que parar —dice con desgana, su tono una mezcla de resignación y nostalgia.

La habitación estalla en carcajadas, el ambiente ligero reflejando el amor y la camaradería que definen a esta familia.

— ✦ —

Biblioteca de Victoria y Erasmus
(Después de que la familia se ha ido)

—La escritura de Eugene es fascinante. Está explorando la ciencia ficción desde una perspectiva que profundiza en las complejidades de nuestra sociedad futura —comenta Erasmus, su voz teñida de admiración.

—Parece un buen chico —responde Victoria, con un tono tranquilizador mientras acomoda una pila de libros—. ¿Qué tienes planeado para la clase de mañana, querido? —pregunta, intrigada por su próxima lección.

—Tratará sobre lo que experimentamos cada fin de semana en nuestros brunch familiares —responde Erasmus enigmáticamente, con una sonrisa que insinúa algo más.

—¿Y eso sería...? —Victoria insiste, su curiosidad aumentando.

—Convergencia —responde él, con un destello travieso en los ojos.

Mientras Erasmus y Victoria comparten sus reflexiones tras el brunch familiar, la tranquila transición a la siguiente fase del día se despliega con naturalidad. Con el peso de los descubrimientos personales aún flotando en el aire, Erasmus reúne sus pensamientos para la clase que impartirá.

Dejando atrás la calidez del hogar, la pareja se adentra en la fresca tarde, lista para volver al mundo académico. Al acercarse al auditorio de la universidad, las calles del campus parecen más serenas, marcando la diferencia entre los encuentros familiares y las actividades académicas.

La sonrisa de Erasmus se ensancha al entrar en el aula, su presencia iluminando la sala mientras se prepara para captar la atención de sus estudiantes una vez más.

— ✤ —

Royal Cambridge Scholastic Institute, 2019
(Auditorium de la Universidad)

El profesor Cromwell-Smith entra al auditorio con paso decidido, y su actitud alegre anima el ambiente de inmediato.

—¿Qué tal están todos hoy? —pregunta con una voz cálida.

—¡Maravilloso! —responde el alumnado con entusiasmo, una expresión colectiva de energía y entusiasmo.

—Hoy los transportaré a una época en la que comprendí por primera vez los profundos conceptos de convergencia y confluencia: cómo todo y todos en la vida estamos interconectados de maneras extraordinarias, —comienza Erasmus con una voz seria e intrigante.

—Empieza así...

——— ✦ ———

Carnegie Library, Pittsburgh, PA, 2005

—Erasmus, presta atención —comienza el señor Carnegie, su tono autoritario pero impregnado de orgullo—. Andrew Carnegie construyó esta magnífica estructura, que ahora sirve como sala de conciertos y biblioteca, a finales del siglo XIX, cuando aún era joven. No hay precedente en América de tal magnitud y generosidad, implementando un legado duradero y perdurable por un empresario tan exitoso a una edad tan temprana —declara mientras ambos cruzan las puertas del majestuoso edificio.

—Le agradezco mucho la invitación y el recorrido. No sabía que tantas de las magníficas bibliotecas públicas de Estados Unidos fueron construidas y financiadas por el señor Carnegie. Muchas de ellas siguen en pie y siguen siendo de las mejores del país —responde Erasmus, su admiración evidente.

—¿En qué puedo ayudarte, Erasmus? Fuiste tú quien pidió que nos reuniéramos —afirma el anciano anticuario escocés, cuya presencia es una rareza durante su breve visita a América.

No es para menos. Después de todo, es un pariente lejano del gran filántropo escocés-estadounidense.

—Señor, quiero comprender mejor qué se esconde detrás de la confluencia y cómo la convergencia interactúa con ella —pregunta Erasmus, su voz marcada por una genuina curiosidad.

El señor Carnegie, sereno y deliberado, comienza a caminar lentamente, sus pensamientos navegando por el vasto repositorio de conocimientos que lleva consigo. Parece buscar en su memoria el texto antiguo más adecuado para responder a la inquietud de Erasmus. Entonces, como si la inspiración lo golpeara de repente, se detiene y se dirige hacia un estrecho pasillo flanqueado por estanterías rebosantes de volúmenes envejecidos.

Minutos después, regresa sosteniendo con reverencia un libro encuadernado en cuero, de un tamaño que duplica el de un volumen convencional. Su cubierta desgastada lleva el peso del tiempo, y su mero peso sugiere la profundidad de su contenido.

—Erasmus, esto encaja perfectamente con tu curiosidad —dice el señor Carnegie, depositando el libro sobre una mesa cercana con sumo cuidado.

Con respeto y expectación, abre el voluminoso libro y comienza a leer con solemnidad.

La convergencia

La convergencia y la confluencia
son oportunidades que la vida nos brinda en el momento
justo.

Cuando hay convergencia,
nos encontramos y nos congregamos,
a través de la coincidencia y la armonía
de intereses compartidos,
de caminos entrelazados
o de lazos que, de algún modo,
ya existían antes de nuestro encuentro.

De manera similar, cuando ocurre la confluencia,
por una convocatoria del destino,
buscamos la unión, la afinidad y la reconciliación.
La convergencia y la confluencia
son instantes únicos, regalos del tiempo,
oportunidades raras e irrepetibles.

Por eso,
cuando son nobles y están libres de sombra,
debemos aprovecharlas al instante,
atrapar el momento,
y jamás dejarlas escapar.

*

La voz del señor Carnegie resuena en la mente de Erasmus,
la sabiduría poética del antiguo tomo que acaba de leer en voz
alta reverberando con un significado profundo. Las palabras,
ricas en esencia, se aferran a los pensamientos de Erasmus,
asentándose como semillas listas para florecer.

Al concluir la lectura, Erasmus permanece en un silencio reflexivo, asimilando las profundas enseñanzas compartidas por el venerable anticuario. El señor Carnegie cierra con delicadeza el libro encuadernado en cuero y le dedica a Erasmus una sonrisa llena de complicidad.

—Erasmus —dice con un tono pausado y deliberado—, lo que extraigas de esto depende enteramente de tu disposición a reconocer estos momentos en tu propia vida. La convergencia y la confluencia no son meras teorías que deban ser contempladas; son llamadas a la acción, invitaciones a actuar cuando las estrellas se alinean.

—Lo comprendo, señor —responde Erasmus con sinceridad. —Su guía de hoy no será olvidada.

El señor Carnegie posa una mano firme sobre el hombro de Erasmus.

—Entonces ve y haz algo con ello, muchacho. La vida no espera a nadie.

Con esas palabras, Erasmus se levanta, agradeciendo con reverencia al señor Carnegie por su tiempo, su sabiduría y su generosidad. Al salir de la majestuosa biblioteca, el aire se siente impregnado de posibilidades, y el poeta que lleva dentro ya comienza a tejer versos con las ideas que danzan en su mente.

—✦—

Royal Cambridge Scholastic Institute, 2019
(Auditorio universitario)

El profesor Cromwell-Smith cierra cuidadosamente el antiguo tomo y recorre la sala con la mirada, sus ojos reflejando una profunda reflexión.

En medio del presente, los pensamientos de Erasmus viajan a un encuentro crucial ocurrido años atrás. La conversación con el señor Carnegie, en lo más profundo de la Biblioteca Carnegie, resurge en su mente. Las ideas sobre la convergencia y la confluencia siguen resonando en él mientras se prepara para compartirlas con sus estudiantes; el pasado y el presente se entrelazan en una lección de enorme trascendencia.

—Nuestra clase, en sí misma, es un claro ejemplo de convergencia —declara, su voz vibrante y reflexiva—. Deteneos un instante y meditad sobre ello. Aquí nos reunimos, unidos por una curiosidad compartida y una búsqueda común de conocimiento. Ningún individuo domina, ni nadie explota este encuentro para su propio beneficio. En su lugar, todos nos enriquecemos colectivamente gracias a este momento de convergencia.

Camina hasta el borde del estrado, su tono volviéndose más enfático.

—A partir de ahora, estad atentos a los escenarios de convergencia. Son raros, y su aparición suele conllevar un potencial inmenso. Cuando los identifiquéis, aseguraos de que tanto vosotros como aquellos con quienes convergéis los aprovechéis al máximo—siempre por las razones correctas y en busca de un bien compartido —concluye, sus palabras flotando en el aire como un eco suave.

Tras exponer la profunda importancia de la convergencia, Erasmus hace una pausa, permitiendo que sus palabras calen en la audiencia. Los estudiantes permanecen inmóviles, sus rostros reflejan pensamientos en proceso mientras asimilan el significado de su mensaje. Con un leve asentimiento, el profesor los invita a compartir sus impresiones, abriendo paso a un diálogo dinámico sobre los principios filosóficos de la conexión.

Varias manos se levantan.

Lewis es estudiante de Filosofía con un profundo interés en el existencialismo y en la naturaleza de la felicidad. Le gusta desafiar conceptos abstractos y participar en debates filosóficos.

—Profesor, en el poema *A través de la mano del escribiente*, habla del Espíritu y el Alma expresándose a través del acto de escribir, especialmente en lo que respecta al amor. ¿Cree que esto contrasta con las formas más mundanas de comunicación? ¿Es el acto de escribir en sí mismo lo que revela una verdad más profunda sobre el amor?

—Es una pregunta muy interesante, Lewis. El poema sugiere que el acto de escribir, cuando surge de una emoción profunda, transforma las simples palabras en algo mucho más trascendente. La escritura deja de ser una mera herramienta de comunicación y se convierte en un canal por el cual el Espíritu y el Alma del autor se manifiestan. Las formas cotidianas de comunicación, como la conversación casual, carecen de esa introspección y entrega emocional. En el amor, la escritura se convierte en un modo de ofrecer el corazón sin reservas, trascendiendo lo ordinario al crear algo eterno y significativo.

Carly estudia Psicología y está especialmente interesada en la intersección entre la narrativa y el bienestar emocional. Siempre busca establecer paralelismos entre los temas literarios y el crecimiento emocional en la vida real.

—Profesor, en el poema *Qué bendición tan asombrosa es estar juntos*, se sugiere que el camino de la vida es como un guion—uno lleno de alegría, bondad e incluso momentos mágicos. ¿Cree que esta idea de que nuestras vidas están "escritas" es una metáfora de cómo creamos significado, o sugiere que algunos aspectos de nuestro destino están predestinados?

—Buena pregunta, Carly. El poema emplea la metáfora de un guion para explorar cómo se desarrolla la vida. Si bien podría insinuar que ciertos momentos están predestinados, creo que el mensaje más profundo es que desempeñamos un papel activo en la escritura de nuestra historia. Somos tanto los escritores como los actores de nuestras vidas, guiados por las elecciones que hacemos, las personas que conocemos y el amor que experimentamos. La idea del guion trata más sobre la intencionalidad con la que damos forma a nuestras vidas y encontramos significado en los momentos que creamos.

Anthony es estudiante de Escritura Creativa, especializado en motivación humana e inteligencia emocional. Aporta perspectivas científicas a debates filosóficos y disfruta analizando los comportamientos de los personajes desde una óptica psicológica.

—Profesor, en *Sobre cómo el amor ilumina todo*, usted escribe sobre cómo la fe y el amor están entrelazados, iluminando nuestro camino en la vida. Desde una perspectiva psicológica, ¿cree que los beneficios emocionales del amor y la fe están estrechamente relacionados con nuestro bienestar? ¿Cómo se vincula esto con el tema del poema?

—Gran observación, Tony. Tanto el amor como la fe desempeñan un papel crucial en el bienestar psicológico. El amor nos da un sentido de conexión y pertenencia, esenciales para la salud emocional. La fe, entendida como la creencia en algo más grande que nosotros mismos, aporta propósito y estabilidad. En el poema, el amor y la fe aparecen como fuerzas entrelazadas que nos guían y dan significado a nuestra existencia. Este vínculo refleja la idea de que nuestro bienestar emocional florece cuando nos sentimos conectados con los demás y tenemos un propósito claro en la vida.

Lisa es estudiante de Sociología, interesada en las dinámicas de la felicidad y en cómo las estructuras sociales y las narrativas culturales influyen en la forma en que los individuos encuentran significado en sus vidas.

—Profesor, el poema *Cuando te escribo* refleja una ofrenda de amor profunda, casi sagrada, a través de la palabra escrita. ¿Cree que la escritura como forma de expresión puede influir en la percepción social del amor? ¿Eleva o profundiza nuestra comprensión de las relaciones?

—Excelente pregunta, Lisa. La escritura, especialmente cuando se trata de amor, puede influir en la manera en que comprendemos y percibimos las relaciones. Cuando escribimos sobre el amor, no solo plasmamos palabras en un papel; entregamos una parte de nosotros mismos. Esta vulnerabilidad puede fortalecer la conexión entre quien escribe y quien lee. A nivel social, la palabra escrita puede elevar el concepto del amor, haciéndolo tangible y permitiéndonos vislumbrar la profundidad del afecto y la devoción que, en ocasiones, son difíciles de expresar en la vida cotidiana. La escritura fomenta la introspección, y a través de esa reflexión, el amor se entiende con mayor profundidad.

Jenny estudia Historia del Arte y está intrigada por cómo las emociones se transmiten a través del arte y la narrativa. Le fascina encontrar vínculos entre la literatura y las artes visuales.

—Profesor, el poema *A través de la mano del escribiente* habla de la espontaneidad y la inspiración que emergen cuando el amor se expresa a través de la escritura.

¿Cree que esto se alinea con el proceso creativo en el arte, donde las obras más auténticas suelen surgir de manera inesperada? ¿Cómo ve este paralelismo entre la expresión artística y la palabra escrita?

—Sí, Jenny, creo que hay un paralelismo muy fuerte entre la escritura y la expresión artística en general. Así como un pintor puede comenzar una obra con una idea inicial, pero permitir que el proceso creativo la transforme en algo inesperado, un escritor también deja fluir la inspiración sin imponerle restricciones. Tanto el arte como la escritura son manifestaciones profundas de la emoción humana, y cuando nos dejamos llevar por la creatividad, el resultado suele ser más auténtico y poderoso. Ambas formas de expresión nos permiten canalizar nuestros sentimientos más intensos, y cuando abandonamos el control, la belleza surge con mayor naturalidad y fuerza.

—Esto será todo por esta semana —anuncia el profesor, su voz teñida con un matiz de cierre—. Nuestras próximas dos clases serán las últimas de este año académico.

Mientras los estudiantes comienzan a recoger sus cosas, el ambiente en la sala cambia. Las conversaciones se apagan, las miradas se prolongan. Erasmus percibe un cambio sutil pero profundo: una nueva conciencia comienza a germinar entre ellos.

Al salir del auditorio, sonríe para sí mismo.

"Misión cumplida".

Capítulo 14

Ánimo, Animus, Anima

Río Charles, Boston, 2019

La pareja enamorada camina junto a las inquietas aguas del río, mientras el viento arrecia, silbando a su alrededor. Acurrucados el uno contra el otro, sus pasos se ralentizan ante la fuerza de la ráfaga. La fresca brisa primaveral de la tarde parece fuera de lugar, más propia de un día temprano de otoño. Los caprichos del clima despiertan en Victoria una sensación extraña, desenterrando recuerdos que creía haber dejado atrás.

Al tomar una curva conocida, un escalofrío recorre su cuerpo. Aquel sendero no solo le resulta familiar, sino que está impregnado de hermosos e inolvidables recuerdos, cargados de emociones intensas. Pronto, la silueta de la residencia estudiantil emerge ante ellos. Al acercarse a la puerta, un temblor la invade y su corazón late desbocado.

—¡Sorpresa! —exclama Erasmus, llave en mano, mientras abre la puerta y la invita a entrar.

Abrumada por un torrente de evocaciones, Victoria se aferra a su brazo como si temiera desmoronarse bajo el peso de sus propias emociones.

— ✦ —

El estudio de los días universitarios de Erasmus y Victoria, 2019

—Lo compré hace muchos años, poco después de que te fueras, con un préstamo que me concedió el señor Carnegie —revela Erasmus en voz baja.

—Está igual —maravilla Victoria, con la boca entreabierta. Sus ojos recorren el espacio con intensidad, su rostro iluminado por la alegría.

—Nunca toqué ni cambié nada. Tampoco lo alquilé — confiesa él.

Todo sigue tal y como lo dejaron: sus fotografías y recuerdos de interminables paseos en bicicleta, los libros apilados en cada rincón, el sillón de lectura junto a la lámpara de pie, la cama con las mismas sábanas de antaño. El tiempo parece haberse detenido; el estudio es una cápsula intacta de su amor.

—Durante años solía venir aquí. A veces, incluso pasaba la noche —admite Erasmus.

—¿No te entristecía o te hacía sentir deprimido? —pregunta Victoria, con un matiz de preocupación en su voz.

—Victoria, a veces los lugares donde hemos sido más felices en la vida quedan dispersos en nuestro pasado — comienza Erasmus, su tono reflexivo—. Suelen ser modestos, sin pretensiones, y, sin embargo, en su momento nos brindaron una alegría inmensa e irrepetible —exalta él mientras pasean por el pequeño y nostálgico espacio.

Entonces, de improviso, impulsada por la emoción, Victoria se gira y lo besa apasionadamente, envolviendo sus brazos alrededor de su cuello en un gesto propio de la icónica imagen del beso del marinero victorioso, su pierna elevándose instintivamente como si la memoria corporal guiara sus movimientos.

—Fui… fuimos totalmente felices en este pequeño y acogedor rincón, mi adorable británico —declara, con una sonrisa radiante que se extiende de oreja a oreja y una mirada chispeante, rebosante de dicha.

—¿Nos quedaremos esta noche?

—Si así lo deseas, mi dama.

En ese momento, Victoria repara en los cuadernos, y su corazón comienza a latir con fuerza.

—¿Todos los poemas de nuestro tiempo juntos siguen aquí? —pregunta retóricamente, mientras se acerca a ellos y acaricia con los dedos los lomos desgastados por el tiempo.

—¿Por qué?

—Porque este es su hogar… al menos, lo fue hasta ahora.

Victoria tiembla, luchando por contener la emoción que la embarga mientras hojea las páginas. Su respiración se vuelve más profunda, sus manos, más temblorosas, al tiempo que los recuerdos enterrados empiezan a resurgir.

—¿Recuerdas este? —pregunta, señalando un escrito en una página amarillenta.

—Fue justo después de conocernos, al inicio de nuestra relación —responde Erasmus, su voz impregnada de nostalgia.

Sin darse cuenta, sus cuerpos recuperan movimientos y gestos que llevan grabados en su memoria más profunda. Él busca su mano libre, y ambos, como si el tiempo jamás hubiera transcurrido, se acurrucan juntos en el mismo sillón de lectura donde tantas veces compartieron y vivieron aquellas palabras plasmadas en los cuadernos.

Victoria mira a Erasmus con ojos brillantes, relucientes por las lágrimas contenidas.

—Este fue tu primer poema de amor para mí, mi querido británico.

—Sí, lo fue, mi dama.

Victoria sigue pasando las páginas, hasta que se detiene en una en particular. Se miran de inmediato, con un reconocimiento súbito, como si hubieran descubierto un tesoro olvidado.

El poema oportuno parece haber estado esperando precisamente este instante para guiarlos en su reencuentro. Victoria se lleva la mano a la boca, abrumada por la emoción del recuerdo que se precipita sobre ella. Su garganta se cierra, dejándola momentáneamente sin palabras. Sin dudarlo, le entrega el cuaderno a Erasmus, sus ojos empañados rogándole en silencio que lo lea en voz alta.

Erasmus toma el cuaderno y comienza a leer con profunda emoción, saboreando cada palabra.

Comúnmente se dice que el amor es no tener ...

Se dice comúnmente que
el amor es nunca tener que pedir perdón,
ni jamás tener que disculparse.

Se ha dicho, por tanto,
que en este sentido el Amor es perfecto,
y como pertenece a dos,
es dos veces perfecto.

Pero el riesgo del Amor
sin perdón ni arrepentimiento
es que puede volverse rígido y egoísta.

Es un tipo de Amor
donde el perdón
se reemplaza por
ofuscación y reproches recurrentes.
Es un tipo de Amor
donde el arrepentimiento

se sustituye por orgullo herido,
egos ofendidos y vanidad.

Por el contrario,
amar es saber perdonar
a quien amamos.

Perdonándonos el uno al otro,
nos perdonamos a nosotros mismos.

El Amor entre dos solo funciona
cuando ambos actúan en unión en todo,
de modo que, cuando uno falla,
fallan los dos.

O tal vez,
quien ha fallado
es el otro.

Amar es lamentar juntos.
El Amor no tiene orgullo,
egoísmo,
ni lugares prohibidos o sagrados.
En el Amor solo importa
lo que se siente el uno por el otro.

En el Amor,
no importa si hay un gesto o no,
sino que todo lo que ocurra
sea hecho con el corazón.

El Amor no es arrogante.
El Amor es humilde.

Cuando se ama,
las quejas no encajan,
el castigo ensombrece,
el orgullo mancha,
el egoísmo hiere,
y el castigo mata.

Cuando hay Amor,
la ofensa nace
con su propio perdón adherido.

El remordimiento
siempre es compartido por ambos amantes,
y es así
como el perdón no existe en el Amor,
porque cuando hay Amor,
no es necesario
pedir perdón,
ni implorar disculpas.

*

—Ojalá lo hubiéramos leído antes, —dice Victoria en voz baja, su tono temblando entre el pesar y la esperanza.

—En realidad, —responde Erasmus con perspicacia, —está ocurriendo en el momento adecuado. Lo que tenía que suceder, ocurrió espontáneamente, sin ayudas ni muletas.

Ambos guardan silencio, tomados de la mano, dejando que el significado del poema se asiente en su interior, sintiendo cómo un renovado amor y comprensión florecen entre ellos.

—Mi dama, aquí hay otro escrito que explora lo que una pareja soporta cuando está separada, — murmura Erasmus.

En un ritmo sereno, comienza a leer en voz alta, su tono firme y apacible. Victoria apoya la cabeza en su hombro, dejándose envolver por su voz.

Cuando no estamos juntos

Ojalá supiera cómo te sientes realmente.
Espero que tu corazón sea tan ligero como el mío.

Sin embargo, he percibido la tristeza en tu voz,
y anhelo liberarla de tu espíritu.

Lo que compartimos es demasiado hermoso
para no ser una fuente constante de alegría.

Sigue siendo espontánea, como siempre has sido;
intentemos mantener la rigidez lejos de nosotros.

Este vínculo extraordinario entre nosotros
es como una fuente repentina,
brotando de la nada,
sin necesidad de ser forzada,
sin influencia externa.

Déjame ser yo; yo te dejaré ser tú.
Pero también,
seamos nosotros—juntos,
tal como somos.

Ya somos tan parecidos;
eso nos mantendrá cerca,
espontáneos y unidos,
acercándonos cada vez más.

Me pregunto cómo estás realmente.
Espero que sientas la misma felicidad que yo.
Que mis palabras te traigan consuelo—
no crítica ni reproche—
sino apoyo, nunca exigencia.

Deseo que sientas la fortaleza
que creamos juntos,
una fuerza que sea tu refugio
cuando estemos separados.

Anhelo estar contigo ahora y siempre.
Pero cuando no podamos estar juntos,
que el amor que compartimos
sea tu carruaje y tu escudo.
Déjame inspirar tu felicidad,
para que esos días de ausencia
sean serenos, pacíficos,
y pasen rápido,
mientras esperamos nuestro reencuentro.

Y como siempre sucede,
cuando nos volvemos a encontrar con alegría,
descubrimos que nuestro amor se ha profundizado,
nuestro vínculo se ha fortalecido,
y nuestra vida juntos,
con el tiempo,
se ha vuelto más rica y luminosa que nunca.

*

Al concluir la lectura, los párpados de Erasmus comienzan
a cerrarse lentamente, en esa manera tan suya que indica su
suave deriva hacia el reino de los sueños. Victoria lo besa con

dulzura en los labios y, con cuidado, retira el cuaderno de sus manos.

Su curiosidad la atrae de nuevo a sus páginas, y pronto descubre otro tesoro—un verso que él le había dedicado una vez.

El recuerdo regresa de golpe: había surgido de manera espontánea durante una larga carrera, mientras descansaban juntos en un banco del parque.

Comienza a leer el verso en voz alta, su tono suave y tierno, reflejando cómo sonó la primera vez que él se lo compartió. Sus manos tiemblan ligeramente, sobrecogidas por la belleza atemporal de sus palabras.

Los susurros del alma

Hoy recordé aquellos susurros,
y en total silencio,
me deslicé de nuevo hacia el pasado…

Aquellos sonidos eran suaves y constantes,
como un arroyo diminuto,
un murmullo cristalino y nítido.

Los murmullos del Alma irrumpían y de repente,
mientras estábamos entre bastidores,
El escenario, la obra, los actores, el público,
todos "actuando" como siempre,
estaban al otro lado,
viviendo solo
por "las apariencias".

Detrás entre bambalinas,
entre los telones,
podía escuchar la vida…

Pero, desde la distancia,
no distinguía su actuación,
ni sus disfraces,
ni el escenario.

Las figuras a un lado y al otro eran borrosas.
Solo podía oír los susurros…

Y sin siquiera sentirlo,
casi sin darme cuenta,
parecía como si pudiera escuchar sus almas.

Los sonidos de sus almas me llegaban,
como un susurro lejano.

Las palabras no se distinguían,
solo su cadencia permanecía.

Las personas no eran lo que parecían,
ni lo que pretendían ser.
Sus almas susurraban algo distinto…
Hoy recuerdo aquellos susurros,
aquellos sonidos, suaves y constantes.

Eran como un arroyo diminuto,
un murmullo cristalino y nítido.
Eran… los susurros del Alma.

*

Victoria termina de leer, su mente nublada por
pensamientos, y no se da cuenta de inmediato de que Erasmus

está ahora completamente despierto, con los ojos fijos en ella, reflejando su mirada contemplativa. Un pequeño escalofrío de emoción recorre su cuerpo al encontrarse con sus ojos.

—¿Has…? —comienza a preguntar.

—Sí, lo escuché todo, mi amor. Ha despertado en mí emociones tan profundas, —responde Erasmus, con voz serena y tranquilizadora.

La sonrisa de Victoria se ensancha, contagiosa, y Erasmus no puede evitar responder con una propia. Su entusiasmo desborda, llenando la habitación de una energía sutil y cálida. Juntos, salen en silencio de la residencia. Por primera vez desde su partida, Erasmus lleva consigo el cuaderno.

—Mantengámoslo cerca de nosotros, en casa, —anuncia.

Victoria siente un nudo en la garganta. Los sonidos de la vida universitaria interrumpen el ensueño de su tranquila caminata, marcando el paso del pasado al presente. Los recuerdos de su juventud, preservados en la residencia de estudiantes, quedan en un segundo plano mientras Erasmus piensa en su próxima clase.

De pronto, Victoria nota con el rabillo del ojo un papel suelto, al borde del cuaderno, temblando con la brisa. Erasmus sigue su mirada y, por instinto, lo saca con cuidado. Al desplegarlo, su expresión cambia, como si algo en su contenido le hubiera golpeado profundamente.

—¿Qué es? —pregunta Victoria, acercándose. Y entonces, al reconocer la letra precisa y fluida, su rostro se ilumina con asombro.

—Es una carta de la señora V.! —exclama.

—Efectivamente, —confirma Erasmus, con un tono impregnado de reverencia.

—Su carta será el eje central de la clase de mañana. Voy a hablar sobre el compromiso vital —una disertación sobre *Ánimo, animus, anima*, no como animosidad, sino en su sentido más amplio y trascendente, —declara.

Los ojos de Victoria brillan de admiración al escucharlo.

—Estás más que invitada a unirte a nosotros, mi dama, — añade Erasmus con una tierna sonrisa.

—Será un placer, —responde ella, —pero tal vez llegue un poco tarde. Tengo que ocuparme de algunos asuntos relacionados con el fideicomiso de los niños.

—Muy bien, entonces. Queda decidido. Nos vemos allí, — dice Erasmus, guardando cuidadosamente la carta en su sitio.

Mientras se preparan para dejar su hogar, el peso de los recuerdos aún flota en el aire. Con una última mirada al espacio íntimo donde su amor ha resurgido, salen al frío y tranquilo aire matutino. Las calles del campus, despertando poco a poco bajo la suave neblina del amanecer, parecen ahora muy lejanas de su momento de reflexión.

Antes de separarse, comparten un beso tierno, fugaz pero cargado de significado, un gesto que se queda suspendido en el aire mientras se alejan.

Erasmus camina hacia la universidad, con el recuerdo de la sonrisa de Victoria aún cálido en su corazón, mientras ella se dirige en la dirección opuesta para atender sus asuntos. Aunque sus caminos se separan momentáneamente, el lazo entre ellos permanece fuerte, un testimonio del nuevo comienzo que han abrazado juntos.

—✦—

Royal Cambridge Scholastic Institute, 2019
(Auditorio universitario)

Al llegar al aula magna de la universidad, Erasmus se detiene brevemente frente a la puerta, recogiendo sus pensamientos. Inspira profundamente y, con una sonrisa, abre la puerta. El contraste entre la tranquila y reflexiva mañana y la efervescencia de la clase es impactante. El aroma familiar de tiza y madera antigua llena el aire mientras sube al estrado. Los estudiantes ya están conversando animadamente, esperando su llegada, sin saber que la lección de hoy estará impregnada de un significado más profundo, extraído de su propia experiencia.

A pesar de haber dormido apenas unas horas la noche anterior, el profesor Erasmus Cromwell-Smith entra en clase con un entusiasmo inquebrantable, irradiando una energía contagiosa e ilimitada. Sus pasos rápidos resuenan en la sala mientras se dirige al escritorio.

—¿Cómo está todo el mundo hoy? —pregunta con voz clara y enérgica.

—¡Increíblemente genial! —responde la clase con entusiasmo, reflejando su propia energía.

—A veces, todos sentimos que nos falta un poco de motivación, —comienza el profesor Cromwell, su tono adoptando un matiz más reflexivo. —Nos falta el impulso para llevar a cabo lo que se espera de nosotros, o quizás, lo que esperamos de nosotros mismos. Anoche, tropecé con una carta—una joya antigua—de mi eterna y más grande animadora, la incomparable señora V. Fue mi mentora durante un período profundamente transformador de mi vida.

Hace una pausa, permitiendo que el peso de sus palabras cale en la audiencia.

—Esta carta tuvo un efecto profundamente inspirador en mí, especialmente en momentos en los que me costaba encontrar el rumbo. Sentí como si la señora V., percibiendo mi necesidad a través del tiempo, la hubiera escrito específicamente para mí. Dentro de sus sentidas palabras había un solo verso: una poderosa reflexión sobre una actitud virtuosa, una disposición vital que une nuestro deseo con la voluntad de esforzarnos por alcanzar la grandeza.

—Permitidme compartir este verso con vosotros.

Con sumo cuidado, el pedagogo despliega la carta y comienza a leer el verso en voz alta, su entonación cargada de pasión y reverencia…

Ánimo, Animus, Anima

Ánimo, animus, anima,
Ánimo, animus—¿qué importa?
Son, al final, lo mismo.
¿Sorprendido?
Coloquialmente, *animus*
se asocia estrictamente
con la animosidad,
con esos sentimientos
profundamente arraigados de rencor.
Pero no podría haber
un uso más erróneo
de una palabra tan profunda
que este.
Por eso, en este verso,
animus se encuentra
acurrucado entre sus homónimos—
ánimo y *anima*, por supuesto.

Aquí radica el otro lado de *animus*—
¿o acaso es *ánimo* o *anima*?
Bueno, da igual,
pues aquí está su verdadera esencia…
Animus es un estado,
una condición que indica
nuestro "compromiso vital"
con el juego de la vida.
Animus es deseo y voluntad combinados.
Es una actitud hacia todo y todos,
o una condición que surge
de los modos de vivir,
ya sean deliberados o inconscientes.
Animus es el ímpetu del Espíritu,
la chispa del Alma,
la fuerza vital del corazón,
el motor de nuestro diseño,
el impulso detrás de nuestra intención,
el catalizador de nuestro propósito,
la energía esencial de nuestro significado.
Es el combustible de nuestros planes,
el ingrediente secreto de nuestro coraje,
la bombilla en nuestra mente,
la fuerza detrás de nuestra disposición,
la precondición de nuestra entrega.
Animus es intensidad,
el grado de compromiso,
en un estado de plena voluntad.
Habita en nuestro núcleo,
en lo más profundo del Espíritu.
Si *Ánimo, Animus, Anima*
no se manifiesta de manera espontánea

al inicio de los incontables caminos de la vida,
entonces es algo por lo que debemos luchar—
hacer nuestro mayor esfuerzo por adquirirlo,
crear "el estado mental adecuado"
para embarcarnos en cualquier empresa.
¿Estás hoy en buen *animus*?
¿Eres de buen *animus* cada día?
¿Tienes el *anima* adecuada esta mañana?
Ánimo, Animus, Anima—
¿Qué más da?
Después de todo,
son lo mismo.

*

Royal Cambridge Scholastic Institute, 2019
(Auditorio de la Universidad)

El profesor Cromwell-Smith hace una pausa, luego comienza un comentario reflexivo que amplía el verso que acaba de leer.

—Este verso me recuerda —y espero que también os recuerde a vosotros— que cultivar el *animus* no es un estado pasivo. Es algo que debemos buscar activamente, especialmente en aquellos momentos en que la vida se siente pesada. Que todos podáis encontrar vuestro propio *animus* hoy y cada día."

El aula queda en silencio, el peso de sus palabras suspendido en el aire. Lentamente, un murmullo de acuerdo se extiende por la clase.

—Ahora, hablemos de la mutilación de una palabra, —continúa, su tono afilado con fervor intelectual. —Al investigar la etimología de *animus*, todos y cada uno de los términos subrayados en el verso anterior —espíritu, alma, corazón, propósito, intención, significado, plan, coraje, mente, disposición, energía vital— se remontan a su definición verdadera. Y, sin embargo, ¿con qué frecuencia la reducimos a algo tan superficial como la animosidad?

Deja que la observación flote en el aire mientras recorre el aula con la mirada.

—Esta actitud, esta condición, es esencial si queremos lograr algo significativo en la vida. Es el fundamento, el combustible y la guía. Trabajad en ello sin demora.

—La sala está abierta para preguntas, —anuncia en un tono sereno.

Varias manos se levantan.

Leyton es un estudiante de último año en Ciencias Políticas, conocido por su análisis perspicaz de textos filosóficos y su habilidad para vincular la teoría con la acción práctica. A menudo plantea preguntas que desafían los conceptos del profesor y provocan un pensamiento más profundo entre sus compañeros.

—Profesor, en el poema *Ánimo, Animus, Anima*, usted habla de *animus* como la 'fuerza vital del corazón' y el 'catalizador de nuestro propósito'. ¿Cómo cree que podemos cultivar conscientemente el *animus* en nuestra vida diaria, especialmente en los momentos en los que nos sentimos desconectados o sin inspiración?

—Esa es una gran pregunta, Leyton. El poema señala que el *animus* es algo profundamente arraigado en nosotros, algo que requiere tanto conciencia como esfuerzo para aprovecharlo. Para cultivar el *animus*, debemos comenzar fomentando una mentalidad de apertura y receptividad hacia el mundo que nos rodea. Se trata de comprometernos con la vida y con las personas con un sentido de propósito, disposición y energía, incluso cuando nos sentimos decaídos o sin inspiración. Es una cuestión de tomar la decisión de estar presentes en cada momento, de perseguir activamente lo que nos entusiasma y de seguir adelante, a pesar de cualquier resistencia que podamos encontrar. Cuando nos conectamos con ese impulso interno, podemos revitalizar nuestro sentido de propósito y, a su vez, influir en la manera en que interactuamos con el mundo."

Lynn es una estudiante de segundo año de filosofía con interés en el existencialismo y la búsqueda de sentido. A menudo explora los aspectos más profundos y filosóficos de la experiencia humana.

—Profesor, el poema enfatiza la importancia de la 'voluntad' y el 'deseo' como parte del animus. ¿Cree usted que estas cualidades son suficientes para generar un cambio real, o hay algo más que debe estar presente para que alguien actualice plenamente su potencial?

—Es una pregunta muy perspicaz, Lynn. Aunque la voluntad y el deseo son esenciales para el animus, por sí solas no siempre son suficientes para generar un cambio significativo. El poema sugiere que el animus requiere un compromiso activo con el mundo—una determinación para avanzar con coraje y propósito. El verdadero cambio llega cuando esos deseos y esa voluntad se alinean con la acción. No se trata solo de desear algo; se trata de estar dispuesto a hacer el trabajo, enfrentar los desafíos y seguir adelante a pesar de los obstáculos. El verdadero potencial se actualiza cuando el animus se combina con esfuerzo sostenido, reflexión y crecimiento.

Jackson es un estudiante de último año que se especializa en literatura, con enfoque en poesía. Tiene un gran interés en cómo el lenguaje moldea nuestras percepciones de la realidad y a menudo busca capas más profundas de significado en la poesía.

—Profesor, en el poema, describe el animus como un 'compromiso vital' que conecta tanto con el espíritu como con el alma. ¿Cómo cree usted que se manifiesta este compromiso en la poesía? ¿Es posible que un poeta encarne completamente el animus en su obra?

—Es una excelente pregunta, Jackson. Creo que el animus juega un papel crucial en el proceso creativo. Un poeta que encarna el animus no solo escribe para cumplir con un objetivo externo, sino que está profundamente conectado con el impulso interior que enciende su creatividad. Cuando el animus está presente en el trabajo de un poeta, se convierte en un conducto para la expresión que fluye de manera natural y poderosa. La disposición para explorar el alma y el espíritu a través de las palabras, arriesgarse con el lenguaje y volcarse en el oficio—eso es cómo se manifiesta el animus en la poesía. Es el mismo latido del corazón de un poema, la energía detrás de la metáfora, la urgencia en el ritmo.

Ariana es una estudiante de psicología de tercer año con enfoque en inteligencia emocional y motivación. Le gusta analizar el comportamiento humano y cómo las emociones pueden influir en la toma de decisiones y la creatividad.

—Profesor, mencionó que el animus es el 'combustible de nuestros planes' y el 'ingrediente secreto detrás de nuestro coraje'. Desde una perspectiva psicológica, ¿cómo cree usted que el animus influye en la capacidad de una persona para superar el miedo o la autocrítica?

—Excelente pregunta, Ariana. Desde un punto de vista psicológico, el animus está estrechamente vinculado a la motivación intrínseca—el impulso interno que alimenta nuestras acciones a pesar de los desafíos externos. Cuando el animus está presente, nos da el coraje para enfrentar el miedo y la autocrítica porque está arraigado en un sentido más profundo de propósito y significado. Ayuda a desplazar el enfoque del miedo mismo al impulso de avanzar, sin importar los obstáculos. Se trata de replantear el miedo como algo que debe ser reconocido, pero no permitir que dicte nuestras acciones. Cuando alineamos nuestros deseos y nuestra voluntad con el animus, nos volvemos más resilientes, menos afectados por las emociones negativas y más determinados a alcanzar nuestras metas. Maya es una estudiante de sociología de tercer año, con interés en la intersección entre las estructuras sociales y la agencia individual. Le fascina especialmente cómo los individuos encuentran sentido y propósito dentro de los sistemas colectivos.

—Profesor, el poema habla sobre la importancia de 'reconocer momentos de convergencia'. ¿Cómo cree usted que el animus y la convergencia están conectados en nuestras interacciones diarias con los demás, particularmente dentro de comunidades o sistemas sociales más grandes?

—Es una observación maravillosa, Maya. El animus y la convergencia están profundamente conectados porque el animus es la fuerza motriz que nos impulsa a interactuar con el mundo que nos rodea. En una comunidad o sistema social, cuando reconocemos momentos de convergencia—ya sea en valores compartidos, metas comunes o comprensión mutua— estamos en un estado de alineación. El animus nos da el poder de actuar sobre esos momentos de conexión, de ser proactivos en fomentar la colaboración y de contribuir al bien común. La convergencia, cuando se reconoce y se actúa sobre ella con animus, puede llevar al crecimiento colectivo y la transformación. Se trata de encontrar el hilo común que nos une y de comprometernos activamente con él.

Con eso, echa un vistazo al reloj, señalando el final de la clase.

—Nos vemos la próxima semana—dice, con su voz impregnada de una cierta finalización.

Al salir del aula, sus estudiantes permanecen en silencio contemplativo, reflexionando sobre sus palabras. Sonríe suavemente, percibiendo el cambio en el ambiente—sus mentes despiertas con curiosidad, ponderando la profunda dualidad dentro de la palabra animus y lo que significa en sus vidas—y cómo ambos significados podrían encontrarse dentro de sí mismos. Uno a uno, recogen sus cosas, pero la energía en la sala permanece, como un testamento a la poderosa convergencia de pensamiento y espíritu.

Capítulo 15

Los círculos virtuosos e infinitos de la vida

En ruta desde Cape Cod a Boston, 2020

—¿Me pregunto cómo estará nuestro pequeñito? —pregunta suavemente Elizabeth Victoria mientras navegan por la larga y solitaria carretera fuera de Cape Cod, con la visibilidad reducida casi a nada por la espesa niebla.

—Está en buenas manos, mi amor—la tranquiliza Jordan, con una voz firme y calmante—. Tu madre no lo pierde de vista, ni por un segundo.

Como siempre, su presencia y unas pocas palabras suaves son suficientes para calmarla. Elizabeth se siente segura, contenta y profundamente feliz. Su día había sido extraordinario—una escapatoria perfecta. Juntos, pilotaron su globo a través de los cielos, con el vuelo extendiéndose placenteramente desde la mañana hasta la tarde. Después de aterrizar en la pintoresca costa de Nueva Inglaterra, los nuevos padres aventureros se habían lanzado con entusiasmo al viaje de regreso a Boston, con la alegría del día aún fresca en sus corazones.

—Quiero que este día dure para siempre—murmura, su voz melancólica.

Pero el destino tiene otros planes.

Un giro inesperado aparece por delante, envuelto en niebla, invisible e inevitable. Desde la dirección contraria, un camión de remolque pierde el control —los frenos fallan y se desvía descontroladamente de la carretera. La inercia aumenta a medida que desciende colina abajo, patinando incontrolablemente hacia el camino de los coches que vienen de frente.

La colisión es devastadora e instantánea.

Las víctimas desafortunadas son la joven pareja Morse-Emerson. Regresando de su idílica aventura en globo, no ven el camión hasta que es demasiado tarde. El impacto es catastrófico—de frente e inevitable. Su coche estalla en una bola de llamas, el incendio consumiéndolo todo en un cruel instante.

Las exuberantes vidas de Jordan y Elizabeth Victoria, tan llenas de amor, promesas y alegría, se apagan tan rápidamente como la frágil llama de una vela.

— ❖ —

Cementerio de Mt. Auburn, 2020

La ceremonia de entierro de Elizabeth y Jordan es profundamente solemne, el aire cargado de dolor y amor. Victoria está rodeada por sus dos hijos supervivientes, Bart y Sarah, cuya presencia es un silencioso testamento de resiliencia. A su lado está Erasmus, un ancla reconfortante en este momento de tristeza. Frente a ellos, al otro lado de los dos ataúdes, la familia Morse lamenta la pérdida de su querido hijo, Jordan Auguste.

La atmósfera es callada pero cargada de emociones no dichas. Es el turno del Profesor Erasmus Cromwell-Smith para hablar. Sus ojos solemnes y doloridos recorren a los dolientes reunidos mientras avanza, sosteniendo un pequeño trozo de papel con palabras elegidas con cuidado para esta ocasión. Con voz firme, comienza a leer:

—Hoy nos reunimos no para quedarnos en la pérdida, sino para celebrar las vidas de dos personas extraordinarias que han dejado una huella imborrable en todos nosotros. Elizabeth y Jordan. Victoria, aunque su tiempo con nosotros fue trágicamente breve, vivieron sus vidas con una intensidad que muchos de nosotros nunca conoceremos. Amaron profundamente, soñaron audaces y abrazaron cada momento con el tipo de alegría que es un regalo raro en este mundo.

—Hoy, los honramos—no solo con nuestras lágrimas, sino con nuestra gratitud por los momentos que compartieron con nosotros, por el amor que dieron tan generosamente. El legado de Elizabeth y Jordan vivirá en los recuerdos de su risa, la calidez de su compañía y el amor infinito que se tenían el uno al otro. Comparto con ustedes un escrito a propósito de este momento:

A medida que pasa el tiempo

A medida que pasa el tiempo
y la vida continúa,
la tragedia nos recuerda
lo preciosa que es la vida,
y cuán privilegiados somos
por estar sanos y vivos.
La vida es corta—muy corta.
Debemos vivirla plenamente,
exprimir cada gota de cada día.
Nuestra familia, nuestros amigos—
son nuestros compañeros de viaje
en esta intensa travesía de la vida.

El trabajo y el disfrute nos mantienen ocupados,
pero el Amor nos da equilibrio y armonía.

A medida que pasa el tiempo
y la vida continúa,
a medida que se acerca el giro de la próxima generación,
nuestra mayor satisfacción
es ver a nuestros descendientes
vivir en plena floración,
libres, sanos,
exitosos en todo lo que persigan,
y felices con sus vidas,
sus amigos,
y sus seres queridos.

*

Es el turno del padre de Jordan para leer la elegía de su hijo. Da un paso al frente, sus hombros cargados de dolor, pero firmes con determinación. El papel doblado en sus temblorosas manos refleja el peso de su pérdida, y cuando comienza, su voz transmite la ternura del amor paternal y la tristeza de una ausencia irremplazable.

¿Recuerdas esos ojos?

¿Recuerdas esos ojos?
Yo sí… Siempre lo haré.

Sus ojos te sonreían
con su pequeño destello,
ese pequeño movimiento donde parecía
que se cerraban sobre ti,
como si fueras

la persona más importante del mundo—
al menos en ese momento, para él.

No podías evitar sentir
que tenías toda su atención,
todo su respeto.
Sus ojos leían a las personas tan bien…
esos rayos láser te hacían sentir bien,
alegre y lleno de optimismo.

Sus ojos te tocaban con total aprobación,
dándote una profunda sensación
de su fe ilimitada en ti.
Era una fuente de fuerza,
capaz, tan rápidamente,
de acercarse a ti—
como solo aquellos que genuinamente
aceptan a los demás tal como son pueden.

La vida de Jordan fue una celebración de la vida—
una vida preciosa,
una vida que, porque es corta,
debe vivirse plenamente,
exprimir cada segundo de ella.
Una vida en la que darse a los demás
es el mejor legado que deja atrás.
¿Recuerdas esos ojos?
Yo sí… Siempre lo haré.

*

Hace una pausa, su voz quebrándose al final.

—Adiós, Jordan. Te vamos a extrañar mucho, hijo.

Victoria da un paso al frente, compuesta pero profundamente conmovida. Habla con una fuerza tranquila, su voz cargada de una determinación que refleja el espíritu de su difunta hija.

—Mi hija Elizabeth no hubiera querido nada diferente a este hermoso homenaje. No hubiera querido vernos tristes. Por el contrario, mi intención es honrar sus deseos celebrando su vida y la de su esposo, Jordan, —dice.

Sus palabras un recordatorio conmovedor de apreciar la vida, incluso a la sombra de la pérdida

— ✦ —

Victoria y Erasmus en su hogar del campus, 2020

Nadie vestido de negro está permitido en la recepción. En su lugar, la música favorita de Jordan y Elizabeth llena el aire, creando una atmósfera de celebración agridulce. En la sala de estar, las películas caseras de la familia se proyectan en la televisión, capturando momentos de Jordan y Elizabeth cuando eran niños—riendo, jugando y viviendo vidas vibrantes.

Victoria se mueve entre los invitados con una sonrisa radiante, exudando calidez y una alegría casi obstinada. Se niega a dejar que el dolor defina el día, sofocando la tristeza y exigiendo felicidad en cada giro. Erasmus la observa en silencio, asombrado por la ola de positividad que ha generado.

—No permite que nadie sea nada menos que alentador— observa Erasmus, escuchando cómo los animados padres de Jordan cuentan una de sus aventuras infantiles, sus risas mezclándose con lágrimas.

De repente, el sonido de los llantos de un bebé emana del monitor electrónico que Victoria lleva consigo. Sin decir palabra, Erasmus comienza a subir las escaleras. Momentos después, Victoria lo sigue, entrando en la habitación del bebé para encontrar a su esposo sentado en una mecedora, alimentando al bebé. La tierna escena la detiene en seco.

—Aprendiendo rápido a ser padre, querido—bromea suavemente, pero Erasmus apenas la reconoce.

—Con sus padres desaparecidos, sus abuelos por ambos lados son todo lo que le queda—dice Erasmus, su voz cargada de preocupación amorosa.

—Hablando de eso—comienza Victoria, su tono alegrándose, — hay un consenso absoluto entre nuestra familia y la de Jordan.

—¿Consenso sobre qué? —pregunta Erasmus, una nota de aprensión asomando en su voz.

—Que deberíamos adoptar al bebé, —anuncia, con los ojos brillando.

—¿Nosotros? —la voz de Erasmus tiembla mientras repite la palabra, sus pensamientos enredados.

—¿No lo estamos...? —se atreve a decir, inseguro.

Victoria lo mira, divertida por su respuesta desconcertada.

—¿Demasiado viejos...? —balbucea, aún tratando de encontrar su lugar.

—¿Lo estamos? —le responde, su mirada fija, desafiándolo.

—No, no lo digo de esa manera—tartamudea él, cada vez más confundido.

—¿De qué manera lo dices, entonces? —insiste ella, disfrutando de su lucha.

—¿Demasiado viejos para ser padres? —finalmente suelta.

—Misma pregunta: ¿lo estamos? —repite con determinación juguetona.

—Supongo que...—comienza a responder negativamente, pero se detiene a mitad de la frase, dándose cuenta de que es el miedo, no la verdad, lo que habla. Hace una pausa, recogiéndose.

Parece que ha pasado una eternidad, la habitación queda en silencio. Finalmente, Erasmus levanta la vista para encontrar los ojos de Victoria. Cuando sus miradas se encuentran, una comprensión tácita se transmite entre ellos. Lentamente, una sonrisa leve, llena de conocimiento, se forma en sus rostros.

—Supongo que no, Victoria—dice al fin, con la voz firme.

—Esta es tu oportunidad de ser padre, querido—declara suavemente ella.

Es lo más cercano que Erasmus ha estado de ver a Victoria derramar una lágrima por la pérdida de su hija y su yerno. Minutos después, tal como se prometió, Victoria y Erasmus bajan las escaleras, el bebé dormido profundamente en los brazos de Erasmus. La conversación bulliciosa en la sala familiar crece a medida que entran, y Sarah toma rápidamente las riendas.

—Mamá y Erasmus, Bart y yo hemos discutido esta posibilidad varias veces—comienza Sarah, su voz firme pero llena de emoción.

—Hoy también lo hablamos con los padres de Jordan, y nos han dado su bendición. Los padres de Jordan asienten en acuerdo.

Victoria y Erasmus se intercambian miradas relajadas, suponiendo que Sarah está a punto de anunciar que ella y Bart adoptarán al bebé. Pero no podrían estar más equivocados.

—Dado que ahora van a ser padres—continúa Sarah, su voz llena de calidez—, Bart y yo hemos decidido un nombre para el bebé. Con todo nuestro corazón, queremos que lo llamen Erasmus Cromwell-Smith II.

Sus palabras permanecen en el aire por un momento, calando en todos los presentes. Un suspiro colectivo de emoción recorre la sala, seguido de vítores y aplausos.

Los labios de Erasmus tiemblan, sus brazos comienzan a vacilar mientras sostiene al bebé. Sintiendo su emoción, Victoria rápidamente le quita al bebé de los brazos. Lo mira a Erasmus con una sonrisa suave antes de romper a llorar, sus lágrimas fluyendo libremente, incontenibles y crudas. El bebé se mueve ligeramente, unas pequeñas gotas de sus lágrimas cayendo sobre sus mejillas, un suave bautizo de amor y sanación.

—No hay mejor regalo para honrar a Elizabeth y Jordan que lo que todos ustedes acaban de hacer—dice Victoria, su voz firme a pesar de las lágrimas brillando en sus mejillas. —Estoy segura de que ellos están sonriéndonos desde arriba ahora mismo. Pueden estar tranquilos, Erasmus y yo continuaremos el camino familiar que ellos apenas comenzaban a pavimentar.

Seca sus lágrimas y se inclina para besar al bebé suavemente.

—Si todos me lo permiten—interrumpe Erasmus, finalmente recuperando la compostura—, me gustaría compartir un par de piezas que, dadas las circunstancias, tienen un profundo significado. Hace una pausa, mirando al bebé en los brazos de Victoria.

—La primera es algo que escribí a petición de Jordan y Elizabeth. Querían que reflejara la manera en que soñaban que sus hijos crecerían. Esta será la primera vez que lo compartiré con alguien, y Victoria y yo estamos comprometidos a seguir sus deseos.

Despliega una hoja de papel, su voz se alegra mientras comienza a leer…

Para nuestros hijos

Que crezcan sanos y fuertes
para que puedan descubrir un mundo
que es tanto difícil como fantástico
a la vez.

Que viajen y conozcan a su gente,
y amen a todos sus compañeros de viaje,
especialmente a aquellos que lo necesiten.
Que sea así que
todo lo que empiecen o en lo que se involucren
lo hagan con convicción y dedicación.

Que disfruten
de sus padres y de una infancia inmensamente feliz,
llena de Amor sin límites,
sueños e ilusiones.
Y a medida que crezcan,
que descubran todo y a todos
a su alrededor tal como son en realidad.

Luego, con el tiempo,
que poco a poco descubran
quiénes son en realidad,
para que puedan encontrar su verdadero ser,
tal como Dios los trajo a la tierra.
Que, sea quien sea,
sean felices y cómodos en su propia piel.

Así, todo lo que hagan,
lo hagan bien.
Por lo tanto, desde ese momento en adelante,
siempre serán
su verdadero yo.

Les enseñaremos
a ser humildes, honestos y no materialistas.
Les ofreceremos nuestro Amor infinito
y nuestra pasión por el conocimiento, el deporte y la
naturaleza.

Les enseñaremos disciplina,
inculcándoles una ética de trabajo inquebrantable.
Los empujaremos y presionaremos
y seremos tan exigentes como puedan soportar—
y aún más.
Los haremos fuertes
y les enseñaremos a vivir la vida al máximo,
para que la vida no se les escape
sin que aprovechen cada momento de ella,
sin importar las circunstancias.

*

Erasmus baja el papel, su voz desvaneciéndose, y mira alrededor de la sala, encontrando las miradas de familiares y amigos profundamente conmovidos por sus palabras. Tras un momento, habla de nuevo.

—Esta segunda pieza proviene de un libro antiguo que una vez leí en una de las librerías de uno de mis mentores de la infancia. Trata sobre cómo enfrentamos el futuro, incluso cuando luchamos por encontrar nuestro camino hacia adelante tras la pérdida de un hijo. Con una respiración que lo calma, Erasmus comienza a leer la siguiente pieza...

El destino

La vida es una cadena de sucesos fuertemente entrelazada,
una lucha frenética
que no podemos gobernar.

Nuestro futuro se está creando
cada milésima de segundo.

Es un hilo infinito,
sin fin,
totalmente aleatorio,
de sucesos conectados.

Todos estos eventos que se cruzan
se relacionan, influyen e interactúan
entre sí.

Cada suceso en la vida
es un accidente maravilloso y complejo.
Esto incluye las formas finitas de nuestra vida,
la urgencia de vivir,
y la incertidumbre de nuestro futuro.

Somos un accidente,
cada momento que estamos vivos,
y al final,
todo es un contratiempo complejo.

La vida es una interacción complicada
de eventos de la naturaleza,
actos y comportamientos humanos,

y todo lo nacido de
la creación humana,
todo bajo el manto de la vida.

Tenemos muy poco control sobre la vida.
Pero si las circunstancias lo permiten,
con fe y voluntad,
podemos cosechar de ella
inmensa Felicidad y buena voluntad.

*

Al terminar Erasmus, la sala queda en silencio, cada persona perdida en sus pensamientos. El bebé se mueve ligeramente en los brazos de Victoria, llamando la atención de todos de nuevo al presente. Erasmus da un paso al frente y acaricia suavemente la mejilla del bebé con un dedo.

—Honraremos a Elizabeth y Jordan dándole a este pequeño la mejor vida que podamos—dice suavemente. Victoria asiente, sus lágrimas fluyendo una vez más, esta vez una mezcla de tristeza y esperanza.

La familia se agrupa más cerca, unida por el amor que los llevará hacia adelante, incluso frente a la pérdida compartida.

— ✦ —

El hogar del campus de Erasmus y Victoria, 2010
(Unas semanas después)

La transición a la paternidad ha sido sorprendentemente fluida, gracias a la experiencia de Victoria. Lo que ha sido inesperado, sin embargo, es lo poco de trabajo físico que ha tenido que hacer para el bebé. Erasmus, con una dedicación inquebrantable, ha asumido el papel de cuidador las 24 horas del día, los 7 días de la semana. Su entusiasmo sin límites y su devoción lo han dejado consumido por la paternidad, derramando toda su energía en cuidar a Erasmus Jr.

Victoria, con su característica gracia y sabiduría, ha comenzado gradualmente a integrarse en la rutina parental. Usando su toque hábil y su invaluable "saber hacer," ha comenzado a asumir más responsabilidades. Poco a poco, la pareja se encuentra trabajando junta de manera fluida — compartiendo tareas, complementándose sin esfuerzo, y proporcionando a su hijo un amor y atención constantes.

La señal final de que la vida se está adaptando a una nueva normalidad llega con la incorporación de una au pair británica. Emma Franklin, una joven capaz y alegre, es encargada de las responsabilidades diarias de Erasmus Jr., un rol que desempeñará hasta su adultez.

Con la llegada de Emma, Victoria y Erasmus finalmente pueden dar un paso atrás en sus otros roles tan queridos como profesores. Con las hábiles manos de Emma atendiendo las necesidades del bebé, la pareja encuentra el equilibrio una vez más —nutriendo a su hijo y continuando, inspirando a otros a través de su enseñanza.

— ✦ —

Royal Cambridge Scholastic Institute, 2020
(Caminos secundarios del campus)

A medida que el sol se eleva lentamente sobre el campus, el Profesor Cromwell-Smith pedalea con una cadencia constante a través de las tranquilas calles del campus, la luz de la mañana proyectando largas sombras. Victoria había salido antes, ambos preparándose para sus últimas clases del año académico.

Mientras pedalea, los pensamientos del eminente profesor divagan y reflexiona sobre los acontecimientos agridulces de los días pasados. Apenas comienza a acomodarse en la nueva normalidad de la vida tras el trágico fallecimiento de Elizabeth y Jordan, pero el ciclo de la vida y la promesa de renovación siguen frescos en su mente.

Mientras la mente del Profesor Cromwell-Smith vuelve a su clase inminente, repasa los temas que ha explorado con sus estudiantes a lo largo del año.

Los temas existenciales —adversidad, virtud, perdón, reciprocidad, resiliencia— han hecho de este año académico algo memorable. Cada lección tuvo su propio peso, cada discusión una oportunidad para inspirar.

La mente de Erasmus cambia de dirección, pasando rápidamente por recuerdos de su vida con Victoria y los años que pasaron separados. Revive sus encuentros memorables con los mentores anticuarios de Nueva Inglaterra durante su tiempo en Boston. Sus pensamientos se dirigen a las reuniones que tuvieron con Colin Carnegie en las bibliotecas públicas de Nueva York y Pittsburgh—instituciones construidas por su pariente lejano, Andrew Carnegie.

Recuerda el viaje a St. Louis para encontrarse con la mentora de Victoria, la señora Samuels-Ortiz, en la grandiosa biblioteca pública, y el oportuno escrito que le entregó el Sr. Ringwald, cariñosamente conocido como "El acertijo", durante la turbulenta época en que Victoria había huido. Una procesión de mentores sigue en su mente: la señora Peabody, el Sr. Lafayette, el Sr. Faith, y la última carta que recibió de la señora V. Cada mentor dejó una huella indeleble en su viaje, sus escritos y poemas inspiradores guiándolo a través de las complejidades de la vida.

El Sr. Willkenvoss, o "El contestón," había sido profundamente influyente, al igual que el Sr. Atsushi, su mentor japonés. Cada uno jugó un papel importante en la formación de las lecciones que Erasmus compartió con sus estudiantes.

Sus pensamientos se dirigen a las alegrías del año —el cartel de bienvenida que lo esperaba tras su luna de miel, las ocasiones en que Victoria o sus hijos asistieron a sus conferencias, y los innumerables momentos inolvidables que tejieron el tapiz de su vida. Pero luego, estaban las sombras: la trágica muerte de Elizabeth y su esposo, y la agridulce alegría de adoptar a su hijo.

Cuando el edificio de la facultad aparece a la vista, un poema de su infancia surge en su memoria: "La rueda de la vida."

—¿Por qué no traerlo todo de vuelta en círculo completo? —musita Erasmus, una leve sonrisa tocando sus labios. Con ese pensamiento, decide que en esta última conferencia compartirá un viejo escrito—una reflexión sobre el ciclo de la vida.

— ✦ —

Royal Cambridge Scholastic Institute, 2020
(Auditorio de la Universidad)

Al entrar en el aula, la energía de sus estudiantes lo recibe como un cálido abrazo, ofreciendo un contraste con la quietud de sus pensamientos matutinos. Con una suave sonrisa, deja de lado sus reflexiones y se prepara para compartir su sabiduría con las mentes ansiosas que tiene frente a él.

—Buenos días, a todos; ¿cómo están hoy? —saluda el Profesor Cromwell-Smith a la clase con su energía característica.

—¡Increíble, profesor! —responde el coro entusiasta de los estudiantes.

904

El profesor hace una pausa por un momento, su expresión suavizándose.

—Como todos saben, la hija mayor de Victoria y su esposo fallecieron recientemente en un trágico accidente de tráfico. En consecuencia, Victoria y yo tomamos la decisión de adoptar a su bebé. Lo criamos como nuestro hijo.

Una ola de felicitaciones recorre la sala, expresada a través de cálidos gestos y asentimientos de aprobación.

Erasmus continúa, su tono siendo tanto reflexivo como instructivo.

—Haciendo referencia a la dolorosa pérdida y las dificultades que Victoria y yo hemos enfrentado, hoy compartiré algunos de esos momentos de tristeza. Quiero ilustrar cómo tales experiencias marcan no solo un final, sino también un comienzo—cómo los ciclos de la vida traen consigo una renovación interminable.

Da un paso adelante, apoyándose ligeramente sobre su escritorio, y comienza su narración.

—Comienza así… El año pasado, durante unas vacaciones de verano, después de que Victoria y yo lleváramos un año juntos, emprendimos un viaje a Europa. Comenzamos en Gales, visitando mi ciudad natal.

La clase escucha atentamente mientras continúa.

—Llegamos temprano una mañana e iremos primero a mi antiguo hogar. Aún está a mi nombre, pero actualmente está alquilado a una pareja de ancianos. Más tarde ese día, llevamos flores al cementerio del pueblo para rendir homenaje a mis padres y a tres de mis mentores más queridos—la señora V., el señor M. y el señor N. —todos los cuales descansan ahora en esos terrenos sagrados.

Erasmus hace una breve pausa, su mirada distante.

—Después, pasamos horas explorando las librerías de antigüedades que amaba cuando era niño. Muchas ahora están dirigidas por descendientes o familiares de los propietarios originales. Durante tres días, nos sumergimos en estos espacios, redescubriendo libros que había leído durante mi infancia y adolescencia—dice, una leve sonrisa asomando en las comisuras de su boca.

—En particular, en la librería de la señora V., encontramos dos escritos—uno representando el ciclo interminable de la vida y cómo todo eventualmente vuelve al círculo completo, y el otro describiendo el impulso innato de vivir una vida con entusiasmo. Al reflexionar sobre ellos ahora, me parecen casi proféticos—comenta Erasmus, su voz teñida de asombro.

Toma una hoja de papel, mirándola brevemente antes de dirigirse nuevamente a la clase.

—Permítanme leerles el primer escrito. Resume la naturaleza recurrente de la vida y la profunda forma en que cada final conduce a un comienzo.

Con eso, comienza a leer...

Los círculos virtuosos e infinitos de la vida

A medida que el sol se pone
y una vida llega a su fin,
el horizonte explota
en miles de colores.

Amarillos, naranjas y rojos de fuego
iluminan el cielo,
simbolizando la celebración
de un viaje que llega a su fin.

Como en la vida,
cuando lamentamos la pérdida y partida
de nuestros seres queridos, ya no con nosotros,
la oscuridad total pronto llega y nos envuelve,
pero no por mucho tiempo.

A medida que comenzamos a asomar
y luego mirar hacia el firmamento,
reconocemos que aún hay luces
mientras lloramos—
que aún hay luces en la oscuridad,
mientras innumerables estrellas y la luna
iluminan todo el cielo nocturno.

Pronto, como en la vida,
un brillante nuevo día se acerca.

Primero, se rompe
como un pequeño rayo de luz en el horizonte.

Poco después,
un nuevo comienzo
inexorablemente emerge de la oscuridad,
lleno de brillantes luces del día y colores vivos.

Un renacer, un nuevo comienzo,
nos hace darnos cuenta de que,
todo lo que nos rodea es recurrente,
recursivo y regenerado.

A medida que comienza cada nuevo día,
se despliega una renovación diaria de la existencia humana.

A medida que una vida cede,
un día termina.

La noche toma el escenario,
pero solo por un rato.

Una nueva vida pronto comienza,
un nuevo día estalla.

Y las luces de la vida irrumpen
en todo su esplendor sobre el horizonte.

*

—Aquí está el segundo escrito. Por favor, permítanme continuar—dice el Profesor Cromwell-Smith, su voz firme pero vibrante mientras despliega la siguiente pieza.

El entusiasmo

Hay algunas expresiones que mejor representan
lo que significa estar verdaderamente vivo
que el entusiasmo.

El entusiasta está bendecido
con un halo de
efusividad exuberante,
deseo imparable y contagioso,
curiosidad inquieta e inmensa,
energía exaltada y positiva,
para embarcarse y perseguir
incontables círculos virtuosos.
El entusiasta está poseído por,
un impulso abrumador pero refrescante,
una disposición alegre y vivaz,
un impulso incesante e implacable,

para explorar, experimentar y vivir
cualquier cosa, a cualquiera y todo.

Para el entusiasta, la vida es una serie de tesoros preciosos,
un grupo de improbables disparos a la luna,
solo esperando ser aprovechados.

El entusiasmo es el mejor antídoto
contra la pasividad, la indiferencia y la falta de pasión.
El entusiasmo es la esencia de la Inspiración,
la Felicidad y el Verdadero Amor.

Cascadas espontáneas de bondad,
son segunda naturaleza para el entusiasta.
Ellos son, en realidad, desencadenantes deliberados de
alegría,
señales inequívocas
que simbolizan la llave mágica,
al país de la Felicidad continua.

Ese lugar donde somos bendecidos
con un manto de vitalidad palpitante,
que late, que vibra.

Una vida apasionada e inspirada
siempre está empapada de entusiasmo,
que es el catalizador secreto que desbloquea
y mantiene la alegría en nuestra existencia
mientras viajamos a través de la vida.

*

Erasmus hace una pausa, dejando que las palabras resuenen
en la clase. Luego, con una sonrisa reflexiva, continúa.
—A lo largo de los últimos tres años, hemos recorrido, bajo
el prisma de la poesía, mi infancia, adolescencia, el verdadero

Amor, el Amor perdido, el Amor reencontrado, la enfermedad, la muerte y, finalmente, la nueva vida. El próximo año probablemente será el último como profesor.

—Lo que es cierto, hasta el día de hoy, es que hemos llegado al círculo completo. El próximo año, regresaremos a un currículo regular. Esto significa que todos ustedes han sido los beneficiarios de un curso que nunca se repetirá—proclama, su voz teñida de orgullo y nostalgia.

Volviendo sus pensamientos al momento presente, el Profesor Cromwell-Smith sabe que el aula es el lugar donde puede ayudar a los demás a ver las conexiones entre las lecciones más difíciles de la vida y la belleza de sus ciclos interminables. Hoy, está compartiendo con ellos no solo sus reflexiones personales, sino también la sabiduría que ha reunido a lo largo de los años, de mentores y experiencias por igual.

Recoge otra hoja y anuncia:

—Aquí hay dos escritos que abarcan muchos de los temas que hemos tratado durante los últimos tres semestres. El primero trata sobre el Amor. Por favor, permítanme leerlo.

El amor y el éxito

No se trata en absoluto de un amor impulsado por el éxito.
Por el contrario, todo y todos en la vida
se tratan de el éxito impulsado por el amor.

*

El Profesor Cromwell-Smith deja que la simplicidad y la profundidad de las palabras calen antes de continuar.

—Y aquí hay otro, uno con el que ya están familiarizados...

La fórmula de la felicidad

El Amor, el Equilibrio (balance) y los Valores
son los cimientos de
la Conciencia, la Pasión y el Tempo.

Cuando amamos verdaderamente,
cuando tenemos un estilo de vida equilibrado,
cuando vivimos de acuerdo con nuestros valores familiares,
morales/éticos y espirituales,
tenemos las llaves de la Felicidad continua.

Cuando hacemos lo que amamos y lo hacemos con pasión,
cuando vivimos con intensidad, ritmo y tempo,
cuando capturamos, exprimimos
y "vivimos" cada momento en que estamos vivos,
y cuando nos enfocamos en dar
y lo hacemos igualmente con Pasión,
¡simplemente somos Felices!

Cada uno de ellos es una verdadera
y legítima fuente de Felicidad.
Pero la fuente última de la Felicidad constante
es un noble estado de deseo sublime,
un nivel elevado de hipersensibilidad,
que saca lo mejor de todos nosotros
y esto es,
¡Inspiración!
Lo que nos lleva a estar inspirados,
a ser personas inspiradas (magos de la vida)
y a vivir
una Vida Inspirada.

—Clase, antes de despedirnos, he preparado un último escrito para ustedes que resume lo que hemos aprendido a lo largo de los últimos tres años.

El Profesor Cromwell-Smith saca un pergamino de su maletín arrugado. Delicadamente, desata el pequeño lazo rojo que lo envuelve, sus movimientos lentos y deliberados, como si estuviera desenvuelto algo sagrado. Sosteniendo el pergamino abierto, comienza a leer, su voz llena de sinceridad y emoción.

El gozo en la dicha de ser felices

La alegría es el nivel más alto de la Felicidad,
un estado virtuoso elevado,
donde alcanzamos "El Zenith de la Satisfacción".

La alegría ocurre,
cuando la Felicidad brilla y centellea,
cuando algo o alguien es radiante e incandescente,
cuando estamos inundados, impregnados, empapados,
con un sentido de integridad absoluta,
placer inmenso, satisfacción completa,
y sentimientos completamente saciados,
todos ellos viniendo desde dentro de nosotros.

Algunos profesan que,
cuando llegamos,
mientras estamos aquí,
o cuando partimos de este mundo,
la alegría nos bendice directamente desde el Cielo
o desde nuestro creador mismo.

Otros creen que, al menos,
la alegría debe originarse
de una espiritualidad profunda y bien fundamentada.

Luego están aquellos,
que están seguros,
de que la alegría continua requiere "Claridad en la Vida,"
que proviene de la "Coherencia,"
"La Pegamento" que conecta el significado
al propósito en nuestra existencia.

En el análisis final, la mayoría de las veces,
la alegría es cualquiera o todas las anteriores.
La alegría surge cuando estamos
conscientes, conscientes y apreciativos,
cuando anticipamos con deleite
y cuando somos capaces
de saborear, sentir y disfrutar
el simple hecho de estar vivos.

La alegría es "Inherente e Inmanente" a nuestro núcleo,
nuestra esencia y naturaleza,
pero la alegría puede ser esquiva,
difícil de discernir y visualizar,
a menudo nublada por los venenos del Espíritu:
Poder, Ambición, Codicia, Envidia, Ira,
Rencores, Riqueza Material
y el más peligroso de todos—nuestro Ego.

Además, no hay alegría
cuando no podemos ser cariñosos, afectuosos,
humildes y auténticamente honestos.

La paz interior y la calma
de encontrar y ser fiel a uno mismo
son requisitos fundamentales para la alegría.

La alegría no tiene nada que ver con
el Carácter, el Éxito o la Riqueza.
Se trata de si nuestras "Luces Existenciales Internas"
y nuestro "Deseo de Vivir" están ENCENDIDAS o no.

Como pertenece solo a nuestra "Existencia,"
la alegría no puede ser poseída ni controlada.
La alegría simplemente es.

El noble y sublime estado de "Inspiración"
quizás la única fuente de Felicidad continua,
es nuestro ingrediente secreto, nuestra catapulta,
nuestro trampolín hacia el estado elevado de alegría.
No hay alegría en el futuro, mucho menos en el pasado.

Nuestras mentes masoquistas tienden a llevarnos a lugares
que ya no existen o a otros que aún no han sido.
Por el contrario, la eterna presencia de la alegría
solo existe en el "Aquí y Ahora".
Una condición de alegría permanente
es la marca registrada de los "Magos de la Vida,"
aquellos que han vivido lo suficiente,
pero aún poseen corazones puros, sinceros e inocentes.

Cuando estamos en alegría,
exudamos, trascendemos, exultamos, nos exhalamos,
nos elevamos, nos alegramos, celebramos con exuberancia
y aparentemente flotamos, levitamos, flotamos, y nos
deslizamos

en una dicha total y absoluta,
por encima de la realidad mundana.

En la alegría es donde reside el verdadero significado de la
vida,
y aunque "Escondida a plena vista" dentro de nosotros,
la alegría es el mayor tesoro existencial,
que poseemos mientras existimos y estamos vivos.

*

—Queridos estudiantes, la Alegría es el nivel último y más alto de la Felicidad, y es uno que solo podemos alcanzar a través de la Inspiración—concluye Cromwell-Smith, sus palabras resonando profundamente en la atenta clase.

Hace una pausa, sacando de su maletín unos folletos doblados con cuidado.

—Como regalo de despedida, les doy la versión completa del Triángulo de la Felicidad—una síntesis de lo que hemos explorado juntos durante estos tres años. Distribuye las páginas con esmero, observando cómo sus estudiantes las despliegan para revelar un diagrama cuidadosamente elaborado y el texto.

915

El Profesor Cromwell-Smith deja que las últimas palabras del escrito se queden suspendidas en el aire, su peso palpable. Observa los rostros de sus estudiantes, el suyo lleno de inmensa satisfacción.

Volviendo sus pensamientos al momento presente, Erasmus sabe que el aula es el lugar donde puede ayudar a los demás a ver las conexiones entre las lecciones más difíciles de la vida, la belleza de la alegría y sus ciclos interminables. Hoy, compartirá con ellos no solo sus reflexiones personales, sino también la sabiduría que ha reunido a lo largo de los años, de mentores y experiencias por igual.

—Queridos estudiantes, la Alegría es el nivel último y más alto de la Felicidad—uno que solo podemos alcanzar a través de la Inspiración—concluye, su voz firme y cálida.

El Profesor Cromwell-Smith hace una pausa, su voz cargada con el peso de las palabras que acaba de compartir. Siente cómo la sala se queda en silencio mientras sus estudiantes absorben la naturaleza cíclica de la vida que él había delineado. Es un momento de profunda conexión, y les da un momento de quietud para reflexionar antes de abrir el espacio para preguntas.

Una multiplicidad de manos se levanta. Alice es una estudiante de tercer año de estudios religiosos, con enfoque en la filosofía existencial y el papel del sufrimiento en el crecimiento espiritual. Le gusta examinar cómo diferentes visiones del mundo abordan el concepto del propósito de la vida.

—Profesor, en su poema "Los círculos virtuosos e infinitos de la vida", habla sobre la inevitabilidad de los ciclos de la vida y cómo cada final conduce a un nuevo comienzo. ¿Cómo se relaciona esta perspectiva con la idea de encontrar paz después del sufrimiento? ¿Cree usted que es necesario experimentar tanto la pérdida como la renovación para alcanzar un sentido de integridad?

—Es una pregunta perspicaz, Alice. Sí, creo que entender los ciclos de la vida, particularmente el movimiento de la pérdida a la renovación es central para encontrar paz después del sufrimiento. La vida está en constante cambio, y siempre estamos en flujo. El poema sugiere que después de cada pérdida, siempre hay potencial para algo nuevo, algo esperanzador. Esta visión cíclica ofrece un sentido de equilibrio—aunque sufrimos adversidades, también se nos da la oportunidad de sanar y crecer nuevamente. De muchas maneras, necesitamos tanto la pérdida como la renovación para apreciar la profundidad completa de la vida. El sufrimiento nos enseña sobre el valor de lo que tenemos, y la renovación nos recuerda que la vida continúa, trayendo nuevas oportunidades para la alegría y la comprensión.

Peter es un estudiante de ingeniería con inclinaciones hacia los temas existenciales.

—Profesor, en su poema "Alegría", describe la alegría como un estado de integridad y satisfacción absoluta que proviene desde dentro. ¿Cree usted que la alegría es algo que se puede cultivar o es más bien una emoción fugaz que encontramos en momentos específicos?

—Excelente pregunta, Peter. La alegría, como la describo en el poema, ciertamente puede cultivarse, aunque también es algo que tiene el potencial de surgir de manera espontánea. El proceso de cultivar la alegría implica alinearse con tu verdadero ser—encontrar propósito, mantener gratitud y volverse más consciente de la belleza efímera de la vida. El desafío, sin embargo, es que muchas personas pasan por alto la alegría porque están distraídas por logros externos, presiones sociales o dolor no reconocido. Para cultivar la alegría, primero debes darte permiso para estar presente en el momento y experimentar la vida plenamente. Es esta conciencia y práctica lo que permite que la alegría se convierta en una presencia constante, incluso frente a la dificultad.

María es una estudiante de filosofía de tercer año, enfocada en el existencialismo y la naturaleza de la resiliencia humana. A menudo conecta los conceptos filosóficos con experiencias del mundo real.

—Profesor, en su poema "Los círculos virtuosos e infinitos de la vida", hay una sensación de abrazar tanto los finales como los comienzos como igualmente valiosos. ¿Cómo cree usted que podemos aplicar esta perspectiva de manera práctica en nuestras vidas diarias, especialmente cuando estamos luchando para avanzar después de una pérdida o adversidad?

—Una excelente pregunta, María. La clave radica en reconocer que la vida es un flujo constante, no una progresión lineal. Cuando enfrentamos adversidades, es crucial recordar que, aunque podamos sentirnos atrapados en la oscuridad, siempre hay potencial para la luz—ya sea a través de una nueva oportunidad, una nueva perspectiva o el apoyo de los demás. De manera práctica, podemos aplicar esta perspectiva permitiéndonos sentir nuestro dolor, pero sin dejar que nos defina. Cuando abrazamos los ciclos de la vida—tanto los altos como los bajos—es más probable que atravesemos nuestros desafíos con un sentido de propósito, sabiendo que son parte de un proceso mayor y continuo de crecimiento.

Richard es un estudiante de escritura creativa fascinado por los temas de la automotivación.

—Profesor, en el poema "Entusiasmo" describe la vida como una serie de tesoros esperando ser explorados. ¿Cómo cree usted que se puede sostener el entusiasmo durante los momentos difíciles, cuando la energía para seguir las ofertas de la vida parece disminuir?

—Una pregunta muy perspicaz, Richard. El entusiasmo es una fuerza que necesita ser reavivada conscientemente, especialmente en tiempos difíciles. Las dificultades de la vida pueden agotarnos, dejándonos sentir pasivos o desmotivados. Pero como sugiere el poema, el entusiasmo es el antídoto a esa pasividad. Nos exige acceder a nuestra curiosidad, reavivar nuestras pasiones y recordarnos la belleza y las posibilidades que existen en el mundo. En momentos difíciles, la clave es reconectarnos con aquellas cosas que encienden nuestra alegría—ya sea un hobby, una relación significativa o simplemente un momento de soledad. Incluso en tiempos difíciles, podemos elegir actuar con entusiasmo, lo que eventualmente nos sostendrá.

Eli es un estudiante de sociología de segundo año con interés en cómo las estructuras sociales influyen en la resiliencia individual y colectiva. Le gusta examinar cómo los conceptos filosóficos abstractos se manifiestan en diferentes comunidades.

—Profesor, en su descripción del atardecer y la noche que sigue en 'Los círculos virtuosos e infinitos de la vida', resalta la importancia del dolor antes de la renovación. ¿Puede explicar cómo se relaciona esto con el proceso de sanación, particularmente en un contexto social donde el dolor a menudo se suprime o se pasa por alto?

—Es una pregunta reflexiva, Eli. La imagen del atardecer seguida de la noche refleja el necesario proceso de dolor antes de que la sanación pueda comenzar. En muchas sociedades, existe la tendencia a apresurarse a pasar por alto el dolor, evitarlo o suprimirlo porque se siente incómodo. Sin embargo, el dolor, como la noche en el poema, cumple un propósito esencial. Nos permite procesar la pérdida, reflexionar y, en última instancia, crear espacio para el nuevo crecimiento. Cuando suprimimos el dolor, nos negamos a nosotros mismos la oportunidad de sanar realmente. Solo al sentarnos con nuestras emociones—tal como debemos soportar la noche— podemos experimentar la transformación que lleva a la renovación. Las normas sociales a menudo nos empujan hacia soluciones rápidas, pero la verdadera sanación toma tiempo, y debemos permitirnos experimentar ese proceso por completo.

Rita es una estudiante de psicología intrigada por el tema de la felicidad absoluta.

—Profesor, en "Alegría", describe la alegría como una parte inmanente de nuestra esencia que no puede ser controlada. ¿Cómo encaja esta idea con la noción de trabajar hacia la felicidad personal, donde muchas personas creen que la felicidad es algo que debe ser logrado mediante esfuerzo?

—Una gran pregunta, Rita. Creo que esta tensión entre el esfuerzo y la entrega está en el corazón de entender la alegría. Mientras que la alegría es inherente a nuestra naturaleza, como sugiero en el poema, a menudo se ve nublada por expectativas externas o nuestras propias luchas con la autoestima. Para conectar con la alegría, debemos primero alinearnos con nuestro verdadero ser, lo que implica dejar ir la idea de que debemos lograr la felicidad. En este sentido, la alegría no es algo por lo que debamos esforzarnos directamente, sino algo que permitimos que surja a través de la presencia consciente, la humildad y la alineación con nuestros valores. Así que, la felicidad personal puede ser un esfuerzo, pero la alegría más profunda de la que hablo tiene más que ver con dejar ir la presión externa y abrazar lo que ya está dentro de nosotros.

Leah es una estudiante de psicología de último año, con enfoque en la regulación emocional y los mecanismos de afrontamiento. A menudo explora cómo las experiencias personales con el dolor están moldeadas por las expectativas culturales.

—Profesor, noté que, en el poema, enfatiza la interconexión de los eventos de la vida—cómo uno conduce al siguiente, cómo la vida se renueva después de cada pérdida. ¿Cree usted que esta interconexión sugiere un tipo de orden cósmico, o es simplemente el resultado de la perspectiva humana, encontrando significado en el caos de la vida?

—Excelente pregunta, Leah. El poema sugiere un cierto orden, pero yo diría que es más un asunto de perspectiva que un orden cósmico predeterminado. La vida a menudo se siente caótica, especialmente en momentos de pérdida o sufrimiento, pero desde la perspectiva humana, tendemos a encontrar patrones y significados para ayudarnos a sobrellevarlo. Esto no se trata necesariamente de una fuerza cósmica universal, sino de nuestra necesidad inherente de encontrar significado en los eventos que nos ocurren. Es parte de cómo damos sentido al mundo y nuestro lugar en él. Dicho esto, la interconexión en el poema también podría verse como un reconocimiento espiritual o filosófico de que todo está vinculado—nuestras pérdidas, nuestro crecimiento y nuestros renaceres son todos parte de un proceso mayor que trasciende los eventos individuales.

Dexter es un estudiante de historia del arte intrigado por el tema de la inspiración humana.

921

—Profesor, en su poema "Entusiasmo", discute la energía ilimitada y el impulso que el entusiasmo aporta. En su experiencia, ¿cómo puede uno sostener este tipo de energía cuando se enfrenta a las presiones diarias de la vida, el trabajo y la responsabilidad?

—Otra excelente pregunta, Dexter. Sostener el entusiasmo en la vida cotidiana requiere intencionalidad. Las presiones diarias de la vida pueden drenar nuestra energía, pero como sugiere el poema, el entusiasmo es algo que debe cultivarse activamente. Esto no significa que debamos ser excesivamente positivos todo el tiempo, sino que debemos nutrir nuestra curiosidad y emoción en pequeños momentos cada día. Ya sea estableciendo nuevos objetivos, permitiéndonos experimentar momentos de alegría o tomándonos el tiempo para apreciar a las personas y experiencias que nos rodean, el entusiasmo puede reavivarse incluso durante las tareas rutinarias. La clave es encontrar lo que te emociona de la vida y construir esos momentos en tu ritmo diario.

Lawrence es un estudiante de último año que se especializa en literatura, con enfoque en poesía. Tiene un gran interés en cómo el lenguaje moldea nuestras percepciones de la realidad y a menudo busca capas más profundas de significado en la poesía.

—Profesor, en el poema "Entusiasmo", describe la vida como una serie de tesoros preciosos esperando ser descubiertos. ¿Cómo podemos mantener el entusiasmo cuando nos enfrentamos a las inevitables frustraciones y limitaciones de nuestras circunstancias personales?

—Esa es una pregunta que invita a la reflexión, Lawrence. El entusiasmo a menudo se pone a prueba frente a la adversidad, y puede parecer particularmente difícil de mantener cuando nos encontramos con contratiempos o limitaciones. El poema sugiere que el entusiasmo está arraigado en un impulso profundo e intrínseco—un deseo de involucrarse con la vida. Incluso cuando las circunstancias limitan nuestras oportunidades externas, aún podemos nutrir el entusiasmo mediante el compromiso interno. Esto podría significar perseguir pequeños actos de creatividad, abrazar el aprendizaje, o incluso cambiar nuestra perspectiva para encontrar nuevas maneras de relacionarnos con lo que ya tenemos. El entusiasmo no proviene de la ausencia de desafíos, sino de nuestra disposición para seguir adelante, sin importar los obstáculos que surjan.

Dieter es un estudiante de ingeniería interesado en la relación entre el amor y el éxito.

—Profesor, en su poema "Amor y Éxito", presenta una relación entre el éxito impulsado por el amor y el amor impulsado por el éxito. ¿Puede ampliar cómo el amor, en su forma más pura, trasciende las nociones tradicionales del éxito y cómo esto puede influir en la forma en que abordamos el logro en nuestras vidas?

—Una pregunta perspicaz, Dieter. En "Amor y Éxito," sostengo que el verdadero éxito está arraigado en el amor, no al revés. El éxito que está impulsado por el amor es inherentemente más satisfactorio porque se basa en un sentido más profundo de propósito y significado. El amor, en su forma más verdadera, trasciende el logro material porque no se basa en la validación externa o en los resultados. Cuando seguimos nuestras pasiones, relaciones y trabajo desde un lugar de amor, el éxito que sigue no solo es más gratificante, sino también más sostenible. Es un éxito definido por el crecimiento, la contribución y la conexión, en lugar de por el estatus o la acumulación—concluye el profesor.

La sala queda en silencio, los estudiantes cautivados, hasta que Erasmus rompe en una sonrisa familiar.

—Una vez más, esto fue... —bromea, levantando ligeramente los brazos como un director de orquesta que se prepara para dar la señal a su conjunto.

La pista es todo lo que se necesita. Todo el auditorio estalla al unísono, sus voces retumbando juntas:

—¡Increíblemente impresionante!

El Profesor Cromwell-Smith sonríe, su corazón lleno, mientras los ecos de su aplauso colectivo lo llevan al último capítulo de la historia de su vida—un legado de amor, sabiduría e inspiración.

Cuando suena la última campana del semestre, los pensamientos del Profesor Cromwell-Smith se desvían brevemente hacia las enseñanzas del año, dándose cuenta del profundo impacto que estas lecciones han tenido en sus estudiantes. La vida, con sus giros y vueltas, lo ha traído una vez más al círculo completo, de la tristeza a la nueva vida, de la pérdida a la esperanza, de maestro a estudiante. Mientras deja el aula, un renovado sentido de propósito llena su corazón.

Palabras de despedida por el autor

El cuarto y último libro de la serie *El Equilibrista* se centrará exclusivamente en la poesía, los ensayos y las fábulas de los primeros tres volúmenes.

Cuando terminé de escribir el tercer libro sobre mis padres—explorando sus vidas al crecer, viviendo juntos, luego separados, y finalmente reuniéndose—pensé que el viaje había llegado a su fin. Poco sabía que relatar su historia encendería el deseo de escribir sobre su vida después de adoptarme y el extraordinario mundo que compartimos juntos.

Ser testigo de primera mano de la notable vida que construyeron hizo que escribir sobre ella fuera un proceso sin esfuerzo. Mi padre se aseguró de que experimentara el mismo tipo de mentoría y tutoría que había recibido en su juventud. Desde muy temprano, me introdujo en el fascinante mundo de los libros y los anticuarios. Esto incluyó varios años transformadores cuando vivimos en su lugar de nacimiento, Hay-on-Wye, Gales, conocido mundialmente como la Ciudad de los Libros. Como fuimos educados en casa por ellos, estuvimos libres para viajar por el mundo juntos, emprendiendo innumerables aventuras que enriquecieron tanto mi educación como mi alma.

Fue durante una de estas aventuras, impulsada por un encuentro con el icónico reloj astronómico en Praga, que *El Orloj*, una nueva serie de cuatro libros sobre mi vida con mis padres se convirtió en realidad. Esta serie sigue los 25 extraordinarios años formativos que pasamos juntos, llenos de experiencias inolvidables, lecciones enriquecedoras y el intenso amor que me dieron como padres verdaderamente devotos. Mi padre y mi madre no solo fueron mentores ejemplares, sino también compañeros increíbles en la vida, y me siento profundamente afortunado y bendecido de haber sido su hijo.

El Orloj también explora la relación mágica y profunda que compartí con mi tío Bartholomeus ("Bart"). Nuestro vínculo creció más fuerte con los años, y sigue siendo hoy en día mi amigo y mentor más cercano. Mi tía Sarah, junto con mi tío italiano Roberto Marcello y mi tía Maria Antonella, también fueron fundamentales en mis años de infancia y adolescencia. Juntos, trajeron innumerables momentos inolvidables y emocionantes aventuras a mi vida, moldeándome en la persona que soy hoy.

Espero compartir estas historias en *El Orloj*, ya que representan la culminación de una vida moldeada por el amor, la mentoría y una curiosidad inagotable.

ErasmusCromwell-Smith

Escrito en T.D.O.K., 2055

Índice de Capítulos

Índice de Poemas

Agradecimientos

A los miembros ad-hoc del comité pseudoeditorial de *El Equilibrista*, ustedes son un grupo ecléctico y diverso de autores publicados, historiadores, pedagogos e intelectuales. Pero, ante todo, todos ustedes son serios lectores. Adam, Andric, Barry, Christian, Mark, Mitch, Rafael, Tony y Willy, sus comentarios fueron invaluables. Tan importante como eso, fue el hecho de que todos ustedes tuvieran una conexión emocional fuerte y una reacción profunda ante el libro. Fue altamente gratificante e inspirador, lo que hizo el final de este viaje tan intenso aún más significativo.

A mi equipo, Amy, Ana Julia (rip), Alfredo, Andrea, Charles, Elisa, Maria Elena y MaryAnn (rip). Sin su talento, creencia, motivación y trabajo duro, este libro no habría sido posible.

La Magia de la Vida no habría sido posible sin la creencia inquebrantable y el apoyo de mi comité ad-hoc pseudoeditorial. Una vez más, sus comentarios fueron invaluables, su entusiasmo sumamente inspirador y su compromiso emocionalmente gratificante. ¡Han sido:

¡INCREÍBLEMENTE IMPRESIONANTES!

A lo largo de todo el proceso. Un agradecimiento especial debe ir a Daniel Dorse por su magnífica interpretación de cada uno de los audiolibros de *El Equilibrista*. Sé, valoro y respeto la cantidad de esfuerzo y pasión que pusiste en estas preciosas artes de la palabra hablada.

Finalmente, solo gracias a la fe ciega y al apoyo de mi familia pude llevar a cabo este trabajo de manera independiente y sin las restricciones de editores comerciales o filtros de revisión, lo que resultó en hacer de *El Equilibrista* una creación genuina y auténtica. Me permitieron liberar al mundo una obra que es precisa, palabra por palabra, de la manera en que la concebí y en la forma que creé. También les doy las gracias.

Sobre el Autor

Erasmus Cromwell-Smith es un escritor, dramaturgo, poeta y pedagogo estadounidense. Ha publicado 32 libros en los géneros de autoayuda, poesía, literatura juvenil, educación y ciencia ficción.

www.ingramcontent.com/pod-product-compliance
Lightning Source LLC
Chambersburg PA
CBHW061936130726
47909CB00013B/1800